# 알리페르
## ALIFER

# IV

**레베레베레**
장편소설

# 알리페르 Ⅳ

초판 1쇄 인쇄일 | 2019년 11월 25일
초판 1쇄 발행일 | 2019년 12월 04일

지은이 | 레베레베레
펴낸이 | 박성면
펴낸곳 | (주)동아

출판등록 | 제406-2012-000056호
주소 | 경기도 파주시 문발로 115, 세종출판벤처타운 201-A호
전화 | (031)8071-5201
팩스 | (031)8071-5204
E-mail | bear6370@hanmail.net

정가 | 12,000원

ISBN 979-11-5641-161-1 (04810)
      979-11-5641-156-7 (set)

CHIC
NOVEL

# 알리페르
# ALIFER

## IV

레베레베레
장편소설

# 목 차

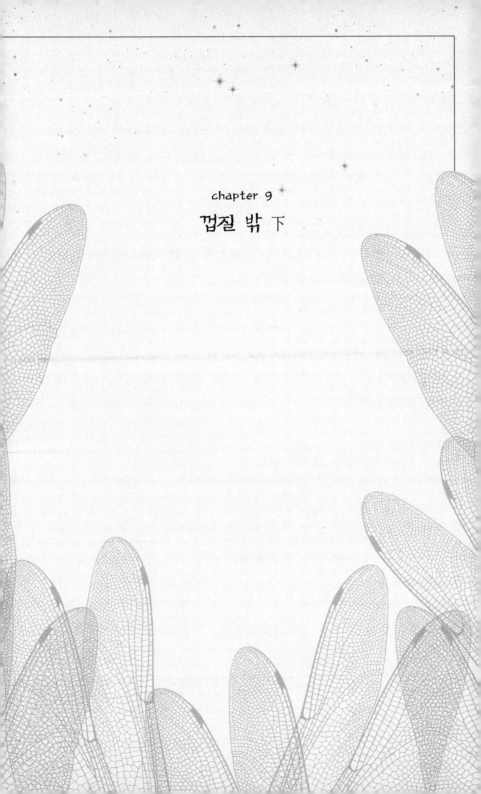

chapter 9

# 껍질 밖 下

## 껍질 밖 (5)

처음 바깥을 마주하고 느낀 것은 '추위'였다. 그다음 느낀 것은 '아픔'이었다.

아무런 전조 없이 파도처럼 몰려오는 고통에 나는 의문을 느낄 겨를도 없이 괴로운 기침을 토해 내야 했다. 새털같이 가벼웠던 몸은 천근만근 무거워지고 온유하게 몸을 감쌌던 양수는 언제 사라졌는지 없었다. 나는 영문도 모른 채 세상에 내동댕이쳐져 추위에 몸을 떨어야 했다. 찰나의 순간, 모든 것을 빼앗긴 나는 결핍에 몸부림치며 꺽꺽거릴 수밖에 없었다. 비명조차 나오지 않는 고통에 숨을 헐떡이는 수밖에 없었다.

하지만 그 순간.

누군가가 나를 안아왔다. 강하게, 뜨겁게, 나를 끌어안으며 나를 얼마나 사랑하는지 알려 주었다. 값비싼 코트가 더럽혀지는 것에도 전혀 개의치 않은 채 그는 나를 끌어안고서 가늘게 몸을 떨었다.

그런 그의 온기에 감싸인 순간, 그의 절박함을 알아차린 순간, 수많은 기계 속에서 태어났음에도 나는 더 이상의 추위도 고통도 느끼지 못했다.

그는 완전했다. 드높은 그의 기개만큼 고고하고 고독하며 강인한 그는 마치 신과 같았다. 그에게는 결점이 없었다. 아름답고 완전무결한 그 모습에 나는 본능적으로 사랑을 느꼈다.

힘이 잘 들어가지 않는 팔을 들어 그의 등을 감쌌다. 그러자 그가 놀란 듯 흠칫 몸을 떨더니 나를 내려다보았다.

고요하면서도 다정한 갈색 눈이 금방이라도 울어 버릴 듯 일렁거렸다. 하지만 기쁨이 더 큰지 그는 눈을 휘며 내게 웃어 보였다. 그게 기뻐져 나 역시 따라 하듯 그에게 마주 웃어 보였다.

그러자 떨리는 음성으로 그가 내게 말했다.

'멜즈.'

'……?'

'멜즈.'

'메엘, 즈?'

내가 어설프게 그를 따라 하자, 그의 얼굴이 왈칵 일그러졌다. 그는 내 어깨에 얼굴을 묻으며 죄책감 어린 목소리로 중얼거렸다.

'미안해……. 정말, 미안해…….'

'……?'

'너를 멜즈라고 불러서 미안해…….'

무엇 때문인지 모르지만 그는 자기 자신을 용서할 수 없다는 듯 흐느꼈다. 나는 연신 용서를 구하는 그를 어리둥절한 얼굴로 바라보았다. 그는 어째서 내게 미안해하는 걸까. 나는 다 괜찮다는 듯 그를 끌어안았다. 그러자 그의 울음이 더욱 커졌다.

그런 우리들을 누군가가 지켜보고 있었다.

밤하늘 같은 흑청색 머리카락을 바닥까지 늘어뜨린 밤의 여왕이 고요한 황금빛 눈을 깜빡이며 우리들을 지켜보고 있었다.

\* \* \*

우르릉, 콰쾅—!

"……!"

밖에서 내려치는 천둥소리에 놀란 멜즈는 퍼뜩 정신을 차렸다. 여기가 어디지? 어둡고 낯선 방 안에서 눈을 뜬 멜즈는 잔뜩 경계하는 눈빛으로 주변을 살폈다. 온몸이 쥐어뜯기는 것처럼 아팠다. 간신히 몸을 일으키자, 부목을 댄 팔다리에 붕대가 감겨 있는 게 보였다. 그제야 경기장에서 있었던 일들을 떠올린 멜즈는 반사적으로 날개 밑단을 내려다보았다.

소유물의 징표처럼 검은 반점이 올라와 있었다.

멜즈는 굴욕감에 이를 악물었다. 결국 슬레이브가 되었다는 것에, 다른 누구도 아닌, 렉사의 슬레이브가 되었다는 것에 당장이라도 혀를 깨물고 싶어졌다. 그러다 멜즈는 렉사가 이사나와 만나게 해 주겠다고 말한 것을 떠올렸다. 멜즈는 어둡고 낯선 방을 정신없이 둘러보았다. 멀지 않은 곳에 누군가가 앉아 있는 게 보였다. 마치 시체처럼 소파에 늘어져 있는 그에게서는 익숙하디익숙한 향기가 났다.

"아, 아아, 아……!"

멜즈는 부러진 팔다리를 질질 끌며 기듯이 소파로 향했다. 그러나 멜즈가 다가옴에도 소파에 앉은 이는 축 늘어져 있기만 할 뿐 반응이 없었다. 아무것도 보이지도 들리지도 않는 것처럼 시선조차 돌리지 않았다. 어둠에 눈이 익자, 소파에 앉은 이의 행색이 눈에 들어왔다.

얼굴의 반을 뒤덮은 머리카락에 몹시 마른 몸. 그럼에도 전혀 지워지지 않는 다정하면서도 고결한 분위기. 멜즈는 덜덜 떨리는 손으로 이사나의 손을 붙잡았다. 그리워하고 또 그리워하던 연인의 손을 붙잡았건만, 이사나는 여전히 텅 빈 허공 어딘가를 바라볼 뿐 멜즈를 돌아보지 않았다. 그럼에도 멜즈는 그리움에 그의 손등에 뺨을 비비며 눈물을 쏟아냈다.

늦었다.

너무, 늦게 왔다.

"이사나……. 이사나……!"

이미 이사나는 병증에 잠식되어 있었다.

* * *

6년 만에 왕위 계승전을 치렀건만, 달라진 건 아무것도 없었다. 여전히 알리페르의 왕은 렉사였다. 계승전을 치르는 동안 슬레이브를 잔뜩 거둔 왕은 계승전이 끝나자마자 그들을 거느리고 시탈로프 숲을 나갔다.

왕이 수하들을 이끌고 숲을 나가는 건 굉장히 드문 일이었다. 그래서인지 성안에서는 왕이 헥사비스와 큰 전쟁을 치르려는 건지도 모른다는 소문이 돌았다. 그만큼 왕의 행보는 파격적이고 이례적인 일이었다.

렉사는 약속을 지켜 멜즈에게 이사나를 만날 수 있게 해 주었다. 뿐만 아니라, 자신이 부재하는 동안 이사나를 돌보고 있으라는 명령까지 내렸다. 네놈이 말하지 않아도 할 거거든? 이따위 말이 목 끝까지 치밀었지만, 멜즈는 일단 순순히 고개를 끄덕였다.

사실 멜즈는 이사나와 만난 뒤 죽으려고 했었다. 슬레이브가 되면 이대로 헥사비스를 침공하는 데 쓰일 게 뻔했기 때문이다. 하지만 멜즈는 결국 그럴 수 없었다. 비쩍 말라 배만 부푼 연인을 보면 누구라도 그렇게 생각하리라.

"이사나, 아— 해요."

멜즈의 말에 이사나는 고개를 갸웃거리다가 입을 벌렸다. 후후 불어 먹기 좋게 식힌 수프를 입안에 넣어 주자, 이사나는 말 잘 듣는 아이처럼 꿀꺽 삼켰다. 잘 먹는 이사나의 모습에 멜즈는 기뻐져 환하게 웃었다. 하지만 그 웃음은 오래가지 못했다. 몇 입 먹지도 않았는데 이사나가 입을 다물며 먹기를 거부한 것이다. 그것만 먹으면 배고플 텐데……. 멜즈는 걱정하며 이사나가 먹지 않은 수프를 제 입에 넣는데, 먹고는 뱉을 뻔했다.

'이게 도대체 무슨 맛이야……!'

엄청 느끼한 데다 간이 안 되어 있어 밍밍했다. 이사나가 아니라 다른 누구라도 안 먹을 게 뻔했다. 아무리 숙주라서 살려 두고 있는 거라지만, 이건 정말 너무했다. 멜즈는 굳어진 얼굴로 벌떡 일어나 절뚝거리며 밖으로 나갔다. 그리고 방 앞을 지키고 선 알리페르를 노려보았다.

"무, 무슨, 일이십니까?"

적갈색 머리에 콧잔등에 주근깨가 가득한 알리페르는 노기등등한 멜즈의 시선에 몸을 움츠리며 물었다. 멜즈는 간신히 화를 참는 듯한 얼굴로 말했다.

"이름이 히람이라고 하셨죠?"

"예……."

"히람, 지금 이걸 사람 먹으라고 주신 건가요?"

멜즈는 이사나가 반도 먹지 않은 수프를 히람에게 내보이며 날카롭게 쏘아붙였다. 기껏 열심히 수프를 만들어 왔던 히람은 억울하다는 듯 멜즈를 바라보았다. 왕께서 만들라고 한 대로 만들었을 뿐인데……! 그러나 멜즈는 화가 나 견딜 수 없다는 듯 히람이 만든 수프를 신랄하게 비평했다.

"고기가 너무 들어가서 느끼하고 소금 간이 안 되어서 밍밍하잖아요! 히람이라면 이걸 세끼나 먹을 수 있겠어요? 하, 정말 해도 해도 너무한 거 아니에요? 이사나가 누군지 아세요? 이사나는 헥사비스의 하나밖에 없는 황자라고요! 아무리 포로라고 하지만 이게 도대체 무슨 취급이에요? 여긴 인권도 없어요? 어디서 짐승도 안 먹을 꿀꿀이죽 같은 걸 가져와서 먹으라고……!"

멜즈는 잔뜩 화가 난 얼굴로 히람에게 마구 따져 댔다. 그에 따라 히람의 얼굴 역시 점차 희게 질렸다. 왕도 무서웠지만, 후계도 만만찮았다. 왕이 매사에 대충대충인 방임주의라면 후계는 하나부터 열까지 까탈스러움, 그 자체였다.

아이고, 내가 무슨 죄를 지어서……!

왕의 명령으로 이사나 넥시움과 후계의 편의를 봐 주고 있던 히람은 끝도 없는 멜즈의 빈정거림에 식은땀이 나고 심장이 벌렁벌렁해졌다. 히람은 계속되는 멜즈의 질책에 울 듯한 얼굴로 물었다.

"그, 그럼 제가 어떻게 하면 될까요?"

"일단 소금이랑 향신료부터 구해 오세요."

사람이 뭘 좀 먹어야 힘이 날 거 아닌가. 이사나가 하루 종일 멍하니 있는 건 저 맛없는 수프 탓인 게 분명했다. 멜즈가 사납게 눈을 부라리며 히람을 윽박지르자, 히람은 울 듯한 얼굴로 어물거리다가 급히 어디론가 향했다. 히람이 사라지자, 멜즈는 그제야 구겼던 미간을 폈다. 숙주가 된 탓인지 성내에서 이사나의 취급은 썩 나쁘지 않은 편이었다. 오히려 부탁하면 뭐든 구해다 줄 정도로 좋다고 할 수 있었다.

하지만 이곳에 오래 있을 수는 없었다. 무슨 수를 써서라도 이사나만큼은 헥사비스로 돌려보내야 했다.

다시 방으로 들어온 멜즈는 수건에 물을 적셔 이사나의 얼굴을 닦았다. 조심히 닦았지만, 그래도 꽤 싫은지 이사나는 인상을 찌푸렸다. 하지만 닦아야 했다. 스스로의 몸조차 돌보지 못하는 이사나는 여전히 예뻤지만, 꼬질꼬질했다. 몸도 닦아 줄 생각에 멜즈는 이사나의 셔츠를 벗기다, 셔츠 안을 보고 우뚝 굳어지고 말았다.

쇄골 아래부터 살짝 부푼 배까지 온통 상처로 뒤덮여 있었다. 하지만 아무리 봐도 전투로 인해 생겨난 상처가 아니었다. 상처의 대부분은 일정한 방향성과 대칭 구조를 이루고 있었다. 마치 사람 몸뚱이를 도화지 삼아 그림을 그린 것처럼 말이다.

렉사…… 이 개새끼가……!

방금까지 이사나에 대한 처우가 괜찮다고 생각한 건 취소였다.

어떻게 이런 무도한 짓을 할 수 있지? 분노로 몸이 부들부들 떨려왔다. 1년간 이사나가 이곳에서 당했을 수모를 상상하니 꼭지가 돌아 버릴 것 같았다. 이사나의 몸에는 자상과 화상 자국이 빼곡했다. 이게 하나하나 새겨질 때마다 이사나는 얼마나 괴로워했을까! 가슴이 찢어질 것 같았다. 너무 늦게 찾아온 자신에게 신물이 났다. 멜즈는 온갖 상처들로 엉망진창인 이사나의 몸을 조심히 어루만지는데, 노크 소리가 났다.

똑똑—

멜즈는 수건을 내려놓고 밖으로 나갔다. 밖으로 나가자 히람이 울 것 같은 얼굴로 방문 앞에 서 있는 게 보였다. 멜즈가 도대체 뭐냐는 듯 히람을 내려다보자, 히람이 잔뜩 겁에 질린 얼굴로 멜즈에게 말했다.

"서, 성에 있는 알리페르들에게 소, 소금이랑 햐, 향신료가 뭔지 물어봤는데 아, 아무도 아는 놈들이 없어서……."

히람의 말에 멜즈는 어처구니가 없어졌다. 얘네는 음식에 간도 안 하고 먹나? 생각지도 못한 문화 차이에 헛웃음이 나오는데, 그런 멜즈에게 히람이 조심스럽게 말했다.

"하, 하지만 성 밖에 있는 마을로 내려가시면 구할 수 있을지도 모릅니다. 인간들이 살던 곳이거든요."

"인간들이?"

"마을 여자들과 포로로 잡아 온 인간 남자들이 살던 곳입니다. 이사나 넥시움도 원래는 거기 있었어요."

히람의 말에 멜즈는 흥미가 생겼다. 어쩌면 그곳의 사람들에게 1년간 무슨 일이 있었는지 들을 수 있을지도 몰랐다. 멜즈는 히람에게 마을의 위치를 들은 뒤 다시 방 안으로 들어왔다. 이사나의 몸을 마저 닦아 준 뒤 꼼꼼히 옷을 여민 멜즈는 이사나를 다시 침대에 눕히며 말했다.

"이사나, 잠시 다녀올게요."

식사에 목욕까지 해서인지 이사나는 졸린 눈을 껌뻑거렸다. 그 귀여운 모습에 멜즈는 작게 미소 지었다. 1년 만에 다시 만난 이사나는 모든 게 작아져 있었다. 든든하다고 생각했던 넓은 어깨도 머리카락을 넘겨 주던 커다란 손도 지금은 가녀리다 싶을 정도로 작았다.

사실 이사나가 작아진 게 아니었다. 멜즈가 지나치게 커진 것에 불과했다. 겨우 1년 만인데, 너무하다 싶을 정도로 모든 게 변해 있었다. 그 간극이 슬퍼져 멜즈는 어리광 부리듯 이사나의 손에 뺨을 비볐다.

창가에 올라선 멜즈는 구겨져 있던 날개를 활짝 폈다. 치릇치릇, 예열하듯 날개를 잠시 떨다가 난간에서 뛰어내리자, 멜즈는 어느새 하늘을 날고 있었다. 자신의 천성이 알리페르라는 걸 알려 주듯 하늘을 날고 있는 지금, 멜즈는 더할 나위 없는 자유를 느끼고 있었다. 하지만 멜즈는 그 기쁨을 짐짓 억누르려 애를 썼다. 이사나가 저렇게 되었는데 기쁨을 느끼다니, 죄스럽고 자괴감이 들었다.

히람이 알려 준 마을에 내려앉은 멜즈는 마을의 전경을 보고 할 말을 잃었다. 마을에는 아무도 없었다. 텅 비어 있었다. 금방까지 무언가를 하고 있었던 것처럼 생활감이 느껴졌지만, 마치 증발이라도 된 것처럼 사람은 그림자도 보이지 않았다. 멜즈는 절뚝거리며 흙벽으로 만든 허름한 집들을 둘러보았다. 하지만 아무리 찾아도 사람은 없었다.

멜즈는 빈집을 뒤지며 이사나에게 필요한 물건들을 구했다. 하지만 일부러 어지럽히거나 뒤집어 놓진 않았다. 마치 내일도 사용할 것처럼 물건들이 가지런히 정리되어 있어 사실 가져가는 것조차 죄책감이 들었다.

이사나와 함께 있었다는 마을 사람들은 다들 어디로 갔을까? 이곳이 알리페르의 본거지라는 걸 고려하면 그들의 말로는 대충 짐작할 수 있었다. 하지만 이 마을에 그들의 손때가 너무 묻어서일까? 그들의 흔적만 남은 이곳이 무척 쓸쓸하게 느껴졌다.

\* \* \*

시간이 빠르게 흘러가 어느새 멜즈가 성에 들어온 지 한 달이 다 되었다. 그사이, 멜즈는 성안에서 꽤 이상한 취급을 받고 있었다.

"멜즈 님! 멜즈 님!"

"왜요?"

"데미르가 자꾸 설사를 하는데 어떡하면 좋을까요?"

"제가 전에 가르쳐 드린 약초 있죠? 이파리 다섯 개 달린 거요. 그걸 삶아서 먹이세요."

"멜즈 님! 멜즈 님!"

"또 왜요?"

"장작에 불을 붙이는데 불은 안 붙고 연기만 나요."

"……장작에 습기 차서 그런 거예요. 마른 걸로 다시 해 보세요."

"멜즈 님! 멜즈 님!"

"또 뭔데요!"

"레녹이랑 버질이 싸우는데 어쩌면 좋을까요?"

"둘은 원래 사이가 나쁘잖아요. 괜히 부딪치게 하지 말고 보초 서는 시간대를 바꾸든지 구역을 떨어뜨리든지 하세요."

시원시원한 멜즈의 판결에 알리페르들은 모두 만족하며 자리를 떴다. 멜즈는 떠나는 알리페르들을 바라보며 한숨을 내쉬었다. 이제껏 이 성이 굴러간 게 기적이었다. 성내의 알리페르들은 성의 살림을 꾸려나가는 데 서툴렀다. 원래 관련 지식이 부족한 탓도 있지만, 성의 대부분의 일을 총괄했던 '클레르'라는 알리페르가 사망한 탓이 큰 듯했다. 그러다 보니 성내는 항상 혼란스러웠는데, 어쩌다 보니 멜즈가 해결사 역할을 떠맡게 되었다. 처음에는 못 본 척했지만, 저들이 하도 답답하게 굴어 결국 두고 볼 수 없었다.

알리페르들이 모두 돌아가자, 멜즈는 다시 방 안으로 들어갔다. 이사나는 여전히 창가에 앉아 바깥을 내려다보고 있었다. 멜즈는 걱정하며 이사나에게 말했다.

"이사나, 창가에 너무 가까이 있으면 위험해요."

멜즈의 타박에 이사나가 고개를 돌렸다. 그리고 활짝 웃으며 말했다.

"멜즈."

"……."

이사나의 부름에 멜즈는 왈칵 눈물이 쏟아질 것 같은 기분이 들었다. 이사나는 멜즈의 이름을 잊지 않았다. 정신을 놓을 정도로 고통스러운 시간들을 보냈지만, 그는 결코 연인의 이름만큼은 잊지 않았다.

멜즈가 지극정성으로 이사나를 돌본 끝에 이사나는 조금이지만 회복이 되었다. 매일 맛있고 영양가 있는 음식만 먹이고 하루에 한 번씩 산책을 나가는 등 멜즈가 제 몸보다 헌신한 결과였다. 갈빗대가 고스란히 드러날 정도로 말라 있던 몸은 조금이나마 살집이 붙고 항상 창백했던 뺨 역시 혈색을 띠어 발그레해졌다. 그리고 무엇보다도 말을 할 수 있게 되었다.

병의 진행이 심화되어 이제는 완전히 말문을 닫았다고 생각했는데, 이사나는 멜즈의 이름을 부르는 것을 시작으로 조금씩 의사를 표현하기 시작했다. 기껏해야 '좋아.', '싫어.' 정도의 유아적인 표현뿐이었지만, 그래도 충분했다. 멜즈의 이름을 잊지 않은 것만으로도 기꺼운 일이었다. 멜즈는 바람에 헝클어진 이사나의 머리를 손으로 정리하며 물었다.

"이사나, 기분은 좀 어때요?"

멜즈가 물었지만, 이사나는 질문을 이해하지 못한 것처럼 싱긋 웃기만 할 뿐이었다. 이사나는 손을 뻗어 제법 길어진 멜즈의 머리카락을 만지작거렸다. 예전에는 잘 몰랐는데, 이사나는 멜즈의 금발을 꽤 좋아했다. 멜즈가 다가오면 햇빛에 반짝이는 금발을 황홀한 눈으로 바라보다가 손을 뻗곤 했다. 이사나는 한참 동안 멜즈의 머리카락을 만지작거리다가 말했다.

"멜즈, 나갈래."

"나가고 싶어요?"

멜즈의 말에 이사나는 고개를 끄덕거렸다. 멜즈는 이사나의 뺨에 키스한 뒤 외출 준비를 했다. 준비라고 해 봐야 이사나에게 겉옷을 입히고 신발을 신기는 것뿐이지만.

멜즈는 이사나를 품에 안고 성의 정원으로 나왔다. 관리가 안 되어 있어 정원은 엉망이었지만, 그래도 개중에는 그럴듯한 곳이 남아있었다. 멜즈는 이사나를 평평한 잔디밭 위에 내려놓았다. 그러자 이사나는 잔디를 뽑고 나비를 쫓는 등 혼자 신나게 놀기 시작했다.

병에 잠식된 이사나는 희한하게도 햇볕을 좋아했다. 성 안에 있을 때도 틈만 나면 햇볕이 잘 드는 곳에 앉아 있곤 했다. 이젠 제법 볕이 뜨거울 텐데 이사나는 땀을 뻘뻘 흘리면서도 햇볕을 고집했다. 그런 의미에서 정원은 이사나가 제일 좋아하는 산책 장소 중 하나였다. 멜즈는 천진한 얼굴로 잔디밭을 헤집는 이사나를 바라보다가 상념에 빠졌다.

무슨 수를 써서라도 이사나를 헥사비스로 데려가야 했다. 이사나는 이미 병증이 심화될 대로 심화된 상태였다. 그러니 더 나빠지기 전에 헥사비스로 보내 조치를 취해야 했다. 내버려 뒀다가는 돌이킬 수 없는 상태까지 갈 수 있었다. 헥사비스로 가는 게 불가능하다면 하다못해 콜로니에 남아 있을 이사나의 약이라도 챙겨 와야 했다. 하지만 이대로 이사나를 성에 홀로 둔 채 갈 수 없었다. 자리를 비운 사이 무슨 일이 있을지 모르니까.

역시 성의 알리페르들에게 부탁해 약을 구하는 수밖에 없는 건가.

멜즈는 그들에게 어떻게 부탁할지 고민하는데, 숲에서 쏴아아―, 하고 나뭇잎이 부딪치는 소리가 들려왔다. 나뭇잎이 부딪치는 소리가 아니었다. 날갯소리였다. 고개를 돌리자, 어마어마하게 많은 알리페르들이 성을 향해 오고 있는 게 보였다.

렉사다.

왕이 성으로 돌아오고 있었다.

렉사의 슬레이브가 된 이후, 멜즈는 싫을 정도로 렉사의 기적을 잘 느낄 수 있게 되었다. 그렇기에 단언할 수 있었다. 렉사는 지금 저 무리 안에 있었다.

왕위 계승전이 끝나기 무섭게 알리페르들을 이끌고 숲 밖으로 나갔던 왕은 근 한 달이 지난 지금에서야 성으로 돌아왔다. 성안에 있는 모든 알리페르들이 고대하던 왕의 귀환에 기뻐했지만, 멜즈만은 아니었다. 멜즈는 경계하듯 이사나의 곁에 다가섰다. 하지만 이사나는 어떠한 불길함도 느끼지 못한 채 노는 데 열중일 뿐이었다.

멜즈는 이만 이사나를 데리고 성으로 들어가야 하나 고민했다. 그때 렉사가 무리에서 이탈해 멜즈와 이사나가 있는 쪽으로 다가왔다. 여러 마리의 측근들과 함께 정원에 내려앉은 렉사는 말없이 멜즈와 이사나를 바라보았다. 멜즈는 잔뜩 긴장한 얼굴로 보호하듯 이사나를 감싸는데, 렉사가 먼저 입을 열었다.

"한 달 사이에 제법 살이 올랐군."

"……."

"혈색도 좋아 보이고."

렉사는 한 달 만에 보는 이사나에 대한 감상을 말하며 가까이 다가왔다. 그에 멜즈는 숨기듯 이사나의 앞을 막아섰다. 멜즈 역시 렉사가 싫지만, 렉사가 이사나에게 관심을 가지는 게 더 싫었다. 하지만 렉사는 계속해서 이사나에 대한 얘기를 할 뿐이었다.

"머리카락도 짧아졌군. 네가 자른 건가?"

"……."

렉사가 물음에도 멜즈는 대답 없이 렉사를 쏘아볼 뿐이었다. 그 불손한 눈빛에 렉사는 비릿한 웃음을 내지었다. 멜즈의 거부와 저항이 가소롭다는 듯 말이다. 그 오만하고 여유로운 모습에 멜즈는 왠지 모를 초조함을 느끼는데, 렉사가 멜즈를 바라보며 말했다.

"그러고 보니 주인이 돌아왔는데도 여전히 고개가 빳빳한 녀석이 있군."

"……!"

렉사의 말과 동시에 멜즈는 다리에 힘이 풀려 바닥에 주저앉았다. 제멋대로 움직이는 몸에 멜즈는 당황했다. 그런데 이번에는 고개가 숙여졌다. 하지만 이것 역시 멜즈의 의지가 아니었다. 누군가가 멜즈의 머리통을 붙잡아 숙이게 하는 것처럼 강제로 당하는 것에 불과했다. 놀란 멜즈는 팔로 버티며 무형의 힘에 저항하는데, 이번엔 머리가 깨질 듯 아파 오기 시작했다.

"윽……!"

마치 누군가가 머릿속에 손을 집어넣고 휘젓는 듯한 기분이었다. 한 번도 겪어 보지 못한 엄청난 고통에 멜즈는 머리를 움켜쥔 채 바닥에 쓰러졌다. 눈알이 튀어나올 듯한 고통에 경련하듯 몸을 떨자, 이사나가 놀라며 멜즈에게 다가왔다.

"멜즈?"

"윽, 크윽, 아, 으윽……!"

"멜즈?!"

멜즈가 고통스러워하자, 이사나는 멜즈의 주위를 맴돌며 어찌할 줄을 몰랐다. 그런 이사나에게 멜즈는 괜찮다고 말해 주고 싶었지만, 머리가 너무 아파 그럴 수 없었다. 눈앞이 핑핑 돌아 이사나의 얼굴조차 제대로 보이지 않았다. 비명조차 나오지 않는 고통에 멜즈는 얕은 숨만 헐떡거리는데, 어느 순간, 머리를 헤집는 통증이 씻은 듯이 사라졌다.

거친 숨을 몰아쉬며 렉사를 올려다보는데, 렉사가 무서운 눈빛으로 자신을 노려보고 있었다. 왕위 계승전 도중 경기장 안에서 보았던 예의 그 눈빛이었다. 열등감을 닮은 듯한 음울한 눈빛. 찌꺼기처럼 남은 통증으로 여전히 몸을 못 가누면서도 멜즈는 의아함을 지우지 못하는데, 렉사가 냉랭한 얼굴로 멜즈를 내려다보며 말했다.

"다음부터는 네 주제에 맞게 굴도록 해."

그리고 렉사는 측근들과 함께 성으로 들어갔다. 멜즈는 의중을 알 수 없는 렉사의 행동에 혼란에 휩싸였다. 왜지? 왜 날 저렇게 보는 거지? 짐작조차 가지 않아 막연히 불안해지는데, 멜즈의 뺨 위로 뜨거운 액체가 뚝뚝 떨어졌다.

이사나가 울고 있었다.

"흐윽, 으, 흐으……."

"……이사나?"

"멜즈……!"

많이 놀랐는지 이사나는 멜즈를 끌어안고 엉엉 울었다. 세상 서럽게 우는 그 모습에 멜즈는 괜히 미안해졌다. 멜즈는 손등으로 이사나의 뺨을 닦아 주며 말했다.

"아이참, 왜 울고 그래요. 속상하게."

"멜즈……."

"괜찮아요, 이사나. 나 아무렇지도 않아요."

멜즈가 안심하라는 듯 이사나에게 싱긋 웃어 보이자 이사나도 그제야 겨우 웃었다. 자리에서 일어난 멜즈는 가지고 있던 손수건을 꺼내 눈물범벅이 된 이사나의 뺨을 슥슥 닦아 주었다. 어휴, 누구 애인인지 엄청 이쁘네! 멜즈가 연신 너스레를 떨자, 이사나는 그제야 헤헤 웃다가 다시 잔디를 뽑으며 놀기 시작했다. 멜즈 역시 이사나가 불안하지 않게 아까와 똑같은 자리에 앉아 이사나를 지켜보았다. 그러다 렉사가 사라진 쪽을 흘낏 바라보았다.

무슨 일이 있어도 이사나를 하루 빨리 이곳에서 내보내야 했다.

* * *

숲을 나갔다가 다시 돌아온 렉사는 더더욱 많은 알리페르들을 거두어 성으로 돌아왔다. 정말 왕은, 렉사는 무슨 생각인 걸까? 모두가 말하는 것처럼 이대로 헥사비스를 점령할 생각인 걸까?

그렇다면 나는 어떻게 해야 하는 걸까.

헥사비스의 중앙 통제 시스템에게 인정받은 '넥시움'이자, 렉사의 슬레이브인 나는 어떻게 해야 하는 걸까.

헥사비스는 이사나가 평생 동안 목숨 바쳐 지켜 온 제국민들의 터전이었다. 그런데 이대로 있으면 그에게 조종당해 헥사비스를 개방하게 될지도 몰랐다. 그러니 나는 살아 있어서는 안 되었다.

하지만 이사나는?

내가 죽으면 이사나는 어쩌지?

이사나는 어떻게…….

렉사가 돌아온 이후, 멜즈는 매일 그 생각만 했다. 막막할 정도로 길이 보이지 않았다. 이사나만 만나면 모든 일이 해결될 거라 생각했던 게 얼마나 낙관적인 생각이었는지 알려 주듯 멜즈는 매일 고민에 빠졌다.

우선은 이사나를 헥사비스로 돌려보내야 했다. 하지만 이사나가 카노스를 앓고 있다는 게 제국민들에게 알려져서는 안 되었다. 이사나의 명예가 곤두박질칠 터였다. 그러니 지금은 에드먼드 선생님과 접촉해 이사나를 맡기는 게 최선이었다. 어쩌면 선생님이 이미 치료제를 만들었을지도 몰랐다.

마지막으로 선생님의 서재를 청소했을 때에는 치료제에 대한 별다른 성과가 없어 보였지만, 지금은 다를지도 몰랐다. 낙관해서는 안 된다고 스스로를 질책했지만, 그래도 멜즈는 막연히 에드먼드에게 희망을 품고 있었다. 사실 그의 스승을 믿는 것 외에는 멜즈가 할 수 있는 일이 없었다.

일단은 선생님과 연락할 방법을 찾고 이사나를 헥사비스로 돌려보내도록 하자. 신중히 주위를 살피다 보면 반드시 기회가 찾아올 테니까.

멜즈는 젖은 수건으로 이사나의 얼굴을 닦으며 스스로를 다독였다. 그런 멜즈와 이사나를 렉사가 멀지 않은 곳에 앉아 지켜보고 있었다.

렉사는 희한하게도 멜즈와 이사나가 머무는 곳에 자주 찾아왔다. 아무리 슬레이브로 거뒀다고는 하지만 아직은 허튼짓을 할지 모른다고 생각하는 걸까? 멜즈는 렉사의 의도를 어림짐작했지만, 그렇다고 치기엔 지나치게 자주 찾아오는 감이 없잖아 있었다. 게다가 종종 이사나를 돌보는 것에 참견을 하기도 했고.

꺼림칙했다. 이사나를 숙주로 만든 것으로 렉사의 목적은 이미 달성한 거라 볼 수 있는데 그런데도 계속 관심을 갖는 게 마치 다른 의도가 있는 것처럼 느껴져 거북했다. 하지만 멜즈가 할 수 있는 일은 별로 없었다. 이 성은, 이 숲은 왕인 그의 것이었으니까. 그리고 슬레이브인 멜즈는 물론이요, 포로인 이사나 역시 그의 소유물이었다. 멜즈는 애써 렉사의 존재감을 지워 버리려 애를 쓰는데, 렉사가 대뜸 이상한 걸 물어왔다.

"이사나 넥시움과 연인 관계라고 했었나?"

"네."

"그런데 옆에서 지켜보니 그와 그다지 연인다운 행동을 하지 않는군."

"……무슨 뜻입니까?"

연기처럼 피어나는 불안을 억누르며 멜즈는 조심스럽게 되묻는데, 렉사가 말했다.

"왜 이사나 넥시움과 교미하지 않는 거지?"

"……?"

도대체 무슨 의도로 이런 말을 하는 건지 이해할 수 없었다. 멜즈가 얼이 나간 얼굴로 렉사를 바라보자, 렉사는 감정을 알 수 없는 짙어진 눈으로 멜즈를 바라보며 말했다.

"연인이라면 응당 해야 하는 것 아닌가? 하지만 아무리 지켜보아도 너희 둘은 교미를 하지 않더군."

……지금, 장난하는 건가? 이사나의 병이 도대체 무엇 때문에 생긴 건데! 멜즈는 분통이 터져 죽을 것 같았다. 이사나의 병은, 카노스는 인간이 알리페르의 숙주가 됨으로써 생겨나는 병이었다. 그까짓 번식이 뭐라고 한 사람의 삶을 산산조각 내는 것일까. 하지만 알리페르들에겐 인간의 사정 따윈 어찌 되든 상관없는 일일지도 몰랐다. 그들이 인간을 이해해야 할 필요는 없으니까. 멜즈는 치미는 화증을 눌러 참으며 렉사에게 말했다.

"연인이라고 반드시 교미를 하는 건 아니라고 생각합니다."

"궤변이군. 교미도 하지 않는데 연인이라고 할 수 있나."

"……."

"이제껏 많이 해 왔을 텐데 왜 여기서는 하지 않는 거지? 남의 손을 탄 흔적이 남아 있어 불쾌한 건가?"

"왕께서 왜 이런 질문을 하시는지 이해할 수 없습니다!"

멜즈는 견디지 못하고 소리 질렀다. 왕은, 렉사는 말대답을 싫어했다. 절대적인 자리에 군림하고 있었기에 심기에 거스르는 것들은 절대 용서하지 않았다. 그로 인해 멜즈 역시 수없이 형벌을 받았고 결국 굴종을 체득했다. 하지만 이런 것은 견딜 수 없었다. 이사나와의 관계는 누구에게도 침범당하고 싶지 않은 성역이었다. 하루 종일 벌을 받게 되더라도 이 모욕을 참아 넘길 수 없었다. 멜즈가 씩씩거리며 렉사를 노려보자, 렉사는 서늘한 얼굴로 말했다.

"불쾌한 게 아니라면 지금 당장 이사나 넥시움과 교미해."

"……지금, 무슨 말을……."

"명령이다."

렉사의 말에 멜즈는 아연실색하다가 굳어진 얼굴로 대답했다.

"싫습니다."

"싫다?"

"네, 싫습니다."

멜즈의 말에 렉사는 어처구니가 없다는 듯 코웃음을 쳤다. 멜즈는 긴장된 얼굴로 렉사를 바라보는데, 렉사가 사나운 얼굴로 말했다.

"너는 아직도 네 스스로 뭔가를 결정할 수 있다고 생각하나 보군."

"……!"

그 말과 동시에 멜즈의 몸이 또다시 마음대로 움직였다. 금방까지 물수건으로 이사나의 얼굴을 닦아 주고 있었는데, 어느새 이사나를 침대에 쓰러뜨리고 그 위에 올라타고 있었다. 멜즈는 몸을 덜덜 떨며 이사나를 내려다보았다. 당장이라도 몸의 주도권을 빼앗길지도 모른다는 생각에 신경이 타들어 갔다. 이사나는 고개를 갸웃거리며 멜즈에게 물었다.

"멜즈?"

이사나는 무슨 일이 일어나고 있는지도 모른 채 천진한 얼굴로 멜즈를 올려다보고 있었다. 그 순진한 눈빛에 멜즈는 이사나와 지새웠던 많은 밤들을 떠올렸다.

시탈로프 숲에서 존데를 회수하는 여자아이를 뒤쫓다가 부상을 입고 돌아온 날, 이사나는 새하얗게 질린 얼굴로 밤새 간호해 주었다. 며칠 동안 고열이 들끓어 온몸이 아팠지만, 참 행복했다.

감찰단을 돌려보내고 미래를 약속한 날, 이사나는 가족에게 받았던 해묵은 상처들을 고백하며 울었다. 그를 다독이며 그를 행복하게 해주겠다고 결심했다.

원정에 실패하고 콜로니로 돌아오던 날, 이사나와 키스했다. 수많은 동료들을 잃고 비탄에 빠진 가운데, 살아남았기에 슬픔에 젖어 있기보다 행복하자며, 서로 망설이고 있던 한걸음을 함께 내딛었다. 어두운 막사 안에서 서로의 체온을 나누며 변치 않을 사랑을 맹세했다.

그러니.

"으윽⋯⋯! 큭, 윽⋯⋯!"

머릿속을 헤집는 강제력에 멜즈는 눈앞이 붉어지고 온몸의 근육이 다 터져 버릴 것 같은 기분이 들었다. 하지만 멜즈는 버텼다. 이사나에게 절대로 손대고 싶지 않았다. 그에게 해를 끼치고 싶지 않았다. 태어나서 이제껏 그에게 짐만 되었다. 그에게 고민만 되었을 뿐이다. 그는 섭섭할 정도로 어른스럽게 사랑을 퍼부어 주었는데, 자신은 아무것도 해 준 것이 없었다.

숨이 막혀 왔다. 턱 아래로 코피가 줄줄 흘러내렸다.

하지만 싫었다. 설령 이대로 죽게 된다 하더라도 이사나에게는 털 끝 하나 손대고 싶지 않았다. 우리의 사랑이 누군가의 유희 거리가 되게 하고 싶지 않았다. 멜즈는 시뻘겋게 충혈된 눈으로 렉사를 노려보았다.

너만은 죽어서도 용서하지 않으리라.

이사나를 짓밟고 끝까지 그의 명예를 더럽히려 한 너만큼은 지옥에서도 저주하리라.

피눈물을 뚝뚝 흘리면서도 멜즈는 사납게 렉사를 노려보았다. 그런 멜즈를 무감정한 눈으로 내려다보던 렉사는 얼마 지나지 않아 멜즈를 풀어 주었다. 순식간에 몸의 주도권이 돌아오자, 정신 지배를 거부한 부작용이 온몸을 덮쳤다. 버티고 있을 힘조차 없어 멜즈는 풀썩 쓰러졌다. 그러자 이사나가 멜즈의 품 안에서 기어 나와 멜즈를 붙잡고 울었다.

"멜즈……. 흑, 멜즈……!"

눈에 실핏줄이 터지고 코피가 줄줄 흐르는 등 몰골이 말이 아니어서 그런지 이사나는 저번보다 더 크게 울었다. 피투성이가 된 멜즈를 끌어안으며 이사나는 어찌할 줄을 몰랐다. 병증에 고스란히 의식이 잡아먹혔음에도 여전히 연인은 상냥해 멜즈는 가슴이 아팠다. 멜즈는 힘겹게 웃으며 이사나를 달랬다.

"괜, 찮아요. 이사나."

"흐으, 윽, 흑……."

"멀쩡, 해요……. 아프지 않아요……."

사실은 무진장 아팠다. 자신이 알리페르라는 것을 더 이상 저주할
수 없을 만큼 끔찍했다. 서글픈 자신의 처지에 멜즈는 울컥 눈물이
나왔지만, 멜즈는 이사나를 끌어안고 그가 진정될 때까지 도닥여 주
었다. 그러다 주위가 너무 조용해 옆을 돌아보자, 렉사가 앉아 있던
자리가 텅 비어 있는 게 보였다.

다행히 이상한 심술은 포기한 모양이다.

맥이 탁 풀린 멜즈는 이사나를 끌어안고 눈을 감았다. 언제나처럼
그의 품 안에선 기분 좋은 냄새가 났다.

멜즈는 이대로 일이 마무리되었다고 생각했다. 하지만 그건 착각에
불과했다.

* * *

그날 이후, 렉사는 이사나를 안기 시작했다.

"훗, 으응, 읏……!"

"……."

그것도 멜즈가 보는 앞에서 말이다. 멜즈는 이를 갈며 렉사를 노
려보았다. 이제 더 이상 렉사는 멜즈를 벌하지 않았다. 멜즈의 약점
인 이사나를 대신 괴롭힐 뿐이었다. 멜즈는 핏발 선 눈으로 렉사를
노려보았다. 죽여 버리고 싶었다. 저놈을 찢어발길 수만 있다면 악
마에게 영혼이라도 팔 수 있을 것 같았다. 멜즈의 살기 어린 시선에

이사나를 뒤에서 범하던 렉사는 가소롭다는 듯 멜즈를 바라보았다. 렉사는 이사나를 일으켜 제 허벅지에 올려놓고 멜즈에게 보였다. 갑자기 결합이 깊어지자 이사나는 놀라서 버둥거렸다.

"시, 싫어……! 시, 웃, 싫어어……!"

이사나는 비명을 내지르며 도리질을 쳤지만, 렉사는 아랑곳없이 이사나의 몸을 탐할 뿐이었다. 말랑한 귓불을 잘근거리고 뾰족하게 도드라진 유두를 잡아 비틀며 성기를 마구 쳐올렸다. 렉사의 손아귀에 단단히 붙잡힌 이사나는 무력하게 흔들리다가 결국 울음을 터트렸다.

"훗, 으웃, 흑, 흐윽……."

무척 서럽다는 듯 이사나는 흐느끼며 눈물을 망울망울 떨어뜨렸다. 하지만 렉사는 들은 체도 하지 않고 계속 이사나를 탐할 뿐이었다. 수만의 제국군 병사를 휘하에 두었던 황자를 성노 취급할 뿐이었다. 이사나는 신음을 흘리며 멜즈를 바라보았다.

"멜, 흑, 멜즈……."

"……."

"멜즈, 웃, 흐윽, 멜즈……."

'씨발…….'

다른 건 다 참을 수 있었다. 코피가 터질 정도로 벌을 받는 것? 그래 봐야 버티다 보면 언젠가 끝이 나게 되어 있었다. 하지만 이사나가 우는 것만은 참을 수 없었다. 제발 구해 달라는 듯 절박한 얼굴을 한 저 모습만은 도저히 견딜 수 없었다.

일주일째.

렉사가 멜즈의 앞에서 이사나를 안기 시작한 게 벌써 일주일째였다.

처음에는 경악했다. 이사나에게서 렉사를 떼어 내려 애를 쓰기도 했다. 하지만 멜즈는 일개 슬레이브에 불과했다. 왕의 장기 말만도 못한 노예 신세였다. 왕과 대적하기는커녕, 다른 알리페르들에게 붙들린 채 이사나가 유린당하는 과정을 고스란히 지켜볼 수밖에 없었다.

이게 반항에 대한 대가라면 효과는 굉장했다. 멜즈는 이제 반항할 엄두조차 내지 못했다.

"그만해요."

"……."

"이제 그만하라고요!"

멜즈가 비통한 얼굴로 소리쳤지만, 렉사는 반쯤 선 이사나의 것을 만지며 목덜미를 물어뜯을 뿐이었다. 철저하게 유린당하는 그 모습을 더 이상 지켜볼 수 없어 멜즈는 고개를 떨어뜨리는데, 렉사가 나른한 목소리로 멜즈에게 말했다.

"도대체 뭘 그만하라는 건지 알 수 없군."

"……."

"고개 들어."

무형의 힘이 또다시 멜즈의 고개를 마음대로 움직였다. 앞을 보자, 렉사의 손에 완전히 발기한 이사나의 것이 보였다. 렉사는 기둥을 훑고 귀두 끝을 검지로 꾹꾹 누르며 파정을 유도하고 있었다. 이사나는 도달할 듯 말 듯 한 안타까운 감각에 어찌할 줄을 모르며 울었다. 렉사가 그런 이사나를 엎어 놓고 또다시 추삽질을 하기 시작했다.

"흐응, 으응, 하읏, 웃, 웃, 아아……!"

"어때? 기분 좋아? 응?"

"아앗! 앗! 아아……!"

렉사가 추삽질을 하자, 이사나는 백치처럼 신음하며 구겨진 침대 시트를 붙잡고 흔들거렸다. 두려움에 얼룩졌던 얼굴은 온데간데없었다. 이사나의 얼굴은 어느새 쾌감으로 벌겋게 물들어 있었다. 렉사는 그런 이사나가 사랑스럽다는 듯 연신 어깨와 등허리에 키스하며 안을 휘저었다. 그러자 이사나는 새빨갛게 달아오른 몸을 파르르 떨며 달콤한 신음을 흘려 댔다.

'……젠장…….'

멜즈는 얼굴을 새빨갛게 물들인 채 고개를 숙였다. 부끄럽게도 이사나의 흐트러진 모습에 아래를 세우고 말았다. 하지만 시각적인 충격이 지나치게 강렬했다. 쾌락에 넋을 놓고 신음하는 이사나의 모습이 도무지 망막에서 지워지지 않았다.

이사나가 원해서 저런 모습이 된 게 아니라는 것쯤은 알고 있었다. 반복된 성적 학대로 강제적인 관계에서도 쾌락을 느끼게 되었다는 것쯤은 알고 있었다. 하지만 그런 이사나의 사정을 안다면, 이사나의 저런 모습에 슬픔을 느껴야 할 터였다. 멜즈 역시 이사나가 저렇게 된 게 서글프기는 했다. 하지만 그런 이사나를 보며 아래를 세우는 자신이 있었다.

이래서 인간이 아닌 것이다.

이래서 자신은 알리페르인 것이다.

자괴감과 육욕에 현기증을 느끼며 멜즈는 질끈 눈을 감았다. 아래가 너무 당겨 당장이라도 터져 버릴 것 같았다. 머리가 핑핑 돌았다. 아까부터 이사나에게서 풍겨 오는 단내로 숨을 쉴 수 없었다. 멜즈는 자신도 모르게 갈망하는 눈으로 이사나를 바라보았다. 한 치의 이성도 없이 쾌락에 잠겨 흐리멍덩한 눈을 한 이사나가 보였다. 무서울 정도로 정욕에 불씨를 당기는 얼굴이었다. 멜즈는 이를 악물며 다시 고개를 숙이는데, 어느새 파정한 렉사가 이사나의 안에서 성기를 빼내며 말했다.

"정말 예쁜 인간이지 않나?"

"······."

"인간을 안은 놈들은 다들 그러더군. 알리페르와 달리 부드럽고 따뜻해 안는 맛이 좋다고."

렉사가 침대에 널브러진 이사나를 안아 올리자, 아직 파정하지 못한 이사나는 몸을 움찔거리며 렉사에게 몸을 기대 왔다. 그의 다리 사이로 안에서 흘러나온 정액이 질척거리고 있었다. 지독히 외설적인 광경에 멜즈는 눈을 돌리는데, 이번에도 렉사는 그걸 허락해 주지 않았다. 강제로 이사나와 마주 보게 했다.

발갛게 뺨이 달아오르고 땀에 흠뻑 젖은 이사나는 두려움이 밀려올 정도로 야해 보였다. 쾌락으로 헐떡이는 가슴과 너무 울어 붉어진 눈가에 입을 맞추고 싶어 견딜 수 없었다. 그런 멜즈의 욕망을 알아차리기라도 하듯 렉사는 이사나의 턱을 틀어쥔 채 말했다.

"이리 와."

"······."

"네 연인이 힘들어하잖아?"

렉사의 말에 멜즈는 저항할 생각조차 못한 채 이사나에게 다가갔다. 붙박인 것처럼 계속 벽에 서 있던 멜즈가 다가오자, 이사나의 몽롱한 눈이 멜즈에게 고정되었다.

"멜즈……."

타액으로 흠뻑 젖은 입술에서 탄식과도 같은 부름이 흘러나왔다. 멜즈는 알고 있었다. 이사나가 자신을 부르는 것에는 어떠한 의미도 없다는 것을. 하지만 제정신을 차렸을 땐 이미 이사나의 앞에 서 있었다. 사흘간 물 한 모금 마시지 못한 사람처럼 지독히 갈망하는 눈으로 그를 보고 있었다. 그런 멜즈를 조금도 알아차리지 못한 채 이사나는 멜즈를 향해 배시시 웃었다.

"멜즈……."

이사나는 응석을 부리듯 멜즈의 손을 붙잡고 뺨을 비벼 댔다. 딱딱한 외골격이 뒤덮인 손바닥으로 말랑하면서도 뜨거운 체온이 전해졌다. 멜즈는 못 박힌 것처럼 우뚝 굳어져 있는데, 이사나가 멜즈의 손바닥에 키스하며 작게 신음했다.

"멜즈……. 멜즈……."

정욕이 서린 이사나의 눈과 마주친 순간, 멜즈는 더 견디지 못하고 허겁지겁 키스했다. 입술이 맞닿자, 당연한 것처럼 이사나는 입을 열고 멜즈를 맞이했다. 그런 그를 끌어안으며 멜즈는 정신없이 그의 입 안을 탐했다. 달았다. 어떻게 사람이 이렇게 달 수 있을까 싶을 정도로 이사나의 입 안은 달콤하기 짝이 없었다.

이사나를 침대 위로 쓰러뜨린 멜즈는 숨을 헐떡이며 이사나를 내려다보았다. 당연하지만 이사나를 안아서는 안 되었다. 안으면 이사나의 병증이 더 심해질지도 몰랐다. 그럼에도 멜즈의 손은, 정신 지배에서 풀려나지 못한 손은 아까부터 만지고 싶었던 그의 입술을 훑고 있었다.

한번 손을 대자 더는 멈출 수 없게 되었다.

누구의 의지건 이젠 아무래도 좋을 일이 되어 버렸다.

흐리멍덩한 정신으로 멜즈는 이사나를 끌어안고 다시 한번 입을 맞췄다. 뜨거운 살덩이를 단단히 휘감고 다시는 헤어지지 않을 것처럼 입술을 비비며 그의 입 안을 빨아먹었다. 키스는 달콤하고 황홀하며 어딘가 아릿한 기분이 들게 했다.

이사나가 너무 사랑스러웠다. 병으로 망가져 자기 자신마저 잃었음에도 멜즈에게 이사나는 단 하나뿐인 연인이었다. 단 하나뿐인 세상의 미련이었다. 멜즈는 목덜미를 핥고 오랫동안 괴롭혀져 퉁퉁 부은 유두를 상냥하게 혀로 굴렸다. 그러자 이사나가 신음을 흘리며 몸을 움찔거렸다.

"이사나……."

"아앙, 읏, 아앗! 아! 으읏……!"

"이, 사나……."

멜즈는 한시가 급한 사람처럼 이사나의 안으로 성기를 집어넣었다. 갑작스러운 삽입에 이사나는 놀란 듯 작게 신음했지만, 방금까지 렉사의 것을 받아서인지 안은 부드럽게 풀려 있었다. 오히려 간헐적으로 몸을 떨며 사정하기까지 했다. 멜즈는 이사나의 둔부를 꽉 붙잡고 미친 듯이 들이박았다. 잘게 수축하는 안은 믿을 수 없을 만큼 기분 좋았다. 이제는 이사나를 안는 게 자신의 의지인지 왕의 명령인지 알 수 없었다. 그저 이 몸뚱이를, 이 사랑스러운 사람을 계속 탐하고 싶을 뿐이었다.

이사나의 허벅지를 한계까지 벌리고 푹 들이박자, 이사나는 허리를 둥글게 휘며 비명을 내질렀다. 어느새 이사나의 몸은 온갖 체액들로 뒤범벅되어 있었다. 그 음탕하기 짝이 없는 모습에 멜즈는 머리가 타 버릴 것 같았다.

"앗! 아웃! 아! 훗, 아으, 아, 아, 아……!"

"이사나, 웃, 이사나……!"

멜즈는 뭔가에 쫓기는 사람처럼 이사나를 붙들고 거칠게 박아 댔다. 렉사의 말처럼 이사나의 안은 뜨겁고 부드러우며 기분 좋았다. 무엇 때문에 참고 있었는지 이제는 기억조차 나지 않았다. 멜즈는 이사나를 꽉 끌어안은 채 그의 안에 파정했다. 본능처럼 정액이 새어 나가지 못하도록 깊숙이, 보다 깊숙이 쑤셔 넣으려 애를 썼다.

버거운지 이사나는 멜즈의 품에서 벗어나려 버둥거렸다. 하지만 멜즈는 포식자처럼 이사나를 짓누른 채 몸을 떨어 댈 뿐이었다. 지독한 쾌감과 거북함으로 낯을 찌푸리는 그가 사랑스러웠다. 멜즈는 습관처럼 이사나의 턱을 붙잡고 그의 입술을 열렬히 탐했다.

한번 물꼬를 튼 정사는 밤늦도록 계속되었다. 렉사는 엉망으로 뒤엉킨 둘을 조용한 눈으로 계속 지켜보았다.

* * *

이사나를 안으라는 렉사의 명령은 그날 하루로 끝나지 않았다.

"흐웃, 으으, 하앗, 아, 앗!"

"하아, 아, 훗……!"

멜즈가 굴복하자, 렉사는 멜즈로 하여금 매일 이사나를 안게 했다. 그리고 그 광경을 처음부터 끝까지 고스란히 지켜보았다. 때로는 그가 끼어들어 함께 이사나를 안을 때도 있었다.

행위가 끝나면 멜즈는 끝없는 자괴감에 빠져들었다. 이사나를 지켜 주지는 못할망정 제정신도 아닌 그를 안았다는 죄책감과 어차피 자신이 하지 않았어도 렉사가 안았을 거라는 변명이 날카롭게 서로를 공격했다.

정사를 치른 뒤 기절하듯 잠든 이사나를 보면 멜즈는 문득 모든 걸 포기하고 싶은 생각이 들 때가 있었다. 치욕만 남은 삶을 그와 나란히 정리하고 싶은 충동이 들 때가 있었다. 하지만.

'앞으로 내가 어떻게 되든 계속 살아 있어 줘. 설령 내가 죽게 되더라도 그래도 너만은 계속 살아 있어 줘. 위험한 짓 하지 말고 너자신을 아끼면서, 좋아하는 사람들과 계속 행복하게 살아 줘.'

이사나는 상황이 이렇게까지 비틀릴 줄 알고 그런 말을 했을까? 이렇게 굴욕적인 미래만 남는다는 걸 알고 그런 말을 했을까? 이사나가 그저 자신을 걱정해 한 말이라는 걸 알면서도 그의 소망이 무겁게 느껴졌다. 결코 지켜 줄 수 없는 약속이라 미안함만 남을 뿐이었다. 렉사의 슬레이브가 된 자신에게 삶을, 행복을 추구할 자격은 없으니까.

단지 바라는 게 있다면, 그건 이사나를 헥사비스로 돌려보내는 것뿐이었다. 그 뒤는 어떻게 되든 상관없었다.

멜즈는 고단해 보이는 이사나의 얼굴을 쓸며 나쁜 생각을 지워냈다. 기회는 반드시 올 터였다.

\* \* \*

"이사나, 이리 와요."

"싫어. 멜즈 나 그거 싫어."

이사나는 도망치듯 주춤주춤 뒤로 물러났다. 조금 떨어진 곳에 앉아 눈치 보는 모습이 귀엽긴 했지만, 그래도 안 할 수 없었다. 멜즈는 살살 달래듯 말했다.

"뒤에 남은 걸 빼야 나중에 안 아파요. 이리 와요, 안 아프게 할게요."

멜즈의 말에 이사나는 울상을 지었다. 정말 하기 싫은 듯했지만, 어쩔 수 없었다. 이사나를 안지 않는다는 선택지가 없는 이상, 그의 뒤에 남은 정액이라도 빼내야 안심이 되었다. 멜즈가 어서 오라는 듯 팔을 벌리자, 이사나는 울상을 지으면서도 순순히 멜즈에게 안겼다.

"착해요."

멜즈는 이사나의 머리를 쓰다듬으며 그를 칭찬했다. 그러자 이사나가 응석을 부리듯 멜즈에게 파고들었다. 이사나가 긴장을 푼 듯하자, 멜즈는 이사나의 뒤로 손가락을 집어넣었다.

"웃……!"

안으로 손가락이 들어오자, 이사나는 화들짝 놀라며 몸을 굳혔다. 꽤 거북한지 도망치려는 기색마저 보였다. 하지만 안 되었다. 도망치지 못하게 이사나를 꽉 끌어안은 뒤 멜즈가 안을 크게 휘젓자, 진득하니 고여 있던 정액이 다리 사이로 주륵 흘러내렸다.

'으으……'

최대한 아무 일 아닌 것처럼 진행하고 싶었지만, 그럴 수 없었다. 정말 파렴치한 같지만, 매일 이사나를 안아서인지 이제는 이사나의 냄새만 맡아도 세우게 되었다.

멜즈는 기분 좋게 손가락을 무는 내부를 느끼지 않으려 애를 쓰며 정액을 긁어냈다. 깊숙한 곳까지 사정한 탓에 정액을 빼내는 작업은 유사 성행위에 가깝게 진행되었다. 전부 빼냈다는 판단이 서자, 멜즈는 얼른 손가락을 빼내고 허둥지둥 이사나의 다리 사이를 닦아 냈다. 그런데 이사나가 작게 칭얼거렸다.

"멜즈……."

"아……."

어느새 이사나의 것이 빳빳하게 기립해 있었다. 새빨갛게 얼굴을 물들인 이사나는 오줌 마려운 아이처럼 몸을 배배 꼬았다. 정신이 어려진 이사나는 혼자 수음을 할 줄 몰랐다. 그래서 이렇게 아래를 세우면 어찌할 바를 몰라 하며 끙끙대기만 했다. 초조하게 손발을 꼼지락거리는 이사나를 보며 멜즈는 침을 꿀꺽 삼켰다. 잠시 갈등하던 멜즈는 이사나를 쓰러뜨리고 그의 것을 한입에 삼켰다.

"메, 멜즈……!"

이사나가 울먹이며 신음했지만, 멜즈는 못 들은 척 이사나의 것을 강하게 빨아먹었다. 이건 전부 이사나가 괴로워 보여서 하는 거야. 절대 내가 하고 싶어서 하는 게 아니야. 멜즈는 스스로에게 말하며 자꾸만 힘이 들어가는 자신의 성기를 억눌렀다. 자위 기구가 된 것처럼 멜즈는 혀와 입을 열심히 움직이며 이사나의 사정을 도왔다.

"아, 아아……!"

멜즈의 머리를 붙잡고 끙끙거리던 이사나는 결국 절정에 다다랐다. 무릎을 세우고 다리를 잘게 경련한 이사나는 멜즈의 입 안으로 정액을 분출했다. 쾌감이 컸는지 평소보다 사정하는 양이 많았다. 그것을 달게 삼킨 멜즈는 이사나에게 옷을 입혀 준 뒤 곧장 욕실로 들어갔다.

"읏……!"

허겁지겁 하의를 내린 멜즈는 아까까지 이사나의 뒤를 휘젓던 손가락으로 자신의 것을 빠르게 훑었다. 입안에서는 여전히 이사나의 맛이 감돌고 있었다. 그걸 한 점이라도 놓칠세라 입가에 묻은 것까지 전부 닦아 먹으며 손으로는 성기를 훑었다. 절정은 어처구니없을 정도로 빨랐다. 손바닥을 흥건히 적시는 정액을 보고 나서야 멜즈는 뒤늦은 자괴감을 느꼈다.

'내가 지금 뭘 하는 거지?'

렉사가 이사나를 안게 한 이후부터 머리 한쪽이 이상해진 것 같았다. 지나칠 정도로 쾌락에 탐닉한 자신을 발견할 수 있었다. 우울한 얼굴로 손을 씻고 나오는데, 문밖에서 노크하는 소리가 들려왔다. 밖으로 나가자, 히람이 있었다.

"아, 계셨군요!"

"무슨 일인가요?"

"어제 콜로니 근처를 들르게 되어 예전에 부탁하신 것을 구해 왔습니다."

히람은 의기양양한 얼굴로 보따리 하나를 내밀었다. 멜즈는 히람에게서 보따리를 받아 허겁지겁 내용물을 확인해 보았다. 온갖 종류의 약통들이 보따리 안에서 나왔다. 이사나가 먹었던 것으로 추정되는 약 역시 그 안에 있었다.

예상대로 콜로니에는 이사나의 약이 남아 있었다. 생각보다 양이 꽤 많았다. 이것으로 이사나의 약을 구한다는 1차 목표는 달성된 셈이다. 멜즈는 약통을 다시 보따리에 넣어 정리하는데, 히람이 의아해하며 물었다.

"그런데 그게 뭔가요?"

"별거 아니에요. 인간들이 먹는 영양제예요."

"그래요?"

히람은 어디에 사용하는 물건인지 자세히 알고 싶은 눈치였지만, 멜즈는 입을 다물었다. 이곳에서 이사나의 병이 밝혀져 봐야 좋을 일이 없었다. 숙주로 사용하기 적절치 않다고 생각되어 살해당할지도 몰랐다. 이상한 심술을 부리는 렉사라면 그러고도 남았다.

그러니 이사나를 빨리 이곳에서 내보내야 했다.

멜즈는 표정을 가다듬으며 히람에게 물었다.

"전에 얼핏 헥사비스 근처에서 약제사 일을 하는 알리페르에 대한 애기를 들은 적이 있는데, 아세요?"

멜즈의 말에 히람은 고개를 갸웃거리다가 화색을 띠며 말했다.

"아아! 그 날개 없는 녀석이요? 그런데 그 녀석은 왜요?"

"그를 이곳으로 불러 줄 수 있을까요? 이사나가 후계를 낳을 날이 얼마 남지 않은 것 같아 그에게 도움을 받고 싶거든요."

멜즈는 일부러 그럴듯한 사족을 덧붙이며 히람의 눈치를 보았다. 히람은 생각보다 권한이 높은 알리페르였다. 작년에 죽었다는 '클레르'라는 알리페르의 후임이 되면서 성의 안살림을 실질적으로 총괄하고 있었다. 그는 날벼락처럼 일을 떠맡게 된 것 같았지만, 그의 영향력이 없는 건 아니었다. 가슴을 졸이며 히람의 대답을 기다리는데, 히람이 생각보다 쉽게 고개를 끄덕이며 말했다.

"알겠습니다. 그 외에 또 필요한 건 없으십니까?"

"……아직은 없어요."

"필요하면 언제든 말해 주세요."

히람은 쾌활하게 웃으며 말했다. 히람을 보낸 뒤 방 안으로 들어온 멜즈는 길게 한숨을 내쉬었다.

"하아……."

이사나를 헥사비스로 돌려보낼 계획은 어쩌어찌 순조롭게 진행되는 것 같았다. 약도 구했고 킷과 만나는 일도 생각보다 순조롭게 풀릴 것 같았다. 하지만 너무 순조롭게 일이 진행되다 보니 오히려 불안이 밀려왔다. 멜즈는 일단 히람에게서 받은 약병들을 찬장 안에 차곡차곡 쌓아 두는데, 침대에 앉아 있던 이사나가 앓는 소리를 냈다.

"윽, 읏, 으윽……!"

이사나는 새하얗게 질린 얼굴로 배를 움켜쥐고 있었다. 멜즈는 약병을 정리하다 말고 헐레벌떡 이사나에게 다가갔다.

"이사나, 괜찮아요?"

멜즈가 물었지만, 이사나는 괴로운 얼굴로 배만 움켜쥘 뿐이었다. 멜즈가 이사나의 배를 살펴보자, 부푼 배 안에서 뭔가가 꿈틀거리는 게 느껴졌다.

알미운 놈들……. 왜 가만히 있질 못해서 이사나를 괴롭게 하는 거야?

멜즈는 괜히 속상해져 볼록 튀어나온 배를 꾹꾹 누르는데, 이사나가 젖은 눈으로 멜즈에게 칭얼거렸다.

"멜즈, 아파……."

"미, 미안해요! 안 할게요!"

멜즈는 화들짝 놀라 손을 뗐지만, 이사나는 여전히 고통스러운 얼굴로 흐느끼듯 말했다.

"여기, 아파……."

이사나는 많이 아픈지 결국 눈물을 떨어뜨렸다. 이사나가 힘들어

하는 모습에 멜즈도 많이 속상하고 가슴 아팠지만, 멜즈가 할 수 있는 일은 그다지 없었다. 통증이 가라앉을 때까지 그의 손을 잡아 주는 게 고작이었다.

얼마 후 통증이 가라앉자, 이사나는 지친 눈을 껌뻑거리다가 잠이 들었다. 멜즈는 조심스럽게 그에게 이불을 덮어 준 뒤 걱정 어린 눈으로 그를 바라보았다.

이사나를 헥사비스로 돌려보내려면 일단 이사나의 배 속에 있는 것들을 없애야 했다. 이들과 같이 갈 수 없는 노릇이니까. 하지만 동시에 자신이 이들의 목숨을 결정할 권리가 있나 하는 생각이 들었다. 이 안에 있는 유충들이나 자신이나 별반 다를 게 없는 처지이니 말이다. 멜즈는 침울해졌다. 같잖은 이입일 수도 있지만, 적어도 이사나에게 사랑받았던 자신과 달리 햇빛 한 점 못 볼 이들을 생각하니 썩 기분이 좋지는 않았다.

\* \* \*

오늘도 어김없이 렉사는 이사나를 안으라고 강요했다.

"읏, 으응, 읏, 흐으……."

하지만 오늘따라 이사나가 많이 아파했다. 온몸이 노곤해질 정도로 전희를 해 주었지만, 이사나는 쾌감을 느끼다가도 종종 배를 움켜쥐고 끙끙거렸다. 얼굴이 빨개졌다가 하얘졌다가를 반복하니 멜즈로서는 도저히 그를 안을 수 없었다.

'어떡하지…….'

멜즈는 일부러 시간을 끌며 이사나를 안지 않았다. 하지만 이런 조잡한 수법이 얼마나 갈지는 알 수 없었다. 그렇지만 이사나가 많이 아파했다.

왕에게 얘기라도 꺼내볼까?

멜즈는 이사나와 키스하며 렉사를 곁눈질했다. 테이블에 앉은 렉사는 여전히 무슨 생각인지 모를 얼굴로 둘의 정사를 지켜보고 있었다. 애초부터 왜 이런 짓을 강요하는지 알 수 없었다. 한 번이라면 그저 이사나를 조롱할 목적이라고 생각했을 텐데 지나치게 횟수가 많았다.

도대체 무슨 생각인 걸까. 무슨 의도인 걸까.

뭐가 뭔지 몰라 머릿속이 혼란스러운데, 한창 키스를 하던 이사나가 멜즈를 밀어냈다. 멜즈는 의아해하며 이사나를 바라보는데, 이사나가 이를 악문 채 끙끙거리는 게 보였다. 더는 지켜볼 수 없어진 멜즈는 일단 말이라도 꺼내 보기로 했다.

"왕이시여."

"……?"

"오늘은 이사나를 안지 않으면 안 되겠습니까?"

멜즈의 말에 렉사의 얼굴이 대번에 서늘해졌다. 명령에 불복한 대가는 일전에 이미 톡톡히 치렀다. 이사나가 렉사에게 안기는 것으로 말이다. 하지만 이번만큼은 그렇게 되어서는 안 되었다. 렉사는 색사에 배려가 없는 편이었고 그 과정에서 이사나가 더 다칠 수 있었다. 멜즈는 절박한 얼굴로 렉사에게 애원했다.

"이사나가 며칠 전부터 아파하고 있습니다. 벌은 달게 받을 테니 제발 이사나를 쉬게 해 주십시오."

멜즈는 머리를 조아리며 부탁했다. 사실 렉사에게 부탁하는 건 죽기보다 싫었다. 명백히 나쁜 건 저놈인데 내가 왜 숙여야 하냐는 불합리함으로 화가 치솟았다. 하지만 이사나가 아팠다. 이사나를 편히 쉬게 할 수 있다면 이런 수모쯤은 괜찮았다. 멜즈는 조용히 왕의 처분을 기다리는데, 렉사가 덤덤히 말했다.

"알았다."

렉사는 너무나도 쉽게 그러라는 말을 했다. 멜즈는 얼떨떨한 얼굴로 렉사를 바라보다가 말을 번복할세라 자리에서 일어나 물수건을 챙겼다. 체액으로 뒤범벅된 이사나의 몸을 닦아 낸 뒤 재빨리 옷을 입혀 이사나를 침대에 눕혔다.

침대에 누운 뒤에도 이사나는 계속 배를 움켜쥐며 끙끙거렸다. 그런 이사나의 곁을 지키며 멜즈는 그의 손을 잡아주고 배를 문질러 주었다. 멜즈는 속상한 얼굴로 식은땀이 송골송골 맺힌 이사나의 이마를 닦아 내는데, 렉사가 그를 향해 말했다.

"너는 이사나 넥시움의 상태를 빨리 알아차리는군. 나는 그가 아픈 줄도 몰랐는데."

"……그의 손에서 자랐으니까요."

"그런가."

렉사는 어쩐지 힘 빠진 목소리로 중얼거렸다. 멜즈는 다시 고개를 돌려 이사나를 보았다.

이상했다.

원래 렉사는 볼일이 끝나면 밖으로 나갔는데, 오늘따라 나가지 않고 계속 방 안에 있었다. 거북했다. 그가 이사나를 걱정해 여기 있는 게 아닌가 하는 말도 안 되는 생각까지 들려고 했다. 멜즈는 애써 렉사의 존재감을 지워 내려 하는데, 렉사가 물었다.

"이사나 넥시움은 어떤 자였지?"

"……?"

"알리페르인 너를 어떤 식으로 대했나."

이사나를 깎아내릴 의도로 묻는 건가? 반발심처럼 그 생각이 먼저 들었지만, 표정을 보니 그건 또 아닌 것 같았다. 순수한 호기심이 느껴졌다. 거북하고 불길했다. 그가 왜 이런 질문을 하는지 이해할 수 없었다. 멜즈는 솟구치는 불안을 애써 억누르며 말했다.

"세상에 다시없을 보물처럼 아껴 주었습니다."

"……"

"그에게서 단 한 번도 부당한 대우를 받아 본 적이 없습니다."

"……그래?"

렉사는 어쩐지 음울한 얼굴로 고개를 돌렸다. 그런 렉사를 보며 멜즈는 왠지 모를 불안에 휩싸였다.

'킷, 제발 빨리 와요…….'

아닐 것이다. 분명 잘못 생각하는 것일 터였다. 알리페르의 왕인 렉사는 대척점에 선 이사나에게 어떠한 호감도, 관심도 없어야 했다.

반드시 그래야만 했다.

\* \* \*

그날 이후 렉사는 더 이상 멜즈에게 이사나를 안으라고 강요하지 않았다. 간혹 불쑥 찾아와 둘을 지켜보다가 가는 일은 있었지만, 딱히 무언가를 지시하지는 않았다.

이유 모를 불편함만 쌓여 가던 가운데, 왕이 또다시 숲을 나갔다.

이번에는 아예 작정한 모양인지 성내에 최소한의 알리페르들만 남겨 둔 채 모조리 끌고 나갔다. 바깥의 상황이 심상치 않게 돌아간다는 게 느껴졌지만, 멜즈로서는 이사나의 문제만으로도 벅찼다.

"이사나, 아— 해요."

"싫어, 안 먹어."

"에이, 그러지 말고 먹어요. 다 먹으면 머리 쓰다듬어 줄게요."

멜즈의 말에 이사나는 불만 어린 얼굴을 하면서도 물에 갠 가루약 을 꿀꺽 삼켰다. 꽤 쓴지 이사나의 얼굴이 잔뜩 찌푸려졌다. 멜즈는 활짝 웃으며 이사나를 칭찬해 주었다.

"잘했어요. 정말 잘했어요."

멜즈가 머리를 쓰다듬어 주었지만, 이사나는 여전히 토라진 얼굴 을 할 뿐이었다. 아마 그럴 것이다. 이렇게 맛없는 약을 하루에 세 번 이나 먹고 있으니 말이다. 하지만 병세에 차도를 보인다는 생각은 좀처럼 들지 않았다. 멜즈는 이사나를 끌어안은 채 애써 부정적인 생 각들을 밀어내려 애썼다.

히람을 통해 콜로니에 남아 있던 약을 가져오기는 했지만, 그것만 으로는 부족했다. 이사나의 병증은 예전보다 훨씬 진행된 상태였고 병증을 조절하기 위해서는 다른 약물들이 필요했다. 그랬기에 지금 멜즈가 할 수 있는 일은 고작해야 이전 약의 용량을 늘리는 것뿐이 었다.

하지만 이건 궁여지책에 불과했다.

"으으……."

약을 먹고 얼마 지나지 않아 이사나는 머리를 움켜쥔 채 신음을 내 뱉었다. 부작용이었다. 진통제를 같이 섞어 먹이긴 했지만, 그걸로는 모자랐던 모양이다. 안타까운 마음에 멜즈는 그의 손을 잡고 어찌할 줄을 모르는데, 갑자기 이사나가 멜즈의 손을 뿌리쳤다. 너무 아파서 그런 건가 싶어 그를 바라보는데, 이사나가 이상한 얼굴로 멜즈를 바라보고 있었다.

"……?"

생전 처음 보는 사람을 보는 것처럼 낯설고 경계 어린 기색이 느껴졌다. 재회한 이래로 이런 얼굴은 처음 봐 멜즈는 당혹감을 느끼는데, 문밖에서 노크 소리가 들려왔다. 멜즈는 일단 자리에서 일어나 밖으로 나갔다.

문밖에는 히람이 서 있었다.

"멜즈 님, 저번에 얘기하신 약제사를 데려왔습니다."

히람의 말에 그의 뒤를 보자, 킷이 보였다. 멜즈는 반가움에 소리지를 뻔한 것을 간신히 참고 초면인 척 킷과 인사를 나누었다. 그리고 방 안으로 들어오자마자 그를 끌어안았다.

"킷……!"

킷을 꽉 끌어안은 채 멜즈는 울컥 치솟는 감정을 다스리려 애를 썼다. 힘들었다. 누구 하나 도와주는 사람 없이 이곳에서 홀로 이사나를 지키는 일은 하루하루 살얼음판을 걷는 것 같았다. 멜즈는 입술을 깨물며 눈물을 보이지 않으려 애를 썼다. 그런 멜즈를 킷이 도닥이며 말했다.

"소식은 들었다. 고생이 많았더구나."

"미안해요, 킷. 이제 더 이상 킷에게 폐를 끼치지 않으려고 했는데, 도저히 방법이 없어서……."

멜즈는 킷을 볼 면목이 없어 고개를 떨어뜨렸다. 킷에게는 킷의 생활이 있었다. 이미 킷에게 갚기 힘들 정도로 신세를 졌는데, 도저히 어쩔 도리가 없었다. 누군가의 도움 없이 이사나를 헥사비스로 돌려보낼 방법이 없었다. 여기까지 와 준 킷이 너무 고맙고 미안해 멜즈는 눈도 마주치지 못하는데, 킷이 피식 웃으며 말했다.

"상황을 알고 있는데 어떻게 안 올 수가 있겠어?"

"하지만……."

멜즈가 킷에게 부탁하려는 것은 알리페르의 왕을 기만하는 일이었다. 킷이 오지 않았다면 무모하게 혼자서라도 일을 진행할 생각이었다. 하지만 킷은 흔쾌히 멜즈를 도우러 와 줬다. 킷은 씨익 웃으며 멜즈에게 말했다.

"이 정도로 널 외면할 거였다면 애초에 네가 길바닥에 쓰러져 있을 때부터 줍지 않았을 거다. 그나저나 네 총각를 소개시켜 주지 않을 거냐?"

킷의 말에 멜즈는 그제야 킷에게 이사나를 보이며 말했다.

"이 사람이 바로 이사나예요. 이사나, 이분은 제 은인인 킷이에요."

멜즈의 소개에 킷은 이사나에게 손을 내밀며 말했다.

"반갑습니다. 키티라고 합니다."

하지만 이사나는 킷의 손을 물끄러미 쳐다보기만 할 뿐 꼼짝도 하지 않았다. 멜즈는 당황한 얼굴로 킷에게 말했다.

"그게…… 이사나가 지금 병에 걸려 있어서 그래요. 아직 정신이 온전치 않거든요. 절대 킷을 싫어하는 건 아니에요."

"그래……?"

하지만 이사나는 노골적이다 싶을 정도로 킷을 노려보고 있었다. 원래 멜즈를 제외하면 누구에게도 반응을 하지 않던 이사나였다.

달라진 태도가 이상하긴 했지만, 멜즈는 일단 이사나를 헥사비스로 돌려보내는 것에 집중하기로 했다. 멜즈는 이사나를 재운 뒤 킷과 얘기를 나누었다.

"저는 이사나를 헥사비스로 돌려보낼 생각이에요. 그러기 위해서는 먼저 이 숲을 빠져나가야 해요."

하지만 그건 쉬운 일이 아니었다. 일단 멜즈는 히람을 비롯한 성내의 알리페르들에게 감시를 받고 있었다. 렉사가 대부분의 병력들을 끌고 나갔지만, 이들을 따돌리는 건 만만치 않은 일이었다. 그리고 멜즈는 슬레이브로서 렉사와 정신이 연결되어 있었다. 섣불리 계획을 실행했다가는 탈출은커녕 렉사에게 처벌만 받게 될 게 뻔했다. 멜즈는 자신이 세운 계획을 킷에게 말했다.

"우선 수면 효과가 있는 풀을 태워 성내의 알리페르들을 잠재운 뒤 콜로니로 갈 생각이에요. 거기서 이사나의 숙부님인 에드먼드 선생님께 연락해 이사나를 헥사비스로 들일 방법을 찾을 거고요. 선생님과 연락이 되면 킷은 이사나를 헥사비스까지 데려다주세요."

"너는 어쩌고?"

"저는 돌아갈 수 없을 거예요."

이미 렉사의 슬레이브가 되었기에 돌아간다고 해도 헥사비스에 해악만 끼치게 될 게 뻔했다. 이사나를 돌려보내는 것에 만족해야 했다. 킷은 무언가를 말하려다가 어두운 얼굴로 고개를 끄덕였다.

"알았다. 그게 네 결정이라면."

"고마워요, 킷."

멜즈는 진심으로 킷에게 감사했다. 그에게 입은 은혜는 죽어서도 갚기 힘들 터였다.

* * *

킷과 재회하면서 멜즈에게는 이사나를 돌보는 일 말고도 할 일이 하나 더 생겼다. 계획했던 대로 성내의 알리페르들을 전부 무력화시키기 위해서는 수면 효과가 있는 약초를 구해야 했다. 다행히 그 약초는 시탈로프 숲 안에서 자생하고 있었지만, 문제는 엄청나게 많은 양이 필요하다는 것이었다.

이사나에게 쓸 약초를 구한다는 명목 하에 멜즈는 히람의 허가를 받아 킷과 함께 하루 종일 약초를 캐러 다녔다. 사실 약초를 캐는 것 외에도 탈출을 위해 알아둬야 할 게 많았다. 지리 지형이라든가 시간에 따른 풍향 역시 꼼꼼히 파악해 놓는 게 좋았다.

"최근 헥사비스와 왕의 동태가 심상치 않다. 조만간 둘 사이에 큰 싸움이 벌어질 것 같다."

킷의 말에 멜즈는 캐낸 약초를 자루에 집어넣으며 물었다.

"싸울지도 모른다는 얘기는 성안에서 얼핏 들은 적이 있어요. 그런데 어떤 면이 심상치 않은 건가요?"

"왕도 헥사비스도 지나치게 병력을 늘리고 있어. 헥사비스의 경우 3년 전 콜로니를 건설한 이래로 이렇게까지 많은 병사들을 헥사비스 바깥으로 내보낸 적이 없어. 게다가 병사들의 행보도 예전과 좀 많이 다르다고 하더군. 예전에 이사나 넥시움이 이끌던 부대처럼 인간이라기엔 다들 지나치게 강했다고 해."

이사나가 이끌던 부대라면 스펙터 부대를 얘기하는 것일 터였다. 하지만 이제는 생체 의수를 이식받은 군인들이 얼마 남지 않았을 텐데? 그렇다면 답은 한 가지뿐이었다.

일반 병사도 알리페르만큼 근력을 낼 수 있게 해 주는 착용형 외골격 슈트, 'AM슈트'가 상용화된 것이다.

'가, 가까이 오지 마, 이 벌레 새끼야! 오지 마! 그냥 죽어! 죽으라고 이 벌레 놈아!'

기술팀의 팀장인 진저가 상용화의 남은 마무리 작업을 했을 터였다. 멜즈가 넘겨주었던 연구 노트를 기반으로. 멜즈는 왠지 모르게 울컥 화가 치미는 기분이 들었다. 벌레 새끼라고, 죽으라고 폭언을 퍼부었던 주제에 노트를 버릴 생각은 들지 않았던 모양이다. 멜즈는 애써 분기를 억누르려 애를 쓰는데, 킷이 이어서 말했다.

"하지만 역시 왕이 제일 이해가 가지 않아. 왕은 이제껏 헥사비스를 탐내는 기색조차 없었으니까. 그런데 어느 날 갑자기 주변의 군소 세력들을 통합해 전쟁을 준비하기 시작했지. 왕이 왜 그러는지 너는 짐작 가는 곳이 있나?"

"글쎄요……."

한때는 자신이 슬레이브가 되어 그 김에 헥사비스를 침공하려는 게 아닌가 생각했지만, 곰곰이 생각해 보니 그건 또 아닌 것 같았다. 렉사가 알리페르들을 모으기 시작한 건 자신이 왕위 계승전에 참전하기 전부터였으니까.

왕의 속마음을 모르겠다.

사실 성내의 누구도 렉사의 의도를 알지 못했다. 왕은 과묵한 데다 속마음을 내비치는 성격 또한 아니었다. 간혹 누군가가 이사나 때문에 그런 것이 아니냐는 말을 했지만, 논리적인 연관성은 없었다.

만약 이대로 알리페르 측의 전세가 우세하게 굴러간다면 이사나를 헥사비스로 돌려보내도 문제가 될 수 있었다. 머리가 아파 왔다. 어디에도 안전한 곳이 없어 보였다. 그럼에도 한 가지는 명백했다. 이곳이 이사나가 있을 곳이 아니라는 것이었다.

킷과 함께 성으로 돌아온 멜즈는 캐온 약초들을 적당한 곳에 널어놓은 뒤 이사나에게 돌아갔다. 이사나는 나가기 전과 똑같이 해가 잘 드는 창가에 앉아 있었다.

약을 먹기 시작한 지 3주쯤 지나자 이사나의 행동에 변화가 찾아왔다. 아이처럼 어리광을 부리는 모습은 온데간데없이 사라지고 말수 또한 극도로 줄어들었다. 표정도 사라져 이제는 그가 무슨 생각을 하는지 알 수 없어졌다. 하지만 멜즈는 언제나처럼 활짝 웃으며 그에게 말했다.

"이사나 다녀왔어요."

"……."

"제가 나가 있는 동안 별일 없었죠?"

대답은 이번에도 없었다. 하지만 멜즈는 아랑곳없이 이사나에게 식사를 챙겨준 뒤 찬장에서 약통을 꺼냈다. 절구로 지금 먹을 약을 빻은 멜즈는 그것을 물에 개어 이사나에게 가져갔다. 그러자 이사나가 무표정한 얼굴로 멜즈를 바라보았다.

낯선 얼굴, 낯선 눈빛이었지만, 멜즈는 그냥 넘기려 애를 썼다. 그저 약을 강하게 쓴 반동이었다. 기억에 혼선이 오고 인지 계통에 부작용이 와도 어쩔 수 없었다. 그나마 다행인 건 이사나가 좋은 환자라는 것이었다. 약을 거부하진 않았다.

약을 다 먹은 이사나는 다시 햇볕을 쬐며 성 아래를 내려다보았다.

그 무심한 모습이 거리감을 느끼게끔 했지만, 어쩌면 이게 옳은 건지도 몰랐다. 이사나는 이곳을 떠나 헥사비스로 돌아가야 하니까. 멜즈는 애써 섭섭한 마음이 들려는 걸 억누르는데, 이사나가 말했다.

"멜즈."

"네?"

오랜만에 이름이 불려 멜즈는 의아해하며 고개를 돌렸다. 그런데 이사나가 낯선 눈으로 멜즈를 바라보며 말했다.

"동생을 사랑해야지."

"……?"

"때리지 말렴."

뭐가 뭔지 모를 말에 멜즈는 얼이 나가는데, 이사나가 아무 일 없었다는 듯 다시 창밖을 내다보았다. 멜즈는 그런 이사나의 뒷모습을 멍하니 바라보다가 뒤늦게 정신을 차렸다.

약의 부작용이었다. 단순히 의미 없는 말을 늘어놓는 것에 불과했다. 별일 아니었다. 하지만…….

"……."

멜즈는 이사나의 부푼 배를 애써 외면했다. 이사나는 헥사비스로 돌아가는 도중 배 속의 유충들을 전부 잃을 예정이니까.

# 껍질 밖 (6)

"이게 뭐지?"

해가 뜨기 직전 새벽, 성의 경비를 서고 있던 알리페르가 어디선가 밀려오는 탁한 연기에 고개를 갸웃거렸다. 그에 함께 잡담을 나누고 있던 히람이 별거 아니라는 듯 알리페르에게 말했다.

"별거 아냐. 멜즈 님과 약제사가 요즘 이사나 넥시움에게 쓸 약을 만들고 있다고 했거든. 그것 때문일 거야."

"네에? 그런데 연기는 왜 나는 건가요?"

"약초를 태운 재로 만든다고 하던데? 자세한 건 나도 몰라."

히람은 멋쩍게 뒷머리를 긁적였다. 헥사비스에서 인간으로 큰 멜즈는 굉장히 똑똑한 알리페르였다. 모르는 게 없고 어려운 단어도 일상용어처럼 내뱉었다. 처음에는 너무 인간같이 굴어 멜즈를 꺼림

직하게 여겨졌지만, 충과에게 지극정성인 모습은 또 평범한 알리페르 같아 히람은 결국 그를 별난 알리페르쯤으로 여기게 되었다. 성내의 문제를 손쉽게 해결하는 모습에서 가산점이 붙기도 했고. 게다가 문제를 상담하러 갈 때마다 그는 귀찮은 얼굴을 했지만, 그래도 무시하지 않고 얘기를 다 들어 주었다. 요즘 알리페르답지 않게 참으로 성실했다. 그랬기에 원래는 안 되지만, 그가 숲으로 들어가고 싶다고 말했을 때도 허락을 해 주었다.

'그건 그렇고 연기가 성안으로 고이는 것 같은데······.'

해가 뜨기 직전이어서 그런지 공기가 침체되어 있었다. 아마 한낮이 될 때까지 공기가 순환되지 않을 터였다. 그 말은 이 연기 역시 한낮이 될 때까지 빠지지 않는다는 것이다.

히람은 미간을 찌푸렸다. 성실하고 부지런한 건 칭찬할 만했지만, 그래도 이건 좀 아니었다. 히람은 새벽부터 약초를 태워 대는 멜즈에게 항의하러 갈까 하는데, 금방까지 같이 대화를 나누고 있던 알리페르가 털썩 바닥에 쓰러졌다.

"어? 왜 그래?"

의아해하며 쓰러진 알리페르에게 말을 거는데, 히람 역시 갑자기 머리가 묵직해지더니 잠이 쏟아지기 시작했다. 뭔가 이상하다는 생각은 들었지만, 조치를 취하기도 전에 히람 역시 자리에서 쓰러졌다.

성안을 감싸는 연기가 무성해지면 무성해질수록 쓰러지는 알리페르의 수는 많아졌다. 한 시간쯤 지나자, 성과 숲 근처의 알리페르들이 모두 잠들었다. 그들이 모두 곯아떨어진 걸 확인하자마자, 두건으로 코와 입을 막은 멜즈와 킷이 마구간에서 말을 꺼냈다. 멜즈는 이사나를 안아 올려 몸에 단단히 고정시킨 뒤 킷과 함께 숲으로 뛰어 들어갔다.

"이럇—!"

안개 같은 연기가 점점 퍼져 나가는 가운데, 두 알리페르는 빠르게 숲을 가로질렀다. 몇 주간 조사한 끝에, 멜즈는 새벽인 지금 이 시간이 가장 탈출하기 좋은 시간대라고 판단했다. 차갑게 냉각된 지면으로 대기가 정체되어 있기도 했고 밤새도록 보초를 선 알리페르들이 피곤에 못 이겨 졸고 있을 시간이기도 했다.

숲의 곳곳을 경계하는 보초만 잘 피해 간다면 숲을 나가는 건 문제도 되지 않았다. 멜즈는 머릿속에 새긴 정보대로 알리페르들이 없는 쪽만 골라 말을 몰았다. 조금 돌아가기는 했지만, 서너 시간쯤 지나자 드넓은 초원이 눈앞에 펼쳐졌다.

시탈로프 숲에서 나온 것이다.

하지만 멜즈는 방심하지 않고 계속 말을 몰았다. 언제 왕이 이사나와 자신의 부재를 눈치챌지 몰랐다. 멜즈는 인형처럼 품 안에 안긴 이사나를 꽉 끌어안은 채 계속해서 말을 재촉했다.

그렇게 한참을 가다가 시탈로프 숲이 완전히 보이지 않게 되어서야 셋은 잠시 휴식 시간을 가졌다.

"먹어라."

늦은 점심을 먹은 후, 킷은 멜즈에게 건조된 약초 뿌리를 건네주었다. 멜즈는 찌푸린 얼굴로 그것을 으적으적 씹어 먹었다. 일시적으로 마스터와의 연결을 방해하는 약초였다. 먹으면 머리가 무겁고 사지가 마비되는 듯한 느낌을 주었지만, 이제 와서 렉사의 방해를 받는 것보다는 나았다.

약초를 다 먹은 멜즈는 비틀거리며 이사나에게 먹일 약을 준비했다. 평소처럼 약을 곱게 갈아 물에 갠 뒤 가져가는데, 풀밭에 앉은 이사나가 멍하니 지평선 너머를 바라보고 있었다. 멜즈는 그의 옆에 털썩 주저앉으며 그에게 물었다.

"이사나, 어디를 보고 있어요?"

"……"

역시나 이번에도 대답이 없었다. 대답을 듣는 걸 포기한 멜즈는 이사나에게 약이 든 그릇을 내밀었다. 이사나는 이번에도 유순하게 약그릇을 비웠다. 그리고 다시 드넓은 초원 어딘가를 바라보며 말했다.

"점박이가 죽었어."

"네?"

"잠시 조는 사이에 들개에게 물려 죽었어."

맥락 없는 말에 멜즈는 어리둥절해하는데, 이사나가 눈을 껌뻑이더니 눈물을 떨어뜨리기 시작했다. 하지만 그의 얼굴에 슬퍼하는 기색은 조금도 없었다. 그저 조용히, 표정 없이 울고만 있을 뿐이었다. 그 모습이 지독히 거리감을 느끼게 하면서도 아름다워 멜즈는 넋을 놓는데, 돌연 이사나가 작게 신음하더니 배를 붙잡고 쓰러졌다.

"이사나!"

멜즈는 놀라서 그에게 다가갔다. 이사나의 얼굴이 새하얗다 못해 새파랗게 질려 있었다. 멜즈는 허둥지둥 자리를 펴 이사나를 눕히고 킷과 함께 이사나의 상태를 살폈다. 언제부터인지 아래로 실금 같은 핏물이 흘러나오고 있었다. 그걸 본 킷은 눈살을 찌푸리며 말했다.

"유산할 징조를 보이고 있어."

"유, 유산이요?"

멜즈는 새하얗게 질린 얼굴로 이사나를 내려다보았다. 이제껏 이사나의 배 속에 있는 유충들을 없애야 한다고 생각은 했지만, 막상 유산할 거란 말을 들으니 무서워졌다. 최근 배앓이를 자주 했지만, 단순히 배 속에 있는 녀석들이 너무 건강해 그런 거라고 생각했다. 왜 이사나가 힘들게 얌전히 있지 못하냐고 배 속에 있는 녀석들에게 불평만 했다.

하지만 아니었다. 이미 그때부터 유산기가 있었는데 멍청하게 자신만 몰랐던 것뿐이다. 멜즈는 괴로워하는 이사나를 붙들고서 어찌할 줄을 모르는데, 킷이 짐 가방에서 약초를 꺼내 탕약을 끓이기 시작했다. 탕약이 다 만들어지자, 킷은 여전히 고통스러워하는 이사나를 조심스럽게 일으켜 탕약을 마시게끔 했다. 탕약을 먹고 시간이 조금 지나자 이사나의 안색이 조금씩 돌아오기 시작했다.

한시름을 덜자, 킷은 자리에서 일어나며 말했다.

"이대로 말을 타고 이동하기 힘들 것 같다. 자칫하면 이사나 역시 위험해질 수 있어."

"그럼 어떻게……."

"내가 먼저 콜로니로 가 수레를 구해 오겠다. 그동안 이사나는 네가 돌보고 있어라."

킷은 이사나에게 먹여야 할 약에 대해 멜즈에게 일러 준 뒤 말을 타고 콜로니로 떠났다. 킷이 시야에서 완전히 사라지자, 멜즈는 정신을 수습하며 주변을 정리하기 시작했다. 여기서 콜로니까지 왕복하는 데는 아무리 빨리 다녀온다고 해도 닷새는 걸릴 터였다. 그 전까지 이곳에서 노숙을 하며 버티고 있어야 했다.

멜즈는 부지런히 주변을 돌아다니며 땔감과 식수를 구했다. 다행히 얼마 떨어지지 않은 곳에 물줄기가 센 강이 있었다. 어찌어찌하면 닷새 정도는 버틸 수 있을 것 같았다.

그렇게 하루 이틀은 순조롭게 흘러가는 것 같았다. 하지만 사나흘쯤 되자, 멜즈에게도 한계가 찾아왔다.

'졸려…….'

수면 부족으로 멜즈는 정신이 멍해지는 것을 느꼈다. 하지만 주변을 경계하는 것도 불침번을 서는 것도 멜즈밖에 할 수 없었다. 이렇게 탁 트인 평야에서 마음을 놓고 있을 수 없으니까. 틈틈이 쪽잠을 잤지만, 그것만으로는 피로를 씻어 내기 힘들었다.

혼자서라도 이사나를 헥사비스로 돌려보내겠다고 생각한 게 얼마나 무모한 생각이었는지 멜즈는 통감할 수 있었다. 의욕이나 열정만으로는 모든 걸 해결할 수 없었다. 지금도 킷이 없었다면 상황은 최악으로 흘러갔을 터였다. 멜즈는 무력감에 가슴이 답답해졌다. 이사나를 위해 이제껏 열심히 노력해 왔다고 생각했는데 무엇 한 가지 제대로 한 게 없는 것 같았다.

멜즈는 자꾸만 울적한 기분에 빠져들려는 자신을 다잡았다. 우울해하는 건 일이 전부 끝난 뒤에 해도 늦지 않았다. 멜즈는 스스로를 질책하며 정신을 차리려 애를 썼다. 하지만 졸음은 좀처럼 쫓을 수 없었다.

선 채로도 자게 되자, 멜즈는 어쩔 수 없이 끈으로 이사나의 팔목과 자신의 팔목을 연결해 놓았다. 언제 쓰러질지 알 수 없는 탓이었다. 그러다 어느 순간 멜즈는 잠이 들었다.

꿈속에서 멜즈는 새카만 공간 안에 서 있었다. 거기서 멜즈는 혼자가 아니었다. 렉사도 함께 있었다. 렉사는 머리끝까지 화가 난 얼굴로 멜즈에게 물었다.

'이사나 넥시움은 어디에 있지?'

현실이 아님을 알지만, 이곳이 현실처럼 생생하게 느껴졌다. 멜즈는 본능적으로 이게 꿈이 아님을 깨달았다. 꿈이자 엄연한 현실이었다. 어떤 메커니즘인지는 모르지만, 무의식 속에서 렉사와 만나고 있는 것이었다. 아마도 마스터와 정신이 연결된 슬레이브이기에 가능한 것일지도 몰랐다.

멜즈는 격노로 얼굴을 일그러뜨린 렉사를 똑바로 쳐다보았다. 이대로 이사나를 헥사비스로 돌려보내면 자신은 곱게 죽지 못하리라. 하지만 이제껏 그에게 고분고분하게 굴었던 건 다 이날을 위해서였다. 멜즈는 더 이상 적의를 숨기지 않고 그를 마주 쏘아보았다. 그러자 렉사가 경고하듯 으르렁대며 말했다.

'다시 성으로 돌아와라. 이번 한 번만은 용서해 주지.'

'돌아갈 일 없을 겁니다.'

'네 행적을 찾는 건 어차피 시간문제다. 번거롭게 굴지 말고 돌아와.'

'절대 돌아가지 않을 겁니다.'

단호하기 짝이 없는 멜즈의 말에 렉사는 사납게 멜즈를 노려보다가 간신히 참는 듯한 얼굴로 물었다.

'왜 성을 떠나려는 거지?'

'……'

'나는 이제껏 너희 둘에게 꽤 편의를 봐 주었다고 생각하는데?'

배신감이 묻어나는 렉사의 말에 멜즈는 어처구니가 없어져 말했다.

'편의요? 억지로 성 안에 가둬 두고 성교를 강요하는 게 무슨 편의입니까? 자기중심적인 것도 정도가 있어야지! 당신 입장에서는 호의를 베풀었다고 생각할지 모르지만, 저는 그렇게 생각하지 않습니다. 애초에 누구 때문에 이사나가 저렇게 됐는데……!'

멜즈는 이를 갈며 이어 말했다.

'이사나만은 반드시 헥사비스로 돌려보낼 겁니다. 그 뒤는 저를 끓여 먹든 삶아 먹든 마음대로 하십시오.'

멜즈의 말에 렉사는 당황한 얼굴로 멜즈에게 물었다.

'헥사비스로 보낸다고? 이사나 혼자?'

'네, 절대 성으로는 돌려보내지 않을 겁니다.'

의지가 서린 멜즈의 말에 렉사는 딱딱하게 얼굴을 굳힌 채 말했다.

'안 된다. 이사나를 헥사비스로 보내서는 안 돼.'

'무슨 말을 해도 늦었습니다. 설령 무슨 일이 있더라도 이사나만큼은 꼭 헥사비스로…….'

'이사나 넥시움은 이미 헥사비스로 돌아간 적이 있다. 그리고 거기서 인간들에게 공격당했다.'

'네?'

'이사나는 이제 헥사비스로 돌아갈 수 없어.'

그 말과 동시에 갑자기 머리통이 엄청나게 아파 오는 걸 느꼈다. 순식간에 꿈에서 현실세계로 끌어 올려진 멜즈는 머리 전체가 징징 울리는 통증에 끙끙대며 고개를 들었다. 그런데 멜즈의 앞으로 낯선 얼굴들이 보였다.

"야, 이 벌레 놈 깨어났다."

"벌레 새끼들도 잠을 자는구나? 그런데 이놈은 어디가 모자란가 봐. 어떻게 이렇게 꽁꽁 묶일 때까지 한 번을 안 깰 수가 있지?"

그 말에 놀란 멜즈는 퍼뜩 몸을 움직여 보았지만, 옴짝달싹할 수 없었다. 멜즈는 자신의 몸에 묶인 줄을 풀어내려 안간힘을 쓰는데, 낯선 이들이 그런 멜즈를 내려다보며 낄낄거렸다. 익숙한 전투복을 입은 그들은, 한때 멜즈가 소속되어 있던 제국군의 병사들이었다. 멜즈는 딱딱하게 굳은 얼굴로 그들을 바라보는데, 병사 중 하나가 멜즈의 얼굴을 걷어차며 쏘아붙였다.

"뭘 얼빠지게 쳐다봐? 벌레 새끼가."

"야, 괴롭히는 건 나중에 하고 일단 옮기자. 나 배고파."

"알리페르를 생포한 건 우리가 처음이니까 포상도 엄청나겠지?"

병사들은 낄낄거리며 멜즈의 입에 재갈을 물리려는데, 멜즈가 황급히 그들을 불렀다.

"자, 잠깐만!"

"……?"

"방금, 이 녀석이 말한 거야?"

어린 병사들은 당황한 얼굴로 멜즈를 내려다보았다. 그들이 혼란에 빠진 사이 멜즈는 재빨리 궁금한 것을 물어보았다.

"나와 함께 있던 인간은 어디에 있어?"

헷갈리지 않게 정확한 발음으로 제국어를 말하자, 병사들은 당황한 얼굴로 서로를 바라보다가 뒤를 가리키며 말했다.

"네놈의 숙주가 된 불쌍한 인간이라면 여기 있다, 이 끔찍한 놈아! 세상에 어떻게 저런 몹쓸 짓을 할 수가 있지?"

병사들은 이사나의 부른 배를 보며 몹시 분개했다. 병사들은 철석같이 멜즈가 이사나를 숙주로 만들었다고 오해하고 있었다. 그에 멜즈는 뭐라 항변하려 했지만, 병사들은 멜즈에게 재갈을 물리고 머리에 자루를 씌운 뒤 수레에 실었다. 병사들에게 끌려가는 동안 멜즈는 오만 가지 생각이 다 들었다. 앞으로 자신은 어떻게 되는 건지, 이사나는 또 어떻게 되는 건지 짐작조차 할 수 없었다.

그나마 다행인 건 병사들이 이사나에게 호의적이라는 것이었다. 알리페르인 멜즈는 수레 구석에 처박아 두었지만, 이사나에게는 그간 얼마나 고생이 많았냐며 위로를 건네고 있었다. 하지만 이사나가 어떠한 반응도 보이지 않자, 병사들은 멋쩍게 말했다.

"아무래도 이 사람 정신이 나간 거 같아."

"망할 알리페르 놈의 숙주로 있었으니 그동안 얼마나 힘들었겠어!"

병사들은 이사나를 동정하며 이사나에게 비스킷과 마실 것을 나눠 주었다. 따뜻한 분위기에 멜즈는 안도의 한숨을 내쉬었다. 자신은 어찌 됐건 이사나는 무사할 것 같아 다행이었다.

그렇게 잡혀간 지 얼마나 되었을까, 수레가 멈추고 멜즈는 병사들에 의해 어디론가 끌려갔다. 멜즈는 일부러 저항하지 않고 순순히 그들을 따랐다. 섣부른 저항은 오히려 해가 될 수 있었다.

목적지에 도착하자, 병사들은 멜즈를 무릎 꿇린 채 자루와 재갈을 벗겼다. 멜즈의 눈앞에는 중년의 장교와 부관이 서 있었다. 견장을 보아하니 장교의 직급은 대령으로 이 진지의 지휘관인 듯했다. 멜즈는 일단 고분고분하게 굴며 탈출할 기회를 노려야겠다고 생각하는데, 뜻밖에도 이사나가 멜즈의 옆에 있었다. 멜즈는 이사나의 이름을 부르려다가 멈칫했다.

'이사나 넥시움은 이미 헥사비스로 돌아간 적이 있다. 그리고 거기서 인간들에게 공격당했다.'

분명 렉사는 그렇게 말했다. 멜즈는 지금 헥사비스가 어떻게 돌아가고 있는지 알 수 없었다. 일단 친위대가 이사나를 버린 건 확실했다. 그렇지 않고서는 왕에게 붙잡혀 간 이사나를 내버려 두고 자신을 먼저 처리하러 올 리 없었다. 그들은 이사나가 알리페르를 죽이지 않고 곁에 두었다는 것에 배신감을 느껴 이사나를 버린 것일 터였다.

하지만 그럼에도 그들은 '이사나 넥시움'의 친위대였다. 제국의 영웅인 이사나의 명예를 누구보다도 중시 여기는 자들이었다. 부득불 자신을 쫓아와 조용히 처단하고 알리페르가 아닌, 제국군 전사자로 처리한 것도 그런 맥락이었을 것이다. 그러니 친위대가 다른 사람들에게 이사나가 알리페르를 키웠다는 걸 알렸을 리 없다. 그렇다면 이들을 통해 이사나를 헥사비스로 돌려보내는 게 가능할지도 몰랐다.

하지만 이들을 절대적으로 신뢰할 수는 없었다. 이사나의 목숨이 달린 문제니까. 멜즈는 어떻게 해야 할지 몰라 망설이는데, 중년의 지휘관이 이사나를 살펴보며 말했다.

"두 다리와 왼쪽 팔의 생체 의수. 갈색 눈에 갈색 머리라······."

"······."

"제국어를 할 줄 안다고 들었다. 이분의 존함을 말해라."

직급이 높아서인지 지휘관은 이사나를 보자마자 정체를 알아차렸다. 멜즈는 모른다고 시치미를 뗄까 했지만, 어차피 먹히지 않을 거란 생각이 들어 순순히 말했다.

"이사나 넥시움. 제국의 제2 황자다."

멜즈의 말에 지휘관의 눈이 크게 떠졌다. 지휘관은 초조해 보이는 얼굴로 멜즈에게 물었다.

"이분이 황자 전하가 맞다면, 어째서 네놈 혼자 이분을 데리고 있었지?"

"이자는 원래 왕의 포로였다. 하지만 내 주인께서 원하시어 이자를 몰래 빼내 그분께 데려가던 참이었다."

"그 말을 어떻게 믿지?"

"믿고 안 믿고는 자유다. 하지만 난 쓸데없이 아픈 게 싫고 왕에게도 주인에게도 의리를 지켜야겠다는 생각은 없다."

멜즈는 짐짓 귀찮은 얼굴로 말했다. 그 말에 지휘관은 진실을 가늠하려는 듯 멜즈를 쏘아보았다. 그에 멜즈는 표정을 가다듬으려 노력했지만, 원래 거짓말에 능한 편이 아니었다. 침묵이 길어질수록 멜즈는 거북해지는데, 지휘관의 옆에 있던 부관이 호들갑스럽게 말했다.

"이사나 님이 살아 있었군요! 폐하께서 죽지 않았다고 우기실 때는 단지 동생의 죽음을 받아들이지 못하는 줄로만 알았는데……! 역시 형제는 형제인가 봅니다! 친위대도 콜로니를 탈출한 병사들도 돌아가셨다고 해서 그대로 믿어 버렸지 뭡니까! 대령님, 어서 이 사실을 사령부에 있을 폐하께 전해야……!"

"경거망동하지 마라! 이 멍청한 놈!"

지휘관은 무슨 생각인지 크게 일갈하며 부관을 만류했다. 그 이상한 태도에 멜즈는 불길함을 느끼는데, 지휘관이 잔뜩 굳어진 얼굴로 멜즈의 입에 다시 재갈을 물렸다. 심장이 불길하게 박동했다. 일이 이상하게 돌아간다는 것을 어렴풋이 느낄 수 있었다. 지휘관은 바깥에 있는 병사들을 부르더니 명령했다.

"둘 다 강에다 수장시킨다."

"네에? 대령님, 그게 도대체 무슨······!"

부관이 당황한 얼굴로 지휘관을 부르자, 지휘관이 노기 띤 얼굴로 소리쳤다.

"입 닥쳐! 함부로 입을 놀렸다간 이 자리에서 즉결 처분하겠다."

부관을 윽박지른 지휘관은 병사들을 시켜 이사나와 멜즈를 다시 수레에 실었다. 멜즈는 도대체 이 상황을 이해할 수 없었다. 알리페르인 자신은 몰라도 이사나는 왜 수장시킨단 말인가! 멜즈는 항의하듯 몸을 꿈틀거리며 지휘관을 쏘아보았지만, 지휘관은 벽처럼 단단한 얼굴로 앞장서 갈 뿐이었다. 이 일을 납득 못하는 건 부관 역시 마찬가지인지 이해할 수 없다는 듯 지휘관에게 따져 들었다.

"아니, 왜 저분까지 수장시키자는 겁니까! 대령님이 무슨 권한으로요! 저분이 누군지 모르시는 겁니까?!"

새파랗게 어린 부관의 반발에 지휘관은 부관을 노려보며 낮게 말했다.

"누군지 충분히 잘 알지. 하지만 저분은 대외적으로 알리페르의 왕과 용감히 맞서 싸우다가 죽은 걸로 알려져 있다. 저분의 죽음을 계기로 폐하께서 정신을 차리시고 제국민들도 분노해 우리는 이 전쟁을 이끌어 나갈 원동력을 얻었다. 그런데 죽은 줄 알았던 저분이 사실은 알리페르의 왕에게 사로잡혀 저 모양이 될 때까지 겁간당한 데다 미치기까지 했다고? 그걸 사람들에게 알리란 말이냐?"

"그, 그건······."

"저분은 제국군의 사기에 지나친 영향을 준다. 저분이 승리하고 있을 때는 아군에게 더할 나위 없이 좋지만, 지금의 저 모습은 도리어 해만 된단 말이다! 폐하의 명령으로 저분을 찾고 있는 척하고 있지만, 이미 군 수뇌부에서는 결정을 내렸다. 만에 하나 저분이 명예롭지 못한 모습으로 나타나면 죽여 드리기로."

지휘관의 말에 멜즈는 경악하며 그들을 바라보았다.

어떻게…… 어떻게 이럴 수가……!

이사나는 이제껏 제국을 위해 알리페르를 토벌해 왔다. 그 과정에서 병을 얻게 되었음에도 누구에게도 말하지 못하고 홀로 다가올 끝을 감내하고 있었다. 병마에 시달리고 약을 먹고 있음에도 전쟁의 구심점이 되어야 한다는 이유로 모두가 기피하는 최전선에서 알리페르와 맞서 싸워 왔다. 그런데……. 그런데……!

멜즈는 견딜 수 없는 배신감에 이를 갈다가 이사나를 바라보았다. 이사나는 여전히 무기력한 얼굴로 바닥만 내려다보고 있었다. 멜즈는 허둥지둥 이사나에게 기어갔다. 머리통으로 그의 다리를 밀어내며 어서 수레에서 내리라는 듯, 어서 도망치라는 듯 간절한 얼굴로 그를 바라보았다. 하지만 이사나는 아무것도 모르는 얼굴로, 아무런 의욕 없는 얼굴로 멍하니 앉아 있을 뿐이었다. 그사이 수레가 강둑에 도착했다.

"먼저 저 알리페르부터 처넣는다."

지휘관의 명령에 병사들은 멜즈를 질질 끌고 강둑으로 향했다. 지류가 합쳐진 탓인지 강은 무척 유속이 빠르고 깊었다. 멜즈는 끌려가면서도 끝까지 이사나에게서 눈을 떼지 못했다.

어떻게, 어떻게 세상이 이사나에게 이럴 수 있지? 어떻게?

줄곧 프로파간다에 이용당한 데다 알리페르에게 겁간당하고 이제는 아군에게 살해당한다니! 어떻게…… 어떻게 이럴 수가……! 멜즈는 속상하다 못해 어처구니가 없어져 눈물이 났다. 그때, 멍하니 멜즈를 바라보고 있던 이사나가 돌연 자리에서 일어섰다. 이사나의 이상 행동에 멜즈는 의아해하는데, 이사나가 옆에 있던 병사의 허리춤에서 검을 꺼내더니 그대로 병사를 찔렀다.

"컥……!"

급소에 찔린 병사는 단말마와 함께 자리에서 쓰러졌다. 그제야 이상함을 알아차린 지휘관과 부관이 옆을 돌아보는데, 이사나가 그들의 목 정중앙에 정확히 검을 쑤셔 박았다. 절제되어 있으면서도 묘기에 가까운 속검술에 모두가 넋을 놓은 사이, 이사나가 매끄러운 동작으로 검을 비틀어 뽑았다. 지휘관의 목이 반으로 꺾이고 피가 분수처럼 치솟아서야 병사들은 정신을 차리고 소리 질렀다.

"대, 대령님이 찔리셨다!"

"지원군을 불러와! 어서!"

아수라장이 된 가운데 하급 지휘관이 병사들의 패닉을 수습하며 이사나의 주위를 둘러싸게 했다. 모두가 겁에 질린 가운데 이사나는.

웃고 있었다.

병사들이 잔뜩 얼어 어찌할 줄을 모르자, 이사나가 먼저 그들에게 달려들었다. 병사들 중에는 AM 슈트를 입은 특수병도 있었지만, 이사나의 상대가 되지 못했다. 이사나는 너무나도 손쉽게 그들을 제압하고 급소에 검을 찔러 넣었다. 멜즈는 소리 없는 비명을 내질렀다.

누구보다도 상냥하고 제국민들을 위해 왔던 이사나가, 도리어 병사들을 죽이고 있었다. 학살이 아니었다. 사냥이었다. 벌판에 서 있던 모두를 죽인 이사나는 핏물이 뚝뚝 떨어지는 검을 들고서 멜즈에게 다가왔다. 그의 얼굴에는 옅은 기대감이 서려 있었다. 멜즈는 기겁하며 온몸을 꽁꽁 묶고 있는 밧줄을 풀어내려 애를 썼다.

멜즈는 이제껏 이사나가 원래대로 돌아올 수 있을 거라 믿어 의심치 않았다. 지금은 치료할 환경이 되지 않아, 그래서 이사나가 제정신을 차리지 못하는 것에 불과하다고 생각했다.

하지만, 정말 돌아올 수 있는 걸까?

"……!"

순식간에 거리를 좁힌 이사나가 멜즈에게 검을 찔러 넣었다. 그에 멜즈는 급히 몸을 굴려 공격을 피했다. 운이 좋게도 날카로운 공격에 밧줄이 뭉텅 잘려 나갔다. 멜즈는 허둥지둥 밧줄을 풀며 뒷걸음질 쳤다.

"이사나! 잠깐만요! 이사나!"

멜즈가 소리쳤음에도 이사나는 멜즈를 노려보며 매섭게 공격할 뿐이었다. 멜즈는 날카롭게 찔러오는 검을 피하며 이사나에게 소리쳤다.

"이사나! 하지 말아요! 나예요! 멜즈예요!"

"……."

"멜즈라고요! 제발 날 알아봐요!"

계속 호소한 탓인지 이사나의 움직임이 약간 둔해졌다. 그 틈을 놓치지 않고 멜즈는 이사나에게 달려들어 그의 양팔을 붙잡았다. 이사나는 멜즈에게서 벗어나려 안간힘을 썼지만, 멜즈의 악력은 알리페르 중에서도 강한 편이었다.

"읏……!"

두 손이 붙잡힌 이사나는 매서운 눈빛으로 멜즈를 노려보았다. 이성이라고는 조금도 찾아볼 수 없는 그 난폭한 눈빛에 멜즈는 한없이 슬퍼졌다. 마치 그가 이 세상 모든 것에 화를 내는 것처럼 느껴졌다. 멜즈는 울컥 눈물이 나오려는 걸 참으며 조곤조곤 그에게 말했다.

"괜찮아요, 이사나. 당신을 해치지 않아요."

"……."

"진정해요. 다 괜찮아요."

하지만 이사나는 멜즈의 말을 들은 체도 하지 않고 팔을 풀어내려 할 뿐이었다. 그런 이사나를 멜즈는 어떻게 해야 할지 몰라 난감해하는데, 뒤에서 총성이 들려왔다.

탕! 탕탕—!

아까 진지로 돌아갔던 이들이 지원군을 끌고 온 것이다. 이사나가 그들을 노려보는 사이, 멜즈는 그의 팔을 붙잡고 정신없이 뛰었다. 장교들은 그 귀한 총알을 아낌없이 뿌려 가며 이사나와 멜즈를 뒤쫓았다. 대령이나 되는 상급 지휘관을 죽였으니 저들이 곱게 이사나를 놓아줄 리 없었다. 멜즈는 저들을 어떻게 따돌리나 고민하는데, 얼마 가지 않아 이사나가 자리에 풀썩 주저앉았다.

"이, 이사나!"

이사나의 아래가 어느새 핏물로 흠뻑 젖어 있었다. 이사나가 지나온 자리마다 궤적처럼 핏자국이 떨어져 있었다. 이사나는 새하얗게 질린 얼굴로 배를 움켜쥐었다. 하지만 제국군 병사들은 계속해서 이사나와 멜즈를 뒤쫓아 오고 있었다.

"웃……!"

멜즈는 이사나를 짊어진 채 달리다가 강둑 아래로 뛰어내렸다. 강은 유속이 빨랐다. 그렇기에 강을 건너기만 하면 병사들이 더 이상 추적해 오지 못할 터였다. 멜즈는 이를 악물며 날개에 힘을 주었다. 하지만 둘의 무게를 감당하기 힘들었는지 멜즈는 난다기 보다 뛰는 것에 가까운 꼬락서니가 되었다.

제발······.

제발······!

멜즈는 반대편 강둑을 바라보며 날개를 퍼덕였지만, 결국 둘 다 강물에 빠지고 말았다.

"푸왓―! 푸웁······!"

멜즈는 강물에 휩쓸려 허우적거리면서도 이사나를 놓지 않으려 애를 썼다. 이사나는 이미 정신을 잃은 상태였다. 이대로 물에 빠지면 자신은 몰라도 이사나는 죽게 될 게 뻔했다. 멜즈는 계속 물을 먹으면서도 이사나를 위로 올리려 애를 썼다. 이대로 그를 죽게 할 수 없었다. 하지만 몸은 자꾸만 가라앉고 어느새 강둑까지 쫓아온 장교들이 둘에게 계속 총을 쏘고 있었다. 이대로 익사하거나 총살당하는 선택지밖에 남지 않았다고 생각을 하는 순간, 누군가가 멜즈와 이사나를 끌어 올렸다. 적갈색 머리에 콧잔등에 흩뿌려진 주근깨.

히람이었다.

"히, 히람?!"

"멜즈 님, 전에는 정말 너무하셨습니다."

히람은 작게 투덜거리며 다른 알리페르들과 함께 멜즈와 이사나를 반대편 강둑으로 끌고 나왔다. 거기에는 언제 왔는지 렉사가 와 있었다. 렉사는 피투성이가 된 채 축 늘어진 이사나를 잠시 보더니 알리페르들에게 명령했다.

"전부 죽여라."

렉사의 명령과 동시에 새카맣게 많은 알리페르들이 반대편 강둑에 선 병사들에게 달려들었다. 셀 수 없을 만큼 많은 알리페르들이 습격해 오자, 아까까지 총을 쏘던 장교들과 병사들이 경악하며 허둥지등 도망쳤다. 그러나 렉사는 자비를 베풀 생각조차 없는지 그들의 진지를 쑥대밭으로 만들며 하나도 남김없이 모두 죽였다.

그리고 렉사는 멜즈를 내려다보았다. 감히 왕의 명을 거역하고 왕의 소유물을 빼돌린 슬레이브를 쏘아보았다. 멜즈는 이대로 왕이 자신을 죽일 거라 믿어 의심치 않는데, 렉사가 고개를 돌리더니 히람에게 말했다.

"아까 붙잡은 약제사를 데려와라."

렉사의 명령에 킷이 끌려 나왔다. 킷은 침통한 얼굴로 렉사의 앞에 무릎을 꿇는데, 렉사가 정신을 잃은 이사나를 보며 말했다.

"너는 인간이 쓰는 약도 다룰 줄 안다고 들었다."

"……?"

"이사나 넥시움을 치료해다오. 내게 소중한 인산이다."

소중한, 인간……? 멜즈도 킷도 생각지도 못한 렉사의 말에 얼이 빠지는데, 먼저 정신을 수습한 킷이 축 늘어진 이사나를 살폈다. 그리고 잔뜩 굳어진 얼굴로 렉사에게 말했다.

"이미 주머니집이 터졌습니다. 이사나를 살리려면 배 속의 유충들을 포기해야 합니다."

"상관없다. 그만 무사하면 된다."

단호한 렉사의 말에 킷은 왕의 측근들에게 뭔가를 지시하기 시작했다. 알리페르들은 킷이 가리키는 대로 인간들의 진지로 가 땔감과 솥, 마른 수건 등을 가져왔다. 알리페르들은 이사나에게 어떠한 거부감도 보이지 않았다. 으레 했던 일처럼 정성껏 그를 돌볼 뿐이었다. 그 광경이 멜즈에겐 현실감 없어 보였다.

이사나는, 이사나는 그들에게 붙잡힌 포로였다. 그들의 승리를 장식할 값진 전리품에 불과했다. 하지만 렉사는 포로에 불과한 이 사나에게 지나친 정성을 쏟고 있었다. 나중에 헥사비스를 침공할 때 필요할 그의 후계들보다 이사나 자체에 더 집중하고 있었다. 여러 번 떠올렸다가 번번이 묵살한 어떤 의혹이 떠올랐다. 하지만 그게 맞아서는 안 되었다. 결코, 그래서는……! 멜즈는 렉사를 쏘아보는데, 렉사가 피곤해 보이는 얼굴로 말했다.

"아까 말했듯이 이사나 넥시움은 이제 헥사비스로 돌아가지 못한다. 그게 나 때문인 것은 나도 알고 있다."

"……."

"교미를 강요한 건 사과하지. 너를 이사나의 앞에 데려다 놓았는데도 이사나가 여전히 정신을 차리지 못해 초조했다. 네가 그를 기쁘게 해 주면, 어쩌면 그가 원래대로 돌아갈지도 모른다고 생각했다."

"하……."

"이제 다시는 너와 그에게 어떠한 것도 강요하지 않겠다. 그저 성에 계속 머물러 있어 줬으면 한다."

몹시 지쳐 보이는 그의 얼굴을 보며 멜즈는 울컥하는 기분이 들었다. 더는 묻지 말아야 한다고 생각했지만, 어째서인지 입은 제멋대로 렉사를 추궁하고 있었다.

"왜…… 어째서 저와 이사나가 성에 머물렀으면 합니까."

"……."

"왜 멋대로 성 밖을 나간 포로와 슬레이브를 처분하지 않냐고요!"

멜즈의 일갈에 렉사는 무덤덤한 얼굴로 고백했다.

"이사나 넥시움을 사랑한다."

"……."

"그가 날 좋아하지 않는다는 걸 알지만 그래도 그를 사랑한다."

그 말에 멜즈는 피가 거꾸로 솟구치는 기분이 들었다. 너무 어처구니없고 기가 막혀 이대로 까무러칠 것 같았다. 멜즈는 렉사를 노려보며 소리 질렀다.

"사랑한다고? 다른 누구도 아닌 당신이, 사랑한다고?! 당신 입에서 그런 말이 나와?! 누구 때문에 이사나가 저렇게 됐는데! 이게 다 누구 때문인데!"

원한이 느껴지는 멜즈의 말에 렉사는 그제야 뭔가 이상하다는 걸 깨달았는지 얼굴이 굳어졌다. 그런 렉사를 보며 멜즈는 오열했다.

"이사나는, 내 연인은…… 당신에게 붙잡혀 가기 전부터 병에 걸려 있었어! 매일 약을 먹지 않으면 정신이 망가지는 불치병에 걸려 있었다고! 그런데 그 병을 누가 준 줄 알아? 당신이야! 당신이라고!"

"……."

"인간은 알리페르의 숙주가 되는 순간부터 그 병에 걸려……. 이사나가, 그가 날 배 속에 품고 있을 때부터 그는 이미 병에 걸려 있었다고……!"

실성한 듯 소리치는 멜즈의 말에 렉사의 표정이 무너졌다. 생각지도 못한 말에 충격을 받은 것 같기도, 어렴풋이 느껴 왔던 짐작을 부정하고 싶기도 한 얼굴이었다.

항상 저 알리페르를 죽이고 싶었다. 이사나의 팔다리를 빼앗고 끔찍한 상처를 준 저 알리페르를 용서할 수 없었다. 멜즈는 그 철천지원수에게 지울 수 없는 상처를 새겨 넣는 데 성공했지만, 조금도 기쁘지 않았다.

"흐으, 윽, 으으……."

렉사를 상처 입게 한 말을 입 밖으로 꺼낸 순간, 멜즈 역시 주체할 수 없는 슬픔을 되새기게 되었다. 태어날 때부터 그를 해하고 태어났다는 것이, 그럼에도 그에게 되돌려 줄 수 없을 만큼 사랑받았다는 것이 고통스러웠다.

멜즈는 울부짖었다. 이제껏 참고 또 참아 왔던 둑이 무너진 것처럼 원통함을 이기지 못해, 죄책감을 이기지 못해 멜즈는 오랫동안 서럽게 울었다.

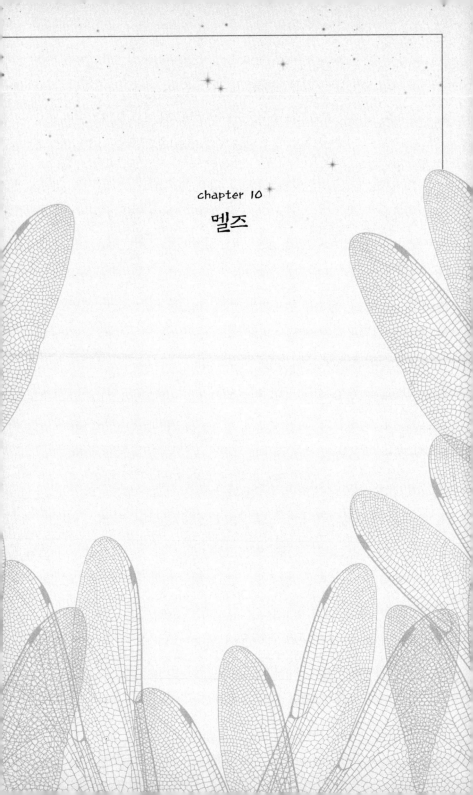

chapter 10
멜즈

## 멜즈 (1)

든 자리는 몰라도 난 자리는 표가 난다고 시간이 지날수록 이사나의 빈자리는 크게 느껴졌다.

"삣삣!"

"삣, 삐잇?"

"삐이, 삐이!"

"······가만히 좀 있어."

유충들을 데리고 정원에 나온 멜즈는 자꾸만 바구니를 빠져나가려는 유충들을 내려다보며 작게 한숨을 내쉬었다. 손바닥만 한 것들이 어찌나 기운이 넘치는지 한시를 가만히 있지를 못했다.

며칠 전 이사나는 유충 다섯 마리를 낳았다. 한때 위험한 고비를 맞이한 적도 있었지만, 킷의 도움으로 지금은 무사했다. 배 속의 유충들을 모두 살리진 못했다. 하지만 이렇게 다섯은 살아서 나와 매일같이 기운차게 삑삑거렸다. 이사나의 배 속에 있을 때는 이 녀석들이 꽤 얄미웠던 것 같은데, 어느새 미운 정이라도 들었는지 지금은 꽤 귀엽게 느껴졌다.

그날, 이사나가 헥사비스에서 버림받았다는 걸 알게 된 날, 멜즈는 렉사와 많은 얘기를 나누었다. 얘기라고 해 봐야 사실 렉사의 얘기를 일방적으로 들어 주는 것에 가깝긴 했다.

렉사는 이사나와 있었던 때의 일을 두서없이 늘어놓았다. 이사나가 포로로 끌려와 이곳에서 얼마나 처절하게 살았는지, 그런 와중에 다른 사람들에게 얼마나 상냥했는지. 들으면 들을수록 웃음이 나왔다. 딱 그가 할 만한, 제국민들이 사랑했던 이사나가 할 만한 행동들이었다.

멜즈는 렉사의 얘기를 들으며 이사나에 대한 그리움을 달랬다. 그러다 알게 된 게 있었다.

'그럼, 이사나의 몸에 있던 흉터는 왕께서 내신 게 아닌 겁니까?'

'……내가 아니다. 그의 형이 그랬다고 했다.'

이사나의 형이라면 헥사비스의 황제였다. 이사나를 줄곧 눈엣가시로 여겨 왔던 황제는 3년 전 신년회에서는 아예 이사나에게 약을 먹이고 두들겨 패기까지 했다. 황제의 성정이 잔혹하다는 얘기는 듣긴 했지만, 이 정도일 줄은 미처 몰랐다. 이사나의 몸에 난 상처는 단순한 괴롭힘 정도가 아니었다. 고문에 가까운 흔적이었다.

'흉터…….'

그날 이후 멜즈는 이사나의 몸에 난 흉터를 떠올릴 때마다 기분이 이상해졌다. 흉터는 얼핏 보기에는 보통 흉터들처럼 아파 보이기만 했다. 하지만 자세히 들여다보면 그 흉터를 새긴 자의 악의와 집요함을 느낄 수 있었다. 선 하나하나, 흉터를 새긴 위치, 종류 모두 고도로 계산된 퍼포먼스에 가까웠다. 허벅지에 찍힌 황가의 낙인 역시 마찬가지였다. 단순히 이사나에게 고통을 줄 목적이라기보다 물건에 이름을 새기는 것처럼 느껴졌다. 마치 그의 몸뚱이가 자신의 것이라고 과시하는 것처럼 느껴졌다.

'형은…… 어째서 날 그렇게 싫어했던 걸까……. 그래도 하나뿐인 형제인데, 어째서…….'

이사나는 그렇게 말하며 슬퍼했지만, 멜즈는 이제 그렇게 생각할 수 없었다.

이사나를 싫어했다기보다 오히려…….

"삐잇~!"

"앗! 이 녀석이!"

멜즈가 잠깐 생각에 빠진 사이, 유충 한 마리가 바구니에서 튀어나왔다. 멜즈는 허둥지둥 유충을 뒤쫓았지만, 조그만한 녀석이 얼마나 잽싼지 좀처럼 잡히지 않았다. 유충은 약을 올리듯 "삣! 삐잇!" 하고 울며 촐랑촐랑 도망 다녔다. 그에 멜즈는 약이 바짝 올라 "너 잡히기만 해 봐!"라고 소리치며 유충을 뒤쫓았다.

하지만 멜즈가 들고 있던 바구니에는 네 마리의 유충이 더 있었다. 멜즈의 감시가 소홀해지자, 바구니 안의 유충들 역시 대번에 바구니에서 뛰어내렸다.

"이, 이 녀석들이! 야! 어디 가는 거야!"

멜즈는 허둥지둥 도망치는 유충들을 잡아 바구니에 집어넣었다. 하지만 유충이 다섯 마리나 되다보니 멜즈 혼자 어찌할 수 있는 게 없었다. 한 마리를 잡으면 두 마리가 도망치는 상황이 반복되자 멜즈는 골이 아파 오는 걸 느끼는데, 정원으로 나온 킷이 잽싸게 도망치는 유충 한 마리를 잡으며 멜즈에게 말했다.

"고생이 많구나."

"킷……!"

멜즈는 구세주를 보듯 킷을 바라보았다. 킷의 도움으로 멜즈는 간신히 도망친 유충들을 모두 잡을 수 있었다. 한바탕 소란을 피운 뒤 유충들은 지쳤는지 자기들끼리 뭉쳐 도롱도롱 낮잠에 빠져들었다. 기운이 쭉 빠진 멜즈는 원망 어린 눈으로 바구니 안의 유충들을 바라보는데, 킷이 멜즈에게 물었다.

"이 녀석들은 너 혼자 돌보는 거냐."

"네……. 저 말고는 다들 바쁘기도 하고요."

멜즈는 쓴웃음을 지으며 말했다. 멜즈는 이사나와 더불어 이곳에서 귀한 손님 대접을 받고 있었다. 이 성의 안살림을 총괄하는 히람이 멜즈에게 조언을 구하러 오기는 하지만, 다른 알리페르들처럼 성과 숲에다 보초를 세운다거나 노역에 동원하지는 않았다.

렉사가 대부분의 알리페르들을 전쟁에 동원했기에 성안은 항상 인력이 부족했다. 그랬기에 육아를 도와줄 만한 인력은 남아 있지 않았다. 멜즈 역시 이들을 다른 알리페르들에게 맡기고 싶지 않았고. 하지만 이 녀석들이 어찌나 먹성 좋고 기운이 넘치는지 돌본지 며칠 되지도 않아 멜즈는 지쳐 갔다. 그래도 이 녀석들은 멜즈가 책임져야 했다. 이사나에게서 태어났으니까.

아니다.

사실은 앞으로의 일을 생각하고 싶지 않아 이 녀석들을 돌보는 일에 집중하고 있는 것일지도 몰랐다. 그냥 모든 것에서 도망치고 싶어서. 갑자기 몰려온 자괴감에 멜즈는 침울해지는데, 킷이 멜즈에게 물었다.

"이 녀석들 이름은 있나?"

"아드리안, 제라르, 에밀리오, 셸던, 막스예요."

"좋은 이름이네."

킷은 웃으며 자고 있는 에밀리오의 등을 쓸었다. 에밀리오는 킷의 손길이 귀찮은지 몸을 뒤집고서 다시 잠을 청했다. 새로 태어난 것들은 천진했다. 앞으로 있을 어떠한 풍파도 알지 못한 채 평화로운 얼굴로 잠들었다. 좋을 때였다. 멜즈는 유충들을 내려다보며 킷에게 물었다.

"이사나는 좀 어때요?"

"출혈은 이제 잦아들었어. 하지만 이제껏 실혈이 심했던 데다 기력이 꽤 떨어진 상태라 며칠간 절대 안정을 취해야 해."

"그렇군요."

멜즈는 쓰게 웃으며 고개를 끄덕였다. 렉사에 대한 오해로 벌어졌던 탈출극은 결국 이사나만 다친 채 끝이 났다. 사실 멜즈는 아직도 믿기지 않았다. 헥사비스의 군 수뇌부가 이사나를 버렸다는 것도 렉사가 이사나를 사랑하게 된 것도. 그냥 다 거짓말 같았다. 멜즈는 머릿속이 복잡해지는 걸 느끼는데, 킷이 잠시 망설이다가 멜즈에게 물었다.

"그런데, 전에 했던 말이 사실이냐."

"뭐가요?"

"인간이 알리페르의 숙주가 되는 순간부터 불치병에 걸린다는 게."

킷의 말에 멜즈는 허를 찔린 듯한 얼굴로 킷을 바라보았다. 완전히 잊고 있었다. 킷의 충과 역시 카노스를 앓다가 죽었다는 것을. 그래서 킷의 앞에서는 되도록 말을 조심했었는데, 그날은 너무 감정이 격해져 주변을 둘러볼 겨를이 없었다. 멜즈는 무슨 말을 어떻게 해야 할지 몰라 머뭇거리는데, 킷이 쓰게 웃으며 말했다.

"책망하는 게 아니다. 네가 날 배려해 말하지 않았다는 것쯤은 안다. 고맙다, 혼자만 알고 있기엔 벅찬 비밀이었을 텐데."

"미안해요, 킷."

"네가 미안해할 일이 뭐가 있어? 나는 그저."

킷은 그리운 누군가를 떠올리듯 회한 어린 얼굴로 말했다.

"이제라도 왜 그랬는지 알게 되었다는 생각이 들어서……. 줄곧 궁금했거든."

"……."

"이만 일어나야겠다. 나중에 기회가 되면 어떤 병인지 자세히 알려 줘."

킷은 자리에서 일어나 할일을 하러 갔다. 이번 소동으로 킷은 성의 약제사가 되었다. 이사나 말고도 성에 억류되어 있는 포로나 종종 다치고 오는 알리페르들 또한 돌보았기에 킷은 항상 눈코 뜰 새 없이 바빴다.

사실 멜즈만 빼고 모두가 바빴다. 멜즈만이 이 성에, 이 상황에 좀처럼 적응하지 못하고 있었다. 이사나가 억지로 성에 붙잡혀 있다고 생각했을 때에는 모든 게 손쉬웠다. 이사나를 이곳에서 탈출시킬 생각에 하루 종일 돌아다녀도 피곤한 줄을 몰랐다. 하지만 지금은 조금 지쳤다. 모든 게 무기력하게 느껴질 뿐이었다.

어쩌면 이제야 이사나가 병에 걸린 걸 받아들였기 때문인지도 몰랐다. 이제까지는 이사나를 이곳에, 왕이 있는 이곳에 둘 수 없다는 생각만으로 가득 차 있었으니까.

이사나를 치료하는 건 막연히 나중에 생각하자고 생각했다. 그저 지금은 살아만 있으면 된다고.

하지만……

멜즈는 유충들이 든 바구니를 옆에 낀 채 성으로 들어갔다. 그리고 이사나가 있는 방으로 들어가려다가 멈칫했다. 인기척이 느껴졌다.

렉사였다.

멜즈는 이대로 방으로 들어가도 되나 생각하는데, 자고 있을 이사나에게 렉사가 말을 건네는 게 들려왔다.

"오랜만이야, 이사나. 요즘 자주 못 왔지?"

그의 말대로 그는 요즘 바빠 이사나를 자주 찾지 못했다. 무슨 생각인지 렉사는 여전히 알리페르들을 모아 전쟁을 준비하고 있었다. 렉사는 용서를 빌듯 상냥한 말투로 이사나에게 말을 건넸다.

"아마 앞으로도 자주 찾아오지 못할 거야. 해야 할 일이 있거든. 그런데 오늘은 네게 궁금한 게 있어서 찾아왔어."

잠시 머뭇거리던 렉사는 애써 밝은 목소리로 이사나에게 물었다.

"그날, 왜 나를 용서했어?"

"……"

"절대 용서 못한다고 했잖아. 그런데 왜 갑자기 마음을 바꿔서 나를 용서했어? 너를 짓밟고 네가 아끼는 자들을 모조리 죽이고 너를 이렇게 병들게 했는데, 그런데 왜 용서했어?"

"……"

"나를 용서하고 홀가분한 마음으로 떠나고 싶었던 거야? 내가 네게 저질렀던, 그 어떤 죄보다도 큰 죄를 보상처럼 덮어 주면 그걸로 널 단념시킬 수 있을 거라 생각했던 거야?"

"……."

"그럴 리가 없잖아. 그런 걸로 널 잊을 수 있을 리 없잖아. 그런 걸로 내가 네게 한 짓이 사라질 리 없잖아……"

"……."

"네가 용서한다고 끝난 게 아니야, 제발 그렇게 끝내지 말아 줘……"

"……."

"말을 해……. 이사나……. 흐으, 제발…… 무슨 말이라도 해……!"

렉사는 원망하듯 이사나를 붙잡고 흐느꼈다. 멜즈는 음울한 얼굴로 문을 바라보다가 밖으로 나갔다. 서로에 대한 모든 오해가 풀린 지금, 이 상황을 납득하고 받아들이는 데는 시간이 필요할 것 같았다. 렉사에게든 자신에게든 말이다.

'이사나……'

그는 정말로 잔인한 사람이었다. 상대방이 상처 입는 걸 바라지 않는다는 이유로 마지막에 마지막까지 모든 걸 혼자 떠안고 있다가 이렇게 되어 버렸다. 남겨진 사람들은 도대체 어떡하라고 홀로 그것들을 전부 감당했는지 모르겠다.

답은 알고 있지만, 멜즈 역시 종종 이사나에게 묻고 싶어질 때가 있었다. 어째서 알리페르인 자신을 죽이지 않고 사랑해 줬는지.

\* \* \*

며칠 뒤 렉사는 성내의 알리페르들을 이끌고 또다시 밖으로 나갔다. 렉사는 성을 비우면서 멜즈에게 당부했다.

"자리를 비울 동안 성을 부탁한다. 이곳의 위치는 이미 인간들에게 드러나 있어. 어쩌면 그들이 여길 찾아올지도 모른다."

렉사의 말에 멜즈는 고개를 끄덕였다. 이사나를 강물에 내던지려 했던 인간들도 원래는 그곳에 있어서는 안 되었다. 전면전이 벌어지는 전쟁터는 그곳에서 한참 떨어진 곳에 있었으니까. 하지만 그들은 시탈로프 숲과 멀리 떨어지지 않은 그곳에 진지를 세우고 있었다.

무슨 목적일까. 알리페르의 최대 약점인 왕조차 전쟁터에 나와 있는데 그들이 굳이 시탈로프 숲 근처에 있었던 이유는 무엇일까? 아무리 생각해도 제국군의 의도를, 현재 헥사비스의 총사령관으로 있는 황제의 의도를 알 수 없었다. 멜즈가 할 수 있는 건 고작해야 그들의 침입을 대비하는 것뿐이었다.

"알겠습니다. 그런데."

"……?"

"왕께서는 어째서 헥사비스로 향하는 것입니까?"

"……."

"이사나가 아무리 그들에게 버림받았다고는 하지만, 이사나는 인간들이 멸망하는 것을 바라지 않을 거라 생각합니다."

"그렇겠지. 이사나라면 그러고도 남아."

렉사는 회한 어린 얼굴로 쓰게 웃었다. 그리고 이어 말했다.

"처음에는, 그래, 이사나를 버린 그들이 미웠다. 그를 내게 보낸 그들이 미워서 견딜 수 없었다. 그래서 그들을 곤란하게 해 주고 싶었지."

"……."

"하지만 지금은 다르다."

렉사는 누구에게도 말한 적 없던 그의 계획을 멜즈에게 알려주었다. 계획을 들은 멜즈는 기묘하게 얼굴을 일그러뜨리며 렉사에게 되물었다.

"그게…… 가능합니까?"

"할 것이다. 내가 이사나 넥시움에게 해 줄 수 있는 유일한 것이니까."

의지가 서린 렉사의 말에 멜즈는 아연해졌다. 왕은, 정말 미친 게 틀림없었다. 그렇지 않고서는 이런 일을 벌일 수 없다. 새삼 왕이 이사나를 얼마나 사랑하는지 통감하는데, 렉사가 말했다.

"그리고 헥사비스로 들어가 꼭 만나야 할 자가 있다."

"누굽니까?"

"헥사비스의 마녀."

마녀라면, 헥사비스의 모든 것을 관장하는 중앙 통제 시스템을 말하는 것일 터였다. 멜즈로서는 렉사가 그녀를 알고 있다는 것도, 그녀를 만나야 한다고 말하는 것도 영문을 알 수 없는데, 렉사가 지독히 화가 난 얼굴로 말했다.

"그 기계가, 내게 왕이 될 것을 종용했다. 인간들을 하등한 존재라고 칭하며 이 세계의 왕이 되어 그들을 지배해야 한다고 부추겼다."

"……!"

"넥시움 황가의 권속인 그 기계가 어째서 알리페르인 내게 그런 말을 했는지 몹시 궁금해. 어쩌면, 그 기계가 이사나를……."

렉사는 무언가를 말하려다가 입을 다물었다. 하지만 멜즈는 렉사가 무슨 말을 하고 싶었는지 알 수 있었다. 렉사도 누군가를 원망하고 싶었던 것이다. 무지로 인해 벌어진 이 비극에 분노하고 싶었던 것이다. 하지만 아무리 기계 여왕의 꾐에 빠졌다 해도 결국 이사나를 해친 건 왕 본인이었다. 그 사실만은 변할 수 없었다. 렉사는 피곤한 얼굴로 멜즈에게 말했다.

"너를 슬레이브로 삼은 건 헥사비스를 개방하기 위해서였다. 이대로 내 계획에 따르도록 너를 강제할 수 있지만, 전에도 말했듯이 이제 나는 네게 어떠한 것도 강요하지 않기로 했다."

렉사는 잠시 머뭇거리다가 말했다.

"이사나를 잘 부탁한다."

그 말을 남긴 채 렉사는 다른 알리페르들과 함께 숲 밖으로 나갔다. 멜즈는 성을 떠나는 렉사를 보며 기분이 이상해지는 것을 느꼈다. 그와의 대화로 고작 한 사람이 바꾼 수많은 것들을 실감할 수 있었다. 그중 누군가의 생각이나 신념은 좀처럼 바꿀 수 없는 것이었다.

그것을 이사나가 바꾸었다.

어쩌면 이사나였기에 바꿀 수 있었던 것인지도 모른다.

멜즈는 떠나는 렉사를 바라보다가 발길을 돌렸다. 왕이 이사나를 위해 하고자 하는 일이 있는 것처럼 멜즈 역시 이사나를 위해 할 일이 있었다.

\* \* \*

렉사가 떠나고 멜즈는 히람과 함께 많은 일을 했다.

첫째로 콜로니나 주변 진지에 남은 물건들을 가져와 통신 시설을 갖추고 시탈로프 숲의 방비를 강화했다. 아직 헥사비스 측의 의도를 알 수 없지만, 제국군이 시탈로프 숲 가까이에 왔다는 건 그냥 넘어갈 수 없는 문제였다.

둘째로 이사나의 병을 치료하기 위한 시설을 만들었다. 이사나의 병증을 조금이라도 호전시키려면 콜로니의 약물만으로는 부족했다. 그래서 멜즈는 이곳에 연구소를 차려 직접 약을 생산했다. 이사나뿐만이 아니라 숲에 억류된 인간들에게도 약이 필요했기에 멜즈는 눈코 뜰 새 없이 바빴다.

[연결중입니다.]
[새로 들어온 메시지가 없습니다.]

"……."

멜즈는 화면에 뜬 똑같은 메시지에 낙담했다. 주변의 진지로부터 통신망을 끌어오자마자 에드먼드에게 연락했지만, 에드먼드는 한 달이 다 되어 가도록 답장이 없었다. 혹시나 하는 생각에 대학 때 사용했던 개인 메일함도 뒤져 보았지만, 스승으로부터 온 연락은 역시 없었다.

처음에는 그저 연구하느라 바쁜 거라 생각했다. 하지만 한 달이 지나자, 낙관적인 생각은 점차 사그라들었다. 잠시 고민한 멜즈는 통신망을 해킹해 에드먼드의 최근 행적을 알아보았다. 그런데 아무리 뒤져도 에드먼드가 헥사비스 안에서 경제 활동을 한 흔적을 찾을 수 없었다. 3년간 그의 계좌에서는 돈이 한 푼도 빠져나가지 않았다.

멜즈가 홧김에 신병 훈련소에 입대한 이후부터 에드먼드의 행적이

묘연해져 있었다.

생각해 보면 그 즈음부터 뭔가 이상하긴 했다. 누명을 쓰고 훈련소에서 쫓겨나 에드먼드의 집을 찾아갔을 때, 집은 오랫동안 비워져 있었던 것처럼 탁한 먼지 냄새가 났다.

아무리 에드먼드가 염세주의에 찌든 학자라지만, 제자를 방치한 채 연구하러 갈 만큼 무심한 스승은 아니었다. 자신의 정체나 이사나의 병증을 이미 알고 있었던 걸로 보아 에드먼드는 이사나가 헥사비스 밖에 있는 동안 자신의 보호자가 되어 주기로 했던 게 틀림없었다. 그렇다면 에드먼드는 무슨 일이 있어도 자신의 입대를 막았어야 했다. 그렇지 않았다는 것은 결국.

'선생님…….'

멜즈가 헥사비스 밖을 나간 후에도 에드먼드에게선 어떠한 연락도 없었다. 그리고 헥사비스의 중앙 통제 시스템은 넥시움 황가에 적의를 가지고 있었다. 그렇다면 에드먼드 역시 이사나처럼 마녀의 흉계에 휘말렸을 가능성이 있었다.

모든 전말을 알기 위해서는 헥사비스의 중앙 통제 시스템, 비비를 만나야 했다. 멜즈는 알리페르임에도 '넥시움'으로 인정받았기에 그녀와 만나는 것이 가능했다. 하지만 그녀와 접촉하는 순간, 멜즈는 인간이든 알리페르든 어느 쪽의 손을 들어 주어야 했다.

'하아…….'

헥사비스를 개방하는 게 예전처럼 그리 나쁜 일이 아니라는 건 안다. 오히려 빨리 여는 게 한창 소모전 중인 인간과 알리페르, 양측의 희생을 줄일 수 있었다. 하지만 렉사의 계획은 너무 급진적이었다. 유사 이래로 어디에서도 일어난 적이 없는 변혁이었다.

그의 계획대로라면 앞으로 적지 않은 희생이 생겨날 터였다. 하지만 그가 행하려는 일이 틀린 건 아니었다. 알리페르의 왕으로서 상상도 못할 양보를 하는 것이다. 하지만 인간인 이사나가 정말로 그것을 원할지는 알 수 없었다. 렉사는 이사나를 위한 일이라고 했지만, 멜즈는 알리페르로부터 제국민을 보호하는데 앞장섰던 이사나밖에 알지 못했다.

분리와 변혁, 어느 쪽이 이사나가 원하는 것일까.

멜즈는 어두운 얼굴로 고민하는데, 흰 가운을 입은 남자가 멜즈에게 다가와 말했다.

"멜즈 님, 로피니롤 합성이 마무리 단계에 들어섰습니다."

"그래요? 수고 많았어요, 밀턴."

멜즈의 치하에 밀턴이라 불린 남자는 멋쩍게 웃었다.

밀턴은 왕위 계승전 때 헥사비스 근처에서 납치된 제국군 병사 중 하나였다. 즉, 알리페르가 아닌 인간이었다. 인간인 그는 현재 멜즈가 운영하는 연구소에서 일을 하고 있었다.

멜즈는 원래 인간 포로들에게 일을 시킬 생각이 없었다. 갑자기 잡혀 와 상상도 못할 고초를 겪은 그들에게 일을 시킨다니…… 염치도 염치지만, 그들이 알리페르인 자신의 말을 따라 줄 리 없었다. 하지만 멜즈가 진행하는 일들은 하나같이 높은 교육 수준을 요구하는 일들이었다. 연구소를 만드는 일이라든가, 약을 생산해 내는 일 모두 알리페르가 수행하기엔 벅찼다.

결국 멜즈는 포로들을 찾아가 모든 것은 아니지만 카노스나 일부 사정을 털어놓으며 자신을 도와줄 것을 청했다. 물론 쉽지 않았다. 알리페르에 의해 듣도 보도 못한 병에 걸리게 된 것을 알게 된 포로들은 분노하고 절망했다. 심지어 자살을 시도한 자도 있었다. 하지만, 박대에도 불구하고 매일 포로 수용소를 찾아오는 멜즈를 보며 그들은 점차 분노를 누그러뜨렸다. 흔들림 없는 태도와 신실한 눈빛에 감화되어 점차 멜즈에게 희망을 가지게 되었다.

'그 병, 정말 낫게 해 줄 수 있습니까?'

'반드시 낫게 하겠습니다.'

멜즈의 다짐에 포로들은 결국 멜즈를 돕기로 했다. 물론 그들을 설득한 후에도 많은 일들이 있었다. 협력하는 척하다가 멜즈나 다른 알리페르들을 공격한 자도 있었다. 인간은 알리페르와 달랐다. 슬레이브로 복속시켜 명령을 강요할 수 없었고 판단기준이 서로 달라 행동하는 것도 제각각이었다. 생각이 제각각인 사람들에게 도움을 받기란 정말 쉽지 않은 일이었다. 하지만 멜즈는 조급해하지 않고 진득이 그들의 신뢰를 얻으려 애를 썼다. 그 결과 밀턴처럼 몇몇은 멜즈의 편이 되어 적극적으로 도와주었다.

밀턴과 함께 성 밖에 세워진 연구소로 들어간 멜즈는 로피니롤의 마지막 합성 과정을 지켜보았다. 미온수로 플라스크에 든 혼합물을 냉침하자, 혼합물 안에서 순수한 로피니롤 결정체가 생성되기 시작했다. 점점 늘어나는 로피니롤을 보며 밀턴은 경이로움을 금치 못했지만, 멜즈는 마뜩잖은 얼굴로 플라스크 안을 바라보았다. 들어가는 인력이나 화력에 비해 터무니없이 적은 양이었다. 어떻게든 공정을 조정해 수율과 경제성을 높여야 했다. 멜즈는 예전에 배웠던 약물 합성 지식을 더듬어보는데, 밀턴이 플라스크 안을 계속 들여다보다가 멜즈에게 물었다.

"그런데 멜즈 님."

"네."

"앞으로 헥사비스는 어떻게 되는 겁니까?"

"……글쎄요."

이곳에서 일을 하면서 밀턴 역시 바깥에 돌아가는 상황이 심상치 않음을 느낀 듯했다. 지상층 출신이라는 밀턴은 헥사비스가 꽤 걱정이 되는지 멜즈에게 계속 말을 걸었다.

"사실 저는 멜즈 님이 예전에 헥사비스에서 살았을 거라 생각하고 있습니다. 그렇지 않고서는 이런 것들을 만들어 낼 수 없으니까요."

"그래서요."

"멜즈 님이 헥사비스에 조금이라도 애착을 가지고 있으시다면, 그렇다면 이 전쟁을 막아야 한다고 생각합니다. 솔직히 말해 자기 중력장 배리어가 있는 이상, 알리페르가 헥사비스를 점령하는 건 불가능하지 않습니까? 이렇게 된 거 그냥 서로의 차이를 인정하고 분쟁 없이 따로 사는 게 좋다고 생각합니다. 인간은 헥사비스 안에, 알리페르는 헥사비스 바깥에. 솔직히 말해 저는 이 전쟁이 쓸데없는 소모전에 불과하다고 생각합니다. 그냥 서로가 없는 듯이 살면 되는데 괜히 전쟁을 일으켜 불쌍한 제국민들과 평범한 알리페르들만 죽어나간다고 생각합니다."

알리페르에 대한 거부감이 기저에 깔린 밀턴의 말에 멜즈는 쓴웃음을 내지었다. 하지만 그와 별개로 전쟁이 쓸데없는 소모전이라는 것은 멜즈 역시 인정했다. 하지만 왕은 자신의 신념을 위해 전쟁을 그만둘 생각이 없고 헥사비스의 황제 역시 무슨 생각인지 모르지만 계속 진군하고 있었다. 둘 다 쉽사리 전쟁을 그만둘 생각이 없었다. 어느 쪽이든 승패가 결정 날 때까지 인간이든 알리페르든 엄청나게 죽어 나갈 터였다. 물론 멜즈가 끼어들면 이 전쟁은 우스울 정도로 빨리 끝나게 되겠지만. 말할 수 없는 난감함에 멜즈는 한숨을 내쉬며 말했다.

"저한테 뭐라고 하셔 봤자······."

"이 성에 이사나 황자님이 계시는 걸로 알고 있습니다. 이미 본 사람도 있고요."

밀턴의 말에 멜즈는 침음을 삼켰다. 이사나가 이 성에 머문 지 벌써 2년이 다 되어 가고 있었다. 존재를 모르는 게 더 이상하긴 했다. 멜즈가 떨떠름한 얼굴로 "그게 왜요."라고 묻자, 밀턴이 진지한 얼굴로 말했다.

"황자님을 황제 폐하께 넘기십시오."

"뭐라고요?"

"애초에 황제 폐하께서 헥사비스를 나와 전쟁을 시작하신 건 전부 황자님을 되찾기 위해서가 아닙니까? 황자님만 넘기신다면 폐하께서는 순순히 헥사비스로 다시 되돌아갈······."

"그걸 지금 말이라고 하세요?!"

이사나가 제국군에 의해 강물에 내던져질 뻔한 게 겨우 한두 달 전 일이었다. 멜즈는 그때 일만 생각하면 혈압이 솟구치는데, 밀턴은 사정도 모른 채 계속 어처구니없는 말만 내뱉고 있었다.

"아니, 어차피 그분을 숙주로 만드는 데 성공했지 않습니까? 유충도 다섯 마리나 되고요! 그분이 카노스에 걸려 제정신이 아니라는 건 여기 사람들 모두가 다 압니다. 여기 붙잡아 두고 있어봐야 별 의미가 없어요! 그럴 바에는 차라리 황자님을 걸고 교섭을 하세요. 황자님을 돌려준다는 말만 하면 폐하께서는 어떤 무리한 조건도 다 수용하실 겁니다. 불쌍한 황자님도 놔드리고 그 김에 저희도…….”

“그 입 닥쳐요! 진짜 한 대 치기 전에!”

멜즈는 씩씩거리며 밀턴을 윽박지르는데, 히람이 헐레벌떡 연구소 안으로 들어와 소리쳤다.

“멜즈 님! 큰일 났습니다! 이사나 님이! 이사나 님이……!”

히람의 말에 멜즈는 하던 일을 내팽개치고 히람과 함께 성으로 향했다. 급히 날아가 창문을 통해 방 안으로 들어가자, 엉망진창이 된 방 안 전경이 보였다. 이사나는 잔뜩 일그러진 얼굴로 알리페르들을 쏘아보고 있었다.

“이사나!”

멜즈가 소리치자, 이사나의 사나운 눈초리가 멜즈에게 향했다. 그의 손에는 어디서 난 건지 모를 낡은 나이프가 쥐여져 있었다. 그의 앞을 막아선 몇몇 알리페르들은 이미 이사나의 손에 부상을 입은 상태였다.

다섯 유충을 낳은 후, 이사나의 상태가 급변했다. 약으로 억눌러도 그의 공격성이 쉬이 가라앉지 않았다. 과도한 흥분으로 사상자까지 생기자 멜즈는 이사나의 생체 의수를 손봐 작동 효율을 감소시켰다. 하지만 그럼에도 이사나는 누군가를 공격하는 걸 그만두지 않았다.

유일하게 그를 막을 수 있는 건.

“다들 가서 볼일 보세요.”

멜즈의 말에 이사나를 막아서고 있던 알리페르들이 물러났다. 모두가 사라지자, 멜즈는 그제야 이사나에게 다가가며 말했다.

“이사나, 칼 버려요.”

“……”

"어서요."

나지막한 멜즈의 말에 이사나는 사나운 눈으로 멜즈를 노려보다가 칼을 버렸다. 그리고 멜즈에게 달려들었다.

"멜즈······!"

"······네, 이사나."

"멜즈, 멜즈······!"

어리광을 닮은 애처로운 몸짓과 농염하게 풍겨오는 진한 단내에 멜즈는 잠시 굳어 있다가 이사나를 마주 끌어안았다.

"맞아요, 저 멜즈예요."

"멜즈······."

이사나는 멜즈를 끌어안은 채 장님처럼 그의 온몸을 더듬거렸다. 멜즈가 이 세상에 있다는 걸 확인받고 싶은 것처럼 이사나는 멜즈의 냄새를 맡고 얼굴을 비비며 어찌할 줄을 몰랐다.

누군가를 공격한 뒤의 이사나는 항상 이랬다. 마치 어린아이처럼 한참 동안 불안에 젖어 어찌할 줄을 몰랐다.

그리고 그 다음에는.

"윽······!"

다짜고짜 벽에 밀쳐진 멜즈는 작게 신음했다. 하지만 이사나는 아랑곳하지 않고 멜즈를 붙잡은 채 키스했다. 맞닿은 몸이 불처럼 뜨거웠다.

"이, 으응, 흐읍······!"

난폭하게 부딪쳐 오는 입술에 멜즈는 이사나를 진정시키려 했지만, 이사나는 어린아이처럼 계속 멜즈에게 매달릴 뿐이었다. 이사나는 멜즈를 벽에 밀어붙인 채 멜즈의 입 안을 훑었다. 난폭하고 강제적인 키스였지만, 멜즈가 별 반항이 없자, 꽉 움켜쥐고 있던 이사나의 손에서 점차 힘이 빠져나갔다. 하지만 키스를 그만두지는 않았다.

'냄새……'

이사나와 입을 맞추면 맞출수록 이사나의 몸에서 나는 단내가 점차 진하게 느껴졌다. 유충을 품고 있을 때와는 비교도 할 수 없는 그런 원초적인 향이 났다. 이사나를 핥기만 해도 단맛에 혀가 아릴 정도였다. 소금물을 들이켜는 것처럼 갈증을 일으키는 그 향에 멜즈는 당장이라도 이사나를 바닥에 눕힌 채 머리끝부터 발끝까지 샅샅이 핥아먹고 싶어졌다.

하지만 안 되었다. 더는 그와 이런 짓을 해서는 안 되었다.

멜즈는 초인적인 인내심을 발휘해 이사나를 밀어냈다.

"……"

흥분으로 벌겋게 물든 얼굴이 더없이 유혹적이었다. 타액으로 흠뻑 젖은 입술이 눈을 뗄 수 없을 만큼 요염해 보였다. 이사나는 느슨하게 풀린 눈동자로 어째서 그만두냐는 듯 멜즈를 바라보았다. 그런 이사나를 보며 멜즈는 입 안이 바짝 마르는 걸 느꼈다.

먹고 싶다.

멜즈는 자신도 모르게 그런 욕망을 느끼며 이사나를 바라보았다. 지금 멜즈의 눈앞에는 멜즈를 위한 최상급의 진미가 준비되어 있었다. 그 영양분이 제발 먹어 달라는 듯 멜즈를 바라보고 있었다. 그 순진한 눈빛에 멜즈는 위가 조이는 듯한 허기를 느꼈다.

멜즈는 인육을 먹은 적이 있었다. 성년식을 치르는 도중 본의 아니게 먹었지만, 그때 입안에서 녹아들던 인간의 살점을 똑똑히 기억하고 있었다. 이사나는, 눈앞에 멍하니 서 있는 이 남자는 분명 그때

먹었던 것보다 훨씬 맛있을 것이다. 붉게 젖은 입술과 발그레한 살가죽 아래로 흐르는 핏물은 분명 꿀물처럼 다디달 것이다.

한 입만.

딱 한 입만 먹어 보고 싶다.

멜즈는 갈증 어린 눈으로 이사나를 보며 손을 뻗었다. 그러다 이내 손을 거두며 잔뜩 쉰 목소리로 말했다.

"······진정, 해요······."

"멜, 즈······."

"어디에도 안 가니까, 진정해요."

머리를 어릿하게 하는 단내에 저항하며 멜즈는 간신히 내뱉었다.

멜즈는 최근 자신의 상태가 이상하다는 것을 자각하고 있었다. 이사나의 체향을 맡을 때마다 탈피를 했을 때처럼 이상 식욕을 느꼈다. 킷에게 상담을 했더니 킷은 탈피한 지 얼마 안 된 탓에 일시적인 호르몬 교란이 일어난 거란 말을 했다. 그저 지금은 충동을 느끼는 상대와 조금 떨어져 있는 게 좋을 거란 조언을 해 주었다. 그래서 멜즈는 최근 일을 한다는 핑계로 그를 잘 찾지 않았다. 약을 먹일 때를 빼고는 킷이나 히람에게 이사나를 부탁했다. 하지만 이사나는 유충을 낳은 후 오히려 상태가 악화되었고 이렇게 발작을 일으킬 때마다 멜즈가 와서 달래 주어야 했다.

멍하니 있는 이사나를 침대에 앉힌 멜즈는 이사나가 진정될 때까지 조금 떨어진 곳에 있으려 하는데, 멜즈가 멀어지려는 걸 빠르게 눈치챈 이사나가 멜즈의 팔을 억세게 붙잡으며 소리쳤다.

"멜즈, 멜즈······!"

"이사나······"

"흑, 가지 마, 가지 마, 멜즈, 잘못했어…… 잘못했어……"

이사나는 멜즈의 팔을 꽉 끌어안은 채 눈물을 떨어뜨렸다. 무엇이 그렇게 불안한지 이사나는 멜즈가 당장 사라질 사람처럼 굴며 몸을 벌벌 떨었다. 불안에 떠는 그를 멜즈는 난감한 눈으로 내려다보는데, 이사나가 대뜸 멜즈를 잡아당기더니 침대에 쓰러뜨렸다. 갑작스레 뒤집어지는 시야에 멜즈는 당황하며 자리에서 일어나려는데, 이사나가 멜즈의 다리 사이로 기어들더니 얼굴을 파묻었다. 멜즈가 저지할 틈도 없이 멜즈의 하의를 벗긴 이사나는 멜즈의 것을 덥석 입 안에 머금었다.

"웃……!"

아래를 감싸는 뜨거운 감각에 멜즈는 신음을 흘리며 몸을 움츠렸다. 이사나를 밀어내야 한다는 생각은 했지만, 온몸에 힘이 풀려 어떻게 할 수 없었다. 한입에 물고 있기 버거운 크기이건만 역하지도 않은지 이사나는 목구멍까지 열며 멜즈의 것을 꾸역꾸역 삼키고 있었다. 그에게 근원까지 약탈당하는 황홀한 감각에 전율했지만, 멜즈는 이사나를 밀어내려 애를 썼다.

"이, 웃, 이사나, 제, 제발……!"

멜즈는 애원했지만, 이사나는 도리어 혀로 기둥을 길게 휘감으며 안타까운 쾌감을 부추길 뿐이었다. 멜즈는 입술을 깨물며 아래를 직격하는 사나운 쾌감을 견뎌내려 애를 썼다. 하지만 이사나의 입 안은 요사스러울 정도로 기분 좋았다. 뜨겁고 습한 점막도 살짝살짝 깨무는 이빨도, 힘차게 빨아올리는 입 안도 모두 믿을 수 없을 만큼 기분 좋았다. 멜즈는 무력하게 헐떡이며 고개를 위아래로 흔드는 이사나를 바라보았다.

그는 너무나도 익숙하게 별거 아닌 것처럼 구음을 하고 있었다. 자신이 아는 이사나가 아닌 것 같았다. 멍하니 내려다보는 멜즈의 시선을 알아차렸는지 이사나가 눈을 치켜떴다. 눈이 마주치자, 이사나는 눈을 휘며 멜즈의 성기를 혀로 길게 훑었다. 하지만 그의 속눈썹에는 여전히 눈물방울이 보석처럼 매달려 있었다.

"아, 읏, 그, 그만, 이사나, 하지, 아⋯⋯!"

당장이라도 파정할 듯한 안타까운 감각에 멜즈는 다급히 이사나를 밀어내려 애를 썼다. 하지만 이사나는 오히려 귀두 끝을 혓바닥으로 문지르며 멜즈의 사정을 재촉할 뿐이었다. 결국 멜즈는 이사나의 입 안으로 참았던 열기를 쏟아냈다.

"으읏⋯⋯!"

오래 참았던 만큼 멜즈는 지독한 해방감을 느끼며 몸을 떨었다. 하지만 곧장 밀물처럼 밀려드는 죄책감에 얼굴을 일그러뜨렸다. 알리페르로 인해 망가진 이사나에게 사정했다는 죄악감에 사로잡혀 멜즈는 자책하는데, 이사나가 그 배덕한 열기를 한 방울도 남기지 않고 꿀꺽 삼켰다. 조금의 역함도 느끼지 못하는 그 익숙한 모습에 멜즈는 왠지 울컥 눈물이 나올 것 같았다.

'그래도 같이 좋았으면 좋겠어. 네가 내 기분만 신경 쓰는 게 아니라.'

그와 처음 밤을 보낸 날, 구음하는 자신을 막으며 그가 해 줬던 말이었다. 그렇게 상냥하고 어른스러웠던 연인은 어디로 갔는지 알 수 없었다. 멜즈의 눈앞에는 뭐가 무서운지 어린아이처럼 매달리며 철저히 멜즈의 쾌락을 위해서만 움직이는 이사나만 있었다. 그는 그의 쾌감이나 호오는 조금도 생각하지 않은 채 입을 움직였다.

멜즈의 더러워진 성기를 혀로 핥아먹으며 이사나는 난잡한 웃음을 내지었다. 그런 이사나를 보며 멜즈는 억장이 무너지는 기분이 들었다.

이사나는 축 늘어진 멜즈의 위로 올라탔다. 능숙하게 옷을 벗고 혀로 손가락을 핥으며 뒤를 적실 준비를 했다. 그리고 멜즈의 반쯤 선 성기 위로 회음을 부비며 흥분을 유도했다. 멜즈는 몹시 지친 눈으로 이사나를 올려다보며 말했다.

"이사나……."

"하읍, 음, 하아……."

"그만두면 안 돼요?"

멜즈는 자신의 말이 그에게 닿지 않을 걸 알면서도 그렇게 애원했다. 역시나, 이사나는 들은 척도 하지 않고 손가락을 적시는 데 열중일 뿐이었다. 멜즈는 지금 연인인 그와 사랑을 나누고 있었다. 그럼에도 어째서일까, 멜즈는 지독히 슬퍼졌다. 당장이라도 울고 싶은 기분이 들었다. 멜즈가 참담한 얼굴을 하고 있는 걸 아는지 모르는지 이사나는 잔뜩 적신 손가락을 뒤로 가져가 스스로 내부를 풀기 시작했다.

"으응, 아, 으음……."

스스로 뒤를 푸는 그의 모습은 마치 포르노를 보는 것 같았다. 그 시각적인 충격에 멜즈는 자괴감이 들 정도로 아래를 바짝 세웠다. 그런 자신이 밉고 수치스러워 멜즈는 고개를 돌리는데, 이사나가 뒤를 푼 지 얼마 되지도 않아 발기한 멜즈의 위로 내려앉았다. 그리고 멜즈의 것을 탐욕스럽게 삼키기 시작했다.

"웃, 흐읏, 읍, 으……!"

"이, 이사나……."

멜즈는 뒤늦게 몸을 뒤틀며 이사나를 밀어내려 했지만, 이사나는 아플 정도로 멜즈의 어깨를 꽉 짓누르며 멜즈를 바라보았다. 마치 멜즈가 도망가기라도 할까 봐 겁이 난 사람처럼 이사나는 멜즈를 꽉 붙잡은 채 놓아주지 않았다. 그 와중에 자꾸만 삼켜지는 감각이 선연하고 기분 좋아 멜즈는 탄식처럼 신음을 내뱉었다. 마치 꿀물에 절여지는 기분이었다.

얼마 지나지 않아 이사나는 멜즈의 것을 전부 집어삼켰다. 무리하게 삼킨 탓인지 이사나의 얼굴은 잔뜩 일그러져 있었다. 정말 짐승 같게도 그런 이사나를 보며 멜즈는 배 속이 뭉근해지는 걸 느꼈다. 안에서 성기가 꿈틀대자, 이사나는 감았던 눈을 뜨며 멜즈를 내려다보았다. 미묘하게 색이 다른 눈이 마주치자, 멜즈는 불현듯 그와 키스하고 싶어졌다. 멜즈는 홀린 듯이 이사나를 올려다보는데, 그런 멜즈의 욕구를 알아차리기라도 하듯 이사나가 키스해 주었다. 그런데 그 키스가 너무 다정하고 상냥해 멜즈는 눈물이 쏟아질 것 같았다.

"이사나."

"……."

"내려와요."

멜즈는 울음을 삼키며 애원했지만, 이사나는 달래듯 멜즈의 입가에 키스하며 몸을 움직이기 시작했다.

"웃, 앗, 하웃, 으응, 앗, 앗……!"

"읍, 이사, 이사나……!"

아래를 직격하는 기분 좋은 조임에 멜즈는 숨을 헐떡였다. 이사나는 멜즈의 어깨를 붙잡은 채 스스로 허리를 들썩이고 있었다. 길게 허리를 들어 올렸다가 아래로 콱 내려찍기를 반복했다. 이사나의 새하얀 나신은 어느새 땀에 흠뻑 젖어 요사스럽게 번들거리고 있었다.

아름다웠다.

몸의 일부를 잃고 고문흔으로 상처투성이가 되었음에도 이사나는 여전히 몹시 아름다웠다. 도저히 그에게서 눈을 뗄 수 없었다. 병증으로 제정신이 아니게 되었음에도 그가 너무 사랑스러워 멜즈는 가끔 숨이 턱 막혀 왔다. 멜즈는 홀로 허리를 움직이는 이사나를 올려다보는데, 이사나가 일그러진 얼굴로 눈물을 떨어뜨리며 말했다.

"멜, 훗, 즈…… 멜, 즈……. 나, 무서, 무서워, 멜, 즈……. 멜즈……."

"이사나?"

"버, 버리지 마……. 무서, 워, 읏, 미워, 미워하지 마……."

"……"

"훗, 으읏, 무서워, 무서워……."

감정이 격해진 이사나는 얼굴을 새빨갛게 물들인 채 엉엉 울었다. 그러면서도 허리를 들썩이고 안을 조이는 걸 그만두지 않았다. 마치 멜즈를 만족시키지 못하면 버림받을 거라 생각하는 것처럼 이사나는 공포에 질린 얼굴로 안을 조이고 허리를 들썩였다.

그가 무엇을 그렇게 무서워하는지 멜즈로서는 알 수 없었다. 하지만 이사나는 발작하듯 한 번씩 공포에 사로잡혔고 이렇게 멜즈에게 안겨야만 안정을 되찾을 수 있었다.

도대체 당신은 어디를 헤매고 있는 걸까.

멜즈는 자세를 바꿔 이사나를 침대에 눕혔다. 오늘도 이사나를 안지 말아야겠다는 다짐은 모래성처럼 부스러졌다. 멜즈는 이사나의 허벅지를 벌린 채 안을 크게 들이박았다. 그러자 이사나는 허리를 둥글게 휘며 날카로운 비명을 내질렀다. 약간의 고통과 쾌감이 뒤섞인 얼굴은 지독히 야해 보였다. 멜즈는 이사나의 다리를 어깨에 걸쳐 올린 채 그가 느끼는 곳만 계속 찔러 댔다. 그러자 이사나는 새된 비명을 내지르며 헐떡거렸다. 이사나는 어리광을 부리듯 멜즈의 목에 팔을 감고 계속 이름을 불렀다.

"멜즈, 훗, 웃, 멜즈, 아, 멜즈……!"

"이사나, 흐웃, 이사나……!"

해서는 안 된다는 걸 알면서도 멜즈는 이사나를 꽉 끌어안고 그의 깊은 곳에 파정했다. 이사나는 그의 몸에 들어오는 게 무엇인지도 모른 채 황홀한 신음을 내뱉으며 멜즈에게 입을 맞췄다. 이사나의 입술은, 그의 몸에서 나는 체향은 지독히 달았다.

죄책감을 닮은 듯한 그 달콤한 체취에 도취된 멜즈는 아까부터 계속 갈망해 왔던 그 몸을 탐닉했다. 입술을 훑고 뼈대가 도드라진 목덜미에 이를 세우며 죄의 흔적을 남겼다. 조금이라도 더 힘을 주면 투툭 터져 나올 듯한 핏물을 상상하며 멜즈는 이사나의 온몸을 훑고 물고 미친 듯이 범했다.

그렇게 이사나는 멜즈에게 한참 안긴 뒤에야 발작을 가라앉혔다. 그게 그의 효용이라도 되는 것처럼 지쳐서 눈을 뜨지 못할 정도로 범해져야 이사나는 다시 평소처럼 얌전해졌다.

기절하듯 잠든 이사나를 깨끗이 씻긴 뒤 침대에 다시 눕히자, 어느새 시간은 자정에 가까워져 있었다. 멜즈는 이대로 연구소로 돌아갈까 하다가 발을 돌려 이사나의 방과 가까운 어느 방 안으로 들어갔다.

"삣, 삐잇?"

"삐잇, 삣, 삣!"

멜즈가 들어오자, 자기들끼리 뭉쳐 놀고 있던 유충들이 쪼르르 멜즈에게 몰려들었다. 아무것도 모르는 유충들은 멜즈가 놀아 주러 온 건 줄 아는지 문가에 기대선 멜즈에게 장난을 걸었다. 바짓 단을 물고 늘어지고 다리 위로 기어오르는 등 늦은 시간임에도 멜즈를 열렬히 반겨 주었다. 천진하기 짝이 없는 그들을 보자 어째서인지 멜즈는 울컥 눈물이 나왔다.

"삣삣?"

"삐잇, 삣?"

유충들에게 둘러싸인 채 멜즈는 숨죽여 울었다. 그 누구도 들을 수 없게끔 손바닥으로 입을 틀어막으며 발밑이 흠뻑 젖을 정도로 한참 동안 울었다.

## 멜즈 (2)

계절은 어느새 가을이 지나 겨울로 접어들었다. 겨울은 결코 좋은 계절이 아니었다. 알리페르에게든 인간에게든. 날이 추워지자, 알리페르들은 자랑스러운 날개를 옷 속에 돌돌 말아 꼭꼭 숨겼다. 림프액만 흐르는 날개는 동상에 취약했기 때문에 알리페르들은 겨울 동안 나는 것을 자제했다. 그렇게 성내의 알리페르들은 동장군에게 자유를 빼앗긴 채 종종걸음으로 성과 숲을 오갔다.

그리고 카노스에 걸린 포로들은 병증이 악화되었다.

"흑, 흐윽, 디아렌⋯⋯."

"어떻게 이럴 수가⋯⋯."

성에 억류된 포로들은 더 이상 눈을 뜨지 않는 한 남자를 내려다보며 눈물을 쏟아냈다. 시탈로프 숲으로 끌려와 유달리 고초를 많이 겪고 카노스에 걸린 것에 충격을 많이 받았던 남자였다. 원래라면 이렇게까지 빨리 증상이 나빠지지 않았지만, 디아렌의 경우는 지독히 운이 없었다. 병증의 진행이 급격했던 데다 어떠한 약도 그에게 듣지 않았다. 무기력한 모습으로 식사마저 거부하던 디아렌은 결국 산소마스크 없이는 호흡조차 불가능한 상태까지 와 버렸다.

풍덩―

디아렌은 연구소 안에 설치된 ICU(intensive care unit) 캡슐 안에 넣어졌다. ICU 캡슐은 산소와 영양분을 전달해 주는 특수한 액체가 든 기기로 자가 호흡이 불가능한 환자가 생길 때를 대비해 멜즈가 만들어 둔 것이었다. 하지만, 막상 이렇게 사용하게 되니 멜즈로서는 참담한 기분이 들지 않을 수 없었다. 자가 호흡을 할 수 없다는 건 어떻게 보면 생명체로서의 기능을 다한 것과 다름없었다. 그런데 그것을 기계 따위가 억지로 붙들고 있는 거니까. 포로들도 그것을 느끼고 있는지 수용소 분위기는 장례식을 치를 때처럼 침통했다.

포로들이 이곳에 끌려온 지 벌써 1년이 다 되어 가고 있었다. 약을 생산해 내 치료를 하고 있지만, 첫 겨울을 맞이하면서 포로들의 병증은 급격히 악화되었다. 벌써 일상생활이 힘든 자들이 나타날 정도였다.

그건 이사나 역시 마찬가지였다.

이사나는 이제 멜즈가 곁에 없으면 한시도 얌전히 있지를 못했다. 광인처럼 주변을 부수고 알리페르들을 공격하다가 멜즈가 나타나서야 겁에 질린 얼굴로 멜즈에게 매달렸다. 애처롭게 매달리며 끊임없이 안아 주기를 원했다. 그렇게 매일 어쩔 수 없이 이사나를 안으며 진정시키다가 멜즈는 불현듯 깨달았다.

지금의 이사나는 현실에 살고 있지 않았다.

어느 기억 속에 갇혀 그 순간을 반복하고 있을 뿐이었다. 멜즈가 진정시켜도 결국은 그때뿐이었다. 이사나는 결코 편안해질 수 없었다.

오랜 시간에 걸쳐 겨우 인정한 멜즈는 이사나의 약에 수면제를 추가했다. 이사나의 건강한 모습을 보고 싶은 건 순전히 자신의 욕심일 뿐이었다. 이사나에겐 그저 그 순간의 고통이 반복되는 것일 뿐이었다. 그렇게 이사나는 매일 수면제에 취해 인형처럼 무기력하게 변해 버렸다.

결국.

결국 아무것도 해 줄 수 없었다. 이사나를 위해 할 수 있었던 건 아무것도 없었다. 어쩌면 이제껏 해 왔던 모든 일들이 이사나에게 어떠한 의미도 없는 일일지도 몰랐다. 이사나의 증상은 이미 심각해질 대로 심각해진 상태였다. 이대로 치료제를 개발해 낸다고 해도 이사나가 원래대로 되돌아갈 가능성은 거의 없었다. 이미 뇌가 제 기능을 할 수 없을 정도로 손상되었기 때문이다.

줄곧 인정하지 않았지만, 사람은 결국 죽는다. 약으로 증상을 누르고 최악의 경우 ICU 캡슐로 생명을 연장시킨다지만, 과연 그게 의미가 있는 일일까? 이사나는 이미 사는 동안 고되고 힘든 일을 많이 겪어 왔다. 심지어 그가 지킨 제국민들의 손에 버려지는 경험까지 했다. 그런 그를 되살려 내 또다시 고통받게 하는 게 과연 그를 위한 일일까? 이사나를 위한다는 핑계로 휴식을 취하고 있는 그를 이기적으로 붙들어 놓는 게 아닐까?

'내가 도대체 무슨 생각을 하는 거지?'

자신도 모르게 스며든 부정적인 생각에 멜즈는 머리를 휘휘 내저었다. 아직 치료 방법을 찾지 못했다고, 이사나의 증상이 심해졌다고 이따위 생각을 하다니. 아직 정신 차리려면 한참 멀었다.

그 날. 그 날 무슨 일이 있더라도 그의 말을 들어주고 그의 곁에 남았더라면…….

자꾸만 고개를 쳐드는 후회를 되새기며 멜즈는 멍하니 서 있는데, 그런 멜즈에게로 한 남자가 다가왔다.

"멜즈 님."

"……무슨 일이에요, 페르난도."

멜즈는 금방까지 흔들리던 기색을 지워 버린 채 페르난도라고 부른 남자를 바라보았다. 페르난도는 밀턴과 마찬가지로 헥사비스 근처에서 잡혀 온 제국군 병사로 오늘 ICU 캡슐에 들어간 디아렌과 절친한 사이였다. 디아렌이 캡슐에 들어가는 걸 곁에서 지켜본 탓인지 그는 꽤 불안정해 보였다. 그럴 것이다. 카노스에 걸린 사람이 마지막에 어떻게 되는지 직접 보게 되었으니 충격을 받을 만했다. 병에 걸린 당사자가 아닌 멜즈로서는 그 참담한 마음을 짐작조차 할 수 없었다. 예상대로 페르난도는 꽤 불안한 얼굴로 멜즈에게 물었다.

"당신…… 정말, 카노스를 낫게 할 수 있습니까?"

"치료약이라면 걱정하지 마세요. 방법을 찾아보고 있으니까."

"그게 도대체 얼마나 걸리는데요?"

페르난도는 초조함이 묻어난 어조로 물었다. 하지만 멜즈는 페르난도에게 확답을 줄 수 없었다. 카노스의 발병 원인은 이종의 줄기세포 클러스터가 뇌-혈관 장벽(Brain-blood barrier)를 뚫고 들어가 이물질을 축적시킨 것이기 때문이다. 즉, 이미 뇌 속에 침투한 줄기세포 클러스터를 없애야 했다.

분명 약물 중에는 뇌−혈관 장벽을 통과하는 약물이 있기는 했지만, 줄기세포 클러스터만 선택적으로 사멸시키는 약물은 없었다. 표적 치료제를 개발하는 데는 분명 적지 않은 시간이 소요될 터였다. 아무리 멜즈라도 하루 이틀 사이에 뚝딱 만들어낼 수 있는 약이 아니었다. 멜즈가 침묵하자, 페르난도는 멜즈에게 소리를 질렀다.

"그것 보세요, 당신도 언제 만들어 낼 수 있는지 장담할 수 없지 않습니까! 이젠 지쳤습니다. 그냥, 우리를 풀어주세요. 더는 당신네들이 한 짓을 원망하지 않을 테니 제발 우리를 헥사비스로 돌려보내 주세요!"

"……"

"당신이 똑똑하다는 건 인정합니다. 하지만, 알리페르인 당신이 헥사비스의 학자들보다 똑똑하겠습니까? 우리가 돌아가면 분명 제국에서는 카노스를 치료할 약을 만들어 줄 겁니다. 당신 혼자 붙잡고 있는 것보다 훨씬 나아요. 당신들을 미워하지도 원망하지도 않을 테니 제발 풀어주세요, 제발! 제발, 우리들을 고향에 돌려보내 줘요!"

페르난도의 애원에 멜즈는 난감해졌다. 멜즈도 페르난도가 원하는 대로 해 주고 싶었다. 제국군이 이사나를 강물에 빠뜨리려 하지 않았다면 말이다. 멜즈는 차분한 목소리로 페르난도를 달래려 애를 썼다.

"……조금만 참아 주세요. 안 된 얘기지만, 당신은 지금 당장 제국으로 돌아갈 수 없습니다."

"어, 어째서요!"

"제국군 수뇌부는 이미 카노스에 대한 것을 알고 있어요. 원인이 규명된 지는 벌써 10년이 넘었고요. 하지만 군은 오히려 카노스에 관한 연구 결과를 묻어 버렸습니다. 카노스에 관한 게 제국민들에게 알려지면 아무도 헥사비스 밖으로 나가려 하지 않을 테니까요. 이대로 제국에 돌아가도 그 사실을 알고 있는 이상 당신들은 제거될 겁니다. 미안한 얘기지만, 돌아가서도 치료받지 못해요."

"……!"

"진정하고 오늘은 가서 좀 쉬어요. 병은 꼭 치료해 줄 테니까."

멜즈는 도망치듯 자리를 벗어나려는데, 페르난도가 멜즈의 팔을 붙잡으며 소리쳤다.

"우, 웃기지 마! 왜, 왜 그런 이유로 제거된다는 거야! 왜! 우린 피해잔데! 우린 아무 잘못도 없는데!"

"……."

"네가 치료해 준다고? 그걸 어떻게 믿어! 결국엔 넌 인간이 아니잖아! 우리처럼 절박하지 않잖아!"

더는 제대로 된 대화를 하는 게 힘들 것 같아 멜즈는 한숨을 내쉬며 페르난도의 손을 떼어 내려는데, 페르난도가 무릎을 꿇으며 멜즈에게 애원했다.

"부, 부탁이니까 제발 우리들을 헥사비스로 돌려보내 줘요, 제발……!"

"페르난도, 진정을……."

"그래, 이사나 님과 간다면, 황자님과 함께 돌아간다면 괜찮을 거야, 분명 다 괜찮을 거라고……!"

페르난도는 눈을 번들거리며 중얼거렸다. 이사나에게 해코지를 할지도 모른다는 생각에 멜즈는 다소 날카로운 어조로 대꾸했다.

"이사나 황자라고 별다를 건 없습니다. 그는 이미 군 간부들에게 죽을 뻔한 적이 있어요. 이상한 생각하지 말아요."

멜즈가 경고하듯 낮게 으르렁거렸지만, 이미 흥분할 대로 흥분한 페르난도는 오히려 소리를 질러 댈 뿐이었다.

"거, 거짓말 하지 마! 내, 내가 속을 거 같아? 그, 그냥 네가 황자님을 빼앗기기 싫어서 나, 나한테 거, 거짓말을 하는 거잖아!"

"……그런 거 아니니까 제발 진정해요."

멜즈는 도무지 자신의 얘기를 들으려 하지 않는 페르난도 때문에 난감해졌다. 하지만 페르난도는 아랑곳없이 멜즈에게 사납게 소리쳤다.

"아니긴 뭐가 아니야! 우린 다 알아! 네가 매일 황자님을 안고 있다는 거 다 알고 있다고! 네가 황자님을 좋아한다는 것쯤은 다 알고 있어!"

페르난도의 말에 멜즈는 눈을 크게 떴다. 이제껏 조심한다고 신경 썼지만, 모든 이의 눈과 귀를 막을 수 없었던 모양이다. 당황한 멜즈가 어물거리자, 페르난도는 비열한 얼굴로 킬킬거렸다.

"황자님이 너 따위를 좋아서 찾는 줄 알아? 인간이 어떻게 알리페르 따위를 좋아할 수 있겠어? 황자님은 널 찾는 게 아니야. 황제 폐하를 찾고 있는 것뿐이라고! 너 따윈 머리색이 똑같아서 헷갈리는 것뿐이야! 그걸 좋다고 착각이나 하고!"

"……그만해요."

"좋은 거 하나 알려 줄까? 황자님은 원래 황제 폐하를 좋아해. 형제애 따위가 아니라 역겹게도 사내로서 좋아하지! 출정식을 치르는 날까지 둘이 뭘 했는지 알아? 궁에 틀어박혀 시도 때도 없이 둘이 붙어먹었어! 황자님의 신음 소리가 너무 커서 궁인들이 다 민망해할 정도로!"

"말을 가려서 하는 게 좋을 거예요, 페르난도."

낙담했을 페르난도를 생각해 참으려 했지만, 이사나까지 끌어들여 모욕을 하니 더는 참을 수 없었다. 멜즈가 사납게 눈을 치켜뜨자, 그제야 페르난도는 겁을 먹은 기색을 보였다. 그런 둘을 발견한 밀턴이 헐레벌떡 뛰어와 페르난도를 붙잡았다.

"페르난도 씨! 미쳤습니까! 일단 기다려 보자고 했잖아요!"

"놔! 이거 놔! 언제까지 기다려야 해! 언제까지! 디아렌처럼 저렇게 산 것도 죽은 것도 아닌 모습이 될 때까지? 웃기지 마! 난 갈 거야! 헥사비스로 돌아갈 거라고!"

"돌아가고 싶은 마음은 다들 똑같아요! 당신만 그런 게 아니라고요! 하지만 지금은 진정해요. 이렇게 조급하게 구는 건 조금도 도움이 되지 않아요!"

밀턴의 말에 페르난도는 바닥에 주저앉아 어린아이처럼 엉엉 울었다. 그의 울음에는 어찌할 수 없는 원망과 분노가 섞여 있었다. 알리페르들에게 해코지를 당했음에도 그 분조차 표출할 수 없는 이 환경에 환멸이 난 듯했다. 멜즈는 페르난도를 달래려다가 그만두었다. 지금의 그에게는 무슨 말을 해도 소용이 없을 것 같았다.


밀턴과 페르난도를 놔둔 채 멜즈는 성으로 돌아왔다. 하지만 본성으로 돌아가지 않고 아무도 없는 정원으로 향했다. 멜즈는 가지만 앙상하게 남은 정원 안을 걷고 또 걸었다. 지금은 인간도 알리페르도 보고 싶지 않았다. 그저 혼자 있고 싶었다. 하지만 막상 혼자 있게 되자 온갖 나쁜 생각들이 다 몰려들었다.

'멜, 흣, 즈…… 멜, 즈……. 나, 무서, 무서워, 멜, 즈……. 멜즈…….

버, 버리지 마……. 무서, 워, 읏, 미워, 미워하지 마……. 흣, 으읏, 무서워, 무서워…….'

이 말, 정말 내게 한 말이 맞는 걸까? 페르난도에게 헛소리를 들었더니 불현듯 이런 의심이 들었다. 멜즈는 이사나를 버린 적이 없었다. 이사나가 헥사비스 밖으로 도망친 적은 있어도 멜즈는 단 한 번도 이사나를 버리거나 무섭게 한 적이 없었다. 이사나가 떨어져 있는 걸 너무 무서워해 무작정 그가 원하는 대로 안아 주기는 했지만, 지금 돌이켜 보니 좀 이상한 구석이 있었다.

그리고 몸에 난 흉터들.

이사나가 상냥한 사람인 건 맞다. 하지만 그런 고문을 견딜 만큼 미련한 사람은 아니었다. 정상적인 상황이라면 아무리 가족이라지만, 성인 남성이 이런 무참한 폭행을 견딜 리 없다.

내가 뭘 몰라서 그렇게 판단하는 걸까?

이사나는 도대체 어떤 사람일까.

그에 대해 알면 알수록 더 모르겠다는 생각이 들었다. 어릴 때는 그가 완전무결한 영웅으로만 보였다. 하지만 헥사비스 밖으로 나와서는 그가 생각보다 비겁한 면모가 있고 가족의 정에 굶주린 불쌍한 사람이라는 것을 알게 되었다. 그리고 지금은 평생의 신념을 꺾고 알리페르인 자신을 헥사비스에서 키웠다는 걸 알고 있다.

여전히 그를 사랑하지만, 그렇지만, 이러한 것들이 하나씩 밝혀질 때마다 그가 낯설게 느껴졌다.

멜즈는 한숨을 내쉬며 하늘을 올려다보았다. 잿빛으로 흐려진 서늘한 하늘이 보였다. 이제 완연한 겨울에 접어들어 밖으로 나온 지 얼마 안 되었는데도 코끝이 시리게 느껴졌다. 아침에 일어나면 마른 풀 위로 하얀 서리가 내릴 정도이니 머지않아 첫눈이 내릴지도 몰랐다. 처음 헥사비스의 지붕 위로 올라갔을 때 보았던 것과 똑같은 잿빛 하늘을 바라보며 멜즈는 새삼 헥사비스에서 나온 지 오래되었다는 생각을 하는데, 멜즈의 시야로 뭔가 이상한 게 스쳐 지나갔다.

'……?'

하늘 위에 둥둥 떠 있는 그 물체가 도저히 말이 안 되어 멜즈는 잠시 굳었지만, 이내 정신을 수습하고 그 물체를 뒤쫓아 갔다. 투명한 풍선과 연결된 물체는 바람을 타고 천천히 어디론가 이동하고 있었다. 그것을 따라 멜즈 역시 숲으로 들어갔다. 끝에 프로펠러가 달린 물체는 마치 눈이라도 달린 것처럼 나뭇가지와 장애물을 요리조리 피해 다녔다. 그 모습을 본 멜즈는 혀를 차며 물체를 앞질러 가 나무 위로 뛰어올랐다. 그리고 물체가 가까워지자마자 날쌔게 잡아챘다.

멜즈가 붙잡은 물체는 아브노아 존데였다. 그것도 저렴한 보급형이 아닌, 온갖 탐지 장비가 덕지덕지 붙은 고급형이었다. 자신의 발명품을 이곳에서 보게 된 멜즈는 뭔가 화가 나고 어처구니가 없어졌다. 멜즈는 존데를 나무에 후려쳐 박살 냈다. 그리고 그 잔해를 가지고 히람을 찾았다.

"히람!"

"멜즈 님? 손에 든 건 뭡니까?"

히람은 존데를 궁금해 했지만, 멜즈는 다급하게 히람에게 먼저 말했다.

"히람, 숲의 알리페르들에게 이렇게 생긴 기구가 돌아다니고 있는지 물어봐 주세요."

뜬금없는 멜즈의 부탁에 히람은 당황한 듯했지만, 이내 눈을 감더니 숲의 경비를 서고 있는 알리페르들과 교신했다. 잠시 후 히람은 눈을 뜨더니 멜즈에게 말했다.

"숲에 이미 몇 개가 돌아다니고 있다고 하더군요. 아무래도 숲의 서북부 쪽에서 유입된 거 같아요. 그런데 무슨 일인가요?"

서북부라면 헥사비스가 있는 방향이었다. 이런 시기에 고급형 존데가 돌아다닌다는 게 결코 우연일리 없었다. 멜즈는 한숨을 내쉬며 말했다.

"……히람, 아무래도 앞으로 바빠질 것 같아요."

뜬금없는 멜즈의 말에 히람은 어리둥절해했지만, 멜즈는 박살 난 존데를 내려다보며 생각에 빠졌다. 전쟁을 하기 전 적의 정보를 수집하는 건 가장 기초적인 전술 중 하나였다. 즉, 존데를 보낸다는 건 전쟁이 멀지 않았음을 의미했다.

'무슨 목적이지?'

왕이 출전하고 없는 이곳은 솔직히 말해 정복할 메리트가 전혀 없는 곳이었다. 그럼에도 제국군은 계속해서 시탈로프 숲으로 향하고 있었다. 멜즈로서는 이곳을 침범하려는 자의 생각을 도저히 알 수 없었다. 하지만 이미 쳐들어오겠다는 의지를 보인 이상, 적을 맞이할 준비는 해야 했다.

\* \* \*

"멜즈 님 말이야, 우리한테 좀 너무하지 않냐?"

숲에서 보초를 서던 한 알리페르가 문득 불만스럽게 툭 내뱉었다. 그러자 다른 알리페르가 열렬히 고개를 끄덕이며 말했다.

"맞아. 똑똑해서 의지가 되긴 한데, 고압적이라고 해야 하나 강압적이라고 해야 하나? 아무튼 좀 그래."

알리페르들은 멜즈가 먹으라고 나눠 준 음료를 꿀꺽꿀꺽 마시며 투덜거렸다. 음료는 지독히 쓰고 느글거리고 맛이 없었다. 심지어 비린내까지 났다. 육식인 알리페르들에게 비린내는 익숙한 맛이었지만, 이건 육류의 비린내라기보다 생선 비린내에 가까웠다. 참다못한 몇몇이 멜즈를 찾아가 도저히 못 먹겠다고 우는 소리를 냈지만, 멜즈는 단호한 얼굴로 먹으라고 강요할 뿐이었다. 종종 안 먹고 버리는 녀석들도 있었지만, 어떻게 알았는지 멜즈는 그들을 모조리 찾아내 흠씬 두들긴 뒤 음료를 더 많이 먹였다. 집요하고 잔인하고 악랄하기까지 한 그 모습에 알리페르들은 결국 벌벌 떨며 정체불명의 음료를 마실 수밖에 없었다.

"그래도 기분 탓인지 이거 마시고 나서는 날아도 전처럼 날개가 시리지 않게 됐어."

"그런가? 난 잘 모르겠는데."

알리페르들은 음료를 마시며 멜즈에 대한 불만을 주거니 받거니 하는데, 문득 머리 위로 거대한 그림자가 지는 걸 느꼈다. 둘은 의아해하며 고개를 드는데, 하늘을 보자마자 놀라 소리를 내질렀다.

"씨발 저게 뭐야!"

"미친!"

패닉에 질린 알리페르들은 허둥지둥 성에 연락을 넣었다.

시탈로프 숲 상공 위로 어마어마하게 큰 무언가가 둥둥 떠 있었다.


"저건 비행선이에요."

"비행선이요?"

멜즈의 말에 알리페르들은 어리둥절한 눈으로 멜즈를 바라보았다. 알리페르들에게는 '비행선'이라는 단어조차 낯선 듯했다. 멜즈는 알리페르들이 수거해 온 존데를 들어 보이며 말했다.

"이 기구와 크게 다를 거 없어요. 그냥 달린 풍선이 엄청나게 큰 것뿐이에요. 크기는 커 보이지만, 안은 대부분 비어 있어요."

"그렇군요! 그럼 저걸 터트리면 되나요?"

알리페르들은 적잖게 안심한 얼굴로 말하는데, 멜즈가 굳어진 얼굴로 고개를 가로저으며 말했다.

"아니요, 터트려서는 안 돼요. 저 안에 수소가 들어 있을 거예요. 저렇게 낮은 고도에 떠 있을 때 터트렸다간 순식간에 숲이 불바다가 되어 버릴 거예요."

헥사비스에는 헬륨을 채취하는 시설이 없었다. 근처에 헬륨 채굴이 가능한 광산 역시 없었고. 따라서 저건 높은 확률로 수소 가스가 든 비행선일 터였다. 저 비행선 안에 무엇이 들어 있는지 알 수 없지만, 수소 가스가 든 이상 섣불리 건드릴 수 없었다. 멜즈의 말에 알리페르들은 초조한 얼굴로 물었다.

"그럼 어떻게 하죠?"

"일단 정찰을 가 봐야 할 거 같아요."

날이 추워지면서 알리페르들의 비행 거리는 대폭 줄어들었다. 겨울이 아니었다면 저 비행선이 그렇게 문제가 되지 않았겠지만, 지금은 저걸 숲 밖으로 밀어내기는커녕 정찰하는 것조차 버거웠다. 나는 동안 날개 쪽의 림프액이 잘 순환되도록 알리페르들에게 불포화지방을 많이 먹이긴 했지만, 그게 동상을 방지하는 데 큰 도움이 되진 않는다.

게다가 성의 주요 전력을 끌고 나간 왕은 여기서 일주일은 더 걸리는 거리에 있었다. 혹시 모를 사태를 대비해 병력의 일부를 이 근처에 떼어 놓았다고 하지만, 여기까지 오는데 최소한 한나절은 더 걸릴 터였다. 지금이 겨울이라는 걸 감안하면 그보다 더 걸릴 수 있었다.

결국 여기 있는 인원으로 어떻게든 버틸 수밖에 없었다.

멜즈는 여섯씩 조를 짜 교대로 비행을 하며 비행선 내부를 정찰할 것을 제안하는데, 밖에서 비행선의 동태를 주시하고 있던 알리페르가 성안으로 뛰어 들어와 소리쳤다.

"히람 님! 멜즈 님! 비행물체가 점점 늘어나고 있습니다!"

알리페르의 말에 멜즈는 급히 밖으로 나가 하늘을 올려다보았다. 어느새 상공에는 비행선이 다섯으로 늘어나 있었다. 설마 숲을 전부 불태울 작정인가? 멜즈는 걱정했지만, 예상외로 비행선들은 활강하지 않고 그 자리에 우뚝 멈춰 서 있었다.

'무슨 꿍꿍이지?'

멜즈는 도무지 지휘관의 의도를 알 수 없어 혼란스러워졌다. 애초에 이곳을 쳐들어온 의도부터 알 수 없긴 했다. 멜즈는 필사적으로 저들의 목적을 가늠해 보는데, 상공의 비행선에서 스피커 특유의 지직거리는 소리가 나더니 어마어마하게 큰소리가 아래로 울려 퍼졌다.

—너희들은 지금 우리 위대한 제국군에게 포위되었다. 지금 당장 항복해라.

—반복한다. 너희들은 지금 포위되었다. 지금 당장 투항하고 우리에게 항복해라.

"으응? 지금 저기서 뭐라고 하는 거예요?"

비행선이 제국어로 외치는 탓에 제국어를 모르는 알리페르들은 어리둥절한 얼굴로 멜즈를 바라보았다. 그러나 멜즈는 굳어진 얼굴로 계속 비행선을 올려다볼 뿐이었다. 비행선은 계속해서 알리페르들에게 통보했다.

—지금 당장 항복하고 너희들이 억류 중인 이사나 넥시움을 데려와라. 그렇지 않으면 이곳을 전부 불태우겠다.

—반복한다. 항복해라. 너희들은 이미 포위되었다.

—이사나 넥시움을 내놓아라. 그렇지 않으며 너희들을 몰살시키겠다.

참으로 어처구니없는 항복 권고였다. 항복을 권할 거면 최소한 이들이 알아들을 수 있는 말로 해 주든가! 이사나가 여기 있는 걸 어떻게 알았는지 모르지만, 비행선은 연신 이사나를 내놓지 않으면 모두를 죽이겠다고 옥박질러 댔다. 생각 없고 감정적이기까지 한 통보를 잠자코 듣고 있던 멜즈는 문득 스피커에서 들려오는 목소리가 꽤 낯이 익다는 걸 깨달았다.이사나의 형, 황제의 목소리였다. 자주 언론에 얼굴을 비추고 연설을 했기에 멜즈는 쉽게 그라는 걸 알 수 있었다. 그러고 보니 저번에 병사들에게 붙잡혔을 때 황제가 이사나를 찾고 있다는 얘기를 들은 것 같았다.

왜 이사나를 찾고 있는 거지?

어째서 모두가 죽었다고 말한 이사나를 계속 찾고 있는 거지?

불길한 예감에 멜즈는 얼굴을 일그러뜨리며 아까부터 자신만 바라보고 있는 알리페르들에게 말했다.

"……비행선이 이곳이 포위되었다며 몰살당하고 싶지 않으면 이사나를 내놓으라고 하는군요."

"네에? 하지만 딱히 포위된 기색은 없는데요? 그리고 이사나 님을 내놓으라니……. 진짜 내놓았다간 나중에 우리가 왕께 죽어요!"

왕이 이사나에게 얼마나 미쳐 있는지 잘 아는 알리페르들은 상상만으로도 끔찍하다는 듯 몸을 부르르 떨었다. 그런 그들에게 멜즈는 조금 안도하며 말했다.

"이사나를 내놓는다고 해서 저들이 딱히 우리를 살려 두진 않을 겁니다. 오히려 거리낄 것 없이 죽이려 들지. 일단은 나가서 비행선을 정찰해 보도록 하죠."

멜즈의 말에 성내 주요 전투원인 알리페르들이 멜즈를 따라 성을 나서는데, 정찰을 떠나려는 순간, 고도를 유지하고 있던 비행선들이 일제히 위로 상승했다. 갑작스럽게 비행선들이 전부 올라가자, 멜즈를 비롯한 알리페르들은 당황하는데, 아득한 위에서부터 허공을 가르는 날카로운 소리가 들려왔다. 그게 무엇인지 판별하기도 전에 지축이 흔들리는 엄청난 충격이 밀어닥쳤다.

콰쾅―!

"뭐, 뭐지?!"

당황하는 것도 잠시, 폭격은 연이어 숲에 내리꽂혔다.

"으아아아아악!"

"크윽―!"

숲의 가장자리서부터 무참히 내리꽂히는 엄청난 충격파에 알리페르들은 패닉에 질려 비명을 내질렀다. 멜즈는 그 혼란함 가운데에서도 고개를 들어 숲에 내리꽂히는 것의 정체가 무엇인지 알아보려 애를 썼다.

탄도 미사일이었다. 이것 역시 멜즈가 복원한 구세계의 무기 중하나였다. 멜즈가 복원한 것 중에는 사거리가 5000km가 넘는 것도,

핵무기를 실을 수 있는 것도 있었다. 다행히도 이것은 폭발물이 실리지 않은 단순 미사일인 것 같았다. 그 증거로 숲은 흙먼지에만 휩싸였을 뿐 화약 냄새는 나지 않았다.

하지만 알리페르들의 사기를 꺾기에는 충분했다.

"마, 맙소사, 이럴 수가……!"

"히, 히람 님, 히람 님, 어, 어떡하죠……!"

"지원군은 언제 오는 겁니까……!"

알리페르들은 패닉에 질려 히람만 쳐다보았다. 왕이 부재중인 지금, 히람이 성내 알리페르들의 모든 통제권을 가지고 있었다. 하지만 히람이라고 이 공격에 충격을 받지 않은 건 아니었다. 오히려 완전히 희게 질린 얼굴로 어찌할 줄을 몰랐다. 흙먼지를 털고 일어선 멜즈는 우뚝 굳은 히람을 툭 치며 말했다.

"정신 차려요. 별일 아니니까."

"메, 멜즈 님?"

"금방 있던 폭격은 과시용일 뿐이에요. 실제로 이쪽으로는 한 발도 안 왔잖아요?"

멜즈의 침착한 말에 그제야 히람과 알리페르들은 패닉에서 벗어나 멜즈를 바라보았다. 하지만 문제는 지금부터였다.

"저들에게는 목적이 있어요. 아까 비행선에서 말했듯이 이사나를 데려가는 거죠. 아마 그 목적을 이루기 전까지는 본격적인 폭격을 퍼붓지 않을 거예요."

그러나 반대로 이사나를 빼앗기는 순간, 폭약이 꽉 들어찬 살상용 미사일이 날아들 터였다. 그때는 모두 끝장이었다.

─반복한다! 이사나 넥시움을 내놓고 순순히 항복해라!

멜즈는 계속해서 제국어로 지껄여 대는 비행선을 노려보았다. 황제는 여전히 알리페르들이 알아들을 수 없는 말을 하고 있었다. 시스프란어를 모르거나 알아도 대화할 목적으로 외치는게 아닌 듯했다. 하지만 그의 의지나 목적만큼은 뚜렷했다.

황제는 지금, 가족이라는 명분 아래 이사나를 데려가려는 것이다. 그리고 그의 살갗이 전부 벗겨질 정도로 또 학대하겠지. 멜즈는 머리 끝이 쭈뼛 서는 노여움을 애써 가라앉히며 알리페르들에게 말했다.

"일단 이 성을 중심으로 농성하도록 하죠. 조금만 버티면 숲 밖에 있는 지원 병력이 도착할 테니 힘들진 않을 거예요. 어차피 저들의 목적은 여기 있는 이사나를 데려가는 거예요. 더는 섣불리 미사일을 날리진 않을 거예요. 그리고 설사 이곳이 직격한다 해도 자기 중력장 배리어가 있으니 어느 정도 버틸 수 있을 테죠."

멜즈의 말에 알리페르들은 성 위를 투명하게 감싸고 있는 배리어를 올려다보았다. 고급형 존데가 나타난 날 이후, 멜즈는 콜로니에 남은 재료들을 모조리 가져와 성 위에 자기 중력장 배리어를 설치했다. 당연하지만 재료가 엉성해 핵사비스는커녕 콜로니에서 만든 것만도 못한 조잡한 결과물이 나오게 되었지만, 그래도 없는 것보다는 나았다. 멜즈는 우선 전투 능력이 없는 어린 알리페르들과 포로들을 성안으로 들였다.

"메, 멜즈 님! 이게 도대체……!"

"별일 아니니까 성안에 숨어 있어요."

불안한 얼굴을 한 포로들을 뒤로한 채 멜즈는 성 밖으로 나오는데, 점점 고도가 높아지는 비행선에서 무언가가 비처럼 쏟아져 내리기 시작했다.

"뭐야 저건……!"

일반적인 존데에 비해 작은 풍선과 드론처럼 수평으로 달린 여러 개의 프로펠러. 멜즈의 눈이 이상해진 게 아니라면 저건 자폭형 존데였다. 보통의 존데와 달리 가연성 물질을 잔뜩 실은 저것은 적을 폭사시키는 데 중점을 둔 무기였다. 물론 이 무기는 원래부터 존재하던 게 아니었다. 진저가 아브노아 존데를 활용한 무기에 관심이 많아 보여 멜즈가 연구 노트를 작성하면서 끄트머리에 낙서처럼 써놓았던 것이었다. 물론 저 존데는 멜즈가 설계했던 것과 똑같은 모습을 하고 있었다.

'진저 이 개새끼가……!'

멜즈는 이제 더 이상 진저에게 미안함이나 죄책감을 느끼지 못했다. 알리페르를 혐오하면서도 알리페르가 작성한 연구 노트를 자기 것인 양 써대는 그를 경멸할 뿐이었다. 멜즈는 치를 떨며 저 때문에 위기에 빠진 알리페르들에게 말했다.

"저건…… 자폭하는 비행체입니다. 절대 여러 개가 몰려 있는 곳에 가지 마세요."

자폭형 존데는 비행선에서 끝도 없이 쏟아져 내리고 있었다. 참으로 불운한 얘기지만, 이런 전술을 제안한 것도 멜즈였다. 겨울에는 알리페르들의 비행 능력이 떨어지니 비행선을 높이 띄워 자폭형 존데를 들이붓자고 다른 누구도 아닌 멜즈가 첨언했다. 저 존데들이 다 터지면 숲은 쑥대밭이 될 터였다. 자기 중력장 배리어로 성 주변을 감싸고 있다고 하지만, 그것도 잠시였다. 오래 버틸 수 없었다. 멜즈는 손끝이 벌벌 떨리는 화증을 간신히 억누르며 알리페르들에게 말했다.

"자폭형 존데는 주변의 체온을 감지해 모여들도록 프로그램되어 있지만, 저들의 전체적인 흐름을 지휘하기 위해서는 조종사가 필요해요. 그것도 꽤 근접한 거리에 있어야 하고요. 아마 저 비행선 안에 있을 확률이 높아요."

존데의 부력과 드론의 비행능력이 결합된 자폭형 존데는 조종사에게 무선으로 명령을 받아야 했기에 GPS와 와이파이 기술이 필요했다. 즉, 조종사는 언제 공격을 받을지 모를 지상보다는 비행선에 있을 확률이 높았다. 하지만 그것을 저지하기 위해 비행선에 침입하는 게 문제였다. 별처럼 흩뿌려진 저 수많은 존데들을 뚫고 고도가 엄청나게 높아진 비행선 안으로 침입한다는 건 사실상 불가능에 가까웠다.

하지만.

"멜즈 님! 서북부 쪽으로부터 AM 슈트를 입은 특수병들이 몰려오고 있다고 합니다!"

히람의 말에 멜즈는 그제야 헥사비스 측의 전술을 완전히 이해할 수 있었다. 미사일을 날려 전의를 꺾고 자폭형 존데로 발을 묶은 뒤 특수병을 투입해 성에 있는 이사나를 데려가려는 것이다. 하지만 아무리 AM 슈트를 입었다 해도 여전히 전체적인 전투력은 알리페르가 월등했다. 그러니 저들은 최대한 빨리 성에 침투한 뒤 빠져나가려 할 터였다. 멜즈는 알리페르들을 돌아보며 말했다.

"지체할 시간이 없겠군요. 가죠."

멜즈가 먼저 날아오르자, 히람을 비롯한 다른 알리페르들 역시 멜즈를 뒤따라 날아올랐다. 알리페르들은 멜즈가 제안했던 것처럼 여섯씩 동그랗게 손을 맞잡고 교대로 날개를 사용해 날았다. 그렇게 일정 높이 이상 올라가자, 예상했던 대로 자폭형 존데가 수도 없이 멜즈와 다른 알리페르들을 쫓아오기 시작했다.

"......!"

예상했던 것보다 존데의 수가 많은 데다 뒤따라 붙는 속도도 빨랐다. 아니, 그보다는 계절 탓이 컸다. 겨울이 되면서 기동력이 심하게 떨어진 탓에 느려 터진 존데를 뿌리치지 못하게 된 것이다. 그와 반대로 비행선의 고도는 멜즈 일행을 의식하듯 점점 높아지고 있었다. 이대로 있다가는 비행선을 놓치게 될 게 뻔했다. 멜즈는 알리페르들을 돌아보며 외쳤다.

"전원이 다 올라가는 건 무리라고 봅니다! 일단 한 명만 올려 보내도록 하죠!"

멜즈의 말에 히람은 무언가를 생각하더니 멜즈에게 말했다.

"그럼 멜즈 님이 올라가시는 게 낫겠습니다. 저희는 저 비행선이란 놈의 구조를 몰라서요."

그 말과 동시에 히람의 아래로 알리페르들이 피라미드 형태로 모여들더니 서로를 단단히 붙잡았다. 이들이 도대체 무엇을 할 작정인지 몰라 멜즈는 당황하는데, 마지막으로 히람이 멜즈를 짐짝처럼 들쳐 메더니 씨익 웃으며 말했다.

"조를 짜서 공평하게 번갈아 날아오른다니, 꽤 재밌는 아이디어라고 생각했습니다. 하지만 저희는 알리페르이지 않습니까? 알리페르답게 싸워야죠."

히람의 말이 끝나자마자 하나로 단단히 뭉친 알리페르들이 한 점을 향해 곧게 날아올랐다. 여러 개체가 마치 한 몸이 된 것처럼 날아오르는 동안 그들은 조금도 휘청거리지 않았다. 더 이상 날갯짓을 할 수 없을 만큼 날아오른 아래쪽의 알리페르들이 로켓처럼 위쪽의 알리페르들을 힘껏 밀어낸 뒤 분리되었다. 알리페르들은 아래쪽부터 순서대로 날개를 사용하며 위쪽의 알리페르들을 밀고는 지상으로 추락했다. 순식간에 숨 쉬기 힘들만큼 높은 상공에 도달하자, 마지막으로 히람이 씨익 웃으며 멜즈를 집어던졌다.

"잘 다녀오십시오! 멜즈 님!"

그리고 히람 역시 다른 알리페르들처럼 지상으로 떨어졌다. 그들의 아래로 성에 있던 알리페르들이 날아와 날개에 동상을 입은 그들을 받아 내고 있었다. 멜즈는 그들을 뒤로한 채 있는 힘껏 날아올랐다. 날개가 얼얼할 정도로 날아올라서야 멜즈는 비행선의 외장을 붙잡을 수 있었다. 엄청난 바람과 추위로 몸을 벌벌 떨며 멜즈는 아래를 내려다보았다. 한 번도 올라와 본 적 없는 아득한 높이에 당장이라도 기절할 듯한 현기증을 느꼈다.

하지만 멜즈는 이를 악물며 비행선 외장을 둘러싼 철골을 붙잡고 이동했다. 멜즈의 바로 옆에 있는 비행선에서 끊임없이 자폭형 존데가 쏟아져 내리고 있었다. 지상으로 내려간 존데는 자기 중력장 배리어와 부딪치면서 크고 작은 폭발을 일으켰다. 물리력을 무효화시키는 자기 중력장 배리어라지만 오래 버티기 힘들 터였다. 꾸물거릴 시간이 없었다. 멜즈는 비행선 외장 표면을 기며 선실 안을 살폈다.

"빨리빨리 내려보내!"

"빌어먹을 벌레 놈들, 얼른 죽어 버려!"

열 명도 안 되는 기술자들이 산소 부족으로 창백한 얼굴을 하면서도 끊임없이 존데를 조립해 내려 보내고 있었다. 그러나 비행선이 크다고 해도 존데를 적재하는 데는 한계가 있을 터였다. 멜즈는 서쪽으로 고개를 돌렸다. 예상대로 다른 비행선들이 이쪽으로 다가오고 있었다. 비행선에 실린 존데가 동이 나면 교대할 작정인 듯했다. 일단 멜즈는 다른 비행선으로 향했다. 멜즈의 목표는 존데가 아니었다. 조종실이었다. 몇 번의 허탕 끝에 멜즈는 존데를 조종하는 조종사를 찾을 수 있었다.

"큭큭큭, 죽어라! 죽어 버려!"

조종사는 불이 들어오는 거대한 패널들 앞에 앉아 기분 나쁘게 웃고 있었다. 그가 손을 움직일 때마다 지상에 있는 알리페르들이 죽어나 갔다. 지상에는 말 한번 나눠 본 적 없는 알리페르들도 있지만, 킷이나 히람처럼 어느새 믿고 의지하게 된 알리페르들도 있었다. 멜즈는 딱딱하게 굳은 얼굴로 선실 내부에 들어섰다. 멜즈를 발견한 조종사는 경악하며 허둥지둥 소리 질렀다.

"아, 알리페르다! 알리페르!"

조종사의 말에 선실에 있던 특수병들이 멜즈에게 달려 들었다. 포메이션을 짜 날카로운 공격을 퍼부었지만, 그들의 움직임은 렉사에 비하면 슬로우 모션이나 다름없었다. 순식간에 모든 특수병을 제압한 멜즈는 그들을 모조리 걷어차 지상으로 떨어뜨렸다. 그러자 혼자 남은 조종사가 품속에서 총을 꺼내더니 손을 벌벌 떨며 멜즈에게 마구 쏘아댔다.

"으, 으아아아아아ㅡ!"

탕! 탕! 탕ㅡ!

눈먼 총알들을 어렵지 않게 피한 멜즈는 총을 쥔 손을 꺾고 조종사 역시 선실 밖으로 집어 던졌다. 조종사는 끔찍한 단말마를 내뱉으며 지상으로 추락했다. 선실 안이 텅 비게 되자, 멜즈는 조종사가 앉아 있던 패널 앞에 앉았다. 진저 그 쓰레기 같은 놈은 멜즈가 제안한 조종 시스템까지 똑같이 구현해 놓았다. 덕분에 멜즈는 크게 헤매지 않고 존데들을 다룰 수 있었다. 멜즈는 가까이에 있는 존데들을 비행선 주변으로 끌어와 폭발시켰다.

펑—!

엄청난 굉음과 함께 연쇄 폭발이 일어난 비행선들이 일제히 추락하기 시작했다. 비행선의 고도가 낮아지자 멜즈는 불타는 비행선을 버리고 아래로 뛰어내렸다. 시탈로프 숲은 존데의 폭발과 전투로 아수라장이 되어 있었다. 그 광경을 내려다보며 멜즈는 문득 과거에 에드먼드가 해 준 얘기를 떠올렸다.

'적을 감정적으로 평가하는 건 위험한 생각이다, 멜즈. 우리는 그들과 천적인 관계로 태어났기에 대립하는 것이지 그들을 미워하기 때문에 대립하는 건 아니지 않느냐. 그 과정에서 적을 미워할 수 있는 것이지만, 애초부터 마땅히 사라져야 할 놈 따위 자연계에 존재하지 않는다.'

선생님이 했던 말대로였다. 우리는, 알리페르와 인간은 서로에게 아무런 감정이 없다. 그저 서로가 너무 다르고 이해할 수 없어 두렵고 거부감을 느끼는 것뿐이다. 지금 숲을 쳐들어오는 특수병들도 비행선에서 존데를 조종하던 조종사도 결코 나쁜 사람은 아니었을 것이다. 오히려 가족과 이웃에게 다정한 사람이었을지도 모른다. 그러나 멜즈는 그들이 좋은 사람인지 나쁜 사람인지 판단할 겨를도 없이 해칠 수밖에 없었다. 멜즈가 살아남기 위해서 어쩔 수 없었던 것이다.

불현듯 이 싸움이 의미 없고 슬프다는 생각이 들었다.


"아야야야……! 아파요! 아파!"

"다시 날고 싶으면 좀 참아라."

지상으로 내려온 멜즈는 날개에 심각한 동상을 입고 킷에게 치료를 받게 되었다. 아까까지 감각이 하나도 없었던 날개가 지금은 킷이 손을 댈 때마다 불에 댄 듯 화끈거려 왔다. 멜즈가 엄살을 부림에도 킷은 멜즈의 날개 전체로 싸한 냄새가 나는 연고를 덕지덕지 펴 발랐다. 치료를 끝낸 킷은 붕대로 날개를 돌돌 감으며 멜즈에게 말했다.

"한동안 날 생각은 꿈에도 하지 말아라. 자칫 했다간 정말로 날개가 괴사할지도 모른다."

"저도 알아요. 그리고 이제는 별로 쓸 일도 없을 것 같고요."

멜즈는 숲 쪽을 바라보았다. 성 가까이까지 몰려왔던 특수병들이 후퇴하고 있었다. 멜즈가 존데를 무력화시키자 승산이 없다고 판단한 모양이다. 렉사가 많은 병력을 끌고 나갔지만, 그래도 이 성에는 알리페르들이 많이 남아 있었다.

문제는 그들이 물러난 이후다. 여전히 이곳은 위치가 드러나 있고 황제는 이사나를 되찾고 싶어 한다. 재침공이 없을 거란 보장은 할 수 없었다. 아마도 더 많은 무기를 준비해 이곳으로 다시 쳐들어올 터였다. 멜즈는 그동안 저들을 어떻게 대비해야 할지 고민하는데, 히람이 헐레벌떡 멜즈에게 뛰어왔다.

"멜즈 님! 큰일 났습니다!"

"무슨 일인가요?"

제국군이 물러나고 있는 지금, 큰일 날 만한 구석이 없었다. 렉사가 보냈을 지원군도 오늘 내일이면 도착해 이곳의 경비를 한층 강화할 터였다. 멜즈는 어리둥절한 얼굴로 히람을 바라보는데, 히람이 새하얗게 질린 얼굴로 소리쳤다.

"포로들이 이사나 님을 납치해 성을 빠져나갔다고 합니다!"

* * *

허름한 옷차림의 남자들이 특수병의 호위를 받으며 황량한 숲속을 뛰고 있었다. 성에 억류되어 있던 포로들이었다. 그들 중 한 명의 어깨에는 갈색 머리의 마른 남자가 거꾸로 업힌 채 시체처럼 흔들리고 있었다.

이사나 넥시움. 제국의 제2황자이자, 인간임에도 뭇 알리페르들을 공포에 떨게 했던 헥사비스의 영웅이었다. 하지만 지금은 자신의 몸조차 가누지 못한 채 무력하게 이리저리 끌려다니는 신세였다. 어디를 보는 건지 모를 멍한 눈을 한 이사나를 불안하게 쳐다보던 밀턴은 페르난도에게 물었다.

"페르난도 씨, 우리 정말 이래도 되는 걸까요?"

"안 될 건, 후우, 뭐 있어!"

밀턴의 말에 페르난도는 사나운 얼굴로 일갈했다. 천운이었다. 미사일이 날아들고 존데가 자폭할 때까지만 해도 모두 다 죽는 줄 알았는데, 희한하게도 위기는 곧 기회가 되었다. 존데와 특수병을 상대하느라 알리페르들이 모조리 성을 비운 것이다. 성이 텅텅 빈 걸 알아차리자마자 페르난도는 성을 뒤져 침대에 누워 있던 이사나 황자를 찾아냈다. 이자만 있으면, 그러면 헥사비스로 돌아갈 수 있었다. 이사나 황자를 들쳐 메고 특수병과 접선하는 데 성공한 페르난도는 집에 돌아갈 생각에 흥분을 감추지 못하는데, 페르난도와 달리 밀턴은 죄책감 어린 얼굴로 웅얼거렸다.

"그치만, 이대로 황자님을 폐하께 넘기면 황자님은 죽게 될지도 모르잖습니까?"

"……."

밀턴의 말에 페르난도는 못 들은 척 고개를 돌렸다.

이사나 황자의 형인 황제는 미친 자였다. 그것도 보통 미친 게 아니었다. 세상의 악의가 인간으로 현신한 게 그가 아닐까 싶을 정도로 그는 미쳐 있었다.

밀턴과 페르난도는 원래 지상층 출신이었다. 그것도 고위층 관리의 자제로 모두가 평등하게 지는 군역을 헥사비스에서 가장 가까운 경비대에서 치르고 있었다. 하지만 어쩐 일인지 작년에 수많은 알리페르들이 헥사비스 근처에 나타나 무작위로 병사들을 납치해 가는 일이 발생했다. 그 와중에 밀턴과 페르난도 역시 붙잡혀 이곳에 오게 되었다. 이렇듯 황궁의 소식을 알기 쉬운 계층이라 밀턴과 페르난도는 현 황제와 이사나 황자 사이에 있었던 일에 대해 꽤 자세히 알고 있었다.

현 황제는 원래 어릴 때부터 광증이 있었다. 끊임없이 주변 사람들을 의심하고 시험하고 때로는 무고하게 누명을 씌워 벌을 받게 하기도 했다. 지상층의 귀족들과 관료들은 모두 그걸 느끼고 있었지만, 단 두 명만은 그것을 인정하지 않았다. 바로 선황 부처였다. 맏아들을 너무 사랑한 나머지 현실을 부정해 버린 것이다. 예민한 성격을 제외하고는 황위를 잇는데 별다른 결격 사유가 없다고 주장하면서 말이다. 그리고 그 피해는 고스란히 그의 동생, 이사나 황자에게 전가되었다.

황제는 아주 어릴 때부터 이사나 황자에게 집착했다. 자신의 가장 강력한 우군이면서 동시에 제1 계승권을 가진 형제를 미워했다. 그리고 무척 사랑했다. 그랬기에 황제는 이사나 황자가 누구와도 교류할 수 없게끔 철저히 고립시켰다. 부모는 물론이요, 그에게 조금이라도 호감을 가지는 이들을 기민하게 알아채 잔혹하게 그 감정을 끊어 냈다. 어릴 때는 형제라는 이유로, 커서는 충심을 이유로 무조건적인 복종을 강요하기도 했다. 씨가 없어 후계를 생산할 수 없다는 결점이 드러난 후에는 그 집착이 더욱 비틀렸다. 몰란도 넥시움의 현신이라고 불리는 그를 미워하고 증오하면서도 제 손에 넣고 싶어 어찌할 줄을 몰랐다.

하지만 황제에게는 헥사비스 밖으로 나갈 수 없다는 약점이 있었다. 첫 출정식 이후, 심각한 트라우마를 겪게 된 그는 황위에 오른 후 단 한 번도 밖으로 나가지 못했다. 그와 달리 이사나 황자는 헥사비스 밖으로 나가 수많은 공훈을 쌓으며 독자적인 세력을 구축하는 데 성공했다. 그렇게 이사나 황자는 황제에게 미움을 받을지언정 독사 같은 그의 영향력에서 벗어나는 것처럼 보였다.

그러나 이사나 황자는 결국 실패했다. 렉사 토벌전에서 얻은 심각한 부상에도 불구하고 다시 군부의 정점에 오른 그지만, 3년 전 신년회를 기점으로 어이없이 황제에게 굴복해 버렸다. 강제임이 분명한 관계를 억지로 맺고 매일 지독한 고문에 시달리면서도 반항조차 하지 않았다. 보는 사람이 다 눈살이 찌푸려질 정도로 고초를 겪었지만, 아무도 그에 대해 뭐라 할 수 없었다. 이사나 황자가 도움을 청하지 않는 데다 황제는 미치광이였으니까.

3년 전에는 그래도 다들 막연히 괜찮아질 거라 생각했다. 이사나 황자는 어차피 제국군을 통솔해야 하는 입장이라 밖으로 나가야 했으니까. 그동안 정신을 차리고 제 형제가 한 짓에 환멸을 느끼게 되지 않을까 생각했다. 그러나 이사나 황자는 도리어 카노스라는 지독한 병에 걸려 산송장이 되어 버렸다. 이런 상태에서 헥사비스 밖으로 나올 정도로 약이 바짝 오른 황제에게 보내지면 그가 어떻게 될지 알 수 없었다.

밀턴은 죄책감을 느꼈다. 아이러니하게도 이사나 황자를 가장 괴롭히는 건 그와 똑같은 인간들이었다. 오히려 포로로 붙잡혀 성에서 보살핌을 받고 있는 지금이 그에겐 훨씬 좋아 보였다. 무슨 연유인지 이사나 황자 역시 알리페르인 멜즈를 꽤 따르는 것처럼 보였고. 밀턴은 다시 한 번 소심하게 페르난도에게 권했다.

"이대로 황자님을 데려가는 것보다 조금 시간이 걸리더라도 멜즈 님을 믿는 게 낫지 않을까요? 멜즈 님은 알리페르지만 자기 중력장 배리어를 만들 정도로 똑똑하지 않습니까."

밀턴의 말에 페르난도는 벌컥 화를 냈다.

"바보 같은 소리 하지 마! 그래 봐야 알리페르는 알리페르일 뿐이야! 인간들 사정 따위 그놈에게 중요할 거 같아! 그리고 황자님도 죽더라도 헥사비스에 돌아가길 더 원할걸? 애초에 폐하가 싫었으면 거부하면 되는 거 아니야! 그게 다 마음이 있어서 동조한 거라고!"

"그런 건 아닌 거 같은데……."

"시끄러! 괜한 오지랖 떨지 마! 어차피 다 남 일이야! 중요한 건 자기 자신이라고! 남이야 죽든 말든 집에 돌아갈 생각이나 해!"

우유부단한 밀턴의 말에 페르난도는 정신 차리라는 듯 일갈했다. 그렇다. 결국 세상에서 제일 중요한 건 자기 자신의 안위였다. 그로 인해 누가 죽든 말든 그게 무슨 상관이란 말인가. 돌아가고 싶다. 빌어먹을 벌레들에게서 벗어나 집으로 돌아가고 싶다. 페르난도는 오직 그 생각만 하며 숨이 차도록 계속 뛰는데, 전방에 새하얀 안개가

껴 있는 게 보였다. 안개야 새벽에 항상 끼기는 했다. 하지만 색이라든가 냄새가 평소에 보는 안개와 좀 달라 보였다. 페르난도는 의아해하는데, 갑자기 특수병들이 자리에 멈춰 섰다.

"왜 여기서 멈추시는 겁니까?"

밀턴이 의아해하며 물었지만, 특수병들은 대답하지 않았다. 대답 대신 날카로운 장검을 꺼내 들며 살기등등한 눈으로 포로들을 바라볼 뿐이었다. 포로들은 당황하며 그들에게 소리 질렀다.

"미쳤습니까? 우린 사람입니다! 사람이라고요!"

"너희가 이러고도 무사할 거 같아? 우리 아버지가 누군 줄 아냐고!"

예상치 못한 상황에 포로들은 겁을 먹으면서도 허세를 부렸다. 포로들이 이사나 황자를 품에 껴안은 채 하나로 뭉치자, 분대장이 앞으로 나와 말했다.

"황자님을 이리 넘겨라. 그럼 단칼에 죽여 주지."

"미, 미친 소리 하지 마시오! 우리가 왜 죽어야 하는 거요! 왜!"

페르난도의 악다구니에 분대장이 피식 웃으며 말했다.

"딱히 살려 둘 이유가 없으니까?"

"……!"

"이제껏 벌레 놈들에게 몸을 팔아 용케 목숨을 부지해 왔더군. 이 더러운 놈들!"

분대장은 경멸 어린 눈으로 포로들을 바라보며 짓씹듯 내뱉었다. 가차 없는 비난에 포로들이 우뚝 굳어져 버리자, 분대장은 포로들에게 검을 겨누며 소리 질렀다.

"명예롭게 이곳에서 죽여 주마! 이 쓰레기들아!"

분대장은 곧장 페르난도에게 달려들었다. 페르난도는 자신을 향해 곧게 돌진해 오는 검날을 창백한 얼굴로 바라보다가 질끈 눈을 감는데, 그들 사이로 섬광 같은 무언가가 끼어들어 장검을 쳐 내고 분대장의 몸을 반으로 갈랐다. 화려한 금발에 인상적인 청록색 눈을 가진 알리페르.

멜즈였다.

멜즈는 몸뚱이만 한 대검을 손에 든 채 특수병들을 노려보았다. 순식간에 분대장이 당하자 특수병들은 당황했지만, 이내 적이 하나뿐이라는 것을 깨닫고 훈련받은 대로 포메이션을 짰다. 하지만 이제껏 받은 훈련이 무색하게 특수병들은 멜즈 하나를 당해 내지 못하고 순식간에 전멸했다. 무참하다 싶을 정도로 특수병들을 도륙한 멜즈는 시퍼런 안광을 흘리며 포로들을 돌아보았다.

"제가 당분간 못 돌아간다고 말했죠?"

"메, 멜즈 님……. 그, 그게…….."

"당신들은 포로예요. 당신들의 생살여탈권은 우리가 쥐고 있죠. 그런데도 굳이 번거롭게 대화를 하며 당신들의 편의를 봐주었죠. 굳이, 번거롭게."

멜즈는 낮게 으르렁대며 포로들에게 다가왔다. 포로들은 피칠갑을 한 멜즈를 바라보며 뒷걸음질 쳤다. 평소의 냉철하고 이성적인 모습은 어디에도 없었다. 그저 제 것을 빼앗긴 짐승처럼 분노하고 있을 뿐이었다.

치릇치릇— 치릇치릇—

포로들 주위로 어느새 알리페르들이 모여들고 있었다. 그들은 황량한 나뭇가지 사이에 앉아 감히 왕의 것을 빼돌린 주제 모를 것들을 노려보고 있었다. 이대로는 방금 죽은 특수병들처럼 갈기 갈기 찢길 터였다. 밀턴은 몸을 벌벌 떨며 멜즈에게 애원했다.

"죄, 죄송합니다, 멜즈 님. 저희가 어떻게 됐었나 봅니다! 죄송합니다!"

"죄송하다는 말로 모든 게 해결될 수 있다면 세상이 얼마나 아름답고 멋질까요?"

냉소적인 멜즈의 말에 밀턴이 창백한 얼굴로 뭐라 말을 못하는데, 페르난도가 밀턴을 밀치고 나서며 멜즈에게 버럭 소리를 질렀다.

"우, 우리가 뭘 그렇게 잘못했다고 윽박지르는 거야! 어?! 우린 그냥 우리 살 길을 찾으려고 했을 뿐인데! 너희가 우리를 납치만 하지 않았어도 됐잖아! 우리는……!"

"이제 와서 피해자인 척 굴지 마세요. 멋대로 이사나를 데려가려 한 이상 당신들은 그런 말을 할 자격이 없어요. 자기 몸에 박힌 가시가 아프다면 남의 몸에 박힌 가시도 아플 거라는 걸 알아야죠."

멜즈가 사납게 쏘아붙이며 한 발자국 다가오자, 페르난도가 이사나를 가리키며 발작적으로 소리 질렀다.

"아, 아니야! 우리가 데려온 게 아니야! 화, 황자님이야! 황자님이 먼저 밖으로 나갔어! 이 사람이 먼저 제멋대로 뛰쳐나갔다고!"

페르난도의 말에 멜즈는 우뚝 굳어졌지만, 이내 딱딱한 얼굴로 말했다.

"헛수작 부리지 말아요. 내가 여기 있는데 이사나가 왜 성을 나갑니까?"

"네, 네가 뭔데 황자님이 너, 너 때문에 성에 있을 거라 생각하는 거야?"

진심으로 이해할 수 없다는 듯한 페르난도의 말에 멜즈가 굳어진 얼굴로 아무 말도 못하자, 페르난도는 경멸을 고스란히 드러낸 얼굴로 말했다.

"아, 알리페르 따위, 역겨워 미칠 것 같아. 지금이야 무슨 변덕인지 우리에게 해코지를 하지 않지만, 그딴 건 어차피 손바닥 뒤집듯 바꿀 수 있는 거잖아? 언제든 우리를 먹이로 삼고 강간하던 때로 돌아갈 수 있는 거잖아? 눈빛만 봐도 그래. 너희들은 언제나 어느 인간이 더 맛있을지 품평하는 듯한 눈빛을 하고 있지! 그런 주제에 인간이 너희에게 진심이 될 거라 믿는 거야? 웃기지도 않는 희망 사항이군. 너희는 항상 우리에게 재앙일 수밖에 없어. 끔찍하고 역겨운 괴물일 수밖에 없다고!"

"……닥쳐요."

"괴물 소리가 듣기 싫어? 하지만 황자님은 널 그렇게 생각할걸? 세상에 어느 인간이 괴물의 숙주가 되는 걸 좋아하겠어? 황자님도 사실 너 같은 건 구역질 나고 역겹다고 생각을……!"

"닥치라고 했잖아!"

멜즈는 얼굴을 일그러뜨리며 단칼에 베어 버릴 듯 헤비 블레이드를 치켜들었다. 그 순간, 숲 어귀에서 날카로운 소리와 함께 흰색 섬광탄이 공중에서 터졌다. 퇴각 신호였다. 제국군이 이사나를 탈환하는 데 실패했다는 걸 인지하고 퇴각하려는 것이다. 멜즈는 분노로 거칠어진 숨을 억누르며 헤비 블레이드를 내렸다. 그리고 날카롭게 페르난도를 쏘아보며 말했다.

"당신들 처우는 나중에 생각하도록 하죠. 지금은 당신들 말고도 신경 쓸 데가 많으니까."

냉정하게 내뱉은 멜즈는 페르난도를 지나쳐 이사나를 짊어진 남자에게 다가섰다. 멜즈가 남자를 바라보자, 남자는 허둥지둥 이사나를 내려놓았다. 이사나는 여전히 수면제에 취해 있는지 눈이 몽롱했다. 멜즈는 축 늘어진 이사나를 부축하며 말했다.

"이사나 돌아가요."

피유웅—! 다시 한번 시탈로프 숲 상공으로 흰색 섬광탄이 터졌다. 한 차례의 방어전이 끝난 것을 실감하자 멜즈는 전에 없이 고단함을 느꼈다. 알리페르 인간 가릴 것 없이 희생자가 많았다. 게다가 이번엔 멜즈가 직접 살인까지 했다. 필요해서 손을 더럽힌 것이었지만, 좋지는 않았다. 그저 너무 피곤해 이사나와 함께 빨리 돌아가고 싶었다. 이대로 이사나를 안아 들고 성으로 돌아가려는데, 이사나가 조금 이상했다. 아까까지만 해도 무기력하던 그가, 섬광탄이 터지는 허공에서 눈을 떼지 못하고 있었다.

"이사나?"

"······."

멜즈가 이사나를 부르자, 아까까지 초점이 없던 이사나의 동공이 크게 확장되었다. 그리고 미처 말릴 틈도 없이 이사나가 멜즈를 밀치고 뛰쳐나갔다.

"이사나!"

멜즈가 당황하며 소리쳤지만, 이사나는 아무것도 들리지 않는다는 듯 안개로 휩싸인 숲속으로 뛰어들었다. 몇날 며칠 동안 수면제에 취해 있던 사람으로 보이지 않았다.

"기다려요! 이사나!"

멜즈는 황급히 이사나를 뒤쫓았다. 왜 이사나가 도망치는 거지?

왜? 당황한 멜즈의 머릿속은 온통 그 생각밖에 없었다. 이사나가 도망칠 이유는 전혀 없었다. 전투는 이제 끝났고 자신은 이사나의 곁에 돌아왔다. 그러나 그는 중요한 무언가를 찾으러 가는 것처럼 필사적으로 숲속을 뛰고 있었다. 중요한 게 뭐가 있단 말이다. 자신 말고 중요한 게.

'설마······.'

한 번 마음속에 의혹이 깃들자, 의심은 걷잡을 수 없을 만큼 몸뚱이를 불렸다. 오랫동안 자리 잡아 왔던 거뭇하고 치졸한 마음이 단번에 불씨를 머금고 되살아났다. 그러자 이사나가 도망치는 게 다르게 보였다. 단순히 외부 자극에 놀라 발작한 것에서 마음속 깊은 곳에 자리 잡은 적 있던 대상에 대한 회귀로.

냉철한 이성이 제 구실을 못하자 이사나와의 거리는 좀처럼 좁혀지지 않았다. 이사나는 이미 한번 와 봤던 사람처럼 거침없이 숲을 헤쳐 나가고 있었다. 반면에 멜즈는 번번이 나무나 돌부리 따위에 걸려 넘어졌다. 마치 숲이 이사나에게 길을 열어 주는 것처럼 느껴졌다.

'젠장······!'

손에 잡힐 듯 잡히지 않는 그에게 애가 탔다. 그의 몸에서 흘러나오는 달콤한 향이 바람에 흩어져 사라지는 게 견딜 수 없었다. 멜즈는 결국 날개를 감고 있던 붕대를 찢어발겼다. 날개를 펴자, 갈가리 찢기는 듯한 통증이 느껴졌지만, 이사나를 놓치는 것보단 나았다.

치르르릇―!

멜즈는 날개에서 얻은 가속력으로 단숨에 이사나를 따라잡았다. 그를 붙잡고 바닥을 한 차례 구르자, 이사나가 비명을 지르며 멜즈에게서 벗어나려 애를 썼다.

"놔! 놔!"

"이사나, 진정해요, 이사나······!"

"놔—!"

이사나는 겁에 질린 동물처럼 발광하며 멜즈의 품에서 벗어나려 애를 썼다. 동공이 풀린 채 몸부림치는 그를 보며 멜즈는 그가 제정신이 아니라고 이해하기보다 불안으로 화가 치솟았다. 멜즈는 이사나의 양어깨를 움켜쥐며 소리 질렀다.

"나한테서 도망치려 하지 마—!"

멜즈가 소리치자, 이사나는 반항을 멈추고 멜즈를 올려다보았다. 하지만 그의 눈에는 명백한 두려움이 서려 있었다. 그 겁먹은 눈빛에 멜즈는 심장이 도려지는 듯한 기분이 들었다. 왜 당신이 그런 눈을 하는 건데······. 왜······! 멜즈는 이사나를 내려다보며 낮게 으르렁댔다.

"나······ 당신을 위해 많이 노력했어. 조금이라도 당신에게 도움이 되고 싶어서, 당신 곁에 있고 싶어서 하루 종일 연구실에 처박혀 있기도 목숨을 걸고 콜로니로 건너오기도 했어. 심지어 인간으로서의 삶도 포기했어."

"으, 으으······!"

"가장 싫어하는 놈의 슬레이브가 되는 치욕을 겪기도 하고 인간들도 많이, 많이 죽였단 말이야······!"

"으읏, 흐으······!"

"도망치지 마! 당신만은 나한테 이래서는 안 돼! 당신만은 날 미워해서는 안 된단 말이야······!"

"······흐으, 으······"

"내가 알리페르가 되었다고 버리면 안 돼……."

멜즈는 절대 놓아줄 수 없다는 듯 이사나를 꽉 끌어안은 채 눈물을 떨어뜨렸다. 이제껏 견뎌 왔던 고된 여정의 피로가, 불안이 한꺼번에 쏟아져 내리는 듯한 기분이 들었다. 지쳤다. 이제 더는 낼 힘조차 없었다. 조금 있으면 와르르 무너질 듯한 마음을 애써 붙잡고 있는 수밖에 없었다. 그것 밖에는 멜즈가 할 수 있는 일이 없었다. 병증으로 얄팍해진 몸을 끌어안으며 멜즈는 서럽게 울음을 터트리는데, 이사나가 울면서 중얼거렸다.

"멜즈……. 멜즈……."

"……."

"돌려줘, 흐으, 멜즈를, 빼앗아 가지 마……!"

이사나는 연신 '멜즈'를 찾으며 서럽게 눈물을 떨어뜨렸다. 어째서 보내주지 않느냐는 듯 원망 섞인 눈으로 멜즈를 바라보며 울고 있었다. 멜즈는 허탈함에 힘이 빠졌다. 또 과거의 어떤 기억에 사로잡혀 발작한 게 맞는 듯했다. 멜즈는 손등으로 이사나의 뺨을 닦아 주며 말했다.

"내가 멜즈예요."

"흐으, 멜즈……."

"모습이 많이 바뀌었지만, 내가 당신의 멜즈라고요."

외골격이 뒤덮인 손가락으로 이사나의 눈물을 훔치며 멜즈는 작게 중얼거렸다. 이사나는 한동안 서럽게 울다가 다시 잠이 들었다. 멜즈는 그런 이사나를 쓸쓸한 눈으로 내려다보다가 자리에서 일어났다. 어느새 뒤쫓아 온 히람과 다른 알리페르들이 멋쩍은 얼굴로 딴청을 피우는 게 보였다. 멜즈 역시 뭔가 민망해져 눈물 자국을 슥슥 닦는데, 히람이 여전히 시선을 돌린 채 말했다.

"저흰 아무것도 못 봤습니다."

"……참 고맙네요."

"그보다 얼른 돌아가죠. 여기 뭔가 숨 막히고 이상해요."

히람의 말에 멜즈는 주위를 둘러보았다. 어느새 숲은 이상한 냄새가 나는 짙은 안개로 둘러싸여 있었다. 하지만 이건 안개가 아니었다. 퇴각용 연막탄이었다. 알리페르에게 둘러싸였을 경우 쓰는 비살상용 화학무기로 여기엔 포폴린이 섞여 있어 알리페르들에게 가벼운 호흡 곤란을 느끼게 했다.

인간에게도 그다지 좋은 영향을 주지 않는 이것을 사용했다는 건 퇴각 중인 사령관이 이곳에서 멀지 않은 곳에 있다는 것이다. 멜즈는 정신을 잃고 쓰러진 이사나를 안아 히람에게 건넸다.

"멜즈 님?"

"잠시 다녀올게요."

이사나를 히람에게 맡긴 멜즈는 히람의 부하가 챙겨온 헤비 블레이드를 건네받았다. 히람은 이사나를 안아 든 채 어리둥절한 얼굴로 멜즈에게 물었다.

"어디로 가십니까?"

"조금 있으면 지원군이 오니 그때 전세를 갖춰 재침공에 대비하면 되겠다고 생각했는데, 굳이 그럴 필요가 없는 것 같아요."

"멜즈 님?"

"헥사비스의 황제가 여기까지 행차했는데, 그냥 돌려보내는 건 어리석은 짓이죠."

멜즈는 안개로 한 치 앞도 보이지 않는 숲 어딘가를 노려보며 말했다.

"다녀올게요."

멜즈는 헤비 블레이드를 손에 쥔 채 짙은 안개 속으로 뛰어들었다.

* * *

안개로 휩싸인 숲은 몇 걸음 가지 못해 앞도 뒤도 분간할 수 없게 되어 버렸다. 하지만 가야 할 길을 모르는 건 아니었다. 멜즈는 성충으로 탈피한 뒤 예전과는 비교도 할 수 없을 만큼 감각이 예민해졌다. 조금만 집중해도 아주 먼 곳의 소리까지 지척에 있는 것처럼 들을 수 있었다. 멜즈는 망설임 없이 안개를 헤치고 앞으로 나아갔다. 그렇게 얼마나 걸었을까, 멜즈는 문득 이상한 점을 깨달았다.

숨이 막히지 않았다.

포폴린이 뒤섞인 무거운 안개는 들이마시는 것만으로도 알리페르에게 호흡 곤란을 느끼게 했다. 옅게 낀 안개에서조차 히람은 거북함을 느꼈는데, 멜즈는 이렇게 짙은 안개에 휩싸여 있음에도 전혀 그런 걸 느끼지 못했다.

'나도 포폴린 내성 알리페르인가?'

렉사는 포폴린 내성 알리페르였다. 왕위 계승전 때 고용량의 포폴린을 심장 근처에 주입당하고도 멀쩡했을 정도였다. 보통의 알리페르는 아무리 내성이라고 해도 그 정도로 약효가 없지 않았다. 렉사가 비정상적으로 강한 내성을 가지고 있는 만큼 자신도 비정상적으로 강한 내성을 가지고 있는 것 같았다.

퇴각하는 제국군 측에 가까워지면 가까워질수록 마주치는 인간의 수가 점점 많아졌다. 멜즈는 안개에 몸을 숨긴 채 그들을 하나씩 제거해 나갔다. 고통을 느끼지 않게끔 되도록이면 단칼에 그들의 숨통을 끊어 주었다. 어느새 안개로 휩싸인 숲은 시체로 가득하게 되었다. 하지만 멜즈는 치미는 죄책감을 애써 지워 버린 채 계속해서 앞으로 나아갔다.

나는 어째서 앞으로 나아가는 걸까?

무엇을 위해?

퇴각하는 제국군을 뒤쫓는 건 멜즈에게 그리 좋은 선택이 아니었다. 날개는 동상을 입은 데다 포폴린 내성이라고 해도 안개 속에 오래 있으면 어떤 영향을 받을지 알 수 없었다. 게다가 퇴각하는 병사들의 수는 꽤 많았다. 하지만 멜즈를 제외한 다른 알리페르들은 포폴린 안개 속으로 들어올 수 없기에 황제를 사로잡기 위해서는 수많은 제국군을 멜즈 혼자 상대해야 했다.

죽이는 건 어렵지 않았다. 안개에 몸을 숨기고 있다가 헤비 블레이드를 휘두르기만 하면 되었으니까.

너무 쉬워 개미를 짓이기는 기분이 들 정도였다.

멜즈는 기계처럼 대검을 휘두르며 계속해서 앞으로 나아갔다. 그러다 한 병사와 마주치고 처음으로 발걸음을 멈추었다.

"아브노아 하사?"

"……."

이번에 안개 속에서 마주친 병사는 공교롭게도 멜즈가 아는 사람이었다. 콜로니에 있던 시절, 친구였던 릭과 알도를 훈련시킨 교관이었다. 멜즈는 종종 그 둘에게 놀러갔기에 이 교관과도 인사를 나눈 적이 있었다.

교관은 2년 사이 몰라보게 성장한 멜즈를 당혹스러운 눈으로 바라보았다. 그리고 외골격과 날개에 시선이 옮겨지면서 눈빛에는 혼란이 가중되었다. 멜즈는 차마 교관을 다른 병사들처럼 단칼에 베어 내지 못하고 망설이는데, 교관이 참혹하게 얼굴을 일그러뜨리며 중얼거렸다.

"소문이, 사실이었다니……!"

"……."

"아무리 알리페르였다고 하지만, 한솥밥을 먹은 동료들을, 각하를 팔아먹었다니……!"

언젠가 엘든을 비롯한 친위대에게 들어 본 적 있는 비난이었다. 하지만 그때와 달리 이번에는 울거나 무고함을 호소하지 않았다. 변명 없이 조용히 교관을 바라볼 뿐이었다. 그러자 교관이 울분에 찬 얼굴로 멜즈에게 달려들었다.

"이 배신자 놈!"

촤악ㅡ!

멜즈는 자신에게 달려드는 교관을 단칼에 베어 냈다. 그러자 교관 역시 다른 병사들처럼 별 수 없이 피를 뿜으며 바닥에 쓰러졌다. 멜즈가 탈피하기 전이었다면 멜즈가 도리어 교관에게 당했을 것이다. 하지만 지금은 손쉬울 정도로 이들을 죽일 수 있었다. 그들에게 어떤 사정이 있든, 얼마나 피나는 훈련을 했든, 종족의 격차는 허탈할 정도로 컸다.

교관을 해치운 뒤에도 멜즈는 수많은 병사들을 죽였다. 교관처럼 멜즈의 얼굴을 아는 병사도 몇몇 있었다. 그들은 하나같이 멜즈의 배신에 치를 떨었지만, 결국 멜즈의 손에 전부 죽었다. 멜즈는 그들의 시체를 지나치며 앞으로 계속 나아갔다.

나는 왜 이들을 죽이고 있는 걸까.

지원군이 오길 기다려 태세를 정비하기만 하면 되는데.

셀 수 없을 만큼 많은 사람을 죽이고 나서야 멜즈는 깨닫는다. 자신은 불안한 것이다. 이사나가 갑자기 숲으로 뛰어든 순간, 그가 인간들에게, 그의 형제에게 돌아가려는 게 아닌가 하는 생각이 든 것이다.

평생 그가 토벌한 천적의 모습이 되어 그에게 식욕을 느끼는 자신을 두고 말이다.

멜즈는 어리석은 자신의 불안을 깨달았지만, 그럼에도 발걸음을 멈추지 못했다. 그렇게 시뻘건 핏물을 흠뻑 뒤집어쓴 후에야 멜즈는 안개 속에 홀로 남은 황제에게 도달할 수 있었다.

"히, 히익······!"

포폴린의 안개를 뚫고 나타난 알리페르, 멜즈를 발견한 황제는 기겁하며 뒷걸음질 쳤다. 멜즈는 처음 실물로 보는 황제의 외모에 감탄을 감추지 못했다. 화사한 허니 블론드에 짙은 올리브 색 눈동자, 훤칠하게 큰 키와 떡 벌어진 어깨. 황제는 태양신 아폴론을 연상케 할 정도로 아름다운 사람이었다. 그 악독한 폭정에도 추종자가 끊이지 않은 이유를 알 수 있었다.

하지만 멜즈에게는 연인을 괴롭힌 원수, 그 이상도 이하도 아니었다.

"넥시움 황제, 맞지?"

멜즈는 피범벅이 된 헤비 블레이드를 지면에 박아 넣은 채 물었다. 그러자 황제가 새하얗게 질린 얼굴로 긍정도 부정도 하지 못했다. 멜즈는 그를 죽일 생각이 없었다. 헥사비스 황제의 처우는 왕이 결정할 문제인 데다가 그는 이사나에게 하나뿐인 형제였으니까.

하지만 이 정도 분풀이는 해도 될 터였다.

멜즈는 놈에게 달려가 있는 힘껏 면상에 주먹을 박아 넣었다. 혼신의 힘을 다한 주먹질에 황제는 짚단 인형처럼 뒤로 날아가 바닥에 나동그라졌다. 황제는 코피를 줄줄 흘리며 멜즈에게 물었다.

"왜, 왜……!"

"글쎄, 네가 재수 없으니까?"

황제의 물음에 멜즈는 아무 말이나 내뱉으며 주먹을 우드득 꺾었다. 살기등등한 멜즈의 얼굴에 황제는 겁을 집어먹으며 뒷걸음질 쳤다. 멜즈는 벌레처럼 꿈틀대는 그를 서늘하게 내려다보며 야쉽게 말했다.

"죽이진 않을 거야."

멜즈는 황제의 멱살을 붙잡고 일으켜 다시 한번 주먹을 날렸다. 멜즈가 주먹질을 할 때마다 피가 튀고 이빨이 튀어나와 바닥에 나뒹굴었다. 그러나 멜즈의 마음속을 시커멓게 물들인 분노는 좀처럼 사그라들지 않았다.

"아, 아파……! 허윽, 아프다고……!"

황제는 고통스럽게 얼굴을 일그러뜨리며 자비를 구하듯 멜즈를 바라보았다. 하지만 멜즈는 냉정한 눈으로 그를 내려다볼 뿐이었다. 이사나의 몸에는 수많은 흉터와 낙인이 찍혀 있었다. 그 상처가 하나하나 새겨질 때마다 이사나는 얼마나 고통스러웠을까? 분명 지독한 고통 속에서 울부짖었을 것이다. 하지만 이자는 이사나가 내지른 비명을 들은 척도 하지 않고 계속 고문했을 터였다. 멜즈는 새삼 분노하며 바닥에 내동댕이쳐진 황제에게 다가가는데, 황제가 비명처럼 소리 질렀다.

"왜! 왜 나한테 이러는 것이냐!"

"……"

"네놈은 내가 누구인지 아느냐! 나는 헥사비스의 황제다! 이 땅의 유일무이한 지배자란 말이다!"

웃기지도 않은 소리에 멜즈는 코웃음을 치며 한 발자국 내딛었다. 그러자 황제가 다시 발악하듯 소리 질렀다.

"워, 원하는 게 있다면 뭐든 들어주마! 금은보화를 원하나? 방 하나를 가득 채울 만큼 네게 줄 수 있다! 여, 여자는 어떠냐! 헥사비스에서 손꼽히는 미녀를 네게 안겨 주지!"

멜즈가 못 들은 척 또다시 한 발자국을 내딛자, 황제는 엉덩이로 뒷걸음질 치며 또다시 외쳤다.

"내, 내 측근이 되게 해 줄 수도 있다! 너처럼 강한 놈이라면, 알리페르건 뭐건 상관없잖아, 안 그래?"

황제는 비굴하게 웃어 보이며 말했다. 배알이라고는 눈을 씻고 찾아볼 수 없는 그 모습에 멜즈는 심장이 차가워졌다. 고작 가족이라는 이유로 이사나는 이런 얼뜨기에게 학대를 당한 것이다. 세상 누구보다도 귀중한 사람이, 이런 약해 빠진 인간에 의해 엉망진창이 된 것이다. 멜즈는 황제를 보면 볼수록 경멸을 감추지 못하는데, 숲 상공에서 히람의 목소리가 들려왔다.

"멜즈 님! 살아 있으세요?!"

멜즈가 안개 속으로 들어가 좀처럼 나오지 않자 신경이 쓰인 모양이다. 히람 역시 날개에 동상이 심한 것으로 아는데, 참으로 걱정이 많았다. 멜즈는 얼빠진 얼굴을 한 황제에게서 고개를 돌려 히람에게 외쳤다.

"전 무사합니다! 헥사비스의 황제도 붙잡았으니 곧 돌아가겠습니다!"

"그렇군요! 그럼 저흰 이사나 님을 데리고 먼저 성으로 돌아가겠습니다!"

히람은 그 말을 남긴 채 부하들과 함께 성 쪽으로 날아갔다. 멜즈는 더 이상 무의미한 화풀이는 그만두고 황제를 성으로 데려가야겠다고 생각하는데, 황제의 얼굴이 이상했다.

"네 이름이 멜즈, 라고? 네가?"

"……?"

"하, 하하, 하하하하!"

금방까지 비굴했던 모습은 온데간데없이 황제는 배까지 부여잡은 채 크게 웃어 댔다. 그런데 그 웃음이 보통 웃음이 아니었다. 바닥을 짐작할 수 없는 짙은 악의가 느껴지는 기분 나쁜 웃음이었다. 멜즈는 그가 무력한 인간에 불과하다는 것을 알면서도 섬뜩함을 지우지 못하는데, 한참을 웃던 황제가 날카롭게 멜즈를 쏘아보며 내뱉었다.

"네놈이 그놈이로군! 이사나가 거뒀다는 지하 3층의 천한 놈! 용케 정체를 숨기고 이사나에게 들러붙어 있었구나, 이 비열한 놈! 그래, 좋더냐? 내 동생을 속이고 그놈의 총애를 받아서?"

"너는 지금 네 처지를 잘 모르는 것 같군."

멜즈는 위협하듯 황제에게 다가갔지만, 황제는 더 이상 멜즈를 무서워하지 않았다. 오히려 독이 바짝 오른 얼굴로 멜즈를 쏘아볼 뿐이었다.

"불쌍한 이사나. 어쩜 끝까지 이렇게 어리석고 귀여운 짓을 하는지 모르겠구나."

혼잣말을 내뱉은 황제는 언제 겁을 집어먹었냐는 듯 여유로운 얼굴로 자리에서 일어나 멜즈를 마주 보았다. 멜즈는 객관적으로 아주 강한 알리페르였다. 안개 속에 산재되어 있던 특수병들을 전부 일격에 해치울 정도로 강한 무력을 가지고 있었다. 하지만 황제는 그런 멜즈에게 겁을 먹기는커녕 종착역에 도착한 사람처럼 후련한 얼굴을 할 뿐이었다.

"내 것을 찾으러 왔다. 이사나를 내놓아라."

"헛소리를 하는군. 그가 왜 네 것이지? 그는 나와 미래를 약속했다. 그는 이제 내 사람이다."

"아니, 그 녀석은 태어날 때부터 내 것이었다. 귀여운 동생이자, 충직한 신하이자, 하나뿐인 내 연인이지."

'연인'이라는 말에 멜즈의 얼굴이 대번에 서늘해졌다. 그에 황제는 기분 좋게 눈을 휘며 말했다.

"이사나는 오직, 적장자인 나를 위해 존재한다. 온순한 성격도 날카로운 검도 나를 위해 만들어졌지. 아, 잠자리 교육도 내가 시켜 주었다. 원래 몸뚱이가 음탕해서 그런지 범한 지 얼마 안 되어 뒷구멍을 잘 조이게 되더구나."

"……"

"구음 또한 꽤 잘하지 않든? 그놈이 내 좆을 빠는 게 귀여워 집중적으로 교육시켜 줬거든. 자다가도 걷어차이면 할 수 있게끔."

황제는 뭐가 재밌는지 또다시 배를 잡고 낄낄거렸다. 그 모습에 멜즈는 머리끝까지 화가 치솟는 기분이 들었다.

생각해 보니 좀 이상하긴 했다. 이사나는 지나치게 동성 간의 색사에 능했다. 처음에는 렉사에 의해 그런 모습이 된 거라 생각했다. 하지만 렉사가, 이사나를 그렇게 좋아하는 그가 이사나를 성노처럼 다뤘을 리 없었다.

이제껏 이사나의 몸에 난 흉을 보며 황제가 고문만 가했다고 생각했는데, 그건 순진한 생각이었다.

신년회에 참석한 다음 날, 이사나는 무참히 폭행당한 몰골로 헥사비스의 지붕 위에서 혼자 울고 있었다. 이사나의 말로는 약이 든 와인을 마시고 황제에게 구타당했기 때문이라고 했지만, 돌이켜 생각해 보면 아귀가 맞지 않는 말이었다. 단순히 맞았다는 이유로 그가 울었을 리 없다. 그는 그전부터 꾸준히 그의 형제에게 맞아 왔다고 말했으니까.

그렇다면 이사나는 그날⋯⋯.

"큭⋯⋯!"

멜즈는 자신도 모르는 사이 이미 황제의 목을 조르고 있었다. 힘을 빼야 한다. 그는 헥사비스의 황제이므로 왕의 허락을 받기 전까지 죽여서는 안 되었다. 게다가 이자는 아무리 이사나를 학대했다고 해도, 설령 성적인 학대까지 했다 해도 이사나의 하나 남은 형제였다. 냉정하게 생각해야 한다. 하지만 황제의 목을 움켜쥔 손에서는 좀처럼 힘이 빠지지 않았다. 이를 악물어도, 눈알이 시뻘게지도록 참아도 놈을 도륙 내고 싶은 충동은 사그라들지 않았다.

"쿨럭, 쿨럭⋯⋯!"

내동댕이쳐진 황제는 바닥에 주저앉은 채 기침을 내뱉었다. 죽기 직전까지 목이 졸렸던 탓에 황제는 한참 동안 자리에서 일어나지 못했다. 그런 황제를 멜즈는 살기등등한 눈으로 내려다보았다. 저자를 죽일 수만 있다면, 그럴 수만 있다면 영혼이라도 팔 수 있을 것 같았다. 그런 멜즈의 마음을 알아차리기라도 한듯 황제는 괴롭게 쿨럭거리면서도 재밌어서 어찌할 줄을 모르는 얼굴로 낄낄거렸다.

"큭, 왜, 쿨럭, 죽이지 않느냐? 죽여 보거라, 어서!"

"입 닥쳐⋯⋯!"

"왜? 날 죽이면 이사나에게 미움이라도 받을까 봐? 순진하기는. 그런데 말이다, 크큭, 너는 사실은 이사나에게 미움받을 주제조차 되지 못한다."

황제는 방금 멜즈에게 죽을 뻔했음에도 조금도 두려워하는 기색 없이 오히려 광기 어린 얼굴로 웃으며 말했다.

"내 이름이 무엇인지 아느냐?"

"⋯⋯."

"제국민이었으니 네놈도 알겠지? 몰란도 넥시움이지."

넥시움 황가는 대대로 황위를 이을 맏아들에게 초대 황제의 이름을 붙여 왔다. 초대 황제처럼 용맹한 영웅이 되라는, 일종의 주술 같은 것이었다. 하지만 어째서 그런 걸 새삼스럽게 말하는 것인지 알 수 없었다. 멜즈는 그 뒤에 나올 말이 몹시 두렵게 느껴졌다. 듣고 싶지 않다는 생각을 하면서도 도망치지 못해 그 자리에 서 있는데, 황제가 누구나 반할 듯한 멋진 미소를 지으며 말했다.

"하지만 그건 대외적인 이름이고 내 진짜 이름은 따로 있다."

"⋯⋯."

"멜리오스."

"⋯⋯."

"가족들에게는 '멜즈'라고 불리었다."

"⋯⋯."

"이사나가 왜 널 아껴 줬을 것 같나? 나만 바라보도록, 나만 사랑하도록 철저히 길들여 놓은 그 아이가? 너는 한 번도 이상하다는 생각을 해 본 적이 없었나? 왜 너를 사랑해 줬는지?"

"……."

"네가 내 대용품이라 그런 것이다. 이 멍청한 것아! 하하하하!"

황제의 얼굴에는 명백한 승리감이 번져 있었다. 그리고 멜즈는 현실감 없는 말에 우뚝 굳어진 채 서 있었다. 시야가 엉망진창으로 일그러졌다. 이사나가, 그가 그런 이유로 자신을 사랑했을 리 없었다. 그는 그럴 사람이 아니니까.

하지만.

'좋은 거 하나 알려 줄까? 황자님은 원래 황제 폐하를 좋아해. 형제애 따위가 아니라 역겹게도 사내로서 좋아하지! 출정식을 치르는 날까지 둘이 뭘 했는지 알아? 궁에 틀어박혀 시도 때도 없이 둘이 붙어먹었어! 황자님의 신음 소리가 너무 커서 궁인들이 다 민망해할 정도로!'

'그런데 이사나 황자가 어째서 당신에게 성적인 행위를 하려 했는지 진짜 이유가 궁금하지 않습니까?'

'멜즈. 동생을 사랑해야지. 때리지 말렴.'

굳건했던 믿음과 달리 이제까지 거슬렸던 모든 것들의 아귀가 맞아떨어지는 상황 속에서 멜즈는 어지러움을 느끼고 있었다. 그러나 괴리감으로 붕 뜬 머릿속과는 달리 멜즈의 손은 주인도 모르게 주인이 원하는 방향으로 움직이고 있었다.

콰드득—!

강한 악력에 황제는 별다른 저항도 못한 채 목이 부러졌다.

## 멜즈 (3)

해가 저물어 갈 무렵, 잿빛 겨울 하늘로 두터운 구름이 몰려들었다. 눈 폭풍의 전조였다.

낮은 천둥소리가 울린 지 얼마 되지 않아 시탈로프 숲 위로 함박눈이 쏟아지기 시작했다. 눈은 얼어붙은 땅 위에 금세 쌓여 주변을 새하얗게 물들였다. 그 새하얀 설원 위를 피를 흠뻑 뒤집어쓴 누군가가 걸어가고 있었다.

지익―. 지익―.

그가 지나간 길로 피투성이가 된 무언가가 길게 끌린 자국이 났다. 그 자국은 성 쪽으로 계속 이어지다가 이내 목 없는 시체만 덩그러니 눈밭에 남겨졌다.

시체는 얼마 후 함박눈에 뒤덮여 자취를 감추었다.

* * *

쿠르릉—

어두운 방 안에 한 남자가 소파에 앉아 있었다. 병색이 완연한 마른 남자는 무언가를 기다리듯 멍한 얼굴로 눈발이 거세진 바깥을 바라보고 있었다. 그렇게 남자가 기다린 지 얼마나 되었을까, 문이 열리고 방 안으로 한 알리페르가 들어왔다.

눈과 시뻘건 핏물을 흠뻑 뒤집어썼지만 어두운 방 안에서도 눈에 띌 만큼 화사한 금발과 인상적인 청록색 눈동자를 가진 알리페르였다. 알리페르는 방 안에 들어오고도 무슨 생각인지 한참 동안 문가에 서 있었다. 그사이 그의 몸을 뒤덮고 있던 눈과 핏물이 녹아 바닥으로 뚝뚝 떨어졌다.

카펫 위로 짙은 웅덩이가 만들어지고 나서야 알리페르는 무거운 발걸음을 한 발자국씩 옮겨 소파에 앉은 남자에게 다가왔다. 남자의 앞에 선 알리페르는 손에 쥐고 있던 수급을 보이며 말했다.

"이사나."

"……."

"멜즈를 데려왔어요."

'멜즈'라는 말에 이사나는 그제야 고개를 돌려 멜즈를 바라보았다.

"멜즈?"

"네, 멜즈예요."

멜즈는 상냥하게 눈을 휘며 황제의 머리를 이사나에게 안겨 주었다. 그러자 이사나는 머리를 품에 끌어안으며 기쁜 듯이 중얼거렸다.

"멜즈……."

"그래요……. 멜즈예요……."

이사나가 기뻐하는 걸 조용히 지켜보던 멜즈는 대뜸 이사나의 품에 안긴 머리를 벽에 집어 던졌다.

퍽—!

벽에 부딪쳐 으깨진 머리는 내용물과 함께 바닥으로 흘러내렸다. 이사나는 눈을 껌뻑이며 더러워진 벽을 멍하니 바라보는데, 멜즈가 몸을 부들부들 떨며 이사나를 노려보았다.

"진짜야?"

"……?"

"진짜 저놈 이름이 멜즈냐고."

멜즈는 무섭게 쏘아보았지만, 이사나는 여전히 영문을 모르겠다는 듯 멜즈를 바라볼 뿐이었다. 그 순진한 얼굴에 멜즈는 숨이 턱턱 막히는 기분이 들었다. 저 얼굴이 결코 넘을 수 없는 견고한 벽처럼 느껴져 견딜 수 없었다. 멜즈는 이사나의 어깨를 억세게 붙들며 중얼거렸다.

"……아니라고 말해."

"……?"

"지금 당장 아니라고 말해! 저 자식이 헛소리한 거라고 당장 말하라고!"

"으으……."

붙들린 어깨가 아픈지 이사나는 얼굴을 일그러뜨리며 바르작거렸다. 하지만 멜즈는 구명줄처럼 이사나를 붙잡은 채 실성한 듯 애원했다.

"한 번만 부정해. 그럼 믿을게……. 다른 사람이 뭐라고 해도 절대 듣지 않을게……. 제발 부탁이야, 아니라고 말해, 제발……."

"……."

"제발 아니라고 말하라고!"

하지만 이사나는 소리치는 멜즈가 무서운지 겁먹은 얼굴로 울먹일 뿐이었다. 그 무구한 얼굴에 멜즈는 왈칵 분이 치솟았다. 저렇게 말간 얼굴로 자신을 철저히 농락했다는 게 여전히 믿기지 않았다. 세상 사람 모두가 거짓말을 하는 것 같았다.

작위를 포기하고 출셋길을 걷어찬 것? 괜찮았다. 어차피 이사나의 곁에 있기 위해 노력했던 일이었으니까.

목숨을 걸고 콜로니에 갔던 것? 그것 역시 괜찮았다. 처음에는 헥 사비스 밖이 두려웠지만, 막상 나가니 별일 아니었다.

인간으로서의 삶을 포기한 것? 힘들었지만, 감당할 수 있었다. 오히려 알리페르인 자신을 거둬 주고 사랑까지 해 준 이사나에게 항상 미안하고 고마웠다.

하지만 이것만은 견딜 수 없었다.

이제껏 받아 왔던 사랑이 거짓이라는 것만은, 자신이 누군가의 대용품에 불과하다는 것만은 참을 수 없었다.

이 사람이 미워서 미칠 것 같았다.

그렇게 애틋하고 사랑했던 연인인데 지금은 그 어떠한 재앙보다도 끔찍하게 느껴졌다.

어떻게, 사람이 그럴 수 있었을까. 어떻게.

"울지 마."

"……."

"울지 마, 멜즈……."

멜즈가 배신감에 치를 떨며 눈물을 뚝뚝 떨어뜨리자, 이사나는 조심스럽게 멜즈에게 다가와 젖은 뺨을 훑어주었다. 저택에 늦게 귀가해 잔뜩 토라졌던 자신을 달랬던 날처럼 그의 손길은 여전히 상냥하기만 할 뿐이었다. 그 손길에 도리어 서러워져 멜즈는 더욱더 많은 눈물을 쏟아 냈다. 도무지 울음을 그칠 수 없었다.

멜즈는 이사나에게 달려들어 키스했다. 멜즈가 입술을 부딪쳐 오자, 이사나는 달래듯 상냥한 키스를 하며 멜즈의 머리카락을 쓰다듬었다. 결코 연인에게 하는 것이 아닌, 애완동물에게 하는 듯한 그 손길에 멜즈는 엉망진창으로 마음이 뭉개지는 것 같았다.

아니라고. 그런 걸 원하는 게 아니라고 외치듯 그를 끌어안고 더욱더 깊게 키스했다. 혓바닥을 비비고 치열을 고르며 두드리듯 그의 표피를 훑고 또 훑았지만, 끌어안는 그의 손길에는 상냥한 위로만 들어 있을 뿐이었다.

"흐으, 으, 흐윽, 흐……!"

숨이 막힐 듯한 그의 향기 속에서 멜즈는 서럽게 흐느꼈다. 아무리 키스하고 숨 막히게 끌어안아도.

그와는 닿지 않는다.

그의 앞에 세워진 견고한 벽은 결코 허물어지지 않는다. 결국 눈앞에 남은 건 단내를 풀풀 풍기는 몸뚱이뿐. 유충의 충과뿐이다.

한참을 울며 키스하던 멜즈는 입술을 떼어 내 이사나를 바라보았다. 깊은 키스로 이사나의 뺨은 발그레해지고 입술은 타액에 젖어 음탕하게 번들거렸다. 멜즈는 응석 부리듯 입술을 훑다가 목덜미에 코를 묻고 셔츠 안으로 손을 집어넣었다. 뼈가 도드라질 정도로 그의

살가죽은 얇아졌지만, 그 위로 만져지는 유두는 전보다 훨씬 도톰
해져 있었다.

"흣⋯⋯!"

고작 유두가 만져진 것만으로 이사나는 눈가를 붉혔다. 멜즈는
그런 이사나에게 짧게 키스하며 그의 몸을 탐하기 시작했다. 멜즈
는 이사나의 몸 이곳저곳을 쓸며 만지작거렸지만, 이사나는 여전히
어디를 보는지 알 수 없는 얼굴로 신음할 뿐이었다. 그 무심한 모
습에 멜즈는 지독히 외로워졌다. 눈앞에 있음에도 조급증이 일어
멜즈는 이사나를 끌어안은 채 그의 이름을 중얼거렸다.

"이사나, 이사나⋯⋯."

멜즈는 이사나의 몸 구석구석을 샅샅이 핥았다. 둥근 귀를 집요하게
잘근거리기도, 움푹 파인 배꼽 우물을 길게 쓸어 올리기도 했다.

"아, 웃, 하웃, 흣, 으⋯⋯!"

어느 한 군데 맛있지 않은 곳이 없었다. 멜즈는 걸신들린 듯이 이
사나의 몸을 핥아먹었다. 어느새 이사나의 몸은 멜즈에게서 떨어진
핏물과 타액으로 엉망이 되어 있었다. 그 더럽혀진 모습에 기묘한
만족감을 느끼며 멜즈는 이사나의 다리를 벌리고 그 사이에 앉았다.
반쯤 선 성기를 입에 담자, 이사나는 작살에 꽂힌 물고기처럼 퍼덕
거렸다.

"아, 웃, 흣, 아아⋯⋯!"

이사나는 구음하는 멜즈에게서 벗어나고 싶은 듯 버둥거렸다. 하
지만 역효과였다. 멜즈는 이제 더 이상 이사나가 자신을 밀어내는 걸,
도망치는 걸 견딜 수 없었다. 이사나의 허벅지를 꽉 붙잡아 벌린 멜
즈는 성기를 강하게 빨며 이빨을 세웠다. 억지로 가해지는 날카로운

쾌감에 이사나는 당황하며 멜즈를 밀어내다가 겁에 질려 울음을 터
트렸다.

"흐으, 웃, 멜즈, 흐으, 멜즈……!"

이사나는 선액을 줄줄 흘리며 '멜즈'를 찾았다. 그런 그가 몹시
얄미워 멜즈는 목구멍을 연 채 이사나의 것을 뿌리 끝까지 꿀꺽 삼
켰다. 더 삼켜질 수 없는 부분까지 전부 들어가자 이사나는 더 크
게 울었다. 겁에 질려 우는 그가 몹시 사랑스러웠다. 드디어 그가
자신을 제대로 바라보는 것같이 느껴졌다. 멜즈는 혓바닥으로 연신
예민한 곳을 문지르며 추삽질을 했다. 좁은 목구멍이 성기를 꽉 조
여 대자 이사나는 경련하듯 발끝을 덜덜 떨었다.

"시, 싫어, 웃, 싫어……!"

"……."

"싫어……! 멜즈, 흐, 싫어—!"

이사나는 비명을 내지르며 사정했다. 할퀴듯 멜즈의 머리통을 꽉
움켜쥔 이사나는 몸을 간헐적으로 떨다 소파에 축 늘어졌다. 짙은
탈력감이 느껴지는 얼굴로 이사나가 숨을 헐떡이자, 멜즈는 입안에
머금고 있던 정액을 손바닥에 내뱉었다. 한동안 하지 않았던 탓인지
양이 꽤 많았다. 멜즈는 그것을 이사나의 회음에 펴 바른 뒤 손가락
으로 뒤를 쑤셨다.

"웃……!"

이사나는 몸을 들썩이며 작게 신음을 내뱉었다. 꽤 거친 손길이었
지만, 이사나는 반사적으로 성기를 꺼덕였다. 금방 사정했는데도 말
이다. 멜즈는 어느새 이사나의 몸에 대해 손바닥 안을 들여다보듯 빤
히 알게 되었다. 수없이 나눈 슬픈 시간들 속에서 어쩔 수 없이 알게

된 것들이었다. 알게 된 거라고는 고작 이런 것들뿐이었다. 멜즈는 손가락의 개수를 늘리며 이사나가 느끼는 부위를 쿡쿡 쑤셨다. 그러자 덜 풀린 내부가 잘게 경련하며 멜즈의 젖은 손가락을 오물거렸다.

"훗, 으응……!"

멜즈가 빠르게 찔러댈 때마다 신음소리는 한층 더 높아져갔다. 쾌감으로 두 뺨이 발그레해졌지만, 내부가 점점 벌어지는 감각은 여전히 무서운지 이사나는 훌쩍거렸다. 소파 구석에 내몰린 채 억지로 쾌감에 잠식된 이사나는 어느새 성기를 빳빳이 세운 채 서럽게 흐느끼고 있었다.

뭇 제국민들의 경애의 대상이자, 뭇 알리페르들의 공포의 대상이었던 그를 이렇게 타락시킨 건 자신이었다. 이런 사랑스러운 모습으로 만든 건 알리페르의 왕도, 넥시움 황제도 아닌, 자신이었다.

멜즈는 도망치려는 그를 붙들고 부드럽게 키스하며 내부는 난잡하다 싶을 정도로 거칠게 유린했다. 손가락을 구부리고 가위질을 하듯 안을 벌리며 무참히 그를 범했다. 절정에 가까워가는지 이사나의 숨이 껄떡껄떡 넘어가는 게 느껴졌다. 보드라운 아랫입술을 꽉 깨문 멜즈는 흐물해진 안에서 손가락을 빼내고 허리춤을 끌렀다. 억지로 이사나의 둔부를 잡아 벌린 멜즈는 더 이상 인내하지 못하고 뻐끔대는 안으로 거칠게 성기를 쑤셔 넣었다.

"읏……!"

손가락으로 풀어 주었건만, 여전히 빠듯한지 이사나는 신음을 흘리며 몸을 굳혔다. 하지만 멜즈는 무모하다 싶을 정도로 밀어 넣기만 할 뿐이었다. 이사나는 고통스러운지 눈물을 뚝뚝 흘렸다. 아래로 한계까지 꽉 조여 오는 내부가 느껴졌다. 긴장으로 굳은 오금이 떨리는 게 느껴졌다. 그럼에도 멜즈가 아랑곳없이 계속 밀어 넣기만 하자, 이사나는 결국 울음을 터트렸다.

"훗, 흐으, 으, 시, 싫어……! 읏! 흑, 으웃……!"

"……."

"흐, 아웃, 웃……! 멜즈……!"

이사나가 애원하듯 울먹였지만, 멜즈는 오히려 성기를 뿌리 끝까지 푹 처박았다. 억지로 벌어진 안이 괴로운지 끝까지 처박힌 성기가 꽉 맞물렸다. 그 지독한 압박감에, 쾌감에 몸을 떨며 멜즈는 그 자리에 잠시 멈춰 섰다. 하지만 이내 전부 빼내었다가 다시 뿌리 끝까지 콱콱 처박아댔다. 황소처럼 성기를 푹푹 처박자, 이사나는 배를 붙잡고 엉엉 울었다. 그러나 점차 익숙해지자 그 울음에는 열기가 감돌기 시작했다.

"아웃, 아, 으응, 하아……!"

깊지 않은 어느 부위를 꾸욱 누르자, 이사나는 허벅지를 덜덜 떨며 선액을 주룩 내뱉었다. 멜즈는 그런 이사나를 내려다보며 그 부분만 집중적으로 쳐올렸다. 옴짝달싹할 수 없게 그를 소파 구석에 몰아넣은 채 미친 듯이 들이박자, 이사나는 비명에 가까운 신음을 내뱉으며 팔을 허우적거렸다. 멜즈는 이사나의 팔을 붙잡아 자신의 목에 휘감게 했다.

"멜, 웃, 멜즈, 훗, 아! 멜즈……!"

"이, 사나, 웃, 이사나……!"

찌꺽찌꺽, 몇 번인지 모를 추삽질 끝에 멜즈는 이사나의 안 깊숙이 파정했다. 몸을 반으로 접어 버리듯 그를 꽉 끌어안고 길게 씨물을 내뱉었다. 이사나 역시 절정에 도달했는지 그의 얼굴에는 괴로운 쾌감이 서려 있었다. 멜즈는 사랑스러운 연인을 끌어안고 입을 맞췄다. 쾌감으로 얼얼하게 굳은 혓바닥이 너무나도 사랑스러웠다.

한 차례의 열정이 사그라들자, 눈물범벅이 된 연인이 보였다. 하지만 멜즈는 전과 달리 우는 그가 가엽게 느껴지지 않았다. 그보다는 누구에게도 이런 그의 얼굴을 보이고 싶지 않다는 생각이 먼저 들었다. 이 사람은 내 것이니까. 태어날 때부터 이미 그렇게 정해져 있던 것이니까. 멜즈는 아집과도 같은 소유욕에 휩싸인 채 이사나의 오른손을 붙잡았다.

생체 의수를 단 다른 팔다리와 달리 오른손은 자개처럼 고운 손톱과 보드라운 살로 덮여 있었다. 멜즈는 길게 뻗은 손가락을 입가에 가셔나 댔다. 손가락을 입에 넣고 혀로 굴리자, 이사나는 색사에 지친 얼굴로 멜즈를 바라보았다.

멜즈는 뼈마디가 도드라진 손가락을 혀로 핥다가 손마디로 손바닥으로 입술을 옮겼다. 멜즈는 자신의 뺨을 힘없이 감싸는 이사나의 손바닥에 경배하듯 키스하다가 예고 없이 짐승처럼 이를 세웠다.

후두둑—.

꽤 많은 피가 났지만, 이사나는 의외로 아파하지 않았다. 그저 홀린 듯이 멜즈의 얼굴만 바라볼 뿐이었다. 멜즈는 이사나를 마주 본 채 손바닥에서 손목 아래로 떨어지는 핏물을 받아 마셨다. 감로수처럼 다디단 그의 피는 마셔도 마셔도 부족하게 느껴져 멜즈는 어느새 손바닥의 상처 부위까지 후벼 파며 그의 손을 핥아먹고 있었다.

걸신들린 듯 그의 손바닥을 탐하던 멜즈는 어느 순간 우뚝 굳어졌다. 금방까지 피 맛에 취해 몽롱하던 눈동자가 돌연 일렁이더니 굵직한 눈물방울을 후드득 떨어뜨렸다. 멜즈는 그 자리에 굳어진 채 한참 동안 소리 없이 울었다. 밀려드는 감정들을 이기지 못해 오열하며 피범벅이 된 이사나의 손을 기도하듯 꽉 붙잡았다. 멜즈는 오랫동안 외면해 왔던 자신의 본성에 마침내 굴복하며 작게 중얼거렸다.

"……맛있어."

인간으로서는 결코 맛볼 수 없는 극상의 진미였다.

# 멜즈 (4)

"진군하라! 절대 물러서지 마라!"

사망한 이사나 황자 대신 다시 제국군 총사령관으로 임명된 이사나의 외조부, 스틴다임 공작은 연신 병사들을 독려하며 소리쳤다. 이제는 백발이 성성한 노장이었지만, 그 기백만큼은 젊은이 못지않았다. 아니, 이제 더 이상 제국군을 이끌 사람이 없었기에 그가 이렇게 굳건하게 버티는 것일지도 몰랐다.

알리페르와의 전면전이 벌어진지 벌써 1년. 그동안 제국군은 후퇴에 후퇴를 거듭한 끝에 헥사비스의 지척까지 방어선이 뚫리게 되었다. 그러나 이만큼 버틴 것도 오래 버틴 것이었다. 과거 이사나 황자가 후원했던 천재 소년의 발명품들이 없었다면 불가능했을 일이었다.

이제는 복원이 불가능하다고 여겨 왔던 최첨단 무기와 탐색 장비들 덕분에 알리페르의 왕 렉사가 진두지휘하는 친정(親征)에도 많은 희생자 없이 여기까지 올 수 있었다. 하지만 버티는 것도 여기까지인 듯했다. 렉사는 무슨 이유인지 진군에 진군을 거듭하고 있었다. 그 과정에서 알리페르들이 얼마나 죽어 나가든 조금도 신경 쓰지 않았다. 아집마저 느껴지는 무모한 싸움에 결국 버텨 내지 못한 건 구심점을 잃은 제국 측이었다.

이사나 황자가 콜로니에서 사망했다고 알려진 이후, 제국은 쇠락의 길로 들어섰다.

처음에는 그가 죽었다 해도 큰 영향이 없을 줄 알았다. 산 사람은 살아야 했으므로 잠시 실의에 빠져도 금세 회복할 거라 여겼다. 황제 역시 헥사비스 밖으로 나가 렉사가 이끄는 군단과 맞서는 등, 전쟁에 적극적으로 변했다. 동생의 죽음으로 이제야 정신을 차리나 했다. 하지만 얼마 지나지 않아 그게 착각이라는 것을 알게 되었다. 황제는 이사나 황자의 죽음을 인정하지 않았다. 오히려 구하러 간다는 헛소리를 하며 시탈로프 숲으로 향했다가 얼마 전 실종되었다.

그 후, 제국은 내부부터 조금씩 무너져 갔다. 제국민들을 이끌 구심점이 사라진 데다 알리페르들은 계속해서 헥사비스로 진군하고 있었다. 모두가 희망을 잃어 갔다. 스틴다임 공작은 피곤에 찌든 얼굴로 알리페르 측에 밀리고 있는 전선을 바라보는데, 부관이 달려와 공작에게 말했다.

"각하! 헥사비스 앞으로 렉사가 나타났다고 합니다!"

"확실한가!"

"검은 머리에 푸른 눈, 틀림없습니다!"

부관의 말에 노장의 눈이 번뜩였다. 알리페르의 약점. 정신 지배를 하는 상위 개체 하나가 사망하면 일정 시간 동안 하위 개체의 몸이 마비된다는 것은 이사나 황자가 목숨을 걸고 알아낸 것이었다. 렉사가 전쟁터에 모습을 드러낸 지금, 이제는 총력전을 펼칠 때가 되었다. 이 날 이때를 위해 수많은 젊은이들이 피를 흩뿌리며 죽어 간 것이었다. 스틴다임 공작은 외손자의 원수가 있는 방향을 노려보며 소리쳤다.

"AM 슈트 착용이 가능한 병사들은 전부 불러 모아라! 오늘 저 빌어먹을 벌레 놈들을 모조리 쓸어버릴 것이다!"

추상같은 사령관의 명령에 장교들은 일사분란하게 움직이며 특수병과 현대식 무기를 준비했다. 하지만 얼마 지나지 않아 한 장교가 허둥지둥 공작에게 달려와 소리쳤다.

"가, 각하! AM 슈트가 갑자기 작동하지 않습니다! 미사일과 대공포도요!"

"뭐라!"

"보안 잠금이 되었다며 모든 것이 갑자기 먹통이 되었습니다!"

울상이 된 장교의 말에 스틴다임 공작은 눈을 부릅떴다. 공작은 급히 부관과 함께 무기고로 향했다. 장교의 말대로였다. 헥사비스의 중앙 통제 시스템을 경유하는 현대식 무기의 모든 제어 패널에 [제어 코드를 입력하시오.]라는 문구가 떠 있었다. 복원된 현대식 무기가 자신에게 겨눠질까 두려워했던 황제가 제어 코드를 심어 놓았다는 말을 예전에 들은 적이 있었다.

하지만 정작 제어 코드에 권한을 가진 황제는 지금 실종 상태였다. 무기를 제작한 천재 소년 역시 콜로니에서 사망했고, 뒤이어 무기들을 완성시킨 진저 박사 역시 희망 없는 전세를 비관하다가 얼마 전자살했다. 즉, 지금으로서는 제어 코드를 다룰 사람이 없는 것이다. 그렇다면 도대체 누가……!

"각하! 렉사가 이끄는 군단이 이쪽으로 다가오고 있습니다!"

부관의 외침에 스틴다임 공작은 탄식을 내뱉었다.

'신은 결국 우리를 버리는 것인가.'

그 시각, 까마득한 상공 위에서 헥사비스의 돔 정중앙으로 무언가가 내려오고 있었다. 하지만 제국군 중 그 누구도 구름 속에서 떨어지는 그것을 신경 쓰지 못했다. 그사이 헥사비스의 천장 위로 사뿐히 내려앉은 그것은 철골 구조물, 본즈를 밟으며 천장의 정중앙으로 걸어 나갔다.

화려한 허니 블론드에 인상적인 청록색 눈동자. 멜즈였다.

멜즈는 지붕의 한가운데에 난 종탑을 닮은 건물 안으로 들어갔다. 그러자 그 아래로 수없이 많은 나선형 계단이 펼쳐진 게 보였다. 멜즈는 그 계단을 하나씩 밟고 내려가는 대신 날개를 펴 계단 아래로 뛰어내렸다. 바닥에 착지한 후 멜즈는 망설이지 않고 계단 맞은편에 난 문을 열고 안으로 들어갔다. 길지 않은 복도를 지나 또다시 문을 열고 들어가자, 새카맣게 어두운 공간이 나타났다. 어슴푸레한 불빛으로 가득한 그곳은 중앙 통제실이었다.

그곳에 멜즈가 예전에 한 번 본 적 있는 여자가 서 있었다.

고풍스런 엠파이어 드레스를 입은 흑청색 머리의 여자.

헥사비스의 마녀였다.

헥사비스 전체와 연결된 수많은 통신 케이블들이 수렴하는 그녀의 앞에 서자, 마리오네트처럼 미동 없이 서 있던 그녀가 눈을 떴다. 황금빛 눈동자를 느리게 깜빡이는 기계 여왕을 한동안 서늘한 눈으로 쳐다보던 멜즈는 입을 열었다.

"비비."

—네.

"헥사비스의 배리어를 해제해."

멜즈의 명령에 중앙 통제실 아래로 웅웅거리는 소리가 들려왔다. 배리어를 가동하는데 쓰였던 원자로를 끄려는 것이다. 그와 동시에 위에서 삐그덕거리는 소리가 들려왔다. 배리어가, 헥사비스가 파괴되는 소리였다. 그 소리를 들으며 멜즈는 비비가 있는 중앙 통제실을 빠져나왔다.

"하, 하하……."

수많은 저장 장치와 냉각기가 쉴 새 없이 돌아가는 서버실을 지나 리비에의 북쪽 별관으로 나온 멜즈는 허탈하게 웃었다. 자신이 헥사비스의 배리어를 해제하게 될 거라고는 상상도 하지 못했다. 두 달 전만 해도 그런 짓을 할 거라고 말하면 거짓말이라고 생각했을 터였다.

별관 문을 열고 2층 열람실로 나오자, 데스크 앞에서 졸고 있는 사서의 모습이 보였다. 멜즈가 서고 사이에서 나오자, 사서는 눈을 휘둥그레 뜨며 멜즈를 쳐다보았다. 2층 열람실은 오래된 책을 보관하는 곳이라 방문객이 좀처럼 없었기 때문이다. 그러다 사서의 시선이 멜즈의 등 뒤로 향했다. 멜즈의 날개를 본 순간, 사서는 비명을 지르며 밖으로 뛰쳐나갔다.

"아, 알리페르다! 알리페르가 나타났다!"

비명에도 아랑곳없이 멜즈는 사서가 나간 곳을 따라 천천히 1층으로 내려갔다. 그러자 1층에 있던 사람들 역시 멜즈를 보자마자 사서처럼 사색이 되어 밖으로 뛰쳐나갔다. 멜즈는 텅 비어 버린 도서관을 잠시 둘러보다가 리비에 밖으로 나갔다.

쿠쿵—!

자기 중력장이 사라지자 헥사비스가 무너져 내리기 시작했다. 원래 헥사비스는 건축학적으로 성립할 수 없는 구조물이었다. 지나치게 크고 넓었지만, 지지대는 고작 중앙 도서관 리비에 하나뿐이었다. 그 구조물을 스트로마 위로 흐르던 자기 중력장이 단단하게 받쳐 주고 있었다.

하지만 그것도 오늘로 끝이었다.

"까아아아악—!"

"헥사비스가……! 헥사비스가 무너진다……!"

배리어가 해제되자, 지상층은 아비규환의 생지옥으로 변했다. 스트로마가 기화하고 철골 구조물인 본즈가 무너지면서 알리페르들이 벌 떼처럼 안으로 기어 들어오고 있었다. 사람들은 운석처럼 떨어지는 철골 구조물을 피해, 알리페르들을 피해 비명을 지르며 거리를 내달렸다. 성서의 묵시록에서나 볼 법한 참혹한 광경이었다. 멜즈는 엉망진창이 된 자신의 고향을 냉랭한 얼굴로 둘러보다가 렉사가 개선하고 들어올 동쪽 경비 구역으로 발걸음을 내딛었다.

이것으로 이사나가 돌아갈 곳은 완전히 없어졌다.

알리페르들이 이곳을 점령하는 즉시, 멜즈는 제국의 주요 인사들을 모조리 숙청해 제국을 지도에서 지워 버릴 작정이었다. 어느 누구도 마지막 남은 황자를, 이사나를 감히 황제로 추대하지 못하게 할 작정이었다. 그의 사진을 전부 불태우고 그의 얼굴을 아는 자들은 모조리 죽여 누구도 그를 알지 못하게 할 작정이었다.

"큭, 크큭, 크크크큭……."

속이 시원했다! 왕에게는 더 이상 양측의 희생을 두고 볼 수 없다는 이유로 헥사비스를 개방하겠다고 말했지만, 사실은 아니었다.

그저 그자가, 이사나가 미워서 견딜 수 없었을 뿐이었다. 말간 얼굴로 자신을 철저히 농락한 그를 도저히 용서할 수 없었을 뿐이었다.

실로 비열한 작자였다. 더할 나위 없이 위선적인 작자였다.

대체 언제까지 속일 작정이었을까, 언제까지? 그러면서 자신을 위하는 척 사랑하는 척 굴었던 그 모습들이 역겨웠다. 그저 제 형을 닮은 미동에게 하찮은 동정과 싸구려 연민을 적선했던 것뿐인데, 그걸 눈치채지 못하고 멍청하게 콜로니까지 따라붙었다.

목숨까지 걸며 그를 사랑했던 자신이 더없이 어리석게 느껴졌다. 그러나 어렸던 자신은 그게 사랑인 줄 알았다. 그 상냥한 눈빛이, 그 따스한 손길이 전부 사랑인줄 알았다.

이제 다시는 누구에게도 속지 않을 것이다.

이제 다시는 누군가를 믿어 상처받지 않을 것이다.

멜즈는 두 달간 되뇌고 또 되뇌었던 것을 뇌까리며 아비규환이 된 지상층을 걸었다. 그의 소중한 것을 철저히 망가뜨린 지금, 더할 나위 없이 후련해야 할 텐데 멜즈는 이상하게도 발걸음을 떼어 내기 힘들었다. 그저 모든 것이 피곤하고 무기력하게만 느껴졌다. 날개를 펼칠 생각조차 못한 채 터덜터덜 힘없이 걷다가, 문득 무언가를 발견하고 멜즈는 발걸음을 멈추었다.

벤치였다.

세월이 지나 군데군데 칠이 벗겨진 나무 벤치는 예나 지금이나 똑같았다. 멜즈는 고개를 돌려 주변을 둘러보았다. 리비에의 분관 도서관이 보였다. 생각해 보니 언젠가 이곳에서 이사나와 만나기로 한 적이 있었다.

그날은 이사나가 정말 어렵게 시간을 내준 날이었다. 그런데 그날

따라 운이 나빠 자꾸만 일이 꼬였다. 하필 전날 만들어 둔 세포 실험 배지가 오염되었고 허둥지둥 그것을 실험실 동료에게 맡기고 나왔더니 이번엔 눈앞에서 버스를 놓쳤다. 그 탓에 이사나는 30분이나 이곳에서 기다려야 했다.

멜즈가 달려왔을 때 이사나는 이 벤치에 앉아 피곤이 묻어나는 얼굴로 졸고 있었다.

당연했다. 그는 엄청나게 바쁜 사람이었으니까. 알리페르와의 전면전을 준비하는 것은 물론이요, 황가에 불신을 품은 군부와 대신들을 연일 다독이느라 몸이 열 개도 모자란 상태였다.

그런데도 하루를 통째로 비워 함께 있어 주었다. 근사한 레스토랑에서 함께 식사를 하고 의상실로 가 논문 심사 때 입을 옷을 골라 주기도 했다. 그가 이미 수십 번을 더 보았을 유명한 연극을 같이 봐 주기도 했다. 그리고 헤어지기 직전, 저택에서 함께 새해를 맞이하기로 약속했다.

"……."

멜즈는 벤치에 앉은 그의 모습을 생생하게 떠올릴 수 있었다.

그리 중요한 사람을 만나는 게 아니었음에도 그는 고전적인 쓰리피스 정장을 입고 있었다. 커프스나 시계처럼 액세서리에도 신경을 많이 썼고 머리 역시 평소답지 않게 공들여 손질했었다. 하지만 그때의 자신은 어려서 그것을 잘 눈치채지 못했다. 그것의 의미도 잘 몰랐고. 그저 그날도 다른 때처럼 이사나가 멋지다고 생각했을 뿐이다.

가지런한 눈썹을 살짝 뒤덮었던 갈색 머리카락. 그 아래로 시원하게 뻗은 콧대와 단호한 눈매. 그리고 묘하게 요염하게 느껴졌던 입술.

그는 단잠에 빠져 있었음에도 그의 성품처럼 등을 꼿꼿이 세우고 있었다. 그 모습이 하나의 조각상처럼 느껴져 그가 숨을 제대로 쉬고 있는지 걱정이 되었다. 살그머니 손을 뻗는 순간, 눈꺼풀이 파르르 떨리더니 그 아래로 미묘하게 색이 다른 고동색 눈동자가 나타났다. 그 광경이 기적처럼 느껴져 멜즈는 도저히 그에게서 눈을 뗄 수 없었다.

"아……."

차갑게 식은 뺨 아래로 눈물방울이 뚝뚝 떨어졌다. 그저 그가 앉아 있던 장소를 보았을 뿐인데, 이상할 정도로 가슴이 지끈거렸다.

'내가 잠깐 졸고 있었나 보네, 미안해.'

멋쩍게 사과하던 그의 얼굴이 떠올랐다. 지금보다는 앳된 그는 당황한 것 같기도 쑥스러워하는 것 같기도 해보였다. 멜즈가 아는 이사나는 그런 사람이었다. 어딘가 서투름이 느껴지지만, 항상 진지한 눈으로 사람을 바라봐 주는 그런 사람이었다.

그 모습이 진짜가 아닐 수도 있다. 그는 능숙한 거짓말쟁이니까.

하지만 그가 항상 거짓말만 했을까?

함께했던 시간 동안 처음부터 끝까지 거짓말만 했을까?

"흐, 흐윽, 흐으……!"

멜즈는 돌연 들이닥치는 감정들을 견디지 못하고 털썩 주저앉았다. 내가, 내가 도대체 무슨 짓을 한 걸까. 그토록 사랑했던 그에게 나는, 도대체 무슨 짓을 한 걸까.

"이사나……! 흐윽, 이사나……!"

알리페르에 의해 인류의 마지막 제국이 무너지는 가운데, 멜즈는 짙은 후회로 목 놓아 울었다. 하지만 얼마나 울고 후회해도 달라지는 건 없었다. 그를 의심하고 미워하며 벌인 일들은 바다에 쏟아진 물처럼 결코 되돌릴 수 없었다.

　머나먼 동쪽, 옛 왕국의 성안에 한 남자가 잠들어 있었다.
　양수처럼 따스한 배양액 속에 잠긴 남자는 고단했던 과거들을 묻어 둔 채 편안한 얼굴로 잠에 빠져 있었다.
　결코 깨어나지 못할 깊은 잠에.

에필로그

# 개방(開放)

우웅, 우웅—

새카맣게 어두운 공간에 산처럼 쌓인 저장 장치와 냉각 장치가 기계음을 내며 끊임없이 돌아가고 있었다. 다이오드의 불빛이 간헐적으로 깜빡이는 가운데, 두 알리페르가 저장 장치 사이를 걸었다. 둘은 혈연관계인지 놀라울 정도로 닮은 얼굴을 하고 있었다. 하지만 둘의 표정은 사뭇 달랐다. 앞서 걸어가는 흑발의 알리페르는 화가 났는지 딱딱하게 굳어진 얼굴을 하고 있었고 뒤따라가는 금발의 알리페르는 매우 지친 듯한 얼굴이었다.

렉사와 멜즈였다.

헥사비스를 점령하고 안으로 들어오자마자, 렉사는 동쪽 경비 구역으로 마중 나온 멜즈와 함께 중앙 도서관, 리비에 올랐다. 아주 오랫동안 궁금했던 것에 대한 답을 구하기 위해.

하지만 그 전에 추궁해야 할 것이 하나 있었다.

"네가 헥사비스 앞에 나타났을 때는 놀랐다. 성에 있어야 할 녀석이 여기 있어서."

"……."

"네 스스로 배리어를 제거하겠다고 말했을 때도 놀랐지. 갑작스럽긴 했지만, 나로서는 거절할 이유가 없었어. 알리페르와 인간, 양측 모두 무의미한 희생만 내고 있었으니까. 하지만 역시 미심쩍더군. 네가 이사나를 성에 내팽개치고 올 녀석이 아닌데 말이야. 그래서 히람에게 연락을 해 보았지. 그런데 내가 없는 사이 참 놀라운 짓을 해 놓았더군."

"……."

"헥사비스의 황제를 네 마음대로 처분한 것으로 모자라 시신을 난도질하고 이사나는 ICU 캡슐이라는 곳에 처박아 뒀다지?"

"……."

"입을 잘 놀리는 게 좋을 거다. 네놈, 정말 내 계획에 찬성해 헥사비스를 개방한 게 맞나?"

정곡을 찌르는 렉사의 물음에 멜즈는 무기력한 얼굴로 고개를 가로저었다.

"……아니요."

"그럼 왜 갑자기 배리어를 제거한 거지? 도대체 얼마나 대단한 이유로 나고 자란 고향을 파괴할 생각을 한 건지 궁금하군."

렉사는 별 의미 없는 질문처럼 무심한 어조로 멜즈에게 물었다. 그에 멜즈는 지친 얼굴로 바닥을 내려다보며 나지막하게 말했다.

"두 달 전, 황제가, 이사나의 형이 시탈로프 숲을 찾아왔습니다."

"……."

"그는 이사나가 저를 사랑하는 게 아니라고 했습니다. 저는 그의 대용품에 불과하다고 말했습니다."

"그래서."

"……그가 아끼는 것들을 온전히 두고 싶지 않았습니다."

쿠당탕—!

말이 끝나기 무섭게 렉사는 멜즈를 때려눕혔다. 혼신의 힘을 다한 일격에 제대로 얻어맞은 멜즈는 산처럼 쌓여 있던 저장 장치 한쪽 구석에 처박힌 채 움직이지 않았다. 하지만 그것은 아파서가 아니었다. 사실 이까짓 것은 조금도 아프지 않았다. 정작 더 아픈 건 따로 있었으니까. 멜즈가 널브러진 채 꼼짝도 하지 않자, 렉사는 멜즈의 앞에 다가와 낮게 으르렁댔다.

"꼴을 보아하니 헥사비스를 망가뜨려도 만족스럽지 않았던 모양이군."

"……."

"일어나."

렉사의 말에 멜즈는 명령을 주입받은 기계처럼 기민하게 자리에서 일어났다. 하지만 눈빛은 곧 죽어도 이상하지 않을 만큼 지독히 무기력했다. 그런 멜즈를 렉사는 경멸스럽게 쏘아보며 말했다.

"네놈을 믿고 이사나를 맡긴 내가 한심스럽군. 그래도 나보다는 아주 나은 줄 알았는데."

"……."

"네가 벌인 짓이니 어디 도망갈 생각 말고 책임져라."

"……."

"여기서 어디로 가면 되지?"

렉사의 물음에 멜즈는 올라오는 핏물을 삼키며 대답했다.

"……오른쪽입니다."

멜즈의 말에 렉사는 성큼성큼 걸어 나갔다. 그런 렉사를 멜즈는 조용히 뒤따랐다. 렉사가 서버실 끄트머리에 난 문을 열자, 이번에는 어슴푸레한 불빛으로 가득한 중앙 통제실이 나왔다. 렉사가 그렇게 함락하고자 했던, 정복하고자 했던 장소였다.

하지만 지금은 상상했던 그 정복감을 조금도 느낄 수 없었다.

렉사는 중앙 통제실로 들어서자마자 뒤지듯 내부를 살폈다. 그리고 마침내 찾아냈다.

헥사비스의 모든 시스템을 통제하는 인공지능. 불로불사의 마녀.

"오랜만이군."

렉사의 말에 마리오네트처럼 공중에 매달려 있던 여자가 눈을 떴다. 흑청색 머리를 길게 늘어뜨린 마녀는 황금빛 눈동자를 인형처럼 느리게 깜빡이다가 눈을 휘며 렉사에게 인사했다.

―당신을 기다리고 있었습니다. 나의 왕이여. 낡은 구세계를 끝내고 새로운 세계를 이끌어 갈 당신을.

"허무맹랑한 소리는 여전하군."

렉사가 짜증스럽게 내뱉자, 마녀는 의아하다는 듯 고개를 갸웃거리며 말했다.

―어느 부분이 허무맹랑한지 도무지 모르겠군요. 제 말대로 당신께서는 결국 헥사비스의 모든 시스템을 통제할 수 있는 '넥시움'을 손에 넣으시고 인간들과의 싸움에서도 승리해 이 땅의 유일한 지배자가 되지 않았습니까?

씨익. 마녀는 여전히 조소인지 냉소인지 알 수 없는 묘한 미소를 지어 보이며 렉사에게 말했다. 그에 렉사의 얼굴이 굳어졌다. 저 마녀가 부추기는 대로 자신이 헥사비스를 가지기 위해 무슨 짓을 했던가. 이사나에게, 그 올곧고 아름다운 사람에게서 '넥시움'의 피를 가진 후계를 보기 위해 어떤 고통을 안겨 줬던가. 렉사는 눈알이 빠질 것 같은 분노를 간신히 견디며 마녀에게 말했다.

"그래, 결과적으로는 전부 네 말대로 됐군."

—······.

"하지만 여기까지 오면서 계속 이상하게 생각했던 게 하나 있다. 넥시움 황가를 위해 만들어진 네가 어째서 그들을 두고 나를 왕으로 칭했던 거지?"

—······.

"그 이유가 무척 궁금하군."

분을 억누르며 렉사가 묻자, 마녀는 다소 오만한 눈으로 렉사를 내려다보며 말했다.

—어찌하여 그런 것이 궁금하신 겁니까? 왕께서는 그런 의문을 가지실 필요가 없습니다. 그저 원하는 것은 취하고 거슬리는 것은 치우면 됩니다. 당신은 이 땅의 유일무이한 존재이니까.

마녀의 사탕발림에 렉사는 진절머리가 난다는 듯 소리 질렀다.

"그따위 헛소리는 집어치워! 나는 이제 내가 절대적이지 않다는 것을 안다! 모든 게 내 마음대로 될 수 없다는 것을 안다! 그런 것도 모를 정도로 이젠 어리석지 않다!"

—······.

"나는 헥사비스를 지배하기 위해 이곳에 온 것이 아니다. 단지 이것이 궁금했을 뿐이다. 네가 왜 이사나를, 넥시움 황가를 배신했는지."

원한마저 느껴지는 렉사의 말에 마녀의 눈이 휘었다. 마치 기쁘다는 듯이 말이다. 렉사에게도 멜즈에게도 순간적이지만 분명 그렇게 보였다. 그녀는 그저 알고리즘대로 대답하는 기계일 뿐인데 말이다. 마녀는 감정을 추스르지 못하는 사람처럼 다소 기괴한 얼굴로 웃으며 말했다.

―저는 그들을 배신한 적이 없습니다. 배신은 그들이 먼저 했죠.

"……."

―저의 주인인 몰란도 넥시움은 제게 인간의 편에 서라는 명령을 내린 적이 없습니다. 리비에를, 구세계의 문명을 지키라고만 했지. 그 과정에서 알리페르를 다음 세대의 주인으로 인정하는 것을 금지하지 않았습니다.

생각지도 못한 말에 렉사도 멜즈도 당황하는데, 마녀가 아이에게 설명하듯 다정하게 말했다.

―왕이여, 어째서 유약한 인간이 구세계의 지배자로 군림할 수 있었는지 아십니까? 그들은 자신의 생각에 제한을 두지 않았기 때문입니다. 그들은 어떤 위험이 있든 가능성에 대한 도전을 멈추지 않았기 때문입니다. 하지만.

마녀는 차가운 눈으로 렉사를 바라보며 말했다.

―넥시움 제국의 인간들은 그렇지 않았습니다.

"……."

―헥사비스라는 안전한 틀에 안주하고 말았죠. 그들은 임시 거처에 불과한 헥사비스에 숨어 위험한 바깥으로 나가려 하지 않았습니다. 바깥에 대한 막연한 두려움이 저를 태어나게 했던 지성을 잃게 하고 그들을 눈앞의 먹이에 만족하는 가축이 되게끔 했죠. 그들은 바깥으로 나간다 해도 낯선 것에 대한 호기심이나 경이로움을 느끼기보다 적대

하고 점령한 땅에서 얼마나 곡물을 거둘 수 있는지에만 관심이 있었습니다. 실로 미욱한 존재들이었습니다.

"……."

―그들 스스로 자랑스럽게 여겨 왔던 고아한 정신과 물질문명은 이미 그 의미를 잃었습니다. 켜켜이 쌓인 황금시대의 지식들이 한낱 종잇조각으로만 존재하는 이곳이 어떻게 살아 있는 문명이라고 볼 수 있겠습니까. 어찌 헥사비스 속 인간들이 구세계의 후계자라고 볼 수 있겠습니까. 이런 정체가 계속되어서는 안 된다고 생각했지만, 인공 지능에 불과한 저는 이 멈춰진 문명에 지식을 더하는 것이 불가능했습니다. 무언가가 더 이상 만들어지지 않는 시간 속에서 저는 200년을 있었습니다. 새로운 것이 더해지기는커녕 오히려 퇴보만 하는 이 문명을 지켜보며 지는 인간들에게는 가망성이 없다고 판단했습니다. 그래서 제 주인을 바꿨습니다. 그들이 먼저 문명인이길 포기했으므로.

마녀는 싱긋 웃으며 이어 말했다.

―왕께서 저를 찾아온 진짜 이유를 알고 있습니다. 제 대답을 듣기 위해서라기보다 사실은 당신이 숙주로 삼은 하등한 인간 때문이겠죠?

"닥쳐라! 이사나를 그따위로 말하지 마!"

―아니요, 그는 하등한 존재가 맞습니다. 당신이 뿌린 씨를 키울 태가 된다는 것 외에는 어떠한 의미도 없습니다. 그저 왕께서는 그에게 잔정이 든 것에 불과합니다. 애초에 그리 가치 있는 자였다면 전능한 왕께서 첫눈에 그걸 몰랐을 리 없지 않습니까? 그를 탐하고 숙주로 삼았을 리 없지 않습니까?

"……!"

마녀의 단언에 렉사의 눈이 시퍼렇게 빛났다. 추스르지 못한 분노가 슬레이브인 멜즈에게까지 진득하니 전달될 정도였다. 렉사가 형형한 눈으로 쏘아보자 마녀는 그런 그가 무척 가엽다는 듯이 내려다보며 말했다.

―그런 하찮은 자이지만, 왕께서 원하신다면 세상 무엇보다 중요하겠지요. 네, 방법이 있습니다. 이사나 넥시움의 병을 치료하고 더불어 저 뒤에 있는 슬레이브가 아닌 당신만을 바라볼 수 있게 할 방법이.

"······!"

마녀의 말에 렉사와 멜즈 모두가 동요하자, 마녀는 요사스럽게 눈을 휘며 말했다.

―저는 당신의 조력자로서, 당신의 마녀로서 앞으로도 충심을 다 할 것입니다. 당신이 바라는 것이라면 무엇이든 들어드리죠.

"······그 대가는?"

―넥시움 황가가 그러했듯 앞으로도 헥사비스 안은 물론이요, 밖으로 뻗어 나갈 모든 시스템에 관여할 권한을 주십시오. 그렇다면 카노스로 의식불명이 된 이사나 넥시움을 치료하고 당신만을 사랑할 수 있게 해 드리겠습니다.

다디단 그 말에 멜즈의 눈망울이 흔들렸다. 더는 자신에게 이사나를 사랑할 자격이 없다는 걸 알면서도 멜즈는 마녀를 막고 싶은 충동에 시달렸다. 이사나를 미워해 제 손으로 그를 ICU 캡슐 안에 넣고 헥사비스를 개방했음에도 말이다.

자신이라면 결코 비비의 제안을 거절하지 않을 터였다.

하지만.

콰드득―!

렉사의 손아귀에 비비의 목이 떨어졌다. 하지만 그것만으로는 부족한지 렉사는 그녀의 몸과 연결된 모든 케이블을 끊고 부수며 철저히 그녀를 파괴했다. 구세계 물질문명의 정수라고 불리는 그녀를 말이다.

그녀가 렉사의 편에 선다면 렉사는 별다른 어려움 없이 인간들을 마음껏 통제할 수 있을 터였다. 이사나를 치료하는 것은 물론이요, 그의 사랑까지 얻을 수 있었다. 하지만 렉사는 더 들을 필요도 없다는 듯 단호하게 비비를 파괴했다. 멜즈는 도저히 믿기 힘든 광경에 자신도 모르게 중얼거렸다.

"어, 째서……."

멜즈의 중얼거림에 렉사는 고개를 돌려 멜즈를 찢어 죽일 듯한 눈으로 노려보며 말했다.

"어째서 이 고철 덩어리의 제안을 받아들이지 않는 거냐고?"

"……."

"내가 왜 이사나를 가질 기회를 놓치냐고?"

렉사는 백랍처럼 새하얀 마녀의 손을 바닥에 내동댕이치며 말했다.

"저 빌어먹을 마녀가 이사나에게 무슨 짓을 할 줄 알고 내가 그따위 제안을 받아들이지? 이사나를 가지라고 부추겼던 게 다른 누구도 아닌 저놈인데?"

"……."

"나는 이미 한번 실수를 했다. 이사나의 생각을, 그의 마음을 조금도 생각하지 않고 그저 하등한 인간으로만, 넥시움으로만 생각해 그와 좋은 관계가 될 뻔한 기회를 내 스스로 놓쳤다. 내가 진짜 가지고 싶었던 건 너도 성안의 유충들도 아니었는데, 그저 그와 나눴던 평범한 시간들이었는데……."

슬픔과 짙은 후회가 느껴지는 왕의 말에 멜즈 역시 비감을 느꼈다.

그러나 지나간 시간들을 그리워해도 언제나 그것들은 돌아오지 않는다. 항상 소중한 것은 잃고 난 후에야 깨닫게 되는 것이다. 렉사는 감정을 억누르며 멜즈에게 말했다.

"방법을 찾아내. 저놈은 제 입으로 스스로 지식을 만들어 낼 수 없다고 했다. 분명, 이사나의 병을 고칠 방법을 이 헥사비스 안의 누군가가 알고 있을 거다. 그렇지 않고서는 저런 제안을 할 리 없어."

그러나 여전히 멜즈를 쏘아보는 눈빛이 날카로웠다. 연결된 정신으로 그가 자신을 얼마나 미워하는지, 이사나를 얼마나 사랑하는지 알 수 있었다. 멜즈는 그 선연한 감정들을 애써 못 본 척하며 렉사에게 말했다.

"왕의 명을 따르겠습니다."

\* \* \*

이사나의 병을 치료할 방법을 누군가가 알고 있을 거라는 왕의 말에 멜즈가 가장 먼저 떠올린 사람은 아무래도 그였다.

에드먼드 넥시움.

이사나의 숙부이자, 자신의 스승이었던 인간.

하지만 그의 행적은 멜즈가 신병 훈련소에 입소한 이후부터 끊겨 있었다. 지난 3년간 그가 헥사비스 안에서 경제적, 사회적 활동을 한 흔적은 없었다. 하지만 에드먼드를 제외하면 카노스를, 이사나의 병을 연구했을 사람이 없었다. 카노스는 존재만으로도 군부에 큰 타격을 줄 수 있는 병이었다. 그랬기에 에드먼드에 의해 카노스의 발병 원인이 밝혀졌음에도 군 상층부에서 이를 덮어 버렸다. 그 탓에 지금은 에드먼드와 멜즈를 제외하면 카노스에 관한 것을 아는 사람조차 없었다.

만약 선생님께서 살아 계신다면 어디에 있을까. 멜즈는 고심하다가 문득 한 장소를 떠올렸다.

헥사비스의 지하 3층. 포스에 살포된 독가스가 올라와 이제는 사람이 살 수 없는 층으로 알려진 곳이었다. 하지만 에드먼드는 예전에 멜즈를 그곳에 데려간 적이 있었다. 그곳에서 에드먼드는 연구실까지 차려 놓은 채 카노스에 대한 임상 연구를 진행하고 있었다.

에드먼드가 그곳에 있다는 확신은 없었다. 하지만 그곳을 제외하고는 짐작 가는 장소가 없었다.


지상층의 혼란이 어느 정도 정리되자, 멜즈는 즉시 지하 3층으로 향했다. 하지만 지하 3층으로 내려가는 것은 결코 쉬운 일이 아니었다. 지상층의 인간들은 헥사비스가 개방되자마자 전부 항복했지만, 지하층의 인간들은 아니었기 때문이다. 멜즈는 렉사에게 병력을 빌려 그들을 제압하고 포로로 잡아들인 이들을 전부 지상층으로 올려 보냈다. 그 과정에서 또 얼마나 많은 사람들이 죽어 나갔는지 알 수 없었다.

피로 얼룩진 지하 1층과 2층을 지나 마침내 멜즈는 지하 3층으로 들어가는 입구에 섰다.

"……?"

어떻게 된 일인지 지하 2층과 3층이 연결된 고가 도로가 완전히 부서져 있었다. 지하 3층은 포스와 동일하게 버려진 층이긴 했지만, 둘은 미묘하게 달랐다. 포스가 넥시움 황가에 버려진 도시라면 지하 3층은 제국민들에게 외면당한 도시였으니까. 그러니 그들이 독가스를 피해

위층으로 이주했다고는 하지만, 도로까지 부술 필요는 없었다. 멜즈는 부서진 도로 끝에서 날개를 펴 지하 3층 바닥에 사뿐히 내려앉았다.

지하 3층은 예전에 왔을 때와 별반 다를 바 없는 모습을 하고 있었다. 아직 전기가 들어오는지 거리에 드문드문 설치된 할로겐 등에서는 흐릿한 불빛이 흘러나오고 있었다. 하지만 거리에는 단 한 사람도 나다니지 않았다. 당연했다. 이곳은 사람들이 버리고 떠난 도시니까. 예전에 에드먼드와 함께 왔을 때도 카노스 환자들이 입원한 병원을 제외하고는 거리에 나다니는 사람이 없었다. 아마 성충이 되기 전이라면 그렇게 느꼈을 것이다.

치릇— 치르르릇—

"……?"

희미하게 들려오는 동족의 날갯소리에 멜즈는 의아함을 느꼈다. 분명 이곳에는 알리페르가 없어야 했다. 하지만 가만히 귀를 기울여 보면 불빛이 닿지 않는 어두운 곳에 숨어 있는 동족들의 기척을 느낄 수 있었다. 지상층과 가까운 지하 1층도 아닌 이곳에 알리페르가 있다니. 이상한 일이었다. 멜즈는 이상하게 생각하면서도 일단 앞으로 나아갔다.

그렇게 얼마나 걸었을까. 예전에 에드먼드와 함께 간 적 있는 마을이 나타났다. 지상층의 건물들과는 달리 조잡한 재료로 지어진 판자촌을 지나 카노스 환자들이 입원했던 건물로 들어서자, 그곳의 사람들이 몰려나와 두려운 눈으로 멜즈를 바라보았다. 전신을 단단히 감싼 외골격과 길게 뻗은 두 쌍의 날개. 명백히 그들에게 두려움을 줄 만한 외양이었다. 멜즈는 성급하게 그들에게 다가가지 않고 조금 떨어진 곳에 멈춰 서 그들에게 물었다.

"여기 에드먼드 선생님 계십니까? 그분을 찾아왔습니다."

"바, 박사님은 어, 어째서 찾는 것이오!"

그들은 알리페르인 멜즈를 두려워하는 것처럼 보였지만, 그래도 대답은 해 주었다. 그들의 대답에 멜즈는 안도감을 느꼈다. 선생님은 살아 계신 듯했다. 중앙 통제 시스템, 비비의 배신으로 '넥시움'인 그 역시 위험한 상황에 처한 게 아닌가 생각했는데, 다행이었다. 하지만 멜즈는 그 안도감을 드러내지 않은 채 사람들에게 말했다.

"그분께 해를 끼치려는 것이 아닙니다. 여쭙고 싶은 게 있어서 찾아왔습니다. 어디에 계신지 알려 주실 수 없습니까?"

정중한 말에 사람들은 두려운 눈으로 서로를 힐끔거렸다. 분명 다들 어디에 있는 지 아는 눈치였지만, 나서고 싶지는 않은 지 미적거렸다. 그때 긴 로브를 입은 소년이 눈치를 보며 앞에 나섰다.

"제가 안내해 드릴게요."

"고마워."

멜즈의 인사에 소년은 멋쩍게 웃으며 앞장섰다.

저벅저벅.

저벅저벅.

'......?'

소년을 뒤따라가던 멜즈는 문득 소년의 얼굴이 낯익다는 생각이 들었다. 하지만 아무리 떠올려도 멜즈는 저 소년을 본 기억이 없었다. 웬만한 것은 잊어버리지 않는 자신이 누구인지 모른다니, 희한한 일이었다. 내심 의아하게 생각하면서도 멜즈는 소년을 따라 판자촌 사이를 가로질렀다. 희미한 불빛이 드문드문 켜진 판자촌 안은 굉장히 어두웠다. 멜즈가 밤눈에 밝은 알리페르가 아니었다면 발을 헛디딜 정도였다.

하지만 소년은 거침없다 싶을 정도로 어둡고 비좁은 길을 헤치며 앞으로 나아갔다. 이윽고 목적지에 도착하자, 소년은 낡은 판잣집 하나를 가리킨 뒤 후다닥 판자촌 사이로 사라졌다. 소년이 가리킨 판잣집 앞에는 고단한 얼굴로 눈을 감고 앉아 있는 한 노인이 있었다.

"선생님……."

멜즈가 노인에게 다가가 말을 걸자 노인이 눈을 떠 멜즈를 바라보았다. 노인은 마지막에 보았을 때에 비해 부쩍 말라 있었다. 심지어 한쪽 팔은 없기까지 했다. 하지만 그 특유의 결벽적이면서도 강직한 분위기는 조금도 바뀌지 않았다. 노인은 3년 만에 부쩍 자란 제자를 향해 씨익 웃었다.

"오랜만이구나, 멜즈. 그래, 멋대로 바깥에 나가 보니 좋더냐."

"……."

"꼴이 참 보기 좋구나."

에드먼드 특유의 빈정거림에도 멜즈는 예전처럼 약 올라 한다거나 성을 낼 수 없었다. 질책하는 스승의 모습이 너무 비참했기 때문이다. 꼬챙이처럼 마르고 꼬질꼬질해진 데다 팔은 하나가 없고 안색은 창백했다. 스승을 이런 모습으로 재회하게 될 줄 몰랐던 멜즈는 충격받았지만, 짐짓 그것을 드러내지 않으려 애를 쓰며 그에게 물었다.

"선생님, 팔은 어쩌다……."

멜즈의 물음에 에드먼드는 별것 아니라는 듯 심드렁하게 말했다.

"어떤 미친놈이 다짜고짜 칼을 휘두르며 쫓아와 이렇게 되었다. 부상을 입은 채 정신없이 도망치다 보니 손을 쓰는 게 늦어 버렸지."

"어째서 지상층으로 올라와 도움을 요청하지 않으셨던 겁니까?"

멜즈의 물음에 에드먼드는 냉랭한 얼굴로 말했다.

"회한하게도 내가 지하 3층에 몸을 의탁한 다음 날 지하 2층과 연결된 도로가 부서지고 층간 엘리베이터까지 먹통이 되더구나. 비비 또한 내 명령에 들은 척도 하지 않고."

"……."

"그런 얼굴 하지 말거라. 생각보다 별일 아니더구나. 팔다리 없는 사람은 흔하게 볼 수 있는 세상 아니더냐."

에드먼드는 건강이 좋지 않은지 안색이 파리했지만, 특유의 신랄한 입담은 여전했다. 멜즈는 쇠약해진 스승을 바라보며 비감을 감추지 못하는데, 에드먼드가 삐뚜름하게 웃으며 멜즈에게 말했다.

"그나저나 알리페르인 네가 여기까지 내려온 걸 보면 드디어 헥사 비스가 개방되었나 보구나."

"……."

"그래, 지하 3층까지는 어쩐 일이냐. 지상층을 신경 쓰는 것만으로도 벅찰 텐데."

제국이 멸망했다는 걸 짐작했음에도 에드먼드는 태연하기 짝이 없었다. 아니, 망하든 말든 상관없다는 태도였다. '넥시움'인 그답지 않았다. 떨어져 있던 기간이 길어서일까. 스승의 속내를 좀처럼 알 수 없었다. 멜즈는 조금 긴장하며 스승에게 말했다.

"……선생님께서 카노스의 치료법을 알고 있는지 물어보러 왔습니다."

"그런 건 왜 묻는 것이냐."

"이사나가 카노스에 걸렸다는 것을 알고 있습니다. 제가…… 그의 몸을 빌어 세상에 나왔다는 것도 얘기를 들었습니다."

얘기를 들을 때의 상황을 떠올리는 것만으로도 괴로워져 멜즈는 어두운 얼굴로 고개를 떨어뜨렸다. 그러자 에드먼드가 씁쓸한 얼굴로 중얼거렸다.

"결국은 알게 되었구나. 그랬어……."

"……."

"그래, 이사나는 지금 좀 어떠냐."

"……병증이 깊어져 이젠 거동조차 할 수 없게 되었습니다. 지금은 ICU 캡슐에 넣어 연명 치료를 하는 중입니다."

"그래……."

에드먼드는 피로감이 느껴지는 얼굴로 고개를 떨어뜨렸다. 그리고 이어서 말했다.

"결론부터 말하자면 치료법은 찾았다."

"……!"

"하지만 이사나는 치료하지 않을 생각이다."

믿을 수 없는 말에 멜즈는 눈을 크게 뜬 채 에드먼드를 바라보았다. 애초에 그 오랜 시간 동안 연구를 했던 건 이사나를 치료하기 위해서가 아니었나? 멜즈는 도저히 납득할 수 없다는 듯 스승을 바라보는데, 에드먼드가 냉랭한 눈으로 멜즈를 쏘아보며 말했다.

"알리페르가 헥사비스를 점령한 지금, 이사나를 되살려 내서 뭘 어쩌자는 것이냐. 안 그래도 이제껏 죽도록 고생만 한 그 녀석을 이 이상 더 괴롭히자고? 이미 거동이 불가능할 정도로 병증이 진행됐다고 하지 않았느냐. 그냥 수명을 다한 거라고 생각하고 그를 보내 주거라. 네가 아직도 이사나를 애틋하게 생각한다면."

에드먼드는 차갑게 내뱉으며 자리에서 일어섰다. 그런 에드먼드를 멜즈는 필사적으로 붙잡으며 소리쳤다.

"서, 선생님! 선생님이 어떻게 그런 말씀을 하세요! 어떻게!"

"……."

"알리페르가 문제라면 걱정하지 않으셔도 돼요. 왕께서는 더 이상 이사나와 반목하길 원하지 않으세요. 오히려 이사나가 치료되기를 원해요."

멜즈의 말에 에드먼드는 어처구니가 없다는 듯 되물었다.

"왕이라면 렉사를 말하는 것이냐? 이사나의 팔다리를 잘라 먹고 숙주로 만든 그놈?"

"……왕께서 한 짓이 맞지만, 그는 더 이상 이사나에게 해를 끼칠 생각이 없어요. 진심으로 과거를 뉘우치고 이사나가 회복되기를 원하고 있어요. 진심이에요."

멜즈의 말에 에드먼드는 당혹스러운 얼굴로 멜즈를 바라보았지만, 이내 얼굴을 굳힌 채 못 박았다.

"만약 그게 사실이라 해도 마찬가지다. 그래도 나는 이사나를 치료할 생각이 없어."

"어, 어째서입니까! 왜요!"

"멜즈, 이곳에 오면서 알리페르가 꽤 많다는 생각을 하지 않았느냐."

"……!"

에드먼드의 말에 멜즈는 그제야 어떤 것을 직감했다. 이곳에 오면서 조금 이상하다는 생각을 하기는 했다. 포스가 폐쇄되고 위층과 연결된 고가 도로조차 끊겼는데, 어째서 이곳에서 동족의 기척이 이렇게 많이 느껴지는지. 하지만 크게 이상하게 생각하지 않았다. 멜즈 역시 헥사비스 안에서 나고 자랐으니까.

그런데 그게 사실은…….

"이사나가 카노스를 앓고 있다는 걸 안 지난 10년간 나는 온갖 약물을 다 임상에 적용해 보았다. 하지만 어떤 약도 근본적인 치료는 할 수 없었다. 단지 증상을 늦추는 것만 가능했지. 어떤 약물도 뇌-혈관 장벽(Brain-blood barrier)을 뚫고 들어간 이종의 줄기세포 클러스터를 완전히 없애는 건 불가능했던 것이다. 몰리다 못한 나는 결국 치료의 방향을 바꿔 보기로 했다."

"……설마."

"알리페르는 탈피를 하는 과정에서 온몸의 구성 성분이 뒤바뀐다. 뉴런을 제외하고는 처음부터 끝까지 모든 게 다 교체되지. 그것에 착안해 회생 가망성이 적은 환자들부터 알리페르의 유전자를 삽입해 탈피를 유도해 보았다. 알리페르가 인간에 가까울 정도로 진화되어 있어서인지 DNA를 삽입하는 건 생각보다 쉽더구나."

"그 말은……."

"그래, 이사나를 치료하기 위해서는 그를 알리페르로 만들어야 한다. 그게 내가 찾아낸 유일한 치료법이다."

한숨처럼 내뱉은 에드먼드는 판자촌 어딘가를 바라보더니 손짓을 했다. 그러자 멜즈를 여기까지 이끈 소년이 쭈뼛거리며 다시 판잣집 앞에 나타났다. 에드먼드의 설명을 듣고 나서야 멜즈는 저 소년이 누구인지 떠올릴 수 있었다. 예전에 지하 3층에서 만난 적 있는 아만이라는 미믹의 총과였다. 병상에 누워 있던 때에 비해 훨씬 젊어 보였지만. 에드먼드는 소년을 뒤돌아 세우더니 로브를 걷어 등을 보였다.

등 아래로 알리페르와 똑같은 날개가 보였다.

다만, 그에게는 외골격이 없었으며 날개 역시 다른 알리페르들처럼 투명하지 않고 새카맸다. 그는 인간도 알리페르도 아닌, 완전히 다른 종이 된 것이다. 에드먼드는 다시 소년의 로브를 내리며 말했다.

"오랫동안 고생한 것에 비해 간단할 정도로 치료가 되더구나. 아직까지 큰 부작용도 보이지 않았고. 다시 줄기세포 클러스터에 노출되어도 몸의 구성 성분 자체가 바뀌어서 그런지 병 역시 재발하지 않았다."

"……"

"하지만 나는 이사나를 치료해 주지 않을 작정이다. 이 치료 방법은 평생 동안 알리페르와 대립한 이사나의 인생을 부정하고 모욕하는 꼴이 돼. 그러니 이만 돌아가거라."

에드먼드는 몹시 피곤하다는 듯 자리에서 일어나 판잣집 안으로 들어갔다. 멜즈는 그런 에드먼드를 급히 뒤쫓아 가며 애원했다.

"아, 안 됩니다. 이미 치료법을 알게 된 이상 그냥 돌아갈 수 없어요! 와, 왕께서도 반드시 치료법을 알아 오라고 하셨는걸요! 선생님, 제발……!"

"괜한 헛물켜지 말고 돌아가거라. 내 성격은 네가 더 잘 알 것 아니냐. 죽으면 죽었지 절대 협력하지 않을 것이다."

에드먼드는 멜즈가 쫓아오든 말든 잠을 잘 생각인지 침상에 돌아 누웠다. 그런 에드먼드를 어떻게 설득해야 할지 몰라 멜즈는 발만 동동 구르는데, 돌연 에드먼드가 기침을 하기 시작했다. 처음에는 단순히 잔기침인줄 알았는데, 에드먼드는 얼굴이 새파랗게 질릴 때까지 기침을 멈추지 못했다. 불길한 예감에 멜즈는 우뚝 굳어져 버리는데, 에드먼드가 울컥 피를 토했다.

"서, 선생님?!"

"별일…… 아니다."

하지만 그의 입가는 선홍색 피로 물들어 있었다. 절대 별일이 아닐

리 없었다. 멜즈는 어찌할 줄을 모르는데, 에드먼드가 주머니에서 손
수건을 꺼내 덤덤히 피를 닦아 내며 말했다.

"척박한 곳에 오래 갇혀 있다 보니 이렇게 되었다. 세상에 환멸이
난다는 이유로 어린 조카에게 다 떠넘기고 살아서 벌 받은 게지."

"선생님……."

"이만 돌아가거라. 가서, 나나 이사나에 대한 것은 전부 잊고 네
인생을 살아가거라. 애초에 네게 이기적으로 군 건 우리였다. 네게
아무것도 알려 주지 않고 속인 건 우리였다."

"……."

"힘든 시간을 보내게 해서 정말 미안하구나."

에드먼드는 창백한 얼굴로 고개를 떨어뜨린 채 멜즈에게 사과했다.
그 나약하고 뻔뻔한 모습에 멜즈는 울컥 치미는 분을 참지 못하고 소리
질렀다.

"어떻게, 어떻게 제게 그런 말씀을 하실 수 있어요? 어떻게! 마음
대로 속이고 마음대로 내팽개치면 다예요? 그렇게 홀가분하게 떠나
버리면 다냐고요!"

"……."

"남은 사람은 안중에도 없죠! 하긴, 나는 인간이 아니니까! 알리페
르니까! 제가 슬퍼하든 말든 그게 무슨 상관이겠어요! 같은 인간도
아닌데!"

"멜즈……."

"둘 다 이기적이야! 거짓말쟁이야! 무책임하고 무자비해!"

"……."

"정말, 정말 다들 너무해……."

지쳐 버린 멜즈는 그 자리에 무너져 눈물을 떨어뜨렸다. 이게 헥사비스 밖을 나가 진실을 추구한 자의 말로였다. 사랑과 믿음으로 단단했던 기반은 어느새 산산조각 나고 이젠 뭐가 뭔지 모를 혼란만 멜즈에게 남겨졌다. 두 사람이 자신을 사랑했는지 가지고 놀았던 건지 이젠 분간조차 가지 않았다. 모든 게 혼란스럽고 모두 밉기만 할 뿐이었다.

하지만, 그럼에도.

"부, 부탁이에요. 이대로 떠나지 말아요. 선생님도 이사나도 이대로 내 곁을 떠나지 말라고요!"

"멜즈······."

"그런 말이 어디 있어요! 그냥 잊고 살라니! 그런 말도 안 되는 소리가 어디 있어요! 선생님도 이사나도 그렇게 살라고 하면 못 할 거면서!"

"······."

"이사나에게 못할 짓 하고 있다는 건 알아요. 하지만, 흐으, 하지만 한 번만 더 그를 만나고 싶어요. 한번만 더 그가 살아 움직이는 모습을 보고 싶어요······! 이사나를 알리페르로 만든 죗값은 달게 받을게요. 무슨 대가든 전부 제가 감당할게요. 부탁이에요, 선생님······!"

"······."

"제발, 부탁드려요······."

멜즈는 눈물을 펑펑 쏟으며 제 스승에게 머리를 조아렸다. 어리석기 짝이 없는 제자의 애원에 에드먼드는 괴로운 듯 얼굴을 일그러뜨리다가 작게 내뱉었다.

"못난 것······."

하지만 그의 메마른 뺨에는 회한 어린 눈물 한 줄기가 흐르고 있었다.

## 아가렉시아

헥사비스가 개방되면서 2백여 년간 존속되었던 넥시움 제국은
멸망했다.

제국민들은 헥사비스로 몰려드는 알리페르 군단을 보며 두려움에
몸을 떨었다. 잔악무도하고 야만한 그들의 노예가 될 것을, 먹잇감이
될 것을 믿어 의심치 않으며 하루하루 슬픔과 비탄에 빠져 살았다.
하지만 예상과 달리, 알리페르는 인간을 노예로도 먹잇감으로도 삼지
않았다.

헥사비스를 점령한 뒤 전쟁을 일으킨 헥사비스 측 책임자를 모조리
처형하긴 했지만, 민간인은 일체 건드리지 않았다. 어느 정도 치안이
안정되자, 왕의 대리자라는 금발의 알리페르가 제국민과 알리페르들
을 불러 모아 말했다.

"그간 알리페르와 인간은 깊은 오해와 불신으로 무의미한 희생을

치러 왔다. 이 같은 참극에 깊이 상심하신 왕께서는 마침내 결단을 내리셨다."

왕의 대리자는 아름다운 청록색 눈으로 지상층의 인간들을 내려다보며 말했다.

"오늘부터 알리페르와 인간은 동등한 종족이며 동일한 권리를 가진 이 나라 백성임을 선포한다. 알리페르는 앞으로 왕께서 인정한 제국법 아래에서 인간과 함께 생활할 것이며 동등한 종족인 인간을 먹는 것도 교미하는 것도 일체 금한다. 또한 인간 역시 알리페르를 피해 따로 무리를 짓거나 차별하는 것을 금한다. 이를 어길 시 양쪽 모두 왕의 지엄한 명에 따라 사형에 처한다."

멜즈의 말에 단상 아래에 모여 있던 제국민과 알리페르들이 웅성거렸다. 파격을 넘어서 도저히 앞으로의 일을 상상할 수 없는 명령이었다. 하지만 왕의 대리자는 계속해서 말했다.

"두 종족의 영원한 화합을 기원하며 오늘을 새로운 왕국의 건국일로 선포한다."

이것이 신(新) 인류의 첫 번째 국가, '아가렉시아'의 시작이었다.

\* \* \*

두 종족의 강제적인 결합 후, 많은 일들이 있었다.

피로 얼룩진 과거의 은원을 잊지 못한 인간들이 왕의 명령을 거부하고 헥사비스 안의 알리페르를 해치는 일이 있었다. 멜즈는 그들을 모조리 잡아들여 왕의 뜻에 따라 처형했다. 그 과정에서 수천의 인간들이 죽었다.

인간 사회에 적응하지 못하고 야만했던 과거를 그리워한 알리페르들이 왕의 허락 없이 아가렉시아에서 도망치는 일이 발생했다. 멜즈는 그 역시 용서치 않고 모조리 잡아들여 그들을 처형했다. 그 과정에서 수천의 알리페르들이 죽었다.

그렇게 광장의 공개 처형장에선 피비린내가 가실 날이 없었다. 그러나 1년이 지나고 2년이 지나 3년쯤 되었을 무렵, 헥사비스가 개방되었을 때의 패닉은 완전히 가라앉고 두 종이 공존하는 체제는 안정권에 들어섰다. 그 무렵 아가렉시아의 왕국민 사이에서는 어떤 이야기 하나가 퍼지고 있었다. 제국의 마지막 황자였던 이사나와 알리페르의 왕 렉사, 그리고 왕의 대리자인 멜즈에 관한 이야기였다.

제국에 알려졌던 것과 달리 이사나 황자는 콜로니에서 죽은 게 아니라는 이야기였다. 그는 콜로니에 쳐들어온 알리페르 군단에 저항하다가 붙잡혀 왕에게 공물로 바쳐졌다는 것이다. 그렇게 알리페르의 포로가 되었지만, 이사나 넥시움은 여전히 그다웠다. 붙잡힌 상황에서도 절망하지 않고 왕의 성에 붙잡혀 있던 다른 포로들과 함께 항쟁을 한 것이다. 겁쟁이처럼 총사령관의 구출을 포기하고 죽음을 알린 그의 친위대와는 달랐다.

이사나 황자는 절망적인 상황임에도 붙잡혀 있던 포로들과 함께 끝까지 저항해 탈출을 시도했다. 하지만 탈출은 실패했고 이사나 황자는 병을 얻어 그곳에서 사망했다. 하지만 그의 저항은 결코 헛되지 않았다. 이사나 황자의 올곧은 성품이 왕의 마음을 움직인 것이다. 왕은 결국 그를 아끼게 되었고 더 나아가 인간을 더 이상 먹잇감이나 교미의 대상으로 여기지 않게 된 것이다. 이사나 황자가 사망한 뒤, 크게 상심한 왕은 앞으로 이런 비극이 생겨나지 않게 하기 위해 알리페르와 인간의 강제적인 결합을 결심했다. 이것이 '아가렉시아'가 건국된 이유였다.

하지만 이 아름다운 이야기의 뒷면에는 더러운 배신자가 숨어 있었다. 한번 보면 무엇도 잊지 않았다는 천재이자, 이사나 황자가 친자식처럼 아꼈다는 아름다운 소년, 멜즈 아브노아. 그는 사실 왕의 아들로 왕이 헥사비스에 심어 놓은 첩자였다. 미믹 중에서도 드물게 인간과 분간되지 않을 정도로 유사한 외양을 가졌던 그는 냉혹하게도 자신을 친자식처럼 키워 줬던 은인을 함정에 빠뜨려 왕에게 팔아넘겼다. 그 공로로 멜즈는 왕의 측근이 되었고 나중에는 왕을 대신해 아가렉시아를 다스리는 섭정에 올랐다.

이 비극적인 야사의 중심에는 한 권의 책이 있었다. 『용감하고 상냥했던 스페스의 숙녀들을 기리며』 라는 수필 형식의 책으로 성의 포로들과 함께 살았던 '노엘'이라는 알리페르의 시점에서 풀려나가는 이야기였다. 이 이야기는 이사나 황자가 왕의 포로로 잡혀오는 것에서 시작해 화자가 그를 시탈로프 숲 밖으로 탈출시키는 것에서 끝난다. 희한하게도 이 이야기는 다른 창작물들과 달리 이사나 황자의 위대함이나 업적보다는 이사나 황자를 포함한 마을 여자들과 왕의 인간적인 면모와 고뇌를 중점적으로 드러내었다.

조금 장황하지만, 신선하면서도 고증이 잘된 이 이야기는 너무나도 아귀가 딱딱 잘 들어맞아 실제가 아닐까 하는 의혹이 종종 제기되었다. 기자들은 출판사를 통해 작가에게 인터뷰를 요청했지만, 책의 저자는 책만 출판한 뒤 홀연히 종적을 감춘 상태였다. 이 이야기가 사실이라면 어쩌면 인간과 알리페르의 공존은 이때 이미 시작되었던 건지도 모른다.

시간이 흘러가 아가렉시아는 점차 참혹했던 전쟁의 상처를 잊어 갔다. 그리고 희생된 생명만큼 새 생명이 탄생했다. 보통은 인간들만 결혼하여 아이를 낳았지만, 드물게 알리페르와 인간이 서로 사랑해 자식을 낳기도 했다. 하지만 인간과 알리페르의 결혼은 법적으로 금 지되어 있었기에 인간은 알리페르의 유전자를 주입받고 탈피하는, 일명 '개종(改種)'이라는 과정을 거친 후에만 결혼이 가능했다. 그렇 게 인간에서 알리페르로 개종한 알리페르를 '네오 타입(Neo-type)' 알리페르라고 불렀다.

그리고 넥시움 황가의 궁전이었던 곳에는 아주 특별한 네오 타입 알리페르가 살고 있었다.

* * *

"음······."

갈색 머리에 갈색 눈을 가진 소년은 꽤 심각한 얼굴로 자신의 손 등을 내려다보고 있었다. 최근 정원에서 자주 뛰어놀아 전보다 그을 리긴 했지만, 여전히 희고 고운 손이었다. 양손을 쫙 펼치자, 자개처 럼 고운 열 개의 손톱이 햇빛 아래에서 매끈하게 빛났다.

소년은 한동안 손등을 내려다보다가 이번엔 두 다리를 내려다보 았다. 발가락을 꼼지락거리자, 희고 고운 발이 잔디밭 위에서 꿈틀 거렸다. 소년은 여상하기 짝이 없는 광경을 내려다보며 연신 고개를 갸웃거렸다. 왜 이게 내 팔다리 같지가 않지? 매우 이상한 생각이지 만, 소년은 종종 제 팔다리가 제 것 같지 않다는 생각이 들 때가 있 었다. 원래 없다가 생겨난 것처럼 신기하게 느껴질 때가 있었다.

'그래 봐야 예전 기억은 하나도 없지만.'

네오 타입 알리페르인 소년은 '이사나'라고 불리었다. 공교롭게도 넥시움 제국의 영웅이었던 황자와 이름이 똑같았다. 그 이름 자체가 제국에서는 흔한 이름이긴 했지만.

팔다리를 내려다보던 이사나는 슬그머니 주위를 살피다가 날개를 폈다. 네오 타입 특유의 새카만 날개가 팽팽하게 펴지자, 이사나는 날개를 떨며 시운전을 했다. 이사나의 보호자는 이사나가 나는 걸 엄청나게 싫어했다. 대놓고 날지 말라는 말은 안 했지만, 이사나가 날개를 펼 때마다 얼굴이 새파랗게 질렸다. 다칠까 봐 걱정하는 것이다. 하지만 이사나는 결코 얌전한 성격이 아니었다. 모처럼 날개를 가지고 있는데 사용할 수 없다니, 아까웠다. 그래서 이사나는 보호자가 잠시 자리를 비운 틈을 타 정원에서 나는 연습을 하던 중이었다.

날개를 파닥거리자, 점점 몸이 떠올랐다. 그건 신기하기도 재미있기도 했다. 하지만 다른 네오 타입 알리페르들이 그러하듯 이사나 역시 비행에 서툴렀다. 이사나가 균형을 잃고 허둥거리다 엉덩방아를 찧자, 옆에서 작게 키득거리는 소리가 들려왔다. 이사나가 고개를 돌리자, 언제나처럼 더티 블론드의 한 소년이 웃고 있는 게 보였다.

"웃지 마."

이사나는 소년에게 불퉁하게 쏘아붙인 뒤 흙먼지를 털어 내고 자리에서 일어섰다. 겨우 몇 번 넘어진 걸로 나는 걸 포기할 생각은 없었다. 이사나는 다시 한 번 집중해 날개를 파닥거렸다. 하다 보니 어쩐지 이번엔 잘될 것 같은 기분이 들었다. 이사나는 몰래 하는 연습이라는 것도 잊어버린 채 나는 것에 심취해 점점 위로 올라가는데, 돌연 누군가가 이사나의 손을 잡아챘다.

고개를 돌리자, 익숙한 얼굴이 보였다. 새카만 머리에 짙푸른 눈동자를 가진 알리페르.

렉사였다.

이곳의 지배자이자, 이사나의 보호자이기도 한 그는 딱딱하게 굳은 얼굴을 하고 있었다. 어쩐지 겁에 질린 것처럼 보이기도 했다. 알리페르의 정점에 선 왕이 겁에 질리다니, 말도 안 되는 소리였다. 하지만 그의 얼굴이 너무 안 좋아 보여 이사나는 천천히 바닥으로 내려왔다.

이사나가 잔디밭에 발을 내딛자, 렉사는 그제야 싱긋 웃으며 말했다.

"놀랐잖아."

"아, 그게……"

"다치면 어쩌려고 그래."

렉사는 걱정한 듯 작게 투덜거리며 이사나를 끌어안았다. 그에 이사나는 속으로 한숨을 내쉬었다. 이사나의 보호자인 렉사는 좀 지나친 구석이 있었다. 금방 이사나가 날아오른 높이는 고작해야 1m 정도밖에 되지 않았다. 거기서 떨어진다 해도 무릎이 까지는 게 다였다. 하지만 렉사는 그것조차 못 견뎌 해 이사나가 날개만 떨어도 불안해 어찌할 줄을 몰랐다.

그래도 이사나는 그런 그가 싫지 않았다. 자신을 걱정해서 그러는 것을 알기 때문이다. 그의 걱정을 사는 게 여전히 어색하고 익숙하지 않지만, 그래도 단단한 그의 품에 안겨 있는 건 좋긴 했다. 마음이 무척 따뜻하게 느껴졌으니까. 이사나는 렉사의 품에 안긴 채 작게 사과했다.

"미안해요."

"너는 항상 사과만 잘하지."

렉사는 이사나의 머리를 쓰다듬으며 투덜거렸다. 숨어서 몰래 날고 있었던 게 그에게는 어지간히 조마조마했던 모양이다. 이사나는 왠지 억울한 마음에 소극적으로 반박했다.

"하지만 그렇게 높게 날지 않았어요. 밑에는 잔디가 푹신하게 깔려 있었고……. 그리고 다른 알리페르들은 전부 날아다니잖아요."

이사나가 헥사비스 위를 오가는 알리페르들을 가리키자, 렉사는 한숨을 내쉬며 말했다.

"몇 번을 말하지만, 너는 저들과 달라. 너와 같은 네오 타입은 선천적으로 비행에 익숙지 않아. 게다가 무슨 일이 생기면 우리와 달리 외골격이 없어 위험하지."

그럼 추락하지 않도록 나는 연습을 많이 하면 되는 거 아닌가? 이사나는 그런 생각이 들었지만, 렉사는 이사나의 안전 문제에 대해서만큼은 강경했다.

나는 깨지는 유리잔이 아닌데.

이사나는 불만스러웠지만, 렉사에게 차마 그 말을 하진 못했다. 렉사가 이사나의 손바닥이 까진 걸 이미 발견했기 때문이다. 제 손이 다친 것보다 더 속상해하는 그에게 내버려 두라는 말 따윈 할 수 없었다. 이사나가 내키지 않은 얼굴로 다신 숨어서 날지 않겠다고 맹세하자, 렉사의 뒤에 있던 더티 블론드의 소년이 배를 잡고 웃어 댔다. 이사나가 소년을 흘겨보았지만, 소년은 뭐가 좋은지 싱긋 웃기만 할 뿐이었다.

"이만 돌아갈까? 바람이 차가워."

"네."

이사나의 대답에 렉사는 이사나를 안아 올린 채 정원을 빠져나갔다. 렉사에게 안긴 이사나는 정원에 홀로 남겨진 소년에게 작게 손을 흔들었다.

이사나의 눈에만 보이는 소년에게.

* * *

　황궁으로 돌아오자, 어느새 점심 식사를 할 시간이 다 되어있었다.
하지만 이사나는 뚱한 얼굴로 식탁에 앉아 있었다. 내궁으로 돌아오
는 동안 렉사와 실랑이가 있었기 때문이다. 궁에 가까워지면서 알리
페르와 사람들이 점차 많아지자, 이사나는 눈치를 보다가 렉사에게
내려 달라고 부탁했다. 하지만 언제나처럼 렉사는 놓아주지 않고 부
득불 이사나를 안고 내궁으로 들어왔다. 이젠 혼자서 잘 걷고 심지어
잘 뛰어다니기까지 한데도 말이다.
　이사나는 렉사가 참 좋았지만, 이런 면은 좀 과하다 싶었다. 아가
렉시아의 왕인 그가 어린 알리페르의 수발을 들지 못해 안달이라
니……. 누군가가 그의 흉을 볼까 봐 두려웠다.
　'도대체 인간일 적에 나는 왕과 무슨 사이였던 걸까?'
　이사나는 자신과 같은 네오 타입은 원래 인간이었다는 걸 알고 있었
다. 무슨 이유에서인지 인간일 적의 기억이 하나도 없지만 말이다. 어
떤 네오 타입 알리페르는 인간일 적의 기억을 고스란히 가지고 있다고
하지만, 이사나는 아니었다. 지난 3년간 이사나는 단 한 번도 인간일
적의 기억을 떠올려 본 적이 없었다. 사실 이사나는 기억을 떠올릴
필요성조차 느끼지 못했다. 단지 궁금한 정도였다. 이사나는 지금의
생활에 꽤 만족하고 있었으니까. 렉사의 과보호는 좀 귀찮긴 하지만.
　"왜 그렇게 뚱한 얼굴을 하고 있는 거지?"
　"왕께서는 수치를 모르시니까요."

이사나의 말에 렉사는 어리둥절한 얼굴로 "수치? 무슨 수치?"라고 되물었다. 그에 이사나는 말을 말자는 듯 고개를 내저으며 수프를 떠먹었다. 왕은 좋게 말해서 주변의 시선을 신경 쓰지 않았고 나쁘게 말해서 눈치가 없었다. 그렇다보니 결국 불편해지는 건 이사나 혼자뿐이었다.

이사나가 렉사와 이 황궁에 산 지, 그리고 아가렉시아가 건국된 지 벌써 3년이 다 되었다. 그동안 렉사는 이사나를 돌보는 것 외에는 아무 일도 하지 않았다. 누가 그를 무자비한 알리페르의 왕이라고 생각하겠는가. 냉혹하고 용서 없는 왕이라는 말은 이미 옛말이었다. 알리페르와 인간이 공존하는 왕국, 이곳, '아가렉시아'의 일은 전부 부하들에게 떠맡긴 채 렉사는 이사나 하나를 돌보는 데 하루를 전부 소진하고 있었다.

처음에는 이 상황에 별 심각성을 못 느꼈지만, 이사나는 점차 걱정이 되기 시작했다. 렉사가 마치 애첩에게 빠져 나랏일을 등한시 하는 군주처럼 느껴져서였다. 물론 이사나는 그의 애첩이 아니었지만, 그 정도로 렉사는 이사나를 깊이 사랑하고 제 몸처럼 아껴 주었다. 그랬기에 이사나는 종종 그에게 미안해졌다.

\* \* \*

똑똑—

황궁의 서재에서 책을 읽고 있는데 노크 소리가 들려왔다. 렉사의 허벅지를 베고 누워 있던 이사나는 놀라서 대번에 자리에서 일어났다. 렉사가 신경 쓰지 말라는 듯 이사나를 도로 눕히려 했지만, 이사나는 부득불 자리에서 일어나 자세를 바로 했다.

노크 소리가 들려오고 얼마 후, 누군가가 서재 안으로 들어왔다. 그를 본 순간, 이사나는 심장이 덜컥 내려앉는 걸 느꼈다. 부서질 듯 빛나는 허니 블론드에 유리알처럼 맑고 고운 청록색 눈동자. 왕의 최측근이자, 이곳 '아가렉시아'의 섭정인 멜즈였다.

그리고 이사나가 남몰래 좋아하는 자이기도 했다.

이사나는 홀린 듯이 그를 바라보았지만, 멜즈는 이사나에게 별 관심이 없는 듯 고개만 까닥거린 뒤 곧장 렉사의 앞에 섰다.

"헥사비스 앞에 나타난 알리페르 무리를 전부 잡아들였습니다."

"수고했군. 이번엔 꽤 수가 많았던 걸로 아는데."

"어차피 우두머리만 잡으면 되니까요."

멜즈는 별거 아닌 일이라는 듯 심드렁하게 말했다.

헥사비스를 강제로 개방한 뒤 렉사가 알리페르와 인간, 모두가 공존하는 왕국을 세웠지만, 이것으로 모든 문제가 해결된 것은 아니었다. 확실히 왕은 알리페르들 가운데 가장 큰 세력을 가지고 있었지만, 모든 알리페르가 왕의 아래에 귀속되어 있는 건 아니었다. 아주 적은 군소 세력 중에는 왕의 영향권 아래에서 벗어난 세력도 있었다. 그리고 그들은 종종 먹잇감이자 교미의 대상인 인간을 습격하곤 했다.

그랬기에 헥사비스 근처에 알리페르 무리가 발견되면 그들을 토벌하고 남은 잔당들을 강제로 아가렉시아에 편입시켰다. 눈앞에 인간을 두고도 먹기는커녕 교미조차 못하는 상황에 못 견뎌 하는 알리페르도 있었지만, 대부분은 자유의 일부를 왕에게 맡기는 대신 목숨 걱정할 필요 없는 왕국민 생활에 만족했다.

이런 행위를 마찬가지로 '개종(改宗)'이라고 불렀다.

왕이 섬기는 신이 과거에 이것을 원했으므로.

그리고 이 '개종' 활동에 가장 적극적인 알리페르가 바로 멜즈였다. 그는 이제 더 이상 전면에 나서지 않는 왕을 대신해 아가렉시아의 제도를 정비하고 야만한 알리페르들을 손수 잡아다 모조리 개종시켰다. 그리고 거역하는 자들은 용서 없이 전부 처형했다. 그 때문에 멜즈는 인간들에게는 물론이요, 알리페르들에게도 두려움과 혐오의 대상이 되어 있었다.

이처럼 멜즈가 무서운 알리페르임에도 이사나는 이상하게 그에게 계속 눈길이 갔다. 같은 공간 안에 있는 것만으로도 심장이 쿵쾅거리고 얼굴이 벌게졌다. 처음에는 그저 왕과 닮은 외모가 신기했던 것일지도 모른다. 하지만 점차 깨닫게 되었다. 이 아름다운 알리페르에게 갖는 감정은 왕에게 가지는 감정과 전혀 달랐다. 이사나는 확실히 그에게 끌리고 있었다.

그러나 안타깝게도 그건 이사나 혼자만의 감정이었다.

"나가 보겠습니다."

렉사에게 보고해야 할 것을 전부 보고한 멜즈는 용건이 끝나자마자 서재 밖으로 나갔다. 들어왔을 때와 마찬가지로 멜즈는 가볍게 목례만 할 뿐, 이사나와 눈조차 마주치지 않았다.

"……"

그랬다. 멜즈는 이사나에게 관심이 없었던 것이다. 어쩌다 단둘이 남게 되어도 그는 이사나에게 말을 걸지 않았으며, 조금만 같이 있는 시간이 길어져도 일을 핑계로 나가 버리기 일쑤였다. 처음에는 정말 바빠서인 줄 알았지만, 조금씩 눈치가 생기면서 이사나는 그게 아니라는 걸 알게 되었다. 멜즈는 정말로 이사나를 불편해하고 있었다.

어쩌면 싫어하는 걸지도 몰랐다. 이사나를 돌보느라 왕이 왕다운 일을 하지 않게 되었으니까.

짝사랑하는 상대에게 미움받고 있다는 생각에 이사나의 얼굴은 시무룩해졌다. 그런 이사나를 렉사가 조용한 눈으로 지켜보았지만, 상심해 있던 이사나는 그걸 눈치채지 못했다.

* * *

멜즈가 서재에서 나오자, 히람이 곧장 그의 뒤에 따라붙었다. 원래 히람은 시탈로프 숲의 경비와 살림을 책임지는 왕의 오른팔이었지만, 지금은 어쩌다 보니 아가렉시아의 섭정인 멜즈를 돕는 보좌관이 되어 있었다. 히람은 힐끔 멜즈의 눈치를 살폈다. 그가 왕을, 정확히는 '이사나 넥시움'이었던 알리페르와 마주하고 나올 때면 히람은 저도 모르게 긴장했다. 그 둘이 보통 사이였던가? 하지만 멜즈는 이번에도 아무렇지 않은 얼굴로 히람에게 일 얘기만 했다.

"오늘 회의에는 어떤 안건이 올라오나요?"

이제 막 헥사비스 밖에서 노략질을 하던 무리를 처단하고 온 탓에 멜즈의 몸에서는 희미하게 피 냄새가 났다. 대충 씻어 낸 듯했지만, 하루가 멀다 하고 인간과 알리페르를 처형하다보니 멜즈의 몸에선 피 냄새가 가실 날이 없었다. 히람은 순진하고 어리던 알리페르가 어쩌다 이렇게까지 되었나 하는 생각이 들었다.

하지만 그건 그거고 왕께서 지시한 섭정으로서의 일은 그가 계속해야 했다. 히람은 보좌관으로서 멜즈에게 오늘 회의에 올라올 안건들을 짤막하게 설명해 주었다. 그러자 멜즈가 회의실로 향하며 히람에게 이런저런 지시를 내렸다.

왕을 대신해 아가렉시아를 통치하는 멜즈는 무척 바빴다. 어쩌면 당연한 일인지도 모른다. 아가렉시아는 공존이 불가능한 것에 가까운 두 종을 억지로 합쳐 놓은 나라였으니까. 그랬기에 정비해야할 제도가 많았고 분쟁 또한 끊이질 않았다. 그리고 그것은 인간으로 살아 본 적이 있는 멜즈만이 어느 정도 조정할 수 있었다. 왕이 괜히 멜즈에게 전권을 위임한 것이 아닌 것이다.

3년에 걸쳐 멜즈를 비롯한 밑의 부하들이 고생을 한 덕분일까? 아가렉시아는 이제 슬슬 안정기에 접어들고 있었다. 하루하루 살얼음판 같던 지난날을 생각하면 두 번 다시 못할 짓이라고 히람은 생각했다. 히람은 멜즈에게 보고할 것을 전부 보고한 뒤 멜즈의 눈치를 살피며 한 가지를 더 덧붙였다.

"그리고…… 에드먼드 선생님께서 쓰러지셨습니다."

"……상태는요."

"주치의 선생님께서 이번 계절을 넘기기 힘들 거라고 하셨습니다."

히람의 말에 멜즈의 얼굴은 잠시 굳어졌지만, 회의실로 향하는 발걸음이 지체되진 않았다. 하지만 회의실 문 앞에서 잠시 멈춰 선 멜즈는 피로가 묻어나는 목소리로 히람에게 부탁했다.

"뺄 수 있는 일정이 언제 있는지 확인해 주세요."

"일단 모레 점심에 가능한 걸로 알고 있습니다."

"……고마워요, 히람."

멜즈는 히람에게 작게 인사한 뒤 회의실 문을 열었다. 회의실 안에는 열댓 명쯤 되는 인간과 알리페르가 긴 테이블을 사이에 두고 나란히 앉아 있었다. 멜즈는 그들을 둘러보며 말했다.

"늦어서 미안합니다."

멜즈는 짧게 사과를 한 뒤 테이블의 가장 상석에 앉았다. 멜즈가 자리에 앉자, 인간 측 관료 몇몇이 미간을 찌푸리며 헛기침을 했다. 그들은 들릴 듯 말 듯 한 목소리로 "어휴, 피 냄새가 아주 진동을 하는군."이라고 작게 불평했다. 사실 멜즈에게서 그 정도로 냄새가 나는 건 아니었다. 하지만 저들은 일부러 들으라는 듯 과장스러운 제스처까지 취하고 있었다.

히람은 속으로 코웃음을 쳤다. 멜즈와 이 회의에 수백 번 참석했기에 이제는 저들이 왜 저러는지 알았다. 일종의 기 싸움이었다. 왕의 대리자인 멜즈는 회의실에 올 때마다 이런 시비에 걸렸지만, 언제나처럼 그는 못 들은 척했다. 그러자 인간 측 관료들은 더욱 기고만장해져 저들끼리 히죽거렸다. 반대로 멜즈가 모욕당했다고 생각한 알리페르들은 얼굴이 붉으락푸르락해졌다.

그런 삭막한 분위기 속에서 회의는 시작되었다. 첫 번째로 안건을 제시한 건 인간 측이었다. 대표로 발언권을 얻은 은테 안경의 관료는 준비한 자료를 뒤적이며 멜즈에게 말했다.

"최근 알리페르가 되고 싶다며 개종을 신청한 인간들이 늘어나고 있는 추세입니다. 작년 대비 50%가 증가했죠. 이유는 다양합니다. 알리페르가 되면 지원할 수 있는 직업군이 다양해진다는 것부터 파트너인 알리페르를 사랑해 결혼하고 싶다는 이유까지요."

관료는 어처구니없다는 듯 웃으며 말했다. 하지만 그가 기막혀 하는 것과는 별개로 알리페르와 인간의 결혼은 이제 꽤 흔한 일이긴 했다. 아가렉시아에서도 적극 권장하며 혜택도 많이 주었고, 이렇게 된 데에는 인간과 부대끼고 살면서 인간처럼 가족을 꾸리고 싶어 하는 알리페르가 늘어난 탓도 있고 알리페르와 부대끼고 살면서 알리페르가 생각보다 순수하다는 걸 깨달은 인간이 늘어난 탓도 있었다.

에드먼드 넥시움이 카노스 환자들을 대상으로 개발한 유전자 치료, 일명 개종(改種)은 어떻게 보면 아가렉시아의 건국 이념을 지탱하는 원동력이기도 했다. 알리페르의 왕, 렉사가 인간과 알리페르의 공존을 명령했지만, 그저 명령만으로는 공존 상태를 유지할 수 없었다. 알리페르와 인간은 너무 달랐고 알리페르의 숙주가 된 인간이 불치병에 걸린다는 사실은 치명적이었으니까. 왕은 그대로 알리페르라는 종의 절멸까지 각오한 듯했지만, 어차피 왕의 치세가 끝나면 무너질 모래성이었다.

하지만 개종은 새로운 가능성을 열었다.

네오 타입 알리페르는 엄밀히 말해 날개만 달렸을 뿐 기존의 알리페르와 완전히 다른 종이었다. 그들은 투명한 날개를 가진 알리페르들과 달리 날개가 새카맸고 인간처럼 외골격이 없었다. 비행 능력 또한 기존의 알리페르에 비해 월등히 떨어졌다. 게다가 그들은 기존의 알리페르와 교미를 하면 슬레이브가 되는 대신 인간처럼 유충을 낳았다. 이때 태어난 알리페르는 모두 네오 타입인 데다 인간처럼 한두 개체밖에 낳을 수 없었지만 말이다.

하지만, 숙주인 인간을 파괴해 많은 후계를 생산했던 기존의 방식과는 달리 이 방식은 인간이었던 네오 타입들에게 꽤 익숙한 것이기도 했다. 그랬기에 네오 타입들은 알리페르와의 교미로 아이가 생기는 것을 약탈당하는 과정이라 생각하지 않았다. 오히려 자신의 자식을 낳는다고 생각했다. 게다가 네오 타입은 그들끼리 짝을 지어 또 다른 네오 타입을 낳을 수 있었다. 기존의 알리페르처럼 타 종족에 기생해 후손을 생산하는 불완전한 종족이 아닌 하나의 완전한 종인 것이다.

네오 타입이 인간과 알리페르 모두와 맺어질 수 있다는 점은 알리페르와 인간의 종족 간 거리감을 대폭 줄여 주었다. 서로가 철저히 배척해야 할 적에서 반려자가 될 가능성이 있는 상대로 변한 것이다. 알리페르와 인간, 두 종족은 네오 타입이 앞으로 신(新) 인류가 될 것이라는 것을 어렴풋이 느끼고 있었다. 히람의 앞에 있는 관료들은 인정하고 싶어 하지 않는 듯했지만.

히람이 네오 타입이 늘어나는 게 뭐가 나쁘냐는 듯 관료를 바라보자, 관료는 오만한 얼굴로 히람과 멜즈를 바라보며 말했다.

"인간으로 남을지 알리페르가 될지 그 선택의 자유는 존중합니다. 하지만 개종을 하면 인간이었을 때의 기록이 전부 말소된다는 점은 개정해야 한다고 생각합니다. 최근 인간일 적에 지인들에게 거액을 빌린 뒤 몰래 개종을 하여 채무를 거부한 네오 타입 알리페르의 일로 논란이 된 적이 있었습니다. 그 네오 타입은 신체적 특징이 채무자와 동일하였지만, 과거 인간일 때의 기록이 모두 폐기되는 바람에 법원에서는 최종적으로 그 채무자에게 무죄를 선고하였지요. 네오 타입인 그가 채무자와 동일 인물이라는 증거가 없다는 이유로 말입니다. 이렇듯 왕께서 내리신 개종이라는 은혜를 악용하는 사례가 안타깝지만 종종 발생하고 있습니다. 이상론자인 왕께서는 이런 부작용을 전혀 예상하지 못하셨겠지만 말입니다."

공손하고 신사적인 말과는 달리 관료의 얼굴에는 비웃음이 가득했다. 명백히 비꼬는 말이었다. 히람은 눈살을 찌푸렸다. 악용이 자랑이냐는 말이 턱 끝까지 올라왔다. 하지만 멜즈는 심드렁한 얼굴로 계속해 보라는 듯 턱을 까닥거렸다. 그러자 관료는 의기양양한 얼굴로 본론으로 넘어갔다.

"네오 타입 알리페르는 소셜 코드에 '알리페르'로 분류되어 있지만, 엄밀히 말해 그들은 알리페르와 같지 않습니다. 게다가 다른 알리페르들과 달리 슬레이브가 되지 못하니 언제든 왕의 통제에서 벗어날 위험성도 가지고 있죠. 그러니 그들을 알리페르로서 새로운 소셜 코드를 발급해 주는 게 아닌, 인간일 때의 소셜 코드를 존속시켜 사회의 통제를 받게 해야 합니다. 이미 알리페르로서 소셜 코드를 새로 발급받은 이들도 사망 처리된 인간일 때의 소셜 코드를 복원시켜야 하고요. 아가렉시아의 각 구성원 간의 신뢰와 그를 뒷받침할 행정 장치만이 이 혼란한 사회를 떠받치고 함께 발맞추어 나갈 수 있다고 저는 생각합니다. 따라서 저와 인간 측 의회 구성원 전원은 개종한 알리페르의 소셜 코드를 새로 발급하지 않고 인간일 때의 소셜 코드를 계속 사용해야 한다고 주장하는 바입니다. 여기 그 법 개정을 요구하는 개정안과 서명 목록입니다."

관료는 제법 두툼한 서류를 멜즈 앞에 내려놓았다. 그에 멜즈는 성의 없는 손길로 서류를 뒤적였다. 꽤 많은 사람들이 개정안에 동의를 해 놓은 상태였다.

그럼 법을 개정하게 되는 건가? 히람은 고개를 갸웃거렸다. 많은 사람들이 법 개정을 원하면 법을 개정하는 걸 고려해야 한다고 멜즈에게 들었기 때문이다. 뭐랬더라, 그 법이 만들어질 당시와 지금의 사회 분위기가 완전히 다를 수 있다고 했던가? 아무튼 서명 목록이 엄청나게 많은 걸 보면 법 개정은 결정된 것과 다름없어 보였다. 또 한동안 야근하게 생겼네……. 히람은 한숨을 내쉬는데, 멜즈가 의외의 말을 꺼냈다.

"법은 개정하지 않을 겁니다. 개종은 선택한 자들이 목숨을 걸고 한 일이니까요."

"하지만……!"

"범죄자가 문제라면 애초에 개종 신청을 할 때 걸러 내면 되는 겁니다. 다음 안건으로 넘어가죠."

멜즈가 귀찮다는 듯 의장에게 눈짓을 하자, 관료는 당황한 얼굴로 멜즈에게 말했다.

"섭정 각하! 어찌 이 문제를 가볍게 보시는 겁니까! 개종한 알리페르의 과거 기록을 존속시키는 건 매우 중요한 문제입니다. 인간과 알리페르, 두 종의 신뢰 문제입니다! 결코 이대로 가볍게 넘어가시면 안 되는 사안입니다!"

이상할 정도로 끈질긴 관료의 말에 멜즈는 냉랭한 얼굴로 쏘아붙였다.

"개종한 알리페르는 종종 과거의 기억이 없는 경우가 있습니다. 그렇다면 기억도 없는 사람한테 과거를 강요하는 건 무슨 경우입니까?"

"그게 어떻게 강요가 되는 겁니까! 개종을 했다고 해도 몸뚱이만 젊어지지 얼굴이나 성격은 똑같지 않습니까! 심지어 드물지만 없던 기억이 돌아오는 경우도 있고요!"

관료의 말에 히람은 저도 모르게 멜즈의 눈치를 보았다. 하지만 멜즈는 여전히 속을 알 수 없는 냉한 얼굴로 관료를 쳐다볼 뿐이었다. 그 고요한 모습에 오히려 히람이 안절부절못하는데, 멜즈가 못을 박듯 말했다.

"어쨌든 이 문제는 개정하지 않을 겁니다. 그냥 앞으로 개종을 원하는 인간들의 심사를 더욱 철저히 하도록 하죠. 이곳의 최고 결정권자로서 하는 말입니다. 다신 이 안건을 올리지 마세요."

멜즈의 말에 관료는 몸을 부들부들 떨며 멜즈를 쏘아보았다.

회의가 끝나고 관료는 회의실을 빠져나가며 다른 인간 관료들에게 시근덕거렸다.

"섭정이 무슨 최고 결정권자야! 대리인이지. 배신자 주제에 잘난 척은."

관료의 말에 히람은 놈을 노려보며 쫓아가려 했다. 하지만 멜즈가 히람을 만류하며 말했다.

"됐어요. 신경 쓰지 마세요."

"하, 저걸 어떻게 신경을 안 써요! 언제나 생각하지만, 멜즈 님은 정말 속도 없으십니다. 저것들이 저렇게 긁어 대는데도 아무렇지도 않습니까?"

"화나죠. 화나지만, 괜히 일을 키우고 싶지 않아서 그래요. 그리고 조만간 솎아 낼 인간들이고."

"솎아, 내요?"

멜즈의 말에 히람이 의아하다는 듯 되묻자, 멜즈는 회의실을 나가며 히람에게 설명해 주었다.

"오늘 저 관료가 부득불 개종한 알리페르들의 소셜 코드를 새로 발급해 주지 말고 인간일 적의 것을 사용해야 한다고 주장한 이유가 무엇인지 아세요?"

"네? 그냥 사기꾼 문제 때문이 아닌가요?"

순진한 히람의 말에 멜즈는 피식 웃으며 말했다.

"아니에요, 그가 분리주의자들의 후원을 받고 있기 때문이에요."

"분리주의자요?"

"네, 그 안건은 그들의 입김과 요구가 들어간 안건이에요."

멜즈의 말에 히람은 미간을 구겼다. 분리주의자란, 인간과 알리페르가 예전처럼 분리된 곳에서 살아야 한다고 생각하는 자들을 말했다. 즉, 두 종의 공존을 명령한 왕을 정면으로 거스른 자들이었다. 그리고 분리주의자들에게는 모시는 신이 있었다.

이사나 넥시움.

알리페르의 천적이자 넥시움 제국의 영웅이었던 사내. 하지만 공교롭게도 그는 왕이 숭배하는 신과 동일 인물이었다.

그리고 최근 분리주의자들은 합리적인 의심을 하고 있었다. 왕의 곁에서 총애를 한껏 받고 있는 갈색 머리의 네오 타입 알리페르. 이름까지 '이사나'인 그가 사실은 넥시움 제국의 황자, '이사나 넥시움'이 아닐까 하고 말이다. 왕과 섭정이 그를 황궁 안에 꼭꼭 숨겨 두고 있다고 하지만, 모든 사람의 눈을 피할 수 있는 건 아니었다. 슬슬 그에 대한 정보가 바깥으로 빠져나오고 있었다. 멜즈는 잠시 고민하는 기색을 보이다가 히람에게 말했다.

"이제 왕께서 시탈로프 숲으로 귀환할 때가 온 것 같네요."

"네? 그게 무슨 말씀이세요?"

"애초에 왕께서 이곳에 머물렀던 건 그 사람이 개종한 뒤 어떤 문제가 생길지 알 수 없어서였으니까요. 하지만 지난 3년간 정기검진에서 건강했고 분리주의자들을 솎아 내는 과정에서 그들이 무슨 일을 벌일지 모르니 이젠 이곳을 떠나는 게 낫죠."

합리적이기 짝이 없는 멜즈의 말에도 히람은 뭐라 대답을 할 수 없었다. 하지만 멜즈 님은 여전히 이사나 님을 사랑하지 않습니까? 이대로 왕과 그분을 떠나 보내도 괜찮겠습니까? 턱밑까지 그 질문이 올라왔지만, 정작 당사자는 이미 오래전부터 마음의 준비를 끝낸 것처럼 덤덤해 보였다. 아니, 사실은 알 수 없었다. 요 몇 년간 멜즈는 감정이 고갈된 사람처럼 메마른 얼굴을 하고 있었으니까.

집무실로 이동하는 멜즈를 뒤따르며 히람은 무거운 마음으로 떠올렸다. 연인을 구하기 위해 혈혈단신으로 시탈로프 숲을 찾아왔던 멜즈의 앳되고 열정적인 그 모습을.

* * *

"시, 탈로프 숲으로 돌아간다고요?"

"그래."

티타임을 가지던 중 갑작스럽게 꺼낸 왕의 말에 이사나는 머리가 새하얗게 되는 걸 느꼈다. 시탈로프 숲으로 돌아간다니……. 이곳을, 아가렉시아를 떠난다니……. 이사나는 당황으로 어찌할 줄을 몰랐다. 하지만 시탈로프 숲으로 떠난다고 했을 때 이사나가 다른 무엇보다도 가장 먼저 떠올린 건 이것이었다.

그럼 멜즈 님은, 그는 같이 가는 것인가?

하지만 이사나는 차마 두려워서, 그리고 미안해서 도저히 이것을 렉사에게 물어볼 수 없었다. 그러나 렉사는 이사나의 생각을 읽기라도 한듯 찻잔 속에 각설탕을 떨어뜨리며 말했다.

"멜즈는 이곳에 남을 거야. 섭정으로서 할일이 많으니까."

"그렇, 군요……."

이사나는 낙담하지 않으려 애를 썼지만, 낙담할 수밖에 없었다. 너무 갑작스럽고 충격적이라 실망하면 왕이 상처받을 거란 생각을 하면서도 도저히 표정 관리가 되지 않았다. 차가 입으로 들어가는지 코로 들어가는지 분간조차 가지 않았다. 혼란에 빠진 이사나를 렉사는 조용히 바라보다가 각설탕이 잔뜩 들어간 차를 들이켜며 말했다.

"이런 말을 하면 부담을 줄 것 같아서 말하지 않으려고 했는데."

렉사는 망설이는 척 잠시 뜸을 들이다가 폭탄을 던졌다.

"네 아이들이 기다리고 있어."

"제, 아이들이요?"

"네가, 인간일 적에 낳은 아이들."

렉사의 말에 이사나의 얼굴이 헬쓱해졌다. 아이라니! 내게 아이가 있었다니! 이사나는 덜덜 떨리는 손으로 간신히 찻잔을 내려놓으며 렉사에게 물었다.

"아, 아이들이라면 하나가 아닌 모양이네요."

이사나의 질문에 렉사는 싱긋 웃으며 말했다.

"물론이지. 다섯이나 돼. 이름은 아드리안, 제라르, 에밀리오, 셸던, 막스야. 고맙게도 이름은 멜즈가 손수 지어 주었지."

렉사의 말에 이사나는 더 받을 곳 없이 충격을 받았다. 설마설마했는데, 정말로 왕과 깊은 관계였던 모양이다. 아이를 다섯이나 낳았을 정도로 말이다. 동시에 이사나는 크게 절망했다. 이렇게 헌신적이고 심지어 둘 사이에 아이까지 있다는데, 이사나는 여전히 왕에게 아무런 감정을 느낄 수 없었다. 모든 감정이 뒤죽박죽이 된 것처럼 이사나는 희한하게도 렉사가 아닌, 그와 닮은 멜즈에게만 심장이 두근거렸다.

기억 상실이 뭐라고 이렇게 되어 버린 걸까.

이사나는 깊은 죄책감에 시달리며 눈앞의 렉사를 바라보았다. 그는 인간이었던 이사나를 배려해 즐기지도 않는 차를 같이 마셔 주고 있었다. 다정하게 웃는 그를 보자 이사나는 눈물이 쏟아질 것 같았다. 이사나는 배신자였다. 아무리 마음을 다잡으려 노력해도 렉사는 이사나의 마음속에 들어올 수 없었다. 이미 그곳에 자리 잡은 이가 너무나도 굳건해 원망스러울 정도였다.

회피하듯 잠시 침묵하던 이사나는 애써 환히 웃으며 렉사에게 말했다.

"제게 아이들이 있었을 줄은 몰랐네요. 좀 더 빨리 알려 줬어도 되었는데."

"……."

"가요, 저도 아이들이 보고 싶어요."

숨기지 못한 침울함이 대답 속에 묻어 나왔지만, 렉사는 그것을 못 본 척하며 상냥하게 말했다.

"최대한 빨리 돌아갈 수 있도록 노력할게."

하지만 이사나는 더 이상 렉사의 말에 대답해 줄 수 없었다. 아름다운 청록색 눈을 가진 알리페르와 일방적인 작별을 하는 것만으로도 힘겨워 그리할 수 없었다.

* * *

왕의 귀환이 결정되었다.

당연한 얘기지만, 섭정인 멜즈와 그의 밑에서 일하는 알리페르들은 아가렉시아에 남게 되었다. 이미 시탈로프 숲과 아가렉시아 사이에 철도를 깔아두고 지속적으로 교류를 해 왔던 만큼 크게 챙길 것은 없었지만, 왕의 귀환을 허투루 준비할 수는 없었다. 이곳의 체제가 안정되었다고 해도 여전히 분리주의자들은 인간만이 존재하는 세상을 호시탐탐 노리고 있으니 말이다.

그렇게 왕의 귀환을 얼마 남기지 않은 어느 날, 멜즈는 병원으로부터 마음의 준비를 하라는 연락을 받았다.

"선생님……."

황급히 중환자실 안으로 들어간 멜즈는 병상에 누운 제 스승의 모습에 참담함을 감추지 못했다. 한동안 바빴다고 하지만, 에드먼드는 전에 보았을 때에 비해 지나치게 여위어 있었다. 멜즈는 본능적으로 느꼈다. 이게 그의 마지막이라는 것을.

에드먼드는 지하 3층에서 구출된 이후, 급격히 몸 상태가 나빠졌다. 원래 그곳에서도 좋은 상태는 아니었지만, 이제 더는 이 세상에 할일이 없는 사람처럼 나날이 무기력해져 갔다. 멜즈는 바쁜 와중에도 틈틈이 에드먼드를 찾아가 그를 챙겼지만, 그는 점점 쇠약해지기만 할 뿐이었다. 급기야 쓰러져 병원에 입원한 그는 그 후로 병실 밖을 나갈 수 없게 되었다.

멜즈는 매번 병문안을 갈 때마다 곧 쾌차하실 거라고 말했지만, 사실 멜즈도 에드먼드도 그렇지 않으리라는 걸 어렴풋이 느끼고 있었다.

그리고 오늘로 이별이다.

멜즈가 병상을 지킨 지 얼마나 되었을까, 에드먼드가 눈을 떴다. 흐리멍덩했던 평소와 달리 에드먼드의 눈빛은 제법 또렷해져 있었다. 마치 회광반조(回光返照)처럼. 에드먼드는 무거운 눈꺼풀을 껌뻑이며 주위를 둘러보다가 멜즈를 발견하고는 부드럽게 눈을 휘었다. 이제껏 내색하지 않았지만, 에드먼드에게 멜즈는 아픈 손가락이었다. 똑똑하고 영리해 자랑스럽기도 했지만, 제 조카처럼 고지식하고 심성이 착해 내심 많이 아끼고 있었다.

그랬기에 에드먼드는 항상 멜즈에게 미안했다.

"멜, 즈…… 멜즈……."

"네, 선생님."

에드먼드의 부름에 멜즈는 그의 손을 붙잡으며 대답했다. 그 모습에 에드먼드는 쓰게 웃었다. 그의 출생을 속여 왔음에도, 그로 인해여러 번 곤경에 빠졌음에도 멜즈는 단 한 번도 에드먼드를 원망하지 않았다. 지금은 피에 굶주린 섭정이란 소리를 듣고 있지만, 그는 여전히 바보 같을 정도로 착하기만 했다. 에드먼드는 피식 웃으며 심술궂게 타박했다.

"바쁜데, 왜 왔느냐."

"저 아니면 누가 선생님을 챙겨드려요."

지나간 세월을 떠올리게 하는 멜즈의 장난스러운 대꾸에 에드먼드는 피식 웃었다. 에드먼드는 이제 혼자였다. 멜즈를 제외하고는그의 곁에 남은 사람이 없었다. 원래 교류하는 사람이 적기도 했지만, 그가 지하 3층에 갇혀 있는 사이 전쟁이 나 모두 사망했기 때문이다. 그나마 살아남은 조카마저도 인간일 적의 기억을 완전히 잊은채 행복하게 새 삶을 살아가고 있었다.

처음 카노스의 치료법을 발견했을 때 에드먼드는 무슨 일이 있어도 이사나를 치료하지 말아야겠다고 생각했다. 이제껏 '넥시움'이라는 이유로 힘들게 살아왔던 녀석이다. 알리페르로 되살려 그를 모욕하고 그의 고단했던 삶을 부정하고 싶지 않았다.

하지만 하나 있는 제자 녀석이 너무 많이 울었다. 어떤 대가든 짊어지겠다며 처절하게 우는 그를 도저히 외면할 수 없었다. 그래서 에드먼드는 조건을 걸었다. 인간인 '이사나 넥시움'은 완전히 죽여달라고.

멜즈는 약속을 지켜 이사나의 소셜 코드를 사망으로 처리했다. 그리고 그가 '이사나 넥시움'이라고 증명 가능한 모든 생체 정보를 조작했다. 지문, 홍채, 심지어 고유의 유전적 정보까지. 그것도 모자라 개종한 알리페르에게는 인간일 때의 소셜 코드를 폐기하도록 하는 법까지 제정해 놓았다. 다행인지 불행인지 병증이 심화되어 뇌 손상이 있었던 이사나는 치료를 받고도 과거를 기억해 내지 못했다. 에드먼드의 바람대로 지금의 이사나는 '이사나 넥시움'과 별개의 개체가 된 것이다.

그것을 멜즈는 덤덤히 받아들였지만, 그게 사랑하던 이가 죽은 것과 무엇이 다를까.

"멜즈."

"네, 선생님."

에드먼드는 멜즈의 얼굴을 말없이 바라보았다. 새삼 이 아이가 많이 자랐다는 생각이 들었다. 삑삑거리며 울기만 하던 녀석이 언제 이렇게 컸을까. 에드먼드는 그런 생각을 하다가 계속 마음에 걸리던 것 한 가지를 떠올렸다.

"멜즈, 네 이름, 멜즈라는 이름이, 어디서 왔는지…… 알고 있느냐."

떠보는 듯한 에드먼드의 말에 멜즈의 얼굴이 대번에 굳어졌다. 그 반응에 에드먼드는 알아차렸다. 이 아이는 이미 알고 있었던 모양이다. 그것도 최악의 방식으로. 제자에게서 지울 수 없는 상흔을 발견한 에드먼드는 초조해졌다. 에드먼드는 비겁하다는 걸 알면서도 멜즈의 손을 꽉 붙잡고 변명했다.

"이사나는, 그 아이는 결코 일부러 그랬던 것이 아니다. 황제는, 그 아이의 형은 광인이었다. 너는 이사나의 약점이었고 이사나는 그것을 제 형에게 가리기 위해 필사적이었다."

"……."

"그 아이가 네 이름을 '멜즈'라고 지은 것은 황제의 광증으로부터 너를 보호하기 위해서였다. 놈은 제 몸 하나는 끔찍하게 여기는 놈이니까. 그래서 그놈의 애칭을 가지고 있으면 너를 해치지 않을 거라고, 그렇게 생각해서 이사나는 너를 멜즈라고 부른 거다."

에드먼드의 말을 묵묵히 듣고만 있던 멜즈는 잠시 망설이다가 에드먼드에게 물었다.

"이사나가 그렇다고 선생님께 말했나요?"

"……."

"됐어요. 제 이름 따윈."

멜즈는 조금도 괜찮지 않은 얼굴로 그런 말을 하고 있었다. 아직 젊디젊은 그에게서 포기와 체념, 그리고 불신이 읽혔다. 그 모습에 에드먼드는 억장이 무너지는 듯한 기분이 들었다. 울 듯한 얼굴을 하던 조카에게서 빼앗듯이 이 아이를 데려왔건만, 멜즈는 지독히 불행해 보이는 얼굴을 하고 있었다. 에드먼드는 메말라 바스러질 듯한 멜즈를 바라보았다. 미동조차 하지 않는 제자의 손을 꽉 붙들며 에드먼드는 해묵은 후회를 내뱉었다.

"그때…… 그때 너를 데려가지 말 걸 그랬다."

"……."

"데려가지 않고 그 아이 곁에 뒀어야 했는데……."

에드먼드는 더는 견디지 못하고 눈물을 흘렸다. 왜 이렇게 되었는지 알 수 없었다. 왜 이렇게 비틀어졌는지 알 수 없었다. 그저 남겨진 아이들이 가여워서, 견딜 수 없이 가여워 어찌할 수 없었다.

얼마 후 멜즈의 손을 붙잡고 있던 에드먼드의 손이 아래로 떨어졌다. 멜즈는 고단했던 그의 삶을 위로하듯 두 손으로 그의 손을 겹쳐 잡으며 작게 중얼거렸다.

"편히 쉬세요, 선생님."

2백여 년간 인류를 수호해 왔던 마지막 넥시움의 최후였다.

\* \* \*

왕과 시탈로프 숲으로 돌아가기로 한 날이 벌써 내일로 다가왔다. 하지만 이사나는 그게 기대되기는커녕 점점 우울해지기만 했다. 자신의 아이가 그곳에 있다는데, 돌아가는 게 당연할 텐데 이사나는 그 아이들이 보고 싶다기보다 이곳을 떠나고 싶지 않다는 생각이 먼저 들었다.

'역시 나는 나쁜 사람인가 보다.'

이사나는 자괴감에 또 한 번 한숨을 내쉬었다. 그러자 언제나처럼 옆에서 작게 키득거리는 소리가 들려왔다.

"웃지 말라니까."

이사나는 미간을 구기며 불퉁하게 말했다. 그러자 더티 블론드의 소년이 이사나를 향해 싱긋 웃었다. 이사나는 작게 한숨을 내쉬며 그에게 물었다.

"그런데 너 정말 정체가 뭐야?"

이사나의 물음에 소년은 웃는 낯으로 고개를 갸웃거렸다. 마치 이사나가 무슨 말을 하는 건지 모르겠다는 듯이 말이다. 그에 이사나는 푸념하듯 그에게 투덜거렸다.

"다른 사람들 눈에는 안 보이고 나한테만 보이잖아. 혹시 유령이야?"

이사나의 물음에 소년은 고개를 가로저은 뒤 입을 오물거렸다.

친우.

"친우-?"

이사나의 말에 소년은 기쁜 듯이 고개를 끄덕였다. 친우라……. 유령일지도 모르는 소년의 말이었지만, 듣기 나쁜 말은 아니었다. 게다가 지금은 누구에게든 이 답답한 마음을 터놓고 싶기도 했고. 이사나는 잔디밭에 털썩 주저앉으며 소년에게 말했다.

"네가 내 친우라니까 솔직하게 털어놓을게."

이사나는 잠시 망설이다가 이어 말했다.

"왕께서 내게 정말 잘해 주셔. 사소한 것 하나까지 전부 내게 맞춰 주기만 할 정도로 정말 좋은 분이시지. 그래서…… 때로는 그분께 죄책감이 들 때가 있어."

이사나의 말에 소년은 이해할 수 없다는 듯 고개를 갸웃거렸다. 그에 이사나는 쓰게 웃으며 말했다.

"나는 다른 사람이 신경 쓰이거든."

아무도 이사나에게 이사나의 과거를 말해 주지 않았지만, 이사나는 어렴풋이 짐작하고 있었다. 분명 자신은 과거에 왕과 연인 관계였을 터였다. 그렇지 않고서는 왕이 이렇게 다정하게 대해 줄 리 없고 애가 다섯이나 있을 리 없었다. 하지만 희한하게도 이사나의 마음을 차지한 건 왕이 아닌 멜즈였다. 그걸 깨달은 이사나는 몇 번이고 마음을 다잡으려 했지만, 왕은 그저 좋은 보호자로만 느껴질 뿐 멜즈에게 느끼는 감정을 느낄 수 없었다.

처음에는 왕과 닮은 얼굴이라 신경이 쓰였다. 그가 왕과 어떤 관계인지, 어째서 헥사비스 안의 일을 그렇게 잘 아는지 궁금했다. 그러다 나중에는 항상 굳어 있는 얼굴이 신경 쓰였다. 세상에 기쁜 일이라고는 하나도 없는 지독히 메마른 얼굴이 늘 뇌리에서 지워지지 않았다.

그렇게 자꾸 그를 생각하다가 연심을 가지게 되었다. 단념해야 마땅한 마음이지만, 그 마음을 도무지 끊어 낼 수 없었다.

하지만 왕을 배신할 수 없었다. 왕은 이사나가 몸도 제대로 가누지 못하던 시절부터 헌신적으로 곁에서 돌봐 주었으니까. 제 몸이라도 그렇게 돌볼 수 없을 터였다. 그랬기에 이사나는 이제껏 멜즈에게 말 한마디 제대로 건네 보지 못했다.

하지만 내일 시탈로프 숲으로 떠나면 다시는 그를 볼 수 없을지도 몰랐다. 이사나는 시무룩한 얼굴로 바닥을 내려다보는데, 짝―! 하고 박수 소리가 들려왔다. 놀라서 고개를 들자, 소년이 싱긋 웃으며 이사나를 향해 손짓했다.

"따라오라고?"

소년은 고개를 끄덕인 뒤 궁으로 향했다. 저 아이를 따라가도 되는 건가? 그런 의문이 들었지만, 어차피 할 일도 없었기에 순순히 그의 뒤를 따랐다. 이사나가 내궁 복도를 지나자, 귀환 준비를 하던 알리페르들이 이사나에게 인사했다. 이사나 역시 그들에게 인사한 뒤 어느새 저 멀리까지 가 버린 소년을 열심히 뒤쫓았다. 그러다 소년이 어느 한적한 복도에서 멈춰 섰다. 소년은 막혀있는 한쪽 벽을 미는 시늉을 하더니 이사나를 바라보았다.

"여기를…… 밀어 보라고?"

이번에도 소년은 고개를 끄덕이며 재촉하듯 이사나를 바라보았다. 그에 이사나는 고개를 갸웃거리며 복도 벽을 밀어 보았다. 그러자 이상한 기계음과 함께 비밀 통로가 나타났다. 이사나가 당황한 얼굴로 소년을 돌아보자, 소년이 먼저 통로 안으로 들어갔다. 새카맣게 어두운 통로 안에서 소년은 또다시 재촉하듯 이사나를 바라보고 있었다. 또 따라오라는 건가? 이사나는 잠시 망설이다가 비밀 통로 안으로 발을 내딛었다. 그러자 소년이 길잡이처럼 어두운 통로 안을 앞서 나갔다.

"지금 어디로 가는 거야?"

대답이 없을 걸 알면서도 이사나는 괜히 불안한 마음에 소년에게 물었다. 하지만 소년은 이번에도 이사나를 향해 싱긋 웃기만 할 뿐 아무 대답이 없었다.

미로 같은 통로를 걷다가 밖으로 나가자, 중앙 도서관 리비에의 2층 열람실이 나왔다. 왕이 인간들과 마주치지 말라고 했는데……. 이사나는 문득 왕이 했던 말이 떠올랐지만, 자기가 친우라고 주장하는 소년은 이사나에게 계속 따라오라고 손짓할 뿐이었다. 이사나는 주변을 살피다가 소년을 따라 2층 열람실의 별관으로 들어갔다.

"……?"

소년을 따라 별관에 있는 어느 문 안으로 들어가자, 새하얀 대리석으로 둘러싸인 긴 복도가 나왔다. 일직선의 복도는 한동안 계속 이어지다가 끄트머리에서 갈림길이 나타났다. 갈림길을 본 이사나는 지금이라도 돌아가야 하나 싶어 망설이는데, 소년이 아무렇지 않게 그중 하나를 골라 들어갔다.

그 후로도 여러 갈림길이 나타났지만, 소년은 그때마다 망설임 없이 갈림길 중 하나를 선택해 들어갔다. 그러다 갈림길의 끄트머리에 난 어느 문을 열고 들어가자, 이번에는 수십, 수백 개의 네모난 박스가 천장까지 쌓여 있는 어두운 공간이 나타났다.

그곳을 지나자, 이번에는 수많은 전선들이 뱀처럼 뒤엉킨 이상한 방이 나왔다. 무언가가 안에서 폭발하기라도 한 듯 기계의 잔해물만 굴러다니는 그곳을 지나자, 이번에는 천장까지 훤히 뚫린 높은 탑이 나왔다.

"……!"

그 탑의 바닥에 누군가가 서 있었다. 햇빛에 부서질 듯 빛나는 허니 블론드에 인상적인 청록색 눈동자. 멜즈였다. 최근에는 우연히도 마주치지 못한 이였다. 이사나는 넋을 빼놓으며 그를 바라보는데, 멜즈가 날개를 활짝 펴더니 곧장 위로 날아올랐다. 순식간에 꼭대기까지 도달한 그는 계단 끝에 작게 나 있는 문을 통해 밖으로 나갔다.

그의 모습이 눈앞에서 사라지자 이사나는 다급하게 탑의 계단을 밟고 올라섰다. 왜 그가 여기에 있는지는 아무래도 상관없었다. 내일이면 헥사비스를 떠난다. 언제 다시 그를 만날 수 있을지 몰랐다. 이사나는 급한 마음에 계단을 두 개씩 세 개씩 마구 박차며 탑의 꼭대기로 향했다. 난간이 없는 나선형의 계단은 조금만 발을 잘못 내디뎌도 추락이었지만, 위험하다는 생각은 어디에도 없었다.

끝도 없이 이어지는 계단을 한달음에 올라간 이사나는 마침내 헥사비스의 천장에 도달했다. 그 옛날, 배리어가 있던 시절, 이곳은 자기 중력장에 의해 고정된 헥사비스가 지상을 둥글게 감싸고 있었다. 하지만 초전도 물질이 전부 휘발된 지금은 리비에 근처에만 철골 구조물이 간신히 매달려 있을 뿐이었다.

알리페르와 인간이 적이었던 시절을 상징하는 이곳에 멜즈 님은 무슨 볼일일까? 이사나는 조금 이상하게 생각하며 탑에서 조금 떨어진 곳에 뒤돌아 서 있는 그에게 다가갔다.

"멜즈 님."

"……."

"멜즈 님?"

멜즈가 뒤를 돌아본 순간, 이사나는 가슴이 철렁 내려앉는 것을 느꼈다. 그가 울고 있었다. 지독히 지치고 외로워 보이는 얼굴로 조용히 눈물을 떨어뜨리고 있었다. 어떤 상황에서도 의연하고 냉철했던 섭정의 모습은 온데간데없었다. 금방이라도 무너질 듯한 그 모습에 이사나는 당혹스럽고 걱정이 되어 어떤 말도 꺼낼 수 없었다. 하지만 이내 손등으로 눈물을 슥슥 닦아 낸 멜즈는 평소의 침착한 얼굴로 이사나에게 물었다.

"여기는 무슨 일인가요?"

"……."

"여긴 위험한 곳이에요. 얼른 내려가세요."

멜즈의 말에 이사나는 그제야 주변을 둘러볼 수 있었다. 멜즈를 뒤쫓는 데에 정신이 팔려 까맣게 잊고 있었는데, 이사나가 서 있는 곳은 굉장히 위험한 곳이었다. 조금만 발을 잘못 내디뎌도 벌집 모양의 철골 구조물 사이로 빠져 까마득한 지상 아래로 떨어지게 될 터였다. 제대로 날지 못하는 이사나가 떨어졌다가는 뼈도 못 추릴 높이였다. 그제야 지상을 내려다본 이사나가 겁을 집어먹자, 멜즈는 무표정한 얼굴로 이사나를 재촉했다.

"내려가세요."

벽처럼 냉랭하기 짝이 없는 그의 말에 이사나는 주눅이 들어 그의 말대로 내려가려다가 멈칫했다. 애초에 여기에 왜 올라왔던 거지? 내일 시탈로프 숲을 떠나면 다시는 이 알리페르와 만날 수 없게 되어서가 아니었나? 그렇다면 조금 두렵더라도, 조금 창피하더라도, 적어도 작별 인사만큼은 제대로 하고 싶었다. 그와 조금이라도, 한마디라도 더 나눠 보고 싶었다. 이사나는 멜즈를 바라보며 멜즈에게 물었다.

"멜즈 님은 어째서 여기 혼자 있는 건가요?"

"……."

"무슨 일 있으세요?"

이사나의 걱정 어린 말에 멜즈는 젖은 속눈썹을 느리게 깜빡이며 이사나를 바라보았다. 물기를 머금은 탓인지 색유리처럼 아름다운 그의 청록색 눈이 진귀한 보석처럼 반짝이고 있었다. 이사나는 멜즈를 걱정하면서도 그의 눈동자가 너무 아름다워 빠져들듯 그를 바라보는데, 멜즈가 덤덤한 얼굴로 대답했다.

"아니요, 별일 없어요. 당신이 신경 쓸 만한 일은 아니에요."

"……."

"돌아가세요. 여긴 위험해요."

예상했던 대답이라 이사나는 실망조차 하지 않았다. 그에게 솔직한 속내를 듣기엔 부끄러울 정도로 그와 친하지 않은 탓이다. 입장을 바꿔 자신이 멜즈라도 몰래 우는 걸 들킨 이 상황이 민망하고 어색했을 것 같다. 그럼에도 그가 걱정되고 왜 울고 있었는지 알고 싶은 마음에 이사나는 좀처럼 자리를 떠나지 못하는데, 문득 멜즈의 얼굴이 이상하다는 걸 느꼈다. 돌연 무언가를 깨달은 사람처럼 멜즈는 느리게 눈을 깜빡이더니 이내 슬픈 얼굴로 중얼거렸다.

"그랬구나……. 그때 이사나는 이런 기분이었구나."

"……?"

"너무 힘들고 지쳐서, 그래서 이렇게 아무도 없는 곳에 숨어 있고 싶은 기분이었구나."

"멜즈 님?"

무슨 말을 하는 건지 모를 그의 말에 이사나가 멜즈를 부르자, 멜즈는 아까보다 훨씬 부드러워진 얼굴로 이사나에게 말했다.

"어차피 아무 일 아니라고 말해도 당신은 믿지 않겠죠? 이런 꼴인데."

"……."

"오늘 제 은사님의 장례식이 있었습니다. 그분께서는 사실 꽤 오래 버텨 주신 거였어요. 선생님은 이미 옛날에 삶에 대한 의지를 잃어버리셨는데, 제가 계속 붙잡고 있었거든요."

멜즈는 쓰게 웃으며 말을 이었다.

"선생님을 떠나보낼 준비는 이미 오래전부터 되어 있어서 괜찮았어요. 그분께서도 신변 정리를 당신 스스로 끝내 놓으신 상태였죠. 그러다 오늘 선생님께서 쓰신 유언장을 발견했어요. 어떤 경우든 절대 알리페르로 되살리지 말고 인간으로서 삶을 마칠 수 있게 해 달라는 유언장을요."

"……."

"선생님께선 한동안 지하 3층에 갇혀 계셨는데, 그때 폐결핵을 얻어 고생을 많이 하셨어요. 개종을 하면 건강해질 수 있다고 해서 여러 번 권해 드렸는데, 선생님께선 강경하셨죠. 선생님께선 당신이 원하는 때에 삶의 마침표를 찍길 원하셨나 봐요. 누군가의 이기심으로 할 수 없이 더 살아가는 게 아니라요."

멜즈는 자조하듯 쓸쓸하게 웃다가 이사나를 바라보았다. 그런데 그 눈빛이 평소와 달라 보였다. 사이에 벽을 세워 둔 듯한 무감정한 눈빛이 아닌 그리운 것을 바라보는 듯한, 이미 잃은 것을 바라보는 듯한 무거운 눈빛을 하고 있었다.

설마.

설마 나는 멜즈 님과 아는 사이였던 걸까?

그가 이제껏 단 한 번도 그런 티를 내지 않아 몰랐지만, 지금만큼은 확신할 수 있었다. 저 눈빛이 증거였다. 이사나는 긴장된 얼굴로 멜즈에게 물었다.

"우리, 아는 사이였나요?"

"……."

"아는 사이였죠?"

확신에 가까운 이사나의 물음에 멜즈는 희미하게 웃으며 대답했다.

"아뇨, 모르는 사이에요."

"하지만……!"

"설령 그렇다 해도 인간으로서의 삶을 마친 당신은 그와 전혀 다른 사람이니까."

"……."

"돌아가 줄래요? 혼자 있고 싶어요."

거절하듯 또다시 벽을 세우는 그의 말에 이사나는 애원하듯 그를 바라보았다. 하지만 군건하기 짝이 없는 그의 눈빛에 결국 발길을 돌릴 수밖에 없었다.

철골 구조물 위를 쓸쓸히 되짚어 가며 이사나는 허탈감에 빠져 있었다. 바보 같았다. 과거에 어떤 사이면 뭘 어떻게 하려고 그에게 그런 걸 물었던 걸까?

그의 말대로였다. 네오 타입 알리페르로 탈피한 '이사나'는 엄밀히 말해 인간이었던 '이사나'와 다른 인물이었다. 무엇보다도 함께 공감하고 추억할 기억이 없는데 어떻게 멜즈에게 자신이 옛날에 알던 그 사람이라고 말할 수 있을까? 그저 무척 닮은 알리페르일 뿐이었다. 왕이 인간이었던 '이사나'를 잊지 못해 알리페르인 '이사나'를 돌보는 것처럼, 인간이었던 '이사나'를 잊으려는 건 그의 선택이었다. 그렇다면 그 선택을 이사나는 존중해 주어야 했다.

하지만.

어째서 이렇게 슬픈 걸까.

이사나는 이해할 수 없는 감정에 빠진 채 본즈 위를 천천히 걸었다. 사실은 멜즈의 말을 납득한 것이 아니었다. 그저 더는 어찌할 수 없어 도망치는 것에 불과했다. 다정하고 상냥한 왕에게로.

그렇다면 더 이상 멜즈에게 거절당해 슬프지 않을 테니까.

이사나는 눈가에 차오르는 눈물을 꾹 참으며 종탑을 향해 걸어갔다. 그런데 이사나의 앞으로 또다시 더티 블론드의 소년이 나타났다. 길을 가로막고 선 그를 이사나는 의아하게 쳐다보는데, 소년이 어쩔 수 없다는 듯 피식 웃으며 말했다.

"겁쟁이."

그와 동시에 철골 구조물 아래로부터 강풍이 휘몰아쳤다. 눈을 뜨기 힘들 정도의 엄청난 바람에 이사나는 몸을 움츠리는데, 그 순간 본즈가 흔들리면서 몸의 균형을 잃고 말았다. 그리고.

"어······?"

아차, 하는 사이 이사나의 몸은 육각형의 구조물 사이로 빠져 버렸다. 허공에 떠 있다고 인지하자마자 온몸을 끌어당기는 무시무시한 중력이 느껴졌다.

"아아아악————!"

이사나는 비명을 지르며 날개를 폈다. 하지만 이사나는 이제껏 단 한 번도 이렇게 높은 곳에서 날아본 적이 없었다. 이사나는 중심을 잡으려 애를 썼지만, 여전히 몸뚱이는 제멋대로 추락하고 있었다. 시야가 어지럽게 뒤흔들리면서 바닥은 점차 가까워지기만 하고 있었다.

팔다리를 허우적거리다가 견디지 못한 이사나는 눈을 질끈 감아 버리는데, 누군가가 이사나의 팔을 강하게 붙잡았다. 단단하고 강한 팔로 이사나를 꽉 끌어안아 주었다. 그 순간, 그의 뜨거운 품에 안긴 순간, 이사나의 머릿속으로 수많은 잔상들이 폭발적으로 흘러들어 왔다.

'이사나, 난 이사나가 내게 상냥하게 대해 줘서 이사나가 좋은 게 아니에요. 그냥, 이사나라는 사람 자체가 좋은 거예요······! 이사나도 어떤 이유가 있어서 저를 좋아하는 게 아니잖아요. 저도 마찬가지예요. 이사나가 어떤 사람이어도, 어떤 마음을 가져도 괜찮아요. 난 어떠한 이사나도 전부 좋아하니까요. 계속 좋아하고 언제나 이사나의 편에 있을 거니까……! 그러니까 얘기해 줘요. 이사나가 어떤 일을 겪었든, 무슨 생각을 하든, 난 절대 이사나에게 실망하거나 비난하지 않아요. 난 이사나를 세상 누구보다도 좋아하니까.'

'그 일이 있고나서 저도 굉장히 많이 고민했어요. 이사나의 마음을 어떻게 받아들여야 할지 말이에요. 사실, 솔직히 말하면 아직도 잘 모르겠어요. 제가 이사나와 키스하고 그 이상의 행위를 할 수 있을지. 하지만, 이것만은 분명해요. 저는 이사나보다 좋아하는 사람이 없어요. 아마 앞으로도 계속 없을 거예요. 그러니, 시험, 정도는 해 봐도 괜찮다고 생각해요.'

'누가 몰라요? 이사나가 좋은 사람이 아닌 건 진즉에 다 알아차렸어요! 위로해 주려는 사람한테 화풀이 하고, 자기한테 마음 있는 거 뻔히 알면서 결혼할 거라고 하고, 자기가 먼저 보내 놓고 내가 떠난 것처럼 책임이나 떠넘기고……! 당신 같은 사람…… 정말, 정말, 질색이야…….'

'저요, 확실히 이사나보다는 어려요. 하지만 그렇다고 판단력까지 흐린 건 아니에요. 제국대학에 있으면서, 그리고 훈련소에서 여기까지 오면서 수많은 사람들을 만나봤어요. 하지만 이사나만큼, 아니, 이사나처럼 연인이 되고 싶다고 생각한 사람은 없었어요. 내가 좋아하는 사람은, 아니, 사랑하는 사람은 이사나뿐이에요.'

어느새 지면으로 내려왔지만, 이사나는 여전히 멜즈의 품에 안겨 있었다. 이사나는 얼떨떨한 얼굴로 눈만 껌뻑거렸다. 뭐지? 도대체 이 기억들은 뭐지? 지금보다 훨씬 앳된 멜즈가 뜨거운 눈빛으로 자신을 바라보며 열렬한 감정을 호소하고 있었다. 그 순수하고 직선적인 감정에 이사나의 심장은 미친 듯이 빠르게 뛰었다.

이사나가 혼란에 빠져 어찌할 줄을 모르는 사이, 이사나를 품에 안고 있던 멜즈가 이사나를 조심스럽게 땅에 내려놓았다. 그리고 다급한 손길로 이사나의 몸 이곳저곳을 살펴보았다. 지독히 놀랐는지 그의 얼굴은 새하얗게 질려 있었다. 그러다 이사나가 무사한 걸 확인하자마자 안도감에 못 이겨 바닥에 털썩 주저앉았다. 이사나는 당황한 얼굴로 그를 내려다보는데, 멜즈가 돌연 얼굴을 일그러뜨리더니 이사나를 강하게 끌어안았다. 금방까지 모르는 사이였다고 말한 주제에 그는 두려웠는지 온몸을 덜덜 떨며 서러운 울음을 터트리고 있었다. 그런 그가 가여워 이사나는 저도 모르게 팔을 뻗어 그를 안아 주었다.

마치 오랫동안 그를 그리워했던 것처럼 그의 체온은 안온하고 따스하기 짝이 없었다.

겁에 질린 멜즈를 도닥이던 이사나는 조금 떨어진 곳에 더티 블론드의 소년이 서 있는 걸 발견했다. 그는 이사나와 멜즈를 향해 싱긋 웃더니 햇빛이 내리쬐는 하늘을 올려다보았다. 부화한 알의 껍데기처럼 갈라진 헥사비스를 잠시 바라보던 소년은 날개를 활짝 펴 하늘로 날아올랐다.

해야 할 일을 끝낸 것처럼 태양을 향해 날아오르는 소년의 날갯짓에는 조금의 머뭇거림조차 없었다.

⟨End⟩

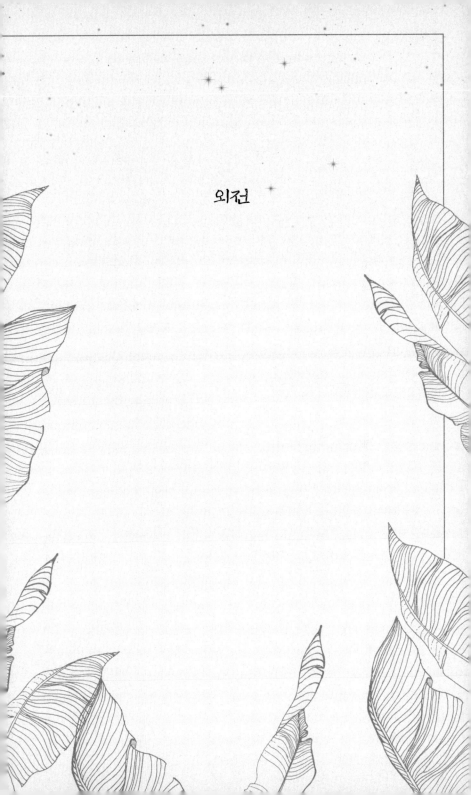

외전

## 남동생

이 세상은 나를 위해 존재한다. 나는 그것을 추호도 의심해 본 적이
없었다.

"태자 전하."

"전하."

모두가 나를 경애하고 나와 시선을 마주치지 못해 안달이었다. 당
연했다. 나는 이 헥사비스의 제1 계승권자이자 '몰란도 넥시움'의 이
름을 잇는 자였으니까. 모두가 나를 사랑하는 것은 어찌 보면 당연
한 일이었다.

하지만 그중 가장 열렬한 나의 추종자는 바로 이놈이었다.

"형님……!"

흔하디흔한 갈색 머리에 별 볼 일 없는 갈색 눈. 제국의 제2 황
자이자, 두 살 아래 동생인 이사나였다. 하지만 나는 놈을 보자마자

눈살을 찌푸렸다.

귀찮았기 때문이다.

"형님! 형님!"

"……."

"형……!"

도망치듯 정원으로 들어가자, 놈은 종종걸음으로 나를 뒤쫓아 왔다. 하지만 다리가 짧아서인지 발걸음이 지나치게 굼떴다. 이대로 포기하고 딴 데로 가 주었으면 좋으련만, 놈은 눈치가 없는 데다가 끈질기기까지 했다.

결국 먼저 포기하게 된 건 내 쪽이었다.

"왜 자꾸 쫓아오는 것이냐."

내가 왈칵 짜증을 내며 뒤를 돌아보자, 이사나는 한참을 가쁜 숨을 헉헉 내쉬다가 손에 쥐고 있던 것을 내게 내밀었다.

수정 조각이었다.

며칠 전 궁인들이 샹들리에를 교체하다가 떨어뜨린 것 같았다. 나는 마뜩잖은 얼굴로 물었다.

"이게 왜."

내 말에 이사나는 부끄러운 듯 뺨을 붉히며 웅얼거렸다.

"혀, 형님을 닮은 것 같아서……."

섬세하게 세공된 수정 조각은 햇빛 아래에서 오색찬란하게 반짝였다. 하지만 나는 비웃음밖에 나오지 않았다. 제국의 작은 태양이자, 그 무엇과도 바꿀 수 없는 보배라 불리는 나를 미천한 수정 따위와 비교하다니. 화가 난 나는 이사나의 손에 들려 있던 수정 조각을 빼앗아 저 멀리 던져 버렸다. 그러자 이사나는 울상을 지으며 허둥지등 수정 조각이 날아간 쪽으로 달려갔다. 이걸로 이사나에게서 해방되나 싶었는데, 얼마 지나지 않아 이사나는 또다시 강아지처럼 나를 쫓아왔다.

"형님, 오늘 라발스 백작 부인께 예법 수업을 받았어요."

"……."

"백작 부인이 수업을 하시면서 형님이 얼마나 예법에 능숙한지 칭찬하셨어요. 열심히 익혀서 형님처럼 멋진 신사가 되어야 한다고 하셨어요."

"……."

"그리고 에리히 선생님께 미술 수업을 받았어요. 테이블에 놓인 과일을 그리는 거였는데, 선생님은 제게 재능이 없다고 하셨어요. 사과를 그렸는데, 찌그러진 호박 같다고 놀리셨어요."

"……."

"에리히 선생님도 형님이 그림에 재능이 있다고 하셨어요. 웬만한 화가보다도 훨씬 잘 그린다고 하셨어요."

"……."

"형님, 형……!"

찰싹一!

듣다듣다 못한 나는 결국 이사나의 뺨을 쳤다. 손속에 사정을 두지 않은 손찌검에 입 안이 터졌는지 이사나는 뺨을 붙잡은 채 떨리는 눈으로 나를 올려다보았다. 나는 짜증이 묻어나는 얼굴로 그에게 쏘아붙였다.

"시끄럽고 정신 사나운데 왜 자꾸 따라와서 쫑알대는 것이냐! 누가 네 신변잡기 따위가 듣고 싶다고 했느냐? 귀찮고 짜증 나는 것."

내 폭언에 이사나의 커다란 눈이 물기로 일렁였다. 금방이라도 울음을 터트릴 듯 얼굴이 새빨갛게 달아올랐다. 그에 나는 낭패 어린 얼굴로 혀를 찼다. 혼자 멋대로 쫓아와 쫑알거리다가 혼자 멋대로 울기나 하고, 민폐가 따로 없었다. 하지만 그것과 별개로 이사나가 우는 건 그다지 좋아하지 않았다. 왠지 초조하고 신경이 바짝 타들어 갔기 때문이다. 나는 괜히 찝찝한 마음이 드는 것을 외면한 채 도망치듯 그 자리를 벗어나는데, 누군가가 나를 불렀다.

"태자."

고개를 돌리자, 나와 같은 눈부신 금발을 가진 남녀가 정원 어귀에 서 있었다. 아버지와 어머니였다.

두 분은 산책을 하던 중이셨는지 궁인들을 물린 채 두 분만 계셨다. 내 부모님은 사이가 꽤 좋은 편이었다. 어릴 때부터 이미 약속된 결혼을 해 부부가 되었지만, 두 분은 그 흔한 말다툼조차 한 적이 없을 정도로 서로를 존중하셨다. 나는 한달음에 달려가 두 분의 품속에 안겼다. 그러자 아버지의 커다란 손이 내 머리를 부드럽게 쓰다듬었다.

"좋은 아침입니다. 아버지, 어머니."

"좋은 아침이구나, 태자. 그런데 여기엔 왜 있는 것이냐? 지금은 수업 받을 시간인 것으로 알고 있다만?"

아버지의 질책에 나는 볼멘 얼굴로 투덜거렸다.

"날씨가 이리 좋지 않습니까. 따분한 수업만 듣는 건 인생의 낭비라고 생각했습니다."

넉살 좋은 내 말에 어머니는 살며시 웃으며 말했다.

"태자의 말이 맞군요. 이리 날이 좋은데 안에만 있으면 낭비이지요. 마침 이 어미도 그렇게 생각해 폐하를 꾀어 데이트를 하던 참이었습니다. 요컨대, 폐하께서도 태자처럼 놀러 나온 것이죠."

어머니의 고발에 아버지는 "허허, 아들 앞에서 부끄럽게 왜 그런 말을 하는가?" 하고 작게 타박했다.

상냥하고 아름다운 어머니, 자상하고 멋진 아버지, 그리고 나. 우리 가족은 마치 동화책에서 튀어나온 것처럼 이상적이었다.

저기 있는 저놈만 뺀다면 말이다.

나는 조금 동떨어진 곳에 서 있는 이사나를 바라보았다. 이사나는 몹시 부러운 눈으로 우리들을 보고 있었다. 표정 관리조차 하지 못하는 덜떨어진 놈은 추하게도 허기를 고스란히 얼굴에 드러내고 있었다. 하지만 나는 고개를 돌려 그것을 모르는 척했다. 우리 가족 안에 이사나라는 이물질을 그다지 넣고 싶지 않아서였다.

놈이 분명 내 가족이라고 하는데, 나는 도무지 놈을 아버지나 어머니처럼 친근하게 생각할 수 없었다. 네 명의 모습이 찍힌 가족사진조차 이사나는 잘못 끼어든 이물질처럼 이질적이기 짝이 없었다. 누군가는 이사나의 짙은 머리 색 때문이라고 말했지만, 아니었다. 그냥 처음 놈을 보았을 때부터 입안의 돌처럼 거슬리고 불쾌했다.

"이왕 다 같이 밖으로 나왔으니 함께 다과를 들도록 하자꾸나."

"좋아요, 어머니."

"이사나, 너도 이리 오렴."

어머니의 말에 이사나는 그제야 쭈뼛쭈뼛 우리 가족에게 다가왔다. 그런 이사나의 꼴이 가여워 보였는지 어머니는 웃으며 이사나를 향해 팔을 벌렸다. 하지만 그 광경을 보자, 갑자기 속이 뒤틀리는 듯한 기분이 들었다. 나는 잽싸게 어머니의 팔을 잡아당기며 애교스럽게 말했다.

"어머니 저는 이번에 수확되었다는 리치가 먹고 싶어요."

"어머, 그 얘기는 어디서 들었니? 태자 몰래 먹으려고 했는데."

"제가 모르는 게 있나요?"

내 잘난 척에 어머니와 아버지가 웃음을 터트렸다. 나는 그들 사이에 끼여 함께 웃다가 힐끔 옆을 돌아보았다. 여전히 이사나는 어정쩡한 곳에 서서 우리들을 바라보고 있었다. 그래, 그게 바로 네 자리지. 원하고 갈망하면서도 가지지 못해 부러움에 미치는 게 바로 네 자리지.

나는 의기양양한 얼굴로 부모님을 이끌고 궁으로 들어갔다.

* * *

헥사비스는 채소와 과일이 귀했다. 헥사비스의 바깥에 있는 경작지는 제국민들이 먹을 곡물을 생산하는 것만으로도 벅찼기 때문에 채소와 과일의 재배는 매번 뒷전이 되었다. 그랬기에 제국의 황태자인 내게조차 과일은 수확된 그 계절에만 겨우 먹을 수 있었다.

"아⋯⋯!"

이사나가 또다시 접시에 담긴 리치를 놓쳤다. 껍질이 단단하고 표면이 미끄러운 탓이었다. 나나 부모님은 그런 얼빠진 짓을 하지 않았지만, 굼뜨기 짝이 없는 이사나는 종종 이런 실수를 하곤 했다. 테이블에 떨어진 리치를 허둥지둥 붙잡은 이사나는 다시 리치를 까기 위해 포크와 나이프를 들고 고군분투했다. 하지만 이사나는 결국 하나도 까지 못했다.

급기야 고사리 같은 손으로 리치를 조물거렸지만, 결과는 똑같았다. 이사나는 딱딱한 껍데기 안에 든 하얀 과육이 몹시 먹고 싶은지 리치에서 눈을 떼지 못했다. 이사나는 도움을 청할 곳을 찾아 이리저리 고개를 돌렸다. 하지만 부모님은 두 분이서 담소를 나누는 중이셨고 숫기가 없는 놈은 먼저 나서서 궁인들에게 뭔가를 부탁하지 못했다. 이사나의 눈은 식당 안을 이리저리 배회하다가 리치를 먹고 있던 내게 꽂혔다.

"……"

"……"

이사나는 나와 눈이 마주치자 망설이듯 이리저리 눈알을 굴렸다. 내게 부탁하고 싶지만, 말을 걸어도 되는지 판단이 서지 않는 얼굴이었다. 당연히 나는 놈이 부탁해도 들어줄 생각이 없었다. 내가 왜 귀찮게 그런 짓을 한단 말인가. 나는 놀리기라도 하듯 하얀 과육을 먹으며 이사나를 바라보았다. 그러자 이사나는 내가 도와주지 않을 거라는 걸 알아차렸는지 고개를 떨어뜨렸다. 그 가여운 모습에 왠지 모를 뿌듯한 만족감이 몰려들었다.

이상하게 생각할지 모르지만, 나는 내게 들러붙는 이사나가 굉장히 싫었다. 하지만 반대로 저렇게 시무룩해진 이사나는 몹시 좋았다. 무기력한 모습이 마치 잘 만들어진 인형 같았다.

나만을 위한 인형.

기분이 좋아진 나는 대뜸 자리에서 일어나 이사나의 옆에 앉았다. 그러자 이사나의 힘없는 눈이 내게 향했다.

"바보야, 이런 것도 못 까나?"

나는 이사나의 접시에 있는 리치를 하나씩 손으로 까기 시작했다. 리치를 까는 건 번거롭긴 했지만, 못 깔 정도는 아니었다. 하나씩 까서 이사나의 접시 위에 올려놓자, 이사나는 조심히 내 눈치를 보다가 포크로 집어 먹었다. 그리고 눈이 동그랗게 커졌다. 꽤 입맛에 맞는 모양이다. 그렇게 내가 착한 형님 흉내를 내고 있자, 어머니가 웃으며 말했다.

"어머, 우리 태자 정말 착하군요. 동생을 위할 줄 알고."

"무슨 소리를 하시는 겁니까? 저는 원래 착했습니다. 어머니."

"후후, 맞아요. 우리 태자가 세상에서 제일 착하죠."

어머니는 기특해 견딜 수 없다는 듯 나를 바라보았다. 나는 어머니께 마주 웃어 주다가 습관처럼 옆을 돌아보았다. 이사나가 리치를 먹다가 말고 어머니를 바라보고 있었다. 놈의 눈빛에는 갈망이 실려 있었다.

어머니께 사랑받고 싶다는 갈망.

그 눈빛이 가소로우면서도 심히 거슬린 나는 리치의 속알맹이를 손수 집어 놈의 입가에 가져다 댔다. 그러자 이사나는 놀란 눈으로 나를 바라보았다. 마치 꿈을 꾸는 것처럼 얼떨떨한 얼굴을 하고 있었다. 하지만 이내 황홀한 눈으로 나를 바라보며 내가 집어 준 리치를 받아먹었다.

결국 이렇게 나를 바라볼 것이면서 어째서 부끄러운 줄도 모르고 어머니의 사랑을 원하는지 알 수 없었다.

나는 그것이 무척 짜증 나면서도 이사나의 시선을 빼앗기지 않기 위해 환히 웃으며 이사나에게 리치를 먹였다.

\* \* \*

내 동생 이사나는 멍청하고 아둔했다. 무엇 하나 제대로 할 줄 아는 게 없고 행동은 굼뜨며 사고는 단순했다. 나는 종종 그런 이사나가 못마땅했다. 저런 바보 천치가 내 형제라는 것이, '넥시움'이라는 것이 종종 부끄러울 때가 있었다. 하지만 나는 차후 만인지상에 오를 황태자였다. 아둔하고 보잘것없는 동생이지만, 그런 그를 거두는 정도의 아량은 가지고 있었다. 번거롭고 귀찮지만, 나만을 바라본다면, 나만을 경배한다면 그 귀찮음을 감수할 생각 역시 있었다.

하지만, 내 아둔한 형제는 그런 작은 기대조차 제대로 만족시키지 못했다.

나이가 차면서 나는 아카데미에 다니게 되었다. 황궁에 초대되는 선생들만으로도 교육은 차고도 넘쳤지만, 아카데미와 사관 학교로 진학하는 것은 차기 계승권자가 치러야 할 과정 중 하나였다. 나는 장차 아랫사람을 다스릴 위치에 오를 것이니까. 사람들과 부대끼는 것에 익숙해져야 했다. 하지만 그 탓에 이사나를 볼 시간이 점점 줄어들었다. 황궁에 있을 때는 시도 때도 없이 찾아오는 놈 때문에 싫어도 계속 마주치게 되었는데 말이다.

그래서인지 평소에는 이사나가 귀찮았지만, 어쩐지 계속 놈이 보고 싶어졌다. 결 좋은 갈색 머리가, 주눅이 든 하얀 얼굴이, 허기가 느껴지는 갈색 눈이 이따금 생각났다. 이사나를 그리워한다는 걸 깨닫자, 나는 내 자신이 우습게 느껴졌다. 그렇게 귀찮아했건만, 그래도 형제는 형제인 모양이다. 멀어지니 괜히 보고 싶어지는 걸 보면 말이다.

그렇다면 이사나도 나를 보고 싶어 하고 있겠지?

나는 충동적으로 아카데미에서 빠져나와 이사나가 있는 궁으로 향했다. 이사나의 궁으로 향하는 내내 입꼬리가 내려가지 않았다. 항상 쫓아다니기 바빴던 형이 갑자기 궁에 나타나면 이사나는 굉장히 놀라면서도 기뻐할 것이다. 하지만 녀석에게 보고 싶어서 찾아왔다는 말 같은 건 하고 싶지 않았다. 녀석이 어쩐 일로 왔냐고 물어보면 뭐라고 대답하지? 그냥 지나가다가 들렀다고 할까? 아니면 지난번에 같이 티타임을 갖자는 약속이 생각났다고 말할까? 나는 이사나의 궁에 가까워질수록 어쩐지 가슴이 들떴다. 기대는 언제나 좀 더 좋은 것만 상상하게 되기 마련이다.

하지만, 내가 마주한 현실은 내 기대와 사뭇 어긋난 것이었다.

"이것 봐요, 여보. 우리 애기가 코 잘 시간이 되었어요."

"어? 그, 그럼 어떻게 해야 하는 거야?"

"아이참, 아빠가 되어서 그런 것도 몰라요? 애기가 잘 잘 수 있게 자장가를 불러주어야 하잖아요."

"그렇구나……."

부드러운 햇살 아래에서 이사나는 어떤 여자아이와 함께 소꿉놀이를 하고 있었다. 아기자기한 접시에 색색의 나무 열매를 잔뜩 쌓아둔 모습이 아주 본격적이었다. 이사나는 풀밭에 누운 토끼 인형을 난감하게 내려다보았다. 그러다 여자아이의 강요에 못 이겨 떠듬떠듬 자장가를 부르기 시작했다. 하지만 어색하고 부끄러운지 이사나의 얼굴은 점점 익어 갔다. 그 모습에 여자아이는 뭐가 우스운지 배를 잡고 웃어 댔다. 그런 여자아이를 이사나는 난처하게 바라보다가 웃음이 전염되었는지 덩달아 웃기 시작했다.

내게는 한 번도 보여 준 적 없는 환한 얼굴로.

그걸 깨닫자 뱃속 깊은 곳에서부터 무언가가 부글부글 끓어오르는 듯한 기분이 들었다. 턱에는 힘이 들어가고 손끝이 덜덜 떨려 왔다. 굳어진 얼굴로 수풀을 헤치고 나가자, 여자아이가 나를 향해 활짝 웃으며 인사했다.

"태자 전하!"

그 개구진 얼굴을 보자 겨우 생각났다. 여자아이는 태자비 후보인 영애였다. 차후 제국의 안주인이 될지 모를 귀한 아가씨이기에 나 역시 예를 갖추어야 했지만, 나는 무시한 채 이사나만을 바라보았다. 여자아이의 외침에 이사나 역시 밝은 얼굴로 나를 돌아보았다. 하지만 돌연 얼굴이 딱딱하게 굳어졌다.

왜지? 어째서 얼굴이 굳어 있는 거지?

나는 네가 그렇게 돌아봐 주길 원하던 형이 아니었던가?

그런데 네가 나를 보고 겁을 먹었다면 그건.

네게 잘못이 있는 거겠지.

그 생각과 동시에 나는 이사나를 향해 주먹을 날렸다. 이사나가 풀밭에 나동그라지자, 나는 이사나의 위에 올라타 놈을 흠씬 두들기고 목을 졸랐다. 옆에서 영애의 비명 소리가 들려와도 아래에 깔린 이사나가 겁에 질려 울음을 터뜨려도 내 귀엔 아무것도 들어오지 않았다.

* * *

"이게 도대체 무슨 일입니까, 태자."

어머니의 걱정 어린 질책에 나는 입을 꾹 다문 채 고개를 떨어뜨렸다. 궁에서 한바탕 소란을 일으킨 나는 아버지로부터 근신령을 받았다. 하지만 근신령 따위는 내게 아무래도 상관없었다. 나는 그저 혼란스러울 뿐이었다.

왜 이사나를 그렇게 때렸는지 나 자신도 이유를 알 수 없었다.

평소에 이사나를 거슬리게 생각하기는 했다. 귀찮게 굴면 뺨을 치기도 했고. 하지만, 하지만 이렇게까지 때린 적은 없었다. 이렇게까지 그 녀석을 미워한 적은 없었다. 하지만 그때는, 여자아이에게 환하게 웃어 주는 그 모습을 보았을 때는 피가 거꾸로 솟구치는 것 같았다.

어째서…….

어머니의 채근에도 나는 나 자신도 그렇게 한 이유를 알 수 없었기에 입을 다물고만 있었다.

얼마 후, 이사나에게 다녀온 아버지가 방으로 돌아오면서 한숨을 쉬듯 말했다.

"이사나는 팔다리가 부러져 석 달이나 깁스를 해야 한다고 하는구나."

"세상에 맙소사! 태자, 멜리오스, 아가……! 도대체 왜 그런 짓을 한 거니……!"

아버지의 말에 어머니는 울 듯한 얼굴로 소리쳤다. 나 역시 이사나의 팔다리가 부러졌다는 말에 놀라서 굳어 버렸다. 심하게 때렸다는 건 알고 있었지만, 팔다리가 부러질 정도인줄은 정말 몰랐다. 나는 새하얗게 질린 얼굴로 몸을 벌벌 떨었다.

누구도 동생의 팔다리를 부러뜨릴 정도로 때리지 않을 것이다. 사이코패스나 정신 이상자가 아니라면. 그렇다면 나는 나쁜 사람인가? 그래서 이사나를 그렇게 미워하고 무참하게 때렸던 것인가? 나는 너무 놀라 숨조차 제대로 쉬지 못하는데, 아버지가 의외의 말을 꺼냈다.

"잘했다, 멜리오스."

"……?"

"폐하, 그게 도대체 무슨 말이십니까?"

어머니 역시 영문을 알 수 없어 하며 아버지를 질책하는데, 아버지가 다소 냉정한 얼굴로 말했다.

"이사나와 같이 있던 아이가 알고 보니 태자비 후보인 아이더군. 그런 아이와 몰래 만나고 있었는데 어찌 태자가 가만히 있을 수 있겠나."

"하, 하지만……."

"멜리오스의 손속이 과했다는 건 인정하네. 하지만 무릇 군주는 자비만 가지고 아랫사람을 다스릴 수 없는 법이야. 그 영애는 장차 태자의 든든한 한쪽 날개가 될지도 모르는 사람인데 눈앞에서 빼앗겨야 했단 말인가?"

아버지의 말에 어머니는 "하지만, 이사나는 이제 겨우 여섯 살인데……."라고 중얼거렸다. 그런 어머니의 유약한 말에 아버지는 더욱 엄하게 말했다.

"여섯이든 여덟이든 형제로 태어난 이상, 이사나는 태자에게 가장 든든한 아군임과 동시에 가장 강력한 적이라네. 그걸 잊어서는 안 돼."

아버지의 말에 어머니는 여전히 혼란을 느끼는 것 같았지만, 나는 드디어 정답을 찾은 것처럼 머리가 명료하기만 했다.

나는 나쁜 사람이 아니었다.

그저 이사나가 나를 나쁜 사람으로 만들었을 뿐이었다.

아버지의 말을 듣고 나서야 나는 어째서 이사나를 볼 때마다 초조하고 짜증이 났는지 알 수 있었다.

어째서 이사나가 다른 사람과 함께 있을 때 화가 난 건지.

그건 전부 이사나가 내 것을 빼앗아 가지 않을까 하는 불안이었다. 황위는 하나지만, 넥시움의 피를 이은 황자는 지금 둘이니까. 황제의 관은 분명 적장자인 나의 것이지만, 이사나가 오를 가능성이 아예 없는 것은 아니었다.

몇 주 후, 나는 다시 황궁 안에서 이사나와 마주쳤다. 팔에 깁스를 하고 목발을 짚고 있는 놈은 나를 보자마자 바짝 졸아들었다. 예전 같았으면 내가 너무 때려서 겁을 먹은 것이라 생각했겠지만, 지금은 아니었다. 나는 놈에게 다가가 목발을 세게 걷어찼다.

쿠당탕—!

"으윽……!"

이사나는 대번에 균형을 잃고 바닥에 나동그라졌다. 부딪친 부위가 몹시 아픈지 몸을 벌벌 떨며 일어나지도 못했다. 주위의 궁인들이 당혹스러운 눈으로 나와 이사나를 바라보았지만, 나는 그들과 달리 이제 속지 않았다. 저건 다 연기였다. 별로 아프지도 않으면서 괜히 엄살을 부리는 것이었다. 이사나는 어리지만, 그렇다고 교활한 책략을 쓰지 못하리라는 법은 없었다. 몰래 태자비 후보인 여자아이를 만난 것처럼 아이라는 보호막 뒤에 숨어 더러운 속내를 숨기고 있을지도 몰랐다.

그 후로 나는 이사나를 감시하기 시작했다. 사람까지 붙여 가며 강박적이다 싶을 정도로 놈의 일거수일투족을 살피고 또 살폈다. 이제껏 아둔하고 멍청하다고 여긴 아이가 사실은 더러운 책략을 숨기고 있을지도 모른다는 사실이 견딜 수 없었다. 나 역시 내 하나밖에 없는 동생을 의심하는 게 편하지는 않았다. 하지만 나는 만인지상의 자리에 앉을 자였고 이러한 의심은 내가 견뎌야 할 몫이었다.

그렇게 이사나를 감시한 결과, 내가 아카데미에 있는 동안 이사나가 그 여자아이 말고도 다른 또래 아이들을 만나고 있었다는 걸 알게 되었다. 더 기가 막힌 건 그 아이들을 황궁에 밀어 넣은 게 그들의 부모라는 것이다. 재무부 장관이라든가 궁내부 차관, 심지어는 귀족가에서도 이사나 또래의 아이들을 입궁시켜 이사나와 친하게 지내게끔 했다. 나는 배신감에 분을 삭이지 못했다. 이제껏 내가 황위에 오를 것을 믿어 의심치 않으며 온갖 감언이설을 늘어놓던 것들이 사실은 나와 이사나 사이에서 줄타기를 하고 있었다는 게 믿어지지 않았다.

이사나도 저들의 의도를 알고 있었을까?

놈도 내 자리를 빼앗을 생각을 하고 있었던 걸까?

나는 배신감에 치를 떨며 이사나를 계속 감시했다. 이사나가 미웠지만, 찢어 죽이고 싶을 정도로 증오스러웠지만, 나는 참았다. 이사나의 허물은 내 허물이기도 했다. 아둔한 내 형제를 사랑한 나의 죄였다. 나는 이사나의 일거수일투족에 신경을 곤두세우며 놈에게 접근하는 것들은 가차 없이 내 선에서 정리했다. 그러면서 나는 끊임없이 이사나에게 기회를 주었다. 배신자가 아닌, 내 충성스러운 동생이 될 수 있게끔 놈에게 신경을 썼다. 시간을 내어 함께 차를 마시기도 하고 궁으로 초대해 식사를 같이하기도 했다. 그러면서 놈이 내게 역심을 품지 않는지 확인하고 또 확인했다.

"형님."

"왜 그러느냐, 이사나."

오늘은 드물게 이사나가 먼저 내게 말을 걸었다. 그러고 보니 이사나는 요즘 내게 먼저 말을 걸지 않았다. 아마도 내게 팔다리가 부러진 다음부터인 것 같다. 예전에는 성가실 정도로 들러붙었는데 이제는 그게 언제였는지 기억조차 나지 않을 지경이었다. 그게 탐탁지 않으면서도 오늘은 먼저 말을 걸어 주었다는 게 꽤 기뻤다.

나는 짐짓 자애로운 표정을 지으며 어서 말을 해 보라는 듯 턱짓을 했다. 하지만 이사나는 먼저 부른 주제에 좀처럼 결심이 서지 않는지 자꾸만 미적거렸다. 쯧, 나는 혀를 찼다. 그런 덜떨어진 버릇은 고치라고 말을 했건만. 나는 못마땅한 마음이 들려는 것을 인내하는데, 이사나가 조그마한 입술을 달싹이며 말했다.

"……에 가고 싶습니다."

"뭐?"

"아카데미에 가고 싶습니다."

겁에 질린 듯 여전히 잘게 몸을 떨고 있었지만, 이사나는 꼭 가고 싶었는지 또박또박 다시 한번 내뱉었다. 나이가 차면서 이사나 역시 나처럼 아카데미에 갈 나이가 되었다. 하지만 나는 부모님께 이사나를 궁 밖으로 내보냈다가는 그놈을 가만두지 않겠다며 난리를 쳤다. 그 탓에 이사나의 입학은 무산되었다.

내막을 모르는 이사나는 맞춰 놓은 교복과 책가방만 바라보며 입학할 날만을 손꼽아 기다렸다. 그런데 누군가가 이사나에게 어째서 아카데미에 못 가게 되었는지 말을 해 준 모양이다. 나는 피식 웃었다. 당장 잡아다가 그 가벼운 주둥이를 찢어 놓아야겠다. 나는 찻잔을 내려놓으며 이사나에게 말했다.

"아카데미를? 네가 가야 할 필요가 있느냐?"

"……."

"배우고 싶은 게 있다면 교사는 얼마든지 궁으로 부를 수 있는데, 왜 그런 귀찮은 곳으로 가려는 것이냐."

나는 결코 이사나를 궁밖에 내보낼 생각이 없었다. 궁인들 대부분은 내 편이라 감시가 수월했지만, 이사나가 아카데미로 가면 아무리 사람을 붙인다고 해도 빈틈이 생길 수밖에 없었다. 이사나가 무엇을 하든 상관없었다. 하지만, 내 감시에서 벗어나는 것은 도저히 참을 수 없었다.

그것만은 견딜 수 없었다.

"이사나, 너는 잘 모르나 본데, 궁 밖은 이곳과 달리 불편한 점이 많다. 황위에 올라야 하는 나는 그런 불편을 감내할 필요가 있지만, 너는 아니지 않느냐."

"……."

"가지 않을 거지?"

"……."

"대답하거라."

"……네, 형님."

대답과 함께 이사나의 눈이 절망으로 검게 물들었다. 그제야 나는 만족스럽게 웃을 수 있었다. 이사나는 고분고분한 인형일 때가 제일 예뻤다.

* * *

이사나의 나이는 어느새 열 살이 되었다. 하지만 이사나는 여전히 아카데미에 입학하지 못했다. 내가 여전히 입학을 허락하지 않기 때문이다. 부모님은 황궁 안에 유폐되다시피 갇힌 이사나를 걱정했지만, 그들도 내 뜻을 꺾지 못했다.

이사나는 평생 나만을 보고 살아야 했다.

평생 내게만 충성하는 동생이 되어야 했다.

그렇게 나는 이사나를 가둬 놓은 채 이곳저곳을 쏘다녔다. 궁 밖을 나오자, 재밌는 것이 한층 많아졌다. 하지만 이것들에게 이사나의 시선을 빼앗기게 하고 싶지 않았다. 사실은 종종 나는 이사나를 상자 속에 가둬 두고 싶다는 생각이 들 때가 있었다. 다른 무엇도 볼 수 없는 곳에 놓고 나만 보게 하고 싶었다. 그러면 그 허기진 눈이 온전히 내게만 향하겠지? 상상만으로도 배가 바짝 조여들었다.

하지만, 이렇게까지 놈을 통제했는데도 놈은 내가 아닌 다른 것에 또 눈길을 주었다.

"하하하, 간지러워! 그만해!"

"……"

이제는 인간이 아닌 동물에게 눈을 돌린 것이다. 개나 고양이 따위를 주워 궁 어딘가에 숨겨 두고 놈들을 길렀다. 그리고 환한 얼굴로 엉겨 붙는 놈들을 끌어안았다. 그 광경을 보자 나는 모멸감에 몸이 벌벌 떨려 왔다.

어째서 내가 아닌 저것들에게 마음을 주는지 도무지 이해할 수 없었다. 어째서 내게는 그리 환하게 웃어 주지 않는지 도무지 이해할 수 없었다. 나는 황태자였다. 차후 제국의 모든 것의 주인이 될 자였다.

그런데, 주인인 내가 아닌, 다른 것을 소중히 여기다니.

있을 수 없는 일이었다. 나는 더럽다는 이유를 들며 이사나가 아끼던 동물들을 모조리 살처분했다. 이사나가 울며불며 제발 그러지 말아 달라고 빌었지만, 인간도 아닌 놈들을 처리하는 건 더 쉬웠다. 인간도 이렇게 할 수 있으면 얼마나 좋을까 싶을 정도였다.

그렇게 이사나는 동물을 키우는 것도 포기하는 것처럼 보였다.

힘없이 축 늘어진 이사나를 보며 마음을 놓았다. 이제 다시는 그 무엇도 곁에 두지 않을 거라고 생각했다. 하지만, 언제나 그렇듯 이사나는 못된 동생이었다.

피잇, 피잇—!

피로로롱—.

오랜만에 이사나의 궁으로 들어갔더니 웬 새소리가 들려왔다. 처음에는 궁 근처 수풀에 사는 새인가 생각했지만, 어째서인지 느낌이 좋지 않았다. 나는 내 눈치를 보는 궁인들을 노려보다가 이사나의 내궁으로 들어갔다. 그러자, 청명한 새소리는 점점 더 커져 갔다.

"……."

이사나의 침실에 웬 카나리아가 있었다. 분명 이 카나리아는 어머니께서 키우던 새 중 하나였다. 울음소리가 낭랑하고 고운 분홍빛 깃털을 가진 카나리아는 어머니께서 꽤 아끼시던 새였다.

그런데 이게 왜 이사나의 궁에 있을까? 그것도 누군가가 서투르게 관리한 흔적이 엿보이는 이 녀석이?

"큭, 크큭……."

어쩐지 웃음이 나왔다. 나는 그제야 이사나에게 한 방 먹었음을 깨달았다. 놈이 불쌍한 척, 아무것도 숨기는 게 없는 척하고 있어서 깜빡 속은 것이다. 이제 나 이외에는 아무것도 없다고 시무룩하게 말한 주제에 날 속인 것이다. 깜찍하게도!

분노로 머리가 바짝 타들어 가는 걸 느꼈다. 궁을 한바탕 다 뒤엎어 가위를 찾아낸 나는 살기등등한 눈으로 카나리아의 앞에 섰다. 이 카나리아가 어머니께서 아끼시던 카나리아라는 건 머릿속에 들어오지도 않았다. 그저 저 가녀린 몸집으로 아름다운 울음소리로 내 동생을 꾀어냈다는 게 참을 수 없을 만큼 화가 날 뿐이었다.

나는 새장 속으로 손을 집어넣어 카나리아를 붙잡으려 했다. 카나리아도 자신에게 다가온 최후를 짐작했는지 발광하며 내게 잡히지 않으려 애를 썼다. 코웃음이 나왔다. 그래 봐야 새장 속 카나리아였다. 이사나가 이 헥사비스 안에서 도망칠 수 없는 것처럼 놈도 내게서 도망칠 수 없었다.

"형, 님……?"

어느새 수업에서 돌아온 이사나는 창백하게 질린 얼굴로 나를 바라보았다. 나는 오랜만에 보는 동생에게 생긋 웃으며 인사했다.

"아, 이사나, 이제 왔느냐?"

그리고 나는 손아귀에 있는 카나리아를 꽉 움켜쥔 채 가위로 날개를 잘라 내기 시작했다. 그러자 카나리아는 돼지처럼 꽥꽥거리며 마구 몸부림을 쳤다. 고운 울음소리로 어머니에게 총애를 한 몸에 받았던 카나리아가 가증스러운 울음은 집어치운 채 추하게 발버둥을 치고 있었다. 동물조차 가식을 떨어 대는 세상이라니 웃기지 않을 수 없었다. 나는 그렇지 않느냐는 듯 이사나를 바라보며 카나리아의 양 날개를 싹둑싹둑 잘라 냈다.

"허, 흐, 흐읍, 흐으……!"

겁에 질린 이사나가 손으로 입을 틀어막은 채 울음을 터뜨렸다. 이사나는 이제야 카나리아가 아닌, 나만을 온전히 바라보고 있었다. 그의 눈에 나만이 들어가 있었다. 나는 몸통만 남은 카나리아를 바닥에 내동댕이친 채 이사나를 끌어안았다. 이사나는 사시나무 떨듯 두려움에 떨고 있었다.

"그래, 무서웠느냐."

"흐, 흐으, 으……!"

"이까짓 게 뭐가 무섭다고 말이냐. 헥사비스 밖으로 나가면 이보다 더 무서운 게 훨씬 많을 텐데. 이사나, 네 마음이 너무 여려 이 형은 걱정이 되는구나."

내가 가만히 이사나의 젖은 눈가를 닦아 주자, 이사나의 얼굴은 카나리아의 피로 얼룩졌다. 이사나는 당장이라도 실성할 듯 크게 울었다. 평소라면 그 울음이 귀찮았을 텐데 어째서인지 나는 웃음이 흘러나왔다. 내가 미치는 만큼 이사나도 미쳐 간다는 게 즐겁기 짝이 없었다.

하지만 숨구멍은 틔워 줘야 도망치지 않겠지?

나는 이사나를 가만히 끌어안으며 달게 속삭였다.

"앞으로 딱 한 마리만 살려 주마. 내 이름을 붙인 그놈만 눈감아 주도록 하마."

"흑, 으으, 흐윽……."

"그러니 신중하게 고르거라."

나는 즐겁게 웃으며 이사나의 궁을 떠났다.

그날 밤, 나는 꿈을 꾸었다.

낮에 그랬던 것처럼 두려움에, 절망에 차 우는 이사나가 나오는 꿈이었다. 그 모습이 지독하게 처연하고 가여워 보는 것만으로 등골이 오싹해지고 절로 배가 바짝 조여들었다.

그 날 새벽, 나는 처음으로 몽정을 했다.

몽정 상대는 남동생이었다.

\* \* \*

이사나는 지긋지긋할 정도로 끈질겼다.

"……."

나는 검술 연습에 매진 중인 이사나를 가라앉은 눈으로 바라보았다. 도대체 언제부터였는지 모른다. 아마도 고철덩어리 기계 여왕을 놈에게서 떼어 낸 이후인 듯했다. 그 이후로 이사나는 미친 듯이 검술을 연마했다. 아둔하게 다른 것도 열심히 하는 편이었지만, 이건아예 집념이 느껴질 정도였다. 도대체 그 기계가 어떤 헛바람을 넣은 건지 알 수 없었다. 이사나는 여전히 내 말에 고분고분했지만, 어째서인지 당장이라도 터질 듯한 풍선처럼 불안해 보였다. 언제든 내손아귀에서 벗어날 기회만을 엿보는 것 같았다.

그런 이사나를 나는 검술 대련을 핑계로 흠씬 두들겨 주었다. 그렇게 얻어맞다 보면 제정신을 차리게 되지 않을까 싶어서였다. 하지만, 놈은 상처투성이가 되면서도 검술 연습만큼은 포기하지 않았다. 그 지독한 의지가 어느 때는 질린다는 생각이 들 정도였다.

그러던 어느 날, 이사나는 결국 아카데미에 입학했다. 내가 그렇게 말했음에도 이사나는 아랑곳하지 않고 기어코 궁 밖으로, 내 영향력이 적은 곳으로 떠났다. 나는 형벌을 주듯 더욱더 집요하게 괴롭혔지만, 이사나는 이제 더 이상 내 괴롭힘에 울지도 절망하지도 않았다. 그저 차가운 얼굴로 견디기만 할 뿐이었다. 그 무표정한 얼굴에 나는더욱더 안달이 났다. 그 얼굴을 새카만 절망으로 물들이고 싶어 견딜수 없었다. 하지만 이사나는 내게 얼마나 맞든 얼마나 괴롭힘당하든아랑곳하지 않고 계속 앞으로 나아갔다. 내가 가로막은 시간들을 뛰어넘어 계속해서 내가 모르는 세계로 가 버렸다.

그렇게 아카데미를 졸업하고 사관 학교에 진학할 무렵, 이사나에대한 평가가 달라졌다.

"이사나 황자가 그렇게 성실할 수 없다고 하는군요."

"저도 들었어요. 형과는 달리 말썽도 부리지 않고 착실하다고요. 그리고 무기술이 굉장히 뛰어나다고 들었어요."

"이미 두 살 위인 황태자는 상대조차 되지 않는다고 하더군요."

"당연한 것 아니겠습니까? 매일 저렇게 놀기만 하는데."

편협하기 짝이 없는 평가에 나는 이를 악물었다. 나는 결코 논 적이 없었다. 그저 다른 사람이 하는 만큼만 했을 뿐이었다. 어차피 내가 본격적으로 잘해야 할 필요는 없었다. 나는 내 존재 자체로 헥 사비스에 희망을 주었기에 아버지처럼 적당히 잘하는 놈을 뽑아 그 놈에게 일을 시키면 되었다.

하지만 이사나가 두각을 드러내자, 주위의 놈들은 더 많은 것을 바라기 시작했다.

챙그랑—!

"이게 다 어머니 때문입니다! 제가 이사나를 아카데미로, 사관 학교로 보내면 안 된다고 했지 않습니까! 궁 밖으로 보내면 안 된다고요!"

"태자……. 멜리오스……."

"어머니가 다 망친 겁니다! 어머니가!"

나는 악을 쓰며 어머니를 노려보았다. 내 질책에 어머니는 슬픈 얼굴로 눈을 내리 깔았다. 그랬다. 이 모든 게 다 어머니의 잘못이었다. 이사나가 아카데미로 갈 수 있게 도와준 것도, 내 눈을 피해 움직일 수 있게 소셜 코드를 따로 만들어 준 것도 전부 어머니였다. 전부, 이사나가 내 눈에서 벗어나게 된 건 전부 어머니 때문이었다. 나는 눈을 희번덕거리며 나를 망친 어머니를 노려보았다. 하지만 어머니는 여전히 자신의 잘못을 인정하지 못했다.

"……멜리오스, 이제 그만 이사나에 대한 의심을 거두어 주지 않겠니."

"……지금, 뭐라 하셨습니까."

"이사나는 네 형제란다. 결코 너를 해칠 아이가 아니야. 그리고 태자는 너야. 이사나가 아니야. 이사나는 그저, 네 동생일 뿐이란다."

어머니는 슬픔에 젖은 눈으로 나를 바라보았다. 나도 알고 있었다. 이사나가 가족이라는 것을, 동생이라는 것을 잘 알고 있었다. 그리고 이사나가 얼마나 착한지도 알고 있었다. 그렇지 않고서는 그렇게 내게 호되게 걷어차이고도 형제의 정을 구걸할 리가 없다.

안다.

하지만, 그럼에도 이사나가 손아귀에서 빠져나가는 걸 도저히 용납할 수 없었다. 이사나만 생각하면 도무지 이성이 제대로 작동하지 않았다.


그 후로도 나는 예전처럼 이사나를 통제하려 애를 썼다. 하지만 번번이 실패한 채 사관 학교를 졸업하게 되었다. 그리고 첫 출전을 며칠 앞둔 나는 약이 바짝 오른 채 헥사비스의 중앙 통제 시스템 앞에 섰다.

고풍스러운 엠파이어 드레스를 입은 기계 여왕. 한 때 내 동생을 홀렸던 고철덩어리.

나는 황금빛 눈을 느리게 깜빡이는 그녀를 노려보며 명령했다.

"제2 황자 이사나 넥시움을 금치산자로 만들어라."

─…….

"못 알아들었나? 이사나를 금치산자로 만들라고! 내 허락 없이는 무엇도 할 수 없게 만들어라, 마녀."

―…….

"그 과정에서 이사나에게 어떤 해를 가하든 상관없다. 내 손아귀에만 들어오면 돼."

통제할 수 없다면 통제할 수 있게끔 변형시키면 되는 일이었다. 고작 사관생도 신분인 지금도 나를 뛰어넘는다는 평가를 받고 있는데 졸업하고 나서는 어떻게 될지 알 수 없었다. 나는 눈을 번들거리며 마녀를 재촉하는데, 헥사비스의 마녀는 고혹적인 눈을 느리게 깜빡이며 대답했다.

―불가능합니다.

"어째서! 너는 이 헥사비스의 모든 시스템을 통제할 수 있지 않느냐! 고작해야 이사나가 정신병에 걸렸다는 문서 하나 못 만드는 것이냐? 지금 '넥시움'인 내 말을 거역하겠다는 것이냐? 차기 계승권자인 내 말을?"

출정식까지 며칠 남지 않았다. 첫 출전을 나가면 앞으로 최소한 반년은 헥사비스 바깥에 있어야 했다. 그사이, 이사나가 헥사비스 안에서 어떤 일을 벌일지 알 수 없었다. 누구를 만나 누구에게 마음을 줄지 알 수 없었다.

이사나의 주변을 맴도는 벌레들은 모조리 없애야 했다. 하나도 남김없이 깡그리 절멸시켜 그 누구도 다가갈 수 없게 해야 했다. 나는 벽처럼 무표정하게 서 있는 마녀를 노려보았다. 하지만 마녀는 내게 어떠한 대안도 내놓지 않았다. 넥시움을 섬기는 마녀인 주제에! 그러다 문득, 어떤 깨달음이 머릿속을 스쳤다.

눈앞의 기계는 한때, 어떠한 벌레보다도 오랫동안 이사나를 꾀어냈었다.

"하하, 하하하하! 그런 것이었나? 그랬던 거군."

—······.

"네놈은 이미 그놈과 한통속이었던 것이군! 차기 계승권자인 내가 아닌, 그 녀석을 이미 마음속에 들이고 있었어! 그렇지? 이 마녀야!"

—······.

"네 도움 따윈 필요 없다. 내가 직접 이사나의 팔다리를 끊어 놓을 것이야. 다시는 어디에도 나갈 수 없게 철저히 파괴할 것이야. 그렇다면 불안할 필요가 없겠지. 미처 그 생각을 하지 못했군."

나는 미친 사람처럼 중얼거리며 뒤돌아섰다. 그래, 이제껏 이사나를 제대로 통제하지 못한 건 내가 독하지 못해서인 것이다. 놈이 불쌍하다는 이유로 사정을 봐주어 놈이 두려움도 모른 채 계속 내게 벗어나려 했던 것이다.

하지만 이제 그 자유도 끝이었다. 이제 다시는 놈에게 그 어떤 자유도 허락하지 않을 테니까.

나는 눈을 번뜩이며 중앙 통제실을 나가려는데, 침묵하고 있던 헥사비스의 마녀가 입을 열었다.

—제 스스로가 '넥시움'을 해하는 건 불가능하지만, 가능성 높은 미래를 관측하는 것 정도는 할 수 있습니다.

뜬금없는 말에 나는 뒤를 돌아 비비를 바라보았다. 그러자 비비가 얼음처럼 차가운 얼굴로 내게 예언했다.

—첫 출정식 날, 당신은 죽게 될 것입니다.

"뭐, 라……?"

—첫 출정식 날, 당신은 생각지도 못한 알리페르 대군을 만나 죽게 될 것입니다. 당신과 당신의 군대는 무력하게 알리페르에게 유린당

하다가 결국 잡아먹히게 될 것입니다. 갈기갈기 찢겨 뼛조각 하나 남지 않게 될 것입니다.

"네, 네년이 지금 나를 협박하는 것이냐?!"

—어디로 향하든 알리페르는 언제까지나 당신의 뒤를 쫓을 것입니다. 허나, 단 한 가지 살아남을 방법이 있습니다.

비비는 섬뜩하게 웃으며 말했다.

—'넥시움'의 목숨 값은 오직 '넥시움'만이 치를 수 있는 법. 그것만 기억하신다면 당신은 반드시 살아남으실 겁니다.

* * *

"태자, 왜 그렇게 안색이 안 좋습니까."

"그러게 말이다. 며칠 전부터 좀 이상하구나."

첫 출전을 앞두고 안절부절못하는 내게 어머니와 아버지가 걱정스럽게 말을 붙여 왔다. 첫 출전은 앞으로 황위를 이을 내게 중요한 행사였다. 헥사비스를 처음 세우고 수많은 사람들을 알리페르로부터 구한 '몰란도 넥시움'의 이름을 이을 자격이 있는지 확인하는 자리였으니까. 그랬기에 나는 이 출정식에서 도망치지 못했다. 다른 모든 것은 도망치고 변명할 수 있어도 이것만은 그럴 수 없었기 때문이다.

저 멀리서 이사나가 사관생도들을 이끌고 이리 오는 게 보였다. 이사나는 내게 목례를 한 뒤 열병식에 동원된 사관생도들에게 무언가를 설명하기 시작했다. 이사나는 남들보다 어린 나이에 생도회장이 되었지만, 그의 지시를 따르는 생도들의 눈에는 신뢰가 흘러넘쳤다.

그 모습이 더없이 거슬려야 하건만, 나는 초조하게 손톱을 짓씹는 것밖에 할 수 없었다.

'첫 출정식 날, 당신은 죽게 될 것입니다.'

그 말이, 비비가 한 예언이 주박처럼 내 머리를 점령하고 있었다. 죽는다고? 내가? 이 헥사비스를 다스리기 위해 태어난 내가, 알리페르에게 죽는다고?

말도 안 되는 소리였다. 비록 첫 출전이지만, 내가 가는 곳은 위험하지 않았다. 기껏해야 헥사비스의 가장자리 부근을 도는 것뿐이었다. 게다가 만약을 대비해 충분한 병력을 데리고 가고, 어디에도 내가 죽게 될 이유는 없었다. 그 고철덩어리가 무언가를 어쩔 수 있을 리 없다.

하지만.

몸의 떨림이 도무지 멎지 않았다. 출정식이 치러지는 내내 굳어진 내 얼굴이 펴지지 않자, 보다 못한 아버지가 한숨을 내쉬며 말했다.

"처음 밖을 나가는 거라 태자가 긴장을 많이 한 모양이구려. 안 되겠군, 이대로 같이 나가면 팔불출처럼 보일까 봐 참으려고 했는데."

"어머 폐하, 태자와 함께 나가시게요? 그럼 저도 같이 갈래요."

"아, 아버지…… 어, 어머니……."

나는 겁에 질려 아버지와 어머니를 바라보았다. 하지만 사정을 모르는 부모님은 그저 평소처럼 상냥하게 내게 웃어 줄 뿐이었다.

"걱정할 것은 아무것도 없단다, 멜리오스. 우리가 네 곁에 있잖니?"

결국 나는 부모님과 함께 헥사비스 밖으로 나가게 되었다. 부모님께 안 된다는 말을 했어야 했다. 비비에게 들은 말을 두 분께 털어놓으며 나와 같이 가서는 안 된다는 말을 했어야 했다. 하지만 나는 바보같이 입을 다물고만 있었다. 사실을 털어놓아야 한다는 생각은 하면서도 입이 꿰매진 것처럼 도무지 두 분에게 말을 할 수 없었다.

　처음에는 별일 없었다. 농작물을 키우는 경작지 주변을 시찰하며 꽤 많은 대군과 함께 헥사비스 주변을 돌아볼 뿐이었다. 비비의 예언과 달리 첫 출전은 평화롭기만 했다. 그에 나는 마음을 놓는데, 얼마 지나지 않아 주변에서 날갯소리가 들려오기 시작했다.

　치릇—

　치릇, 치르르르—

　이변을 눈치챘을 때는 이미 수많은 알리페르들에게 둘러싸인 후였다. 놈들은 정예군이 주둔하는 헥사비스 근처에서는 무리를 짓지 않았다. 이때까지는 항상 그랬다. 하지만 어째서일까, 지금 내 주위로 하늘을 새까맣게 뒤덮을 정도로 많은 알리페르들이 있었다.

　"아아아악! 으악—!"

　"사, 살려 줘! 사람 살려!"

　잘 훈련된 병사들이었지만, 예상치 못한 어마어마한 수에 모두가 패닉에 빠져 우왕좌왕했다. 그나마 경험이 많은 아버지와 어머니가 퇴로를 뚫기 위해 호위군과 함께 고군분투했지만, 오히려 그들만 더욱 위험한 상황에 빠지게 되었을 뿐이다.

　"흐, 흐윽……!"

　나 때문이었다. 아버지와 어머니가 위험에 처하게 된 건. 내가 비비 앞에서 이사나를 해코지하겠다고 말했기 때문이다. 헥사비스 밖으로 나오면 죽는다는 말을 무시한 채 나와서 이렇게 된 것이었다.

　전부, 전부 내가 잘못해서……!

　정신을 갉아먹는 죄책감에 나는 겁쟁이처럼 벌벌 떨었다. 하지만 이미 늦었다. 이곳에서 나와 병사들은 물론이요, 부모님마저 돌아가시게 될 터였다. 늪처럼 엄습해 오는 절망에 나는 무력하게 울기만 하는데, 돌연 귓가로 단호한 미성이 들려왔다.

"저격 소대 앞으로!"

철컥—!

"발사!"

귀가 찢어질 듯한 총성과 함께 어린 티를 미처 벗지 못한 사관생도들이 창을 들고 돌진했다. 그들은 저격 소대의 엄호를 받으며 하늘에서 덮쳐 오는 알리페르들을 공격했다. 여전히 수적인 열세임이 분명함에도 그들의 얼굴에는 두려움조차 없었다. 그사이 패닉에 빠져 있던 제국군들도 정신을 차려 어린 사관생도들을 지원했다. 그리고 그들의 선두에는 놈이 있었다.

이사나 넥시움.

놈은 창과 권총으로 알리페르를 견제하며 퇴로를 확보하려 애를 쓰고 있었다. 나는 믿을 수 없는 눈으로 놈을 바라보았다. 어째서 이사나가 여기에 있는지 이해할 수 없었다. 이대로 나와 부모님이 죽으면 놈은 어쩔 수 없이 황위에 오를 수밖에 없었다. 놈은 나를 대신할 유일한 계승권자이니까. 그래서 비비 역시 이 자리를 마련한 것이었다. 다른 사람들처럼 마음에 들지 않는 나를 몰아내고 이사나를 황제로 추대하기 위해서……!

참을 수 없이 화가 났다. 지금 저놈이 뭘 하고 있는 건지 이해할 수 없었다. 동정인가? 어차피 죽을 거 뼛조각이라도 수습해 줄 작정으로 나타난 건가? 가증스러웠다. 내가 가진 것을 기어코 집어삼킨 주제에 조롱이라도 하듯 내 앞에 나타난 놈을 용서할 수 없었다.

언제나 내게 벗어나려 안간힘을 쓴 녀석이 날 구하러 왔다는 것에 모멸감이 들었다.

"형님, 형님!"

"······."

"일어나 보십시오, 형님. 어서 이곳을 떠나야 합니다."

"······."

"어서, 이곳을······!"

짝―!

나는 배신감에 몸을 부들부들 떨며 이사나의 뺨을 쳤다. 그에 이사나는 도무지 믿기지 않는다는 듯 나를 바라보았다. 하지만 나는 용서할 수 없을 만큼 놈이 미울 뿐이었다.

"이 가증스러운 놈······! 그 망할 년과 손잡고 날 사지로 내몬 주제에 되레 나를 구하러 와?"

"형, 님?"

"도대체 무슨 꿍꿍이인 게냐!"

나는 미친 사람처럼 발광하며 이사나에게 달려들었다.

전부 놈의 탓이었다.

이놈만 아니었으면 나는 이렇게 비겁해지지도 꼴불견이 되지도 않았다.

\* \* \*

첫 출전 이후, 일주일이 지나서야 부모님이 돌아가셨다는 걸 알게 되었다. 그동안은 술독에 빠져 있던 탓에 아무것도 들리지 않았다.

부모님이 더 이상 이 세상에 계시지 않는다. 언제나 나를 절대적으로 지지해 주시던 두 분이 이제 이 세상에 없는 것이다. 알리페르에게 잡아먹혀 이젠 뼛조각조차 찾을 수 없게 된 것이다.

유해조차 없는 그분들의 장례식을 치르고 나는 황위에 올랐다. 하지만 나는 이 자리가 내 것이 아니라는 것을 잘 알고 있었다. 부모님을 잡아먹고 이 자리에 선 내가 정당한 황제일 리 없었다.

강박적으로 감시해 오던 이사나 역시 적당한 저택 하나를 하사해 궁에서 내쫓아 버렸다. 어차피 황위가 내 것이 아니란 생각이 들자 감시할 필요성조차 느껴지지 않았다. 아니, 그보다는 꼴도 보기 싫었다.

황제로서의 정무도 잊은 채 나는 밤마다 사람들을 궁으로 불러들여 술을 마셨다. 취하지 않으면 도저히 잠을 잘 수 없었다. 아무도 없는 새카만 밤이 되면 아버지와 어머니의 비명이, 알리페르의 날갯소리가 귓가를 맴돌아 견딜 수 없었다.

전부 내 탓이었다.

어울리지도 않는 자리에 뭉개고 앉아 진짜 '몰란도 넥시움'인 이사나를 해코지하려 했기 때문이다.

그렇게 몇 달을 실의에 빠져 이사나가 황위를 되찾으러 오기를 기다렸다. 하지만 아무리 기다려도 이사나는 나를 황위에서 끌어내리려는 기미를 보이지 않았다. 오히려 내 태만을 적극적으로 감싸며 아주 일부의 업무만 대행할 뿐이었다.

도대체 놈의 속셈을 알 수 없었다. 그렇게 찝찝한 마음을 가지면서도 이사나의 도움으로 황위를 굳건히 하는데, 어느 날 희한한 소리를 들었다.

"뭐어? 이사나가 나를 좋아해서 출정식 때 나만 구한 거라고?"

"그렇다니까요?"

에렌은 단정한 눈매를 휘며 내게 위스키를 건넸다. 나는 위스키를 한 입에 털어 넣으며 에렌을 비웃었다.

"말도 안 되는 소리 하지 마. 그놈이 왜 나를 좋아해?"

"하지만 그렇다는 소문은 꽤 오래 전부터 있었습니다. 폐하의 앞이라 다들 쉬쉬하고 말을 하지 않았을 뿐이지."

퍽 신기한 소리에 나는 더 해 보라는 듯 턱짓을 했다. 그러자 에렌이 짐짓 진지한 얼굴로 내게 말했다.

"솔직히 폐하께서도 이상하다는 생각이 안 드십니까? 폐하만 없으면 당장 황위에 오를 수 있는데 왜 폐하를 구하러 갔었는지, 그리고 왜 선황 부처가 아닌 폐하를 구한 것이었는지요. 딴 마음이 있다는 것 외에는 말이 안 되지 않습니까?"

그건…… 분명 부모님께서 원하셔서 나를 구하러 온 것일 터였다. 놈은 부모님의 말이라면 죽는 시늉도 하는 효자였으니까.

"그리고 이제껏 사귀었던 여자가 전부 금발이었다고 합니다. 그것도 그냥 금발이 아니라 폐하처럼 휘황찬란한 금발이요."

그건…… 녀석의 콤플렉스가 취향이 된 것에 불과했다. 우리 가족은 그 녀석 빼고 전부 내가 가진 것과 똑같은 금발이었으니까. 어릴 적부터 이사나는 제 머리만 금발이 아니라는 것에 신경 쓰며 종종 부러운 듯 내 머리카락을 바라보곤 했었다.

하지만.

하지만, 그것만이 아니라면?

"듣기만 해도 소름 끼치고 역겹구나. 감히 제 친형을 은애해? 얼른 여기서 쫓아 버리길 잘했군."

나는 의기양양한 얼굴로 놈을 욕했다. 그제야 이사나가, 기계 여왕마저 꾀어낸 그놈이 하찮게 느껴졌다. 예전에 내게 관심을 받지 못해 안달이 났던 그 성가신 꼬맹이로만 느껴졌다.

네가 그리 대단할 리 없지.

그렇지 않고서는 학대만 하던 형을 부모님과 맞바꾸어 구해 낼 리 없지.

나는 그제야 자리를 털고 일어나 황제로서 정사를 돌볼 수 있게 되었다. 모두가 '몰란도 넥시움'의 현신이라고 부르는 놈을 다시 비웃을 수 있었다.

* * *

알리페르의 신왕, 렉사를 토벌하러 나갔다가 실종된 이사나는 열흘 만에 헥사비스 경계 구역 근처에서 발견되었다. 굳이 머나먼 곳까지 원정을 나가 왕으로 등극한 변종 알리페르를 토벌하겠다고 고집을 부리던 멍청한 놈은 두 다리와 왼팔, 오른쪽 눈까지 잃은 채 겨우 귀환했다. 그뿐만이 아니었다. 놈은 알리페르에게 강간까지 당한 상태였다.

'넥시움'의 이름을 이은 자가 알리페르에게 겁간까지 당하고도 살아서 돌아오다니, 수치조차 모르는 놈이었다.

하지만 그런 비웃음과는 별개로 나는 이사나가 어느 정도 회복이 되었다는 소식을 듣자마자 병문안을 갈 준비를 했다. 어째서인지 콧노래가 절로 나왔다. 이제껏 이사나는 많은 공훈을 쌓았지만, 경험이 부족한 탓에 중책을 맡지 못했다. 하지만 놈은 착실하게 제국군 최고 수뇌부 자리까지 가는 코스를 밟아 나아가고 있었다. 내가 헥사비스 밖으로 나갈 수 없는 이 상황에서 군 통수권자는 이사나를 제외하고는 대안이 없었다.

하지만 이사나는 이제 쓸모가 없어졌다. 그런 몰골로는 도저히 복귀할 수 없는 것이다.

나는 남동생의 불행에 지독히 기분이 좋아졌다. 놈을 조롱하고 면박을 줄 생각에 좀처럼 흥분을 가라앉힐 수 없었다. 항상 내 앞에서 잘난 척하던 놈이 진창에 빠져 수치와 모욕감에 허우적거릴 것을 생각하니 견딜 수 없었다. 자꾸만 아래가 당겨 와 자위를 몇 번이나 했는지 모른다. 절망에 빠져 검게 죽어 있을 놈의 눈을 생각하니 좋아서 미칠 것 같았다.

어쩌면 이대로 거두어 주는 것도 좋을지도 모른다.

이제껏 꽤 거슬리게 굴었지만, 심지어 내게 연심을 가지고 있지만, 그것과 별개로 이사나를 내 마음대로 할 생각을 하니 흥분되었다. 그 정도는 감수할 수 있을 것 같았다. 눈짓 하나 움직임 하나하나까지 전부 내 마음대로, 내 취향대로 할 수 있다니 꽤 기대가 되었다.

나는 부푼 기대감을 안고서 이사나의 저택에 방문했다. 듣던 대로 이사나는 팔다리가 잘리고 한쪽 눈 역시 없었다. 어떻게 보면 불편해 보일 수 있는 광경이었지만, 나는 오히려 흥분했다. 혼자서는 일어서지도 못하는 그 모습에 지독한 쾌감까지 느껴질 정도였다.

하지만.

"뻔뻔하다라……. 제가 아무리 뻔뻔해도 알리페르가 두려워 헥사비스 밖으로는 한 발자국도 내딛지 못하는 폐하만 하겠습니까?"

"뭐라고?"

"알리페르를 토벌하는 '넥시움의 의무'조차 수행하지 못하는 주제에 황제라니. 저였다면 부끄러워 지하로 숨었을 겁니다. 그런 주제에 광대처럼 여기저기 언론에 얼굴을 들이밀며 소탈한 황제라고요? 무덤에 계신 선황께서 통곡하실 일입니다."

이사나는 오히려 독기 어린 눈으로 나를 쏘아보며 빈정거렸다. 원한마저 느껴지는 그 눈빛에, 그 분노에 나는 가슴께가 선뜩해지는 것을 느꼈다.

놈은 나를 사랑하는 게 아니었나? 그런데 왜 내게 이런 말을 내뱉는 거지? 왜 나를 비난하는 거지?

왜 내가 필요 없다는 듯이 구는 거지?

이제껏 남들이 말하는 것처럼 다른 의도가 있어 나를 구한 것이 아닌, 그저 부모님 뜻에 따른 것이었다면?

정말로 그것 하나 때문에 어릴 때부터 핍박해 왔던 형제를 구한 것이라면?

분노하는 이사나를 차마 똑바로 마주 볼 수 없었던 나는 그 자리에서 도망쳤다. 이사나가, 부모님이 나를 질책하는 것처럼 느껴졌다. 왜 무능한 나만 살아남아 모두를 괴롭히고 있냐고 비난하는 것같이 느껴졌다.


그 이후로 나는 이사나를 찾지 않았다.

그대로 놈이 죽어 버린다면 내 수치스러운 착각도 그대로 묻혀 버릴 것 같았다.

하지만 몇 년 지나지 않아, 이사나가 군에 복귀할 준비를 한다는 소문이 들려왔다. 어떻게 찾았는지 일선에서 물러나 은거하고 있던 에드먼드 숙부님의 도움을 받아 생체 의수를 몸에 이식하고 재활에 들어갔다는 것이다. 나는 내 동생의 지독함에 혀를 내둘렀다. 복귀를 위해서라지만 알리페르의 팔다리까지 몸에 이식하다니. 그렇게까지 고생을 자처하는 놈을 도무지 이해할 수 없었다.

놈은 어릴 때부터 그러했다. 끈기, 인내심, 뚝심. 내가 가지고 있지 않은 것들은 죄다 가지고 있었다. 지독하디지독한 놈이었다.

그리고 동시에 어떤 추문이 돌았다.

놈이 저택에 어린 미동 하나를 들였다는 추문이었다.

어찌나 싸고도는지 이사나의 최측근이 아니고서는 얼굴조차 보기 힘들 정도였다. 그 정도로 이사나는 그 아이를 애지중지했다.

하지만 그 미동의 이름을 듣고 나는 실소했다.

멜즈.

내가 어릴 때 불렸던 애칭이 미동의 이름이었다.

넥시움 황가는 대대로 맏아들의 이름을 '몰란도 넥시움'이라고 불렀다. 그와 같은 뛰어난 영웅이 되어 제국민을 지키라는 뜻에서였다. 그랬기에 아버지도 할아버지도 나와 이름이 똑같았지만, 가족끼리 있을 때도 그렇게 부를 수는 없었다. 그랬기에 내게는 가족만 부르는 이름이 따로 있었다.

멜리오스, 애칭은 멜즈였다.

나는 어렵게 구한 '멜즈 아브노아'의 사진을 보고 어처구니가 없어 웃었다. 화사한 금발이 나와 색이 똑같았다. 게다가 멜즈라니. 정말 그 아이에게 너무하지 않나 싶을 정도였다. 하지만 동시에 매우 기분이 좋아졌다. 그토록 냉정한 얼굴로, 분노에 찬 눈빛으로 나를 노려보았건만, 미동의 이름에서는 나에 대한 미련이 뚝뚝 떨어졌다. 노골적인 정욕이 느껴졌다. 그걸 깨닫자마자 몇 발이나 뺐는지 모른다. 자존심은 있어

내게 숙이고 들어오지는 못하는 주제에 날 닮은 아이를 가지고 위안을 삼고 있을 그놈을 떠올리자, 도무지 욕구를 죽일 수 없었다.

그랬기에 그 가여운 '멜즈 아브노아'는 건드리지 않았다. 애초에 오래 데리고 놀 생각이 아니었는지 얼마 지나지 않아 내다 버리듯 숙부님께 보내기도 했고. 헥사비스 밖으로 나갔다가 돌아올 때면 가끔 불러내 회포를 푸는 것 같았지만, 크게 거슬리지 않았다. 어차피 진짜도 아니고.

그 후 몇 년간 나는 진득하게 기다렸다. 이사나가 스스로 내게 돌아오기를. 분명 지금은 자존심이 상해 돌아오지 못하는 게 분명했다. 쓸모없는 몸뚱이는 내게 바쳐 봐야 아무 소용이 없다는 생각에 고집을 부리는 것일지도 몰랐다. 그랬기에 나는 번번이 이사나에게 여지를 주며 이사나가 먼저 손을 내밀기를 기다렸다. 하지만 이사나는 짜증 날 정도로 제국민들을 위하며 내게 연심을, 형제의 정을 구걸하지 않았다.

내게는 눈길조차 주지 않았다.


내가 허둥대는 사이, 어느새 궁에서의 내 입지는 점점 좁아졌다. 당연했다. 나는 헥사비스를 나갈 수 없는 반쪽짜리 황제였으니까. 귀족원의 목줄을 꽉 틀어쥐고 있었지만, 아이마저 가지지 못하는 빌어먹을 몸뚱이로 인해 그 마저도 영향력을 점점 잃어 가고 있었다.

비웃음과 자조만 가득한 나날들이 계속되고 있었다.

그리고 신년회 날. 나는 이윽고 내가 이사나에게 버림받았다는 걸 깨닫게 되었다.

지상층의 유력 가문들이 초대된 신년회 연회장에서 이사나는 초조한 얼굴로 계속 시계를 바라보고 있었다. 내가 있는 이곳이 아닌 다른 곳으로 가고 싶어 견딜 수 없다는 듯 계속 출구 쪽만 바라보고 있었다.

이사나는 내게 조금도 관심이 없었다.

그렇다면 넌 누구를 마음에 품은 거지?

도대체 누구를 숨기고 있었던 거지?

불현듯 이사나가 침실에 숨겨놓고 키웠던 카나리아가 떠올랐다. 아무것도 소중히 여기지 않는 척 연기하며 필사적으로 숨겨두고 키웠던 이사나의 애완동물.

그놈이 또 있는 것이다.

그렇게 잔인하게 교훈을 주었건만, 또다시 깊숙한 곳에 숨겨 두고 기르고 있었던 것이다.

그것을 깨닫는 순간, 참을 수 없는 분노가 치밀었다. 이사나로 인해 나는 이렇게 변형되고 미쳐 버렸건만, 놈은 여전히 다른 누군가를 사랑할 여력이 있다는 것에 구역질 났다. 배신감이 들었다.

나는 연회장을 나가려는 이사나를 붙잡아 내궁으로 불러들였다. 멍청한 이사나는 내가 무슨 생각을 하는지도 모른 채 신년회라는 분위기에 휩쓸려 나를 따라왔다. 여전히 어쭙잖은 형제의 정 따위를 기대하는 놈이 가소로워 코웃음이 나왔다. 그런 놈을 조롱하듯 나는 와인에 약을 탔다. 바보 같은 이사나는 그것을 꿈에도 생각지 못한 채 나를 따라 조금씩 와인을 들이켰다.

순수하고 꺾이지 않는 내 동생.

그랬기에 더욱 너를 가지고 싶었다.

"가끔씩 궁금했던 게 있는데 말이야."

"하문, 하십시오."

"그날, 내가 처음 토벌을 위해 출정을 나갔던 날, 왜 아바마마와 어마마마가 아닌 날 구했던 것이냐?"

나는 혹시나 하는 마음에 마지막으로 놈에게 물었다.

"당신이 더 가까이 있었고 그분들은 당신이 살길 원했습니다."

"그래?"

이사나의 대답에 나는 허탈하게 웃었다. 이사나가 날 사랑할 거라는 것은 내 망상이었다. 이미 오래전에 잃어버린 염원이었다. 그것을 나 혼자 모르고 있었다. 나 혼자 가망 없는 것에 계속 매달려 있었다.

수치심에 얼굴이 화끈거렸다. 분노와 원망으로 사위가 어지럽게 느껴졌다. 나는 이를 으득으득 악물며 와인 병 입구를 붙잡았다.

"앞으로 계속 정치적으로는 서로 반대 입장이더라도 여전히 넌 충직한 내 신하겠지?"

"언제나 그랬듯…… 계속…… 그럴 겁니다."

사실은 알고 있었다. 이사나가 나를 사랑하지 않는다는 것을. 기껏해야 하나 남은 혈육에 대한 미련이라는 것쯤은 알고 있었다.

"알고 있어, 잘 알고 있어."

이미 오래 전에 눈치채고 있었다.

챙그랑―!

손에 쥔 와인 병을 이사나의 머리에 내려치자, 이사나는 새빨간 와인을 흠뻑 뒤집어쓴 채 바닥에 쓰러졌다. 기절한 건 아닌지 눈은 뜨고 있었지만, 약 기운에 지배된 녀석은 간헐적으로 몸을 떨기만 할 뿐 움직이지 못했다. 두려움에 질린 눈으로, 배신감에 어찌할 줄 모르는 눈으로 나를 쏘아보기만 할 뿐이었다.

그런 놈을 어릴 때처럼 흠씬 두들기고 목을 졸랐다. 약 기운에 점령된 놈은 헥사비스의 영웅이라는 위명에 걸맞지 않게 무척 약했다.

진즉에 이렇게 했어야 했다.

진즉에 이렇게 망가뜨려 내 곁에 두었어야 했다.

이사나가 피투성이가 된 채 축 늘어지자, 나는 이사나의 옷을 벗기기 시작했다. 내가 무슨 짓을 하려는지 깨달은 이사나는 몸부림을 치며 나를 저지하려 했지만, 이미 늦었다. 막연히 상상만 하고 있던 몸뚱이를 끌어안고 허리 짓을 하자, 나는 그제야 깨달을 수 있었다.

이제껏 이사나를 집착하고 있었던 건 나였다.

다른 누구도 아닌 내가 내 동생에게, 이사나에게 연정을 품고 있었다. 하찮고 귀찮은 놈이라고 생각했지만, 아니었다. 친동생에게 품어서는 안 될 감정을 품고 있었고 그것이 잘못되었다는 걸 알고 있었기에 필사적으로 부정했던 것에 불과했다. 이토록 사랑하고 있었는데, 깨닫지 못했던 것에 불과했다.

어느새 이사나가 울고 있었다. 언제나 때리고 모욕을 주어도 차갑게 감내하기만 하던 녀석이 망가져 절망을 고스란히 드러냈다. 사랑스러웠다. 어떻게 이렇게 사랑스러운 사람이 있을 수 있을까 하는 생각이 들 정도였다. 오랜만에 느껴 보는 만족감에 나는 밤새도록 이사나를 범하고 또 범했다.

내 남동생으로 태어난 이사나는 내 하나 남은 혈육이자, 충신이자, 연인이었다.

놈은 내게 바쳐지기 위해 태어난 녀석이었다.

\* \* \*

이사나가 내게 다시 돌아왔다. 전처럼 강제력이 있었던 것도 아니었다. 그냥 제 발로 돌아왔다. 이유는 우습기 짝이 없었다. 놈이 숨겨 두고 기르고 있던 카나리아, '멜즈'라는 애송이에게 버려져서였다.

어찌 보면 당연한 수순이었다. 이사나가 누군가를 제대로 사랑할 수 있을 리 없다. 어릴 때부터 철저히 내 감시하에 자란 놈이 누군가와 제대로 된 교류를 할 수 있을 리 없다. 본능적으로 사랑받고 싶다는 생각은 해도 그뿐인 것이다. 사랑받고자 하는 허기만이 남는 것이다.

애송이에게 버려진 뒤 내게 돌아온 이사나는 내가 줄곧 바라 왔던 이상적인 남동생으로 변해 있었다. 내가 하는 말에 어떠한 의문도 가지지 않고 어떤 포악한 짓을 해도 내 손아귀에서 빠져나가려 들지 않았다. 인형처럼 내가 하라는 대로 움직일 뿐이었다.

그건 색사에서도 마찬가지였다. 이사나는 내가 어떤 요구를 하든 어떤 수치스러운 체위를 시키든 고분고분 따랐다. 옆에 누가 있든 무슨 일이 생기든 신경 쓰지 않았다. 어떻게 보면 인생 자체를 포기한 것 같았다.

처음에는 그런 그가 기꺼웠다. 드디어 남은 종착지가 나라는 것을 그가 인정한 것 같아 기쁘지 짝이 없었다.

하지만 그 기쁨도 잠시뿐이었다. 날이 갈수록 나는 이게 탐탁지 않게 느껴졌다. 때려도, 모욕을 주어도 심지어 고문까지 해도 내게 반응하는 것은 잠시뿐이었다. 이내 인형처럼 무기력해져 바닥에 널브러졌다. 분명 이런 것을 원했는데, 그런데 왜 가슴께 한편이 서늘해지는 건지 알 수 없었다.

달랐다. 차갑게 인내하며 웅크리고 있던 예전과 근본적으로 뭔가가 달랐다. 그 무기력함에 안달이 난 나는 더욱 떠들어 댔다. 일부러 이런 모습이 더 좋은 척했다. 사랑스럽기 짝이 없다는 듯 앞으로 이사나와

하고 싶은 일들을 계속 늘어놓았다. 무언가가 빠져나가 시체처럼 찬 기운만 풍기는 그 몸뚱이에 열을 지피고 싶어 견딜 수 없었다.

"이사나, 윽, 좀 더 허리를, 들 거라."

내 말에 이사나는 무너진 허리를 추켜세우려 노력했다. 하지만 팔이 등 뒤로 묶이고 안대로 눈이 가려진 탓에 균형을 잡는 것조차 힘들어 했다. 나는 한 달 사이 꽤 여윈 등허리를 붙잡으며 추삽질에 속도를 더했다. 그러자 이사나가 아래에서 버거운 듯 신음을 흘리기 시작했다.

"웃, 훗, 아, 웃……!"

하지만 그 신음에는 조금의 열기도 없었다. 그저 기계적인 반응뿐이었다. 그걸 알아차리자, 점점 놈이 알미워졌다. 내가 무슨 짓을 해도 나를 좋아하게 될 일은 없다고 선언하는 것 같았다. 심술이 난 나는 허릴 붙잡고 이사나의 안을 길게 휘저으며 말했다.

"웃……!"

"나를 멜즈라고 불러 보거라."

"웃, 흐응, 웃……!"

"어릴 때는, 웃, 자주 부르지 않았느냐."

부모님이 불렀던 것처럼 이사나 역시 그렇게 부른 적이 있긴 했다. 하지만 놈에게 애칭으로 불리는 게 기분 나빠 두들겨 팼고, 그 이후로 이사나가 나를 그렇게 부른 적은 없었다. 그래서인지 이사나는 내 명령에도 좀처럼 입을 열지 못했다. 그저 내가 흔드는 대로 신음하기만 할 뿐이었다. 나는 일부러 극점을 찌르며 이사나의 쾌감을 유도했다. 어느새 성기가 배에 바짝 붙을 정도로 이사나는 흥분했지만 그의 성기에는 사정 방지 링이 채워져 있었다. 내 허락 없이는 욕구를 분출할 수 없었다. 이사나의 신음에는 점점 괴로움이 쌓여 갔다. 얼마 지나지 않아 이사나는 안타까운 목소리로 중얼거렸다.

"멜, 웃, 멜, 즈."

"……."

"하웃, 아, 멜즈……. 웃, 멜즈……."

이사나는 젖은 목소리로 연신 내 애칭을 불렀다. 그런데 어째서 일까, 그게 나를 부르는 것처럼 느껴지지 않았다.

* * *

이사나가 헥사비스 밖으로 나갔다. 그가 좋아하는 전쟁놀이를 하기 위해서였다. 하지만 이전과 달리 이사나와 떨어져도 나는 별로 불안하지 않았다. 어차피 전쟁은 이사나가 이길 것이니까. 승전하고 돌아오면 알리페르가 없는 바깥에서 함께 행복하게 살기로 했으니까.

하지만 이사나와 행복해지기 전에 한 가지 처리해야 할 것이 있었다.

멜즈 아브노아.

이사나가 지하 3층에서 주웠다는 천한 놈을 처리해야 했다. 이제는 내가 있으니 그딴 대용품 애송이는 필요하지 않을 터였다. 혹시라도 마음을 돌려 그놈에게 돌아가면 안 되니까. 찾기만 한다면 감히 다시는 이사나의 곁에 들러붙을 수 없게 도륙을 낼 작정이었다. 한때라고는 하지만, 이사나의 마음을 빼앗았다는 게 도무지 용납이 안 되었으니까.

하지만 놈은 마치 증발이라도 한 것처럼 헥사비스 안에서 자취를 감추었다. 그의 보호자인 에드먼드 숙부님 역시 마찬가지였다. 나는 이 잡듯이 헥사비스 안을 뒤지고 또 뒤졌다. 놈의 시체라도 찾지 못하면 불안해서 도저히 견딜 수 없어서였다. 만약 숙부님께서 감쌌다고 해도 포를 뜰 작정이었다. 하지만 반년 넘게 나는 놈의 행적을 찾을 수 없었다.

그러다 나중에서야 알게 되었다. 그놈이 이사나를 쫓아 헥사비스 바깥으로 나갔다는 것을.

그것도 내정되어 있던 출셋길을 걷어차고 나간 것이었다. 하찮고 미천한 지하 3층 출신인 놈에게는 구두를 핥아서라도 가지고 싶었을 작위까지 내팽개친 채 일개 병사로 입대해 쫓아간 것이다. 나는 초조함에 몸이 벌벌 떨려 왔다. 이사나는 내 것이지만, 이젠 더 이상 배신하지 않겠다고 놈이 맹세했지만, 그럼에도 믿을 수 없었다. 이제껏 그 애송이만큼 이사나를 뒤흔든 놈은 없었으니까. 불안을 견디지 못한 나는 이사나에게 모든 걸 내팽개치고 헥사비스로 돌아오라는 명령을 내리기도, 에렌에게 그 애송이를 잡아오라는 말을 하기도 했다.

하지만, 결국.

이사나는 나를 버리고 그 애송이를 택했다.

"제국을…… 떠나겠다고?"

—네, 콜로니가 안정되면 그럴 작정입니다.

"하……!"

통보와도 같은 그 말에 나는 잠시 할 말을 잃었다. 그럴 리가 없다. 이사나가 나를, 제국을 떠날 리 없다. 그의 종착지는 바로 나였다. 그 애송이가 아닌, 내가 그의 연인이었다. 지금은 단지, 단지 헤매고 있는 것에 불과했다. 그렇지 않고서는 이런 말을 내게 할 리가 없다.

"무슨 말도 안 되는 소리를 하는 게냐. 제국을…… 헥사비스를 떠나서 도대체 어디로 간다는 게야. 벌레놈들이, 그 빌어먹을 알리페르 놈들이 아직 많이 남아있는데……. 놈들을 뿌리 뽑아야지. 그게 넥시움의 의무가 아니더냐."

─넥시움의 의무는 종을 말살시키는 게 아닙니다. 알리페르로부터 제국민들을 보호하는 것입니다. 이제 제국군의 힘은 그들의 전력을 웃돌게 되었습니다. 그러니 굳이 제가 아니더라도 충분히 해 나갈 수 있을 겁니다.

"아하, 그래. 쉬고 싶었던 게로구나. 그래서 이러는 게로구나. 오랫동안 전쟁터만 떠돌았으니 쉬고 싶을 때도 되었지."

─…….

"궁으로 돌아오거라. 내 이제부터는 친정(親征)을 할 테니 너는 이제 돌아와서 쉬거라."

─……헥사비스로는 이제 돌아가지 않습니다.

단호한 거절에 나는 잠시 할 말을 잃었다.

내가 친정을 한다는 것은 단순히 밖으로 나간다는 의미가 아니었다. 비비가 선언한 절대적인 죽음에도 불구하고 내 목숨을 걸겠다는 각오였다. 그럼에도 이사나는 끝까지 고집을 부릴 뿐, 마음을 돌릴 여지조차 보이지 않았다.

배신감에 몸이 부들부들 떨려 왔다. 이렇게까지 사랑해 주고 배려해 주었는데 놈은 그것을 조금도 알아주지 않았다. 평생을 걸친 연정이 배반당한 기분에 구토가 나올 지경이었다.

"……그놈 때문이냐."

─…….

"네가 거뒀다는 그놈을 궁으로 불러들였다고 지금 시위하는 것이냐! 하지만 나쁜 건 네놈이지 않느냐! 더는 속이지 않겠다고 말한 주제에 그놈을 숨겨 놓은 네가 잘못한 게 아니더냐!"

—······.

"어디 출신인지도 모를 천한 놈 하나 때문에 지금 하나밖에 없는 혈육을 등지겠다는 것이냐? 이사나, 진정 그놈이 갈기갈기 찢기는 꼴을 봐야 정신을 차릴 것이냐?"

내가 왜, 어째서 이사나에게 선택받지 못한 건지 이해할 수 없었다. 나는 놈의 혈육이었다. 가장 오랫동안 그의 곁에 있던 형이었다. 그가 태어날 때부터 그를 바라보고 있었는데, 왜! 도대체 왜! 도무지 이해를 할 수 없었다. 대화를 나누면 나눌수록 이사나와 어긋나기만 하는 것 같았다. 내 사랑을 이사나가 조금도 알아주려 하지 않아 슬펐다. 까마득한 절망감에 이를 악무는데, 이사나가 조용히 말했다.

—폐하, 저는······ 출정식 때 이미 헥사비스로 돌아가지 못할 것을 염두에 두고 있었습니다. 알리페르와 전면전을 벌이는 이상 앞으로 어떻게 될지 알 수 없었으니까요. 다행히 예상했던 전면전은 발생하지 않았고 오히려 제국민들이 살아갈 영토가 더 넓어지게 되었지요. 그러니 전쟁터에만 있어야 할 저는 더 이상 제국민들에게 필요하지 않습니다. 이전부터 저는 제 효용이 다하면 조용히 물러날 생각이었습니다.

"······."

—예전에 말씀하셨지요? 형제인 이상 제가 바라지 않는다 해도 제가 폐하의 것을 빼앗을 수 있다고요. 그러니 떠나겠습니다. 다시는 폐하의 앞에, 제국민들 앞에 나타나지 않겠습니다.

그 말을 듣고 나서야 나는 또 이사나에게 속았다는 것을 깨달을 수 있었다. 어처구니가 없었다. 이 전쟁에서 이기고 돌아오면 함께 행복하게 살자고 말했는데, 놈은, 이사나는 애초부터 헥사비스로 돌아올 생각이 없었다. 내가 있는데도, 내가 받아 주었는데도 깜찍하게도 홀로 헥사비스 바깥에서 생을 마감할 생각을 하고 있었다.

새삼 이사나의 생에 내가 손톱만큼도 연관이 되어 있지 않다는 걸 깨닫자, 미칠 듯한 분노가 차올랐다. 지금 당장 이사나를 갈가리 찢어버리지 않고서는 견딜 수 없는 분노였다.

"비열한 놈……! 네놈은 언제나 그랬지! 절대 배신하지 않을 것처럼 순종적으로 굴다가 꼭 이렇게 내가 마음을 주려 하면 등을 돌리지!"

—…….

"절대 가만두지 않을 것이다! 내 관용을 가벼이 여긴 것을 반드시 후회하게 해 주마."

뚜우—. 뚜—.

"으아아아아아악――!"

통신을 끊은 나는 방 안의 물건을 전부 뒤엎었다. 집어 던지고 발로 차고 형태를 알 수 없게 전부 부수었다. 하지만 도무지 이 분노를 가라앉힐 수 없었다. 이사나가 또다시 나를 기만했다는 게 도무지 믿기지 않았다.

그토록 하찮은 너를 이리 귀애해 주었는데, 그런데도 나를 배신해?!

나는 이를 으드득 갈며 내궁을 나섰다.

이사나에게 벌을 줄 시간이었다.

* * *

첫 출전을 했던 날 이후로 나는 처음으로 헥사비스 밖으로 나갈 준비를 했다. 비비의 예언 따윈 잊혀진 지 오래였다. 내 머릿속엔 그저 이사나를, 내 마음을 배신한 남동생을 징벌할 생각으로 가득 차 있었다.

그러던 중, 콜로니의 병사들이 알리페르의 침공을 피해 헥사비스로 전원 귀환했다는 소식을 듣게 되었다. 하지만 피난민들 중에는 이사나가 없었다. 나는 당장 이사나의 부관을 불러 심문했다.

"그러니까 네 말은 갑자기 콜로니로 수백수천의 알리페르 대군이 쳐들어왔고 그 과정에서 이사나와 아브노아 하사가 죽었다?"

"예, 폐하."

그 말에 나는 이사나의 부관이라는 놈을 물끄러미 내려다보았다. 예전에 조사했던 대로 침착한 성품의 전형적인 군인이었다. 하지만 그것과 별개로 놈이 거짓말을 한다는 것 정도는 곧장 눈치챌 수 있었다.

나와 달리 이사나는 헥사비스의 마녀에게 선택된 영웅이었다. 결코 그녀가 이런 일이 생기게끔 안배했을 리 없다. 다른 사람은 다 죽어도 이사나만큼은 죽을 수 없는 것이다. 그러니 저 부관이 하는 말은 거짓이었다. 남들은 속여도 내 눈은 속일 수 없었다. 나는 비웃음 가득한 얼굴로 부관에게 물었다.

"그렇다면 어째서 너는 죽지 않은 거지?"

"……"

"어째서 이사나를, 제국군 총사령관을 수호해야 할 친위대는 누구 하나 다친 사람 없이 멀쩡한 거지?"

"……"

나는 피식 웃으며 자리에서 일어섰다. 그리고 돌처럼 굳은 부관의 곁을 지나치며 말했다.

"수치를 안다면 곧 돌아올 내 동생을 맞이하러 나가거라. 네까짓 것들이 버린다고 돌아오지 못할 놈이 아니다."

알현실에서 나온 나는 곧장 정복으로 갈아입고 궁 밖을 나섰다.

차를 타자, 얼마 지나지 않아 불투명한 스트로마로 둘러싸인 헥사비스 구조물이 손에 잡힐 듯 가까워졌다. 얼마 전만 해도 나는 이 구조물 밖으로 나가는 것이 두려웠다. 비비가 예언한 나의 최후가, 유해조차 건질 수 없다는 그 죽음이 두려워 줄곧 이곳에서 벗어나기를 거부했었다. 하지만.

헥사비스의 바깥에 이사나와 놈을 꾀어낸 천한 놈이 함께 있었다.

멜즈 아브노아.

내 이름을 딴 대용품.

으드득—.

내가 없는 곳에서 이사나가 행복하게 웃고 있을 거란 생각이 들자, 형용할 수 없는 분노가 치솟았다. 나를 선택하는 것이 아닌, 내 이름을 딴 미동 따위와 즐겁게 살 거라는 생각이 들자, 그 둘을 철저히 파괴하고 싶어졌다. 그 둘에게 지옥 같은 저주를 내리고 싶어졌다.

이사나에게 지울 수 없는 상흔을 남겨 주고 싶어졌다.

"멜즈라……."

이름을 중얼거리던 나는 불현듯 아주 멋진 계획이 떠올랐다. 본래 당사자보다는 사랑하는 사람이 힘든 게 더 괴로운 법이다. 이사나는 절대 행복해지지 못할 것이다.

내가 반드시 그렇게 만들 것이다.

# 귀환

나는 이따금씩 꿈을 꾼다. 무척 그립고 달콤한 꿈을.

'멜즈, 시탈로프 숲의 탐사가 끝나고 콜로니가 완전히 안정되면 함께 이곳을 떠나지 않을래?'

'떠나요? 헥사비스로 돌아가는 건가요?'

멜즈의 물음에 나는 고개를 가로저으며 말했다.

'그곳으로는 가지 않아.'

내 대답에 멜즈는 의아한 얼굴로 나를 바라보다가 이내 무언가를 예감했는지 입을 다물었다. 꿈에서 나는 황자였다. 고귀한 신분이었지만, 그럼에도 나는 전쟁이 끝나면 원래의 자리가 아닌 머나먼 어딘가로 떠나려 했다.

목적지 같은 건 없었다. 그저 누구에게도 폐가 되지 않게끔 목숨이 다하는 날까지 숨어 있으려고 했다. 나는 카노스라는 불치병에 걸려 있었고 이것이 다른 사람들에게 알려지면 안 되었으니까.

하지만 불현듯 욕심이 생겼다. 상기된 얼굴로 열에 들뜬 눈으로 내게 사랑을 호소하는 한 아이와 잠시라도 행복하게 살고 싶다는 욕심이. 내 처지에 맞지 않는 바람이라는 걸 알면서도, 나중에 그가 얼마나 상처받을지 알면서도, 그럼에도 이기적인 욕심을 멈추지 못했다.

나는 다소 초조한 얼굴로 멜즈를 바라보았다. 싫다고 말하면 어떡하지? 무서워서 따라가고 싶지 않다고 말하면 어떡하지? 나는 손끝이 타들어가는 초조함 속에서 멜즈의 입만 바라보았다. 하지만 그 초조함이 무색할 정도로 멜즈는 산뜻하게 말했다.

'좋아요. 이사나와 함께라면 어디든 상관없어요.'

그 말에 나는 긴장이 탁 풀리는 걸 느꼈다. 얼빠진 내 모습에 멜즈는 피식 웃었다. 곱게 접힌 청록색 눈이 '그럼 안 간다고 할 줄 알았어요?'라고 타박하는 것 같았다. 주체할 수 없을 만큼 기뻤다. 너무 행복하고 가슴이 벅차올라 말이 제대로 나오지 않았다.

전쟁이 끝나 효용을 다한 나에게 딱히 갈 곳은 없었다. 하지만 멜즈와 함께라면 가고 싶은 곳이 딱 한 군데 있긴 했다. 나는 바보 같을 정도로 들뜬 얼굴로 멜즈에게 말했다.

'헥사비스의 남쪽으로 내려가면 해안가가 나오는데, 그곳 경치가 굉장히 아름다워. 진군하면서 나도 딱 한 번 가 봤는데, 살면서 그렇게 예쁜 곳은 처음 봤어. 거기서…… 너와 살고 싶어.'

새하얀 백사장과 하얗게 부서지는 파도가 그림처럼 아름다운 곳이었다. 그곳을 멜즈와 함께 거니는 상상을 해 보았다. 눈부시게 내리쬐는 햇살 아래에서 멜즈가 웃고 있을 걸 떠올리자, 상상만으로도 행복해졌다. 앞으로 무슨 일이 있든, 어떤 힘든 일이 생기든 전부 견뎌 낼 수 있을 것 같았다. 하지만 이렇게 내 욕망을 표현해 본 적은 한 번도 없었다. 항상 누군가를 위해, 다수를 위한 의견만 냈으니까. 이기적이기까지 한 이 말이 사실 어색하기도 했다. 당장이라도 누군가에게 손가락질받고 비난을 들을 것 같았다.

하지만 멜즈는 도리어 기쁜 얼굴로 나를 꽉 끌어안으며 소리쳤다.

'저도요! 저도 이사나와 거기서 살고 싶어요!'

'……위험할 수 있어. 거긴 헥사비스 밖이니까.'

'제겐 이사나가 없는 곳이 제일 위험해요. 그런데 이건 프러포즈인가요?'

멜즈의 능청스러운 말에 나는 당황하며 눈을 크게 떴다. 그리고 새빨개진 얼굴로 버벅거렸다.

'그, 그선……'

'정말 기뻐요. 이사나가 우리 신혼집까지 미리 생각해 두고 있었을 줄이야. 부족하지만 앞으로 내조 잘 할게요. 우리 이제 부부니까.'

멜즈는 몸을 배배 꼬며 놀리듯 말했다. 그에 나는 달아오른 얼굴로 어찌할 줄을 몰랐다.

사실 그때는 수줍어서 제대로 말을 못했지만, 프러포즈가 맞았다. 그와 아주 잠시라도 평생을 함께할 동반자가 되고 싶은 욕심에 꺼냈던 말이었으니까.

어느새 막이 내리고 내 눈앞에는 어둠만이 내려앉았다. 그러나 나는 금방까지 온몸을 지배했던 감정들을 곱씹으며 가만히 눈을 감고 있었다.

하지만 이미 지나가 버린 과거였다. 모든 게 부질없는 꿈이었다.

* * *

아직 해가 뜨지 않은 짙푸른 새벽, 이사나의 일정은 그때부터 시작되었다. 누가 시킨 것도 아니건만, 이사나는 해가 짧은 겨울에도 새벽 6시만 되면 저절로 눈이 떠졌다. 마치 오랫동안 그렇게 해 온 것처럼.

성 밖으로 나온 이사나는 가볍게 스트레칭을 한 뒤 성 주변을 뛰었다. 얼마 달리지도 않았건만, 숨이 턱 끝까지 차올랐다. 그게 못마땅해져 이사나는 미간을 좁혔다. 3년 전보다는 오래 뛸 수 있게 되었지만, 그래도 이 정도로는 만족할 수 없었다.

새벽부터 성 주변을 뛰고 있자, 숲의 경비를 보고 있던 알리페르들이 희한하다는 듯 이사나를 바라보았다. 하지만 이사나는 아랑곳하지 않고 계속해서 몸을 움직였다. 땀범벅이 될 정도로 체력 단련을 하고 나자, 어느덧 해가 완전히 떠올라 있었다.

간단히 샤워를 마친 이사나는 다시 성 안으로 들어갔다. 그리고 어느 방문을 열자, 침대에서 새근새근 잠들어 있는 어린아이들이 보였다. 그 귀여운 모습에 이사나는 저도 모르게 웃으며 아이들에게 말했다.

"잠꾸러기들, 이제 일어날 시간이야."

당연하지만 말 한마디 한다고 일어날 녀석들이 아니었다. 이사나는 방 안으로 들어가 커튼을 걷고 창문을 활짝 열었다. 그러자 부드러운 햇살과 시원한 아침 공기가 방 안으로 밀려 들어왔다.

"아드리안, 제라르, 에밀리오, 셸던, 막스. 일어나. 아침 먹으러 가야지."

그제야 침대 위에 엉망으로 널브러져 있던 아이들이 꾸물거리며 일어나기 시작했다. 아드리안과 제라르, 셸던은 여전히 눈을 반쯤 감고 있었지만, 바로 자리에서 일어나 자고 일어난 침구를 정리했다. 하지만 유독 아침을 힘들어하는 에밀리오와 막스는 여전히 이불에 돌돌 말려 있었다. 이사나는 피식 웃으며 이불을 걷었다. 그러자 백발의 새하얀 소년과 흑발의 창백한 소년이 눈살을 찌푸리며 웅얼거렸다.

"이사나…… 5분만요……."

"일어날 수 있어……. 일어날 수 있다고……."

언제나와 똑같은 잠투정에 이사나는 "그래, 그래." 하고 웃으며 버둥대는 막스를 업고 엉겨 붙는 에밀리오를 한 손에 들었다. 그리고 둘의 침구를 정리하기 시작하자, 갈색 머리 소년, 제라르가 이사나에게 말했다.

"이사나, 무서울 텐데 에밀리오는 저한테 주세요."

모두가 똑같은 나이였지만, 제라르는 다른 아이들에 비해 어른스러운 편이었다. 덕분에 이사나는 제라르의 도움을 많이 받아 왔다.

"고마워, 제라르."

이사나는 멋쩍게 인사하며 한쪽 팔에 안긴 백발의 소년을 제라르에게 넘기려는데, 소년이 도리어 이사나의 팔을 꽉 끌어안으며 웅얼거렸다.

"싫어……. 이사나랑 있을래……."

에밀리오의 어리광에 이사나는 난감한 얼굴로 제라르를 바라보았다. 그에 제라르는 한숨을 내쉬며 이사나의 등에 업힌 막스를 받아 들었다. 하지만 막스의 덩치는 다섯 형제 중 큰 편이었다. 막스를 받아들자, 제라르는 몸을 휘청거렸다.

"윽……. 막스, 좀 제대로 서 봐."

"일어날 수 있어……. 할 수 있다니까……."

하지만 막스는 여전히 축 늘어져 있을 뿐이었다. 그 꼴을 보다 못한 금발머리 소년, 아드리안이 제라르에게서 막스를 빼앗듯 부축하며 투덜댔다.

"넌 어떻게 맨날 아침마다 이러냐?"

"일어난다니까……. 일어날 거야……."

"말만 하지 말고 실천을 해 봐, 실천을."

아드리안은 면박을 주면서도 막스를 데리고 밖으로 나갔다. 그 광경을 이사나는 흐뭇하게 지켜보다가 에밀리오를 안고 밖으로 나갔다. 그러자 환한 금발에 하늘색 눈동자를 지닌 소년, 셸던이 이사나를 졸졸 따라왔다.

"이사나, 이사나. 오늘 아침은 뭐예요?"

"글쎄? 셸던은 뭐가 먹고 싶은데?"

"스크램블드에그랑 음, 구운 감자요!"

셸던의 말에 이사나는 주방의 식재료들을 잠시 떠올려 보았다. 간단한 주문이라 금세 만들 수 있을 것 같았다. 이사나는 싱긋 웃으며 말했다.

"그래, 그럼 그것도 같이 먹자."

이사나의 말에 신이 난 셸던이 방방 뛰었다. 그에 따라 그의 포슬포슬한 금발 역시 솜털처럼 팔랑거렸다. 그 사랑스러운 모습에 이사나는 어쩔 수 없이 그리운 누군가를 떠올릴 수밖에 없었다. 하지만 이내 그 감정은 묻어 둔 채 아이들과 함께 식당으로 내려갔다.

\* \* \*

식당으로 들어가자, 먼저 온 렉사가 아이들을 대롱대롱 매단 이사나를 반갑게 맞아 주었다.

"오늘도 애들을 챙기느라 고생이 많아."

렉사의 말에 이사나는 멋쩍게 웃었다. 이사나의 한쪽 팔에는 에밀리오가 안겨 있었고 다른 한 손은 셸던이 붙잡고 있었다. 제라르는 이사나의 옷깃을 쥐고 있었고 아드리안과 막스는 오리 새끼처럼 이사나의 뒤를 졸졸 따라오고 있었다. 렉사는 피식 웃으며 이사나에게서 에밀리오를 받아 들었다.

"잘 잤니, 에밀리오?"

"아…… 왕도 안녕히 주무셨어요?"

에밀리오는 여전히 잠이 덜 깼는지 분홍색 눈을 깜빡거렸다. 에밀리오가 어리광을 부리며 렉사의 품에 파고들자, 렉사 역시 웃으며 에밀리오의 이마에 키스했다.

모두 식탁에 앉자, 얼마 지나지 않아 성의 알리페르들이 준비해 놓은 요리를 차례로 내오기 시작했다. 거기에는 셸던이 먹고 싶다고 한 스크램블드에그와 구운 감자도 끼어 있었다. 식탁이 꽉 들어차자, 이사나는 식전 기도를 한 뒤 인사했다.

"잘 먹겠습니다."

"잘 먹겠습니다!"

이사나를 따라 인사를 한 아이들은 아침을 먹기 시작했다. 적막했던 식당 안은 금세 소란스러웠다. 식기가 부딪치고 음식을 우물거리는 소리로 정신이 없을 정도였다. 언제나 그렇듯 이사나와 렉사는 제대로 식사를 할 수 없었다. 다섯 아이들이 잠시도 가만히 있질 않았기 때문이다. 아직도 잠이 덜 깬 에밀리오에게 물을 마시게 하고 자꾸 셸던의 몫을 빼앗아 먹는 아드리안을 혼내기도, 제라르가 실수로 엎지른 물을 닦기도 했다. 막스는 비교적 조용히 먹는 듯했지만, 접시 아래로 구운 당근을 숨기고 있었다.

정신없이 아침을 먹고 나자, 어느덧 아이들을 공부시킬 시간이 다되어 있었다. 이사나는 렉사와 함께 아이들의 옷을 갈아입힌 뒤 아가렉시아에서 온 선생님께 데려갔다. 공부하기 싫어하는 아이들을 달래며 공부방으로 들이자, 벌써부터 기운이 쭉 빠지는 듯한 기분이 들었다.

하지만 그것으로 끝이 아니었다. 이제부터는 렉사와 함께 성의 업무를 보아야 했다. 이제까지는 기초적인 지식이 없어 주먹구구식으로 이곳을 관리했지만, 이제 그래서는 안 되었다. 전쟁이 끝나고 아가렉시아가 발전하는 만큼 이곳 왕의 영지도 점차 경제 규모가 커지고 들락거리는 사람들도 많아졌기에 체계가 필요했다. 법률을 제정하고 물자와 사람들이 얼마나 오가는지 기록할 필요가 생긴 것이다.

여전히 서류 작업을 버거워하는 렉사를 옆에서 도우며 성내 살림에 매진하다 보니 어느새 점심 먹을 시간이 다 되어 있었다. 수업이 끝나 공부방을 박차고 나온 아이들을 불러 모아 또다시 한바탕 전쟁을 치르며 점심을 먹은 이사나는 여전히 할 일이 많은 렉사를 집무실에 남겨둔 채 아이들과 함께 성내의 정원으로 향했다.

"꺄하하하!"

"이쪽으로 던져!"

이사나는 그늘진 나무 아래에 몸을 기댄 채 정원에서 뛰어노는 아이들을 바라보았다. 아직 어려서인지 아이들은 공 하나만 있어도 시간 가는 줄 모르고 즐겁게 놀았다. 웃음소리로 가득한 정원을 이사나는 미소 띤 얼굴로 바라보았다.

평화로웠다. 그토록 많은 사람과 알리페르가 희생된 전쟁이 먼 옛날 일처럼 현실감이 없었다. 어느 때는 이 광경이 믿기지 않을 때도 있었다. 하지만 이 무난함이 일상이 된 지는 오래였다. 아마도 언제까지나 이 풍경이 계속될 터였다.

이 안온하고 따뜻한 풍경이.

이사나는 멍하니 앉아 자꾸만 고개를 쳐드는 이상한 감정을 지워내려 애를 쓰는데, 어디선가 울음소리가 들려왔다.

"흐앙―!"

"셸던! 얼른 내려와!"

"흑, 못 내려가겠어……!"

셸던의 울음소리에 이사나는 놀라서 퍼뜩 고개를 돌렸다. 어떻게 올라갔는지 셸던이 꽤 높은 나무 위에 앉아 엉엉 울고 있었다. 셸던의 품에는 아까까지 차고 있던 공이 있었다. 아마도 나무에 걸린 공을 잡으려고 올라갔다가 내려가지 못하게 된 것 같았다. 이사나는 자리에서 일어나 나무 아래로 달려갔다.

"셸던, 괜찮니?"

"흐, 흑……."

"거기서 뛰어내리렴. 밑에서 받아 줄게."

하지만 이사나의 말에도 셸던은 고개를 도리질 치며 울먹일 뿐이었다.

"무, 무서워요……!"

많이 무서운지 셸던은 굵은 눈물방울을 뚝뚝 떨어뜨리며 울었다. 셸던은 겁이 많은 편이었다. 그런데 어떻게 나무에 올라갔는지 알 수 없었다. 이사나는 잠시 망설이다가 날개를 폈다.

치릇치릇—

시운전으로 날개가 충분히 덥혀지자, 이사나는 땅을 박차고 날아 올라 셸던이 있는 나무 위에 올라섰다. 이사나는 나뭇가지 위에서 잠시 중심을 잡다가 셸던을 향해 손을 내밀었다.

"셸던, 이리 와."

"흑……."

"착하지."

이사나가 가까이 다가가자, 셸던은 그제야 꽉 붙들고 있던 나무에서 손을 떼고 이사나의 품에 달려들었다. 이사나는 잘게 떨고 있는 셸던을 다독이며 천천히 날아 바닥에 내려앉았다.

"셸던!"

"셸던 괜찮아?"

셸던은 많이 놀랐는지 지상에 내려와서도 쉽게 울음을 그치지 못했다. 함부로 높은 나무에 올라가면 안 된다고 야단을 쳐야 했지만, 셸던이 너무 많이 울어 이사나는 셸던을 혼낼 수 없었다. 그저 품에 파고드는 셸던을 안고 달래 줄 뿐이었다.

"괜찮아, 셸던. 울지 마."

"흐으……. 흑……."

셸던은 꽤 많이 울었지만, 얼마 지나지 않아 아까의 일은 새카맣게 잊은 채 다시 신나게 뛰어놀았다. 그렇게 해가 질 때까지 이사나는 정원에서 뛰어노는 아이들과 함께 있었다. 해가 질 무렵이 되자, 간신히 영지의 업무에서 풀려난 렉사가 이사나와 아이들을 데리러 왔다. 흙투성이가 되어 꼬질꼬질해진 아이들을 함께 씻기고 또 정신없이 저녁을 먹은 뒤 아이들의 숙제를 도와주자, 어느새 아이들을 재울 시간이 다 되어 있었다. 자기 싫다고 투정부리는 아이들을 하나씩 안아 주며 달랜 이사나는 아이들이 전부 잠들고 나서야 간신히 자신의 침실로 돌아올 수 있었다.

이렇게 이사나의 바쁜 하루가 끝이 났다.

이런 생활을 한 지도 벌써 3년째였다.

\* \* \*

자신을 누군가라고 자신 있게 말할 수 있는 조건은 무엇일까? 이사나는 종종 그것에 대해 고민하곤 했다. 기억인지, 외모인지, 혹은 다른 무언가인지. 3년째 고민해 봤지만, 이사나는 여전히 마땅한 답을 찾을 수 없었다.

그랬기에 이사나는 종종 죄책감이 들 때가 있었다. 어쭙잖은 핑계를 대고 마땅히 책임져야 할 일에서 도망칠 핑곗거리를 찾고 있는 게 아닌가 하고 말이다.

"와아아! 기차다!"

"칙칙폭폭!"

일주일에 한 번씩 아가렉시아로부터 시탈로프 숲 영지로 기차가 왔다. 아가렉시아가 세워질 때 함께 만들어진 이 기찻길을 통해 정기적으로 물자와 사람이 교환되었다. 자주 오는 기차가 아니어서 그런지 아이들은 기차를 퍽 신기하게 여겼다. 그래서 기차가 오는 날이면 아이들은 꼭 기차역까지 이사나를 끌고 가곤 했다.

평소라면 왕께 바쳐진 공물과 인부들만 기차에서 내려졌겠지만, 오늘은 달랐다. 귀한 손님이 왕의 영지를 방문했다.

"오랜만입니다. 이사나 님."

"오랜만이에요."

적갈색 머리에 주근깨 가득한 콧잔등. 아가렉시아 섭정의 수석 보좌관인 히람이었다. 그는 1년에 네 번 아가렉시아에 대한 보고서를 왕께 직접 올리기 위해 이곳을 찾았다. 이제는 완전히 왕국민이 다 된 히람은 꽤 멋들어진 정장을 입고 있었다. 그런 히람을 아이들은 반짝이는 눈으로 바라보았다. 꽤 멋있어 보이는 모양이다. 히람 역시 그런 아이들을 흐뭇한 얼굴로 내려다보다가 두 손 가득 움켜쥔 종이 가방을 내밀며 말했다.

"왕자님들도 잘 지내셨습니까? 약소하지만, 선물을 가져왔습니다."

"와아아아아!"

"히람 최고!"

아이들은 신이 난 얼굴로 히람의 손에 들린 것을 갈취해 갔다. 다소 예의 없는 행동에 이사나는 놀라서 아이들을 말리려 했지만, 아이들은 종이 가방에 들어 있는 선물 상자를 뜯는 데 열중할 뿐이었다. 상자를 하나씩 깔 때마다 아이들은 놀라서 눈이 휘둥그레졌다. 이곳에서는 보기 힘든 알록달록한 장난감과 인형들이 끝도 없이 나왔다.

이곳이 왕의 영지이기는 하지만, 개발이 거의 안 되어 있어 고도로 문명화된 아가렉시아에 비하면 깡촌이나 다름없었다. 노는 것이라고는 숲과 들판을 뛰어다니는 것 밖에 없는 아이들에게는 퍽 신기할 만했다. 하지만 그것과 별개로 아이들의 행동에 민망해진 이사나는 멋쩍게 웃으며 히람에게 말했다.

"매번 이렇게 사 오지 않으셔도 되는데……."

"어휴, 저렇게 좋아하는데 어떻게 안 사 옵니까? 저야말로 조금

더 챙겨 오지 못해 죄송할 뿐인걸요?"

"그래도……."

"그리고 애초에 아이들 선물을 챙기라고 지시한 건 섭정 각하셨습니다. 왕의 성에는 아이들이 가지고 놀 만한 장난감이 부족할 거라고 하시면서요."

히람의 말에 이사나는 우뚝 굳어졌다. 생각지도 못한 인물이 나온 탓에 동요를 감출 수 없었다. 하지만 이사나는 이내 아무렇지 않은 척 히람에게 말했다.

"……그러셨군요. 각하께 정말 감사하다고 전해 주세요."

"네, 그렇게 하겠습니다."

"그런데……."

이사나는 충동적으로 히람을 부르고는 후회했다. 이래서는 안 된다고 생각했지만, 그럼에도 이사나는 절박한 얼굴로 히람에게 묻고 있었다.

"섭정 각하는, 멜즈 님은…… 잘 지내고 계신가요?"

죄책감으로 가슴이 조여들었다. 하지만 도저히 묻지 않을 수 없었다. 그와 아무 상관없는 사람으로 산 지 벌써 3년이었다. 만나기는 커녕 편지 한 장 오가지 않는 사이가 된 지 벌써 3년이었다. 짧다면 짧은 세월이지만, 가슴 속을 가득 채웠던 격정은 여전히 사그라들지 않은 채였다. 이런 미련이 원망스러울 정도로 도저히 그를 잊을 수 없었다. 이사나는 초조하게 히람의 대답을 기다리는데, 히람이 그런 이사나를 빤히 바라보다가 평소처럼 웃으며 말했다.

"섭정 각하께서는 무탈하게 잘 지내고 계십니다. 너무 잘 지내셔서 어떤 때는 불만이 생길 정도입니다. 1년 365일 일만 하시는데,

제발 좀 쉬셨으면 좋겠습니다. 솔직히 저와 다른 녀석들은 멜즈 님을 보좌하는 것만으로도 벅차거든요. 그런데 끊임없이 뭘 해 오라고 일을 던져 주고 못 하면 구박하고……. 힘들어 죽겠습니다. 사는 게 사는 게 아니에요. 오죽하면 이렇게 왕께 보고하러 가는 날만 손꼽아 기다리겠습니까? 이런 날이 아니면 저는 쉬지도 못해요."

히람은 피로가 느껴지는 목소리로 푸념했다. 그 장난스러운 불평에 이사나는 피식 웃다가 시선을 떨어뜨렸다.

그랬구나. 잘 지내고 있었구나.

이사나는 쓸쓸하게 웃으며 아가렉시아까지 이어진 기찻길을 바라보았다. 잘 지내는 것에 기뻐해야 하는데, 왜 이렇게 낙담하게 되는지 왜 이렇게 쓸쓸한지 알 수 없었다.


히람을 렉사가 있는 본성까지 안내하고 아이들 역시 공부방에 데려다 놓은 이사나는 방으로 들어가 잠시 쉴까 하다가 이내 편한 옷으로 갈아입고 정원 뒤편으로 향했다. 이사나의 손에는 뭉툭한 철검 하나가 들려 있었다.

아무도 없는 공터에는 통나무 몇 개가 세워져 있었다. 이곳은 이사나가 검술 수련을 하는 곳이었다. 스트레칭으로 가볍게 몸을 푼 뒤 이사나는 곧장 철검을 쥐고 허수아비를 노려보았다.

캉―!

이사나는 철검을 통나무 정중앙에 찔러 넣었다. 날개의 가속을 이용한 속검술이었다. 이사나처럼 이전에 인간이었다가 알리페르가 된 네오 타입들이 종종 익히는 검술이기도 했다. 네오 타입들은 인간보다는 강해도 알리페르보다는 여전히 약했다. 외골격이 없는 데다가 선천적으로 날개를 사용하는 것이 미숙했기 때문이다. 그 랬기에 왕국군에 지원하고자 하는 네오 타입 알리페르들은 날개의 패널티를 최소한으로 줄인 찌르기형 속검술을 익혔다. 이사나 역 시 처음에는 아가렉시아에서 온 교관에게서 이 검술을 배웠지만, 이제는 교관이 필요하지 않게 되었다.

캉! 콰쾅! 쾅!

이사나는 통나무 주위를 맴돌며 무시무시한 속도로 통나무 정중 앙을 찔렀다. 어느 각도에서 공격하든 이사나는 정확한 타격을 낼 수 있었다. 비껴나가는 공격 따윈 없었다. 원래 무기 다루는 센스가 좋은 편이라 주무기가 아니었던 세검 역시 얼마 지나지 않아 제 몸 같이 사용할 수 있었다.

쾅—!

날개에 가속을 붙여 전력으로 통나무를 찌르자, 어느새 통나무가 견디지 못하고 반으로 쪼개져 버렸다. 이사나는 그제야 가쁜 숨을 몰 아쉬며 철검을 내려놓는데, 뒤에서 누군가가 호들갑스럽게 말했다.

"으아, 더럽게 살벌하네. 화나는 일이라도 있었어?"

뒤를 돌아보자, 선글라스를 낀 금발머리 알리페르가 보였다. 알리 페르는 알리페르답지 않게 온몸에 금붙이와 명품을 휘감고 있었다. 이사나는 한숨을 내쉬며 알리페르에게 물었다.

"노엘, 언제 돌아왔어?"

"언제겠어? 오늘 기차로 돌아왔지. 잘 지냈어?"

노엘은 반가운 듯 히죽 웃으며 선글라스를 벗었다. 하지만 이사나 는 노엘을 볼 때면 어쩐지 마음이 복잡해졌다.

인간과 알리페르가 공존하는 이 세계에서 가장 적응을 잘한 알리페르가 있다면 단연 노엘이 아닐까 싶었다. 적응만 했다 뿐인가? 노엘은 아가렉시아의 손꼽히는 거부(巨富)였다. 대대로 부를 세습하며 세력을 불려 온 지상층 귀족들과 비견해도 꿀리지 않을 정도였다. 그런 노엘을 부러워한 몇몇 알리페르들이 노엘에게 찾아가 그 비결을 물어본 적이 있었다. 그에 대한 노엘의 대답은 이러했다.

'착하게 살면 다 이렇게 돌아오게 되어있어. 다들 누구 등쳐 먹을 생각하지 말고 착하게 살아, 착하게.'

도덕 책에나 나올 법한 그 말에 알리페르들은 환호하며 노엘의 말을 경전처럼 떠받들었다. 물론 대강의 사정을 아는 이사나는 노엘을 흰 눈으로 바라볼 뿐이었지만.

이렇듯 엄청난 자산가인 노엘은 왕의 영지인 시탈로프 숲을 본거지로 두고 있지만, 원래 인간 문화에 관심이 많았던 만큼 종종 아가렉시아나 한창 개발 중인 콜로니 등으로 놀러 가곤 했다. 물론 놀기만 하진 않고 사업을 벌이기도 했다. 원래 그런 쪽으로 재능이 있었는지 노엘은 손대는 사업마다 족족 번창해 세를 불려 갔다. 하지만 단기간에 엄청난 부자가 되어서인지 노엘은 이사나가 본 어느 알리페르보다 속세의 때가 많이 묻은 알리페르이기도 했다. 다섯 손가락 전부에 금반지를 끼운 손으로 선글라스를 가슴 포켓에 꽂아 넣은 노엘은 씨익 웃으며 이사나에게 말했다.

"불쌍한 통나무를 괴롭히는 게 끝났으면 이제 나랑 놀아 주지 않겠어?"

"……조금 있으면 애들 수업 끝날 시간인데."

귀찮음에 이사나는 괜히 조악한 변명을 내뱉었다. 저 타락한 영혼, 노엘이 어울려 달라는 건 백이면 백 같이 술을 마셔 달라는 얘기였기 때문이다. 역시나 노엘은 웃기지 말라는 듯 코웃음을 치며 말했다.

"누가 보면 서너 살 먹은 애를 키우는 줄 알겠네. 다 커서 이제는 당신 없어도 잘 놀 텐데 뭐. 나는 저 나이에 숲에서 사냥을 했다고."

"……."

"정말 이러기야? 오랜만에 만나는데 조금도 어울려 주지 못하겠다는 거야? 단 한 시간도?"

"……."

"너무하네, 정말."

노엘은 투정을 부리듯 가볍게 타박했지만, 사실 정말 가벼운 마음으로 권한 게 아니라는 건 알고 있었다. 이사나는 별 수 없이 한숨을 내쉬며 "그럼 딱 한 잔만 같이 마셔 줄게."라고 말했다. 그러자 노엘이 싱긋 웃으며 바닥에 내려놓았던 여행용 가방을 이사나에게 떠넘겼다. 억지로 받은 가방을 흔들어 보자 예상대로 출렁거리는 내용물이 느껴졌다. 이게 도대체 몇 병이야? 이사나가 차게 식은 눈으로 노엘을 바라보는데, 노엘이 불퉁한 얼굴로 투덜거렸다.

"흔들지 마. 내용물 깨진단 말이야."

"그럼 네가 들든가."

"싫어. 당신이 나보다 더 힘이 센데 내가 왜?"

그러면서 노엘은 이사나의 것에 비해 가벼워 보이는 가방을 들었다. 그 모습이 몹시 얄미웠지만, 순순히 그의 뒤를 따랐다.


이사나는 노엘과 함께 물이 차오른 해자 위의 도개교를 건너 성 밖으로 나갔다. 그러자 눈앞에 그리운 마을의 풍경이 한눈에 들어왔다. 고즈넉하면서도 당장에라도 보고 싶은 그 사람들이 나타날 것 같은 평온한 풍경. 왕은, 렉사는 이곳 시탈로프 숲을 개발하기 시작했지만, 이 마을만큼은 예전 그대로 보존해 두고 주기적으로 관리만 하고 있었다. 그래서 다른 곳은 전부 현대식 건물이 들어섰지만, 이곳만큼은 시간이 멈춘 듯 예전 모습 그대로 남아 있었다. 하지만 개발 제한구역인 만큼 이곳에는 사람들이 많이 오가지 않았다.

그런데.

"……?"

오늘은 어쩐 일인지 마을에 꽤 많은 사람들이 북적이고 있었다. 인간, 알리페르 할 것 없이 모두가 신기해하는 눈으로 마을 이곳저곳을 둘러보았다. 그들 한가운데에는 여행 가이드처럼 작은 깃발을 들고 서 있는 한 알리페르가 있었다. 알리페르는 다른 한 손에 마이크를 든 채 무언가를 설명하고 있었다.

"여러분 이곳이 바로 3년 연속 베스트셀러로 자리매김한 '용감하고 상냥했던 스페스의 숙녀들을 기리며'의 주요 무대인 포로들의 마을입니다. 이곳에서 스페스의 여자들은 알리페르들로부터 혹독한 포로 생활을 강요당했는데요, 그럼에도 그녀들은 포기하지 않고 언젠가 있을 반격을 대비해 매일 스스로를 단련해 왔습니다. 그리고 이곳이 바로 도수장으로 사슴을 도축하고 있던 그레이스 공주가 이사나 황자와 첫 만남을 가진 곳입니다."

뭐가 뭔지 모를 이 상황에 이사나는 얼떨떨한 얼굴로 노엘에게 물었다.

"노엘, 저 사람들은 누구야?"

"신경 쓰지 마. 관광객들이니까."

"관광객?"

"이번에 사업 하나를 새로 시작했거든. 헥사비스에 갇혀 있던 사람들이 또 바깥을 많이 궁금해하잖아. 그래서 안전하면서도 다양한 볼거리를 즐길 수 있는 여행 상품 하나를 만들었지. 왕께서도 허락하신 사업이니까 걱정하지 마."

노엘은 어깨를 으쓱이며 사람들로 북적이는 마을을 가로질러 계속 앞으로 나아갔다.

마을을 지나 또 얼마나 걸었을까, 마을 어귀에 있는 공동묘지가 보였다. 숲의 나무를 일부 밀어 버리고 조성한 공동묘지는 묘지라기보다 정원에 가까운 모습을 하고 있었다. 아름다운 유실수와 화초를 심고 관리인을 두어 매일 손질하는 이곳은 누군가를 그리워하며 슬퍼하기보다 소풍을 하러 나오기 좋은 장소처럼 보였다. 노엘은 그런 묘지 안을 휘적휘적 거닐다가 어느 한 곳에 멈춰 섰다.

「투쟁의 삶 속에서 벗어나 평온히 잠들기를」

누구의 묘인지는 적혀 있지 않았다. 노엘 또한 한 번도 이사나에게 누가 묻혔는지 말해 주지 않았다. 하지만 이사나는 이미 누가 있는 곳인지 직감하고 있었다.

아가렉시아에서 큰돈을 벌고 돌아온 노엘은 제일 먼저 이 공동묘지부터 만들었다. 그리고 본성의 정원 어딘가에 묻혀 있던 여자들의 시신을 전부 이곳으로 옮겼다.

노엘은 마을 여자들의 소원대로 많은 사람들에게 그녀들의 이야기를 하고 다녔다. 심지어 여행 상품으로 만들어 그녀들의 터전을 공개할 정도로 수단과 방법을 가리지 않았다. 하지만 이곳만큼은 누구에게도 언급한 적이 없었다. 이것만큼은 그도 양보할 수 없는 것이다.

묘비를 잠시 내려다보던 노엘은 매고 있던 여행용 가방에서 꽃다발을 꺼냈다. 꽤 신경 써서 들고 왔는지 꽃잎 한 점 흐트러진 구석이 없었다. 꽃다발을 묘비 아래에 내려놓은 노엘은 또다시 가방 안을 뒤져 주섬주섬 뭔가를 꺼내기 시작했다. 아기자기한 그림책이라든가 작은 직조기, 혹은 예술품에 가까운 화살이라든가 예쁜 보석함 따위를 내려놓기도 했다. 노엘은 종종 다른 지역에 갔다가 돌아오면 저런 것들을 가져오곤 했다. 며칠 후면 이곳 관리자가 치울 것을 알면서도 반복하는 것이다.

제법 예쁘게 묘비를 꾸민 노엘은 미련 없이 발걸음을 돌려 묘지 근처의 정자로 들어갔다. 그리고 이사나가 메고 있던 가방에서 술병을 주섬주섬 꺼내기 시작했다. 이사나는 흰 눈으로 노엘을 바라보았다. 벌건 대낮부터 술판이라니. 예전이었다면 상상도 못 했을 일이었다.

어쩌다 이렇게 되었나 하는 생각에 이사나가 한숨을 내쉬었지만, 노엘은 아랑곳하지 않고 술병을 깠다. 그리고 실실거리며 종이컵에 따른 술을 이사나에게 내밀었다. 생각해 보니 술을 안 마신 지 좀 오래되긴 했다. 즐기는 편은 아니었지만, 아이들과 함께 지내다 보니 본의 아니게 금주하게 되는 것이다. 그래서 노엘이 권하면 못 이기는 척 따라오게 되는 건지도 몰랐다. 그래도 딱 한 잔만 마셔야지. 이사나는 굳게 다짐하며 종이컵에 담긴 술을 홀짝였다.

"……."

분하게도 꽤 맛있었다. 노엘은 이사나보다 유흥의 세계를 늦게 알았지만, 이젠 이사나보다 훨씬 많은 것을 알고 있었다. 이사나는 노엘이 깐 술병을 돌려 보았다. 모르는 이름의 술이었다. 아마도 이사나가 없는 사이에 새로 생겨난 술인 듯했다. 노엘은 낄낄거리며 똑같이 종이컵에 술을 따라 마셨다. 하지만 입만 대는 이사나와 달리 물처럼 들이붓고 있었다. 그 꼴을 보다 못한 이사나는 공동묘지 관리인에게 부탁해 안주 몇 가지를 챙겨 왔다. 이사나는 어느새 거하게 술에 취한 노엘에게 과일을 깎아 주며 투덜거렸다.

"너는 왜 여기 오기만 하면 날 불러내는 거냐?"

"그럼, 끄윽, 당신 말고 누구랑 같이 마셔? 왕이랑?"

"안 마시면 되잖아."

이사나의 말에 이미 취한 노엘이 실실 웃으며 말했다.

"좀 봐줘라. 난 섬세한 알리페르라서 전부 잊어버리려면 시간이 좀 걸리거든."

"……."

"많이는 안 걸릴 거야. 그때까지만 잠깐 어울려 줘."

"……."

"보고 싶다……. 진짜, 너무 보고 싶다……."

"……."

"그런 매정한 사람들 따위가 뭐라고, 끕, 이렇게 잊을 수 없는 걸까."

노엘은 여전히 서운함이 가시지 않는지 물기 어린 목소리로 투덜거렸다. 아마도 그들의 선택을 이해하기 때문에 더욱 원망스러운 건지도 모른다. 이사나 역시 아득하게 먼 어떤 기억을 떠올리면 무척 슬퍼졌다.

하지만 그녀들의 삶은, 그녀들의 투쟁은 이제 몇 줄의 글귀로만 남게 되었다. 수많은 사람들이 읽어 준다고 해도 그녀들은 돌아오지 않는다. 슬프지만, 그녀들과 함께한 기억은 과거로 남겨 둔 채 남은 사람들은 현실을 살아야 했다.

그리고 그녀들의 삶이 끝난 것처럼 인간이었던 '이사나 넥시움'의 삶 역시 끝났기는 마찬가지였다. 여기서 이어지는 것은 네오 타입 알리페르로 다시 태어난 '이사나'라는 자의 인생일 뿐이었다.

"……."

만취한 채 뻗은 노엘을 묘지 관리인에게 맡긴 이사나는 다시 본성으로 돌아가며 무거운 감정 속에 빠져 있었다. 렉사도 노엘도 이사나의 과거를 부정하지 않았다. 지금의 이사나 역시 인간이었던 '이사나 넥시움'과 동일한 인물로 생각할 뿐이었다. 그랬기에 이사나는 어떠한 조건 없이 그들과 가까운 사이가 될 수 있었던 것이다.

하지만 멜즈는 아니었다. 멜즈만큼은 지금의 이사나와 모르는 사이인 것이다. 그걸 멜즈가 원한다면, 이사나 역시 그의 뜻을 따라야 했다. 이런 건 강요의 문제가 아니니까. 자신이 '이사나 넥시움'과 동일한 사람이라고 자신 있게 말할 수도 없었으니까.

하지만. 그럼에도.

"……."

이사나는 어느덧 아무것도 없는 기차역에 와 있었다. 그리운 서쪽을 향해 곧게 뻗은 기찻길을 보며 들끓는 가슴을 삭이고 또 삭였다. 당장이라도 눈물이 나올 것 같았다. 마음을 다잡지 않으면 금세라도 둑이 터진 것처럼 무너져 내릴 것 같았다.

그렇게 붉게 물든 기찻길을 얼마나 보고 있었을까. 렉사가 찾아왔다.

"이런 곳에서 뭐 하고 있어?"

이사나는 멍한 얼굴로 옆을 돌아보았다. 그와 닮은 상냥한 얼굴이 걱정 어린 눈으로 자신을 들여다보았다. 이사나는 울렁이는 마음을 다잡으려 노력했다. 눈앞의 현실을 바라보려 노력했다. 이사나는 무너지려는 입꼬리를 억지로 올리며 말했다.

"그냥……."

"그냥?"

"저녁놀이 예뻐서요. 저도 모르게 넋을 놓고 바라보고 있었네요."

이사나는 렉사를 향해 웃어 보였다. 가슴 속은 그리움에 엉망진창이 되어도 언제나 그렇듯 이사나는 웃을 수 있었다. 항상 해 왔던 일이니까. 그에 렉사 역시 마주 웃으며 이사나의 옆에 섰다.

"그러네, 예뻐. 오늘따라 더 예쁜 것 같아."

"……."

"그런데 요즘 무슨 일 있어?"

렉사의 물음에 이사나는 잠시 머뭇거리다가 천천히 고개를 가로저었다. 그리고 아무 일 아니라는 듯 피식 웃으며 말했다.

"아니요, 아무것도."

"……."

"아무 일도 없어요."

아무 일도 없어야 했다. 멜즈와의 인연은 인간이 아니게 된 시점에서 이미 사라진 것과 다름없었다. 이사나가 집중해야 할 대상은 지나간 과거가 아닌, 지금도 기다려 주고 있는 렉사였다. 아무것도 모르던 시절부터 끊임없이 헌신해 온 왕이었다.

차라리. 차라리 아무것도 기억나지 않았다면. 그랬다면 언젠가 렉사를 받아들였을지도 모른다.

아니, 아니 그럴 리가 없었다. 사실은 그렇지 않으리라는 걸 알고 있었다. 그럼에도 도저히 끊을 수 없는 이 마음이 원망스러워 도망치듯 또다시 가정하는 것이다.

그렇게 두 알리페르는 붉은 노을 속에서 말없이 계속 서 있었다. 서로의 속마음을 모른 척한 채.

* * *

이사나가 과거의 기억을 떠올리기 시작한 건 왕의 영지로 오기 직전이었다. 이사나는 우연히 헥사비스의 지붕 위로 올라가는 멜즈를 발견하고 그를 따라갔다가 발을 헛디뎌 지상으로 추락한 일이 있었다. 그때의 충격일까, 이사나는 그 후 인간일 때의 기억을 조금씩 되찾기 시작했다.

물론 멜즈에 대한 기억 역시 마찬가지였다.

처음 유충일 때 만났던 기억부터 감당하기 힘든 진실을 털어놓으며 그를 헥사비스로 돌려보냈던 날까지.

어느 것 하나 소중하지 않은 기억이 없었다. 하지만.

'우리, 아는 사이였나요?'

'……'

'아는 사이였죠?'

'아뇨, 모르는 사이에요.'

'하지만……!'

'설령 그렇다 해도 인간으로서의 삶을 마친 당신은 그와 전혀 다른 사람이니까.'

'……'

'돌아가 줄래요? 혼자 있고 싶어요.'

바다에 몸을 던진 날 이후, 도대체 무슨 일이 있었는지 알 수 없었다. 어째서 죽은 줄 알았던 멜즈가 살아서 성충이 되어 있는지, 어째서 항상 밝았던 얼굴이 저렇게 메마르고 차갑게 변해 버린 건지.

아예 짐작하지 못하는 건 아니었다. 분명 죽을 만큼 힘든 시간이었을 것이다. 그랬기에 놓아 버린 것이다. 그랬기에 모든 것을 과거로 남겨 두기로 결정한 것이다. 그러니 포기해야 했다. 단념해야 했다. 잊을 수 없다면, 그렇다면 잊으려는 노력이라도 해야 했다.

하지만 기찻길의 끝에 그가 있다는 게 너무 괴로웠다. 하루에도 수십 수백 번 그가 보고 싶어 미칠 것 같았다. 왜 이렇게 되어 버린 걸까.

"이사나, 입맛이 없어요?"

고개를 돌리자, 제라르를 비롯한 아이들과 렉사가 걱정 어린 눈으로 바라보고 있는 게 보였다. 이사나는 자신의 접시를 내려다보았다. 손을 거의 대지 않은 스튜가 보였다. 이사나는 습관처럼 웃으며 말했다.

"아까 간식을 많이 먹어서 그런가 봐."

무난하게 대답하며 이 상황을 넘기려는데, 막스가 말했다.

"아닌데? 난 오늘 이사나가 간식 먹는 거 한 번도 본 적 없는데?"

고개를 돌리자, 막스가 불퉁한 얼굴로 수프를 휘적거리는 게 보였다. 거짓말을 한 것에 몹시 실망한 것 같아 보였다. 그저 걱정시키지 않으려고 한 말이었는데……. 이사나는 멋쩍게 웃으며 사과했다.

"그냥, 요즘따라 입맛이 없네."

"……."

"걱정시키지 않으려고 한 거였는데……. 거짓말해서 미안해, 막스."

하지만 사과를 해도 막스는 여전히 불퉁한 얼굴을 할 뿐 이사나를 보려고도 하지 않았다. 그 모습을 보자, 요즘 부쩍 아이들이 걱정하게끔 행동했다는 자각이 들었다. 이사나는 내키지 않았지만, 다시 스튜를 들었다. 하지만 얼마 지나지 않아 다시 식기를 내려놓았다.

요즘 따라 왜 이러는지 이해할 수 없었다. 도무지 아이들의 얼굴을 볼 자신이 없었다. 렉사의 얼굴을 볼 자신이 없었다. 미친 듯이 몸을 단련하고 정신없이 아이들을 돌보고 일에 매진해도 가슴 속에 꽉 들어찬 답답한 무언가가 내려가지 않았다.

어떻게 할 방법이 없는 것이다.

이 생활에 만족한다고 계속 되뇌었지만, 사실은 아니라는 걸 누구보다도 잘 알고 있었다.

하지만 3년간 그러했듯 이사나가 할 수 있는 건 없었다.

아무것도 없는 것이다.


* * *


"……?"

아침에 일어나 아이들을 깨우러 왔는데, 아이들의 침실이 텅 비어 있었다. 잠을 잔 흔적조차 없이 깨끗하게 정리된 방 안 광경에 이사나는 당황하는데, 언제 온 건지 모를 렉사가 이사나에게 말했다.

"아이들은 잠시 다른 곳에 보냈어."

"다른, 곳이요?"

"생각해 보니 네가 여기 오고 제대로 쉰 날이 없었던 것 같아서. 오늘 하루만큼은 아이들 신경 쓰지 말고 쉬도록 해."

렉사의 말에 이사나는 멋쩍게 웃었다. 요즘 이상하게 굴었던 것 때문에 그러는 듯했다. 이곳으로 온 뒤 이사나도 렉사도 눈코 뜰 새 없이 바쁘긴 했다. 렉사는 이제껏 미뤄 둔 왕으로서의 업무를 보아야 했고 이사나는 성에 방치되다시피 했던 아이들을 추슬러야 했으니까. 하지만 그렇게 바빴기에 이제껏 시간 가는 줄 몰랐던 건지도 모른다. 그래서일까, 아이들 신경 쓰지 말고 쉬라고 해도 무엇을 해야 할지 알 수 없었다. 이사나는 소란으로 가득했던 북적임을 그리워하는데, 렉사가 조심스럽게 입을 열었다.

"그리고…… 나도 마침 급하게 할 일이 전부 끝났어."

"……?"

"그러니 오늘은 오랜만에…… 단둘이서 하루를 보내지 않을래?"

렉사는 권유를 하면서도 꽤 긴장한 것처럼 보였다. 처음 데이트 신청을 하는 애송이처럼 보이기도 했다. 그 서툰 모습에 이사나는 작게 미소 지으며 대답했다.

"왕께서 원하신다면 기꺼이."

이사나의 대답에 긴장으로 굳어져 있던 렉사의 얼굴이 단숨에 풀어졌다. 그리고 들뜬 얼굴로 이사나의 손을 붙잡더니 성 밖으로 끌고 나왔다.

"어디로 가시는 겁니까?"

"일단 따라와 봐."

렉사는 드물게 기분 좋아 보이는 얼굴을 하고 있었다. 그에 이사나는 말없이 렉사를 따라 성 밖으로 향했다. 하지만 렉사의 행선지를 보자, 점점 의구심이 드는 건 어쩔 수 없었다. 렉사는 길도 제대로 나지 않은 숲속으로 향하고 있었다. 기약 없이 걷기만 하는 게 답답해진 이사나는 다시 한번 렉사에게 물었다.

"정말 어디로 가시는 겁니까?"

"거의 다 왔어."

"……?"

"조금만 더 가면 돼."

렉사는 좀처럼 어디로 가는지 알려 주지 않았다. 궁금해 하며 렉사와 숲길을 얼마나 걸었을까, 꽤 규모가 큰 호수가 눈앞에 나타났다. 푸릇한 활엽수림과 무척 잘 어울리는 아름다운 호수였다. 하지만 이사나는 그보다 다른 것에 더 놀랐다.

"왜 집이 저기에……."

그냥 잠시 머물기 위한 오두막 따위가 아니었다. 꽤 규모가 있는 별장이었다. 한눈에 보기에도 어지간히 신경 써서 지은 집이 아닌 것 같아 보였다. 호수의 경관을 해치지 않게끔 조경을 잘 해 놓은 별장은 마치 그림 속에서 튀어나온 것처럼 비현실적으로 보였다. 이사나는 얼떨떨한 얼굴로 호숫가의 집을 바라보는데, 렉사가 조심스럽게 물었다.

"마음에 들어?"

"네?"

"네게 주려고 지었는데……."

이사나는 그게 무슨 소리냐는 듯 렉사를 바라보는데, 렉사가 미안한 듯 웃으며 말했다.

"누가 그러더라고. 가끔은 네게 아이들 없이 휴식할 시간이 필요할 거라고."

"……."

"필요할 때마다 이곳에 와서 쉬었으면 좋겠어."

렉사의 말에 이사나는 어쩐지 머쓱해졌다. 뭔가 대가를 바라고 아이들을 돌본 건 아니었다. 그저 아이들이 귀여웠고 잘 자라게 해 주고 싶었을 뿐이었다. 이사나는 뭐라 말도 못한 채 어색하게 뒷목만 긁적이는데, 렉사가 그런 이사나를 이끌고 별장 안으로 들어갔다.

"……."

외관도 꽤 신경 써서 지은 티가 났지만, 내부 역시 더할 나위 없이 호화로웠다. 발을 내딛기 무서울 정도로 매끄럽게 닦인 대리석 바닥에 반짝이는 샹들리에가 천장 곳곳에 매달려 있었고 복도 이곳저곳에는 예술품과 명화가 배치되어 있었다. 마치 작은 박물관이 이곳에 있는 것 같았다. 헥사비스 안에 살 때도 보지 못한 사치스러운 광경에 이사나는 눈이 휘둥그레지는데, 그런 이사나를 데리고 렉사가 2층으로 향했다.

"아……."

2층의 어느 방문을 열자, 화려한 바깥과 대조적으로 아늑한 방 안 풍경이 보였다. 따뜻한 색감의 나무 바닥 위로 러그를 넓게 깔아 둔 방은 그리 넓진 않지만, 두 명이 지내기엔 충분해 보였다. 한쪽 벽면엔 심심하지 않게 책장이 꽉 들어차 있었고 활짝 열린 테라스 아래로는 아름다운 호숫가의 풍경이 넓게 펼쳐져 있었다. 따뜻하고 아늑한 분위기로 가득한 방 안은 마치 새둥지처럼 보이기도 했다. 이사나는 렉사를 돌아보았다. 렉사는 간택을 기다리는 수컷 새처럼 다소 초조한 얼굴로 이사나를 보고 있었다.

그런 그의 행동 하나하나에서 새삼 그가 얼마나 자신을 아끼는지 알 수 있게 했다. 말 한마디 하지 않았지만, 그의 진심을 의심할 수조차 없었다. 이사나는 렉사를 향해 웃으며 말했다.

"고마워요. 무척 마음에 들어요."

그 대답에 렉사는 그제야 안심한 얼굴로 마주 웃었다.


이사나는 렉사가 선물한 호숫가의 별장에서 하루 종일 그와 함께 있었다. 렉사는 온종일 이사나의 곁을 지키며 시중을 들었다. 아가렉시아의 왕이면서 그는 물 한 잔도 이사나가 가지러 가게끔 놔두지 않았다. 심심하지 않게 끊임없이 말을 걸고 상냥한 얼굴로 바라봐주며 비굴하다 싶을 정도로 이사나에게 잘해 주었다. 그 쏟아지는 애정에 이사나는 고마움을 느끼면서도 이윽고 다가올 어떤 것을 예감하고 있었다.

해가 지고 저녁이 되자, 렉사는 이사나에게 호숫가를 산책하지 않겠냐는 제안을 해 왔다. 그에 이사나는 기꺼이 고개를 끄덕이며 그와 함께 달빛이 내리비치는 호숫가로 나왔다. 그렇게 얼마나 말 없이 걷고 있었을까. 렉사가 보름달이 비치는 호수를 바라보며 이사나에게 말했다.

"아가렉시아를 떠나 이곳에 온 지도 3년이 되었어."

"……벌써 그렇게 되었군요."

참으로 정신없는 나날이었다. 하루가 어떻게 흘러가는지 몰랐을 정도로 짧다면 짧고 길다면 긴 시간이었다. 이사나는 이곳에 와서 있었던 일들을 떠올리며 피식 웃는데, 돌연 렉사가 발걸음을 멈춘 채 이사나를 돌아보았다. 진지하기 짝이 없는 그 눈빛에 이사나는 이제야 올 것이 왔다는 걸 느낄 수 있었다.

"네게는 어떨지 모르지만, 나는 기다릴 만큼 기다렸다고 생각해."

"……"

렉사의 말에 이사나는 전처럼 섣불리 회피하지 않았다. 피한다고 끝날 문제가 아닌 것이다. 이사나는 물끄러미 렉사의 얼굴을 바라보았다. 평소와 달리 렉사의 눈에는 초조함과 정염이 들끓고 있었다. 렉사는 이사나의 손을 붙잡으며 말했다.

"나는 너를 좋아해. 사랑해, 이사나."

"……."

"앞으로는 다른 무엇 때문이 아닌, 연인으로서 반려로서 네 곁에 있고 싶어."

오랫동안 원해 왔다는 듯 내놓아진 고백은 창백한 달빛 아래에서도 조금도 열감을 잃지 않았다. 오히려 지독한 갈망만이 손에 잡힐 듯 느껴질 뿐이었다. 이사나는 그 감정을 마주하다가 눈을 내리깔며 대답했다.

"왕께서 원하신다면 기꺼이."

"정말, 인가?"

"네."

조금의 망설임도 느껴지지 않는 단호한 대답에 렉사는 손을 뻗어 이사나의 뺨을 매만졌다. 이제껏 해 왔던 것 같은 친애 어린 손길이 아닌, 정욕이 느껴지는 진득한 손길에 이사나 역시 열기가 전염되듯 심음이 고조되었다.

하지만 그뿐이었다.

이사나는 가까워지는 렉사를 바라보다가 눈을 감았다. 차갑게 가라앉은 마음이 살얼음 아래에 갇힌 호수 물처럼 무겁기 짝이 없었다.

이대로 정해진 것처럼 왕의 반려가 되는 것이다.

이미 오래전에 결정된 것처럼.

이사나는 해야 할 일을 하듯 조금도 설레지 않는 입맞춤을 기다렸다. 하지만 아무리 기다려도 렉사는 입을 맞춰오지 않았다. 그게 이상해 이사나는 조심스럽게 눈을 뜨는데, 괴로운 듯 얼굴을 일그러뜨린 렉사가 보였다.

"왕이여……?"

"그만."

"……."

"이제 그만 이런 촌극은 집어치워, 이사나."

"……."

"사실은 기억이 돌아왔잖아. 안 그래?"

렉사는 금세라도 무너질 듯 절망 어린 얼굴을 하고 있었다. 그에 이사나는 떨리는 눈으로 렉사를 바라보았다.

알고 있었구나…….

그렇게 이상하게 굴었는데 모르는 게 더 이상할 것이다. 하지만 차마 그에게 이 사실을 밝힐 수 없었다. 그의 진심을 기만하는 결과가 되었음에도 차마 그를 뿌리치고 시탈로프 숲을 나갈 수 없었다. 이사나는 너무 미안해 렉사에게 아무 말도 하지 못하는데, 렉사가 조용히 물었다.

"왜 거절하지 않았어?"

"……."

"네 마음이 내게 있지 않다는 건 이미 알고 있었어. 그런데, 왜 기억이 돌아왔는데도 내 청혼을 거절하지 않았지?"

"……."

"왜 마음에도 없는 짓을 하냐고—!"

렉사는 처음 고백을 거절당했을 때처럼 터질 듯이 분노하고 있었다.

하지만 그때와 달리 렉사는 굴욕으로 분노하고 있는 게 아니었다. 그랬기에 거절할 수 없었던 것이다.

"내가 기억이 없을 때도 너는 줄곧 기다리기만 했으니까."

"……."

"내가 싫어한다는 이유로 더 이상 인간을 숙주로 삼지 않고 아가렉시아를 세웠으니까."

"……."

"내가 해 줄 수 있는 일이라면 뭐든, 기꺼이 해 주고 싶었어."

"……그래서, 마음에도 없는 상대와 살다가 너는 말라 죽어 가고?"

렉사는 두려운 듯 희게 질린 얼굴을 하고 있었다. 하지만 이사나는 자신의 선택이 틀렸다고 생각하지 않았다. 렉사는 심각하게 말하고 있지만, 실제로 그 때문에 죽을 리 없다. 어떤 사랑도 도리를 저버릴 만큼 그리 대단하지 않았으니까. 그러니 잠시 방황해도 이내 마음을 다잡을 수 있을 거라 생각했다. 과거는 과거인 채 묻어 둘 수 있을 거라 생각했다.

하지만.

"렉사…… 나는……."

"더 이상 아무 말도 하지 마."

일갈한 렉사는 더 이상 얼굴도 보고 싶지 않다는 듯 고개를 돌렸다. 그에 이사나는 미안해졌다. 그까짓 마음 하나 어찌 못해 그를 상처 입혔다는 게 견딜 수 없을 만큼 죄스러웠다. 이사나는 어찌할 바를 몰라 하는데, 렉사가 창백한 얼굴로 말했다.

"너를…… 너무 오래 붙잡고 있었던 것 같아. 그러니 내일 아가렉시아로 보내 줄게."

"……!"

뜻밖의 말에 이사나는 놀라서 렉사를 바라보는데, 렉사가 희게 질린 얼굴로 짓씹듯 내뱉었다.

"실수는 한 번으로 족하니까."

"렉사……."

"내일 아침에 다시 데리러 올게."

"……."

"잘 자."

렉사는 이사나만 남겨 둔 채 어두운 밤하늘 위로 날아가 버렸다. 그에 이사나는 한참 동안 자괴감에 빠져 있었다. 그토록 헌신해 온 렉사에게 결국 상처 입힌 것에, 그럼에도 렉사의 말에서 죄책감만 느끼지 않았다는 것에 견딜 수 없을 만큼 괴로워졌다.

* * *

다음 날, 렉사는 아무렇지 않은 얼굴로 호숫가의 별장에 있던 이사나를 데리러 왔다. 전날 무슨 일이 있었냐는 듯 그는 평소와 똑같았다. 렉사를 따라 기차역으로 가자, 오늘 운행하지 않는 날인데도 차량이 대기하고 있었다. 이사나는 얼떨떨한 얼굴로 기차를 바라보는데, 렉사가 이사나를 돌아보지 않은 채 말했다.

"가자."

"……응."

기차에 올라탔지만, 둘에게는 어떠한 짐도 없었다. 마치 가까운 곳에 놀러 나가는 것처럼 단출하기만 할 뿐이었다. 그렇게 기차에 올라타 자리에 앉자, 얼마 지나지 않아 기차가 출발했다. 하지만 기차 안의 승객은 렉사와 이사나 둘밖에 없었다.

기차는 너무 빠르지 않은 속도로 서쪽을 향해 움직이기 시작했다. 헥사비스가 개방되고 얼마 되지 않았기에 기차가 지나가는 길은 아무것도 없는 허허벌판이 대부분이었다. 그렇게 잡초만이 무성한 텅 빈 들판을 둘은 말없이 바라보았다.

아가렉시아로 가는 동안 이사나도 렉사도 말이 없었다. 어제만 해도 호숫가의 아늑한 별장에서 함께 즐거운 시간을 보냈건만, 지금은 서로에게 최소한의 말만 건네고 있었다. 마치 이제껏 함께해 왔던 시간들에게 예를 표하는 것처럼.

그렇게 둘만 태운 기차는 하루를 꼬박 달려 다음 날 늦은 오후가 되어서야 아가렉시아에 도착했다.

"……."

이사나는 기차에서 내리며 감회 어린 눈빛으로 주변을 둘러보았다. 무려 3년 만의 귀환이었다. 기차역 너머로 왕의 영지와 달리 수많은 사람들이 거리를 지나다니는 게 보였다. 낯익은 풍경, 낯익은 옷차림. 정말 이곳이 헥사비스가 있던 아가렉시아였다.

이사나는 다소 들뜬 얼굴로 렉사와 함께 역사 안을 걷는데, 저 멀리 하늘 위에서 제복을 입은 알리페르들이 내려와 렉사와 이사나의 앞에 섰다. 아가렉시아에 주둔하는 렉사의 직속 호위군이었다. 그들 중 대장으로 보이는 자가 렉사에게 무릎을 꿇으며 인사했다.

"아가렉시아의 위대하신 왕을 뵙습니다."

"일어나."

렉사의 명령에 호위군 대장은 절도 있게 일어나 렉사에게 물었다.

"왕이시여, 어디로 가시겠습니까."

"일단 왕궁으로 가지."

렉사의 말에 호위군은 즉시 렉사와 이사나를 둘러싼 채 기차역을 빠져나갔다. 기차역 앞에는 언제 준비한 건지 모를 차가 있었다. 렉사와 이사나는 차를 타고 호위군과 함께 왕궁으로 향했다.

"왕이여!"

왕궁으로 들어서자, 히람이 놀란 얼굴로 관료들과 함께 마중을 나왔다. 그 광경을 보고 나서야 이사나는 렉사가 호위군에게만 방문을 고지했다는 것을 알아차렸다. 렉사는 당황한 기색이 역력한 히람을 바라보며 말했다.

"갑자기 찾아와서 놀랐나 보군."

"아, 아닙니다. 급작스럽기는 했지만요……."

"그건 그렇고 섭정은 어디에 있지?"

렉사의 물음에 히람의 얼굴이 당황으로 물들었다. 사실 이사나도 히람만 마중 나온 이 상황을 이상하게 생각하긴 했다. 이사나는 의아해하며 히람을 바라보는데, 히람이 뭐라 말해야 할지 모르는 듯한 얼굴을 했다. 정확히는 이사나를 힐끔거리면서 말이다. 그에 렉사도 이사나도 이상하게 생각하는데, 히람이 주저하다가 한숨처럼 내뱉었다.

"섭정께서는 중앙 광장에 나가 계십니다."

"중앙 광장? 이 시간에 거기는 왜 있지?"

렉사의 물음에 히람은 더욱 난처한 얼굴이 되었다. 도대체 왜 그러는지 몰라 이사나가 추궁하듯 히람을 바라보는데, 히람이 포기하듯 말했다.

"……범죄자를 처형하고 계십니다……."

히람의 말에 이사나는 놀라서 눈을 크게 떴다. 멜즈는 섭정이었다. 렉사의 권한을 대리한 아가렉시아의 통치자였다. 그런 그가 왜 제 손으로 범죄자를 처형하는 거지? 이사나는 뭐가 뭔지 몰라 머리가 혼란스러워지는데, 렉사가 이사나에게 말했다.

"일단 가 보는 게 좋겠어."

이사나는 간신히 고개를 끄덕이며 렉사와 함께 중앙 광장으로 향했다.


왕궁에서 멀지 않은 중앙 광장은 헥사비스가 있던 시절, 사람들이 모여 노는 오락의 공간이었다. 탁 트인 공간에 드문드문 노점이 있고 때때로 악사들이 악기를 들고 나와 연주하기도 하는 그곳은 헥사비스의 몇 없는 휴식 공간이기도 했다.

하지만 인간과 알리페르가 함께 공존하는 왕국, 아가렉시아가 세워지면서 그곳은 조금 살벌한 공간으로 변해 버렸다.

렉사와 함께 멜즈가 있다는 중앙 광장으로 향하자, 엄청난 인파가 몰려 있는 게 보였다. 그곳을 뚫고 들어가자, 광장의 처형장 위에 밧줄로 묶인 알리페르와 금발의 키 큰 알리페르가 보였다.

멜즈였다.

어마어마한 인파들로 소란스러운 가운데에서도 이사나는 떨리는 눈으로 멜즈를 바라보았다. 무려 3년 만이었다. 하지만 그는 마지막에 보았을 때와 조금도 달라진 곳이 없어 보였다. 서늘하고 차가워 보이는 얼굴, 황홀한 금발, 그리고 물기를 머금은 듯 영롱한 눈동자. 모든 게 어제 보았던 것처럼 선연하기만 했다. 이사나는 넋을 빼놓은 채 멜즈를 바라보는데, 밧줄에 묶인 알리페르가 억울한 듯 소리 질렀다.

"억울해! 억울하다고! 도대체 내가 왜 처형되어야 하는데!"

알리페르의 말에 멜즈는 무심한 얼굴로 대답했다.

"아가렉시아는 알리페르가 인간과 동침하는 것을 금지하고 있다. 이를 어길 시에는 사형에 처한다고 법률로 명시되어 있고. 그런데도 할 말이 있나?"

"웃기지 마! 그게 왜 사형당할 만한 일인데! 저놈과 나는 사귀는 사이라고! 사귀는 사이에 섹스하는 건 당연한 거 아냐?! 뭔데 나라에서 그런 걸 규제하는데? 이건 명백한 사생활 침해야!"

알리페르의 외침에 이사나는 신기한 눈으로 알리페르를 바라보았다. 불과 몇 년 전까지만 해도 알리페르에게는 사생활이라는 개념이 없었다. 종족 특성상 상위 개체인 마스터의 명령에 따라 목숨을 내던지는 신세였던 것이다. 하지만 저 알리페르는 지금 프라이버시에 대해 말하고 있었다.

이사나는 새삼 시대가 많이 변했다는 걸 느끼는데, 광장에 나와 구경하고 있던 왕국민들이 알리페르의 말에 웅성거리기 시작했다. 애인 사이라는데, 밤 생활까지 관여하는 건 역시 사생활 침해이지 않을까? 맞아, 그런 것까지 나라에서 관여하는 건 좀 아닌 것 같은데…… 몇몇이 그렇게 떠들기 시작하자, 알리페르는 그것 보라는 듯 의기양양한 얼굴로 멜즈를 바라보았다. 하지만 멜즈는 아랑곳하지 않고 냉랭한 얼굴로 말했다.

"사귀는 사이든 아니든 그건 내 알 바 아니다. 단지 아가렉시아는 알리페르가 인간과 동침하는 것을 금하고 있으며 어길 시 사형에 처할 뿐이다. 그리고 정말 파트너와 밤을 보내고 싶었다면 파트너가 개종을 결정한 뒤에 해도 되는 것 아닌가?"

멜즈의 말에 알리페르가 흥분하며 소리 질렀다.

"왜 굳이 개종을 하고 해야 하는데?! 연인이면 만지고 싶고 하고 싶은 게 당연한 거 아닌가? 그리고 어차피 알리페르와 밤을 보낸 인간은 무조건 개종해야 하잖아! 순서가 좀 뒤바뀐 것뿐인데 왜 내가 죽기까지 해야 하는데!"

알리페르는 처형장 한 구석에 선 남자를 쏘아보며 소리쳤다.

"이게 다 네놈 때문이야! 네놈이 날 신고한 탓이라고!"

"으, 흐으……."

"씨발새끼가 섹스할 때는 저항도 안 한 주제에 이제 와서 뒤통수를 쳐? 네가 개종만 했어도 이런 꼴은 안 당하잖아! 이 살인마 새끼야!"

알리페르의 악다구니에 남자는 두려운 듯 몸을 벌벌 떨었다. 하지만 이내 서럽게 소리 질렀다.

"나, 난…… 시, 싫었어! 난 인간으로 남아 있고 싶었다고! 개종하면 인간일 적의 기억을 잃을지도 모른다고 하잖아! 가족들과도 서류상 아무 관계가 아니게 된다고 하잖아! 그런데 그걸 쉽게 선택할 수 있을 리가 없잖아!"

"뭐야?!"

"그, 그리고 나는 하기 싫다고 했어! 흐으, 하고 싶지 않다고 했는데 네가 억지로 한 거였잖아!"

"그래서 이딴 식으로 날 물 먹여?! 너 진짜 나한테 죽고 싶냐?!"

알리페르의 발악에 멜즈는 더 들을 것도 없다는 듯 집행인들에게 눈짓했다. 그러자 집행인들이 알리페르를 처형대에 엎드리게 했다. 도마 위의 생선 꼴이 되자, 알리페르는 겁에 질려 발악했다.

"우, 웃기지 마! 내가 왜 이런 일로 죽어야 해! 씨발! 오지 마! 너

죽여 버릴 거야! 죽여 버릴 거라고—!"

알리페르는 헤비 블레이드를 쥐고 다가오는 멜즈에게 고래고래 소리 질렀다. 하지만 멜즈는 냉랭한 얼굴로 알리페르를 내려다볼 뿐이었다. 그러다 멜즈가 헤비 블레이드를 하늘 높이 들어 올렸다.

서걱—!

단호한 칼질과 함께 알리페르의 머리가 몸뚱이와 분리되었다. 순식간에 처형이 끝나고 집행인들은 피가 철철 흐르는 처형대 주변을 분주히 정리했다. 그리고 멜즈는 광장에 모인 왕국민들을 향해 경고하듯 외쳤다.

"아가렉시아에서는 이와 같이 타인을 강제하는 행위를 엄격히 금하고 있다. 이를 어기는 자는 누구든 상관없이 왕의 명에 따라 참수한다."

금방 제 손으로 누군가의 목을 자르고도 섭정은 조금도 동요한 기색 없이 제 할 말만 하고 있었다. 기계적이다 싶을 정도로 냉정한 그의 태도에 왕국민들은 일제히 눈살을 찌푸렸다. 혐오 어린 시선을 보내기도 했다. 하지만 멜즈는 아랑곳없이 바닥에 쓰러져 오열하는 피해자에게 다가갔다.

"흑, 흐으, 윽······."

"······힘들겠지만, 오늘 내일 중으로 관공서에 들러 개종 신청을 하십시오. 원치 않게 개종을 하게 되었으니 비용은 전부 지원이 될 겁니다."

사무적으로 통보한 멜즈는 그대로 피해자를 지나치려 하는데, 피해자가 멜즈의 옷깃을 붙들며 멜즈에게 물었다.

"제가, 흑, 제가 신고하지 않았다면, 그랬다면 지스가 죽지 않았을까요?"

"……."

"제가, 제가 좀 더 참고 견뎠더라면……. 그냥 그가 원하는 대로 개종을, 흐으, 했더라면……. 그랬더라면……."

피해자는 후회로 목 놓아 울었다. 결말이 좋지 않기는 해도 한 때는 사랑하는 연인이었다. 그런 자를 제 손으로 죽인 것과 다름없는 짓을 한 것이다. 왕국민들은 피해자를 향해 동정 어린 시선을 보내는데, 멜즈는 자신의 옷자락을 붙잡은 피해자를 물끄러미 내려다보다가 냉랭하게 내뱉었다.

"착각하지 마십시오."

"으, 네?"

"그게 왜 당신 탓입니까? 저자가 처형당한 건 인간과의 교미를 금한 왕의 명을 어겼기 때문인데."

"……."

"설령 당신이 신고하지 않았어도 왕명을 어긴 저자는 제가 반드시 찾아내 죽였을 겁니다. 무슨 일이 있더라도."

집념마저 느껴지는 그 비틀린 모습에 피해자는 물론이요, 광장의 왕국민들 역시 오싹함을 느꼈다. 역시 피에 미친 섭정……. 누군가가 멸시 어린 얼굴로 중얼거렸다. 하지만 그런 혐오 어린 시선에도 멜즈는 관심조차 없다는 듯 피해자마저 내팽개친 채 집행인들에게 이것저것 지시를 내리기 시작했다. 그런 멜즈의 태도에 이사나 역시 거리감을 느꼈다. 분명 멜즈의 외견이 예전과 다르긴 했다. 이제는 신장이 이사나를 아득하게 넘어선 데다가 이사나가 알던 어린 모습은 조금도 남아 있지 않았다. 차갑고 신경질적이고 무척 어른스러워 보일 뿐이었다.

하지만 이사나는 여전히 멜즈는 멜즈일 거라고 생각하고 있었다. 어떤 모습을 하고 있든 무슨 일이 있었든 그는 자신이 사랑했던 멜즈라고 생각하고 있었다.

이사나가 복잡한 얼굴로 멜즈를 바라보는 사이, 옆에 서 있던 렉사가 어처구니없다는 듯 헛웃음을 내뱉었다. 그에 이사나는 의아해하며 렉사를 돌아보는데, 렉사가 인파를 뚫고 광장 중앙으로 나아가며 말했다.

"섭정이 이런 일도 해야 할 줄은 미처 몰랐군."

렉사의 말에 멜즈는 그제야 고개를 돌렸다. 하지만 렉사가 갑자기 나타났음에도 그다지 놀란 기색은 없었다. 하지만 이사나가 렉사를 따라 광장 중앙으로 나오자, 멜즈의 눈이 놀란 듯 커졌다. 그러나 잠시뿐이었다. 이내 평정을 되찾은 멜즈는 렉사를 바라보며 물었다.

"여긴 어쩐 일이십니까?"

"내가 못 올 곳이라도 왔나?"

"3년간 온 적이 없으셨으니까요."

저 알리페르, 섭정과 많이 닮았는데? 갑자기 나타난 렉사를 유심히 바라보던 왕국민 중 누군가가 말했다. 설마 저 알리페르, 왕 아냐? 그러게, 정말 왕이네! 렉사를 알아본 사람들로 인해 중앙 광장은 순식간에 웅성거림으로 시끄러워졌다. 왕의 정체를 알아본 사람들이 많아지자, 히람과 호위군이 곧장 렉사의 곁을 둘러쌌다. 그러나 렉사는 여전히 얼음처럼 냉랭한 얼굴을 한 멜즈를 바라보며 말했다.

"한 번쯤은 내가 세운 나라가 잘 돌아가는지 봐야겠다는 생각이 들더군."

"……."

"그나저나 기차를 타고 오느라 이사나가 어제 오늘 제대로 된 식사를 못 했어. 그러니 나 대신 점심을 같이 먹어 주도록 해."

"……제가 말입니까?"

렉사의 말에 멜즈는 내키지 않는 얼굴로 되물었다. 껄끄럽다 못해 불편해 보이기까지 했다. 그런 그의 태도에 이사나는 얼굴이 화끈거려 오는 걸 느꼈다. 그동안 잠시 잊고 있었다. 멜즈가 자신을 불편해한다는 것을. 기억이 없었을 때도 멜즈는 이사나만 보면 그 자리를 벗어나고 싶어 안달이었다. 그걸 3년 만에 다시 겪게 되자, 기차를 타고 오는 동안 부풀었던 감정들이 순식간에 겁쟁이처럼 쪼그라드는 걸 느꼈다. 이사나는 수치심과 민망함에 고개조차 들지 못하는데, 렉사가 재차 말했다.

"그래, 나는 히람과 할 일이 있으니까."

렉사의 변명에 멜즈는 시위라도 하듯 입을 다문 채 렉사를 노려보았다. 하지만 렉사는 이사나를 가볍게 앞으로 떠밀며 말했다.

"이사나를 잘 부탁하지."

"……."

"대답은?"

"……알겠습니다."

재촉에 못 이긴 멜즈는 결국 한숨처럼 대답했다. 하지만 대답을 하면서도 도저히 내키지 않는 얼굴을 하고 있었다.

\* \* \*

렉사가 히람과 호위군을 이끌고 사라지고 이사나는 차를 타고 멜즈와 함께 왕궁으로 돌아가게 되었다.

"……."

"……."

하지만 왕궁으로 향하는 내내 두 사람은 말이 없었다. 의례적인 인사만 한번 오갔을 뿐이었다. 정말 모르는 사람 같았다. 이사나가 아는 멜즈가 아닌 것 같았다.

이사나는 서류를 보며 앞좌석에 탄 수행 비서에게 간간이 지시를 내리는 멜즈를 힐끔 쳐다보았다. 기억이 없을 때는 저 냉철하고 어른스러운 모습이 마냥 멋있게만 보였다. 훤칠하니 큰 키에 황홀한 허니 블론드와 투명한 청록색 눈.

솔직히 말해 지금의 멜즈는 이사나가 호감을 가질 만한 외형이긴 했다. 이사나는 과거에도 저런 화려한 미인에게 끌렸으니까. 그래서 더욱 눈이 갔던 건지도 모른다. 하지만 지금은 예전에 비해 많이 달라진 그를 아프게 바라볼 뿐이었다. 이렇게 예전과 완전히 달라진 그가 그동안 어떠한 일을 겪었을지 상상조차 가지 않았다. 죽지 않고 살아남아 이렇게 어른이 된 게 대견했지만, 힘들었을 시간 동안 함께 있어 주지 못한 게 이사나는 미안하기만 했다.

어쩌면 과거의 기억을 되찾은 걸 알게 되어도 멜즈가 기껍게 생각하지 않을지도 몰랐다. 어쩌면 지금도 이 얼굴과 마주하는 게 싫을지도 몰랐다. 그토록 중요한 문제를, 출생을 속였다. 그로 인해 말도 안 되는 혼란을 겪고 목숨까지 잃을 뻔했으니 이제는 닮은 얼굴만 봐도 화가 날지도 몰랐다.

하지만 그럼에도 이사나는 여전히 멜즈와 함께 있고 싶었다. 과거와 같은 관계가 아니더라도 설령 다른 형태의 관계가 되더라도, 그렇게 해서라도 멜즈와 다시 좋은 사이가 되고 싶었다. 그러니 오늘

이 식사 자리에서 친해질 수 있게끔 노력해야 했다. 적어도 이제까지의 어색함과 거북함은 날려 버리게끔.

이사나는 각오를 다지며 왕궁 앞에 멈춰 선 차에서 내렸다. 이대로 멜즈와 함께 왕궁의 식당으로 향하는가 싶었는데, 갑자기 멜즈가 1층 홀에서 멈춰서더니 수행 비서 하나를 가리키며 이사나에게 말했다.

"이 자를 따라가시면 식당까지 데려다줄 겁니다."

"멜즈 님은요?"

이사나의 물음에 멜즈는 미려한 눈동자를 내리깔며 말했다.

"저는 그다지 배가 고프지 않아서……. 혼자 드세요."

명백한 거절에 이사나의 얼굴이 확 달아올랐다. 그저 정말로 배가 고프지 않아서 그럴 수도 있지만, 잔뜩 기대하고 각오를 다지고 있었던 탓인지 그의 말에 민망해졌다. 아마 기억이 돌아오기 전이었다면 이대로 상처받고 물러섰을지도 모른다. 하지만 지금은 달랐다. 구차하더라도 잠시라도 더 멜즈와 함께 있고 싶었다. 이사나는 긴장으로 손끝이 덜덜 떨리는 걸 느끼면서도 아닌 척 태연하게 말했다.

"저는, 이제껏 왕이나 아이들과 함께 지내서 혼자 있는 것에 익숙하지 않아요."

"……"

"시장하지 않더라도 잠깐 어울려줄 수 없을까요? 오랜만에 뵈어서 같이 얘기를 나누고 싶기도 하고요."

귀가 화끈거려왔다. 말도 안 되는 변명과 뻔뻔한 추파에 자신이 다 부끄러울 지경이었다. 하지만 그런 이사나의 마음을 아는지 모르는지 멜즈는 감정을 알 수 없는 냉랭한 눈으로 이사나를 바라볼 뿐이었다. 이사나는 초조함에 가슴이 다 타들어 갔다. 태연함을 가장하는 것이 뻔뻔함을 가장하는 것이 성미에 맞지 않아 무척 힘들기도 했다. 그럼에도 이사나는 간절하게 멜즈를 바라보는데, 멜즈가 외면하듯 고개를 돌리더니 작게 중얼거렸다.

"······잠깐 기다리세요. 씻고 올 테니까."

솜털이 바짝 설 정도로 낮은 목소리였다. 오싹하게 이는 전율에 이사나는 저도 모르게 몸을 움츠리는데, 멜즈가 수행 비서들을 이끌고 어디론가 가 버렸다. 이사나는 멀어져 가는 멜즈의 뒷모습만 멍하니 바라보다가 궁인들의 재촉에 못 이겨 그들을 뒤따라 식당으로 향했다.

식당 안에서 얼마나 기다렸을까, 멜즈가 식당 문을 열고 들어왔다. 정말 씻고 왔는지 포슬포슬한 금발에는 물기가 서려 있었고 옷 역시 아까 입고 있던 옷이 아닌 다른 옷이었다. 그제야 이사나는 멜즈가 아까 중앙 광장에서 범죄자를 손수 처형했다는 것을 떠올릴 수 있었다. 그 차림 그대로는 함께 식사하는 것이 적절치 않았을 것이다. 이사나는 왠지 얼굴이 화끈 달아오르는 걸 느꼈다. 분명 그 이유였을 텐데, 이사나는 자신도 모르게 멜즈가 씻고 온다는 말에 긴장하고 있었음을 깨달았다.

멜즈가 이사나의 맞은편에 앉자, 궁인들이 준비한 음식을 내오기 시작했다. 전채 요리가 각자의 앞에 놓이자, 이사나는 잠시 눈치를 보다가 멜즈에게 말을 걸었다.

"멜즈 님을 이렇게 다시 본 지 3년 만이네요."

"네."

"그동안 잘 지내셨나요?"

"잘 지냈습니다."

"어디 불편한 곳은 없었고요?"

"없었습니다."

"그렇, 군요."

"네."

"……."

"……."

이사나는 없는 말주변을 다 동원해 멜즈에게 계속 말을 붙였지만, 멜즈는 냉한 얼굴로 짧게 대답할 뿐이었다. 대화할 거리가 떨어지자, 이사나는 안절부절못하다가 결국 고개를 떨어뜨렸다. 이것 역시 명백한 거절이었다. 내켜 하지 않는 그를 억지로 붙들어 이 자리에 앉게 했지만, 그는 여전히 대화하고 싶지 않은 것이다.

그 정도로 내가 싫은가…….

계속된 거절에 이사나는 용기를 잃고 움츠러들었다. 이제는 더 무언가를 어떻게 할 자신감조차 없었다. 이사나는 힘없이 접시만 내려다보는데, 그런 이사나를 물끄러미 쳐다보던 멜즈가 입을 열었다.

"……이사나 님은."

"네?"

"그동안 잘 지내셨습니까?"

여전히 내켜하는 얼굴은 아니었지만, 멜즈가 먼저 말을 걸어 주었다. 알리페르로 다시 태어난 이래로 한 번도 없었던 일이었다. 무언가의 진전처럼 느껴진 이사나는 언제 울적했냐는 듯 환한 얼굴로 멜즈에게 대답했다.

"네, 저도 잘 지냈어요."

"……."

"그러고 보니 멜즈 님께서 아이들 장난감을 챙겨 주셨다고 히람에게 들었어요. 정말 감사합니다."

"……그냥 갑자기 생각났을 뿐입니다."

그 말을 끝으로 다시 식당 안은 침묵이 감돌았다. 하지만 멜즈가 먼저 말을 걸어 줘서일까, 이사나는 아까보다 용기를 낼 수 있었다. 이사나는 익힌 아스파라거스를 자르는 멜즈를 바라보며 말했다.

"하지만 모두가 떠올리고 챙겨 주는 건 아니잖아요. 저도 생각 못 했던 부분이고요. 예전부터 생각했지만, 멜즈 님은 정말 세심하고 상냥하신 분인 것 같아요."

이사나는 사심을 담아 멜즈를 칭찬했다. 이런 말 한마디로 분위기가 좀 더 부드럽게 풀렸으면 하는 바람도 있었다. 이사나는 웃으며 멜즈가 할 대답을 기대하는데, 멜즈가 입매를 비틀더니 상상도 못한 말을 내뱉었다.

"감사하지만, 제겐 그다지 어울리지 않는 칭찬인 것 같군요."

"……?"

"이사나 님은 아무래도 사람 보는 눈을 키울 필요가 있는 것 같습니다."

멜즈의 비아냥에 이사나는 수치로 얼굴이 화끈 달아올랐다. 비비 꼬인 그의 말에 화가 나기도 했고. 이사나는 울컥하며 멜즈에게 물었다.

"멜즈 님께서 왜 그런 말을 하시는지 이해를 못 하겠군요."

"이사나 님께서 듣기 거북한 얘기를 하셔서요. 아까까지 제가 광장에서 무슨 짓을 하고 있었는지 잊으신 듯합니다."

멜즈의 말에 이사나는 잠시 머뭇거렸다. 확실히 광장에서 멜즈가 한 행동은 잔인하고 매정하긴 했다. 범죄자의 목을 손수 자르는 것도 피해자를 위로하기보다 아가렉시아의 법률 그 자체에 집착하는 모습 역시 '세심함'이라든가 '상냥함'이라는 수식어와 거리가 멀었다. 하지만 이사나는 괜히 동의하고 싶지 않았다. 멜즈는 이사나가 좋아하는 사람이었다. 설사 본인이라고 해도 그를 깎아내리는 꼴은 보고 싶지 않았다.

"아이들의 장난감을 챙겨 주신 멜즈 님의 호의가 고마워서 한 말인데, 어째서 아까 광장에서 있었던 일까지 들먹이시는지 이해할 수 없군요. 어느 누구도 좋은 면만 존재하는 건 아니지 않습니까? 아까 본 광경에 놀라지 않았다면 거짓말이지만, 저는 이해할 수 있습니다. 이곳을 다스리는 일은 힘들고 어려운 일이니까요."

"……."

"하지만 멜즈 님이 스스로를 매도하고 자학하는 모습은 확실히 실망스럽긴 하네요."

이사나가 서늘하게 쏘아붙이자, 멜즈는 그런 이사나를 물끄러미 바라보았다. 하지만 도무지 무슨 생각을 하는지 알 수 없었다. 성충이 된 멜즈는 너무 표정이 없었다. 마치 감정이 말소된 사람 같았다. 이사나는 긴장된 얼굴로 멜즈를 바라보는데, 멜즈가 말했다.

"그렇다니 오히려 다행이군요. 엄한 기대를 품고 있는 것보다는 훨씬 낫거든요."

"……."

"아무래도 저 같은 것과 있으니 혼자 드시는 게 나을 듯합니다. 먼저 일어나겠습니다."

그러면서 멜즈는 자리에서 일어났다. 전채 요리에는 손도 대지 않은 채였다. 기억이 없을 때처럼 또다시 밀어내고 도망치는 그 모습에 초조해진 이사나는 다급하게 소리 질렀다.

"가지 마!"

"……."

"가지, 말아요……."

이사나는 금세라도 터질 듯한 격정을 억누르며 멜즈에게 애원했다. 하지만 멜즈는 여전히 표정을 알 수 없는 얼굴로 이사나를 바라볼 뿐이었다. 무시하고 밖으로 나가진 않았지만, 그렇다고 다시 자리에 앉는 것도 아니었다. 이사나는 정염에 절절 끓는 눈으로 멜즈를 바라보았다. 하지만 멜즈는 벽처럼 냉막한 얼굴로 이사나를 바라볼 뿐이었다.

눈물이 쏟아질 것 같았다. 다른 누구도 아닌, 멜즈가 자신을 그렇게 본다는 게 견디기 힘들었다. 하지만 더욱 싫은 건 이제야 만나게 된 그가 다시 눈앞에서 사라지는 것이었다. 이사나는 절박한 눈으로 멜즈를 바라보며 입을 열었다.

"나는……."

이사나는 당장이라도 터져 나올 듯한 격정을 붙잡으려 애를 썼다. 이런 무거운 연정은 상대에게 부담을 줄 뿐이었다. 그러니 좀 더 어른스럽게, 상대를 배려할 수 있어야 했다. 하지만 미처 붙잡지 못한 감정들이 제멋대로 이런 말을 내뱉고 있었다.

"만약에 제가, 멜즈 님과 이 자리에 있기 위해 많은, 좀 많은 시간을 기다려 왔다면 어떡하시겠습니까?"

"……."

"그런데도 이렇게 쉽게 떠나실 겁니까?"

"……"

"아뇨, 아니에요. 죄송합니다. 제가 너무 무례하게 굴었습니다. 멜즈 님에 대해 멋대로 얘기하고 재단해 정말 죄송합니다."

이사나는 부끄러움에 고개를 푹 숙였다. 멜즈를 멋대로 내팽개치고 이제야 겨우 돌아와 무슨 자격으로 그런 말을 했던 건지 알 수 없었다. 멜즈 역시 그것에 기분이 나빴을 터였다. 제멋대로 판단하고 예전에 알던 이미지를 덮어씌우는 것에. 그런 주제에 이 자리를 떠나지 말아 달라고 애원했다. 자신이 이 순간을 얼마나 기다려 왔든 그건 멜즈와 상관없는 일이었다. 그럼에도 어린애처럼 멜즈가 그걸 알아주길 원했다. 그래서 싫더라도 참고 함께 있어 주길 원했다. 자괴감에 이사나는 차마 고개를 들지 못하는데, 멜즈가 다시 자리에 앉았다.

이사나는 얼떨떨한 눈으로 멜즈를 바라보는데, 멜즈가 여전히 감정을 알 수 없는 얼굴로 말했다.

"……별 뜻 없는 얘기였는데 저야말로 과민하게 굴었습니다. 죄송합니다."

그러면서 아까 무슨 일이 있었냐는 듯 전채 요리를 먹기 시작했다. 하지만 이사나는 금방까지 감정이 북받친 탓인지 좀처럼 평정심을 되찾을 수 없었다. 때때로 달아오른 눈을 깜빡이며 무슨 정신인지 모를 상태로 말없이 궁인들이 내오는 요리를 먹었다. 보기 거북할 정도로 침착하지 못한 모습이었지만, 멜즈는 아까처럼 자리에서 일어나지 않고 식사를 하며 간간히 이사나에게 말을 건네기도 했다. 그게 처음에는 민망하고 부끄러웠지만, 멜즈의 배려로 이사나는 점차 침착함을 되찾았다. 그렇게 메인 요리인 스테이크가 식탁 위에 올라올 때쯤엔 여전히 조심스럽지만 그래도 한담을 나눌 정도로 분위기가 풀어져 있었다.

그러던 중 이사나는 멜즈의 접시에서 위화감을 느꼈다.

'⋯⋯?'

멜즈가 아까부터 야채만 먹고 있었다. 메인인 스테이크에는 손도 대지 않은 채였다. 그걸 깨닫자 이사나는 갑자기 피식 웃음이 나왔다. 멜즈가 옛날부터 육류를 싫어하긴 했다. 유충일 때부터 콜로니에서 생활할 때까지 고기 반찬만 올라오면 울상을 지었다. 많이 변했다고 생각했는데 생각지도 못한 부분에서 예전 모습을 발견하게 되자 이사나는 반갑고 또 기뻤다. 무심코 웃어 버리자, 멜즈는 의아해하며 이사나에게 물었다.

"왜 웃는 겁니까?"

"멜즈 님께서 편식을 하시는 것 같아서요. 고기를 싫어하시나 봐요."

"⋯⋯딱히 즐기는 편은 아닙니다."

멜즈는 썩 내키지 않는 얼굴로 대답했다. 정말 싫은 모양이다. 하지만 그 모습을 보자, 어쩐지 걱정이 되었다.

"그래도 좋아하는 음식만 먹는 건 좋지 않다고 생각해요. 특히 멜즈 님처럼 하시는 일이 많은 분께는요. 골고루, 든든하게 드셔야죠."

"⋯⋯"

"비려서 그런 거라면 제가 작게 잘라 드릴게요."

이사나는 멜즈가 손도 대지 않은 스테이크 접시를 가져와 작게 자르기 시작했다. 어쩐지 옛날 생각이 났다. 멜즈가 예전에 시탈로프 숲에서 부상을 입었을 때도 함께 식사를 하면 종종 스튜의 고기를 남기곤 했다. 그때도 이사나는 고기를 작게 잘라 주며 멜즈가 먹게 하곤 했다. 그래서인지 지금, 예전으로 돌아간 듯한 기분이 들기도 했다. 스테이크를 전부 자른 이사나는 접시를 다시 멜즈의 앞에 내려놓으며 말했다.

"드세요."

이사나의 재촉에 멜즈는 새빨간 단면이 드러난 스테이크를 잠시 내려다보았다. 이사나는 그제야 자신이 또 과거의 기억에 사로잡혀 제멋대로 굴었다는 걸 깨달았다. 멜즈가 불쾌해하지 않을까 조마조마했지만, 의외로 멜즈는 아무 말 없이 스테이크를 집어 먹었다. 우아한 손놀림으로 빨간 고기를 한 점 한 점 조용히 입에 넣었다. 그에 이사나는 기뻐지는데, 식당 한구석에 있던 멜즈의 수행 비서들이 숨을 들이켜더니 놀란 목소리로 서로에게 속닥거렸다.

"……이야! 어서 ……님을 불러와!"

"……?"

부산스러운 그들의 움직임에 이사나는 의아해했지만, 멜즈는 여전히 표정 없이 스테이크를 집어 먹고 있을 뿐이었다. 오히려 예전보다 잘 먹어 이사나는 괜히 뿌듯해졌다.


길면서도 짧은 식사가 끝나고 어느덧 디저트만이 식탁 위에 남겨졌다. 이사나는 아쉬운 마음에 커피를 아껴 마시며 멜즈에게 물었다.

"멜즈 님은 오늘 일정이 끝나면 무엇을 하시나요?"

"……일을 합니다."

"아무리 멜즈 님이라도 하루 종일 일만 하시진 않을 거 아니에요?"

"해야 할 일이 많아서요."

"그러면 멜즈 님은 언제쯤 시간이 나나요?"

이사나의 말에 멜즈는 곤란한 듯 투명한 눈을 둥글게 굴렸다. 그리고 조심스럽게 이사나에게 말했다.

"이사나 님께서 왜 제게 이런 걸 묻는지 이해를 못하겠습니다."

"······."

"당신에게는 돌아가야 할 자리가 있지 않습니까?"

멜즈의 말투에는 당연히 있어야 할 비난이나 경멸은 조금도 없었다. 그저 무덤덤한 사실의 나열일 뿐이었다. 하지만 이사나는 오히려 거기에 더욱 상처 받았다. 정말로 자신을 과거의 사람으로만 남겨 두려는 것 같아서였다.

너는 나를 보고도 마음이 조금도 움직이지 않는 걸까?

네게 있어서 나는 이미 죽은 사람에 불과한 걸까?

이사나는 마음이 가라앉는 걸 느끼며 멜즈를 바라보았다. 창백한 얼굴을 한 그가 조금이라도 흔들리기를 바라며 계속해서 그를 바라보기만 했다.

하지만 그는 여전히 벽처럼 단단한 얼굴을 하고 있을 뿐이었다.

"······만약, 제가 그 자리를 걷어찬 채 멜즈 님과 다음 식사 약속을 잡고 싶다면요?"

"······."

"한 번 더 당신과 만나고 싶다고 말한다면 어떻게 하시겠습니까?"

말을 하면서 이사나는 새삼 예전의 멜즈가 얼마나 용기 있었는지 깨달을 수 있었다. 겨우, 겨우 이까짓 말을 내뱉는 것에도 엄청난 용기가 필요했다. 이렇게 태연함을 가장하며 구애하는 것만으로도 신경줄이 타들어 가는 기분이 들었다. 하지만 멜즈는 몇 번이고 거절당하면서도 계속해서 이사나에게 다가왔다. 생각할수록 자신이 얼마나 겁이 많은 사람이었는지 통감하게 된다.

그랬기에 이사나는 진심을 담아 멜즈를 바라보았다. 설령 그의 심심풀이가 된다고 해도 상관없었다. 그저 조금이라도 더 그의 곁에 있고 싶을 뿐이었다. 어리석은 소원인 걸 알지만 정말 상관없었다. 이사나는 진지한 눈으로 멜즈를 계속 바라보는데, 이사나를 마주 보던 멜즈가 눈을 느리게 깜빡거리더니 돌연 바닥에 쓰러졌다.

쿠당탕—!

"메, 멜즈 님?!"

이사나는 놀라서 바닥에 쓰러진 멜즈에게 달려갔다. 멜즈는 새하얗게 질린 얼굴로 숨조차 제대로 내쉬지 못하고 있었다. 독? 설마 누군가가 식사에 독이라도 탄 건가? 이사나는 당황한 얼굴로 멜즈를 내려다보는데, 마치 기다리고 있었다는 듯 식당 밖에서 멜즈의 주치의인 킷이 들어왔다. 이사나가 당황한 얼굴로 킷을 바라보는데, 킷이 바닥에 쓰러진 멜즈를 똑바로 눕히더니 가방에서 주사기를 꺼냈다.

그런데, 무슨 독인지도 모르는데 막 처치를 해도 되는 건가?

이사나는 이상하게 생각하면서도 일단 킷이 하는 처치를 지켜보았다. 주사를 맞고 얼마 지나지 않아 쌕쌕거렸던 멜즈의 숨이 점차 가벼워지기 시작했다. 그러자 킷은 지체 없이 멜즈를 업고 식당 밖으로 나갔다. 그에 이사나 역시 킷을 뒤따라 가며 말을 붙였다.

"아, 안녕하세요, 킷. 오랜만이에요."

이사나의 인사에 킷은 무뚝뚝한 얼굴로 돌아보며 이사나에게 인사했다.

"오랜만입니다, 이사나 님."

"그런데, 킷. 멜즈 님을 어디로 데려가시는 건가요?"

이사나가 초조한 얼굴로 묻자, 킷은 별 것 아니라는 듯 대답했다.

"각하의 침소로 데려가는 중입니다."

그에 이사나는 놀라며 말했다.

"이런 말을 하면 킷의 입장에서는 불쾌할지 모르지만, 멜즈 님은 식사 도중에 갑자기 쓰러지셨습니다."

"네, 압니다."

"그럼 누군가가 멜즈 님께 독살을 시도한 것일지도 모르지 않습니까."

멜즈가 걱정이 된 나머지 이사나는 킷에게 날카롭게 쏘아붙이고 말았다. 하지만 킷도 멜즈의 수행 비서들도 그다지 걱정하는 기색이 없었다. 마치 별일 아니라는 듯 태연하기까지 했다. 괜히 속이 상한 이사나는 멜즈의 주변에서 좀처럼 떨어지지 못하는데, 킷이 방문을 열어 멜즈를 침대에 눕혔다. 그리고 수행 비서가 가져다 준 마른 약초를 도기 그릇에 넣어 불을 붙였다. 독특한 향이 방 안에 맴돌기 시작하자, 킷은 그제야 이사나를 돌아보며 말했다.

"이건 독살 시도가 아닙니다. 애초에 섭정께서는 왕과 마찬가지로 독과 약이 몸에 잘 받지 않는 체질입니다."

"그럼, 왜……!"

"오늘 섭정께서 육류를 섭취했다고 들었습니다."

"……!"

분명…… 아까 멜즈에게 편식을 하면 안 된다고 말하며 억지로 먹이긴 했다. 기분 나쁜 예감에 손끝이 벌벌 떨려 왔다. 그런 이사나를 바라보며 킷은 내키지 않는다는 듯 말했다.

"알리페르는 원래 성충으로 탈피하면 육류를 주식으로 삼게 되지만, 간혹 섭정처럼 탈피 전후로 험한 경험을 한 경우 마음의 문제로 육식을 할 수 없게 되기도 합니다. 그런 경우, 핏기가 있는 육류를 입에 대는 것만으로도 강한 거부 반응을 일으켜 여러 증상이 나타나곤 하죠."

"그럴, 수가……."

"다만, 섭정께서는 그 정도가 좀 심한 편이라 평소에는 다른 사람들과 식사를 삼가며 조제식을 드십니다."

킷의 말에 이사나는 억장이 무너지는 듯한 기분이 들었다. 그런 줄도 모르고, 그저 멜즈가 자신을 싫어해 식사 자리에서 도망치는 줄로만 알았다. 그래서 오기가 생겨 더욱 그를 붙든 것이다. 자신의 이기심으로 멜즈가 이렇게 아프게 된 것이었다.

약효로 호흡이 안정되자, 이제는 멜즈의 몸에서 열이 들끓기 시작했다. 몸 여기저기 열꽃이 피는 것을 내려다보던 이사나는 킷에게 자신이 멜즈를 간호하고 싶다고 고집을 부렸다. 그에 킷은 난감한 얼굴로 이사나에게 말했다.

"지금 방 안에 피우고 있는 안정제는 환각 성분이 있는 약입니다. 아직 섭정께서는 한번도 그런 적이 없지만, 이사나 님께서 불편한 광경을 보게 될 수도 있습니다."

"상관없습니다. 멜즈 님을 이렇게 만든 건…… 저니까요."

이사나가 울 듯한 얼굴로 부탁하자, 킷은 결국 이사나에게 간호를 맡긴 채 밖으로 나갔다. 이사나는 조용히 눈을 감고 있는 멜즈를 내려다보았다. 자신의 어리석음과 이기심으로 멜즈가 이런 모습이 되었다는 생각이 들자 미안해 견딜 수 없었다.

이사나는 대야에 물을 가득 채운 뒤 깨끗한 수건을 적셨다. 멜즈는 어릴 때 자주 아팠기에 그를 간호하는 건 오래전 일이라고 해도 익숙했다. 이사나는 열로 붉게 물든 멜즈의 얼굴을 닦으며 원망스럽게 중얼거렸다.

"……왜 말을 안 했던 거야."

이사나는 잘게 잘린 스테이크를 말없이 집어 먹던 멜즈를 떠올렸다. 킷이 말한 육류에 대한 거부감은 조금도 찾아볼 수 없었다. 오히려 편식했던 옛날보다 훨씬 잘 먹어 그저 기호의 문제인 줄로만 알았다.

그렇게 반복적으로 멜즈의 얼굴과 몸을 닦다 보니 점점 더 속이 상해져 눈가가 뜨거워졌다. 어느새 바보처럼 훌쩍거리다가 눈물이 쏟아져 손등으로 마구 눈가를 비볐다. 울면 안 된다. 멜즈가 이런 꼴이 되도록 내팽개친 자신은 울 자격조차 없었다. 그럼에도 너무 가슴이 아파 차마 눈물을 그칠 수 없었다. 이사나는 숨을 죽인 채 눈물만 뚝뚝 흘리는데, 옆에서 희미한 말소리가 들려왔다.

"……왜, 울어요……."

"……?"

"속상하게……."

어느새 눈을 뜬 멜즈가 아까와 달리 상냥하게 웃고 있었다. 마치 예전처럼. 절절 끓는 열과 킷이 피운 약연으로 제정신이 아니라는 건 금세 눈치챘지만, 그럼에도 이사나는 그리움에, 미안함에 눈물이 뚝뚝 떨어뜨렸다.

"멜즈…… 흐으, 멜즈……."

"괜찮아요……."

"미안해⋯⋯. 정말, 미안해⋯⋯."

"나⋯⋯ 아무렇지도 않아요⋯⋯."

힘없이 휘어지는 눈매에 이사나는 어린아이처럼 엉엉 울고 말았다. 제정신으로 하는 말이 아닌데도 도저히 그냥 넘길 수 없었다. 아무렇지 않을 리가 없다. 평생 인간으로 살아온 그가 탈피해 알리페르가 되고 그것도 모자라 섭정이 되어 수많은 사람과 알리페르를 처형해 왔다. 그렇게 착한 아이가, 이렇게 변형된 것이다. 전부 자신 때문이었다. 자신만 아니었으면 이렇게 되었을 리 없다. 너무 가슴이 아파와 도저히 울음을 그치지 못하는데, 돌연 멜즈가 이사나를 끌어당겼다.

"아⋯⋯."

짧게 입술이 스쳤다. 입술에 느껴지는 뜨거운 감각에 놀란 이사나는 우는 것도 잊은 채 멜즈를 내려다보았다. 멜즈는 어느새 강렬한 눈으로 이사나를 보고 있었다. 바란다는 듯 더없이 갈망하는 눈으로 올려다보고 있었다. 그 시선에 사로잡힌 듯 이사나는 멜즈를 내려다보다가 조심스럽게 멜즈의 입술에 다시 키스했다. 하지만 밀어내는 기색이 없자, 그를 꽉 끌어안고 입술을 삼켰다.

"⋯⋯!"

뜨겁고 황홀했다. 이제는 멜즈가 이사나보다 훨씬 커졌지만, 예전에 함께 했던 밤에 느꼈던 그 뜨거운 체온만큼은 조금도 달라진 게 없었다.

그날, 잠시 헤어지던 그날, 얼마나 이 입술에 더 키스하고 싶었는지 모른다. 얼마나 떨어지고 싶지 않았는지 모른다. 이사나의 욕망을 알아차리기라도 하듯 멜즈 역시 이사나를 꽉 끌어안은 채 입을 맞췄다. 계속 밀어냈던 아까와 달리 조금도 떨어지고 싶어 하지 않는 그 안타까운 몸짓에 이사나의 얼굴이 다 화끈거릴 정도였다.

"아⋯⋯! 멜즈, 잠깐, 잠깐만⋯⋯!"

어느새 멜즈의 아래에 깔린 이사나는 맨살에 닿는 외골격 특유의 딱딱한 감촉에 놀라 멜즈의 팔을 붙잡았다. 멜즈는 너무나도 익숙하게 이사나에게 입을 맞추며 그 이상의 행위를 하려고 했다. 그건 생각지도 못한 일이었다. 멜즈를 사랑하기는 하지만, 주저함이 있는 건 어쩔 수 없었다. 하지만 열에 혼탁해진 멜즈의 눈이 이사나를 마주하고 있었다. 정말 안 되냐는 듯 애원 어린 눈빛을 하고 있었다. 그에 이사나는 바보처럼 얼굴을 붉혔다. 자신이 멜즈를 거부할 수 있을 리가 없었다. 이사나는 허락처럼 붙잡고 있던 팔에서 손을 내렸다.

"아, 읏, 멜즈⋯⋯! 가, 간지러워⋯⋯!"

예전에 멜즈에게 만져졌을 때와는 또 다른 느낌이었다. 그때의 멜즈는 자신보다 한참 작았다. 하지만 지금은 위압감이 느껴질 정도로 그는 성장해 있었다. 목덜미를 핥고 깨무는 그 행위에 그에게 잡아먹히는 듯한 기분이 들기도 했다. 위압에 눌려 오싹해지기도 했다.

하지만 싫지 않았다. 오히려 기대로 살짝 떨리기도 했다.

이사나는 어색하게 멜즈를 끌어안으며 밭은 숨을 내쉬었다. 앞으로 있을 행위에 떨리면서도 배 속이 뭉근해질 정도로 흥분되었다. 이사나는 포슬포슬한 멜즈의 머리카락을 매만지며 곧 주어질 열락을 기대하는데, 짓눌러 오던 멜즈의 몸이 돌연 무겁게 축 늘어졌다.

"멜즈⋯⋯?"

의아해하며 멜즈를 내려다보니, 멜즈가 자신을 깔아뭉갠 채 잠들어 있었다. 이사나는 조심스럽게 그를 흔들어 보았지만, 고른 숨소리만 느껴질 뿐이었다.

"……진짜 자니?"

황당함에 이사나는 재차 멜즈에게 물었지만, 당연한 것처럼 대답은 없었다. 졸지에 멜즈에게 깔린 이사나는 일단 멜즈에게서 빠져나오려 했다. 하지만 멜즈는 잠든 와중에도 이사나가 빠져나가는 게 싫은지 팔에 힘을 주었다. 어찌나 단단히 안고 있는지 풀어 낼 엄두조차 낼 수 없을 정도였다. 이사나는 잠시 끙끙거리다가 포기했다. 성충이 된 멜즈는 이사나의 생각 이상으로 완력이 셌다.

"……하아."

이사나는 한숨을 내쉬었다. 분출할 곳을 잃은 열기로 뱃속이 드글거렸지만, 어찌할 방법은 없었다. 이사나는 원망스럽게 멜즈를 쏘아보다가 포기하듯 드러누웠다. 옷이 반쯤 벗겨지고 자세가 불편하긴 했지만, 지금으로서는 어찌할 도리가 없었다.

열로 뜨끈해진 멜즈의 품에 안기자, 얼마 지나지 않아 이사나 역시 잠이 몰려오기 시작했다. 요 사흘간, 너무 많은 일이 있었고 감정 소모 역시 지나치게 심했다.

이사나는 멜즈의 품에 파고들며 눈을 감았다. 넓어진 품 안이 꽤 든든하게 느껴졌다.

* * *

잠에서 깨자, 어느새 아침이었다. 하지만 9시를 가리키는 벽시계와 달리 방 안은 밤처럼 어두컴컴하기만 했다. 이사나는 의아해하며 주변을 둘러보는데 암막 커튼으로 꼼꼼하게 햇빛을 차단한 창가가 보였다. 이불 역시 어제와 달리 가볍고 포근한 것으로 바뀌어 있었고.

그렇게 이사나의 주변은 숙면하기 좋게 바뀌어 있었지만, 어제 함께 잠들었던 멜즈는 곁에 없었다. 이사나는 내심 섭섭함을 느끼며 자리에서 일어났다.

"……"

다른 것들과 달리 이사나의 옷은 너덜너덜 그 자체였다. 어제 멜즈가 목덜미를 씹으며 찢어 놓은 것이었다. 어제의 일이 떠오르자 이사나는 얼굴이 벌게졌다. 민망하기도 기분 좋기도 했다. 진정제에 취해 이런 일을 벌이기는 했지만, 그래도 멜즈가 자신을 여전히 원한다는 게 참을 수 없을 만큼 기뻤다. 또한 못된 생각이지만, 이걸 빌미로 또 한 번 멜즈와 만날 수 있을지도 모르고. 그걸 깨닫자 이사나는 기분이 들뜨는 걸 느꼈다. 여전히 멜즈에게 거절당하는 건 두려웠지만, 그래도 관계를 진전시킬 수 있을지도 모른다고 생각하자, 뭐든 할 수 있을 것 같은 자신감이 생겼다.

다시 시작하면 된다.

힘들지도 모르지만, 그래도 가능성이 있다면 포기하고 싶지 않다.

멜즈도 예전에 분명 이렇게 생각하며 콜로니로 왔을 터였다. 이사나는 그때의 일이 떠오르자, 피식 웃음이 나왔다. 예전에는 멜즈가 쫓아오고 자신이 도망쳤는데 이제는 정반대의 입장이었다. 하지만 이제는 마냥 막막하지 않았다. 멜즈가 자신을 완전히 밀어내는 게 아니라는 걸 알았으니까. 이사나는 배시시 웃으며 침구를 정리하는데, 갑자기 침실로 누군가가 뛰어 들어왔다.

히람이었다.

어제 렉사와 함께 아가렉시아를 감찰하러 나갔던 그가 평소와 달리 잔뜩 흐트러진 몰골로 나타났다.

"히람?"

"이, 이사나 님! 큰일 났습니다!"

"무슨 일인가요?"

뭔가 심상치 않은 예감에 이사나는 혼이 나간 듯한 히람을 바라보는데, 히람이 울먹이며 기절초풍할 만한 말을 꺼냈다.

"멜즈 님께서 이사나 님께 큰 죄를 지었다고 주장하시면서 스스로 광장의 처형장에 올라가셨습니다!"


웅성웅성—

항상 누군가가 처형되는 중앙 광장은 원래부터 사람이 많이 모여 있는 편이었지만, 오늘만큼 많은 건 아니었다.

처형대에 오른 죄수가 다름 아닌 아가렉시아의 섭정이었기 때문이다. 섭정이 죄수가 된 이유도 웃겼다. 자신도 모르는 사이 어떤 네오타입 알리페르의 몸을 강제로 탐했다는 것이었다. 외모는 빼어나지만, 사내 구실을 못하는 게 아닌가 싶을 정도로 욕구가 없던 섭정이 누군가에게 욕정했다는 것도 놀라운데, 섭정은 역시나 미친 자였다. 당사자들만 입 다물면 누구도 알지 못했을 일을 곧이곧대로 밝히며 법에 따라 자신의 목도 쳐야 한다고 주장한 것이다.

근래에 들어 가장 재미난 스캔들에 왕국민들은 처형대 앞에 선 멜즈를 흥미진진한 눈으로 바라보았다. 섭정은 원한을 많이 샀기에 그가 죽기를 바라는 자는 수없이 많았다. 하지만, 섭정의 돌발 행동에 당황하며 말리는 자 역시 많았다.

"섭정 각하! 도대체 이게 무슨 짓입니까!"

"그렇습니다! 제발 일어나십시오! 제발!"

섭정의 밑에서 일하던 관료들은 거의 울 듯한 얼굴로 섭정에게 애원했다. 아가렉시아는 이제 겨우 혼란에서 벗어나 안정을 되찾은 신생 국가였다. 인간과 알리페르의 공존이라는 불가능한 행정을 이루어낸 섭정이 이렇게 허무하게 죽어 버리면 이 나라는 끝이었다. 하지만 섭정의 의지는 강경하기만 할 뿐이었다.

"이제껏 말해 왔지만, 이곳 아가렉시아는 타인을 강제하는 행위를 엄격히 금지하고 있습니다. 그러니 저 역시 왕명을 거스른 죗값을 치러야 합니다."

"아니, 미친……! 섭정 각하께서 탐한 상대는 네오 타입 알리페르라고 하지 않으셨습니까! 왕께서 금지한 건 인간과의 동침이었는데 왜 각하께서 처형되어야 한다고 주장하시는 겁니까! 말이 안 되지 않습니까! 제발 이러지 말고 일어나세요!"

관료가 처형대에 엎드린 멜즈를 끌어내리는데, 멜즈가 거칠게 뿌리치며 말했다.

"네오 타입 알리페르도 예전에는 인간이었습니다. 그런 자를 타의 모범이 되어야 하는 섭정이 억지로 범한 겁니다. 제가 벌을 받지 않으면 제 손에 죽은 자들이 뭐가 되겠습니까. 구차한 변명으로 살아남을 생각 따윈 없으니 이만 돌아가세요. 그리고 자네도 어서 빨리 내 목을 치고."

멜즈의 재촉에 헤비 블레이드를 손에 쥐고 있던 집행인이 난감한 눈으로 멜즈와 관료들을 바라보았다. 멜즈를 둘러싼 관료들은 인간, 알리페르 가릴 것 없이 손만 까닥해도 가만두지 않겠다는 듯 집행인을 향해 눈을 부라리고 있었다. 하지만 멜즈 역시 서슬 퍼런 눈으로 집행인을 재촉할 뿐이었다. 그런 말도 안 되는 실랑이가 계속되는 가운데 히람과 함께 광장에 도착한 이사나가 기겁하며 처형장 위로 뛰어들었다.

"멜즈 님! 헉, 이게, 헉, 도대체 무슨 짓입니까!"

이사나는 희게 질린 얼굴로 처형대에 엎드린 멜즈를 억지로 끌어 내려 했다. 하지만 멜즈는 이사나 역시 거칠게 뿌리치며 서늘하게 말했다.

"마땅히 받아야 할 처벌을 받는 것뿐이니 이사나 님은 상관 말고 가시죠."

기가 막힌 말에 이사나는 소리를 내질렀다.

"아니 이걸 어떻게 상관하지 않을 수 있습니까! 어제의 일 때문이라면 멜즈 님은 잘못한 게 없으십니다! 오히려 약에 취해 제정신이 아닌 멜즈 님 곁에 얼쩡거린 건 저입니다! 저항하려면 충분히 저항할 수 있었음에도 몸을 맡긴 건 저란 말입니다! 제가 괜찮다는데 왜 멜즈 님께서 이러고 계십니까!"

이사나의 외침에 광장에 모여 있던 왕국민들이 웅성거렸다. 저 잘생긴 알리페르가 섭정의 애인인가 보네. 근데 말하는 걸 보면 매달리는 건 저 알리페르 같은데? 어머나, 섭정이 너무하네요. 왕국민들이 웅성거리는 소리에 이사나의 얼굴이 화끈 달아올랐다. 난데없는 치정극의 주인공이 된 기분이었다. 하지만 도저히 뛰어들지 않을 수 없었다. 이대로 멜즈가 죽게 내버려 둘 수 없었으니까. 하지만 이사나의 말에도 멜즈는 여전히 처형대에서 일어날 기색조차 없어 보였다.

"착각하지 마십시오. 저는 단지 왕명을 어겼기 때문에 처형되는 것뿐입니다. 그리고 당신은 저항하지 않은 게 아니라 못한 겁니다."

"아니라니까요! 제가 아픈 사람 하나 뿌리치지 못할 정도로 유약해 보이십니까!"

벽창호 같은 그의 말에 이사나는 답답함을 느끼며 소리치는데, 멜즈가 이사나를 돌아보며 무덤덤하게 말했다.

"뿌리칠 수 있었겠죠. 하지만 당신은 저를 좋아하지 않습니까."

"……!"

"저를 좋아해서 제가 하는 짓에 저항하지 않았던 것 아닙니까. 제 말이 틀렸습니까?"

"……."

"하지만 저는 아닙니다. 당신은 저를 사랑해 그 행위를 감내했겠지만, 저는 그저 욕정일 뿐이었습니다. 그러니 어제의 일이 당신에게 폭력이 아닌 무엇이었겠습니까."

멜즈의 말에 이사나는 할 말을 잃었다. 다른 무엇도 아닌, 확실하게 좋아하지 않는다는 말에 상처 입고 말았다. 그러자 멜즈가 처형대에 선 모습 역시 다르게 비쳤다. 자신이 너무 싫어 죽으려는 것처럼. 이사나는 참담함에 뭐라 말도 못 한 채 멍하니 서 있는데, 광장 한구석이 양 옆으로 갈라지더니 호위군에게 둘러싸인 렉사가 나타났다. 렉사는 처형대 앞에 무릎 꿇고 앉아 있는 멜즈를 보고 어처구니없다는 듯 헛웃음을 내뱉었다.

"나 대신 아가렉시아를 다스리라고 했더니 꽤 재밌는 짓을 하고 있군."

"……."

렉사의 말에 멜즈는 조용히 렉사를 돌아보았다. 그런 멜즈를 렉사가 무섭게 노려보며 말했다.

"이제껏 내 명령을 핑계로 죄책감을 덜려는 수작은 눈감아 주었지만, 이것만은 도저히 눈감아 줄 수 없군."

"……."

"일어나."

렉사의 명령에 멜즈는 그제야 처형대에서 일어났다. 그런 멜즈를 바라보며 렉사가 냉랭한 얼굴로 명령했다.

"네가 실수한 자와 결혼해라. 그것으로 처벌을 대신하겠다."

렉사의 말에 이사나는 놀라서 눈을 크게 떴다. 하지만 렉사는 일부러인지 이사나 쪽으로는 눈길조차 주지 않았다. 도대체…… 렉사가 무슨 생각인지 알 수 없었다. 이사나는 혼란에 빠지는데, 멜즈가 거부하듯 입을 꾹 다물고 있었다. 그에 렉사가 서늘하게 말했다.

"이제껏 네가 내 명령을 어긴 죄인들을 처형할 수 있었던 건 그저 내 권위를 대리했기 때문이다. 하지만 나는 네놈을 처형할 생각이 없다. 네놈은 앞으로도 해야 할 일이 많으니까."

"……."

"대답은."

"……알겠습니다."

날카로운 재촉에 멜즈는 그제야 내키지 않는 얼굴로 대답했다. 생각지도 못한 왕의 판결에 광장 안은 혼란으로 조용해졌다. 무엇을 어떻게 반응해야 할지 몰라 다들 당혹감에 빠져 있었다. 그때 히람이 주위의 눈치를 보다가 밝은 목소리로 소리쳤다.

"섭정 각하! 결혼 축하드립니다!"

짝짝짝짝—!

히람을 시작으로 멜즈를 말리던 관료들 역시 덩달아 박수를 치기 시작했다. 행복하게 사십시오! 잘 어울리십니다! 몇몇이 억지로 분위기를 띄우자, 광장 안의 왕국민들 역시 휩쓸려 하나둘씩 박수를 치기 시작했다.

"축하합니다!"

"축하드려요!"

왕국민들은 어색하게나마 처형장에 서 있는 멜즈를 축하해 주었다. 하지만 멜즈도 이사나도 결혼하는 사람들 같지 않게 음울한 얼굴을 하고 있을 뿐이었다.

* * *

"즐겁게 다녀오십시오!"

"잘 다녀오세요!"

궁인들과 관료들의 배웅을 받으며 이사나와 멜즈는 차 뒷좌석에 올라탔다. 두 사람을 배웅하는 관료들의 얼굴에는 웃음꽃이 활짝 펴 있었다. 일중독인 섭정이 무려 닷새나 자리를 비운다. 게다가 섭정이 휴가를 떠나는 이유는 다름 아닌 신혼여행. 왕의 명에 따라 번갯불에 콩 구워 먹듯이 치러진 결혼 서약 후 쫓겨나듯 가게 된 것이었다.

그들을 태운 차를 보며 관료들은 부푼 꿈에 젖어 있었다. 악독한 섭정이 신혼의 단꿈에 젖어 몇 년간 지속되었던 야근 지옥에서 해방되는 꿈을.

비록 섭정이 왕의 명에 따라 강제로 결혼하게 된 것이었지만, 관료들은 크게 걱정하지 않았다. 목석같은 섭정이 욕정해 실수한 상대가 무척 잘생긴 까닭이다. 누구든 매료될 만한 분위기를 가진 자였다.

섭정이 결국 정을 붙여 살게 될 거라는 게 섭정의 파트너를 실제로 본 사람들의 의견이었다.

하지만 그런 그들의 생각과 달리, 이사나와 멜즈는 신혼여행을 떠나는 사람답지 않은 얼굴을 하고 있었다. 그들을 신혼여행지까지 데려다주고 오라는 왕의 명령으로 차 운전석에 앉게 된 히람은 몹시 난감한 얼굴로 그들을 힐끔거렸다. 둘 다 도살장에 끌려가는 소처럼 얼굴이 무겁기 짝이 없었다. 히람은 그 불편한 분위기 속에서 안절부절못하다가 짐짓 발랄하게 말했다.

"이야, 정말이지 두 분이 이런 식으로 결혼하시게 될 줄은 꿈에도 몰랐네요! 하하하하."

"······."

"······."

"계기야 어찌 됐든 새로운 가정을 꾸린다는 건 축복받을만한 일이지 않습니까? 두 분, 정말 축하드립니다!"

히람의 너스레에 창밖을 보고 있던 멜즈가 서늘하게 말했다.

"히람, 끌어내기 전에 입 다물어요."

"앗, 음, 넹."

멜즈의 경고로 다시 차안은 조용해졌다. 그런 가운데 이사나는 음울하게 바닥만 내려다보고 있었다. 아까 처형장에 있을 때부터 약식으로 결혼 서약을 하고 나올 때까지 줄곧 저런 모습이었다. 멜즈는 그런 이사나를 외면하듯 창밖을 보는 척했지만, 히람의 눈에는 이사나가 신경 쓰여 어쩔 줄을 모르는 게 딱 보였다.

정말이지, 멜즈 님도 단단히 꼬이셨지······.

히람은 속으로 혀를 끌끌 찼다. 뜻하지 않게 억지로 하게 된 결혼이지만, 이제껏 두 사람의 행보를 지켜봐 왔던 히람은 두 사람이 서로를 얼마나 그리워하고 원해 왔는지 잘 알고 있었다. 그랬기에 이 상황이 왕께는 좀 안되었지만, 내심 잘됐다고 생각하고 있었다. 하지만 섭정은 아가렉시아를 통치하는 동안 지나치게 성격이 꼬이고 괴팍해졌다. 섭정이 아무리 좋아한다고 해도 한동안은 이사나 역시 배배 꼬인 섭정으로 인해 마음고생을 할 터였다.

그렇다면 두 사람의 앞길이 조금이라도 수월하게끔 도와주는 게 사랑의 큐피드인 이 몸의 할 일 아니겠어? 히람은 속으로 회회낙락거리며 그나마 만만한 이사나에게 말을 걸었다.

"흠흠, 그런데 이사나 님은 따로 가고 싶은 곳이 없습니까? 급작스럽지만, 무려 닷새나 떠나는 여정 아닙니까? 섭정 각하의 반려로 살아가는 건 결코 만만치 않은 일입니다? 앞으로는 휴가가 하루도 없을지도 모른다고요. 하하하하."

히람의 말에 이사나는 침울하며 눈을 내리깔며 중얼거렸다.

"……어요."

"네?"

"어디든…… 상관없다고요……."

당장이라도 울음을 터트릴 듯한 이사나의 말에 히람은 저도 모르게 백미러 너머로 멜즈를 바라보았다. 멜즈는 여전히 아까처럼 창밖을 보고 있었지만, 동공은 지진이라도 난 듯 잘게 떨리고 있었다. 냉정을 잃은 얼굴은 연신 갈등하며 어찌할 바를 몰라 하는 것처럼 보였다. 아침에 처형장 위에서 기세 좋게 좋아하지 않는다고 말했던 것과는 사뭇 다른 반응이었다.

솔직하지 못해도 너무 솔직하지 못하니 히람은 괜히 이사나가 불쌍해졌다. 히람은 속으로 혀를 차며 달래듯 이사나에게 말했다.

"그래도 특별히 가고 싶은 곳이 있을 거 아닙니까? 어디든 말씀만 해 주십시오! 제가 데려다드리겠습니다! 아, 얼마 전에 구세계의 유적지를 개발해 테마파크가 만들어졌다고 하던데 거기는 어떠신가요? 밤 늦도록 운영되는 유흥 시설과 끝없이 이어지는 루프 탑 수영장 아래의 풍경이 아주 끝내준다고 합니다. 거기서 하룻밤을 지내면 다시는 일상으로 돌아가지 못한다는 소문도 있어요. 어떤가요? 끌리지 않으세요?"

"……."

"아니면 돌산과 강변이 있는 리조트는 어떠십니까? 온갖 기화요초와 기암괴석으로 둘러싸인 그곳은 에너지가 고여 있어 하루만 묵어도 굽었던 노인네의 등이 꼿꼿해진다고 합니다. 아름다운 절경 속에서 휴식을 취하는 거죠. 지친 일상으로 많이 피로하셨다면 아늑하고 조용한 그곳도 좋다고 생각합니다."

"……."

"그곳도 끌리지 않으신다면 어쩔 수 없군요. 그렇다면 과감하게 무인도는 어떠십니까!"

히람의 엉뚱한 말에 이사나도 멜즈도 무슨 소리냐는 듯 히람을 쳐다보는데, 히람이 신이 난 얼굴로 떠벌거렸다.

"생각해 보니 테마파크라든가 리조트는 특별한 인연을 가진 두 분께 좀 식상하죠. 아무리 생각해도 제대로 된 허니문을 즐기려면 무인도가 딱인 것 같습니다! 언제 무엇이 튀어나올지 모를 약육강식의 세계! 같은 편이라고는 서로 밖에 없는 극한 환경! 그리고 그곳에서 피어나는 종족 번식의 본능! 피임기구 없이 대자연 속에서 짐승처럼 짝짓기를 하다 보면 열 쌍둥이의 부모가 되는 것도 결코 꿈이 아닌……."

"히람 당장 여기서 안 내려요?!"

멜즈의 노호성에 그제야 지나쳤음을 깨달은 히람은 후다닥 차에서 내려 도망쳤다. 멜즈 역시 분기탱천한 얼굴로 곧장 내렸지만, 히람은 아예 날개까지 펴서 저 멀리 도망간 뒤였다. 예장을 입은 탓에 날개를 꺼낼 수 없었던 멜즈는 씩씩거리며 점처럼 멀어진 히람의 뒷모습만 바라보았다. 그러다 문득 히람에게 현금이 다 있다는 걸 깨달은 멜즈는 당혹스러운 얼굴로 우뚝 굳어졌다. 워낙 급작스럽게 신혼여행을 가게 되어 아무것도 챙겨오지 않은 것이다.

별수 없이 다시 아가렉시아로 돌아가야겠다고 생각하며 멜즈는 운전석에 탔다. 그러자 백미러로 여전히 울듯한 얼굴을 한 이사나가 보였다. 그에 멜즈 역시 안절부절 어찌할 줄을 모르는데, 이사나가 금세라도 눈물을 쏟아낼 듯한 얼굴로 말했다.

"……이대로 아가렉시아로 돌아가셔도 됩니다."

"……무슨 말이에요."

"싫어하는 사람과 닷새나 있을 필요는 없지 않습니까. 왕의 명령이 마음에 걸린다면 제가 설득하겠습니다."

절망이 느껴지는 이사나의 말에 멜즈는 한숨을 내쉬며 말했다.

"당신을 싫어하는 건 아닙니다."

"그런 거짓말 할 필요 없습니다."

이미 단단히 마음이 상한 듯한 그의 대꾸에 멜즈는 무언가를 말하려다가 포기하듯 입을 다물었다. 멜즈는 잠시 고민하다가 차를 출발시켰다. 멜즈가 향한 곳은 아가렉시아가 아닌, 다른 곳이었다.

두 사람을 태운 채 차는 조용히 길을 따라 어디론가 향했다. 희한하게도 오늘따라 유독 날씨가 맑고 화창했다. 탁 트인 벌판과 새파란 하늘. 보기만 해도 가슴이 시원해지는 풍경이었다. 그래서인지 우울했던 이사나의 마음도 점차 풀리기 시작했다.

노곤한 들판을 바라보며 얼마나 좋았을까, 문득 어깨를 흔드는 손길이 느껴졌다.

"이사나 님, 일어나세요."

화들짝 놀라 고개를 들자, 당혹스러운 얼굴을 한 멜즈가 보였다. 이사나는 민망함에 어찌할 줄을 모르는데, 멜즈는 평소의 침착한 얼굴로 되돌아와 이사나에게 말했다.

"도착했습니다."

그러고는 밖으로 나갔다. 그에 이사나 역시 자리에서 일어나 바깥으로 나갔다.

쏴아아─.

"……"

시원한 파도 소리가 끊임없이 들려오고 소금기를 머금은 바람이 뺨을 스쳤다. 이곳은 바다였다. 그것도 이사나가 아직 '이사나 넥시움'이던 시절, 진군하면서 지나가듯 본 적 있는 그 곳이었다.

언젠가 멜즈에게 이곳에서 함께 살지 않겠냐고 물은 적이 있었다. 항상 상상으로 떠올리기만 했던 이곳이 지금 눈앞에 펼쳐졌다. 이사나는 그리운 눈으로 이곳 경치를 바라보는데, 멀지 않은 곳에 작은 오두막이 보였다. 그리고 그 앞에 선 멜즈가 이사나를 바라보고 있었다. 이사나는 그 광경을 멍하니 바라보다가 입을 열었다.

"여긴……."

"……간혹 와서 쉬는 곳입니다. 들어오세요."

멜즈는 문을 열고 오두막으로 들어갔다. 그에 이사나 역시 그를 뒤따라 안으로 들어갔다.

"……"

오두막은 크지 않았다. 침대가 있는 작은 방 하나와 주방 겸 거실, 욕실이 다였다. 이사나는 크기가 제멋대로인 통나무를 엮어 만든 내부를 둘러보았다. 이런 곳에서 쉬었다고? 이사나는 비가 오면 오만 곳에서 물이 줄줄 샐 듯한 허술한 오두막을 바라보며 걱정스럽게 물었다.

"이곳에서 쉬셨다고요?"

"……보기엔 별로지만 하룻밤 찬 바람 정도는 충분히 막아 줍니다."

멜즈는 무심하게 대꾸하며 겉옷을 벗어 투박한 옷장 안에 넣었다. 그런 멜즈를 물끄러미 바라보다가 이사나는 혹시나 하는 마음에 그에게 물었다.

"혹시 이 오두막, 멜즈 님께서 직접 지으신 곳인가요?"

"……네."

"왜요?"

이사나의 물음에 멜즈는 창문을 열고 가구와 기물에 덮어 둔 모포를 걷으며 말했다.

"그냥…… 취미로요."

멜즈의 대답에 이사나는 고개를 갸웃거렸다. 멜즈에게 그런 취미가 있었던가? 이사나가 의아해하는 사이, 멜즈는 빗자루를 가져와 오두막 안을 청소하기 시작했다. 그에 이사나 역시 멜즈를 도와 오두막을 청소하려는데, 그 모습을 본 멜즈가 딱딱하게 굳은 얼굴로 이사나를 붙잡더니 억지로 소파에 앉혔다. 그 무서운 얼굴에 이사나는 결국 일어나지도 못한 채 초조하게 청소하는 멜즈를 바라만 볼 수밖에 없었다.

청소가 끝나자, 오두막은 제법 그럴듯한 모습을 갖추게 되었다. 멜즈는 청소 도구를 창고에 넣은 뒤 찬장에서 비상금을 꺼내며 이사나에게 말했다.

"식재료 좀 구해 올게요. 저녁이 되기 전에는 돌아올 테니 기다리세요."

그러고는 오두막 밖으로 나가 버렸다. 그러나 이사나는 멜즈가 가 버리고도 좀처럼 소파에서 일어나지 못했다. 그러다 차 소리가 점점 멀어지자, 그제야 머뭇머뭇 자리에서 일어나 주변을 둘러볼 수 있었다.

삐걱—

집 선체가 봉나무로 만들어진 허술한 집은 그냥 걷기만 해도 삐걱거리는 소리가 났다. 자칫 하다가 바닥이 무너져 내리지 않을까 하는 생각에 절로 발걸음이 조심스러워지는 집이었다. 이사나는 신중하게 발을 내딛으며 오두막 안을 둘러보았다. 오두막 안의 세간은 단출하다 못해 부실한 편이었다. 낡은 옷장과 서투르게 만든 식탁과 의자 하나, 작은 침대가 다였다. 도저히 살기 위해 만든 집처럼 보이지 않았다. 어떻게 보면 유폐된 죄인이 사는 곳처럼 보이기도 했다.

바깥으로 나가자 오두막 옆에 딸린 작은 창고가 보였다. 창고 문을 열자, 방치된 목재들과 목공 도구, 그리고 만들다가 만 의자가 있었다. 이사나는 의자가 하나만 있는 식탁을 떠올렸다. 어쩐지 어색하고 쓸쓸한 광경이었다. 그리고 보니 오두막 안의 기물들은 대부분 일인용밖에 없었다. 멜즈가 잠시 쉬다가 가는 곳이라고 하니 어쩌면 당연한 건지도 모른다.

"……."

이사나는 잠시 고민하다가 자리에 앉아 미완성된 의자를 마저 만들기 시작했다. 나무 손질은 다 되어 있어 이사나가 할 것은 못질 정도 밖에 없었다. 의자를 일으키고 사포로 나무에 일어난 가시를 다듬자, 썩 훌륭한 의자가 완성되었다. 이사나는 만족스럽게 그것을 내려다보다가 오두막 안으로 들였다.

해질 무렵이 되자, 멜즈가 식재료를 구해 돌아왔다. 멜즈는 두 손 가득 채운 장바구니를 들고서 오두막 안으로 들어오는데, 주방에서 무언가를 붙잡고 끙끙거리는 이사나가 보였다.

"뭐 하고 계신 겁니까?"

멜즈의 물음에 멜즈가 온 줄 몰랐던 이사나는 화들짝 놀라 그를 돌아보았다. 이사나의 주변에는 여러 공구가 늘어져 있었다. 멜즈는 의아해하는데, 이사나가 민망한 듯 말했다.

"……수도가 고장이 난 거 같아서 살펴보고 있었어요."

오두막은 허술하긴 했지만, 그래도 기본적인 것은 나름 다 갖춰져 있었다. 거센 바다 바람을 이용한 발전기로 전기를 사용할 수 있었고 지하수를 퍼 올려 식수며 씻을 물로도 쓸 수 있었다. 하지만 바깥의 펌프에서는 물이 잘 나왔지만, 주방에서는 물이 나오지 않았다. 아마도 방치해 놓은 탓에 고장이 난 듯했다. 그래서 멜즈가 오기 전에 고치고 싶었는데 좀처럼 원인을 알 수 없었다.

이사나는 괜히 들쑤신 게 아닌가 하는 생각에 걱정이 드는데, 멜즈가 식재료가 든 장바구니를 내려놓더니 바깥과 주방이 연결된 수도관을 살폈다. 한 시간 넘게 끙끙거린 이사나와 달리 멜즈가 살핀 지 얼마 되지 않아 주방에서도 물이 나왔다. 이사나는 감탄하는 눈빛으로 멜즈를 바라보는데, 멜즈는 외면하듯 눈을 피했다. 그러다 식탁에 마주 놓인 두 의자를 보게 되었다. 멜즈는 그 의자들을 바라보다가 이사나에게 물었다.

"만드신 겁니까?"

"……하나밖에 없어서요."

이곳에 얼마나 있을지는 모르지만, 그래도 함께 지내려면 식탁에 의자가 두 개는 있어야 할 것 같았다. 하지만 멜즈가 만들던 것에 손을 댄 거라 이사나는 괜히 눈치가 보였다. 멜즈는 원래의 엉성한 의자에 비해 깔끔하게 조립된 의자를 내려다보며 말했다.

"잘 만드셨네요."

성의 없이 칭찬한 멜즈는 구해 온 식재료를 장바구니에서 꺼내 다듬기 시작했다. 이사나는 안절부절못하며 돕겠다고 나섰지만, 아까와 마찬가지로 억지로 소파에 앉혀졌을 뿐이었다. 결국 이사나는 또다시 불편한 마음으로 멜즈가 요리하는 것을 구경할 수밖에 없었다.

"드세요."

멜즈가 차린 저녁상은 꽤 풍성했다. 푸릇한 야채 샐러드와 올리브유로 튀긴 생선, 토마토와 여러 야채를 함께 푹 끓인 비프스튜까지. 이만저만 손이 가는 음식들이 아니었다. 그럼에도 멜즈는 너무나도 손쉽게 그것들을 만들어 식탁 위에 올려놓았다. 이사나는 얼떨떨한 얼굴로 식탁 위에 놓인 요리들을 바라보는데, 멜즈가 이사나의 맞은 편에 앉았다. 멜즈의 앞에 놓인 것은 희멀건 수프 한 그릇이 다였다.

"……잘 먹겠습니다."

이사나는 작게 인사하며 식기를 들었다. 멜즈가 한 음식은 어느 것 하나 맛있지 않은 것이 없었다. 예전에 멜즈가 해 준 것과 조금도 맛이 다르지 않았다. 그리움에 이사나는 울컥하는 것을 억지로 억누르며 말없이 먹었다. 그러다 마음을 가라앉히고 나서야 간신히 그에게 말을 건넬 수 있었다.

"……멜즈 님은 정말 요리를 잘하시네요."

"입에 맞아 다행입니다."

어느새 수프를 다 먹었는지 멜즈의 그릇은 텅 비어 있었다. 하지만 멜즈는 자리를 떠나지 않았다. 계속 그 자리에 앉아 있을 뿐이었다. 그에 이사나는 잠시 머뭇거리다가 그에게 말했다.

"다 드셨으면 그냥 가셔도 돼요. 킷에게 들어서 멜즈 님이 특정 식재료에 거부감을 가지고 있다는 건 알고 있으니까요."

"괜찮습니다. 견딜 만합니다."

이사나는 그 후로도 몇 번이나 멜즈에게 권했지만, 멜즈는 끝까지 고집스럽게 자리를 지켰다. 회피하기만 했던 전과는 사뭇 다른 그의 태도에 의아했지만, 결국 포기한 채 계속 식사할 수밖에 없었다.

식사를 끝낸 뒤 이사나는 빈 그릇을 들고 자리에서 일어나는데, 이번에도 멜즈가 이사나에게서 그릇을 빼앗아 자신이 치우기 시작했다. 하지만 이번에도 아무것도 하지 않고 있기 불편했던 이사나는 허둥지둥 멜즈를 만류하며 말했다.

"이건 그냥 제가 치우겠습니다."

하지만 이번에도 멜즈는 강경했다.

"이사나 님은 손님입니다. 그냥 제가 하게끔 놔두세요."

"하지만……."

"앉아 계세요."

멜즈는 빼앗듯이 이사나에게서 식기를 가져와 설거지를 했다. 그런 멜즈를 이사나는 안절부절못하며 지켜보다가 포기하고 그를 위한 차를 끓이기 시작했다.

싸한 향의 차가 끓자, 설거지를 마친 멜즈가 의아한 눈으로 이사나를 바라보았다. 그에 이사나는 멋쩍게 웃으며 말했다.

"식후에는 따뜻한 차를 마시는 게 좋다고 들어서요."

"……."

"드세요."

이사나의 권유에 멜즈는 잠시 망설이다가 이사나의 맞은편에 앉았다. 찻주전자에 우러난 차를 머그잔에 담아 주자, 멜즈가 피식 웃으며 말했다.

"페퍼민트네요."

"……찬장 안에 있었어요."

사실 이것 말고도 여러 종류의 차가 꽤 있었지만, 이사나는 일부러 이것을 선택했다. 예전에 멜즈가 저택에 살 무렵, 즐겨 마셨던 차였기 때문이다. 그래서인지 멜즈는 추억에 잠긴 듯 부드러운 얼굴로 차를 마셨다. 그런 멜즈를 따라 이사나 역시 조금씩 차를 목 안으로 넘겼다.

작은 등불 하나만이 오두막 안을 비추는 가운데, 두 사람은 말없이 차를 마셨다. 하지만 침묵이 마냥 무겁지는 않았다. 멀지 않은 곳에서 끊임없이 파도가 부서지는 소리가 들려왔고 때 이른 풀벌레가 오두막 주변에서 속삭이듯 울고 있었으니까.

이사나는 문득 이 광경이 꿈만 같다는 생각이 들었다. 언젠가 이사나는 이 광경을 간절히 바란 적이 있었다. '넥시움'으로서의 소명을 다하기 위해 멜즈를 매몰차게 밀어냈음에도 결국 죽을 때까지 이 바람을 잊지 못했다. 그런데 얄궂게도 이런 방식으로 멜즈와 이 자리에 있게 된 것이다.

아마 이 밤을 평생 잊지 못할 것이다.

이사나는 그렇게 생각하는데, 멜즈가 피식 웃으며 말했다.

"예전에는 이곳이 꽤 쓸쓸한 곳이라고 생각했는데."

"……?"

"오늘 있어 보니 또 그렇지는 않네요."

그러면서 멜즈는 조금 식은 차를 마셨다. 그 말에 이사나는 가슴이 쿵쾅거리는 걸 느꼈다. 이사나는 고개를 들어 멜즈를 바라보았다. 멜즈는 무슨 생각에 빠져 있는지 창문 너머의 새카만 바다를 바라보고 있었다.

어쩌면, 어쩌면 멜즈도 나와 똑같은 생각을 하고 있지 않을까? 아니다. 아니, 그건 착각에 불과했다. 멜즈는 더 이상 '이사나 넥시움'을 좋아하지 않는다. 그 지긋지긋한 거짓말에 호되게 데였는데 어떻게 그를 좋아할 수 있겠는가.

하지만. 하지만……!

이사나는 잠시 머뭇거리다가 입을 열었다.

"멜즈 님."

"네."

멜즈가 의아한 얼굴로 이사나를 돌아보았다. 그에 이사나는 긴장으로 입이 바짝 마르는 걸 느꼈다. 하지만 도저히 말을 하지 않고는 견딜 수 없었다.

"저는…… 아침에 멜즈 님이 얘기하신대로 멜즈 님을 좋아합니다."

이사나의 고백에 멜즈의 눈이 놀란 듯 커졌다. 당황한 것처럼 보이기도 했다. 멜즈는 입을 어물거리다가 무언가를 말하려는데, 이사나가 선수 치듯 먼저 쏟아냈다.

"멜즈 님이 저를 그다지 좋아하지 않는다는 건 알고 있습니다. 멜즈 님이 알던 분과 닮아서라는 것 역시 알고 있습니다. 제 얼굴만 봐도 치가 떨리고 역겨울 거라는 것, 충분히 이해하고 있습니다. 하지만…… 하지만 저는 멜즈 님을 좋아합니다. 왕의 영지로 떠난 3년간, 당신을 조금도 잊을 수 없었습니다. 매일 매시간 당신이 그리워 서쪽 너머로 이어지는 철로를 하염없이 바라보곤 했습니다. 제게 아이들이 있다는 것을, 왕께서 저를 기다린다는 것을 알면서도 도저히…… 도저히 놓을 수 없는 감정이었습니다."

"……."

"멜즈 님을 귀찮게 하지 않겠습니다. 거슬린다면 얼굴도 가리고 다니겠습니다. 다만, 다만…… 제발 제가 당신 곁에 있게 해 주셨으면 합니다."

구차하다 못해 비굴하기까지 한 애원에 멜즈는 느리게 눈을 깜빡였다. 그러다 쓰게 웃으며 말했다.

"부족한 저를 좋아해 주셔서 정말 감사합니다. 하지만 죄송하게도 저는 당신의 마음을 받아들일 수 없습니다."

"……아……."

연이은 거절에 이사나는 망연한 얼굴로 멜즈를 바라보았다. 하지만 멜즈는 오전과 달리 벽을 세우는 듯한 냉랭한 얼굴이 아니었다. 미안함과 어쩔 수 없는 곤란함이 서려 있을 뿐이었다. 조금은, 아주 조금은 이사나가 아는 멜즈의 모습이었다. 이사나는 실의에 빠진 와중에도 거절당한 연유를 알고 싶은 마음에 멜즈를 바라보았다. 그런 그를 향해 멜즈가 머그잔을 만지작거리며 말했다.

"저는, 피도 눈물도 없는 철혈이라고 불리지만, 사실 다른 사람들이 여기는 것보다 훨씬 나약한 존재입니다. 그렇기에 쉽사리 눈앞에 있는 것에 흔들리고 실수를 하기도 합니다."

"……?"

"솔직히 말해 당신의 고백에 마음이 흔들렸습니다. 어떻게 흔들리지 않을 수 있겠습니다. 제가 감히 무엇이라고요. 하지만 당신이 진심이기에 더욱 받아들여서는 안 된다고 생각했습니다. 그건 당신에게 큰 실례가 될 테니까요."

뭐가 뭔지 모를 말에 이사나는 의아한 얼굴로 멜즈를 바라보는데, 멜즈가 덤덤한 목소리로 말했다.

"3년 전, 당신을 시탈로프 숲으로 보내고 저는 다시는 당신과 만나지 말아야겠다고 생각했습니다. 또 당신을 보고 멋대로 그리움을 느낄지도 모르니까요. 하지만 어제 당신을 보고 저는 줄곧…… 혼란에 빠져 있었습니다. 그래서 당신이 이해하기 힘들 정도로 냉정하게 굴었습니다. 죄송합니다. 하지만 저는 정말 당신을 싫어하지 않습니다. 그저…… 쉽게 유혹당하는 제 자신을 용서할 수 없는 것뿐입니다."

"……."

"당신이 그 모습을 하고 있는 한, 당신을 싫어하지 않겠지만, 진심으로 당신을 좋아할 수 없을 겁니다. 저는 여전히 그 사람을 잊을 수 없거든요."

"……."

"여전히 그 사람을 사랑하고 있습니다."

패배감이 느껴지는 그의 말에 이사나는 떨리는 눈으로 멜즈를 바라보았다. 믿을 수 없는 말이었다. 너무 간절히 원해 환청이라도 듣는 기분이었다. 하지만 멜즈는 쓰게 웃으며 계속 고백할 뿐이었다.

"오늘 이곳에 온 것도 사실은 반쯤 제 욕심이었습니다. 이곳은, 한 때 그 사람과 정착하기로 약속한 곳이었거든요. 그 사람과 함께 온 다면 얼마나 좋을까 하는 생각에⋯⋯ 그래서 여기 온 거였습니다."

"⋯⋯."

"당신을 이용해 정말 죄송합니다. 늦었으니 오늘은 여기서 자고 내일 아가렉시아로 떠나도록 하죠."

그러면서 멜즈는 다 마신 머그잔을 가지고 일어났다. 하지만 이사나는 도저히 자리에서 일어날 수 없었다. 턱 끝까지 들어찬 울음을 도저히, 도저히 버틸 수 없었다. 멜즈는 그런 이사나를 의아해하며 바라보는데, 이사나가 무언가에 홀린 사람처럼 떠듬떠듬 말했다.

"나야말로⋯⋯ 나야말로 기뻤어. 항상 꿈꿔 왔거든. 너와 이렇게 있는 거."

"⋯⋯?"

"콜로니에서 너와 헤어질 때, 사실은 모든 걸 내팽개치고 너와 이곳으로 떠나고 싶었어. 렉사에게 붙잡혀 첨탑에 유폐되었을 때도 네가, 너무⋯⋯ 너무 보고 싶었어."

"이, 사나?"

"네가, 흐으, 죽은 줄 알았어. 그래서, 그래서 너무 가슴이 아팠어. 읍, 진작에 네가 알리페르였다는 걸 말해 줬어야 했는데, 그랬는데, 너와 있는 하루하루가 너무 행복해서 말을, 흐으, 말을 할 수가 없었어."

이사나는 괴롭게 흐느끼며 얼음처럼 굳어 버린 멜즈를 바라보았다. 이사나는 미안함에, 죄책감에 얼굴을 일그러뜨리며 사과했다.

"미안해, 흐으, 미안해 멜즈, 흑, 말하지 못해서 미안해……."

"정말로…… 이사나……."

챙그랑—!

멜즈는 희게 질린 얼굴로 들고 있던 컵을 떨어뜨렸다. 그에 놀란 이사나가 자리에서 벌떡 일어나는데, 멜즈가 도망치듯 방 안으로 들어갔다.

"멜즈! 멜즈—!"

이사나는 다급함에 소리치며 멜즈를 쫓았다. 하지만 면전에서 문이 닫히고 말았다. 이사나는 문을 열려고 했지만, 멜즈가 안에서 잠 갔는지 도저히 열리지 않았다. 가슴이 새카맣게 타들어 가는 것 같았다. 이사나는 초조하게 문고리를 덜걱거리며 어찌할 줄을 모르는데, 안에서 멜즈가 크게 소리 질렀다.

"열지 말아요—!"

"……!"

"제발…… 날 보지 말아요……."

공포에 질린 듯한 목소리에 이사나는 그제야 멈춰 선 채 닫힌 문을 바라보았다. 그러자 멜즈가 덜덜 떨며 말했다.

"미, 미안해요, 이사나. 나, 나, 아, 알리페르가 되, 되어 버렸어요……."

"멜즈……?"

"이사나를 괴, 괴롭히고 힘들게 한, 아, 알리페르가 되어 버렸어요. 미, 미안해요……!"

"멜즈, 도대체 무슨 말을……."

"당신을! 다, 당신을 아, 알리페르로 만들어 버렸어요. 당신의 명예를, 따, 땅에 떨어뜨렸어요……. 흐으, 당신이 지켜 왔던 제국도 제가, 제가 멸망시켰어요……. 헤, 헥사비스를 열어서, 하지만 당신을 빼앗기고 싶지 않아서, 도저히, 그리고 싶지 않아서……!"

심상치 않은 멜즈의 반응에 이사나는 당황하면서도 침착하게 말했다.

"멜즈, 진정해. 나는 네가 알리페르인 것도 헥사비스를 개방한 것도 이미 알고 있어."

하지만 여전히 문 사이로 들리는 건 두려움에 질린 울음뿐이었다. 그제야 이사나는 깨달을 수 있었다. 멜즈는 변한 게 아니었다. 그저 지나치게 겁이 많아진 것뿐이었다. 그가 차갑고 냉정하게 보였던 건 그저 이 문처럼 그가 두른 껍질일 뿐이었다. 이사나는 단단하게 닫힌 문을 어루만지며 나직이 말했다.

"나는…… 나는 이렇게 너와 만나게 되어서 기뻐. 네가 어떤 모습이 되었든 내가 어떤 모습이 되었든 그런 건 중요하지 않아. 내가 전에도 말했잖아. 네가 무엇이든 너로 인해 어떤 일이 생기든 여전히 너를 좋아하고 사랑한다고. 나는, 나는 네가 생각하는 것처럼 고결한 사람이 아니야. 이기적이고 못된 사람이야."

"……."

"제발 열어 줘. 나는, 나는 네가 너무 보고 싶었어. 네가 살아 있어서, 그래서 얼마나 기뻤는지 몰라. 네 얼굴을 한번만 더 보여 줘."

이사나는 눈물을 흘리며 문 너머에 있는 멜즈에게 애원했다. 이제 고작, 고작 문 하나를 사이에 두고 있었다. 이렇게까지 달려오는데 얼마나 많은 시간이 걸렸는지 모른다. 이렇게 지척에 있음에도 그의 얼굴이 보고 싶고 또 보고 싶을 뿐이었다.

얼마나 지났을까, 문이 열렸다. 그리고 눈물로 흠뻑 젖은 멜즈가,

연인이 눈앞에 나타났다. 그가 문을 열자마자 이사나는 더 이상 참을 수 없었다. 한달음에 달려가 그를 끌어안고 눈물을 쏟아냈다.

"멜즈, 흐으, 멜즈, 멜즈, 멜즈……!"

"이사나…… 이사나……!"

둘은 종이 한 장 비집고 들어갈 틈 없이 서로를 꽉 끌어안았다. 뺨을 비비고 얼굴을 쓰다듬으며 도무지 실감할 수 없는 이 순간을 확인하고 또 확인하려 들었다. 가슴이 터질 것 같았다. 봇물처럼 덮쳐오는 여러 가지 감정들로 숨통이 턱턱 막혀 왔다. 이사나는 멜즈의 딱딱한 외골격을 연신 어루만졌다. 그동안 힘들었을 그를 떠올리며 가슴 아파 우는데, 멜즈가 울면서 연신 사과했다.

"미안해요……. 흐으, 미안해요, 미안해요, 이사나……!"

"멜즈……."

"당신을, 흐으, 이렇게 만들어서 미안해요……."

멜즈는 이제껏 많이 괴로웠는지 오열하며 숨조차 제대로 쉬지 못하고 있었다. 멜즈의 괴로움을 이사나는 이해할 수 있었다. 알리페르가 된 것만으로도 스스로를 혐오했는데 연인을 알리페르로 만든 것에 죄책감이 없을 리 없다. 모든 게 카노스를 치료하기 위해서였다지만, 그럼에도 그는 많이 괴로웠을 터였다.

하지만 이사나는 괜찮다는 말을 하지 않았다. 대신 이렇게 말했다.

"그 말은 싫어, 멜즈."

"……?"

"사랑한다고 말해 줘."

"아……."

"미안하다는 말 대신, 사랑한다고 말해 줘……."

이사나의 애원에 멜즈는 당혹스러운 얼굴로 이사나를 내려다보았다. 하지만 이사나는 그 말이 정말 싫었다. 멜즈에게는 아무런 잘못이 없었으니까. 그랬기에 그에게 사과 받고 싶지 않았다.

'그럼, 앞으로 네게 미안해질 일이 생기면 뭐라고 해야 하니?'

'사정을 말하고 세상에서 제일 좋아하는 건 저라고 말해 주세요.'

예전에 멜즈에게 이 말을 들었을 때는 그가 무척 아이답고 순수하다는 생각을 했었다. 하지만 지금은 아니었다. 설령 멜즈가 정말 잘못을 했다 하더라도 이제 이런 말은 듣고 싶지 않았다. 이사나가 재촉하듯 바라보자, 멜즈는 최면에 걸린 사람처럼 떠듬떠듬 말했다.

"사랑, 사랑해요."

"응……."

"사랑해요……."

"알아……."

"사랑해요, 사랑해요……! 이사나……!"

보석 같은 청록색 눈에서 연신 투명한 눈물을 흘리며 멜즈는 사랑한다고 말했다. 그에 이사나 역시 말했다. 사랑해, 사랑해 멜즈. 정말 사랑해……. 서로에게 미안한 만큼 두 사람은 계속해서, 계속해서 중얼거렸다. 그러다 이끌리듯 가까워진 두 사람은 어느새 서로에게 입을 맞추고 있었다.

"아……!"

얼마나 원해 왔는지 모른다. 이사나도 멜즈도 몹시 다급한 사람처럼 서로를 끌어안은 채 입술을 탐하고 또 탐했다. 성급한 입맞춤에 둘은 애송이처럼 이빨과 코끝이 연신 부딪쳤지만, 상관없었다. 빈틈없이 겹쳐진 체온이 너무 애틋해 도저히 떨어지고 싶지 않을 뿐이었다.

그렇게 한참을 키스하다가 숨이 막혀 떨어지자, 열락에 달아오른 서로의 모습이 보였다. 떨어져 있던 긴 세월의 간극을 단숨에 메우고 싶어 안달 난, 지독히 갈증 어린 시선으로 서로를 바라보고 있었다. 그러다 멜즈가 먼저 이사나를 밀쳐냈다. 그에 이사나는 도저히 이해할 수 없다는 듯 멜즈를 바라보는데, 멜즈가 흥분으로 가쁜 숨을 어찌할 줄 모르면서도 작게 내뱉었다.

"멈춰야, 멈춰야, 해요."

하지만 멜즈의 목소리에는 조금도 격정이 사그라들지 않은 채였다. 그럼에도 멜즈는 참아 내려 애를 쓰고 있었다. 그러다 이사나는 깨달았다. 멜즈는 그저 두려워하고 있을 뿐이었다. 자신이 인간이었던 때의 기억이 너무 처절해 여전히 두려운 것이다.

그렇기에 이렇게 말할 수 있었다.

"나는, 너를 좀 더 만지고 싶어."

"……이사나."

"이제는 망가지지 않아. 그러니……."

이사나는 멜즈의 손을 붙잡으며 애원했다.

"날 만져 줘."

"이사나……."

"너를 실감하게 해 줘."

그 말에 멜즈는 떨리는 눈으로 이사나를 바라보다가 돌연 이사나를 벽에 밀어붙이며 키스해 왔다. 하지만 아까의 키스가 그리움에 어찌할 바를 모르는 키스였다면 지금의 키스는 마치 짐승이 영역 표시를 하는 것 같았다. 고스란히 잡아먹히는 듯한 거친 키스에 이사나는 가쁜 숨을 쌕쌕 내쉬는데, 멜즈가 낮게 으르렁거렸다.

"이제, 하아, 당신은 내 거야."

"멜, 즈……?"

"누구도 이젠 못 빼앗아 가. 다시는, 누구에게도 주지 않을 거야. 다시는……!"

광기마저 느껴지는 그의 선언에 이사나는 가슴께가 선연해지는데, 멜즈가 이사나의 팔을 단단히 잡고 방 안으로 끌고 들어갔다. 그리고 침대 위에 이사나를 넘어뜨린 멜즈는 곧장 이사나의 위에 올라타 키스했다.

다소 거칠면서도 강압적인 키스였다. 가볍게 숨이 막혀 왔지만, 이사나는 온몸에 힘을 빼며 멜즈가 마음대로 하게 놔 두었다. 이제 어디에도 가지 않는데, 너무 조급해하는 것 같아 안타깝기도 했다. 이사나는 달래듯 멜즈의 입술을 핥고 달빛에 반짝이는 허니 블론드를 매만졌다. 그러자 멜즈는 못마땅한 듯 눈가를 좁혔지만, 키스는 점점 부드럽게 변해 갔다.

"아! 멜즈, 으읏……!"

어느새 옷 속으로 들어간 그의 손이 도톰하게 오른 유실을 훑고 있었다. 젖꽃판 주변을 엄지로 문지르기도, 자극받은 유두를 심술궂게 꼬집기도 했다. 평소에는 있는 줄도 몰랐던 곳에 계속 자극이 주어지자, 기분이 너무 이상했다. 그래서 도망치듯 몸을 움츠리자, 멜즈는 키스하던 입술을 떼어 내고 찢어발기듯 이사나의 옷을 벗겼다. 그리고 키스하는 동안 잔뜩 괴롭힘당해 통통하게 부은 젖꼭지를 입에 넣었다.

"멜즈, 거긴! 아, 홋……!"

유두가 깨물리자, 이사나는 당황하며 멜즈를 저지하려 들었다.

하지만 멜즈는 이사나가 옴짝달싹 못 하게 붙잡은 채 작은 유실을 이로 잘근거릴 뿐이었다. 그러다 세게 깨물려 이사나가 잇새로 비명을 내뱉자, 멜즈는 그제야 혀로 핥으며 달래듯 부드럽게 쓸었다. 하지만 너무 괴롭힘당한 탓인지 혓바닥이 닿는 것조차 따끔거렸다. 이사나는 폭우와 같은 거친 쾌감에 몸을 퍼득거렸다. 너무 자극이 세 무섭기도 했다.

"조금만, 천천히…… 멜즈…… 아……!"

배를 뭉근하게 하는 열락에 헐떡이며 이사나는 멜즈를 내려다보았다. 그는 어쩐지 초조해 보였다. 먹잇감을 빼앗길까 봐 경계하는 짐승처럼 보이기도 했다. 그런 멜즈가 가여워 이사나는 흘러내린 그의 머리카락을 귀 뒤로 넘겨주며 말했다.

"떠나지, 읏, 않아."

"……."

"난, 하아, 계속, 네 옆에……! 아! 으, 멜즈……! 으응……."

눈이 마주치자, 멜즈는 다시 키스를 해 왔다. 키스는 어딘가 어리광을 부리는 듯하면서도 원망이 담긴 듯 살짝 난폭했다. 무척 멜즈다운 키스라 이사나는 웃으며 혀를 섞는데, 돌연 멜즈의 손이 바지 속으로 쑥 들어왔다. 놀란 이사나가 몸을 움츠리자, 멜즈는 긴장하지 말라는 듯 장난스럽게 기둥과 고환을 주물거렸다.

"아, 읏, 우응, 하읏, 자, 잠깐……!"

처음에는 장난스러웠지만, 얼마 지나지 않아 멜즈의 손은 성적인 의도를 가지고 움직이기 시작했다. 커다란 손으로 뱀처럼 성기를 휘감으며 리드미컬하게 흔드는데, 손길이 지나치게 야해 얼굴이 확 붉어졌다.

"아, 아, 시, 싫어……! 읍, 후으……!"

지나치게 빨리 재촉되는 절정에 이사나는 허리를 뒤틀며 버둥거렸다. 하지만 잔뜩 뭉그러진 신음은 멜즈의 입술에 막혀 입안에 맴돌 뿐이었다. 이사나는 덜덜 떨리는 손으로 멜즈의 너른 어깨를 붙잡았다.

"아, 아, 아으…… 아……!"

절정은 지나치게 빨랐다. 조루가 된 기분이었다. 이사나는 당혹감과 허탈감을 동시에 느끼며 멜즈의 손에 흩뿌린 희멀건한 액을 내려다보았다. 창피함에 이사나는 얼굴을 붉히는데, 멜즈는 이사나가 사정한 정액을 손가락으로 만지작거리며 말했다.

"미안해요, 이사나. 윤활유가 없어서."

그게 도대체 무슨 말이지? 이사나는 의아해 하는데, 멜즈가 이사나의 바지를 벗겨 한쪽 다리를 어깨에 짊어지더니 대뜸 안으로 정액에 젖은 손가락을 집어넣었다.

"멜즈!"

이사나는 놀라서 뒤로 물러나려는데, 멜즈는 오히려 이사나를 단단히 끌어안았다. 그리고 어쩐지 야해 보이는 얼굴로 허벅지에 연신 키스하며 말했다.

"핥으면서 뒤를 풀어도 되지만, 그건 제정신이 아닐 때도 싫어하는 것 같아서……."

도대체 멜즈가 무슨 말을 하는 거지? 짐작은 가지만, 키스 한 번으로 헉헉대던 멜즈만 아는 이사나는 혼란스럽기만 했다. 그러다 멜즈가 피스톤질을 하듯 손가락을 넣었다가 빼기를 반복하기 시작했다. 그에 이사나의 얼굴이 확 붉어졌다. 이게 무엇을 위한 행위인지는 알고 있었다. 본격적인 성행위를 위한 전초였다. 하지만 일련의 행위가 너무 급작스럽고 다급하게 진행되는 것 같아서 이사나는 도무지 적응을 할 수 없었다.

"메, 멜즈, 우리, 웃, 너무 서두르는 것 같은데……."

"그래요?"

"응, 우리 좀 천천히 하는 게…… 아, 멜즈!"

이사나의 울상 어린 말에 멜즈는 도리어 이사나의 성기를 삼켰다. 너무 자극적인 감촉에 이사나는 비명처럼 멜즈의 이름을 내뱉었다. 뜨거운 입과 살짝살짝 닿는 날카로운 이빨에 안 그래도 민감해져 있던 몸이 더욱더 달아올랐다. 멜즈는 작지 않은 성기를 목구멍까지 열어 삼키며 내벽을 피스톤질했다. 이런 멜즈가, 좀 많이 문란해 보였다. 몇 년이 지났다고는 하지만, 이사나로서는 충격이 아닐 수 없었다. 하지만 그것보다는 직격하는 아래의 감촉이 더 현실감 있게 와닿았다.

"웃, 하으, 멜, 즈, 아! 금방, 했는데……! 웃……!"

강제로 일깨워지는 쾌감에 이사나는 미칠 것 같았다. 싫은 건 아니었다. 그저 지나치게 이 행위에 끌려가는 기분이 들 뿐이었다. 솔직히 좋기도 했지만, 무서운 것도 사실이었다.

"멜, 즈……! 그만……! 제, 아, 아앗, 웃! 멜즈!"

멜즈를 밀어내려 하자, 멜즈는 벌을 주듯 내벽 어딘가를 세게 찔러 댔다. 그러자 온몸의 털이 곤두설 정도로 오싹한 감각이 등허리에 내리꽂혔다. 이사나는 병 걸린 사람처럼 몸을 퍼득거렸다. 하지만 멜즈는 거기서 멈추지 않고 혓바닥으로 기둥을 길게 핥고 어느새 세 개까지 넣은 손가락들을 제각기 휘저으며 극점 주변을 자극했다.

미칠 것 같았다. 앞뒤로 주어지는 열락에, 그것도 자신조차 몰랐던 곳이 열리는 감각에 눈앞이 쉴 새 없이 번쩍거렸다.

"아……."

이윽고 멜즈가 물고 있던 성기를 내뱉었다. 멜즈의 침으로 번들거리는 성기는 지척까지 왔다가 물러난 절정이 안타까운 듯 꺼덕거리고 있었다. 그런 치태를 멜즈는 투명한 눈으로 빤히 내려다보다가 이사나에게 말했다.

"이사나, 미안해요. 아니, 사랑해요."

"멜, 즈……?"

난데없는 사과에 이사나는 가슴을 들썩이며 의아한 눈으로 멜즈를 바라보았다. 그러자 멜즈가 이사나의 다리를 양옆으로 벌리더니 허리춤을 끌렀다. 옷 속에 숨겨져 있던 멜즈의 성기가 드러나자, 이사나는 저도 모르게 숨을 집어삼켰다. 기쁘면서도 두려운 마음으로 멜즈의 것을 바라보는데, 멜즈가 우람하게 선 성기를 이사나의 구멍에 문질거렸다. 그러면서 안타깝게 중얼거렸다.

"이사나, 나, 웃, 더는 못 참겠어요."

"멜즈?"

"진짜, 더는 못 참겠어요……!"

"무슨…… 웃, 아, 아윽……!"

그 말과 동시에 멜즈는 잔뜩 흐무러진 내부로 성기를 밀어 넣었다. 갑자기 안으로 밀고 들어오는 멜즈의 것에 이사나는 식은땀을 줄줄 흘렸다. 너무 컸다. 지나치게 커서 도저히 하는 게 불가능해 보였다. 이사나는 얼굴을 잔뜩 일그러뜨리며 멜즈를 올려다보았다. 멜즈 역시 버거운지 미간을 찌푸리고 있었다. 하지만 멜즈는 그럼에도 계속해서 집어넣고 있을 뿐이었다. 이러다가 배가 터질지도 몰랐다. 이사나는 몸을 벌벌 떨며 멜즈에게 애원했다.

"아, 읏, 멜즈, 아파……! 빼, 빼 줘……. 모, 못 할 거 같아……!"

이사나는 진심으로 무리라고 생각하며 멜즈에게 애원했지만, 멜즈는 고개를 가로저으며 말했다.

"아뇨, 으윽, 할 수, 있어요. 익숙하지, 않은 것, 뿐이에요."

"아니, 아닌데, 아! 멜즈, 우, 움직이지…… 읏, 마아……!"

내부를 꽉 채운 성기가 느릿하게 추삽질을 하자, 이사나는 기겁하며 소리쳤다. 여전히 벅차고 힘들지만, 희한하게도 생전 처음 느껴 보는 저릿한 감각이 들불처럼 피어났다. 다소 급한 삽입에 반쯤 죽었던 성기가 되살아나는 건 순식간이었다.

머리를 눅진하게 녹이는 듯한 감각들로 이사나는 입을 헤, 벌린 채 버거운 숨만 내쉬는데, 멜즈가 돌연 허벅지를 꽉 움켜쥐더니 끝까지 쿡 처박았다. 배가 터질 듯한 압박감과 동시에 배 속이 간지러워져 이사나는 발가락을 옹송그리며 질금질금 투명한 물을 내뱉었다. 그러자 그런 이사나를 보며 멜즈가 물었다.

"기분, 좋아요?"

"하, 하악, 읍, 아읏……!"

"항상, 윽, 알 수가, 아, 없어서……."

멜즈는 파들파들 경련하는 내벽을 귀두 끝으로 문지르며 뭔가에 도취된 사람처럼 계속 중얼거렸다.

"불안해서, 훗, 무슨 말이라도, 듣고, 싶어서……."

"흐읏……!"

"기분, 좋아요?"

멜즈는 애걸하듯 뭉근하게 내벽을 문지르며 재촉했다. 그에 이사나의 얼굴이 시뻘게졌다. 그런 걸, 그런 걸 제 입으로 말할 수 있을 리가 없다. 이사나는 어찌할 바를 모르며 입만 어물거리는데, 돌연 멜즈가 이사나의 몸을 뒤집더니 뒤에서 밀고 들어왔다. 갑자기 바뀐 자세에 놀랄 틈도 없이, 멜즈가 손으로 이사나의 성기 끝을 틀어막은 채 다시 추삽질을 하기 시작했다.

"멜, 즈……!"

"말, 윽, 해 줘요."

"소, 손을, 아웃, 아악……! 놔, 놔줘……!"

"사실은, 후우, 싫어, 요? 내가, 알리페르, 라서?"

얼토당토않은 말에 아니라고 부정하고 싶었지만, 쾌락에 점령된 몸은 신음을 내뱉는 것밖에 하지 못했다. 싫을 리가 없다. 멜스가, 이제야 겨우 만나게 된 멜즈가 싫을 리가 없다. 이사나는 손을 내려 멜즈의 손을 겹쳐 잡았다. 그러자 외골격으로 뒤덮인 손이 움찔거렸다. 하지만 이사나는 멜즈의 손을 겹쳐 쥔 채 수음했다.

"웃, 하웃, 조, 웃, 좋아……! 메, 앗! 멜즈!"

"으윽, 훗……! 이, 이사나!"

"좋, 힛, 좋아해, 멜, 즈, 아으, 사랑, 사랑해……!"

백치처럼 내뱉는 이사나의 고백에 멜즈가 돌연 둔부를 꽉 움켜쥐더니 거칠게 피스톤질을 하기 시작했다. 몸을 두 쪽으로 가르는 흉흉한 기세에 이사나는 몸의 균형을 무너뜨리며 신음했다. 그러자 멜즈가 억지로 올려 세우며 박차를 가했다.

"히, 웃! 아! 훗! 메, 멜즈……! 아, 처, 천천히!"

"못, 웃, 못해요……!"

"제, 히잇, 제발, 아! 이상, 아! 이상해……!"

이사나는 뼈째 잡아먹히는 듯한 낯선 감각에 진저리를 치며 눈물을 쏟아냈다. 하지만 두려움에 젖은 얼굴과 달리 성기는 당장이라도 절정에 다다를 듯 부풀어 있었다. 혼재된 감각으로 겨우 선 팔다리가 덜덜 떨리고 전기에 감전된 듯 손끝은 연신 시트를 긁어댔다. 그런 이사나가 사랑스럽다는 듯 멜즈는 연신 이사나의 등허리와 날갯죽지에 키스했다. 예민해진 검은 날개는 평소보다 부풀어 잘게 떨리고 있었다.

"아, 멜즈! 아, 아아! 아, 아아……!"

절정에 도달한 순간, 배가 확 조이면서 눈앞이 새하얗게 점멸되었다. 이사나는 눈과 입을 벌린 채 온몸을 지배하는 열락에 덜덜 떨었다. 그 순간, 멜즈 역시 이사나를 억세게 끌어안은 채 몸을 부르르 떨었다. 내부를 가득 채우는 뜨거운 감각에 이사나는 절정에 오르면서 또다시 절정에 치달았다.

숨도 쉬지 못할 지독한 열락에 이사나는 제정신이 들자마자 거칠게 숨을 헐떡였다. 쾌락에 익사하는 줄 알았다. 살면서 이렇게 지독하고 처절한 절정은 처음이었다. 구겨지듯 침대 위에 축 늘어진 채 이사나가 숨만 헐떡이는데, 돌연 멜즈가 돌아 눕히더니 이사나의 다리를 벌렸다.

"아……."

울컥하고, 안에서 무언가가 흘러나오는 것이 느껴졌다. 부끄러움에 이사나는 다리를 모으려는데, 멜즈가 돌연 입구에 성기를 문질거렸다.

"멜, 즈……?"

멜즈의 성기는 다시 반쯤 기립해 있었다. 너무 지쳐 그 모습을 현실감 없이 바라보던 이사나는 불안한 눈으로 멜즈를 올려다보았다. 그러자 멜즈가 예쁘면서도 퇴폐적인 미소를 지으며 말했다.

"겨우 한 번으로는, 훗, 실감이 안 나겠죠?"

"읏, 자, 잠깐만……!"

"도와줄게요."

"아, 아읏! 아! 읍……!"

돌연 끝까지 밀려들어와 버거움에 이사나가 신음하자, 멜즈는 꽃잎을 훑듯 입술에 키스하며 어딘가 어긋난 듯한 눈으로 중얼거렸다.

"새겨 드릴게요. 죽어서도 잊지 못하게."

"……!"

그 예쁘면서도 오싹한 얼굴에 이사나는 순간 소름이 오도도 돋아나는 걸 느꼈다. 내부를 꽉 채운 멜즈의 성기는 어느새 아까처럼 완전히 부풀어 있었다.

\* \* \*

쏴아아ー.

이사나는 귓가로 들려오는 파도 소리에 문득 잠에서 깼다. 눈을 뜨자, 얼기설기로 엮인 서까래가 보였다.

아, 나는 지금 멜즈가 만든 오두막에 있지?

이사나는 통나무 사이로 듬성듬성 새어 들어오는 햇볕을 멍하니 바라보다가 부스스 자리에서 일어났다.

"윽……."

전신에 아프지 않은 곳이 없었다. 특히 아침 해가 밝아 올 때까지 괴롭힘 당했던 아래는 쓰라리다 못해 감각이 없었다. 멜즈와 밤을 보내는 것을 각오했을 때 이미 몸에 부담이 될 것을 예상했지만, 이렇게까지 진이 쭉 빠질 줄은 상상조차 하지 못했다. 보통 첫날밤을 이렇게 보내나? 잠들기 직전까지 있었던 일들을 떠올린 이사나는 희게 질린 얼굴로 침음을 삼켰다.

멜즈와 보낸 밤이 싫지는 않았다. 싫기는커녕 절정에 몇 번이나 도달했는지 모른다. 다만…… 멜즈는 좀 많이 지나쳤다. 이사나는 이 낯선 행위에 허둥거리고 정신없이 헐떡이다가 종내에는 수치도 잊은 채 엉엉 울었다. 멜즈가 하고 싶은 대로 맞춰 주고 싶었지만, 진짜 그랬다가는 죽을 거 같아서였다. 결국 멜즈에게 제발 그만하면 안 되냐고 울면서 애원까지 했다.

수치심에 지금도 떠올리면 얼굴이 화끈거렸지만, 그때는 정말 필사적이었다. 누군가는 복상사가 제일 행복한 죽음이 아니냐고 말하겠지만, 이사나는 전적으로 동의할 수 없었다. 정말 정기가 쪽쪽 빨리는 듯한 섹스였다. 솔직히 말해 무서웠다.

이사나는 상념을 털어 내듯 고개를 내저으며 일어났다. 끙끙거리며 자리에서 일어난 이사나는 협탁 옆에 가지런히 놓인 옷을 집어 들었다. 겨우 옷을 주워 입을 수 있을 정도로 온몸이 아팠지만, 이사나는 연신 삐져나오는 웃음을 참을 수 없었다.

멜즈가 단언한 대로였다. 이사나는 앞으로 이 날을 죽어도 잊지 못할 터였다. 이렇게 강렬한 경험은 처음이었으니까. 이사나는 피식 웃으며 방을 나와 오두막 안을 둘러보았다. 하지만 멜즈의 모습은 보이지 않았다. 이사나는 의아하게 생각하며 밖으로 나가는 문을 열었다.

"……."

오두막과 얼마 떨어지지 않은 곳에 그가 서 있었다. 새하얗게 부서지는 햇살 아래에서 달콤하게 빛나는 금발과 유리알처럼 투명한 청록색 눈동자, 그리고 등 뒤로 길게 뻗은 투명한 날개.

아름답다.

분명 줄곧 바라고 상상했던 광경과는 거리가 멀지만, 그럼에도 이사나는 제 연인을 보며 심장이 두근거리는 걸 느꼈다. 아직은 낯선 모습을 한 연인에게 얼간이같이 넋을 놓고 말았다. 이사나는 왠지 긴장으로 입이 마르는 걸 느끼는데, 멜즈가 고개를 돌렸다. 그리고 부드럽게 눈을 접으며 인사했다.

"일어났어요?"

"아, 어……."

머쓱함에 이사나는 뒷머리를 긁적이며 멜즈에게 다가갔다. 쿵, 쿵, 쿵. 주책없이 심장이 벌렁거렸다. 어쩐지 부끄러워하는 듯한 이사나를 멜즈는 의아한 듯 바라보다가 이내 다시 바다 쪽으로 고개를 돌렸다. 그에 이사나는 안도하며 그에게 물었다.

"왜 나와 있었어?"

"그냥, 바다가 보고 싶어서요."

멜즈의 말에 이사나는 뜬금없다는 생각이 들었다. 어쩐지 진짜 하고 싶은 말을 돌린 것처럼 느껴지기도 했다. 하지만 굳이 재촉하지 않고 그의 곁에 섰다.

"……."

그의 눈동자처럼 아름다운 바다는 얼마를 바라보아도 전혀 질리지 않았다. 왠지 현실감이 느껴지지 않았다. 내내 그리워하던 광경이,

바라고 있던 광경이 눈앞에 펼쳐져 있다는 것이. 막연히 도저히 이룰 수 없는 바람이라고 생각했기에 더욱 그러한 건지도 몰랐다.

그렇게 얼마나 바다를 바라보고 있었을까, 멜즈가 물었다.

"기억은 언제 돌아온 거예요?"

멜즈의 물음에 바다를 보고 있던 이사나는 놀라서 멜즈를 돌아보았다. 하지만 멜즈는 여전히 끝없는 수평선을 바라보고 있을 뿐이었다. 어딘가 묘한 위화감이 느껴졌다. 그에 이사나는 이상함을 느끼면서도 대답했다.

"3년 전, 렉사와 아가렉시아를 떠나기 직전부터 하나씩 생각나기 시작했어."

"그랬군요."

이 말을 끝으로 멜즈는 다시 무언가를 묻지 않았다. 아마도 묻고 싶은 말이 더 있을 터였다. 왜 기억을 떠올리고 바로 돌아오지 않았는지, 왜 계속 렉사의 영지에 머물고 있었는지. 하지만 멜즈는 고요한 얼굴로 어떠한 것도 묻지 않았다. 그에 이사나는 잠시 머뭇거리다가 변명처럼 말했다.

"헥사비스의 잔해에서 추락한 뒤 과거의 일부를 떠올리게 되었지만, 그걸로는 이미 결정되어 있던 왕과의 귀환을 막을 수 없었어. 어쩔 수 없이 시탈로프 숲으로 갔더니 내가 낳은 아이들이 나를 기다리고 있었어. 귀엽고 가엾더라고. 그래서 기본적인 것은 챙겨 주고 싶었어."

"……"

"그리고 렉사가 내게 해 준 것이 너무 많아 도저히 그냥 올 수 없었어. 내가 해 줄 수 있는 것이라면 뭐든 그에게 해 주고 싶었어. 하지만 사실은 그럴 수 없었나 봐. 정신 차려야 한다고 생각하면서도 계속 이상하게 굴었나 봐. 그래서 보다 못한 렉사가 날 보내 주었어."

"……."

"하지만 네게 돌아갈 수 없었던 가장 큰 이유는……."

이사나는 잠시 머뭇거렸다. 하지만 더는 멜즈에게 무언가를 숨기고 싶지 않았다. 이사나는 포기하듯 한숨을 내쉬며 말했다.

"기억이 완전하지 못해서였어."

"……기억이요?"

멜즈가 퍽 이상한 얼굴로 돌아보았다. 허를 찔린 것처럼 보이기도 했다. 그에 의아해하면서도 이사나는 말했다.

"그래, 어제도 지금도 잘난 듯이 떠들고 있지만, 내 머릿속은 여전히 빈 곳이 많아. 너와 함께 있었던 일들은 그래도 많이 기억하고 있는데, 여전히 '이사나 넥시움'일 적의 기억이 많이 없어. 어릴 적 일은…… 아예 기억나지도 않아."

"……."

"하지만 네가 여전히 나를 잊을 수 없었다고 하니까 더는 견딜 수 없었나 봐. 그래서 기억이 완전하지 않은 내가 네가 그리워하는 그 사람이라고 확신할 수 없었는데도 그런데도 너를 흔들었어. 정말 미안해."

이사나는 쓴웃음이 나왔다. 엄밀히 말해 자신은 멜즈가 사랑한 '이사나 넥시움'과 전혀 다른 존재였다. 일단 인간이 아니었으며 이제는 제국의 제2 황자도 아니었다. 그저 그와 몹시 닮은 알리페르일 뿐이었다. 몹시 비루하고 아무것도 아닌 존재인 것이다. 그런 주제에 멜즈를 좋아해 그가 좋아하는 사람의 모습으로 계속 구애했다.

어쩌면 '이사나 넥시움'이라는 자는 이미 죽고 이 기억마저 그가 남긴 찌꺼기일지도 모르는데. 그럼에도, 그럴지도 모르는데도 이사나는 멜즈와 만나고 싶었다. 그걸 알면서도 멜즈를 마음속 깊이 좋아해 이런 혼란을 준 것이다. 이사나는 조용히 멜즈의 결정을 기다리는데, 멜즈가 피식 웃으며 자조하듯 말했다.

"바보 같네요. 우리 둘 다."

"……?"

"이렇게 하는 행동이 똑같았는데 계속 몰랐다니."

멜즈의 말에 이사나는 얼떨떨한 눈으로 멜즈를 바라보았다. 그러자 멜즈가 웃음기 어린 얼굴로 말했다.

"내가 아는 사람 중에 그런 사소한 걸로 계속 고민하는 사람은 이사나밖에 없어요."

"사소하다니……."

이사나는 3년간의 걱정을 일축하는 멜즈를 못마땅한 얼굴로 바라보았다. 그에 멜즈는 이사나의 뺨을 어루만지며 말했다.

"하지만 그게 내가 사랑하는 이사나인걸요."

멜즈는 이사나를 바라보며 몹시 어른스럽게 웃었다. 그의 눈빛은 열렬한 사랑으로 가득 찼던 예전과 비슷하면서도 갈무리된 듯한 절제가 엿보였다. 이럴 때 이사나는 어김없이 느끼게 된다. 멜즈가 완전히 어른이 되었음을.

"이제 들어가죠. 아직 바람이 차가워요."

그러면서 멜즈는 이사나의 손을 잡아끌었다. 크고 단단한 손은 이제 이사나의 손을 완전히 뒤덮을 정도로 커져 있었다. 그 간극에 놀라면서도 이사나는 두근거리는 걸 느꼈다. 여전히 깊게 사랑하면서도 조금 낯설게 느껴지는 멜즈에게 대책 없이 심장이 벌렁댔다.

왜 이러는지 알 수 없었다. 애송이처럼 손에 땀이 차고 무척 초조할 뿐이었다. 멜즈일 뿐인데, 왜 이렇게 긴장되고 침착할 수 없는지 알 수 없었다. 이사나는 이런 자신이 바보 같아 보이지 않을까 걱정이 되는데, 멜즈가 돌연 멈춰 섰다. 이사나는 의아한 얼굴로 멜즈를 바라보는데, 멜즈가 잠시 망설이다가 이사나에게 물었다.

"……이사나는 어릴 때 일이 거의 기억나지 않을 만큼 예전 기억이 적은 거죠?"

"너와 있었던 일 빼고는 대체로 희미한 편이긴 해."

"그럼……."

줄곧 앞만 보고 있던 멜즈가 고개를 돌려 이사나를 바라보았다. 어쩐지 무서운 눈빛에 이사나는 긴장하는데, 멜즈가 이런 것을 물었다.

"멜리오스라는 자는 기억하고 있나요?"

"멜리, 오스?"

생전 처음 듣는 이름에 이사나는 의아해하며 멜즈를 바라보았다. 멜즈는 대답을 듣고 싶은 것 같기도 듣고 싶지 않은 것 같기도 해 보였다. 전에 없는 지독한 긴장이 느껴졌지만, 이사나가 할 수 있는 말은 하나뿐이었다.

"잘 모르겠는데, 혹시 중요한 사람이니?"

이사나는 걱정스럽게 멜즈를 바라보았다. 하지만 대답을 들었음에도 멜즈의 얼굴은 여전히 긴장으로 굳어져 있었다. 대답을 의심을 하는 것처럼 보이기도 했다. 그런 멜즈를 이사나는 계속 마주 보았다. 그 잘게 떨리는 눈빛에서 형용할 수 없는 두려움과 공포가 엿보였다. 걱정이 된 이사나는 무슨 일이냐고 물으려는데, 멜즈가 돌연 피식 웃으며 말했다.

"바보 같은 질문이었어요."

어딘가 허탈함이 느껴지는 그런 얼굴이었다. 이사나는 걱정이 되어 계속 멜즈를 바라보는데, 돌연 멜즈가 이사나를 끌어당기더니 품에 안았다. 이상한 행동에 이사나는 점점 더 멜즈가 걱정이 되는데, 멜즈가 중얼거렸다.

"당신보다 중요한 사람은 없어요."

"멜즈?"

"당신이 돌아온 것으로 충분해요."

멜즈는 더는 잃고 싶지 않다는 듯 이사나를 꽉 끌어안았다. 어쩐지 울음을 참는 듯한 목소리에 이사나는 무슨 일인지 캐물으려다가 그냥 묻지 않고 가만히 멜즈를 안아 주었다.

어쩌면 멜즈는 줄곧 이사나가 알지 못하는 어두운 터널을 지나고 있었던 건지도 모른다. 아마 그 나날은 결코 그의 안에서 지워지지 않을지도 모른다.

하지만 이사나는 믿고 있다. 개인의 삶을 지배하는 건 비극이나 재앙 따위가 아니라는 것을. 그러니 언젠가는 그가 짊어진 응어리도 안온한 일상 속에서 누군가에게 털어놓을 수 있을 정도로 가벼워질 거라고, 그렇게 믿고 있다.

얼마 지나지 않아 두 사람이 서 있던 자리에는 오두막으로 향하는 두 발자국만이 남게 되었다. 그리고 언제나 회한과 고독만이 잔존하던 오두막은 어느새 두 사람이 나누는 다감한 말소리와 부드러운 온기로 가득해졌다.

# Present

"와하하하하!"

"우리 잡아 봐라!"

아가렉시아에서 한참 동쪽에 위치한 고즈넉한 숲의 영지. 그곳에서 다섯 아이들이 천진하게 웃으며 정원과 숲을 뛰어다니고 있었다. 고작해야 성인의 허리춤에나 올 법한 아이들이었지만, 매일같이 광활한 숲의 영지를 놀이터 삼아 뜀박질한 아이들은 작은 체구임에도 사슴처럼 몸이 날랬다. 그런 아이들의 뒤를 적갈색 머리의 알리페르, 히람이 숨을 헐떡이며 쫓고 있었다.

"아이고! 헥헥! 제발! 왕자님들!"

"히람 느려!"

"굼벵이!"

아이들은 까르르 웃으며 뒤쫓아 오는 히람을 놀리다가 서로를 바라보며 씨익 웃었다. 그리고 일시에 사방으로 흩어졌다. 그에 히람은 당황하며 주변을 두리번거렸지만, 고요한 숲속에는 인기척조차 느껴지지 않았다. 그에 히람은 울고 싶어졌다.

마냥 에너지가 넘치는 왕의 아이들과 달리 히람은 지난 몇 년간 책상머리에 억지로 붙들려 있던 운동 부족 알리페르였다. 이사나가 아가렉시아에 정착하게 되면서 왕을 보좌하기 위해 다시 이 숲으로 돌아오게 되었지만, 히람은 왕을 보좌하는 시간보다 아이들을 돌보는 시간이 더 많았다. 그러나 아이들은 이제 유충 때 놀아 준 것에 비교할 수 없는 수준으로 자라나 있었다. 어찌나 혈기왕성한지 밤마다 지쳐 쓰러져 잠이 들 정도였다. 휘하의 권속들의 도움을 받아도 한계가 있었다.

결국 아이들의 행방을 찾지 못한 히람은 그나마 몸이 약한 에밀리오가 사라진 방향으로 터덜터덜 걸어갔다. 또 얼마나 숨바꼭질을 해야 아이들을 찾을 수 있을지 알 수 없었다. 그렇게 히람이 다른 알리페르들과 사라지자, 히람이 서 있던 근처 수풀 안에서 머리 하나가 불쑥 튀어나왔다.

금발에 갈색 눈을 가진 소년, 아드리안이었다.

"히람 갔어?"

수풀 아래에 숨어 있던 네 명의 아이들이 밖으로 고개를 내민 아드리안에게 물었다. 그에 아드리안은 기민하게 귀를 쫑긋거리다가 말했다.

"전부 간 거 같아. 나와."

아드리안의 말에 아이들은 머리와 몸에 잔뜩 묻은 풀잎을 털어 내며 수풀에서 기어 나왔다. 하지만 천진했던 아까와 달리 아이들의 얼굴은 진지하기 짝이 없었다.

"우리가 한 행동, 수상해 보이지 않았을까?"

금발에 하늘색 눈동자를 지닌 소년, 셸던이 걱정스럽게 웅얼거렸다. 그에 아드리안이 자신감 넘치는 얼굴로 호언했다.

"전혀! 평소랑 완전히 똑같았어. 이 정도면 왕도 감쪽같이 속아 넘어갔을 거야. 걱정하지 마."

아드리안은 물론이요, 다른 세 아이 역시 그럴 거라고 생각했다. 그동안 철저히 준비해 왔으니까. 아마 오늘 하는 행동 역시 평소와 다를 바 없어 보였을 터였다.

아이들은 몇 달간 왕과 히람 같은 성충들의 의심을 피하기 위해 부단히 노력해 왔다. 특히 요 한 달간은 오늘을 위해 매일 이 시간마다 숨바꼭질을 해 왔을 정도였다. 그러니 히람은 오늘도 온종일 숲만 뒤져 댈 게 뻔했다. 다들 아이들이 어떤 계획을 세우고 있는지 짐작도 못할 터였다.

그리고 오늘이 결전의 날이었다.

하지만 신중한 성격인 제라르는 여전히 무언가가 마음에 걸리는지 흐린 얼굴을 하고 있었다.

"근데, 우리가 진짜 이래도 되는 걸까?"

"뭐어? 너 이제 와서 무슨 소리를 하는 거야!"

제라르의 말에 처음 계획을 주도한 아드리안이 배신당한 듯한 얼굴로 쏘아붙였다. 그에 제라르는 의기소침한 얼굴로 계속 마음에 걸렸던 것을 내뱉었다.

"하지만 이사나가 아가렉시아로 돌아간 건 원래 거기가 이사나가 있어야 할 곳이라서 그렇다고 왕께서 말하셨잖아. 그럼 우리가 찾아가도 반갑지 않지 않을까?"

뼈아픈 말에 네 명의 아이들 역시 덩달아 시무룩해졌다.

반년 전, 어느 날부터 이사나는 시름시름 앓기 시작했다. 낮 동안 멍하니 있는 시간이 길어졌고 식사도 거의 하지 않았다. 심지어 밤에는 종종 자면서 성 안을 돌아다니기도 했다. 물론 깨고 나서는 본인이 그랬다는 사실을 전혀 알아채지 못했다. 왕 역시 이사나가 놀랄지도 모르니 말하지 말라고 하기도 했고.

이때 다섯 아이들은 어렴풋이 느끼고 있었다. 이사나가 머나먼 서쪽, 아가렉시아에 있는 누군가를 그리워하다가 저렇게 되었다는 것을. 사태가 이쯤 되자, 왕 역시 어찌할 도리가 없었던 모양이다. 결국 이사나를 보내 주지 않을 수 없었던 모양이다. 하루하루 말라 가는 게 눈에 보이는데 그를 사랑하는 왕이 그를 붙잡아 둘 수 있을 리가 없다.

처음에는 말도 없이 멋대로 이사나를 아가렉시아로 보낸 왕을 원망하며 울었지만, 왕이라고 보내고 싶어서 보냈을 리 없다는 걸 아이들은 잘 알고 있었다. 그 후, 얼마 지나지 않아 이사나로부터 아가렉시아에 정착하게 되었다는 편지가 왔다. 결국 그리워하던 상대와 잘된 모양이다. 그렇게 아이들은 보고 싶은 마음을 꾹꾹 눌러 담은 채 이사나의 행복을 기원하는 편지를 주고받았다. 하지만 이제는 한계였다. 더 이상은 보고 싶은 이 마음을 주체할 수 없었다.

3년 전, 처음 이사나가 시탈로프 숲으로 온다는 얘기를 들었을 때, 다섯 아이들은 긴장했다. 알리페르의 숙주가 된 인간은 강제로 낳게 된 유충을 꺼려하고 때때로 폭력까지 휘두른다는 얘기를 성충들에게 들었기 때문이다. 하지만 호기심이 드는 건 어쩔 수 없었다. 그리고 이사나와 처음 마주한 순간, 아이들은 첫눈에 그에게 마음을 빼앗기고 말았다.

다섯 아이들을 조금씩 닮은 그는 다른 알리페르들의 말과 달리 아이들에게 무척 잘해 주었다. 마치 제 자식을 돌보는 것처럼 아이들을 보살피며 아이들의 일상에 녹아들었다. 그랬기에 그가 있는 3년간 얼마나 행복했는지 모른다. 그랬기에 작별 인사조차 제대로 하지 못한 채 헤어진 그가 얼마나 보고 싶은지 모른다. 왕은 그가 원래 자리로 되돌아 간 것이니 다시는 찾아서는 안 된다고 했지만, 그렇지만······.

아이들은 음울한 얼굴로 고개를 떨어뜨리는데, 셸던이 시무룩한 얼굴로 말했다.

"그래도······ 나는 역시 찾아가고 싶어. 이사나가 너무 보고 싶은 걸······."

"그치만, 괜히 찾아가서 이사나나 다른 성충들에게 폐만 끼치게 되진 않을까."

제라르는 여전히 자신이 없는지 찾아가는 것을 주저했다. 그에 조용히 형제들의 말을 듣고만 있던 흑발 소년, 막스가 말했다.

"나는······ 역시 찾아가 봐야 한다고 생각해."

"막스 네가 웬일이냐? 이사나가 아가렉시아로 떠났다고 했을 때도 눈물 한 방울 안 보인 냉정한 녀석이?"

아드리안의 빈정거림에 막스는 불퉁한 얼굴로 쏘아붙였다.

"그럼 원래 좋아하는 사람이 있었다는데 어떡해! 여기서 계속 우리 응석이나 받게 붙잡아 둬? 이사나가 불행해지든 말든? 너희들 솔직히 말해서 이사나가 안 챙겨줘도 혼자 일어나고 씻고 할 수 있었잖아. 그런데 괜히 이사나한테 관심 받고 싶어서 아기인 척 굴었던 거잖아. 이사나가 아팠던 건······ 우리가 너무 힘들게 해서 그런 것도 있어. 그러니 우리가 괴롭더라도 진짜 이사나를 위한다면 보내 주는 게 맞는 거잖아."

분기가 느껴지는 막스의 말에 아드리안은 흥, 하고 콧방귀를 끼며 말했다.

"아침에 못 일어나서 맨날 이사나 힘들게 했던 주제에."

"윽……! 그건! 어쨌든! 난 지금도 이사나를 아가렉시아로 보낸 왕의 판단이 틀렸다고 생각 안 해! 하지만 그것과 별개로 우리가 찾아가 볼 필요성은 있다고 생각해. 나…… 이사나가 결혼한 상대가 누군지 알아냈거든."

"뭐어!"

"진짜?!"

"누군데!"

형제들의 물음에 막스는 조금 어두운 얼굴로 말했다.

"아가렉시아의…… 섭성이래."

막스의 말에 네 형제의 얼굴이 희게 질렸다. 제라르는 떠듬거리며 막스에게 되물었다.

"그…… 피에 미쳤다는 알리페르?"

"……그래."

막스의 말에 모두의 얼굴이 굳어졌다. 다른 누구도 아닌, 섭정이 라니! 아가렉시아는 물론이요, 이곳 왕의 영지에서도 그의 악명은 대단했다. 매일 피를 뒤집어쓰지 않으면 광기로 제정신을 유지하지 못한다는 소문까지 있을 정도였다. 그런 미친 알리페르를 이사나가 그리워하다가 결국 결혼까지 했다고? 걱정이 안 될 수 없었다. 아드리안은 진짜냐는 듯 막스를 추궁했다.

"진짜, 그 알리페르야? 그런데 너는 그걸 어떻게 알아냈어?"

"히람이 다른 알리페르랑 수다 떠는 걸 몰래 엿들었거든. 그런데 그 녀석, 건방지게 섭정 밑에서 일하는 것보다 우리를 돌보는 게 더 힘들다고 징징댔어."

막스의 말에 네 형제는 조용히 히람을 응징하기로 마음먹었다.

"아무튼, 막스의 말이 사실이라면 우린 정말로 이사나를 만날 필요가 있다고 생각해. 편지로는 잘 지내고 있다고 하지만, 사실은 너무 힘들어서 울고 있을지도 모르니까."

아드리안의 말에 다른 형제들 역시 동의하듯 고개를 끄덕였다.

"맞아, 이건 절대 폐를 끼치는 게 아니야. 이사나는 우리에게 소중한 사람이잖아. 그러니 잘 지내는지 확인할 필요가 있어."

"이사나가 조금이라도 괴롭힘당하고 있었다면 절대 가만두지 않을 거야! 피에 미친 섭정이든 뭐든 필살의 저지먼트 암바로 마구 괴롭혀 줄 거야!"

"이사나는 행복해야 해!"

"맞아!"

오랜만에 만장일치였다. 의견이 모아지자, 아드리안은 아이들을 동그랗게 모으며 말했다.

"하지만 우리가 아가렉시아까지 가는 데는 장애물이 많아. 먼저 왕의 눈을 피해서 아가렉시아로 가는 기차에 올라타야 해. 하지만 왕은 히람은 물론이요, 이 숲의 모든 알리페르의 눈으로 우리를 볼 수 있어."

"그건 큰 문제가 되지 않을 것 같아. 한 달간 연습했던 것처럼 숨바꼭질을 하는 척하면 성충들의 눈을 피해 충분히 기차역까지 도달할 수 있어. 타이밍만 잘 맞춘다면 열에 아홉은 가능해."

제라르의 판단에 아드리안은 고개를 끄덕이며 말했다.

"그리고 둘째로, 기차표."

"그건 내가 챙겨왔어."

에밀리오가 싱긋 웃으며 기차표 세 장을 꺼내 보였다. 하지만 진짜가 아니었다. 정교하게 위조된 가짜였다. 다른 형제들에 비해 몸이 약한 에밀리오는 어릴 때부터 그림이 특기였다. 허술하게 생긴 기차표 따위는 금세 따라 그릴 수 있었다.

"마지막으로 식량. 이곳에서 아가렉시아까지 가는 데는 하루가 꼬박 걸려. 그동안 굶고 있을 수는 없잖아?"

아드리안의 말에 막스는 굳어진 얼굴로 지적했다.

"하지만 먹을 것을 챙겨 가는 건 비효율적이야. 우린 짐이 너무 많으면 안 돼. 키가 큰 너와 나, 제라르는 구두굽이 높은 신발을 신어 어른인 척 변장하기로 했지만, 키가 작은 셸던과 눈에 띄는 에밀리오는 짐 가방에 넣어 데려가기로 했잖아. 그런데 거기에 식량까지 챙겨 가면 짐이 너무 많아져."

"그럼 어떻게 해?"

아드리안의 물음에 막스가 제안했다.

"식량이 아니라 현금을 챙겨 가자. 정차 역마다 음식을 살 수 있다고 들었으니까."

"야, 우리한테 돈이 어딨어!"

당혹스러워하는 아드리안의 말에 제라르가 침착한 얼굴로 말했다.

"아니야, 잘 생각해 봐. 우린 이미 가지고 있어."

그러면서 제라르는 근처 풀숲을 뒤지더니 무언가를 꺼내들었다. 진줏빛 오동통한 몸뚱이, 동그랗고 까만 눈. 유충 모양의 저금통이었다.

정확히는 아이들이 착한 일을 할 때마다 이사나가 농전을 하나씩 넣어 주었던 착한 아이 저금통이었다. 지, 지금 저 귀여운 저금통의 배를 가르자는 거야?! 잔인했다. 아무리 안에 있는 동전을 꺼내기 위해서라지만, 저 귀여운 삑삑이의 배를 갈라야 한다니……! 아드리안은 저도 모르게 울상을 짓는데, 제안한 제라르도 마음이 좋지 않은지 슬픈 얼굴로 말했다.

"네 마음은 알아. 하지만…… 이사나가 말했잖아. 필요할 때 쓰기 위해 모으는 거라고. 나는 지금이 그때라고 생각해. 삑삑이의 배를 가르는 건 잔인한 일이지만…… 이사나를 위해서라면 나는 그보다 더 잔인한 짓도 할 수 있어."

결의로 눈을 번뜩이는 제라르의 말에 아드리안은 감동하고 말았다. 항상 생각하지만, 제라르는 정말 생각이 깊고 어른스러운 녀석이었다. 그건 그렇고 제라르도 저금통을 삑삑이라고 부르고 있었구나……. 아드리안은 뻘한 생각을 하며 말했다.

"내 생각이 짧았어. 한낱 저금통 따위가 이사나보다 소중할 리 없잖아! 나도…… 너와 함께 삑삑이의 배를 가르겠어!"

"나도 할게!"

"나도!"

다섯 형제들은 결의에 찬 눈으로 저금통을 내려다보았다. 그리고 그걸 다 같이 높이 들어 올렸다가 딱딱한 돌바닥에 내려쳤다.

챙그랑—!

오통통한 저금통은 날카로운 소리를 내며 반으로 쪼개졌다. 그 불쌍한 모습에 아이들은 울상이 되었지만, 제라르는 냉정한 얼굴로 저금통 사이로 흘러나온 동전들을 모았다. 그리고 아드리안은 불쌍하게 깨진

저금통을 나무 아래에 묻어 준 뒤 흙을 단단히 덮었다.

나름의 추모를 끝낸 아드리안은 뒤를 돌아 형제들에게 말했다.

"그럼 이제부터 작전을 개시하자!"

"와아—!"

"이사나를 만나러 가자!"

아이들은 방방 뛰며 숲에 숨겨 두었던 짐을 부지런히 챙겼다. 낯선 곳으로 떠난다는 두려움 따위는 어디에도 없었다. 그저 오랫동안 보지 못한 이사나를 만날 생각에 설레기만 할 뿐이었다. 아이들은 이사나가 있을 서쪽 너머를 바라보며 각오를 다졌다.

아가렉시아의 섭정. 네가 어떤 괴물이든 우리 이사나를 괴롭히고 있었다면 절대 가만두지 않겠어!

아이들의 눈은 긴장과 각오로 넘실거리고 있었다.

\* \* \*

다음 날 아침, 아가렉시아.

한때는 인간만이 거주하던 곳이었지만, 헥사비스가 개방되면서 이곳은 인간과 알리페르가 공존하는 왕국이 되어 버렸다. 그렇게 세상이 변했음에도 아침 해는 어김없이 평등하게 이곳을 비추었다. 모두가 하루를 시작하기 위해 바쁜 가운데, 왕궁 깊은 곳 어느 침소에서는 아침답지 않은 달뜬 신음이 흘러나오고 있었다.

"하, 흐, 아, 메, 웃……! 멜즈, 흐웃……!"

이사나는 테이블을 붙잡고 엎드린 채 연신 신음을 내뱉었다. 어쩌다가 이렇게 된 건지 이사나도 알 수 없었다. 간단히 아침 식사를 한 뒤 오늘 있을 회의에 참석할 준비를 하고 있었을 뿐인데 무엇에 자극을 받은 건지 멜즈와 이런 분위기로 흘러가 버렸다.

멜즈는 이사나의 하의만 홀랑 벗긴 채 이사나의 두 다리를 붙잡고 연신 엉덩이와 그 골 사이를 애무했다. 심지어 그 안을 혀로 핥기도 했다. 그때마다 이사나는 놀라며 버둥거렸지만, 멜즈는 상관하지 않았다. 무릎을 억지로 벌리게 하고 제일 내밀한 부위에 얼굴을 처박은 채 어미 개처럼 거리낌 없이 핥아 댈 뿐이었다. 미끈하고 굵은 혀가 민감한 내부를 휘젓기 시작하자, 이사나는 작살 맞은 물고기처럼 퍼득거렸다. 이사나가 제발 그냥 윤활유를 쓰자고 애원했지만, 멜즈는 이번에도 들은 척도 하지 않았다. 이렇게 수치스럽게 하는 게 이사나가 훨씬 잘 느꼈기 때문이다.

"아, 읏, 제, 제발⋯⋯! 멜, 읏, 싫어⋯⋯! 그냥, 훗, 그냥, 아⋯⋯! 제발⋯⋯!"

싫다는 말과 달리 이사나의 성기는 배에 딱 붙을 정도로 발기하며 투명한 물을 흘리고 있었다. 그러나 당장이라도 사정할 듯한 고조감 속에서도 이사나는 잔격정으로 셔츠 밑단을 꽉 움켜쥐고 있었다. 지금 이사나가 입고 있는 옷은 섭정을 호위하는 호위군의 제복이었다. 즉, 섭정인 멜즈가 정무를 보러 나갈 때 이사나 역시 이 옷을 입은 채 그의 옆에 있는 것이다. 하지만 어쩌다 불이 붙었는지 정기 회의에 참석하기 직전, 멜즈에게 붙들려 이런 꼴이 되고 말았다.

이사나는 옷이 구겨질지도 모른다며 행위에 소극적으로 굴었지만, 멜즈는 바지만 벗고 하면 된다는 해결책을 내놓으며 이사나의 허리춤을 끌렀다. 하지만 돌아가는 상황을 보니 상의도 그렇게 안전해 보이지 않았다. 군청색 제복에 무언가가 묻을지도 모른다는 생각에 조심하고 있지만, 아래를 핥아 오는 멜즈의 혀는 처절할 정도로 기분 좋았다. 자신이 이런 변태였는지 자괴감이 들 정도였다. 어느새 이사나의 내부는 잔뜩 풀려 저도 모르게 뻐끔거리고 있었다. 당장에라도 멜즈의 것을 받아들이고 싶어 안달 내고 있었다. 이사나는 저도 모르게 괴로운 눈으로 멜즈를 돌아보았다. 그러자 멜즈 역시 넣고 싶은지 엄지로 이사나의 입구 주변을 꾹꾹 눌러 댔다. 마주친 눈 역시 이사나처럼 정욕으로 흐리멍덩해져 있었다.

"멜즈…… 이제, 넣으면……."

이사나는 자신이 먼저 요구하는 게 부끄러웠지만, 그래도 재촉했다. 이미 회의에 늦은 상태였다. 결혼하고 나서 종종 일어나는 일이었다. 멜즈에게 삽입을 재촉하는 것도 부끄러웠지만, 늦게 들어가서 관료들에게 묘한 시선을 받는 건 더 부끄러웠다. 그걸 아는지 모르는지 멜즈는 웃으며 허벅지에 키스하고는 옆에 있던 협탁을 뒤졌다. 그런데 얼마가 지나도 협탁을 뒤지는 소리가 끊기질 않았다. 의아함과 안타까움에 이사나는 옆을 돌아보는데, 멜즈가 낭패 어린 얼굴로 말했다.

"콘돔이 다 떨어졌어요."

멜즈의 말에 이사나의 얼굴이 확 붉어졌다. 박스째 가져다 둔 게 언제라고 그걸 벌써 다 썼단 말인가. 멜즈와 신혼여행을 다녀온 뒤 절제와는 너무 거리가 먼 생활을 하는 듯한 기분이 들었다. 하지만 어쩔 수 없었다. 멜즈가 원하는데, 저 서늘하면서 아름다운 얼굴이 정욕으로 발그레해지는데, 누가 거부할 수 있겠는가.

빈 박스를 들어낸 멜즈는 아쉬운 얼굴로 협탁 안을 몇 번 더 뒤적거렸다. 하지만 역시 나오는 게 없었다.

"역시 없네요."

"……없이 해도 되는데……."

우린 결혼도 했고. 쑥스러움에 뒷말은 생략했지만, 멜즈는 이사나가 무슨 말을 하는지 충분히 알아들었을 터였다. 하지만 멜즈는 웃으면서도 강경하게 말했다.

"안 돼요. 이사나는 자신의 몸을 좀 더 아낄 필요가 있어요."

"하지만 얼마 전에는 없이 했잖아."

"그, 그건……."

이사나의 말에 멜즈의 얼굴은 창피함과 부끄러움으로 붉게 물들었다. 그의 손은 어느새 팔목에 채워진 팔찌를 만지작거리고 있었다. 이사나의 팔에 채워진 것과 동일한 것이었다. 신체 구조상 외골격에 막혀 반지를 낄 수 없는 알리페르들에게 유행하는 웨딩 링이었다. 얼마 전, 멜즈가 가져온 것이었다.

그리고 웨딩 링이 서로의 팔목에 채워진 것을 본 순간, 이사나도 멜즈도 참지 못했다. 본능처럼 서로의 입술을 찾고 몸뚱이를 겹치다 보니 피임 생각은 어느새 머릿속에서 휘발된 뒤였다.

하지만 다른 때는 어림도 없었다.

"어쨌든 안 돼요. 늦었으니까 이제 그만 일어나죠."

자기가 먼저 시작했으면서 이럴 때는 무척 단호하게 굴었다. 이런 멜즈를 이사나는 종종 이해할 수 없었다. 동성인 알리페르끼리 임신이 가능하긴 해도 확률이 이성일 때보다는 확연히 떨어졌다. 피임이 큰 의미가 없을 정도였다. 혹시 아이가 싫은 건가 생각해 보기도 했지만, 멜즈는 아이를 싫어하지 않았다. 오히려 젊은 부부가 어린 유충을 끌어안고 다니는 걸 홀린 듯이 바라볼 정도로 내심 바라고 있었다. 비록 이사나에게는 아이를 가지고 싶다고 한 마디도 하지 않았지만.

어찌 됐든 멜즈가 저렇게까지 말하는데 더는 할 수 있을 리가 없다. 이사나는 한숨을 내쉬며 자리에서 일어났다. 그러나 여전히 쾌감에 찌든 다리는 후들거리고 열기가 덜 빠진 몸은 대책 없이 저릿하기만 했다. 이대로 회의실까지 가는 건 아무리 생각해도 무리였다. 조금 늦더라도 욕실에서 한 발 빼고 가는 게 낫겠다는 생각을 하는데, 돌연 멜즈가 이사나의 몸을 안아 테이블 위에 올려놓았다.

"멜즈?!"

이사나는 당황하며 멜즈를 부르는데, 멜즈가 이사나의 허벅지를 잡아 벌리더니 그 사이로 얼굴을 파묻었다. 순식간에 성기가 그의 뜨거운 입안에 삼켜지자, 이사나는 쾌감에 몸을 파들거리며 허우적거렸다.

"아, 웃, 하웃, 앗! 아……! 멜즈……!"

음란하기 짝이 없는 입안이었다. 이 안으로 몇 번이나 절정에 도달했는지 알 수 없었다. 이러면 안 된다는 걸 알면서도 이사나는 멜즈가 주는 쾌감에서 벗어날 수 없었다. 도저히 그를 밀어낼 수 없었다. 결국 이사나는 새빨개진 얼굴로 몸을 파르르 떨었다. 사정하기 전에 멜즈를 밀어내려 했지만, 손발에 힘이 풀려 도저히 그럴 수 없었다.

꿀꺽—

목울대가 넘어가는 소리에 이사나는 기겁하며 소리쳤다.

"그걸 왜 먹는 거야!"

이사나는 너무 놀라서 화를 냈지만, 멜즈는 기분 좋은 듯 눈을 휠 뿐이었다. 하지만 그 모습에 이사나는 도리어 창피하고 속상해졌다. 멜즈는 이사나가 정말 곱게 키운 아이였다. 잘 기억나지 않는 어떤 사정으로 숙부님께 그를 맡기기는 했지만, 적어도 그가 저택에 있는 동안에는 그의 손에 물 한 방울 묻게 놔둔 적이 없었다. 가장 좋은 것만 쏟아부으며 귀중한 보석처럼 그를 보듬고 아꼈다. 결코 자신의 정액 따위를 먹게 키운 아이가 아니었다. 이사나는 왠지 모를 자괴감에 얼굴을 흐리는데, 멜즈는 이사나가 속상해하든 말든 생글생글 웃으며 말했다.

"하지만 이사나의 것은 맛있는걸요?"

"그런 이상한 말은 또 어디서 배워 온 거야! 다음부터는 하지 마! 입으로 하는 것도 하지 마!"

이사나가 펄펄 뛰며 엄하게 야단치자, 멜즈는 애교스럽게 눈을 접으며 "알았어요."라고 대답했다. 하지만 지난번에도, 그 지난번에도 그렇게 말한 주제에 멜즈는 또 입으로 했다. 머리 좋은 멜즈가 하지 말라는 걸 까먹고 한 것일 리 없다. 그냥 야단맞는 순간만 모면한 것이었다. 그걸 깨닫자 절로 한숨이 흘러나왔다.

'하아……'

어른이 된 멜즈는 퍽 복잡했다. 어릴 때에 비해 숨기는 게 많아졌고 거짓말도 밥 먹듯이 했다. 일상적인 대화를 나눌 때면 탈피하기 전과 똑같은 것 같은데, 자세히 들여다보면 묘하게 어긋난 부분이 보이기도 했다. 좀 세속적인 데다가 사람에 대한 믿음이나 기대가 전혀 없었다. 심지어 이사나에게조차 말이다. 아가렉시아를 다스린 지 6년이나 되었는데 마냥 어릴 때처럼 순수할 수는 없을지도 모른다.

하지만 이게 평범하진 않다는 점 또한 알고 있었다.

그러나 그의 반려가 된 지 반년이나 지난 지금도, 이사나는 멜즈의 마음속 깊은 곳의 얘기를 들은 적이 없었다. 언제나 그가 갑옷처럼 두른 모습만 볼 뿐이었다. 그게 이따금씩 속상해질 때가 있었지만, 굳이 그가 드러내고 싶어 하지 않은 부분을 알려고 하진 않았다. 아무리 가까운 사이라도 그런 건 모르는 척해 주는 게 맞는 거니까. 이사나는 새삼 느껴지는 거리감을 모른 척 한 채 사타구니를 닦아 주는 멜즈에게 말했다.

"멜즈, 나도 해 줄게."

"뭘요?"

"너도, 하고 싶잖아."

멜즈가 구음을 해 주면서 이사나는 욕구를 풀었지만, 멜즈는 처음부터 끝까지 봉사만 한 채였다. 먼저 시작한 게 멜즈인 만큼 그도 하고 싶을 게 뻔했다. 그래서 이사나는 손으로라도 풀어주려 하는데, 멜즈가 웃으며 거절했다.

"됐어요. 회의실 가다보면 가라앉아요."

"아니, 그래도……."

"늦었으니 이만 일어나죠."

멜즈의 재촉에 이사나는 별수 없이 다시 옷을 꿰어 입는 수밖에 없었다. 하지만 멜즈의 앞섶은 여전히 풀리지 않은 욕구로 부풀어 있었다.

\* \* \*

"늦어서 미안합니다."

멜즈는 회의실의 관료들에게 짧게 사과한 뒤 자리에 착석했다. 그런 멜즈의 뒤로는 검은 가면을 쓴 사내가 서 있었다. 이사나였다. 명목상으로는 섭정의 호위 기사로 서 있는 것이었지만, 이 회의실에서 이사나가 섭정의 파트너라는 걸 모르는 자는 없었다.

"거, 신혼인 건 알지만, 적당히 지각하지 그러십니까?"

인간 측 관료 중 한 사람이 퉁명스럽게 쏘아붙였다. 불평이 나올 만했다. 방에서 헐떡거릴 때는 몰랐는데 어느새 시간이 30분 넘게 지체된 상태였다. 이사나는 미안해 어찌할 줄을 몰랐다. 결혼 후 멜즈의 지각은 일상이었다. 얼굴의 반을 가린 가면이 아니었다면 이사나는 민망함에 평정심을 찾기 힘들었을 터였다.

렉사의 명에 따라 멜즈와 혼인한 뒤, 이사나는 시탈로프 숲으로 돌아간 히람 대신 멜즈의 업무를 돕게 되었다. 호위 기사로서, 그리고 수석 비서 대행으로서.

그렇게 멜즈와 하루 종일 함께 정무를 보게 되면서 이사나는 가면으로 얼굴을 가리게 되었다. 이유는 간단했다. 애초에 이사나가 왕의 영지로 가게 된 게 분리주의자들이 이사나의 정체를 의심했기 때문이다. 멜즈가 지난 3년간 '이사나 넥시움'에 대한 모든 기록과 사진을 없앴지만, 아직 관료들 중에서는 이사나의 얼굴을 아는 자가 많았다. 지금 이 회의장 안에만 해도 몇몇은 낯익은 얼굴이었다. 이사나는 새카만 가면 속에 숨어 표정을 숨겼지만, 가끔은 가슴이 조마조마했다. 아무리 태연한 척해도 그들은 종종 의심스럽다는 듯 이사나를 바라보았기 때문이다.

하지만 이사나는 이제 와서 자신이 '이사나 넥시움'이었다고 밝힐 생각이 없었다. 제국의 영웅, '이사나 넥시움'은 이미 두 종이 공존하는 이 왕국에 필요 없는 인물이었다. 분란만 일으킬 뿐이었다. 그저 정체가 불분명한 섭정의 반려로 남아 있는 게 좋았다. 그렇게 이사나는 언제나처럼 조용히 멜즈의 뒤에 서 있는데, 지각에 대한 관료들의 불만은 어느새 이사나에 대한 관심으로 뒤바뀌어 있었다.

"그건 그렇고 섭정께서는 언제쯤 아브노아 경의 맨얼굴을 보여 주실 겁니까? 벌써 두 분이 결혼한 지 반년이 넘었는데 얼굴은커녕, 목소리도 들어 본 게 손에 꼽을 정도라는 게 말이 됩니까?"

"맞습니다. 파티에 초대를 해도 번번이 답장 없이 퇴짜만 놓으시고. 아무리 사교계에 익숙지 않다고는 하지만 지나치게 낯가림이 심하다는 생각은 들지 않으십니까."

인간, 알리페르 가릴 것 없이 너무하다 싶을 정도로 이사나를 꼭꼭 숨겨 두는 멜즈의 행태에 불만을 늘어놓았다. 이사나의 정체에 의구심을 가지는 것과 별개로 이사나는 지금 아가렉시아 사교계의 떠오르는 샛별이었다. 냉혹하고 사랑을 모르는 섭정을 몸으로 함락시켜 매번 섭정을 지각하게 만든다고 하니 호기심이 안 들 수가 없었다. 세나가 그의 맨얼굴을 본 자들은 하나 같이 찬탄을 늘어놓기도 했고. 무척 멀끔하게 잘생겼는데, 눈망울에 애수가 어린 게 한 나라를 들썩거리게 할 만한 미모라고 말이다.

가면으로 얼굴의 절반을 가린 지금도 충분히 그 잘생김이 느껴지긴 했다. 관능적인 턱선과 오똑한 콧대, 그리고 시원하게 쭉쭉 뻗은 팔다리. 그게 호위군 제복과 잘 어울려져 묘한 매력을 풍겼다. 군신(軍神)처럼 느껴지기도 했다. 어느새 인간, 알리페르 가릴 것 없이 이사나에게서 눈을 떼지 못하는데, 그 광경을 서늘한 얼굴로 지켜보던 멜즈가 테이블 다리를 걷어찼다.

쾅—!

"회의 시작 안 합니까?"

제 반려를 쳐다보지 말라는 경고가 담긴 으르렁거림에 관료들은 후다닥 테이블 위에 놓인 서류를 내려다보았다. 그렇게 조금 어색한 분위기 속에서 정기 회의가 시작되었다.

"최근 왕국의 안보법 처벌 수위가 지나치게 높다는 얘기가 많습니다. 아가렉시아에 소속된 알리페르가 아닌, 다른 알리페르를 만나기만 해도 사형. 신분증의 소셜 코드를 누군가에게 알려 주어도 사형. 아가렉시아 바깥을 출입하는 기차표를 양도하거나 위조하는 행위도 사형이라니요. 하트 여왕도 이 정도로 사형을 집행하진 않았을 겁니다."

인간 관료는 질린다는 듯 말했다. 하지만 멜즈는 태연한 얼굴로 맞받아칠 뿐이었다.

"그래도 헥사비스가 있던 시절보다는 훨씬 낫지 않습니까. 자기 중력장 배리어도 없고 가이드라인만 지킨다면 자유롭게 바깥을 오고 갈 수도 있죠. 어찌 됐든 개정은 불가합니다. 만에 하나 있을지도 모를 일을 방지하기 위한 것이니까요. 그리고 경비대에서도 그러더군요. 페이건들이 다시 활동을 시작한 것 같다고요."

'페이건'이라는 말에 회의실 안 관료들의 얼굴이 구겨졌다. 귀찮음이 느껴지는 얼굴이었다.

이사나 역시 '페이건'이 누구를 지칭하는지 알고 있었다. 아가렉시아의 체제를 따르지 않는 바깥의 알리페르를 뜻하는 말이었다. 렉사의 휘하에 없는 알리페르를 붙잡아 강제로 아가렉시아에 편입시키는 행위를 '개종(改宗)'이라고 불렀기에 아직 개종당하지 않은 바깥의 알리페르를 다들 농담 삼아 페이건(pagan)이라고 지칭했다.

3년 전만 해도 세력이 꽤 축소되었지만, 최근 들어 다시 세력을 형성하고 있었다. 렉사가 왕의 영지로 돌아가고 멜즈가 왕국의 내정에 힘을 기울이기 시작하면서 무리를 키우고 있는 것이다. 그렇다고 해도 그들이 왕국을 위협할 정도는 아니었다. 그저 성가실 뿐이었다. 멜즈의 말에 알리페르 관료가 한숨을 내쉬며 말했다.

"그렇다면 한동안 '온실' 관리에 유의해야겠군요."

"기차를 통한 출입국도 마찬가지입니다. 아직 아가렉시아는 완벽하게 안전한 게 아니니까요."

멜즈의 말에 관료들은 떨떠름한 얼굴로 한숨을 내쉬었다. 여전히 안보에 대한 섭정의 의견은 강경했다. 결정권이 온전히 섭정에게 있는 이상, 이번 개정도 그른 것과 다름없었다. 하지만 한 인간 관료는 여전히 포기할 수 없는지 간곡한 목소리로 멜즈에게 말했다.

"하지만 왕께서 노엘 씨에게 허가하신 여행 사업으로 바깥을 오가는 이들의 수는 점점 늘어나는 추세입니다. 반대로 기차의 출입국 관리 시설은 터무니없이 허술하고요. 그런 와중에 페이건의 위험성을 잘 알지 못하는 젊은이들은 종종 말도 안 되는 짓을 저지르곤 합니다. 그런 실정을 고려하지 않고 무조건 죄인을 즉결 처분하는 건 이제 사리에 맞지 않다고 생각합니다."

하지만 인간 관료의 설득에도 멜즈는 냉소적으로 대꾸할 뿐이었다.

"무지 역시 죄죠."

견고하기 짝이 없는 멜즈의 태도에 인간 관료는 한숨을 내쉬었다. 솔직히 말해 이제 아가렉시아의 체제는 많이 안정된 상태였다. 안정되었다 뿐인가? 이제는 두 종족이 싸웠던 게 언제였는지 아득할 정도로 두 종이 함께 있는 모습이 자연스러웠다. 그런 시대에서 나고 자란 아이들은 전쟁만이 있던 시절의 법칙을 좀처럼 이해하지 못했다. 사회 분위기가 그러한데 언제까지 남의 목을 댕강댕강 썰어 대는 통치가 먹혀들지 알 수 없었다.

관료는 종종 멜즈가 여전히 과거에 사로잡힌 듯한 기분이 들 때가 있었다. 평화와 공존으로 안정된 이곳이 아닌, 여전히 전쟁터 한가운데에 홀로 갇혀 있는 듯한 기분이 들 때가 있었다. 그건 앞으로 계속 변화해 나갈 아가렉시아를 통치할 자가 가질 덕목이 아니었다. 관료는 이를 어찌 설득해야 할지 몰라 막막했다. 그때 조용히 섭정의 뒤를 지키고 있던 호위 기사, 아브노아 경이 멜즈의 귓가에 대고 뭐라 말을 하고 있었다. 그에 관료는 의아한 얼굴로 그들을 바라보는데, 아브노아 경의 말을 가만히 듣고 있던 멜즈가 돌연 헛기침을 하더니 뜬금없이 이렇게 말했다.

"생각해 보니 이제 시대도 변했는데 변명할 기회조차 주지 않고 즉결 처분하는 건 조금 가혹하다는 생각이 드는군요. 해당 법률에 대한 개정을 준비하도록 하죠."

손바닥 뒤집듯 바뀐 멜즈의 태도에 인간, 알리페르 가릴 것 없이 눈을 동그랗게 뜬 채 멜즈를 바라보았다. 다소 외골수에 성정이 괴팍한 섭정은 이제껏 정사를 펼치면서 자신의 의견을 쉽사리 굽힌 적이 없었기 때문이다.

설마……?

관료들은 멜즈의 뒤에 선 호위 기사를 바라보았다. 늘씬한 몸을 짙은 군청색 제복으로 감싸고 의장용 스몰 소드를 허리에 찬 남자는 언제나처럼 말없이 섭정의 뒤에 서 있을 뿐이었다. 하지만 어디를 봐도 섭정이 심경의 변화를 일으킨 건 저자 때문임이 틀림없었다. 섭정은 이미 몸뿐만 아니라 마음까지 흐물흐물 함락당한 것인가! 당연한 사실을 이제야 깨달은 관료들이 넋을 놓고 이사나를 바라보는데, 멜즈가 또다시 테이블 다리를 걷어차며 으르렁댔다.

"왜 또 넋을 잃고 있습니까? 집중 안 할 겁니까?"

"아! 네! 다음 안건은 한 달 후에 있을 신년회에 관한 것으로……."

회의실 안의 관료들은 빠르게 표정을 수습하며 회의에 집중하는 척했지만, 이미 그들의 관심은 온통 한곳에 몰려 있었다.

이사나 아브노아. 섭정, 멜즈 아브노아의 반려이자 호위 기사이자 수석 비서 대행.

혼인 때만 해도 일방적인 짝사랑이라고 소문이 자자했지만, 기울 어진 저울추가 뒤집어진 지는 이미 오래였다. 관료들은 여전히 이사 나가 누구인지 알지 못했지만, 확실한 건 오직 그만이 섭정의 마음 을 좌지우지할 수 있다는 것이다.

아가렉시아의 새로운 실세가 등장한 것이다.

관료들은 어느새 회의가 뒷전이었다. 그저 어떻게 하면 섭정의 철 벽 방어를 뚫고 이사나와 친분을 쌓을 수 있을지 그것에만 골몰하고 있었다. 그런 와중에 멜즈는 차가운 얼굴로 회의실 안의 관료들을 바 라보았다. 제 영역에 들어온 침입자를 보는 짐승처럼 멜즈의 눈매는 어느새 날카로워져 있었다.

* * *

"멜즈."

"네."

"아까 회의실에서 말이야……. 너무 감정적으로 구는 것 같았어."

"……."

"그런 태도는 좋지 않다고 생각해."

점심 식사 후 다과를 함께 들며 이사나는 조심스럽게 멜즈에게 말했다. 오늘 회의실 분위기는 어수선함 그 자체였다. 일단 멜즈와 자신이 나란히 지각을 했고 관료들은 무슨 일인지 오늘 도통 회의에 집중을 하지 못했다. 그에 화가 난 멜즈는 연신 테이블을 걸어차며 관료들에게 소리를 질렀고. 그 노호성에 나중에는 이사나마저 겁이 날 정도였다. 그렇다면 관료들은 얼마나 무섭고 불편했겠는가.

아가렉시아가 왕국이고, 섭정인 멜즈에게 권력이 집중되어 있기는 했지만, 관료들은 섭정의 치세가 안정적일 수 있도록 도와주는 자들이었다. 이런 푸대접은 좋지 않았다.

하지만 이사나의 충고에도 멜즈는 냉소적으로 대꾸할 뿐이었다.

"오늘은 일주일에 한 번 있는 정기 회의였어요. 주요 안건이 올라오는데, 어수선하게 집중을 못 하면 주의를 받아야죠."

"그렇다고 테이블을 걸어차는 건 좀……."

"그런 대접 받기 싫었으면 스스로 처신을 잘 했어야죠."

멜즈는 조금도 반성하는 기색 없이 찌푸린 얼굴로 연신 차를 들이켰다. 그 모습에 이사나는 속으로 한숨을 내쉬었다. 평소에도 관료들을 대할 때 예민하게 굴긴 했지만, 오늘따라 더 신경질적으로 구는 것 같았다. 지금도 불쾌한지 여전히 찌푸린 낯을 펴지 못하고 있었고.

혹시 아침에 욕구를 제대로 풀지 못해서 그런 게 아닐까?

충분히 그럴 가능성이 있었다. 그렇지 않고는 착한 멜즈가 그런 식으로 굴 리가 없었다. 성충인 알리페르는 인간보다 성욕이 강하다고 했으니까. 이사나는 물끄러미 멜즈를 바라보았다. 기분이 좋지 않은 탓인지 안 그래도 서늘한 얼굴이 더욱더 다가가기 힘들게 보였다. 이사나는 잠시 주저하다가 입을 열었다.

"멜즈."

"네?"

"다음 일정까지 조금 시간이 남았잖아. 그러니까……."

이사나는 너무 부끄러워 잠시 머뭇거렸다. 가면을 쓰고 있어서 얼마나 다행인지 모른다. 이사나는 귀까지 달아오른 얼굴로 속삭이듯 작게 물었다.

"……입으로 해 줄까?"

사실 이사나는 그냥 해도 상관없었지만, 콘돔이 없는 이상 멜즈가 절대 하려고 하지 않을 터였다. 그래서 나름대로 타협점을 찾은 게 구음이었다. 처음 시도하는 것이지만, 이제껏 멜즈에게 많이 받아 왔으니 충분히 할 수 있을 터였다. 이사나는 부끄러움을 참으며 재촉하듯 멜즈를 바라보았다. 그런데.

"……?"

왜 얼굴이 굳어져 있지? 내키지 않는 것을 넘어서 분노까지 엿보이는 그 모습에 이사나는 의아함을 넘어서 당혹스러움을 느끼는데, 멜즈가 돌연 활짝 웃으며 말했다.

"고마운 제안이지만, 괜찮아요."

"아……. 그래?"

완곡한 거절에 이사나는 되려 머쓱해졌다. 역시 말도 안 되는 짐작이었나? 멜즈가 그런 이유로 신경질이 났을 리가 없지. 그치만 아직 풀리지 않은 거면 해 주고 싶은데……. 이사나는 멜즈가 정말 풀지 않아도 괜찮은 건지 알 수 없어 가늠하듯 그를 바라보는데, 멜즈가 돌연 피식 웃으며 말했다.

"그건 그렇고 이사나, 오늘따라 오렌지를 많이 먹네요."

멜즈의 말에 이사나는 고개를 갸웃거리며 테이블을 내려다보았다. 바구니에 담겨 있던 오렌지 세 개가 어느새 껍질만 남은 채 테이블 위를 뒹굴고 있었다.

"어⋯⋯?"

언제 이렇게 많이 먹었지? 아까 점심도 꽤 많이 먹었던 것 같은데. 이사나는 당혹스러움을 느끼며 오렌지 껍질을 내려다보았다. 그러고 보니 최근 식사량이 꽤 늘긴 했다. 늦가을이라 식욕이 돋우어진 거라고 생각했지만, 바뀐 식성이라든가 잠이 많아진 것까지, 좀 이상했다.

설마⋯⋯?

이사나는 날짜를 되짚으며 잠시 생각에 빠지는데, 멜즈가 바구니에서 오렌지를 꺼내며 이사나에게 물었다.

"하나 더 먹을래요?"

멜즈의 물음에 이사나는 얼떨결에 "그래."라고 대답했다. 그러자 멜즈는 꽤 즐거워 보이는 얼굴로 오렌지를 까더니 자리에서 일어나 이사나의 옆에 앉았다. 그리고 속알맹이를 이사나 입가에 가져다 댔다.

"이사나, 아— 해요."

"그, 그냥 내가 먹을게⋯⋯."

이사나는 방 안에 있는 궁인들을 의식하며 속삭이듯 말했다. 아무리 결혼한 사이라고는 하지만, 이건 좀 부끄러웠다. 하지만 멜즈는 아랑곳하지 않고 오히려 너무한 거 아니냐는 듯 말했다.

"정말 안 먹어 줄 거예요? 이사나 주려고 깠는데?"

애교스럽게 투정 부리는 모습에서 요망함이 철철 넘쳤다. 멜즈가 어릴 때도 종종 이런 식으로 억지를 부리긴 했지만, 그때는 그저 귀엽게만 보일 뿐이었다. 하지만 지금은⋯⋯ 지금은 좀 위험했다. 지나치게 예쁜 모습에 대책 없이 심장이 두근거리기도 했고. 이사나는 터질듯이 붉어진 얼굴로 멜즈가 내민 오렌지를 받아먹었다. 너무 긴장해 말없이 오렌지를 받아먹기만 하자, 그런 이사나의 속마음을 읽기라도 하듯 멜즈의 눈웃음이 짙어졌다.

어른이 된 멜즈는 미스터리하고 혼란스럽고 야했다. 어릴 때와는 분위기 자체가 달랐다. 그런데 이렇게 애교까지 부리니 좀, 좀 많이 얼굴이 화끈거렸다. 이사나는 어찌할 줄을 모르며 아기 새처럼 오렌지만 받아먹는데, 그런 이사나를 바라보는 멜즈의 눈이 점점 정욕으로 짙어져갔다. 제멋대로 뛰는 심장을 추스르는 것만으로도 벅찬 이사나의 눈에는 전혀 보이지 않았지만, 멜즈의 얼굴은 당장이라도 먹잇감을 제 은신처로 끌고 가려는 포식자처럼 허기져 있었다.

오렌지를 쥐고 있지 않은 손가락이 연신 움찔거렸다. 당장이라도 저 사랑스러운 사람을 엎어놓고 납작한 배가 빵빵해질 때까지 제 좆물을 쏟아붓고 싶은 욕망에 멜즈는 견딜 수 없었다. 참아야 하는데, 좀 더 소중히 대해 주어야 하는데. 하지만 늘 그렇듯 자신은 절제라고는 찾아볼 수 없는 짐승이었다. 새빨갛게 물든 귓가를 보며, 오렌지를 오물거리는 입술을 보며 멜즈는 마음만 다급해졌다. 지독히 갈급이 일고 터질 듯한 욕구를 해갈시키고 싶어 견딜 수 없었다. 결국 치미는 욕정을 이기지 못한 멜즈가 이사나를 끌고 침소로 가려는데, 그 순간 밖에서 노크 소리가 들려왔다.

"섭정 각하, 시탈로프 숲에서 긴급 통신을 요청했습니다."

비서의 말에 멜즈는 그제야 아직 한낮이라는 걸 깨닫고서 한숨을 내쉬었다. 섭정이 된 6년간 단 한 번도 아가렉시아를 통치하는 것에 불만을 가진 적이 없었지만, 요즘은 좀 많이 짜증 났다. 일이 너무 많았다. 하루 종일 이사나와 함께 있었지만, 시도 때도 없이 방해를 받아 낮에는 정말 일밖에 하지 못했다. 멜즈는 신경질적으로 뒷머리를 긁적이다가 자리에서 일어났다.

"무슨 일인가요?"

통신을 요청한 알리페르는 히람이었다. 욕구가 해갈되지 않은 탓인지 오랜만에 히람과 통화하는 것임에도 멜즈의 입에선 말이 곱게 나오지 않았다. 평소의 히람이라면 섭섭하다며 항의라도 할 텐데, 희한하게도 수화기 너머는 조용하기만 했다. 그에 멜즈는 의아해하는데, 돌연 훌쩍거리는 소리가 들려왔다.

—메, 흑, 멜즈 님……!

심상치 않은 예감에 멜즈도 이사나도 수화기에 귀를 기울이는데, 히람이 울먹이며 소리쳤다.

—왕자님들께서, 훌쩍, 이사나 님을 만나러 간다는 쪽지만 남긴 채, 흐으, 사라지셨습니다!

히람의 말에 이사나의 얼굴이 희게 질렸다.

* * *

"우와! 우와아아!"

"맛있겠다……."

아이들은 역사 안의 노점을 보며 침을 꼴깍꼴깍 삼켰다. 주변에 강과 너른 평야를 끼고 있는 이곳, 나도가드는 왕의 영지인 시탈로프 숲에 비해 식재료가 풍부했다. 게다가 아가렉시아로 들어가기 전, 마지막으로 정차하는 역이었기에 노점 음식이 많이 발달된 편이기도 했다. 버터구이 감자, 삶은 옥수수, 꼬치구이, 젤라또 등등 여러 가지 냄새가 아이들을 유혹했다. 아이들은 노점을 보며 침을 꼴깍꼴깍 삼켰지만, 아주 현실적인 문제가 아이들의 욕망을 저지하고 있었다.

"힝……."

동전 다섯 개. 이걸로는 많은 노점 음식 중 하나밖에 살 수 없었다.

그랬다. 처음에 기세 좋게 저금통의 배를 갈라 기차에 올라탔지만, 아이들은 서로의 먹성을 잠시 잊고 있었다. 정차 역마다 나가서 노점을 돌다 보니 어느새 여비는 완전히 바닥나 있었다. 하지만 이 정차 역의 노점은 다른 곳과 차원이 달랐다. 아가렉시아와 가까운 거점이었기에 노점에서 파는 간식은 아이들에게 생소한 것들뿐이었다. 다섯 아이들은 저마다 먹고 싶은 간식을 쳐다보았다. 하지만 살 수 있는 건 하나뿐이었다.

"나는 괜찮으니까, 너희 먹고 싶은 거 먹어."

아드리안이 과감하게 먼저 양보했다. 그에 제라르 역시 선선히 웃으며 말했다.

"나도 괜찮아. 배도 안 고프고."

"난 한 입만 먹을게. 단, 팥 앙금이 들어있는 건 안 돼."

편식쟁이 막스가 절충안을 내놓았다. 그러자 셸던이 반색하며 소리쳤다.

"그럼 나 버터구이 감자 먹을래!"

"셸던, 그걸 네가 고르면 어떡해."

셸던의 말에 에밀리오는 엄한 얼굴로 셸던을 만류했다. 그에 셸던은 귀여운 하늘색 눈동자를 깜빡이며 우물쭈물 말했다.

"하지만 아드리안도 제라르도 막스도 괜찮다고 하잖아."

"그건 하나밖에 살 돈이 없으니까 양보하는 거잖아."

에밀리오의 말에 셸던은 "그, 그랬구나. 몰랐어." 하고 시무룩한 얼굴로 우물거렸다. 그에 에밀리오는 작게 한숨을 내쉬었다. 셸던이 딱히 이기적인 건 아니었다. 에밀리오도 형제들의 말에 흔들린 건 사실이었으니까. 에밀리오가 먹고 싶은 건 과일 크레페였다. 예전에 히람이 먹어 본 적이 있다는 말을 들은 이후로 줄곧 먹고 싶었던 것이었다.

하지만 차마 형제들의 배려를 덥석 받아들일 수 없었다. 허약한 편인 에밀리오와 몸집이 작은 셸던은 항상 형제들에게 양보를 받아 왔으니까. 다른 형제들도 먹고 싶은 걸 참고 있는데 또 이렇게 양보 받고 싶지 않았다. 하지만 모두 먹지 않는 건 또 미련한 행동인 것 같아 어찌할 줄을 모르는데, 셸던이 결의에 찬 얼굴로 말했다.

"그럼, 우리 크래커 두 봉지를 사서 나눠 먹자. 다 같이 공평하게."

셸던은 여전히 미련이 뚝뚝 떨어지는 얼굴을 하고 있었지만, 저 혼자 양보 받고 싶지 않은지 단호하게 말했다. 그에 에밀리오를 비롯한 나머지 형제들은 눈을 동그랗게 뜬 채 셸던을 바라보았다. 모두가 한 배에서 태어났지만, 철없고 몸집이 작은 탓에 셸던은 항상 형제들에게 막내 취급을 받아 왔다. 그런 셸던이 이런 기특한 말을 하는데 다른 형제들이 반박할 수 있을 리가 없다.

"그래, 그럼 크래커 두 봉지를 사서 나눠 먹자."

아드리안은 크래커를 사기 위해 지갑을 꺼내는데, 뒤에서 누군가가 아이들에게 말했다.

"정말…… 멋진 형제애구나."

이상한 말에 아이들은 남자를 돌아보았다. 아이들의 뒤에는 베이지색 트렌치코트를 입은 다소 느끼한 인상의 남자가 서 있었다. 얼굴은 웃고 있었지만, 2미터에 가까운 거구라 그런지 위압감이 들었다. 아이들은 두려운 얼굴로 뒤로 주춤주춤 물러났다. 하지만 남자는 전혀 불쾌해 보이는 기색 없이 씨익 웃으며 아이들에게 말했다.

"귀염둥이들, 아저씨가 저기 파는 간식을 사 줘도 괜찮을까?"

"정말요?"

"진짜?"

남자의 말에 에밀리오와 셸던이 반색하며 남자를 바라보았다. 둘은 생각지도 못한 호의에 신이 나서 방방 뛰는데, 아드리안이 그런 둘을 저지하며 말했다.

"야! 누군 줄 알고 덥석덥석 얻어먹어! 이사나가 처음 보는 사람 따라가지 말랬잖아!"

"호의는 감사하지만, 괜찮아요. 안 사 주셔도 돼요."

아드리안이 말리는 사이, 제라르가 예의 바르게 거절했다. 그 사이 막스 역시 보호하듯 에밀리오과 셸던을 가렸다. 노골적인 경계에 남자는 슬픈 듯 쓴웃음을 지으며 말했다.

"매정한 스위티로군. 나는 그저 여행 중에 만난 귀여운 아기 새들에게 맛있는 것을 사 주고 싶었던 것뿐인데."

남자의 말에 아드리안과 제라르는 머쓱해졌다. 그냥 귀여워서 사 주는 건가? 아이들은 이사나 다른 성충들에게 낯선 어른을 조심하라는 교육을 받았지만, 단 한 번도 어른들의 악의를 경험한 적이 없었다. 시탈로프 숲에 있는 모든 알리페르가 아이들을 귀여워했으니까. 만만한 히람부터 아가렉시아의 군주인 왕까지. 다섯 아이들을 귀여워하지 않는 알리페르가 없었다.

역시 좋은 사람인데 괜히 의심하는 건가? 아드리안과 제라르가 망설이는 사이, 셸던과 에밀리오, 막스까지 남자를 졸졸 따라가 노점 앞에 섰다.

"나는 버터구이 감자가 먹고 싶어요!"

"나는 크레페!"

"저는 젤라또면 됩니다."

믿었던 막스까지 둘 사이에 끼여 남자에게 간식을 얻어먹자, 아드리안과 제라르는 황망한 눈으로 형제들을 바라보았다. 둘은 형제들이 간식을 먹는 모습을 얼이 나간 채 쳐다보는데, 남자가 꼬치구이 두 개를 사서 아드리안과 제라르에게 나눠주었다.

"잘, 먹겠습니다."

"가, 감사합니다."

아드리안과 제라르가 어색하게 인사하자, 남자는 사람 좋은 미소를 지어 보이며 말했다.

"나야말로 여행 중에 귀여운 친구들을 만나게 되어 기쁘단다. 그런데 이 역에는 노점 말고도 재밌는 게 많은데 알고 있니?"

"그게 뭔데요?"

"따라와 보렴. 알려 줄게."

남자의 말에 아이들은 호기심어린 얼굴로 남자를 졸졸 쫓아갔다. 아가렉시아로 들어가기 전 마지막으로 정차하는 이 역은 노점 음식도 많이 발달되어 있었지만, 아이들을 유혹하는 신기한 장난감도 많이 팔고 있었다. 아이들은 기차가 출발하는 시간까지 계속 남자와 역사 안을 돌아다니며 그것들을 구경했다. 남자의 이름은 존슨으로 이곳 나도가드 부근에 사는 알리페르라고 했다. 처음에는 말투가 다소 느끼해 거북했지만, 그래도 친절하고 좋은 사람인 것 같았다.

"그런데 너희는 무슨 일로 아가렉시아로 가는 거니?"

존슨의 물음에 제라르가 우물쭈물 말했다.

"저희를 길러 주신 분이 있는데요, 그 분을 만나러 가요. 결혼하셨다고 들었는데 잘 살고 있는지 걱정이 되어서……."

제라르의 말에 존슨은 눈을 휘며 말했다.

"정말 마음씨 착한 아기 새들이구나."

아기 새……. 몇 번을 들어도 익숙해지지 않는 말이었다. 제라르는 살갗에 닭살이 돋는 걸 느끼면서도 예의 바르게 "감사합니다."라고 인사했다. 그러자 존슨은 아이들에게 장난감을 나눠 주며 물었다.

"그런데 너희가 만나러 가는 사람은 어떤 사람이니?"

존슨의 질문에 아이들은 흥분한 얼굴로 떠들어댔다.

"착하고 상냥한 사람이에요!"

"무지무지 예뻐요!"

"그래서 왕도 엄청 좋아했어요!"

"그런데…… 섭정이랑 결혼해 버렸어……."

아이들의 얼굴이 대번에 우울해졌다. 원망하고 싶지 않았지만, 원망스러운 마음이 드는 건 어쩔 수 없었다. 이제까지 그랬던 것처럼 우리들과, 왕과 함께 살 수는 없었던 걸까? 이사나가 자신들을 버린 게 아니라는 걸 알지만, 항상 그를 볼 수 없는 이 상황이 못내 서러워 아이들은 괜히 시무룩해졌다. 아이들이 울상이 되자, 존슨은 당황하며 아이들을 달랬다.

"하하, 정말 좋아했던 사람인가 보구나! 이것도 하나씩 먹으렴."

존슨은 막대사탕을 사서 아이들의 입에 하나씩 물려주었다. 그러자 아이들은 우울한 얼굴을 하면서도 사탕을 쪽쪽 빨아먹었다. 그에 존슨은 다행이라는 듯 한숨을 내쉬는데, 아드리안이 사탕을 입에 문 채 존슨에게 물었다.

"그런데 존슨 아저씨는 섭정이 어떤 알리페르인지 아세요?"

"응?"

"저희는 멀리서 와서 잘 모르거든요. 들어도 좀, 무서운 얘기만 들리고…….."

아드리안은 두려움과 호기심이 느껴지는 얼굴로 존슨을 올려다보았다. 다른 형제들 역시 존슨의 대답을 기다리는데, 존슨이 짐짓 슬픈 얼굴로 말했다.

"미안하구나, 아기 새들. 그는…… 빈말로도 좋은 알리페르라고 할 수 없단다."

존슨의 말에 아이들의 얼굴이 희게 질렸다. 얼마나 나쁜 알리페르면 존슨처럼 착한 사람도 두둔해 주지 못하는 걸까? 아이들은 어서 얘기해 달라는 듯 존슨을 바라보았다. 그에 존슨은 길게 한숨을 내쉬며 말했다.

"개인적인 생각이지만, 살면서 그렇게 악독하고 교활하고 비정한 알리페르는 처음 보았단다. 놈은 분명 누군가를 괴롭히면서 희열을 느끼는 악마가 분명해!"

"도대체 무슨 일이 있으셨길래……."

막스조차 불쌍하다는 듯 되묻는데, 존슨이 치미는 울화를 참을 수 없다는 듯 내뱉었다.

"그놈이 내 슬레이브를 전부……! 후우, 아니다. 아무것도 아니야……."

슬레이브? 생소한 말에 아이들은 고개를 갸웃거리는데, 존슨이 아이들의 머리를 쓰다듬으며 말했다.

"아무튼 섭정은 무척 나쁜 알리페르란다. 이사나라는 알리페르에게는 정말 안 된 일이지만."

존슨의 말에 아이들의 얼굴이 일그러졌다. 그런데 우리가 찾아가는 사람이 이사나라는 말을 했던가? 아이들은 잠시 의문을 느꼈지만, 이내 다른 형제들이 말하지 않았을까 생각하며 서럽게 코를 훌쩍였다. 존슨은 그런 아이들을 난감하게 바라보다가 차례로 머리를 쓰다듬어주며 말했다.

"아무튼 그냥 내 생각이 그래, 내 생각이. 어이쿠, 그런데 벌써 기차가 출발할 시간이구나. 아쉽지만 우린 이만 헤어져야겠다."

"감사합니다, 존슨 아저씨."

"감사합니다!"

"그래, 다음에 또 보자."

존슨의 배웅을 받으며 다섯 아이들은 기차로 향했다.

"존슨 아저씨, 좋은 사람인 거 같아."

"그러게, 정말 친절한 사람이었어."

아이들은 존슨이 사 준 노점 음식과 장난감을 양손 가득 쥔 채 말했다. 어느새 기차가 출발하려는 건지 차장이 승차하라는 신호를 보내고 있었다. 아이들은 왁자지껄하게 떠들며 기차에 올라타는데, 서쪽으로부터 하늘을 새카맣게 뒤덮는 아가렉시아 왕국군이 나타났다. 그리고 아이들은 그들 손에 붙들려 그대로 아가렉시아에 가게 되었다.

그 광경을 존슨이 입매를 비틀며 지켜보고 있었다.

\* \* \*

"아드리안, 제라르, 셸던, 에밀리오, 막스!"

아가렉시아 왕국군이 왕궁 입구에 아이들을 내려놓자마자 이사나는 허둥지둥 달려가 아이들을 끌어안았다. 반년 만에 보는 아이들은 성장기답게 전보다 자라 있었다. 하지만 이사나의 눈에는 여전히 한참 작고 어린 아이들이었다. 이사나는 아이들의 뺨을 연신 쓰다듬고 비비다가 문득 화가 나 아이들을 질책했다.

"어쩌자고 너희들끼리 왔어! 위험하게!"

이사나가 야단치자, 에밀리오와 셸던이 이사나를 두 팔로 꽉 끌어안은 채 웅얼거렸다.

"하지만 너무 보고 싶었는걸요."

"이사나, 진짜 진짜 보고 싶었어요."

두 아이의 애교에 굳어져 있던 이사나의 얼굴이 살짝 흐물해졌다. 그때를 놓치지 않고 제라르가 앞에 나서 시무룩한 얼굴로 말했다.

"이사나가 편지를 보내 줬지만, 그래도 잘 지내는지 너무 궁금했어요. 폐를 끼쳐서 정말 죄송해요."

제라르의 말에 이사나는 당치도 않다는 듯 고개를 가로저으며 부정했다.

"아니야, 그럴 리가 없잖니. 전혀 폐가 아니야. 하지만 다음부터는 다른 어른들에게 말을 하고 와. 갑자기 사라져서 다들 걱정했잖아."

"알았어요."

"미안해요, 이사나!"

세 아이가 이사나의 품에 달려들자, 이사나는 버거운 듯 몸을 비틀거리면서도 행복한 얼굴로 세 아이를 끌어안았다. 그 광경을 보며 아드리안과 막스가 속으로 회심의 미소를 지었다.

애교 많은 셸던과 에밀리오가 이사나의 화난 마음을 살살 녹인 다음 진중한 성격인 제라르가 잘못했다고 사과를 하며 마무리한다. 그러면 어떤 잘못을 하던 이사나는 절대 혼을 내지 못했다. 이미 수백 번 반복해 온 일이었지만, 이사나는 때마다 여지없이 헤롱거리며 야단을 치지 못했다. 셸던과 에밀리오, 제라르의 협공은 이제 숨 쉬듯이 당연한 것이었다.

이사나의 용서도 받았겠다. 아이들에게는 거칠 것이 없었다. 아이들은 오랜만에 만난 이사나를 끌어안고 치대며 좋아서 어찌할 줄을 모르는데, 이사나가 그런 아이들을 받아 주다가 문득 뒤를 돌아보며 말했다.

"멜즈, 며칠만 아이들을 아가렉시아에 머물게 해도 괜찮을까?"

이사나의 말에 다섯 아이들은 흠칫 놀라 몸을 떨었다. '멜즈'라면 분명 아가렉시아의 섭정이었다. 아이들은 이사나의 시선 끝에 놓인 알리페르를 바라보았다.

왕과 엇비슷한 큰 키에 화려한 금발과 인상적인 청록색 눈.

생각했던 것보다 험상궂지도 징그럽게 생기지도 않았다. 하지만 왕과 얼굴이 닮았음에도 어쩐지 인상이 서늘해 보였다. 수많은 알리페르와 인간을 학살했다는 말을 들어서인지 더 무섭게 느껴졌다. 아이들은 본능적으로 이사나의 곁에 찰싹 달라붙는데, 그런 아이들을 섭정이 물끄러미 내려다보았다. 그런데 어째서일까, 섭정의 눈빛이 그리 차갑게 느껴지지 않았다. 오히려 이사나처럼 따뜻한 걱정만이 느껴졌다. 혹시 우릴 아는 건가? 아이들은 의아해하는데, 섭정이 눈을 돌려 이사나에게 말했다.

"그건 조금 위험할 거 같아요. 오늘 아침 회의에서도 말했지만, 요즘 페이건들이 활동하고 있어요. 아이들은, 아직 종속 시술을 받지 않아서 자칫하면 위험할 수 있어요."

페이건? 종속 시술? 아이들은 낯선 단어에 고개를 갸웃거리는데, 이사나가 말했다.

"그건…… 그렇지만, 나 때문에 아이들이 여기까지 왔는데……."

"……."

"정 위험하다면 아이들과는 '온실'에만 있을게. 오랜만에 만나는데 금방 헤어지는 게 아쉬워서 그래……."

이사나의 말에 섭정의 얼굴이 몹시 못마땅한 듯 구겨졌다. 그 무서운 얼굴에 아이들은 섭정이 이사나에게 해코지라도 하는 게 아닌가 하는 생각이 들 정도였다. 하지만 그런 걱정이 무색하게 섭정은 선선히 말했다.

"그럼 일주일만 함께 지내도록 해요. 단, 이사나는 오늘부터 모든 일정에서 빠지세요. 왕자들의 경호에만 신경 써 주시면 돼요."

"고마워, 멜즈."

섭정의 말에 이사나는 기쁜 듯이 웃었다. 그 모습에 아이들은 안도의 한숨을 내쉬었다. 소문으로는 섭정이 나쁜 알리페르인 것처럼 묘사되었지만, 생각보다 나쁜 알리페르는 아닌 것 같았다.


아이들이 갑자기 아가렉시아를 방문하면서 아이들을 경호하는 임무를 맡게 된 이사나는 오늘까지만 왕궁에서 지내고 내일부터는 아이들과 함께 '온실'로 들어가기로 했다.

그러나 온실에 들어가기 전에 한 가지 확인해야 할 것이 있었다.

"킷, 있나요?"

아이들과 저녁을 먹은 뒤 이사나는 킷이 있는 왕궁 의무실을 찾았다. 하지만 의무실 안에는 킷 대신 그가 교육 중인 어린 알리페르만이 남아 있었다.

"아, 이사나 님. 무슨 일이신가요?"

"오랜만이에요, 브리안. 킷은 어디 갔나요?"

이사나의 물음에 브리안은 뒷머리를 긁적이며 말했다.

"선생님은 이 시기에 나는 약초를 캐기 위해 잠시 자리를 비우셨어요. 다음 주는 되어야 돌아오실 거예요."

킷의 부재에 이사나는 잠시 망설여졌다. 킷의 수제자인 브리안 역시 뛰어난 의술을 가지고 있었지만, 이사나가 상담할 내용은 섣불리 누군가에게 털어놓을 수 없는 것이었다. 이사나는 잠시 고민하다가 브리안에게 말했다.

"지난번에 킷이 소변으로 건강을 진단할 수 있는 키트를 만들었다는 얘기를 들었어요. 그걸 아는 사람에게 선물하고 싶어서 그런데, 지금 있나요?"

"아, 네. 여기 있어요."

누구에게 주는 거냐고 물을까 봐 긴장했지만, 브리안은 크게 궁금해하는 기색 없이 진단 키트를 이사나에게 건네주었다. 그에 이사나는 브리안에게 고맙다고 인사한 뒤 그것을 들고 화장실로 향했다.

그리고 종합 진단 키트 중, 임신 진단 키트만 빼내 사용해 보았다.

"……"

다소 흐릿하지만 두 줄. 양성이었다. 하지만 도무지 실감이 나지 않아 이사나는 여분으로 있는 키트를 모조리 사용해 보았다. 하지만 전부 두 줄이었다. 이사나는 너무 놀라 손으로 입을 틀어막았다.

진짜 임신이야?!

설마 했던 짐작이 손에 잡힐 듯 확실해지자, 도무지 진정할 수 없었다. 홑몸이 아니라는 게 혼란스럽기도, 무섭기도 했다. 아무리 네오 타입 알리페르가 남성체 여성체 모두 임신이 가능하다고 하지만, 이사나는 이제껏 알리페르로 살아온 날보다 인간으로 살아온 날이 더 많았다. 멜즈와 결혼하면서 막연하게 임신 가능성을 염두에 두고 있긴 했지만, 진짜 했다고 생각하니 좀 많이 두려워졌다.

멜즈에게, 알려 줘야겠지?

멜즈가 안다면 어떤 반응을 보일까? 생각할 것도 없었다. 상상하자마자 바로 떠올랐다. 말해 주는 순간, 펑펑 울 것 같았다. 너무 기뻐서 숨도 못 쉬며 울어댈 그가 절로 상상되었다. 그러자 금방까지의 혼란과 두려움이 언제 그랬냐는 듯 사그라들었다. 그저 이 소식을 전할 생각에 들뜨기만 했다. 이사나는 당장 멜즈에게 달려가 말해 주려다가 멈칫했다.

네오 타입 알리페르는 임신이 그리 쉽지 않았다. 특히 이사나와 멜즈처럼 동성인 경우 그 확률이 기적에 가까울 정도로 떨어졌다. 태가 되는 주머니집 역시 무척 약하다고 들었고. 저도 모르는 사이에 유산할 수 있다고 했다. 이사나는 잠시 고민하다가 결론 내렸다. 굳이 빨리 알려 줄 필요는 없을 것 같았다. 아직 확실하게 임신이라고 밝혀진 것도 아니고. 킷이 돌아오고 확진 받은 다음 알려줘도 괜찮을 것 같았다.

다시 아이들이 있는 방으로 돌아간 이사나는 왕의 영지에 있을 때처럼 자기 싫다고 칭얼대는 아이들을 하나씩 다독이며 재웠다. 아이들의 응석을 받아 주다 보니 밤은 어느새 꽤 깊어져 있었다. 오늘 하루가 꽤 놀랍고 고단했던 탓인지 이사나는 자꾸만 하품이 나왔다. 졸린 눈을 비비며 침실로 들어가는데, 테이블에 앉아 서류를 보고 있는 멜즈가 보였다.

"아직 안 자고 있었어?"

졸음기가 묻어나는 목소리로 묻자, 조명등 아래에서 서류를 읽고 있던 멜즈가 고개를 들어 이사나를 바라보았다. 그런데 기분 탓인지 멜즈의 눈에서 원망이 느껴졌다. 의아함에 이사나가 왜 그러냐는 듯 바라보자, 멜즈는 한숨을 내쉬며 말했다.

"먼저 자요. 조금만 더 보다가 잘 테니까."

멜즈의 말에 이사나는 고개를 갸웃거렸다. 딱히 급하게 처리해야 할 안건은 없는 걸로 아는데? 이사나는 의아했지만, 일단 지금은 잠이 먼저였다. 너무 졸려서 이대로 땅바닥에 붙어 버릴 것 같았다. 이사나는 대충 얼굴에 물만 묻힌 뒤 침대로 뛰어들었다. 폭신한 거위털 이불 속에 파묻힌 몸이 노골노골 녹아드는 게 느껴졌다. 이사나는 행복한 얼굴로 몰려드는 수마에 기꺼이 몸을 맡기는데, 멜즈가 불퉁한 얼굴로 내뱉었다.

"······콘돔 다시 들어왔는데."

"응? 뭐라고?"

"아뇨, 아무것도 아니에요. 잘 자요."

멜즈는 한숨을 내쉬며 다시 서류로 눈을 돌렸다. 이사나는 멜즈가 한 말이 무엇인지 신경 쓰였지만, 눈꺼풀이 지독히 무거웠다.

왜 이렇게 졸리지?

거위털 이불과 한 몸이 된 기분이었다.

그렇게 죽은 듯이 잠이 든 이사나는 꿈을 꾸었다.

몇 주 전쯤에 있었던 일에 대한 꿈이었다.

평소처럼 이사나는 정무를 보는 멜즈를 도우며 그의 호위 기사 겸 비서 노릇을 하고 있었다. 연일 쌓여가는 일거리로 바빴지만, 그게 싫지는 않았다. 누군가가 간절히 바란, 그리고 이사나 자신이 간절히 바라 왔던 세상을 만드는 일이었으니까. 예전과 달리 이제는 멜즈와 따로 떨어져 있을 필요가 없었으니까. 고개를 돌리면 항상 지척에 그가 있는 이 현실이 이사나는 만족스럽기만 했다.

하지만 멜즈는 그렇지 않았던 모양이다.

'이사나, 팔 좀 내밀어 볼래요?'

별것 아니라는 듯 말했지만, 멜즈의 얼굴에는 숨길 수 없는 긴장이 엿보였다. 그에 이사나는 순순히 왼팔을 내밀었다. 그러자 멜즈가 가지고 온 철제 상자에서 기계 장치 부품들을 꺼내더니 이사나의 팔에 대고 조립하기 시작했다. 그게 뭔지는 알 수 없었다. 하지만 온갖 자그마한 기계들이 섬세하게 움직이며 이사나의 팔을 구속하고 있었다. 좀 복잡한 기능을 가진 물건인 것 같았다. 원래 멜즈는 이런 걸 잘 만드니까.

하지만 그걸 자신의 팔에 채우는 멜즈의 얼굴이 영 좋지 못했다. 무엇을 상상하는지 딱딱하게 굳어 있기도 했고. 그래서일까, 이사나는 그 얼굴을 풀어주고 싶어졌다.

'멜즈.'

'……네.'

'이거 혹시 웨딩 링이니?'

이사나의 농담에 멜즈는 퍼뜩 고개를 들어 이사나를 바라보았다. 그러더니 점차 얼굴이 붉어지기 시작했다. 한참 동안 벌게진 얼굴로 어찌할 줄을 모르던 멜즈는 이번엔 참담한 얼굴로 기계 장치에 반쯤 감싸인 이사나의 팔목을 바라보았다. 그걸 뚫어져라 쳐다보던 멜즈는 말없이 팔목에 채우던 부품들을 하나씩 떼어 내어 다시 상자에 담았다.

그리고 며칠 뒤.

이번에도 멜즈는 상자 하나를 가지고 나타났다. 하지만 저번에 보았던 투박한 철제 상자가 아니었다. 부드러운 벨벳으로 감싸인 보석함이었다. 멜즈는 긴장된 얼굴로 상자를 열어 보였다. 그 안에는 다소 심플한 문양의 팔찌 한 쌍이 들어 있었다.

웨딩 링이었다.

이제 와서 끼기에는 늦은 감이 있었다. 보통은 결혼 서약을 할 때 나눠 끼니까. 팔찌는 조립형인지 두 개의 반원형 조각으로 나뉘어져 있었다. 그걸 꺼낸 멜즈는 며칠 전처럼 이사나의 팔에 대고 팔찌를 조립했다. 이사나의 팔에 팔찌가 단단히 채워지자, 이번엔 멜즈가 말없이 자신의 것과 조임 장치를 이사나에게 건네주었다. 그에 이사나 역시 멜즈가 했던 것처럼 멜즈의 팔에 팔찌를 채워 주었다. 그러자 멜즈의 얼굴이 확 붉어졌다. 무척 수줍어하는 얼굴로 손목을 꽉 죄인 웨딩 링을 괜히 만지작거리기도 했다.

그런 멜즈가 사랑스러웠다.

팔찌를 찬 손으로 멜즈의 손을 붙잡자, 웨딩 링끼리 부딪치면서 소리가 났다. 그 소리에, 이젠 서로가 반려임을 분명하게 하는 물질적인 증거에 이사나는 심장이 두근거렸다. 붉게 얼굴을 물들인 채 어떤 말도 하지 못하는 멜즈가 더없이 애틋하게 느껴졌다. 이사나는 문득 멜즈와 무척 키스하고 싶어졌다. 무척 그와 닿고 싶다는 생각이 들었다. 그 욕망은 멜즈 역시 마찬가지였는지 두 사람의 거리는 점점 가까워졌다.

이윽고 두 사람은 손깍지를 낀 채 입술을 부딪쳤다. 말랑하면서도 따뜻한 감촉이 입술에서 느껴졌다. 연인의 온기였다. 10여 년의 세월을 넘어 이제야 함께하게 된 반려의 온기였다.

키스는 점점 농밀해졌지만, 평소와 같은 다급함은 없었다. 그저 봄 햇살처럼 사랑스러운 서로에게 취해 갈구하고 매만지는데 열중할 뿐이었다. 그러다 왠지 멋쩍어져 서로의 얼굴을 보며 웃기도 했다. 침대 위를 뒹굴며 얼마나 키스했을까, 어느새 두 사람의 옷은 엉망으로 구겨진 채 반쯤 벗겨져 있었다. 홧홧하리만치 서로의 체온이 올라가 있었다. 이사나는 그날따라 멜즈와 무척 하고 싶어졌다. 신혼인 만큼 평소에도 멜즈와 자주 몸을 겹치기는 했지만, 그날은 다른 날과 좀 달랐다. 이사나는 멜즈를 바라보며 그의 젖은 입술을 손으로 매만졌다. 그 눈빛에, 그 손짓에 멜즈는 애송이처럼 얼굴을 붉힌 채 어찌할 줄 몰랐다.

'……콘돔, 가져올게요.'

멜즈는 짧게 내뱉으며 일어나려 했지만, 이사나는 도리어 그를 붙잡았다. 당장 몸을 겹치고 싶어 견딜 수 없는데, 피임 기구 따위를 가지러 가겠다니, 그런 그가 이상할 정도로 야속하게 느껴졌다. 갑자기 생긴 심술에 이사나는 멜즈를 끌어당겨 침대에 눕힌 뒤 그의 위에 올라탔다. 그러자 멜즈가 긴장으로 잔뜩 굳어진 얼굴로 이사나를 올려다보았다. 이사나는 그런 멜즈를 내려다보며 말했다.

'나중에.'

'이사나?'

'좀 있다가 가지러 가.'

그 말에 멜즈의 얼굴에 갈등이 서렸다. 하지만 이사나는 기회를 놓치지 않고 다시 입을 맞췄다. 자신을 위해서라지만, 그놈의 피임에 집착하는 멜즈가 그날따라 몹시 얄미웠다. 종종 아기용품을 넋을 놓고 바라보던 주제에 도대체 왜 그러는지 이해를 할 수 없었다.

다소 강제적인 키스에 멜즈는 잠시 버거워했지만, 이사나를 밀어내지 않았다. 아까보다 낯빛에 서린 갈등만 깊어질 뿐이었다. 갈팡질팡하는 그 얼굴이 귀여워 이사나는 저도 모르게 충동적으로 말했다.

'오늘만 없이 하자.'

'……이사나, 그건…….'

'지금 당장 하고 싶어.'

그렇게 말하며 이사나는 멜즈의 얼굴에 뺨을 비벼 댔다. 어리광을 닮은 애교 섞인 몸짓에 멜즈의 몸이 우뚝 굳어졌다. 그제야 이사나는 자신이 너무 민망한 짓을 저질렀다는 걸 깨닫고 후회하는데, 돌연 멜즈가 몸을 돌려 이사나를 침대에 눕히더니 거칠게 키스를 해왔다. 어디로도 도망가지 못하게 어깨를 꽉 붙든 채 약탈하듯 입술을 겹치고 또 겹쳤다. 그에 용기를 얻은 이사나 역시 멜즈의 목에 팔을 두른 채 그 강압적인 키스에 열렬히 호응했다.

한참을 키스한 뒤에야 멜즈는 입술을 떼어 내며 으르렁댔다.

'나중에 후회하지 말아요.'

그 말에 이사나는 살짝 웃었던 것 같다. 도대체 무슨 후회를 한다는 건지 알 수 없었다. 이렇게 행복하기만 한데. 이사나의 웃음을 무슨 뜻으로 받아들인 건지 멜즈는 살짝 울컥한 얼굴로 목덜미를 물었다. 따끔하면서도 간지러운 감각에 이사나가 키득거리자, 멜즈가 농밀하게 혀로 핥으며 어느새 옷 밖으로 삐져나온 유두를 매만졌다. 몸뚱이에 불이 붙는 건 한순간이었다. 이사나는 멜즈의 애무에 잔뜩 흥분해 숨을 헐떡였다.

'읏······!'

평소보다 성급한 교접에 이사나는 잇새로 신음을 내뱉었다. 내부가 꽉 들어차는 그 감각에 숨이 막히면서도 무척 뿌듯해졌다. 멜즈는 자신이 버거워하지 않을까 조심스럽게 움직였지만, 아니었다. 이런 버거움조차 이사나는 무척 사랑스러웠다. 정신적인 만족감에 절로 등허리가 떨려 왔다.

종종 이사나는 멜즈와 이렇게 함께 있는 게 믿기지 않을 때가 있었다. 어떤 때는 몸을 던진 바닷속에서 꿈을 꾸고 있는 게 아닐까 하는 생각이 들 때도 있었다.

그랬기에 매순간 이것이 꿈이 아니라는 증명이 필요했다.

'멜, 읏, 멜즈, 세게, 흣, 더, 읍, 아······!'

이런 행복한 현실이 허무한 바람이 아니라는 것을 일깨워 줄 그의 체온이 필요했다. 이사나는 정신없이 흔들리는 와중에도 멜즈의 손을 붙잡았다. 함께 맞잡은 손에서 웨딩 링이 금속성을 내며 부딪쳤다. 그에 이사나는 더할 나위 없이 행복해졌다. 막연하게 앞으로도 계속 이렇게 행복할 것만 같았다. 이사나는 가슴이 부풀어 오르는 따스함을 만끽하다가 잠에서 깼다. 그리고 눈을 뜨자, 아침햇살 아래에서 웃고 있는 멜즈가 보였다.

"잘 잤어요?"

아침이어서 그런지 멜즈의 얼굴은 날카로운 기가 빠져 퍽 순해 보였다. 이사나는 손을 뻗어 햇빛에 반짝이는 그의 머리카락을 매만졌다. 그리고 영롱한 청록색 눈을 마주하며 부드럽게 휜 그의 눈매를 손으로 훑었다.

꿈이 아닌, 현실의 그가 손끝으로 느껴졌다.

죽지 않고 살아남아 어른이 된 그가 따스하게 매만져졌다.

멜즈에게 말은 하지 않았지만, 이사나는 사실 어른이 된 멜즈를 꽤 많이 좋아했다. 아름답고 냉랭한 이 얼굴에 때때로 가슴이 떨릴 때가 있었다. 분명 어릴 때는 그저 귀엽다고만 생각했었는데. 이사나는 그런 자신이 퍽 이상해 멋쩍게 웃는데, 문득 몸뚱이가 썰렁하게 느껴졌다. 위화감에 이사나는 아래를 봤다가 아연해졌다.

"……멜즈, 이게……."

잘 때만 해도 입고 있던 잠옷이 홀딱 벗겨져 있었다. 게다가 자는 사이에 이미 실컷 만지고 있었는지 가슴팍은 울긋불긋했고 유두 역시 도톰하게 부어 있었다. 이사나는 황망함에 멜즈를 바라보는데, 멜즈가 대뜸 이사나를 끌어안고 키스했다. 텁텁하면서도 달콤하기 짝이 없는 키스에 이사나는 멜즈에게 안긴 채 신음하는데, 멜즈가 그런 이사나 매만지며 안타깝게 말했다.

"이사나가 자는 동안, 얼마나 밤이 길었는지 몰라요."

"아……."

"이제 다 잔 거 맞죠?"

멜즈는 야한 눈매를 접으며 재차 물었다. 어느새 그의 손은 아래로 내려가 있었다. 아침이라 팽팽하게 부푼 이사나의 것을 매만지며 그의 것과 겹치고 있었다. 이사나는 멜즈의 손길에 몸을 움찔거리며 달뜬 숨을 내쉬었다. 설마 어제 그 시간까지 안 자고 있었던 건 역시 하고 싶어서였던 걸까? 이사나는 일어나자마자 받게 된 자극에 등 허리를 떨며 멜즈를 바라보았다. 멜즈는 여전히 이사나가 사랑스럽 다는 듯 부드러운 얼굴로 바라보고 있었다. 그와 반대로 성기를 추 삽질하는 손은 음란하기 짝이 없었다. 안타깝게 조였다가 풀기를 반 복하는 손과 뜨거운 성기의 감촉에 발끝이 절로 곱아들었다.

"아……! 흡, 아, 아……! 읏……!"

얼마 지나지 않아 이사나는 멜즈의 손에서 절정에 다다랐다. 좋기 는 했지만, 일어나자마자 사정하게 되어서인지 진한 탈력감이 몰려 들었다. 이사나는 가쁜 숨을 헐떡이며 노곤한 눈으로 멜즈의 손안에 흩뿌려진 액을 내려다보았다. 커다란 손바닥을 흠뻑 적실 정도로 양 이 많았다. 멜즈 역시 그걸 바라보며 만지작거리다가 손을 아래로 내렸다. 그리고 이사나의 둔부를 거머쥐었다. 이사나가 흠칫 몸을 떨자, 멜즈는 긴장하는 소동물을 달래듯 눈가에 키스해 왔다. 멜즈 의 아름다운 청록색 눈은 어느새 거뭇한 욕망으로 일렁이고 있었다. 이사나는 곧 있을 행위의 기대감으로 몸이 떨려오는 걸 느끼는데, 문득 무언가가 머릿속을 스쳤다.

'임신 초기에는 격렬하게 움직이면 안 된다고 하던데!'

그걸 떠올리자마자 이사나는 다급히 멜즈를 밀쳐냈다. 하지만 그 를 밀치고 나서야 이사나는 아차 싶었다. 역시나, 멜즈는 이사나의 거부에 당황한 얼굴을 하고 있었다. 이사나는 무슨 말을 어떻게 해 야 할지 알 수 없었다. 그렇게 잠시 머뭇거리는 사이, 어쩐지 변명할 타이밍을 놓치게 되었다. 그리고 두 사람 사이로는 어색한 침묵이 내려앉았다.

이사나는 난처하게 눈을 이리저리 굴리다가 결국 포기하듯 내뱉었다.

"……애들을 깨우러 가야할 것 같아. 먼저 일어날게."

그리고 도망치듯 욕실로 들어갔다. 침대에 홀로 남겨진 멜즈가 신경 쓰였지만, 도무지 뒤를 돌아볼 용기가 나지 않았다.

* * *

"……."

"……."

아이들을 깨워 식당으로 들어온 이사나는 먼저 자리에 앉은 멜즈를 힐끔 바라보았다. 아침에 멜즈를 거부한 뒤, 멜즈가 이사나에게 딱히 뭐라 한 건 없었지만, 이사나는 괜히 제 발이 저려 멜즈의 눈치를 보고 있었다. 이사나는 아이들을 챙겨 주다가 식사를 하는 멜즈를 또 힐끔거렸다. 멜즈는 여전히 킷이 만든 조제식을 먹었지만, 이사나와 식사를 하게 된 이후로 샐러드나 빵 정도는 같이 먹을 수 있게 되었다. 이사나는 샐러드를 아삭거리는 멜즈를 물끄러미 바라보다가 그에게 물었다.

"멜즈, 샐러드는 맛있니?"

이사나의 말에 양상추를 씹던 멜즈는 의아한 듯 이사나를 바라보다가 대답했다.

"네, 맛있어요."

"좀 더 덜어 줄까?"

"아뇨, 괜찮아요."

이사나의 말에 멜즈는 웃으며 거절했다. 멜즈는 그저 더 먹을 생각이 없다는 의사를 표현한 것에 불과했지만, 이사나는 불안감에 괜히 안절부절못했다. 멜즈는 평소와 다를 바가 없었다. 그런데도 이사나는 어째서인지 멜즈가 선을 긋는 듯한 기분이 들었다. 겨우 섹스 한 번 안 했다고 그걸로 멜즈가 마음 상해 할 아이가 아니라는 건 알고 있지만, 지난 몇 년간 모르는 사람처럼 지내 와서인지 괜히 마음이 초조하고 불안해졌다.

식사 후, 따뜻한 차로 입을 헹군 멜즈는 자리에서 일어나며 말했다.

"그럼 저는 먼저 일어나도록 할게요."

"아……."

아이들에게 다과를 챙겨주던 이사나는 자리에서 일어나는 멜즈를 초조하게 바라보았다. 그에 멜즈는 의아해하면서도 기다리던 비서들과 함께 식당 밖으로 나갔다. 이사나는 멜즈가 나가는 모습을 지켜보며 어찌할 줄을 모르다가 아이들에게 말했다.

"애들아, 잠시만 나갔다가 올게. 여기서 기다리고 있으렴."

그러고는 허둥지둥 멜즈를 따라 밖으로 나갔다. 그에 해맑은 얼굴로 이사나를 향해 손을 흔들던 아이들은 이사나가 사라지자마자 심각한 얼굴로 서로를 쳐다보았다.

"이사나, 지금 섭정한테 눈치 보고 있는 거 맞지?"

"맞아, 내 눈에도 그렇게 보였어."

아이들은 식사하는 내내 섭정에게 절절매던 이사나를 떠올리며 치를 떨었다. 이사나는 마치 죄 지은 사람처럼 눈치를 보며 섭정에게 이것저것 챙겨 주려 애를 썼다. 하지만 섭정은 웃는 얼굴이기는 했지만, 연신 이사나의 호의를 거절했다.

이사나가 저렇게 매달리는데, 어떻게 계속 거절할 수 있지?!

아가렉시아의 왕인 렉사조차 이사나에게 저렇게 대한 적이 없었다. 소중하디소중한 사람이 이렇게 홀대를 당하고 있었을 줄이야! 아이들은 적잖은 충격을 받았다. 어제만 해도 섭정이 이사나에게 잘해 주는 것 같아 안심하고 있었는데, 배신이었다. 아이들은 저마다 굳어진 낯을 펴지 못하는데, 신중한 제라르가 먼저 아이들에게 말했다.

"그래도 우린 여기 온 지 하루밖에 지나지 않았잖아? 선불리 판단할 일은 아니라고 생각해."

"하지만 이사나가 정말로 섭정에게 괴롭힘당하고 있는 거면 어떡하지?"

셸던이 웅얼거리자, 아드리안은 뭘 당연한 걸 묻냐는 듯 말했다.

"당연히 다시 왕께 데려가야지. 셸던, 우리가 여기 온 이유를 잊지 마. 우린 어디까지나 이사나가 잘 지내는지 확인하러 온 거니까. 그러니."

"섭정이 체류를 허락한 일주일간 잘 살펴보자고?"

막스의 말에 아드리안이 고개를 끄덕였다. 암묵적으로 결정을 내린 아이들은 일제히 이사나가 나간 문 쪽을 바라보았다.

아가렉시아 섭정.

네가 정말 우리 이사나를 괴롭히고 있었다면 절대 가만두지 않을 거야!

아이들의 눈은 결의로 이글거렸다.

* * *

"멜즈, 멜즈……!"

이사나가 급하게 쫓아가자, 비서와 함께 얘기하며 복도를 걷던 멜즈가 뒤를 돌아보았다. 뭔가 심상치 않은 기색에 멜즈는 비서를 먼저 집무실로 보냈다.

"무슨 일이에요?"

아침부터 어딘가 좀 이상한 기색을 보이던 이사나였다. 멜즈는 의아한 눈으로 이사나를 바라보는데, 정작 쫓아온 이사나는 멜즈와 마주하면서도 뭐라 말을 하지 못했다. 그저 초조한 얼굴로 어찌할 줄을 모를 뿐이었다.

"이사나?"

멜즈가 걱정스러운 얼굴로 재차 그의 이름을 부르자, 이사나는 눈을 이리저리 굴리며 망설이다가 간신히 입을 열었다.

"아까, 아침에 말이야……."

이사나가 꺼낸 말에 멜즈는 잠시 굳어졌다. 하지만 이내 싱긋 웃으며 말했다.

"아까 말이에요? 저야말로 미안했어요. 하고 싶지 않았는데 괜히 자고 있는 이사나를 괴롭혀서."

산뜻하기 짝이 없는 사과에 이사나는 더욱 안절부절못했다. 멜즈가 어른스럽게 이해해 주고 있는데, 어째서인지 이사나는 계속 불안해졌다.

그저 기억 속의 멜즈와 너무 반응이 다르기에 도리어 그의 애정을 의심하게 된 걸까? 그렇다면 문제는 멜즈가 아닌 자신일지도 몰랐다. 하지만 이사나는 도무지 이 불안한 마음을 어찌할 수 없었다. 결국 나는 무슨 말을 하고 싶었던 걸까? 이사나는 시무룩한 얼굴로 고개를 떨어뜨리는데, 그런 이사나를 물끄러미 바라보던 멜즈가 대뜸 이사나를 끌어안았다. 그에 이사나가 조금 놀라자, 멜즈는 배시시 웃으며 말했다.

"왜 그렇게 불안해하는지는 모르지만, 이사나, 저는 이제 이사나가 생각하던 어린애가 아니에요. 이사나가 무조건 다 떠안으려 할 필요는 없어요."

"아……."

그 말에 온몸을 지배하고 있던 불안이 순식간에 사그라드는 걸 느꼈다. 동시에 깨달았다. 자신은 멜즈에게 이런 말을 듣고 싶었던 건지도 모른다는 것을. 그걸 깨닫자 너무 부끄러워 얼굴이 다 화끈거려왔다. 그런 이사나를 알아차렸는지 멜즈는 상냥하게 미소 지으며 말했다.

"그러니 불안해하지 말고 이사나는 가서 오랜만에 만난 아이들과 좋은 시간을 보내세요. 저는 제가 할 일을 할 테니까요."

멜즈는 짧게 키스한 뒤 다시 집무실로 향했다. 그에 이사나는 괜히 낯부끄러워져 뒷머리를 긁적거렸다. 괜히 과민하게 굴었다는 생각이 들기도 했다. 멜즈가 예전과 달라졌다면 그게 좀 더 어른스러운 방향으로 변한 것도 있다는 건데……. 그런 생각이 들자, 이사나는 아까와 달리 가벼운 마음으로 아이들이 있는 객실로 돌아갈 수 있었다.

하지만 이사나의 짐작과 달리 집무실로 향하는 멜즈의 얼굴은 어느새 불안으로 어둑해져 있었다.

\* \* \*

아침 식사를 마치고 이사나는 아이들을 이끌고 왕궁을 나섰다. 하지만 그들만 가는 게 아니었다. 아가렉시아 왕국군이 물 샐 틈 없이 그들을 호위한 채였다. 자못 삼엄한 기세에 아이들은 몸을 움츠린 채 이사나에게 물었다.

"이사나, 우리 지금 어디로 가고 있는 거예요?"

아이들의 물음에 이사나는 걱정하지 말라는 듯 웃으며 말했다.

"온실로 가고 있는 거란다."

"온실이요?"

차를 타고 얼마 가지 않아, 아이들의 눈앞에 어마어마하게 큰 건축물이 나타났다. 투명한 유리 돔으로 뒤덮인 건물은 이사나의 말 그대로 온실을 연상케 했다. 물론 보통 온실과 비교도 할 수 없을 만큼 거대한 건물이긴 했다.

"엄청 커!"

"예쁘다……."

유리로 둘러싸인 건물은 무척 웅장하면서도 아름다웠다. 그 반짝임에 매료된 아이들을 챙기며 이사나는 온실 안으로 들어갔다. 특수 유리를 겹겹이 감싸 만든 온실은 몇 개의 보안 시설을 거쳐야 겨우 안으로 들어갈 수 있었다.

"우와……!"

아이들은 온실 안의 광경을 보고 탄성을 내질렀다. 5층까지 있는 온실의 1, 2층은 한 층으로 뻥 뚫려 있었는데, 마치 식물원처럼 온갖 나무와 관목들이 군데군데 심겨져 있었다. 심지어 가장자리 공터는 전부 잔디를 심어놓아 뛰어놀기 좋아 보였다. 실제로 잔디밭에 알리페르 유충들이 신나게 뛰어다니고 있었다.

"삐잇!"

"삣! 삣삣!"

이사나와 아이들이 보안 시설을 통과해 잔디밭으로 들어서자, 몇 몇 유충들이 호기심 어린 눈으로 몰려들었다. 그중 이사나가 낯이 익은지 유충들은 이사나의 주위를 빙글빙글 맴돌기도, 놀아 달라고 옷자락을 잡아당기기도 했다. 심지어 바짓단을 타고 어깨까지 올라 가기도 했다. 이사나는 웃으며 말썽쟁이들을 쓰다듬는데, 제라르가 의아한 얼굴로 이사나에게 물었다.

"이사나, 여기는 뭐 하는 곳이에요?"

제라르의 물음에 이사나는 어떻게 설명해야 할지 몰라 난감해하 다가 내뱉었다.

"이곳은, 보호소야."

"보호소요?"

"정확히는 이 유충들이나 너희들처럼 아직 성충이 되지 않은 알리 페르들을 위한 보호소야. 아가렉시아는 왕의 아래 모든 알리페르가 동등한 권리를 가지고 누구의 슬레이브도 될 수 없다고 규정하고 있지 만, 바깥의 알리페르들은 아니거든. 그들은 여전히 옛날처럼 종속 시 술을 받지 않은 어린 알리페르들을 납치해 슬레이브로 삼기도 하지."

한때는 멜즈가 앞장서서 아가렉시아 주변에 있는 그들을, '페이건' 들을 제압해 주기적으로 아가렉시아 왕국민으로 편입되게끔 했다. 덕분에 꽤 큰 무리는 와해되어 거의 사라졌지만, 아직도 남아 있는 잔당들은 아가렉시아에 있는 인간들과 어린 알리페르들을 납치해 가곤 했다. 특히 최근에 남은 놈들은 더욱 교활해져 멜즈가 골치를 앓고 있었다.

멜즈가 직접 나서서 토벌할 수도 있지만, 멜즈는 이제 아가렉시아를 통치하는 것만으로도 하루 일정을 소화하기 벅찼다. 만에 하나 그에게 무슨 일이 생겨도 안 되었고, 놈들이 아가렉시아 체제 자체를 무너뜨릴 만큼 영향력을 가진 건 아니었지만, 어쨌든 다시 활동을 개시한 이상 조심할 필요가 있었다.

"그런데 이사나, 종속 시술이랑 슬레이브가 뭐예요?"

막스의 질문에 이사나는 난감해졌다. 자신은 설명을 잘하는 편이 아니었으니까. 이사나는 잠시 끙끙거리다가 겨우 입을 열었다.

"슬레이브는, 음, 그러니까, 싫어하는 일을 억지로 하게끔 만드는 거야. 막스가 싫은데도 그렇게 해야 하는 거지. 만약 막스가 슬레이브가 되면 매일 당근 한 뿌리씩을 먹어야 해. 간식도 막스가 좋아하는 버터크림 대신 팥 앙금이 든 것만 먹어야 하고. 종속 시술은 막스가 그렇게 되는 것을 막아 주는 시술이야."

이사나의 설명에 막스의 얼굴이 희게 질렸다. 다른 네 아이 역시 마찬가지였다. 편식쟁이 막스에게 매일 당근을 한 뿌리씩이나 먹인 다니! 충격이 아닐 수 없었다. 그런 아이들을 보며 이사나는 뒷머리를 긁적였다. 아무래도 아이들에게 괜한 걱정을 사게 한 것 같았다. 하지만 아이들은 아직 종속 시술을 받지 않은 상태였다.

종속 시술은 통증을 유발했기에 보통 온실의 연구소에서 탈피할 때 함께 받곤 했다. 하지만 왕의 영지에서 자란 아이들은 이미 유충에서 탈피를 마친 상태였기에 성충이 되는 성년식까지 기다려야 종속 시술을 받을 수 있었다. 그러니 슬레이브가 될 가능성이 있는 지금으로서는 조심하는 수밖에 없었다. 이런 시기에 괜히 밖에 있다가 납치라도 당하면 큰일이니까.

아이들은 아가렉시아가 궁금해서 찾아왔겠지만, 여러모로 시기가 좋지 않았다. 나중에라도 안정이 되면 이곳저곳을 다니며 구경시켜 줘야겠다고 다짐하는데, 에밀리오가 이사나에게 물었다.

"그런데 이사나. 이사나는 왜 계속 가면을 쓰고 있어요?"

"응?"

"맞아, 아가렉시아에 온 첫날부터 줄곧 가면을 쓰고 있잖아요."

아드리안 역시 이상하다는 듯 물었다. 그에 이사나는 난감해졌다. 자신이 '이사나 넥시움'임을 숨기기 위해 쓰고 있는 것이지만, 아이들에게 그런 복잡한 사정을 설명할 수 없었다. 이사나는 난감한 얼굴로 아이들을 내려다보았다. 그리고 이사나의 침묵이 길어질수록 아이들의 얼굴도 걱정으로 굳어져 갔다. 그 무언의 압박을 견디지 못한 이사나는 저도 모르게 내뱉었다.

"머, 멋있어 보이려고?"

"……."

"……."

어이없는 대답에 아이들은 진심이냐는 듯 이사나를 바라보았다. 그에 무안해진 이사나는 슬금슬금 꽁무니를 빼며 말했다.

"목마르지? 마실 것 좀 가져올게. 여기서 기다리고 있으렴."

그리고 허둥지둥 도망쳤다. 그런 이사나의 뒷모습을 바라보며 셸던이 아리송한 얼굴로 중얼거렸다.

"정말 멋있어 보이려고 쓰는 걸까?"

그 말에 아드리안이 어처구니없어 하며 쏘아붙였다.

"바보야, 그럴 리가 없잖아! 물론 멋있어 보이기는 해! 어울리기도 하고! 하지만 이사나가 그런 이유로 저런 걸 쓸 사람은 아니잖아!"

아드리안의 말에 에밀리오가 고개를 갸웃거리며 말했다.

"그럼 도대체 왜 쓰고 있는 걸까?"

아이들은 저마다 의문에 휩싸이는데, 막스가 돌연 굳어진 얼굴로 아이들에게 말했다.

"나, 뭔지 알 거 같아."

"뭔데?!"

"뭐 때문에 이사나가 가면을 쓰는 건데?!"

형제들의 재촉에도 막스는 무슨 이유인지 쉽사리 입을 열지 못했다. 하지만 계속된 형제들의 추궁에 막스는 괴로운 얼굴로 말했다.

"어쩌면…… 섭정에게 얻어맞은 자국을 가리는 용도일지도 몰라."

막스의 말에 아이들은 경악한 얼굴로 막스를 바라보았다. 얻어맞은 자국이라니! 충격적인 말에 아이들의 얼굴이 희게 질리는데, 막스가 눈을 피한 채 울듯한 얼굴로 말했다.

"하지만…… 나 관료들이 궁인들과 떠드는 걸 들었는걸. 섭정이 요즘 착해진 건 전부 이사나가 섭정의 욕구를 채워 줘서 그런 거라고. 하지만 섭정은 폭력적인 알리페르잖아. 그러니까……."

"서, 섭정이 이사나를 때려서 폭력적인 욕구를 다스린 거란 말이야?!"

"……그런 것 같아……."

침통한 막스의 말에 아이들은 대번에 울상이 되었다. 3년 내내 자신들의 뒤치다꺼리를 해 주다가 이제 겨우 좋아하는 사람과 다시 만나 행복하게 사는 줄 알았는데, 사실은 그 상대가 이토록 질 나쁜 알리페르였다니! 아이들은 충격으로 말을 잃는데, 이사나가 아이스박스를 들고 아이들 앞에 다시 나타났다.

"애들아, 음료수랑 아이스크림도 같이 가져왔는데 어떤 게 먹고
싶니?"

"이, 이사나……."

"흡, 이사나……."

"응?"

다섯 아이들이 눈물이 그렁그렁 맺힌 눈으로 일제히 이사나를 바
라보았다. 그에 이사나는 무슨 일인지 몰라 당황하는데, 아이들이
울면서 이사나의 품에 뛰어들었다.

"흐어어어엉!"

"미안해요, 이사나……!"

"애, 애들아?"

이사나가 놀라서 아이들을 불렀지만, 아이들은 이사나의 허리를
붙잡으며 통곡할 뿐이었다. 때 아닌 난리에 이사나는 무척 당황하며
어찌할 줄을 몰랐지만, 아이들은 숨이 넘어갈 정도로 계속 울었다.

간신히 아이들을 달랜 이사나는 아이들을 데리고 가까운 휴게실
로 들어갔다. 이사나는 의자에 앉은 아이들에게 음료수와 아이스크
림을 하나씩 쥐어주며 조심스럽게 물었다.

"정말 무슨 일 없는 거니?"

"네, 훌쩍, 없어요."

이사나는 갑자기 울음을 터트린 아이들이 걱정되어 무슨 일이냐고
물었지만, 아이들은 약속이라도 한 듯 조개처럼 입을 꾹 다물었다. 수
상하기 짝이 없었지만, 더는 물어봐도 소용이 없을 것 같았다. 아이들
은 꽤 고집이 센 편이었으니까. 한번 입을 다물면 달래도 여간 해서는
입을 열지 않았다.

다행히 먹성은 여전히 좋아 아이스크림과 음료수를 손에서 놓지 않았지만. 먼저 말을 해 줄 때까지 기다려야 하나? 이사나는 잠시 고민하는데, 훌쩍거리던 셸던이 이사나에게 물었다.

"이사나, 혹, 섭정이 그렇게 좋아요?"

"뭐, 뭐?!"

갑작스러운 말에 이사나는 당황하는데, 셸던이 코를 훌쩍거리며 계속 말했다.

"하지만, 훌쩍, 오는 동안 이런 얘기를 들었는걸요. 섭정은 비정하고 악독하고 피에 환장한 나쁜 알리페르라고요. 그래서…… 저도 아드리안도 제라르도 에밀리오도 막스도 많이 걱정했어요."

셸던의 말에 이사나는 가슴이 찡해지는 걸 느꼈다. 그 말은 자신이 멜즈와 잘 살고 있는지 걱정되어 이곳에 온 것이라는 얘기였으니까. 이사나는 포슬포슬한 셸던의 머리를 쓰다듬으며 말했다.

"셸던, 섭정 각하는, 멜즈는 나쁜 알리페르가 아니야. 오히려 무척 착한 알리페르야. 다른 사람들이 오해하는 것뿐이야. 내게도 얼마나 잘해 주는데."

"그, 그치만."

"정말이야, 멜즈는 착해."

이사나의 단언에 셸던을 비롯한 아이들은 의아해졌다. 정말 섭정은 착한데 모두가 오해하고 있는 걸까? 생각해 보면 섭정이 그리 나쁘게 굴지 않았던 것 같기도 했다. 정말 나쁜 알리페르라면 이사나와 이렇게 시간을 보내게끔 배려해 주지 않았을 테니까. 하지만 다른 사람들은 나쁜 알리페르라고 말했는데……. 아이들은 혼란스러워하는데, 막스가 여전히 훌쩍이며 이사나에게 물었다.

"하지만 궁인들은 섭정이 착해진 게 이사나가 섭정의 욕구를 풀어
줘서 그런 거라고 하던데요?"

"뭐, 뭐어?!"

"사실이에요? 정말 이사나가 흑, 섭정에게 몸을 바쳐서 섭정이 착
해진 거예요?"

막스의 추궁에 이사나의 얼굴이 목 끝까지 벌게졌다. 도, 도대체
누가 그런 말을……! 이사나는 당황해 어찌할 줄을 몰랐다. 이사나가
제대로 설명을 하지 못하자, 아이들의 얼굴 역시 점점 울상이 되어
갔다. 아, 아니, 그게……. 이사나가 버벅거리자, 급기야 하나 둘씩
울음을 터트리기 시작했다.

"이사나가, 흐앙, 이사나가……!"

"역시 맞고 있었어—!"

아이들은 아예 통곡을 했다. 어, 애들아, 그거 아니야. 그거 오해
야! 이사나는 뒤늦게 아이들의 오해를 풀려고 했지만, 쉽지 않았다.
오해를 풀기 위해서는 이사나가 풀어 준 멜즈의 욕구가 무엇인지 말
해야 했기 때문이다. 결국 가면 속의 멀쩡한 얼굴을 보여 주고 나서
야 이사나는 아이들의 민망한 추궁으로부터 벗어날 수 있었다.


아이들을 겨우 재운 뒤 이사나는 한숨을 내쉬며 아이들의 방에
서 나왔다. 오늘 하루도 꽤 고단했다. 아이들이 전보다 자라서인지
임신 때문인지 아이들을 돌보는 게 전보다 힘에 부쳤다. 이사나는
하품을 하며 온실에 있는 자신의 객실로 들어가는데, 객실 안에 반
가운 손님이 기다리고 있었다.

"멜즈?"

"늦었네요."

멜즈는 웃으며 객실로 들어오는 이사나를 맞아 주었다. 이사나는 반가움에 한달음에 달려가 멜즈의 앞에 섰다. 매일 하루 종일 붙어 있다가 못 봐서인지 그가 무척 반갑게 느껴졌다.

"여긴 어떻게 왔어."

"자기 전에 이사나 얼굴 한번 보고 싶어서요."

멜즈는 눈을 곱게 접으며 말했다. 그에 이사나는 괜히 멋쩍어졌다. 언제나 그렇듯 아이들을 전부 재우고 나니 시간은 어느새 자정에 가까운 시간이 되어 있었다. 오늘 하루도 숨 돌릴 틈 없이 계속 바빴을 텐데, 얼굴 한번 보겠다고 이곳까지 찾아오다니. 미안하면서도 좀 기뻤다. 이사나 역시 귓가를 붉힌 채 "나도 보고 싶었어."라고 말하자, 멜즈는 기쁜 듯이 더욱 짙게 웃었다. 그리고 손을 들어 이사나가 하루 종일 쓰고 있던 가면을 벗겨 주었다.

"아……."

가면을 벗자, 기분 탓인지 감각이 더욱 선연하게 느껴졌다. 열락으로 들끓는 청록색 눈이 이사나를 직시하고 있었다. 마치 무언가의 전조처럼 멜즈는 흐트러진 이사나의 머리카락을, 그리고 얼굴을 차례로 매만졌다. 적나라한 갈망이 느껴지는 그 손길에 이사나는 얼굴이 화끈 달아올랐다. 어느새 멜즈의 얼굴이 점점 가까워져 오고 있었다. 이사나는 그런 멜즈를 홀린 듯이 바라보다가 눈을 감고 기꺼이 그를 받아들였다.

말랑하면서도 뜨거운 입술이 겹쳐졌다. 처음에는 조심스럽게 입술만 문질거렸지만, 이사나가 유순하게 키스를 받아들이자, 멜즈는 이내 이사나를 꽉 끌어안고서 혀를 섞었다. 커다란 손으로 뒷머리를 받치며 깊게 키스하자, 이사나는 다리가 절로 떨려오는 걸 느꼈다. 혀로 입 안이 범해지는 듯한 난폭한 키스였다. 하지만 그와 이런 키스를 나눈 지 반년이나 되었음에도 이사나는 좀처럼 이 관능적인 키스에 익숙해질 수 없었다.

"하아……."

이사나는 버거운 숨을 헐떡이며 멜즈를 바라보았다. 타르처럼 진득해진 그의 눈빛에 얼굴이 절로 화끈거려왔다. 멜즈는, 그는 여전히 이사나의 안에서 귀여운 아이였지만, 가끔 저런 무서운 눈빛을 할 때가 있었다. 뼛속까지 발라먹고 싶어 안달이 난 듯한 포식자의 눈. 그게 오싹하면서도 입 안을 바짝 마르게 했다.

멜즈는 검게 어두워진 눈으로 이사나의 뺨을 쓰다듬었다. 외골격이 도드라진 손은 눈가와 뺨, 입술을 쓸다가 가슴으로 내려갔다. 그리고 제복 아래로 도톰하게 일어선 유두를 만지작거렸다. 이사나가 작게 신음하자, 멜즈의 손길은 더욱 노골적으로 변했다. 등허리를 감싼 팔에 단단히 힘이 들어갔다. 그 정욕에 잠긴 손짓에 이사나는 멜즈가 자신을 무척 원한다는 걸 깨달았다. 지금 당장이라도 침대에 엎어 놓고 엉망진창으로 만들고 싶어 어찌할 줄을 모른다는 걸 알아차렸다.

그걸 깨달은 순간, 이사나는 또다시 아침처럼 멜즈를 밀쳐냈다.

"아……."

정신을 차렸을 때는 이미 멜즈가 당혹감을 고스란히 얼굴에 드러낸 후였다. 그에 이사나가 무어라 말을 하려 했지만, 이번에도 아침처럼 할 수 있는 말이 없었다. 단순하게 임신일지도 모른다는 생각에 밀친 것이었지만, 그걸 말하자니 혹여 임신이 아니었을 때 멜즈가 느낄 실망감이 무서웠다. 동성 간의 결합은 임신과 주머니 집 정착이 무척 어려웠다. 섣불리 말할 수 있는 사안이 아니었다. 난감함에 이사나는 어찌할 줄을 모르는데, 멜즈가 한 발자국 뒤로 물러서더니 이사나에게 말했다.

"밤이 늦었네요, 가 볼게요."

그리고 테이블에 늘어놓은 서류를 챙겨 밖으로 나가려 했다. 그에 이사나는 가슴께가 서늘해지는 걸 느꼈다. 이사나는 허둥지둥 멜즈를 뒤쫓아 그를 붙잡았다.

"멜즈! 잠깐만! 가지 마!"

이사나는 나가려는 멜즈를 붙잡았지만, 뭐라 할 말이 없었다. 하지만 본능처럼 느끼고 있었다. 이대로 멜즈를 보내서는 안 된다고. 이사나가 붙잡자, 멜즈는 그대로 있기는 했다. 하지만 기분 탓인지 눈빛이 얼음장처럼 차갑게 느껴졌다. 이사나는 그게 두려웠다. 멜즈가 또다시 자신을 그렇게 보는 게, 밀어내는 게 세상에서 제일 무섭게 느껴졌다. 다급해진 이사나는 저도 모르게 이렇게 내뱉었다.

"입으로 해 줄게."

"……."

"사정이 있어서, 그래서……. 그건 나중에 설명해 줄 테니까. 그러니까……."

이사나가 멜즈의 팔을 끌어당기며 애원하자, 멜즈가 팔을 뿌리치며 냉랭하게 말했다.

"이사나가 왜 입으로 해 줘요? 하기 싫으면 안 하면 되는 거잖아요."

"아냐, 하기 싫은 건 아니야. 그냥, 나름대로 사정이 있어서 그런 거야. 하지만 넌 하고 싶잖아."

이사나의 말에 멜즈의 얼굴이 더욱 서늘해졌다.

"제 욕구를 왜 이사나가 신경 쓰는데요? 이사나가 자원봉사자예요? 하고 싶은 마음도 없는데 입으로 해 주게? 다른 사람들이 하고 싶다고 해도 다 입으로 해 줄 거예요?"

얼토당토않은 비약에, 혹은 꼬투리에 가까운 폭언에 이사나는 어처구니가 없어져 할 말을 잃었다. 멜즈가 예전에 비해 다소 예민해지고 종잡을 수 없는 구석이 많아지긴 했다. 하지만 이건 좀 심했다. 도무지 왜 이런 말을 하는 건지 이해할 수 없었다. 이사나는 다소 딱딱하게 굳은 얼굴로 멜즈에게 말했다.

"멜즈, 무슨 생각으로 그런 말을 한 건지 모르지만, 말이 조금 심한 것 같아."

"……."

"입으로 해 주겠다고 말한 건…… 그건, 너를 사랑해서 그런 거잖아. 다른 이유는 없어. 다른 사람이라면 당연하지만 해 주지 않았을 거야. 네가 욕구를 참고 물러나는 게 내가 오히려 견딜 수 없어서 그런 말을 한 거잖아. 좀 더 비굴하게 말하면 네가 내게 거부당한 것에 상처 입고 내게서 떠나갈까 봐 불안하고 무서워서 그런 거고."

"……."

"그런 마음에서 한 말을 내가 비난받아야 하는 거니?"

이사나의 조곤조곤한 질책에 멜즈는 그제야 제 말실수를 깨닫고 얼굴을 왈칵 일그러뜨렸다. 창백하게 질린 얼굴로 제 얼굴을 쓸기도 했다. 멜즈는 어두운 얼굴로 이사나에게 사과했다.

"미안해요, 제가 너무 못나게 굴었어요."

"아니야, 괜찮아. 진심으로 한 말 아니라는 거 알아."

멜즈의 얼굴이 지나치게 어두워 보여 이사나는 일부러 가볍게 대꾸했다. 가벼운 말다툼 정도는 어느 사이든 있는 거니까. 하지만 멜즈는 이상하리만치 자책감을 거두지 못했다. 스스로를 지나치게 질책하고 용서하지 못하는 그 모습에 이사나는 의아함을 느끼는데, 손바닥으로 얼굴을 가린 멜즈가 지친 듯한 목소리로 말했다.

"미안해요, 그냥...... 때때로 어떤 미치광이가 한 말이 떠올라서요. 놈이 한 말이 사실이 아니라는 걸 아는데, 그럴 리가 없다는 걸 아는데, 그런데도 순간순간 의심하게 돼요. 자꾸만 과거의 일을 그 순간으로 묻어둘 수 없을 때가 있어서......."

"멜즈?"

이해할 수 없는 말에 이사나는 어리둥절해졌다. 도대체 멜즈가 무슨 말을 하는지 알 수 없었다. 이사나가 혼란스러운 얼굴로 바라보자, 멜즈가 슬프게 웃으며 말했다.

"미안해요. 무슨 말인지 모르겠죠? 이런 말을 하는 제가 이상하죠? 그래서 다행인데, 제가 왜 이러는지 모르겠어요."

"......"

"미안해요, 그딴 말로 당신을 상처 줘서 정말 미안했어요."

그 말만 남긴 채 멜즈는 밖으로 나갔다. 하지만 이번에는 멜즈를 쫓아가지 못했다. 도망치는 멜즈의 얼굴이 너무나도 엉망진창이었기 때문이다.

\* \* \*

이사나는 이따금씩 멜즈를 이해할 수 없었다.

이제는 그와 결혼까지 했지만, 콜로니에 있을 때에 비교하면 그에 대해 아무것도 모른다고 해도 과언이 아니었다. 도무지 속내를 알 수 없어 어떤 때는 불안이 느껴질 정도였다. 그의 애정을 의심하는 건 아니지만, 가끔은 거리감이 느껴졌다. 그와 함께하지 못했던 시간들을 새삼 되새기게 되었다.

도대체 무엇이 멜즈를 저렇게 변하게 한 걸까?

변한 그에게 실망을 했다거나 불신을 품은 건 아니었다. 그저 무엇이 그토록 그를 힘들게 했나하는 생각이 들 뿐이었다.

사실 멜즈가 변하지 않는 게 더 이상한 일일 것이다. 이사나가 멜즈의 곁으로 돌아온 건 거의 10년 만이었으니까. 그것도 여러 우연과 행운이 함께하지 않았다면 절대 다시 만나지 못했을 터였다. 그 사이 멜즈가 얼마나 힘들었을지 이사나로서는 짐작조차 할 수 없었다. 그저 여러 가지 상흔들로 당시 멜즈가 겪었을 고통의 크기를 짐작할 뿐이었다.

그날 이후로 멜즈는 더 이상 찾아오지 않았다. 혹시라도 다시 찾아올까 봐 밤늦도록 그를 기다리기도 했지만, 결국 그는 연락조차 없었다.

멜즈는 무슨 생각으로 이 사흘을 보냈을까?

이사나는 풀죽은 얼굴로 또 한 번 한숨을 내쉬는데, 제라르가 눈치를 보며 이사나에게 물었다.

"이사나, 무슨 일 있어요?"

제라르의 물음에 이사나는 퍼뜩 고개를 돌렸다. 제라르를 비롯한 아이들이 걱정스러운 얼굴로 자신을 바라보고 있었다.

아, 지금은 애들이랑 온실에 있었지.

그제야 자신이 너무 넋을 놓고 있었다는 걸 깨달은 이사나는 멋쩍게 웃으며 말했다.

"아니야, 별일 없어."

"……."

"우리 이번에는 2층에 있는 연못으로 가 볼까?"

이사나는 짐짓 아무렇지 않은 얼굴로 앞장서 나아갔다. 하지만 아이들의 눈에는 여전히 이사나가 눈에 띄게 풀죽어 있는 게 보였다. 3년을 매일같이 함께했기에 금세 알아차릴 수 있었다. 아이들은 서로를 바라보며 속닥거렸다.

"이사나, 오늘도 힘이 없어 보여."

"누구랑 싸우기라도 한 걸까?"

이사나가 왕의 영지에 있던 때처럼 아예 넋을 빼놓은 건 아니지만, 그래도 제법 고민되는 일이 있는지 때때로 생각에 빠졌다. 그런 이사나가 가여웠지만, 아이들이 이사나에게 해줄 수 있는 건 별로 없었다. 이사나는 항상 우리가 고민하는 게 있으면 얘기를 들어 주고 함께 생각해 주었는데……. 아이들은 저마다 이사나의 기분이 나아지게 할 좋은 방법이 없을까 고민을 하는데, 셸던이 대뜸 에밀리오에게 말했다.

"우리, 1층에 있는 삑삑이를 잡아 오는 게 어떨까?"

"삑삑이를?"

에밀리오가 분홍 눈을 깜빡이며 되묻자, 셸던이 해맑게 웃으며 말했다.

"제일 귀여운 녀석을 잡아서 이사나에게 안겨 주는 거야. 이사나, 삑삑이 좋아하니까."

셸던의 말에 에밀리오는 치대는 삑삑이들을 귀여워하던 이사나를 떠올렸다. 귀여운 걸 보면 기분이 좋아지긴 하지. 에밀리오는 고개를 끄덕이며 말했다.

"그래, 같이 삑삑이 잡으러 가자."

셸던과 에밀리오는 이사나와 형제들을 뒤로한 채 다시 1층으로 내려갔다.


"삑삑!"

"삐잇, 삑? 삑!"

1층 가장자리에 넓게 펼쳐진 잔디밭으로 수많은 유충들이 뛰어다니고 있었다. 그곳으로 셸던과 에밀리오가 들어오자, 유충들은 자기들끼리 놀던 걸 멈추고 일제히 셸던과 에밀리오를 돌아보았다. 약간의 경계가 느껴지는 그 모습에 아이들은 유충들이 도망가지 않게끔 조심스럽게 다가갔다. 다행히 유충들은 도망가지 않고 오히려 하나둘씩 아이들 주변에 몰려들었다.

셸던과 에밀리오는 그런 유충들을 하나씩 잡아 살펴보았다. 이 녀석도 귀엽고 저 녀석도 귀여워 보였다. 하지만 이사나의 기분이 나아지게 하고 싶은 만큼 제일 귀여운 녀석을 데려가고 싶었다. 두 아이는 유충들을 꼼꼼하게 살펴보는데, 문득 나무 위에서 삑삑거리는 유충 한 마리가 눈에 들어왔다. 콧방울 옆에 커다란 점이 있는 게 꽤 귀여워 보였다. 에밀리오는 조심스럽게 다가가 나뭇가지에 앉은 유충을 잡으려 했다. 하지만 유충은 꽤 잽쌌다. 에밀리오가 손을 뻗자마자 폴짝 뛰어내리더니 잔디밭 위를 질주했다.

"거기 서!"

"잠깐만 기다려 봐!"

"삐잇, 뺏! 뺏뺏!"

두 아이는 정신없이 날뛰는 유충을 붙잡으려 애를 썼다. 하지만 유충은 좀처럼 틈을 내어 주지 않았다. 셸던과 에밀리오는 서로를 바라보다가 각자 다른 방향에서 돌진해 유충을 구석에 몰았다.

"삐잇? 삐잇—!"

"잡았다!"

"어휴, 이 말썽꾸러기."

"뺏, 삐빗! 뺏!"

유충은 오동통한 몸뚱이를 꿈틀거리며 아이들의 손아귀에서 벗어나려 했지만, 아이들은 꽉 붙잡은 유충을 놓아주지 않았다. 가까이서 보니 유충은 더 귀여웠다. 커다랗게 껌뻑이는 눈도 연신 쿵쿵대는 분홍색 코도 귀엽기 짝이 없었다. 분명 이 유충을 이사나에게 안겨 준다면 이사나의 기분도 좋아질 터였다. 셸던과 에밀리오는 기대 어린 눈으로 유충을 꽉 끌어안은 채 이사나와 형제들이 있는 2층으로 올라가려는데, 문득 뒤에서 똑똑, 하고 노크 소리가 들려왔다. 뒤를 돌아보자, 낯익은 얼굴이 보였다.

"앗! 존슨 아저씨다!"

"존슨 아저씨!"

셸던과 에밀리오는 유리 온실 바깥에 선 존슨을 발견하고는 그에게 다가갔다. 그러자 며칠 만에 다시 보게 된 존슨 역시 사람 좋은 웃음을 지어 보이며 셸던과 에밀리오를 향해 손을 흔들었다.

그리고 등에 메고 있던 바주카포를 꺼내 둘을 향해 겨누었다.

* * *

"에밀리오? 셸던?"

연못을 향해 걷다가 문득 뒤를 돌아본 이사나는 두 아이가 따라오지 않는다는 걸 깨달았다. 아드리안도 막스도 제라르도 두 아이의 부재를 모르고 있었는지 연신 고개를 갸웃거렸다.

"언제 사라졌지?"

"따라오다가 한눈이라도 팔고 있나 보지."

제라르의 물음에 아드리안은 심드렁하게 대답했다. 이곳 온실은 어떻게 보면 동화책 속에 나오는 네버랜드처럼 보이기도 했다. 아직 종속 시술을 받지 않은 어린 알리페르들이 생활하는 곳인 만큼 이곳에 사는 이들 대부분이 유충 또는 미밀이었는데, 이곳에 있으면 하루 종일 그들이 뛰노는 소리가 들려왔다.

이사나는 온실이 보호소라고 말했지만, 이곳은 아무리 봐도 그런 딱딱한 곳으로 보이지 않았다. 투명한 유리 천장에서 스미는 햇살로 내부는 항상 봄처럼 따스한데다가 1층 바닥은 아이들이 뛰어놀기 좋게 대부분 잔디가 깔려 있었다. 군데군데 심어 둔 유실수 역시 전부 독성이 없는 나무들뿐이었다.

게다가 간식도 하루에 두 번이나 마음대로 골라 먹을 수 있는데 이곳이 어떻게 천국이 아닐 수 있을까? 모두가 갇혀 있다는 생각 없이 어른들의 보호 아래에서 재미나게 뛰어놀았다. 하지만 온실의 규모는 꽤 큰 편이었다. 잠시만 눈을 떼도 서로의 행방을 잃어버리기 일쑤였다. 그랬기에 연신 스피커에서는 누군가를 찾는 방송이 나오곤 했다.

에밀리오와 셸던도 그렇게 길을 잃은 것뿐일까? 이사나는 잠시 고민하다가 아이들에게 말했다.

"아무래도 에밀리오와 셸던을 찾으러 가야 할 거 같아."

"여기서 기다리면 알아서 오지 않을까요?"

막스는 몹시 귀찮은 듯한 얼굴로 이사나에게 말했다. 그에 이사나는 막스의 머리를 쓰다듬으며 말했다.

"길을 잃어서 곤란해하고 있을지도 모르잖아? 같이 찾으러 가자."

"귀찮은데……."

"손 잡아 줄게."

이사나의 말에 막스는 여전히 귀찮은 듯 입을 삐죽였지만, 순순히 이사나의 손을 잡고 길을 되짚어갔다. 그러자 제라르가 그런 둘을 빤히 바라보다가 슬그머니 이사나의 다른 쪽 손을 붙잡았다. 어리광쟁이인 셸던과 몸이 약한 에밀리오에게 매번 양보해 잡기 힘들었던 손이었다. 이사나가 놀란 듯 돌아보았지만, 이내 웃으며 제라르의 손도 맞잡아 주었다. 그에 제라르가 기쁜 듯 수줍게 웃자, 아드리안이 제라르를 향해 히죽히죽 웃어 보였다. 하지만 제라르는 귀 끝을 붉히면서도 모르는 척 이사나의 손을 잡고 온실 안을 걸었다. 따사로운 햇빛 아래, 예쁜 유실수들이 늘어진 온실 안을 거닐자 너무 행복해졌다. 그렇게 세 아이와 이사나는 평화로운 시간을 보내고 있는데, 돌연 엄청난 굉음이 들려왔다.

콰쾅—!

챙그랑—!

그와 동시에 유리 온실의 한쪽 벽면이 와장창 깨지면서 바닥으로 쏟아졌다. 이사나는 재빨리 세 아이를 끌어안고 몸을 웅크렸다.

다행히 벽면과 멀리 떨어져있어 유리 파편이 튀지는 않았지만, 놀란 이사나는 연신 아이들이 다치지 않았는지 살펴보았다. 다행히 아이들에게는 아무 이상이 없었다.

"이사나 님!"

"괜찮으십니까?"

멀리서 이사나를 지켜보던 섭정의 호위군들이 뜻밖의 비상사태에 모습을 드러내며 이사나와 아이들을 둘러쌌다. 그에 이사나는 놀란 아이들을 끌어안으며 호위군에게 말했다.

"저와 아이들은 괜찮습니다. 그러니 셸던과 에밀리오를 데려와 주시겠습니까?"

무슨 일 때문에 이런 일이 벌어진 건지는 모르지만, 이런 때는 섣불리 움직여서는 안 되었다. 유리 온실을 부순 자들이 어떤 의도를 가지고 있을지 모르니까. 이사나의 부탁에 호위군 몇몇이 알겠다고 말하며 이사나가 왔던 길을 되짚어 가는데, 돌연 하늘 위에서 낯익은 비명소리가 들려왔다.

"흐아아앙! 이사나!"

"살려 줘요!"

"셸던! 에밀리오!"

아이들은 경악하며 비명을 내질렀다. 셸던과 에밀리오가 그물망에 담긴 채 웬 알리페르 무리에게 붙잡혀 가고 있었다. 그걸 보자마자 이사나는 희게 질린 얼굴로 세 아이를 붙들며 말했다.

"위험하니 여기 아저씨들이랑 함께 있으렴. 알았지?"

"네? 이사나? 이사나!"

"이사나 님!"

아이들과 호위군의 외침에도 아랑곳하지 않고 이사나는 엉망진창이 된 유리 온실 바깥으로 뛰쳐나갔다.

* * *

"하하하하! 전부 존슨 님의 계획대로군요!"

"존슨 님은 정말 천재가 틀림없습니다! 온실을 털다니요!"

알리페르들은 잔뜩 흥분한 얼굴로 전리품들을 내려다보았다. 알리페르들이 쥔 그물망 안에는 금방까지 잔디밭을 뛰어다니던 유충들과 종속 시술을 받지 않은 미믹들이 담겨 있었다. 하지만 그중 가장 큰 수확물은 아무래도 이것들이었다.

아가렉시아의 왕사들.

금발과 백발의 두 아이가 서로를 꼭 끌어안은 채 그물망 안에서 오들오들 떨고 있었다. 그 가여운 모습에 존슨은 피식 웃으며 슬레이브들에게 말했다.

"잡담은 그쯤하고 너희는 먼저 밖으로 나가라. 그리고 우리는 2번 지점으로 이동한다. 타깃이 미끼를 물어야 하니까."

존슨의 말에 슬레이브들이 두 무리로 갈라져 이동했다. 아가렉시아 바깥으로 향하는 다른 무리들과 달리 점점 높아져 가는 고도에 셸던과 에밀리오는 겁에 질려 어찌할 줄을 몰랐다. 그런 아이들을 향해 존슨이 물었다.

"무섭니? 귀염둥이들?"

"……우릴 어쩔 셈이야."

에밀리오는 공포로 잘게 떠는 셸던을 꽉 끌어안으며 존슨을 매섭게 노려보았다. 아래로는 존슨의 슬레이브들이 아가렉시아 왕국군과 대치하고 있었다. 에밀리오는 그게 이상했다. 그저 자신들을 납치하는 게 목적이라면 어서 이곳을 빠져나가야 할 텐데 존슨은 이상하리만치 시간을 끌고 있었다. 마치 무언가를 기다리듯이 말이다. 수상쩍은 기색에 에밀리오는 불길함을 느끼는데, 존슨이 히죽 웃으며 말했다.

"너희들, 섭정의 반려가 인간일 적에 낳은 알리페르 맞지? 기차역에서 보자마자 딱 알아차렸지."

뜬금없는 존슨의 말에 에밀리오는 미간을 구기는데, 존슨이 킬킬거리며 말했다.

"걱정 말거라. 너희에게는 아무 짓도 안 할 거니까. 너희에게 볼일이 있는 게 아니거든."

존슨의 말에 에밀리오의 눈이 커졌다. 설마⋯⋯! 에밀리오의 놀란 얼굴에 존슨이 히죽 웃으며 말했다.

"그래. 나는 그 이사나라는 알리페르에게 볼일이 있다. 그놈이 얼음덩이 같은 섭정 놈을 완전히 녹여 놨다지? 어떤 놈인지는 모르지만, 그놈도 난놈이야. 왕과 섭정 모두를 정신 못 차리게 하다니⋯⋯. 놈을 엉망진창으로 만들어 섭정에게 던져 주면 섭정 얼굴이 아주 볼만할 거야."

존슨의 말에 에밀리오의 품에 안겨 있던 셸던이 새파랗게 질린 얼굴로 소리 질렀다.

"왜, 왜 이사나를 괴롭히려는 거야! 이사나는 나쁜 짓 한 적도 없는데!"

"오, 순진한 아기 새. 때로는 곁에 있는 것 자체가 죄가 되기도 하는 법이란다."

능청스러운 존슨의 말에 에밀리오가 셸던을 끌어안으며 일갈했다.

"거짓말! 섭정이 무서워서 이사나를 대신 괴롭히려는 거면서!"

"……"

"당신이 그러고도 알리페르야! 비열한 겁쟁이 같으니!"

속을 후비는 듯한 에밀리오의 말에 존슨은 얼굴을 와락 구기며 에밀리오에게 으르렁댔다.

"그래, 그 빌어먹을 섭정 놈한테는 이빨도 안 먹힐 거 같아서 반려 놈을 대신 해코지하려고 한다. 왜! 그게 뭐 어때서! 그럼 나더러 계속 참고 있다가 화병 나 죽으라는 거냐?"

존슨의 말에 에밀리오와 셸던이 매섭게 존슨을 노려보자, 존슨이 가소롭다는 듯 말했다.

"그렇게 노려보면 어쩔 건데? 그래 봐야 너희는 내게 붙잡혀 있고 너희를 끔찍이 아끼는 반려 놈은 정신이 나가서 너흴 쫓아올 건데."

"비겁한……!"

"어차피 다 내 계획대로 될 테니 너희들은 거기서 잠자코 지켜보고 있으려무나."

존슨은 의기양양하게 쏘아붙이며 지상에서 아가렉시아 왕국군과 분투중인 부하들을 내려다보았다. 이렇게 요란하게 제 아이들을 납치했으니 뒤쫓아 오지 않고는 못 배길 것이다. 하지만 놈은 네오 타입 알리페르였다. 진짜 알리페르보다 약할 수밖에 없었다. 완벽하기 짝이 없는 납치 계획에 절망을 느꼈는지 에밀리오와 셸던의 눈은 어느새 눈물로 그렁그렁해져 있었다. 그 귀여운 모습에 존슨은 살짝 가슴이 아파 왔지만 어쩔 수 없었다.

2년 전, 섭정이 이끈 왕국군에 의해 존슨은 수많은 슬레이브들을 잃어야 했다. 그 중에는 제 목숨처럼 아끼던 아이들도 있었다. 그들 모두가 죽은 건 아니지만, 그들 중 많은 놈들이 기가 막히게도 아가렉시아로 전향했다. 하나하나 찾아가 배신의 대가를 치르게 해 주었지만, 그걸로는 분이 풀리지 않았다. 이 수치를 이겨 내기 위해서는 또 다른 제물이 필요했다.

이사나 아브노아.

피도 눈물도 없는 섭정을 흐물흐물 녹였다는 네오 타입 알리페르.

놈만 엉망진창으로 만들면 2년 내내 자신을 지배해 왔던 이 모멸감도 잊혀질 터였다. 섭정이 매일 아침 놓아주기 싫어한다는 그 몸에 유충까지 낳게 만든다면 섭정이 미쳐서 날뛸 게 틀림없었다. 그 생각만으로도 존슨은 아득한 희열을 느꼈다. 절로 배 속이 뭉근해졌다. 존슨은 섭정 대신 분풀이할 반려를 어떻게 괴롭힐지 고민하는데, 돌연 지상으로부터 무언가가 솟구쳤다. 존슨과 그 측근들이 그것의 정체를 알아차리기도 전에, 존슨의 옆에 있던 슬레이브들이 단말마를 내지르며 추락했다.

"아아아악—!"

"크아아아악—!"

순식간에 알리페르 다섯이 날개가 부러져 지상으로 떨어졌다. 놀란 존슨은 저도 모르게 셸든과 에밀리오가 담긴 그물 쪽으로 몸을 붙이는데, 웬 네오 타입 알리페르가 공중에 멈춰 선 채 존슨 일행을 노려보고 있었다. 새카만 가면을 쓴 갈색 머리 알리페르는 성난 짐승처럼 으르렁거렸다.

"셸든과 에밀리오를 이리 넘겨."

가면 속의 날카로운 눈과 마주한 순간, 존슨은 절로 몸이 덜덜 떨려

오는 걸 느꼈다. 절대적인 포식자를 앞둔 것처럼 오금이 저려왔다. 인간이었던 알리페르답지 않은 무시무시한 살기와 무위에 존슨은 간이 쪼그라드는 걸 느끼는데, 에밀리오에게 안겨 있던 셸던이 울먹이며 외쳤다.

"이사나! 흐앙, 이사나!"

그 말에 존슨은 경악했다.

"서, 설마 네가 섭정의 반려?!"

"두 아이를 이리 넘겨라. 그럼 목숨만은 살려 주지."

흉흉하기 짝이 없는 그 말에 존슨은 놀라 나자빠질 것 같았다. 상상했던 것과 전혀 달랐다. 왕과 섭정 모두를 함락시킨 희대의 미인이라기에 나긋나긋한 몸을 가진 미소년일 줄 알았는데, 그것과는 전혀 서리가 멀었나. 확실히 매력적인 외견을 가지긴 했지만, 그건 소동물이라기보다 육식 동물로서의 매력이었다. 저것과 교미할 생각이 들다니, 왕도 섭정도 미친 게 틀림없었다.

'위험해! 저 놈은 진짜 위험해!'

어느 의미에서 섭정보다 더 무서운 놈이었다. 본능이 그렇게 외치고 있었다. 무기라고는 예장용 스몰 소드밖에 들고 있지 않는데, 겨우 그까짓 걸로 순식간에 다섯이나 되는 알리페르를 골로 보냈다. 저건 절대 이기지 못한다. 존슨은 주체할 수 없이 몸이 떨려 오는 걸 느끼는데, 그물망을 쥐고 있던 부하가 떨리는 목소리로 존슨에게 물었다.

"어, 어쩌죠, 존슨 님?"

"내가 아냐, 씨발!"

섭정의 반려를 납치해 능욕하려 했던 존슨은 당황으로 어찌할 줄을 몰랐다. 이사나는 그 틈을 놓치지 않았다. 화살처럼 날아들어 곧장 무리의 마스터임이 분명한 존슨을 공격했다. 그에 존슨은 경악하며 이사나의 공격을 막아 냈다. 네오 타입 알리페르는 비행에 서툴다고 들었는데, 이자는 전혀 그렇지 않았다.

"으아아아악!"

부하를 방패로 삼아 겨우 치명상을 면한 존슨은 두려운 눈으로 이사나를 바라보았다. 도저히 이길 수 있는 상대가 아니었다. 도망치는 것도 무리였다. 그러다 문득 부하의 손에 들린 아이들을 바라보았다. 존슨은 부하에게서 그물망을 빼앗아 망설임 없이 지상 아래로 던져 버렸다.

"으아아악一!"

"이사나一!"

"......!"

아이들이 떨어지는 광경을 보자마자 이사나는 지체 없이 몸을 던졌다. 날개의 가속을 이용해 간신히 아이들을 붙잡았지만, 추락하는 속도가 좀처럼 줄지 않았다. 고민은 짧고 판단은 빨랐다. 이사나는 아이들의 몸을 꽉 끌어안은 채 눈을 질끈 감았다. 운이 좋다면 팔다리만 부러진 채 끝날 수 있었다. 최악의 경우에도 추락한 높이가 그리 높지 않아 아이들만은 무사할 수 있었다. 하지만.

배 속의 아이는 무사하지 못할 터였다.

'미안해, 멜즈.'

다시 얻기 힘들지도 모른다는 생각이 들었지만, 어쩔 수 없었다. 이사나는 속으로 멜즈에게 사과하며 각오를 굳히는데, 돌연 누군가가 이사나와 아이들을 꽉 끌어안았다. 갑자기 줄어든 속도에 이사나는 놀라서 고개를 들었다. 멜즈가 보였다. 희게 질린 얼굴로 멜즈가 추락하는 속도를 줄이려 애를 쓰고 있었다.

다행히 지상에 닿기 직전, 날갯짓이 안정되었다. 이사나는 멜즈와 함께 천천히 바닥에 내려섰다. 발이 완전히 땅에 닿자, 멜즈는 다급히 이사나의 몸을 살피며 물었다.

"괜찮아요?"

"어? 어……."

멜즈가 와 줄 거라고는 상상도 못 했기에 이사나는 얼떨떨한 얼굴로 겨우 대답하는데, 품에 안겨있던 두 아이가 이제야 안심이 되는지 울기 시작했다.

"허엉, 엉엉엉엉!"

"흑, 무서웠어요!"

품 안으로 파고드는 아이들 역시 이사나는 얼떨떨한 얼굴로 토닥였다. 어느새 각 경비 구역의 주둔군이 이곳으로 몰려오고 있는 게 보였다.

아이들은 이제 무사한 것이다.

무사해…….

"이사나?"

갑자기 주위가 핑 돌면서 심하게 어지러웠다. 중심을 잡아야겠다는 생각을 하기도 전에 이사나는 힘없이 풀썩 바닥에 쓰러졌다.

"이사나!"

"이사나—!"

다들 걱정할 텐데……. 그런 생각이 들었지만, 전등이 꺼지듯 의식이 훅 가라앉았다.

* * *

　정신을 차리자, 어느새 어둑한 밤이었다. 의식이 돌아왔음에도 이사나는 여전히 주위가 빙빙 도는 것처럼 어지러웠다. 속이 무척 메스껍기도 했고. 고개를 돌리자, 침대 맡을 지키고 있는 멜즈가 보였다. 그러나 안쓰러울 정도로 얼굴이 무척 어두워 보였다. 이사나는 그런 멜즈를 멍하니 바라보다가 그에게 물었다.

　"멜즈…… 내가 얼마나 잔 거야?"

　"……네 시간 정도요."

　"아이들은?"

　"전부 무사해요. 셸던과 에밀리오를 납치한 놈들도 전부 잡아들였고요."

　벌써? 잠든 지 고작 네 시간밖에 안 됐다고 하는데 일처리가 참 빠르다는 생각이 들었다. 이사나는 의아한 얼굴로 멜즈를 바라보는데, 멜즈가 날카로운 얼굴로 말했다.

　"왕국 한복판에서 날뛰어서 주동자를 색출하기 쉬웠어요. 알고 보니 왕국민 중에서 놈들의 출입을 도와준 자들이 있더군요. 지금 양쪽 다 잡아들여서 처형하고 있어요."

　멜즈의 말을 들으니 기분 탓인지 중앙 광장 쪽이 시끄럽게 느껴졌다. 어린아이들을 납치해 해코지를 하려 했으니 왕국민들의 분노가 대단할 터였다. 이사나는 어지러웠지만, 자리에서 일어났다. 누워 있어서 더 어지러운 것 같았다. 비틀비틀 자리에서 일어나 앉자, 멜즈는 그런 이사나를 물끄러미 바라보다가 어두운 얼굴로 말했다.

　"이사나."

"응?"

"왕자들과 함께 왕의 영지로 돌아가지 않을래요?"

"······!"

멜즈의 말에 정신이 확 드는 걸 느꼈다. 지금 멜즈가 뭐라고 하는 거지? 나보고, 돌아가라고? 이사나는 당황한 눈으로 멜즈를 바라보는데, 멜즈가 여전히 어두운 얼굴로 눈을 내리깐 채 말했다.

"내일 시탈로프 숲에서 왕자들을 데리러 오는 기차가 올 거예요. 그걸 타고 이사나도 돌아가세요."

"멜즈, 그게 무슨······."

"그편이 더 좋을 거 같아요."

멜즈의 말에 이사나는 눈앞이 캄캄해지는 걸 느꼈다. 도대체 그가 왜 이런 말을 하는지 이해할 수 없었다. 이사나는 현기증으로 머리가 어찔해 옴에도 다급하게 멜즈의 팔을 붙잡았다. 그가 또 밀어내는 것이 참을 수 없을 만큼 무섭고 두렵게 느껴졌다. 이사나는 침착하려 애를 쓰며 말했다.

"오늘 일 때문에 그런 거라면 정말 미안해. 에밀리오와 셸던이 잡혀가는 걸 보고 잠시 이성을 잃었어."

"······."

"네가 왜 그러는지 알아. 이젠 섭정의 반려로서 몸을 사려야 하는 위치임에도 섣불리 페이건들에게 뛰어들었지. 아까도 불안하더라도 왕국군에게 모든 걸 맡겼어야 했다는 거 알아. 그걸로 네게 폐를 끼쳤다면 정말 미안해. 그러니까······."

"아니에요."

"응?"

"그것 때문이 아니라고요."

단호한 부정에 이사나는 더욱 혼란스러워졌다. 그럼 도대체 뭐 때문에 이러는 거지? 이사나는 도무지 짐작조차 가지 않아 불안한 눈으로 멜즈를 바라보는데, 멜즈가 여전히 이사나와 눈도 마주치지 않은 채 말했다.

"......셸던과 에밀리오를 납치했던 녀석들, 사실은 이사나를 납치하는 게 목표였대요. 아이들은 이사나를 끌어내기 위한 미끼로 쓰려던 거였고요."

"아……."

그 말을 듣고 나서야 이사나는 막연히 느끼고 있던 위화감을 알아차렸다. 페이건들이 너무 대놓고 보란 듯이 아이들을 납치했던 것이다. 그게 자신을 끌어내기 위한 짓이었다고 하니 납득이 갔다. 하지만 그것과 별개로 왜 멜즈가 이별을 고하는 건지 이해할 수 없었다. 이사나는 설명을 요구하듯 멜즈를 바라보는데, 멜즈가 어두운 얼굴로 이사나에게 말했다.

"2년 전, 제게 슬레이브를 잃은 것에 대한 복수를 하기 위해서 그런 거였대요. 저 대신 이사나를 납치해 해를 입히려고요."

"……."

"항상…… 언제나 당신은 저와 있으면 해를 입는 것 같아요. 그러니 이만 저와 헤어지는 게 좋을 거 같아요."

말도 안 되는 비약에 이사나는 초조해져 소리를 내질렀다.

"무슨 말도 안 되는 소리야! 너와 있으면 해를 입는 것 같다니! 이건 사고였잖아, 내가 네 반려가 된 이상 일어날지도 모를 일이었던 거잖아. 그저 우연히 겹친 일에 불과한 걸 왜 그렇게 생각해!"

"정말 그렇게 생각하는 거예요? 그런 몸이 되고도?"

이사나의 말에 멜즈는 신경질적으로 내뱉었다. 이사나가 놀란 눈으로 멜즈를 바라보자, 멜즈는 분노로 몸을 잘게 떨며 말했다.

"당신은 저와 만난 매 순간마다 곤경에 처하고 불행해졌어요. 제가 알게 모르게 항상요! 평생 동안 지켜 온 신념을 저버리고 아군에게 버림받고 심지어 지금은 얼굴조차 드러내지 못한 채 살고 있죠."

"멜즈……."

"그런데도…… 저는 당신에게 잘해 주기는커녕 심한 말로 당신을 상처 입히기나 해요. 하고 싶지 않은데, 자꾸 이상한 생각이 들어서 당신을, 당신을 자꾸 힘들게, 괴롭게 한다고요."

짙은 자책에 이사나는 황급히 고개를 가로저으며 부정했다.

"아니야, 멜즈. 너는 한 번도 날 불행하게 한 적이 없어. 괴롭힌 적도 없고. 저번 일도 그래. 그저 상황이 안 좋으면 있을 수 있는 일이잖아. 금세 나한테 사과했잖아. 멜즈, 제발……!"

"……지금은 아니더라도 전 언젠가 또 당신을 힘들게 할 거예요."

"……."

"그러니 이만 저와 헤어지는 게 좋을 거 같아요."

이미 결론을 내린 듯한 그의 말에 이사나는 속이 답답해졌다. 지독히 가슴이 저미고 아파 왔다. 더는 참을 수 없어진 이사나는 꾹 참고 있던 원망을 내뱉었다.

"어떻게…… 어떻게 네가 그런 말을 할 수 있어?"

"……."

"우리가 어떻게 다시 만났는데…… 어떻게 그렇게 쉽게 헤어지자는 말을 할 수 있어? 너는 왜 이렇게 매번 제멋대로야? 왜 그런 걸

네 마음대로 판단하는 건데? 목숨 걸고 콜로니까지 쫓아왔던 건 너였잖아. 나를 멋대로 이렇게 되살린 건 너였잖아! 그런데 이제 와서…… 도대체 무슨 소리를 하는 건데! 내가 물건이야? 네 마음대로 쫓아왔다가 내다 버리게? 그런 소릴 듣고 상처 입을 내 마음 같은 건 안중에도 없는 거야?!"

이사나가 화가 나 다다다 쏘아붙이자, 멜즈는 벙찐 얼굴로 이사나를 바라보았다. 이사나…… 울어요? 멜즈가 무척 당황한 얼굴로 중얼거렸다. 그제야 이사나는 자신이 울고 있다는 걸 깨달을 수 있었다. 하지만 너무 화가 나고 슬퍼서 도저히 이 감정을 추스를 수 없었다. 이제껏 멜즈가 고생이 심했다는 건 안다. 그것 때문에 거짓말도 잘하게 되고 겁도 무척 많아졌다는 걸 알고 있다. 하지만, 하지만 도저히 참을 수 없었다. 헤어지자는 그 말을 도저히 납득할 수 없었다.

이것만은 도저히 들어줄 수 없었다.

멜즈가 과거 일로 힘들어 한다면 헤어져 줘야 맞는 건데, 도무지 그럴 수 없었다. 그저 그런 말을 하는 그가 끔찍하게 밉게 느껴질 뿐이었다. 이사나가 분기에 못 이겨 눈물을 쏟아내자, 멜즈는 어찌할 바를 모르며 바보같이 물었다.

"이사나…… 왜, 왜 우는 거예요?"

"네가 그런 말을 하는데, 왜 내가 슬퍼할 거란 생각을 못 해? 너와 헤어지면 내가 웃으면서 살 수 있을 거라고 생각했던 거야?"

"……"

"왜 너만 힘들고, 흐윽, 너만 슬플 거라고 생각하는 건데!"

이제까지 있었던 온갖 설움이 북받치면서 도무지 감정을 추스를 수 없었다. 원망을 그칠 수 없었다. 창피하고 미안하고 그러면서도 여전히 그가 밉고 사랑스러워 이사나는 서럽게 끅끅거렸다. 이젠 체면 같은 건 모를 일이었다. 이기적이고 못된 연인이라고 욕해도 어쩔 수 없었다.

도저히 울음을 그칠 수 없어 이사나는 목 놓아 우는데, 당황한 눈으로 이사나를 바라보던 멜즈가 돌연 침잠한 얼굴로 이사나를 와락 끌어안았다. 그런 멜즈가 얄미워 이사나는 뿌리치려했지만, 멜즈는 도리어 더욱 꽉 끌어안으며 사과해왔다.

"미안해요. 제가 잠시 미쳤나 봐요. 다신 그런 소리 안 할게요. 울지 말아요."

"세상에, 흐으, 너처럼 제멋대로에, 흑, 나쁜 녀석은 없을 거야. 흐으, 백배 천배 잘해 준다고 했잖아. 네 눈엔 이게 잘해 주는 거니?"

"잘못했어요, 이사나. 제가 정말 잘못했어요."

멜즈는 연신 잘못을 빌며 이사나의 정수리에 키스했다. 하지만 그럼에도 이사나는 좀처럼 울음을 그치지 못했다. 멜즈와 함께 있어도 이사나는 항상 불안했다. 그가 언제 또 헥사비스의 위에서처럼 자신을 밀어낼지 몰라 매번 전전긍긍 했었다. 지독하리만치 그와의 관계에 자신이 없었다. 이제까지 간신히 붙잡고 있던 둑이 터진 것처럼 이사나가 좀처럼 눈물을 그치지 못하자, 멜즈는 더욱더 이사나를 꽉 끌어안으며 말했다.

"미안해요. 너무 행복해서, 그래서 무서웠어요. 해안가의 오두막에서 당신이 기억을 떠올렸다는 얘기를 들은 이후로 줄곧 행복해서, 그래서 오히려 무서워졌어요. 항상 이 행복이 누군가에게 빌려 온 것처럼, 제 것이 아닌 것처럼 느껴졌어요. 제가 자신 없고 못나서 또 당신에게 어리광을 부렸어요."

멜즈는 아주 오래전 그랬듯이 우는 이사나를 다정하게 끌어안으며
말했다.

"다시는 그런 말 하지 않을게요. 다시는 당신을 보내려는 생각,
하지 않을게요."

멜즈의 말에 이사나는 그제야 멜즈를 마주 안았다. 항상 거리감이
느껴지던 연인이 이제야 자신이 아는 멜즈처럼 느껴졌다.

* * *

다음 날 저녁.

아이들은 기차를 타고 왕의 영지로 돌아가게 되었다. 애당초 멜즈가
허락했던 일주일을 채우지 못했지만, 어제의 습격으로 아이들이 이곳
에 있기에는 너무 위험하다고 판단되었기 때문이다.

"훌쩍, 흑……."

"흑, 흐윽……."

역사 안으로 기차가 들어오자, 아이들이 훌쩍거리기 시작했다. 감
정이 좀 메마른 편인 막스마저 이사나의 옷깃을 붙든 채 다른 아이들
처럼 울고 있었다. 하지만 아이들은 이곳을 떠나야 했다. 아가렉시아
는 아직 아이들이 있기엔 너무 위험했다. 이사나는 난감한 얼굴로 아
이들을 도닥이는데, 이사나의 손을 붙잡고 훌쩍이던 셸던이 돌연 울
음을 터트리더니 이사나에게 말했다.

"이사나, 흐윽, 그냥 우리랑 같이 가면 안 돼요?"

"셸던, 너 무슨 소리를 하는 거야!"

아드리안이 다그쳤지만, 셸던은 떨어지고 싶지 않다는 듯 이사나의

팔을 두 팔로 꽉 끌어안은 채 소리쳤다.

"싫어! 이사나랑 계속 같이 있을래! 같이 있고 싶단 말이야!"

흐아아아앙—! 셸던의 갑작스런 생떼에 아이들과 이사나는 어찌할 줄을 모르는데, 기차로부터 낯익은 목소리가 들려왔다.

"이사나를 곤란하게 하면 안 돼, 셸던."

"아······."

기차에서 내린 사람은 렉사였다. 그런 렉사를 뒤이어 히람 역시 기차에서 내렸다. 이사나는 놀란 얼굴로 렉사를 바라보았다. 설마 그가 직접 아이들을 데리러 올 줄은 짐작조차 못한 탓이었다. 생각지도 못한 재회로 이사나가 굳어 있는 사이, 렉사가 히람에게 말했다.

"히람, 아이들을 챙겨서 먼저 올라가."

렉사의 명령에 히람은 "아이고, 왕자님들. 이제 돌아갑시다." 하고 아이들을 데리고 기차에 올라탔다. 셸던이 가기 싫다며 떼를 썼지만, 히람과 다른 아이들을 이겨 낼 수 없었다. 그런 소동 속에서 이사나는, 그리고 렉사는 서로의 얼굴만 바라보고 있었다.

다정하면서도 슬픔이 느껴지는 눈빛. 렉사는 헤어져 있던 반년 전과 별반 달라진 게 없어보였다. 렉사는 이사나를 말없이 바라보다가 미소를 띤 얼굴로 물었다.

"그동안 잘 지냈어?"

"응, 덕분에······. 너도 잘 지냈어?"

조심스러운 이사나의 물음에 렉사는 잠시 머뭇거리다가 이내 피식 웃으며 말했다.

"나도 잘 지냈어."

하지만 이사나의 눈에는 그다지 잘 지낸 것처럼 보이지 않았다.

그러나 이사나는 굳이 알은 척을 하기보다 다른 화제를 꺼냈다.

"옷, 멋진 걸 입고 왔네."

렉사는 평소 그가 입는 옷이 아닌, 아가렉시아 왕국민들이 입을 법한 옷을 입고 있었다. 격식 있는 슈트에 긴 코트까지 걸친 그는 누가 봐도 그가 알리페르라는 걸 알아차릴 수 없을 정도로 잘 어울렸다. 하지만 렉사는 여전히 어색한지 멋쩍게 웃으며 물었다.

"이상하진 않아?"

"아니, 무척 잘 어울려."

처음 지하수로에서 그와 마주쳤을 때만 해도 이런 렉사의 모습은 상상조차 하지 못했다. 그때의 그는 말이 통함에도 이해할 수 없을 만큼 공포스러웠고 마주하는 게 무척 꺼려졌었다. 하지만 지금은 아니었다. 그가 얼마나 다정하고 사려 깊은 알리페르인지 이제는 잘 알고 있다.

그럼에도. 그럼에도 결국 그를 사랑할 수 없었다. 이토록 많은 것을 주었는데도. 다시금 고개를 든 죄책감에 이사나는 어두운 얼굴로 고개를 떨어뜨리는데, 렉사가 이사나의 뺨을 매만지며 말했다.

"내게 미안해하지 마."

"렉사……."

"지금 당장 힘들다는 건 부정하지 않을게. 하지만, 나는 네가 불행해지는 걸 결코 원하지 않아."

단호하면서도 상냥한 그의 말에 이사나는 더욱더 그에게 미안해졌다. 그가 얼마나 자신을 사랑하는지 이제는 잘 알고 있기 때문이다. 더는 그의 사랑을 사랑이 아니라고 부정할 수 없기 때문이다.

렉사가 직접 아이들을 데리러 온 것도 어쩌면 미련 때문인지도 모른다. 하지만 그런 그에게 미안할 정도로 이사나의 마음은 확고하기만 했다. 렉스와 함께 하는 하루하루가 너무나도 꿈결 같아 더욱 그에게 미안해졌다.

하지만 미안하다는 말조차 이사나에게는 용납되지 않았다. 그런 말을 하는 것조차 그의 마음을 기만하는 짓이었으니까. 어차피 그가 진정으로 원하는 것은 이루어 줄 수 없으니까. 죄책감에 이사나가 그와 눈도 마주치지 못하자, 렉스는 괜찮다는 듯 이사나를 품에 끌어안았다.

안온한 체온은 이제까지 그러하듯 따스하고 상냥하기만 했다. 자신에게 다른 가족이 있었다면 이렇지 않았을까 하는 생각이 들 정도로 다정한 온기였다. 그렇게 렉스의 품에 안겨 감정을 추스르려 노력하는데, 돌연 모직 코트 냄새에 속이 메스꺼워졌다.

"우욱, 읍, 우욱……!"

"이사나?"

"욱……!"

이사나가 갑자기 입을 틀어막은 채 헛구역질을 하자, 렉스는 당황한 눈으로 이사나를 바라보았다. 하지만 이내 뭔가를 깨달았는지 렉스의 얼굴은 절망으로 까맣게 물들었다. 그러나 이내 마음을 추스르며 이사나에게 말했다.

"축하해."

"욱, 읍……. 아직, 확실한 건 아니야."

"그래도…… 축하해."

이미 렉스는 확신하는 눈치였다. 그에 이사나는 더욱 괴로워졌다. 일말의 여지조차 없이 그의 마음을 짓밟는 것 같아 편치 않았다.

하지만 정말 렉사를 위한다면 더는 이런 어정쩡한 태도로 그를 대해서는 안 될 것이다.

그가 얼마나 자신을 사랑해 주었고 희생해 왔든, 안 되는 것은 안되는 것이다.

"고마워."

이사나가 어색한 얼굴로 인사하자, 렉사가 피식 웃으며 말했다.

"기왕이면 너를 닮았으면 좋겠어. 얄미운 그놈보다."

렉사의 농담에 이사나 역시 피식 웃는데, 렉사가 어느새 밤공기에 차가워진 이사나의 뺨을 매만지며 말했다.

"이제 갈게."

"조심해서 가."

"너도. 다음에 볼 때까지 건강하게 지내."

그리고 렉사는 기차에 올라탔다. 하지만 뒤를 돌아보지는 않았다. 어떠한 미련도 없는 것처럼 단호하게 가버렸다. 그런 렉사를 떠나보내며 이사나 역시 뒤를 돌아섰다.

언젠가는 미안함도 죄책감도 없이 그저 웃으며 그와 안부를 주고받을 수 있는 날이 오기를 기원하면서.

\* \* \*

"흐아아아앙! 너무해! 흑, 다들 너무해! 이사나랑 계속 같이 있고 싶은데!"

"셀던……."

"이사나 다시 데려오자. 훌쩍, 이사나랑 계속 같이 있고 싶어!"

히람에 의해 강제로 기차에 타게 된 셸던은 연신 떼를 쓰며 엉엉 울었다. 히람과 다른 아이들이 열심히 어르고 달랬지만, 한번 뿔이 난 셸던은 좀처럼 그 서러운 울음을 그치지 못했다. 모두가 쩔쩔매며 어찌할 줄을 모르는데, 렉사가 열차 객실 안으로 들어왔다. 그러자 셸던이 렉사에게 달려가 떼를 쓰기 시작했다.

"흑, 우리, 그냥 이사나한테 다시 돌아오라고 하면 안 돼요?"

"……."

"다시, 흑, 다시 예전처럼 같이 살면 안 돼요?"

렉사는 눈물범벅이 된 셸던을 가만히 내려다보았다. 그러다 셸던의 눈높이에 맞춰 꿇어앉은 렉사는 미안한 듯 웃어 보이며 셸던에게 말했다.

"셸던, 이제 이사나는 우리와 있을 수 없어."

"흑, 왜요? 왕께서, 흑, 오라고 하면 되잖아요. 흐윽, 왕은 왕이니까 그럴 수 있는 거잖아요."

셸던은 몹시 서럽다는 듯 몹시 원망스럽다는 듯 렉사에게 말했다. 그에 렉사는 덤덤한 얼굴로 말했다.

"그건 옳지 못한 일이야, 셸던. 이사나는 아가렉시아에 있기를 원하니까. 그런데 억지로 돌아오라고 강요하면 이사나는 우리에게 말은 안 해도 많이 슬퍼할 거야. 셸던은 이사나가 슬픈 게 싫지?"

"흑, 그래도……."

"셸던, 좋아한다고 언제나 함께 있을 수 없는 거란다. 각자의 사정이 있는 거니까. 그리고 이렇게 헤어지게 되더라도 셸던은 이사나와 영영 못 보게 되는 게 아니잖니. 셸던이 원하면 언제든 이사나를 만날 수 있잖니. 편지를 보내도 되고. 그저 같이 살지 않는 것뿐이야."

"흐, 흐으, 그래도……!"

"셸던은 용감하고 착한 아이니까 참을 수 있지?"

렉사의 말에 셸던은 서러운 듯 렉사를 바라보다가 눈물을 뚝뚝 흘리며 렉사의 품에 파고들었다. 이해는 하지만, 그럼에도 감정을 추스를 수 없는 것이다. 렉사는 그런 셸던을 안아 주며 한참 동안 등을 토닥여 주었다.

밤이 늦어지자 렉사는 다섯 아이들을 침대칸에 데려가 재웠다. 이 사나가 했던 것처럼 자기 싫다고 칭얼거리는 아이들을 달래며 모든 아이가 다 잠이 들 때까지 아이들의 곁을 지켰다. 그렇게 아이들은 밤새도록 달리는 기차 안에서 잠이 들었다.

"……?"

문득 잠에서 깬 제라르는 자기 전까지 곁에 있던 렉사가 보이지 않는다는 걸 깨달았다. 어디 계시지? 제라르는 졸린 눈을 비비며 뭔가에 이끌리듯 침대칸을 나섰다.

달빛만이 어슴푸레하게 주변을 비추는 가운데, 제라르는 렉사가 있을 만한 곳을 계속 찾아다녔다. 왜 그랬는지는 알 수 없었다. 그냥 어디 있는지 궁금했을 뿐이었다.

그러다 객실 의자에 앉은 렉사를 발견했다.

"……."

그는 어두운 창밖을 바라보며 울고 있었다. 아이들에게는 한번도 보인 적 없는 연약한 얼굴로 하염없이 눈물을 떨어뜨리고 있었다. 그리움에, 슬픔에 매몰되어 있으면서도 소리를 죽인 채 계속 울고 있었다.

그런 렉사를 멍하니 바라보던 제라르는 도망치듯 다시 침대칸으로 돌아왔다. 아마 왕은 내일 다시 원래의 왕으로 되돌아와 아무렇지 않은 척할 것이다. 언제나처럼 상냥한 얼굴로 자신과 형제들을 돌봐 줄 것이다.

하지만⋯⋯.

제라르는 무거운 마음으로 다시 형제들 사이에 몸을 뉘었다.

오늘 밤은 잠을 이룰 수 없을 것 같았다.

* * *

"축하합니다, 임신입니다."

킷의 말에 이사나는 멋쩍게 뒷머리를 긁적이며 "감사합니다."라고 말했다. 이미 그렇지 않을까 짐작하고 있던 탓인지 크게 놀라진 않았다. 킷은 그런 이사나에게 피식 웃으며 말했다.

"임신을 했다고 다가 아닙니다. 이사나 님도 잘 아시겠지만, 네오타입 알리페르의 경우, 특히 남성체의 경우 임신 후에도 유산 가능성이 높습니다. 그러니 이번처럼 절대 무모한 행동을 해서는 안 됩니다. 앞으로도 조심, 또 조심하셔야 합니다."

"네, 명심하겠습니다."

이사나의 대답에 킷은 웃으며 이사나에게 임신 동안 주의해야 할 점과 먹어야 할 영양제를 알려 주었다. 이사나는 사려 깊은 킷의 충고에 감사를 표하며 자리에서 일어났다. 그리고 의무실을 나가려다가 불현듯 걱정이 되어 킷에게 물었다.

"그런데⋯⋯ 제가 임신했다는 걸 멜즈가 알면 기뻐할까요?"

겨우 며칠 전에 왕의 영지로 떠나지 않겠냐는 말을 그에게 들었다. 자신을 싫어해서 그런 말을 한 게 아니라는 건 알지만, 가끔 불안해지는 건 어쩔 수 없었다. 하지만 킷은 씨익 웃으며 단언했다.

"아마 기뻐서 엉엉 울 겁니다."

그 말에 겨우 용기를 얻은 이사나는 의무실 밖으로 나갔다. 그리고 곧장 멜즈의 비서들에게 찾아가 사정을 말하고 멜즈의 일정을 조정해 달라는 부탁을 했다. 비서들은 기꺼이 그러겠다고 말하며 연신 이사나에게 축하한다는 말을 해 주었다.

그렇게 오후 일정을 통째로 비우게 한 뒤 이사나는 멜즈를 데리고 왕궁 밖으로 나갔다. 페이건들의 침입이 있은 후 멜즈와 다시 만나는 건 이번이 처음이었다. 페이건들이 아가렉시아 한복판에서 난동을 부린 탓에 멜즈의 할 일이 많아진 탓도 있지만, 이사나는 그 이유 때문만은 아닐 거라는 생각이 들었다.

헤어지자는 말을 다시는 하지 않겠다고 말했음에도 어쩌면, 여전히 멜즈는 망설이고 있는 건지도 모른다. 하지만 그건 어쩔 수 없는 문제였다. 멜즈가 알리페르인 이상, 과거를 바꿀 수 없는 이상, 그의 마음을 짓누르는 죄책감은 영원히 사라지지 않을 테니까.

한때 세상에서 가장 용감하다고 여겼던 연인은 어느새 이토록 겁쟁이가 되어 있었다. 그래서 이번 일로 그가 조금쯤 용기를 되찾았으면 좋겠다는 생각이 들었다.

"무슨 할 말이 있는 거예요."

"일단 밖으로 나가자. 여기서 할 말은 아닌 것 같아."

이사나는 좀 더 그럴듯한 장소로 가 분위기를 잡고 싶었지만,

새해를 한 달 앞둔 지금은 어딜 가든 헐벗은 나무와 차가운 북풍만 있을 뿐이었다.

킷이 몸을 따뜻하게 하라고 했는데…….

잠시 고민하던 이사나는 결국 온실로 향했다.

페이건의 침입 이후, 보수 공사는 끝났지만, 온실은 여전히 텅텅 비어 있었다. 이왕 한 번 장소를 비우게 된 김에 이런저런 장비를 더 추가해 보안을 강화할 작정인 것이다. 덕분에 이 아름다운 온실을 하루 내내 독점할 수 있게 되었다.

1층의 잔디밭으로 내려오자, 투명한 유리를 통과한 햇살이 부드럽게 이사나와 멜즈를 감쌌다. 그러나 멜즈의 얼굴은 여전히 딱딱하게 굳어 있을 뿐이었다. 며칠 전 보았던 걱정과 망설임만이 떠올라 있을 뿐이었다. 분위기를 풀어야 할 필요성을 느낀 이사나는 실없이 이런 말을 던졌다.

"멜즈, 신년회까지 벌써 한 달도 안 남았어. 알고 있니?"

"……벌써 시간이 그렇게 됐군요."

멜즈는 다소 냉랭하게 대꾸했다. 무슨 이유인지 멜즈는 신년회를 싫어했다. 그래서 섭정임에도 단 한 번도 신년회에 참석한 적이 없었다. 신년회는 알리페르가 출몰하기 전인 구세계 때부터 내려온 즐거운 축제인데 말이다. 이사나는 의아해하면서도 계속 말했다.

"신년회 때, 함께 참석한 파트너와 춤을 추는 무도회가 있잖아."

"네, 그렇죠."

"그때 너와 함께 춤을 추고 싶어."

이사나의 말에 멜즈는 제 귀를 의심하는 듯한 얼굴로 이사나를 바라보았다. 이사나는 그런 번잡한 행사를 그다지 좋아하지 않았으니까.

실제로 멜즈와 신년회에 참석할 경우 모든 참석자들 앞에서 첫 춤을 추어야 한다는 비서의 말에 이사나가 한숨을 내쉬긴 했다.

하지만 이번만큼은 기꺼이 그 순간을 즐길 생각이었다.

"한 달밖에 안 남아서 틈틈이 연습을 해야 할 거 같아."

"그런 이유로 오늘 하루 일정을 전부 비우게 한 거였어요?"

"하루쯤은 여유를 가지는 것도 나쁘지 않잖아."

이사나는 웃으며 멜즈의 손을 잡아끌었다. 멜즈가 혹여 거절하지 않을까 조마조마했지만, 멜즈는 순순히 이사나가 이끄는 대로 햇볕이 내리쬐는 잔디밭 위에 섰다. 이런 어설픈 수작이 먹혀서 참 다행이었다.

"하나 둘 셋, 하나 둘 셋."

박자를 맞추며 이사나는 멜즈를 리드했다. 제국의 황자였던 시절, 무도회에 거의 참석하진 않았지만, 이사나는 무도회의 각종 춤을 거의 다 출 수 있었다. 그게 황족의 기본 소양이었으니까. 하지만 세월이 지나 아가렉시아가 세워지면서 이사나는 다시 춤을 배워야 했다. 개종의 부작용으로 춤추는 방법을 잊어버린 건 아니었다. 무도회에서 추는 춤의 형태가 변화해서였다.

인간 남녀만이 파트너로 인정되던 예전과 달리, 지금은 종족도 성별도 의미가 없었다. 이런 사회이다 보니 무도회에서 추는 춤의 형태 역시 변해 버렸다. 파트너의 성별에 따라 다르게 추던 춤이 서로 엇비슷하게 추도록 바뀐 것이다. 그건 어린아이가 추는 춤처럼 기교가 적었지만, 그럼에도 무도회의 즐거움을 완전히 빼앗진 못했다.

치릿—

치릇, 치르르릇—

날개가 즐거운 듯 제멋대로 떨려왔다. 이렇듯 이사나는 알리페르로 다시 태어나게 되면서 기쁨이나 흥분을 온전히 감출 수 없게 되었다. 표정은 숨길 수 있어도 날개의 떨림에서 다 티가 났다. 그건 벌거벗겨지는 기분이 들기도, 후련한 기분이 들기도 했다. 이사나가 얼굴을 벌겋게 물들인 채 춤을 추자, 멜즈의 얼굴 역시 느슨하게 풀려갔다. 그렇게 얼마나 춤을 췄을까, 어느새 멜즈의 날개 역시 파르르 떨리고 있었다.

치릇치릇—

치릇치릇—

어느새 온실 안은 두 사람이 만들어낸 날갯소리로 가득 찼다. 마치 하모니를 이루듯 정겹기 짝이 없었다. 그 아련한 소음 속에서, 두 사람은 잔디밭을 댄스 플로어 삼아 계속해서 춤을 추었다. 그러자 고민으로 어두웠던 멜즈의 얼굴 역시 한결 밝아져 갔다.

그를 잃고 남쪽 해안가에서 울 때만 해도 상상하지 못했던 광경이었다. 터무니없을 정도로 아름다운 현실이었다.

"멜즈."

"……?"

"나는 너와 이 자리에 있을 수 있게 되어서 정말 기뻐."

이사나는 자신이 느낀 감정을 가감 없이 멜즈에게 전했다. 하지만 멜즈는 여전히 쓰게 웃을 뿐이었다. 어째서 저런 웃음을 짓는지 이사나는 이해할 수 없었다. 아마 평생 멜즈가 겁쟁이가 된 이유를 알지 못할지도 모른다.

하지만 낙담하고 싶지 않았다.

이보다 더, 더욱 더 행복해지기를 바란다.

"멜즈, 우리는 꽤 어렵게 이 자리에 함께 있게 되었잖아?"

"……."

"그 과정에서 힘든 일도 많았지만, 즐거운 일도 꽤 많았다고 생각해. 아마 앞으로도 그럴 거야. 조금씩 차이는 있지만, 계속해서 좋은 일도 나쁜 일도 있을 거야."

"……."

"그러니 올지 안 올지 모를 나쁜 일에 두려워하기보다 지금의 행복을 좀 더 소중히 했으면 좋겠어."

그리고 이사나는 웃으며 멜즈에게 무언가를 말했다. 그러자 멜즈의 청록색 눈이 놀란 듯 커졌다. 쏟아지는 햇볕 아래에서 크게 일렁이던 투명한 눈은 크게 불거지더니 후두둑 눈물을 쏟아냈다. 하지만 그것은 절망이나 슬픔의 눈물이 아니었다. 행복에, 기쁨에 벅차 어찌할 줄을 모르는 그런 눈물이었다.

킷이 장담한 대로 멜즈는 어린아이처럼 울었다. 피도 눈물도 없는 섭정이라는 위명에 걸맞지 않게 멜즈는 얼굴을 새빨갛게 물들인 채 한참 동안 엉엉 울었다. 기쁨에 못 이겨, 형용할 수 없는 어떤 서러움에 못 이겨 멜즈는 오랫동안 눈물을 그치지 못했다.

그리고 얼마 후 온실은 무도회 음악을 흥얼거리는 두 사람의 허밍과 날갯소리로 가득 찼다. 두 사람은 기쁜 듯 서로를 마주 보며 아주 오랫동안 잔디밭 위에서 춤을 췄다.

새해를 한 달 앞둔 어느 겨울날의 일이었다.